将世界捧到你面前

蒋牧童 著

上册

青岛出版集团 | 青岛出版社

图书在版编目（CIP）数据

将世界捧到你面前/蒋牧童著. —青岛:青岛出版社,2023.3
ISBN 978-7-5552-3850-8

Ⅰ.①将… Ⅱ.①蒋… Ⅲ.①长篇小说—中国—当代 Ⅳ.①I247.5

中国版本图书馆CIP数据核字（2022）第117677号

JIANG SHIJIE PENG DAO NI MIANQIAN

书　　名	将世界捧到你面前
作　　者	蒋牧童
出版发行	青岛出版社（青岛市崂山区海尔路182号）
本社网址	http://www.qdpub.com
邮购电话	18613853563
责任编辑	郭红霞
特约编辑	崔　悦
校　　对	郭金乔
装帧设计	千　千
照　　排	梁　霞
印　　刷	三河市良远印务有限公司
出版日期	2023年3月第1版　2023年3月第1次印刷
开　　本	32开（880mm×1230mm）
印　　张	18.5
字　　数	568 千
书　　号	ISBN 978-7-5552-3850-8
定　　价	69.80元(全2册)

编校印装质量、盗版监督服务电话 4006532017 0532-68068050

目录 上册

将世界

捧到你面前

第一章

今晚，你是我的礼物

叶临西回国了。

生性高调的叶大小姐穿着一身黑衣黑裤，戴着棒球帽和口罩从机场大楼里走出来，左右环顾一圈儿，一副生怕别人认出来的模样。

司机绕着机场路开了三圈儿，这才等到她出来。司机下车绕过来替她打开后车门，又把她随身带着的小箱子提到后备厢里放好。

叶临西这才弯腰坐了上去，然后摘下棒球帽，轻轻地呼出一口气。

机场里的冷气开得足，叶临西本不觉得热，刚才只在外面等了两分钟，就有点儿吃不消了。她这人一向娇气，受不得热，挨不住冷，恨不得一年四季三百六十五天都生活在恒温 26 摄氏度的环境里。

司机重新上车后，习惯性地把车里备着的矿泉水往后递过去，转头时正好看见刚摘下帽子和口罩的叶临西，一时心头微惊，眼底闪过一丝没掩藏住的惊讶。

叶临西当然没注意对方的眼神，垂眼看着递到面前的矿泉水，瓶身上有一行硕大的红色英文字母，她差点儿脱口而出一句"只有这个吗"。

这个牌子的矿泉水看似大牌，实则就是满大街常见的货架产品。

叶临西从来不喝这个牌子的矿泉水，欲脱口而出之际，想起对方并不是自家的司机，轻抿了下嘴，强按下心头刚涌上的挑剔和娇气，伸手握住水瓶，笑着说道："谢谢。"

司机转过身后，没忍住又从后视镜看了她一眼。

他是专门开商务车的司机，所在的包车公司没少跟有钱人合作，甚至还有大明星。

最近很红的小花旦连韵怡前阵子参加活动，就坐他开的车子。那会儿他还觉得连韵怡是自己见过最好看的人，赞叹人家光是坐在车里就有种闪闪发光的感觉，现在才发现人不能把话说得太满了。不到一个月，最好看的人就在他这儿换人选了。

司机到底是专业的，迅速地收敛心头的想法，发动车子。

叶临西被车子启动的惯性震得轻晃了一下手臂，使得矿泉水瓶里的水一下子溅出来少许，实在忍不住地轻叹了口气，突然很想许叔。

许叔是为叶家开了二十年车的司机，平时都是为叶临西的爸爸开车。但是叶父太宠叶临西了，只要知道她在国内，就安排许叔当她的专属司机。

叶大小姐对一切都要求很高，选择司机当然也不例外，这次回国却迫于无奈事事从简，实在是有些委屈了。

叶临西撑着手臂看向窗外，无意间发现黑色的车膜上能清楚地照出她漂亮又精致的脸，忽而恙懒地轻笑了一声，心里感慨仙女偶尔也是需要下凡的。

车子行驶在外环高架上，或许是因为这里邻近郊区，天空显得格外空旷高远，湛蓝的天空上飘浮着一团又一团棉花糖般的云朵。一架飞机低低地飞过，在天际划出一条清楚的细长的线。

叶临西打小儿在北安长大，虽然一年没回国，也不至于认不出来这里。

她去的第一站并不是酒店，而是一家日式餐厅。那是一家在大众点评上都找不到的店铺，只对会员客户开放。倒也不是叶临西有多想念这家餐厅厨师的手艺，而是因为姜立夏非要给她接风洗尘。

叶临西在车上时，微信里进来一条新的语音信息。

姜立夏说："路上有点儿堵，你要先到了就直接进包间。"

姜立夏是她的高中同学，跟她一样，本科专业都是法学。

只不过叶临西一直在国外的顶尖法学院读书。姜立夏却有些不务正业，大学期间，在快被法条逼死的时候，利用闲暇时间在网络上写小

· 2 ·

说，居然一炮走红了。这几年来顶着名校毕业生的光环，她竟在影视圈混得风生水起。

到了餐厅后，叶临西发现姜立夏还没来，便坐在榻榻米上品了半杯茶水，一直等到包间的门终于被推开。

叶临西略显不耐烦地抬起眼皮，心想这年头敢迟到让她等的人还真是不多，只是还未开口，就听到一个清晰而又震惊的声音："我错了！让这样的仙女等我吃饭，我错了。"

见姜立夏这么积极的认错态度，叶临西浅浅地勾起嘴角，心里的火气已经散了七八分。她轻抬下巴，冲着对面的座位轻点了两下，示意姜立夏赶紧坐下。

姜立夏坐下时，还在盯着叶临西。

她和叶临西已经有一年没见面了。当然，两个人平时没少发照片和视频，只不过都不如见到真人震撼。

姜立夏跟叶临西是同一所高中的同学。之前网上都说什么高中的时候长相明艳的浓颜系女生不如清纯系的妹子受男生欢迎。对于这种说法，姜立夏嗤之以鼻。但凡能说出这种话的人，肯定是因为他们没见过什么叫作真正的明艳不可方物。

这家餐厅是她们都喜欢的，两个人各自点了想吃的东西，然后等着上菜。

姜立夏问道："你的小偶像真的这么讨你欢喜？一年没回国的人愣是为了他溜回来？"

叶临西认真地说道："纠正你一点，我不是溜回来的。"

姜立夏已经忘了刚才迟到的卑微，反问道："不是溜回来的，你订什么酒店？干吗不直接回家住？"

叶临西还真被一下子问住了。

她这次回国确实是为了看自家小偶像的演唱会，自从年初在国外因为无聊看了一个节目之后，就一下子迷上了这个小偶像。

虽然她不是那种特别痴迷的追星族，但还是觉得这种特别有纪念意义的演唱会必须参加，错过的话一定会比没买到她喜欢的包包还让人后悔。

没一会儿，低头看手机的姜立夏猛地抬头看向叶临西，满脸震惊之色。

叶临西闲闲地说道:"又怎么了?"

姜立夏把手机直接举到她的面前。

叶临西垂眸看着这条刚发出来的新微博,问道:"你居然还关注财经周刊账号?"

姜立夏深吸了一口气。

她关注财经账号是重点吗?当然不是。她的重点是这条微博的内容。

姜立夏急忙说道:"你快看这条微博。"

其实刚才叶临西已经看了一遍,知道微博的内容是关于人事任命的。

"盛亚集团今日正式宣布,集团原战略投资部负责人傅锦衡先生被任命为盛亚科技总裁,全面负责公司整体运营和日常管理。望全体同仁能在傅锦衡先生的带领下,勠力同心,协同作战,一起为集团更好的未来而奋斗。"

姜立夏打趣道:"可以呀,总裁夫人。"

这位新上任的傅锦衡先生正是跟叶临西结婚一年的丈夫。

叶临西坐在位置上,神色淡然,一副兴趣寥寥的模样,甚至还低头看了一眼自己的手指,仿佛觉得这个消息还不如她新做的美甲更吸引她的注意力。

姜立夏问道:"看你这么淡然的样子,不会早就知道了吧?"

"没有。"

听到这话,姜立夏感觉更加奇怪了,问道:"那你这么淡定?"

此时,叶临西终于抬起眼望向她,微微一笑,说道:"你知道现在有种新型的夫妻关系吗?"

姜立夏竖起耳朵,一副认真听的样子。

叶临西手托下巴望着她,淡定地说出几个字:"表面夫妻。"

叶临西在酒店里安静地待了两天,终于绷不住了,眼看明天就到小偶像的生日了,现在还没选好看演唱会时穿的战袍呢。

她这次的位置是 VIP(贵宾)第一排,离小偶像只有几米远的距离。

况且叶临西本来就是那种要精致到头发丝的人,对于演唱会当天要穿的衣服当然得精挑细选，于是逛了一下午，又特地去美容院做了套全身SPA（水疗），等到回酒店的时候，整个人都有一种容光焕发的精致。她刚进大堂就接到姜立夏的电话。

"晚上有个局，来吗？"

"不去，明天就是演唱会，我要养精蓄锐。"

"又不是你开演唱会，你养什么精？"

叶临西轻咳了一声，说道："说人话。"

对于姜立夏这种时不时就要抽风的说话风格，叶临西偶尔也会受不了。

"可怜我们的总裁，明明跟某人的小偶像是同一天的生日，却没想到自家的老婆居然要陪其他野男人过生日。"

叶临西不满地说道："什么野男人？"

这次叶临西秘密回国，甚至连她的爸妈都没告诉，就是因为演唱会那天正好是傅锦衡的生日。

她和傅锦衡虽然是商业联姻，但是结婚后两个人向来合作良好，最起码两个人恩爱的姿态做得足够好。所以，她抛下自己的老公去看偶像的演唱会，这么毁人设的事情她可干不出来。

有一行人在她前面进了电梯，叶临西快走两步，在电梯门快要合上时，轻轻地抬脚挡了一下电梯门。

她的细长鞋跟看着都扎人。只不过比鞋跟更惹眼的是她短裙下的长腿，笔直又纤细，在蓝墨色铅笔裙的衬托下白得发光。

叶临西进了电梯，赶在信号消失前，随口说了一句："我是要陪我的宝宝过生日。"说完，她习惯性地抬头看向面前的电梯门，打算把电梯门当镜子照一下。

五星级酒店的电梯镜面光滑明亮到能照清电梯里的一切，包括站在里面的人。叶临西看到站在自己身后被其他人簇拥的男人时，瞬间屏住了呼吸。

这是一张清俊又撩人的脸，轮廓立体又分明，像极了雕塑课上的模特的脸，只不过神色寡淡，显得有几分不近人情的距离感，略显狭长的眼睛倒有种特别的味道。只不过，此刻这双特别的眼睛正静静地看着她。

电梯里过分安静，空气一度凝滞了。

不知过了多久，男人看着她越来越僵硬的表情露出些许玩味之色，随后轻轻地勾起嘴角，露出一抹不带温度的戏谑的笑意。

直到电梯发出"叮"的一声轻响，这阵沉默才被打破。电梯到了层数，待电梯门打开后，男人站在原地没动，反而站在他身后的人鱼贯地走出电梯。最后，电梯里只剩下他们两个人。

在电梯门再次闭合的时候，叶临西才听到傅锦衡那低沉性感的声音。

他语调平淡地说道："你要陪哪个宝宝过生日？"

本就密闭的电梯空间此时仿佛陷入了死一样的安静，这句话像是一道闪电劈在叶临西的头上。

果然，人不能有侥幸心理。

叶临西不擅长撒谎，应该说是从来不屑于说谎。她一向活得潇洒肆意，用不着撒谎来掩盖，没想到为数不多的撒谎居然就面临这种当场被揭穿的情况。

特别是当她垂眸看见傅锦衡手腕上戴着的手表时，不仅觉得要窒息，甚至还感觉到自己的脸皮都快被烧红了。

就在昨天，叶临西躺在酒店水疗室里享受 SPA 的时候，听到放在旁边的手机响了起来，随手拿起一看，看到是傅锦衡打来的电话，当时惊得从床上弹坐了起来，深吸一口气才接通电话。

傅锦衡开口说道："生日礼物收到了。"

叶临西舒了口气，刚才实在是被吓得心跳差点儿停止，以为自己偷偷回国被发现了。

她和傅锦衡都深谙表面夫妻的准则，结婚这一年来，她在美国读书，他在国内工作，两个人互不打扰，各自岁月安好。

但对方过生日的时候，她还是要有所表示，毕竟平时刷他的卡的时候一点儿都没手软。

此刻看着傅锦衡戴的手表，叶临西终于记得自己昨天娇嗲得让人头皮发麻的话。

她当时说："亲爱的，因为我要准备毕业典礼的事情，实在没办法抽空回国陪你过生日，所以特地给你买了一个小礼物。"

对方许久没有声音，不知是被她这一声亲爱的叫蒙了，还是被她过分娇软甜腻的声音电麻了。

半晌，傅锦衡语气平淡地说道："谢谢。"说这话的时候，他已经打开礼物的盒子，安静地望着躺在里面的手表，轻轻地扯了扯嘴角。

这个牌子的表，他的表柜里有很多。

两个人都没继续这样虚伪的客气，赶紧挂了电话。

其实，听到傅锦衡打电话过来，叶临西觉得他现在应该挺闲的，但又想到自己现在过着全世界各地飞、四处买买买的美好生活，多半还是托了傅锦衡的福，她还是衷心地希望盛亚集团能够长长久久地兴盛下去吧。

昨天她的精彩表演犹在眼前，今天她就被他发现应该在美国准备毕业典礼的人居然出现在国内这个五星级酒店里，饶是一向理直气壮的叶临西都忍不住心虚起来。

事实证明，人在最尴尬的时候都会"病急乱投医"。

叶临西急转脑筋，迅速地转移话题，说道："我的房间在 63 楼，你要不要去坐坐？"

她的声音很好听，特别是她软下来说话的时候，透着勾人的味道。

还真是无巧不成书，一直关着的电梯门此时缓缓地打开，她说的话不轻不重地飘了出来，原本等在电梯门口正抬起脚准备进来的两个男人突然停住动作。

两个人尴尬地对视一眼后，不约而同地往后退了一步，都不进来了。

傅锦衡直接按了 63 楼，然后关上了电梯门。叶临西后知后觉地说道："刚才那两个人什么表情？"然后她望向傅锦衡继续说道，"他们不会以为我饥渴到在电梯里勾引你吧？"

他听着叶临西小嘴不悦的指控，始终保持着寡淡神色的脸突然露出一抹若有似无的淡笑，他说道："难道你没有？"

叶临西一时被噎住，耳根开始泛红，心头的火被他轻描淡写的语气惹起来。

他的话里莫名透着一股"能勾引我是你的荣幸"的味道，听着实在让人火大。

叶临西微抿唇角，双手环抱在胸前，站在电梯里离他最远的地方，整个人透着一股冷若冰霜的不可侵犯感。

不知是楼层太高，还是电梯的速度太慢，叶临西觉得度秒如年时，总算看到电梯到了63楼。

见电梯门打开，她抬脚就往外走，丝毫不管身后的人。

傅锦衡看着她气呼呼的模样，莫名觉得好笑，仗着自己腿长步子大，没两步已经走到叶临西的身边了。

到了套房的门口，叶临西开始翻包找房卡。

傅锦衡靠在门边低头看着她。

不得不承认，走廊暖黄的灯光也丝毫没使得她的五官柔和，她犹如一朵正盛开的玫瑰，浑身透着张牙舞爪的明艳，特别是她的皮肤有种通透的白，她垂眸时眼睫上被染了一层融融的光。

或许是画面过于养眼，傅锦衡罕见地主动说道："你怎么突然想起来回国？"

叶临西心想：这话算关心吗？

她从包的夹层里找出房卡，一边刷卡开门，一边语气轻飘飘地说道："我说是特地赶回国为你庆祝生日，你信吗？"

下一秒房门打开，叶临西轻抿了下唇，彻底闭嘴了。

他们站在门口，可以清楚地看见客厅里的情况。

大大小小十几个购物袋此刻正整整齐齐地摆在茶几的旁边，场景颇为壮观。这些购物袋像是列队完毕的士兵，等着将军检阅。

而站在门口的叶小将军丝毫没有买东西时的开心，只有挥不去的尴尬，转头看向傅锦衡，就看见他的脸上写着明明白白的三个字：我不信。

63楼总统套房的客厅是两面全景玻璃墙面，他们站在这里可以将整个北安市中心的华丽夜景尽收眼底。

哪怕再低调地回国，叶临西也不是会委屈自己的人。

叶临西在开放式吧台拿了一瓶水，拧开喝了一口，才想起来问道："你要喝水吗？"

傅锦衡没接话茬，反而问道："吃过晚饭了吗？"

叶临西抬头盯了他几秒，忽而笑了起来，说道："怎么，你要跟我共进晚餐？"

傅锦衡避而不答，问道："伯……爸知道你回国吗？"而后他想了一秒，重新措辞，"你的父亲。"

经过他这么不经意地提醒，叶临西心头的那点儿小尴尬又被勾了起来，她知道自己这件事确实做得有点儿不合适。

她明明回国了，却故意骗他。不过叶小公主从来不会把心虚表现在明面上，哪怕确实是她的问题，也必须得把架子端起来。

于是，她故作淡定地说道："我爸还不知道，我回国是有点儿事情要处理，而且过几天就回美国了。"

她要处理什么事情？还不就是她少女心泛滥，非要跑回国看演唱会。

傅锦衡看着她说话时乌黑的双瞳四处乱瞟的模样，就知道她心里有鬼。不过他也并不太在意，要是真的想知道叶临西的事情，勾勾手指就会有一堆人来汇报，只在于想知道还是不想知道。

他轻描淡写地说道："临西，你想去哪儿是你的自由，不过在做什么事情之前最好考虑清楚，毕竟你现在的身份不只关系到你自己。"

傅锦衡的语气温和且平静，却让叶临西整个人犹如炸毛的猫一样。

因为他说这些话的另外一层意思是——你干什么蠢事我不想管，但是最好别影响我。

叶临西被自己脑补到的画面气得整个人都不好了，本来是她理亏的事情，可现在她已被气得不想再忍气吞声，双手环胸，一板一眼地说道："哦，真是谢谢傅总的提醒，以后就算我真的想干点儿什么事，也一定会藏着掖着的。"

这话充满火药味，可是傅锦衡并未说话，连表情都没什么变化。

明明对方什么都没说，却让叶临西的火气更加压不住。因为他并不在意叶临西心里的想法，大概也就是他这样的态度，惹得叶临西每次都能被他轻易地撩起火气。

话不投机半句多，叶临西懒得维持这种表面的关系，本来回来得就晚，这会儿更想直接赶人离开。

偏偏门铃声在此时响起，见叶临西站着没动，傅锦衡走过去打开门，看到门外是餐厅送过来的东西。

叶临西当然也知道这家西餐厅，只不过不知道这家一向以难订位置出名的餐厅什么时候服务这么人性化，居然还能提供上门服务了？

一顿饭吃下来，叶临西也有点儿不耐烦，直到抬头看到墙壁上挂着的钟表，才发现时间居然快到十二点了，正发愣间，被一阵铃声拉回思绪。

傅锦衡的手机就被摆在桌子上，所以她一眼看见手机屏幕上跳出来的闹钟设定，知道这个闹钟应该是他专门设置的，本来还没觉得什么，后来脑子一转，突然想起来过了十二点就是他的生日了，一时忍不住笑了起来，说道："你这是故意提醒我，你的生日到了吗？"

傅锦衡偏头看了一眼手机，面露些许诧异之色。

可对面的叶临西已经带着一股纡尊降贵的口吻，开口说道："生日快乐。"

傅锦衡此时已经把闹钟关掉，神色平静地又拨了个电话，说道："十二点的会议取消吧。"

他定闹钟是因为今晚跟欧洲那边有个视频会议。

叶临西也不是傻子，从他毫不犹豫地当面揭穿这个事实就能看出来自己刚才那句祝福在他看来是多么自作多情。她也真是闲得慌，居然觉得这种人还需要生日祝福。

叶临西回了卧室，完全不想搭理外面的人，伸手拿了睡衣准备去浴室，谁知一转头竟差点儿撞到站在身后的男人，吓得失声说道："你干吗这么吓人？"然后她抬眸瞪着眼前的男人，心想他肯定是故意的。

傅锦衡低头看着面前精致的人儿，冷淡如他也得承认此刻面前站着一个尤物。

叶临西的骨架生得小，一双腿纤细笔直，特别是小腿十分匀称，连着细白的脚踝，别说惹得男人看了不眨眼，哪怕是女人看了也会对这样一双腿羡慕嫉妒恨。

傅锦衡并不重欲，相反还很克制。

这也是叶临西跟他分居两地依旧对他放心的原因。

傅锦衡微微俯身过来，低声说道："你不是说特地回国给我庆祝生日的吗？生日礼物呢？"

叶临西赶紧说道："礼物已经给你了。"

傅锦衡轻声一笑，说道："那个礼物我不是很喜欢。"

叶临西一时无语，心想你不喜欢礼物干吗还戴在手上，下一瞬却瞥见男人那张完美到没有瑕疵的脸已经逼近眼前。

他的面上情绪翻涌，带着一丝不再克制的冲动，片刻后他略沉的声音再次响起："我还是比较喜欢当面拆礼物。"

下一瞬，她只觉得身体微凉，发现不知何时他的另外一只手已经钩住她一边的肩带。她的肩带滑落，露出一片细腻光滑的肌肤。

在叶临西衣衫半褪时，她才理解傅锦衡这句话的另外一层含义——今晚，你是我的礼物。

这一夜，叶临西睡得并不算踏实。

因为在睡梦里，她梦见自己的身上绑着一个巨大的蝴蝶结，然后一直被一遍又一遍地翻来覆去地拆开，如此反反复复地被折腾，却又逃不开。

她醒来一睁开眼睛，就看见男人近在咫尺的脸。

大概是两个人睡了一夜的关系，平时被妥帖地梳向脑后的黑发此时随意地散落在他的额前、鼻侧、唇边。他这个人啊，哪怕是用最挑剔的眼光看，这张脸也是绝无仅有的好看，长得倒是人模狗样。

叶临西一边看一边在心里唾弃他，直到听见放在床头柜上的手机发出嘟嘟嘟的振动声，然后深吸一口气，认命似的伸手去拿床头的手机，拿到手后看了一眼，发现都是微信消息。

微信里未读消息的数量还在随着振动不停上升，都是姜立夏发来的。

她看了一眼时间，现在是早上七点，心里有些奇怪。因为姜立夏非常爱熬夜，很少会这么早醒。

叶临西点开对话，手指往屏幕上滑，从第一条开始看。

姜立夏：我就知道连韵怡这个女人迟早要摔跟头。

姜立夏：只是没想到报应居然来得这么快。

姜立夏：她这是年度被打脸啊，我都替她尴尬。

…………

连着十几条微信都显示出姜立夏毫无掩饰的幸灾乐祸。叶临西看到连韵怡的名字，一时也来了兴趣，半靠着床头坐了起来。

连韵怡是目前正当红的小花旦，连续演的两部影视剧都十分火爆。

姜立夏之所以对连韵怡有这么大的怨念，是因为之前她有本小说要改编成电视剧，而连韵怡当时签了出演女主角的意向合同。

谁知连韵怡的粉丝不仅集体联合起来更换头像抵制连韵怡出演这部剧，甚至还有大粉亲自发长文质问工作室，嫌弃小说不是大女主戏、人设不够好、IP（知识产权）名字不够大。

本来姜立夏没在意，没想到后来连韵怡居然真的毁约了。

连韵怡不仅辞演了姜立夏的小说，而且还很快选定了另外一部 IP 改编剧出演，甚至选的那部改编剧的原著作者还是姜立夏的对家。

尽管当时叶临西不在国内，但姜立夏仍然跟她打了两个小时的越洋电话，吐槽连韵怡的无耻举动，特别吐槽了连韵怡的经纪人的表演。

连韵怡的经纪人是这样说的："粉丝们都说这个角色跟韵怡之前演的有点儿重复，不建议她接。韵怡又是宠粉的性格，我们经过综合考虑，只能选择辞演。"

姜立夏自从进入影视圈之后一直顺风顺水，何曾受过这种委屈？

哪怕是扎小人，都不够泄姜立夏的心头之屈辱。

叶临西轻按语音键，懒懒散散地问道："出什么事了吗？"

姜立夏见她回复信息，立马发了语音消息过去，说道："前两天连韵怡的工作室不是公开宣布连韵怡是今年唯一一个受 C 牌法国总部的邀请，去参加巴黎时装周的女星吗？营销号说她马上要官宣为 C 牌的品牌大使。"

姜立夏继续说道："可是你知道吗？昨晚有人爆料，C 家有个总监出事了，出事之前骗了好多人的钱。连韵怡也被骗了，她的法国总部邀请函是假的，品牌大使是买的。"

没想到还有这种事，叶临西听完都有种不可思议的感觉，虽然她平时也是大小姐的做派，但依然讨厌当面一套背后一套的女人，尤其讨厌坑害她姐妹的女人。

随后姜立夏又发了一条语音过来。

叶临西刚一点开消息，就先听到一阵大笑声。

姜立夏的笑声清脆如银铃，她说道："我听到消息就立马起床去蹦迪。"

尽管叶临西已经将手机的声音调到了最小，但在安静的房间里依旧能够听到刺耳的笑声，听完就下意识地看向身边，转头垂眸间，正好与身边的男人四目相对。

或许是对视得太突然，两个人的眼底都泄露了真实的想法。

叶临西心想：这个臭男人醒了干吗一直不吱声？他还想偷听到什么时候？

傅锦衡则是用一种略微妙的眼神看着叶临西，仿佛在看什么坏女人。

叶临西看着他，忍不住挺起胸脯说了一句："看什么看？"

她一动，傅锦衡的视线随之往下移。

叶临西低头看自己，她穿着V字领的吊带长裙，大概是因为睡了一夜使得领口有些凌乱，刚才一动时肩带下滑，原本就细腻白皙的胸口此时更是露出大好风光。

她立即伸手拽紧领口，眼神警惕地看着傅锦衡。

傅锦衡明显被她的动作逗笑了，目光微沉，却没说话，反而直接掀开身上的薄被起身下床。

他这是什么眼神？虽然傅锦衡一句话没说，可他这样的举动更能撩起叶临西心里的火气。

傅锦衡往洗手间走去，可走到门口时，突然回头看了过来，对一直盯着他的叶临西说道："别遮了。"

叶临西嘴硬地说道："关你什么事？"

片刻后，他似笑非笑地说道："昨晚我有漏做什么吗？"

叶临西先是一愣，随后又迅速地明白他这句话的意思。

看见傅锦衡把洗手间的门关上时，叶临西才想起来应该反驳他，又因错失机会气得双手在床上猛拍了几下，直到把放在被子上的手机拍得滚过来，才发现姜立夏又发了几条语音。

她一边点开语音，一边准备吐槽这个男人，却在听见姜立夏说的话后有些发愣。

姜立夏说道："我以为娱乐圈瞬息万变，没想到时尚圈也是。说起来C牌这次出事的人，你之前还介绍我认识过。"

叶临西好奇地问道："谁呀？"

姜立夏回道："就是那个看起来很干练的 Grace。"

叶临西没想到出事的人会是 Grace，心里闪过一丝震惊，但是随即意识到一个更可怕的事情，顾不得回复姜立夏，迅速地翻开微信通讯录，找到 Grace 的对话框。她们二人最后一条信息是叶临西把自己的酒店地址发给了 Grace，方便 Grace 把演唱会门票送过来。

之前叶临西在朋友圈发过齐知逸的消息，透露出自己想看齐知逸演唱会的信息。Grace 看到后，便主动提出可以送头排门票给她。

齐知逸演唱会的赞助商里就有 C 牌，赞助商的人有他演唱会的头排门票不足为奇，据说演唱会上还有 C 牌衣服全球首发的环节。

齐知逸正是叶临西喜欢的小偶像，也是娱乐圈的新晋明星，虽然入行才短短一年，却丝毫不妨碍他收割了万千少女的心，他的演唱会门票自然是难抢。

不过因为有了 Grace 的保证，叶临西丝毫没担心过门票的事情。但现在居然有人告诉她，给她送票的人出事了，那她的门票可怎么办呢？

也不是叶临西对 Grace 没有同情心，但对方毕竟是犯法才出事的。

接下来的几分钟里，姜立夏就一直听着叶临西不停地抱怨。

"我打电话给 C 家的人问过了，Grace 真的出事了。而且你知道她有多过分吗？她居然把我们小逸的演唱会门票全部倒卖，职务侵占、收贿受贿也就算了，连几张门票都不放过。这是什么样的吸血鬼啊？"

姜立夏好不容易插上一句话，问道："她卖给别人，干吗不卖给你？"

叶临西顿了一下，半晌才泄气地说道："可能她暗示了，但我不知道。"

这也不能怪叶临西，她这种靠着买买买成了各大品牌座上宾的人生赢家，哪次参加时装周不是被品牌方捧着哄着的？毕竟能眼都不眨砸下百万元买东西的人实在是太少。像她这样的人，有一个算一个，都是奢牌的活祖宗。

所以她压根儿没想到，不过是一张演唱会的头排门票而已，每次都是品牌方乖乖地双手奉上，完全没明白对方管她要钱的意思。

姜立夏安慰地说道："别怕，别怕，大不了我们买黄牛票，不就是钱嘛，反正你有的是。"

"可是小逸呼吁过，不要买黄牛票。"

姜立夏一时有些无语，但好在她的脑子转得极快，她马上便提出第二方案，说道："要不找你老公？傅总裁一句话，什么门票搞不定？"

叶临西想也不想地反驳道："我可不要。他才是我人生路上最大的绊脚石，我怀疑我的门票就是被他搞没的。"

"临西。"一个没有什么感情的男声让叶临西正吧嗒吧嗒说个不停的小嘴停下。

叶临西浑身一僵，回过头就看见傅锦衡站在浴室门口。

男人只在腰间裹着一条白色的浴巾，他的黑发看起来刚洗过，湿漉漉地搭在额前，宽阔又傲人的肩膀在没有衣服的包裹下显露无遗，还有腰腹处线条分明的薄肌肉，身材真的是绝美。

叶临西还没来得及回味，耳边就响起姜立夏的尖叫声。

"你的房间里怎么会有男人的声音？不会是野男人吧？我的小西，你玩儿得也太大了吧？"

叶临西实在受不了她的脑回路，低声说道："闭嘴。"

傅锦衡大概猜到了对面的人是谁，神色平静地说道："秦周把我的衣服拿了过来，现在就在门口，你帮我拿一下。"

他不喜欢穿酒店的浴袍，此时身上围了一条浴巾已是极限。

叶临西虽然在心里鄙视他事儿多，却还是乖乖地起身去开门，结果刚刚下床，又听到傅锦衡说道："我的西装在沙发上，你披上再开门。"

叶临西回头看了他一眼，嘴里嘟囔了一句"老古板"，走到外面拿起他的西装穿在身上。

男人大概都有这种莫名的占有欲，别人的老婆露多少都无所谓，自己的老婆穿个吊带都不行。

他的身高超过一米八五，这件西装外套裹在她的身上直接到了膝盖处，当真把她裹得严严实实密不透风。

见叶临西开门，秦周没有露出意外的表情，只是恭敬地说道："夫人。"

"衣服呢？"

见秦周把手里的袋子递过来，叶临西接过，说了一句："麻烦了。"

"是我的分内之事。"

叶临西没再跟秦周客气，拿了衣服之后回了卧室，直接把袋子扔在床上，神色仍是恹恹的，还在想门票的事情。

她的人脉是挺广的，可她认识的全是各大品牌的 SA（服务顾问）或者高层，况且让她低头四处人要门票，她也丢不起这个脸啊。

叶临西一时烦闷，干脆脱掉身上的西装，准备去浴室洗澡，只是刚把西装扔到床上，就看到西装内侧的口袋里掉落下来两张长方形的纸片，低头看过去，一下就看见了"齐知逸"三个字。

那两张纸片竟然是齐知逸演唱会的头排门票。

叶临西从来不知道"踏破铁鞋无觅处，得来全不费功夫"这句话居然可以这么应景，心中大喜，弯腰把地上的门票捡起来，随后看向傅锦衡，这会儿再看这个男人感觉他顺眼了许多。

但叶临西没有主动开口，而是用一双小鹿般黑亮清澈的大眼睛盯着傅锦衡，企图用眼神让他明白事理，好让他先开口把这两张票送给她。

傅锦衡已经穿好了衣服，整理了一下袖口，才慢条斯理地走过来，先是垂眸看着叶临西手上的门票，然后又抬眼看她，随后伸手将两张票从叶临西的手指间抽了回去，神色平静地说道："连我这个你人生路上最大的绊脚石都没把你绊倒，这种人生的小坎坷，对你来说应该不足挂齿吧？"

"居然连两张门票都舍不得给我。这种人为什么还能有老婆？"

叶临西气得浑身发抖，等傅锦衡走后，重新给姜立夏打电话，如竹筒倒豆一般开始疯狂地抱怨，恨不得把这个男人骂得体无完肤。

原来叶临西的房间里真的有男人，只不过这个男人是她的老公。

姜立夏这才知道自己没有听错，赶紧问道："你老公怎么知道你回国的？"

"别说了。"一提到这个，叶临西就泄了气，觉得这次回国之前没看皇历，顺便把昨晚在电梯里碰到傅锦衡的事情告诉了姜立夏。

她想着上飞机那天的皇历上面应该写着不宜出门吧，要不然她怎么能诸事不顺呢？

姜立夏听得一愣一愣的，忍不住问道："有没有可能他其实知道你就在那家酒店，然后故意给你惊喜？"

姜立夏此刻俨然已经脑补出了一出大戏，坏笑着说道："虽然你们是表面夫妻，最起码也深入交流了嘛。"

叶临西闻言哼道："你说的那个是霸道总裁和他的小娇妻。"

可惜，她和傅锦衡拿的都是表面夫妻在线拆台的剧本，人设早就碎了一地，粘都粘不起来。

姜立夏见她心情不好，哄道："这样吧，我帮你想想办法。虽然我不认识齐知逸经纪公司的人，不过在娱乐圈也有点儿门路。但头排估计是没戏，你也知道的，齐知逸真的很红。"

其实姜立夏也挺喜欢齐知逸的，只不过今晚约了片方的人吃饭，实在抽不出空陪叶临西去看演唱会。

事到如今，叶临西也不要求什么头排了，声音恹恹地说道："麻烦你了。"

姜立夏给她出主意，试探地问道："要不你跟你老公撒撒娇，不就两张门票嘛，他还真至于不给你？"

叶临西愤愤地说道："他就是至于，这个人就是这样的，刻薄、无理、抠门儿。"

姜立夏突然说道："你说你老公刻薄、无理，我没什么发言权，但是这个抠门儿就有点儿过分了吧？"

叶临西瞪大眼睛问道："姜立夏，你到底站哪边的？"

姜立夏赶紧转移话题，说道："那个，你们昨晚是不太愉快吗？"

"跟昨晚有什么关系？"

"一般来说呢，某方面的不和谐确实会影响夫妻的关系。"作为一个专业的言情小说作家，姜立夏的内心戏总是十分丰富。

叶临西被她震惊之余，忍不住问道："你们作家是不是都这么不纯洁？"

"这就算不纯洁？你一个已婚人士是不是太纯情了？"

发现自己要被吐槽了，叶临西忍不住跟姜立夏理论起来，突然听见外面响起门铃声，急忙说道："我先不跟你说了，有人敲门。"

叶临西挂了电话，直接走到门口打开房门，看见站在外面的秦周，却没有主动开口。

秦周微微颔首，轻声说道："夫人，傅总让我送您回家。"

他这是嫌她回国住酒店不回家，丢了他的脸？

叶临西摆出一副高贵冰冷的模样，轻启粉嫩的唇瓣，说道："我不去。"

秦周似乎料到她会这么说，脸上丝毫没露出意外的表情，依旧恭敬地说道："傅总说您早点儿回家养精蓄锐，下午才好去看演唱会。"

叶临西正要开口，突然意识到这句话的意思，竭力克制住窃喜之意，没在脸上流露出过于开心的笑容，不过心里觉得异常痛快。

这个臭男人还知道主动求和，很识相。

她正准备点头时，突然手机响了起来，将手机拿出来一看，是傅锦衡打来的电话。她磨蹭了几秒钟才慢悠悠地接通，说道："干吗？"

傅锦衡好听的嗓音通过听筒传了过来："我让秦周送你回家，你见到他了吧？"

叶临西听见傅锦衡笃定的口吻，又不想让他得意，故意强调道："我告诉你，这次我是看在秦周的面子上才回家的，毕竟他平常伺候你已经够惨了，我不想为难他。"

傅锦衡笑着说道："那我替他谢谢你。"

这算什么呀？他打一棒子再给个甜枣吗？叶临西这样想着。

直到傅锦衡低声说："你回去之后再睡一会儿，我听你昨晚一直在喊太累了想睡觉。"

叶临西顿时觉得羞愤难当，晚上连做梦都觉得自己像个礼物似的被人拆来拆去。

最后叶临西还是回家了，因为她的行李有点儿多，住酒店着实不太方便。

秦周把她先送回去，之后又回酒店帮忙搬东西。

她回家后沾床就睡着了，确实补了一觉，且因为没打扰，睡到下午两点多才醒，起来之后赤脚踩在地毯上，走进跟卧室连着的衣帽间。

扑鼻而来的淡香让她有种神清气爽的舒适感，她抬头看着眼前这个足有七八十平方米的衣帽间，感觉更加快乐了。

她婚后基本没怎么回国，收藏的大部分包包和首饰一直留在这里。

叶临西一会儿看看包包，一会儿试戴珠宝，快乐得如同飞回林中的小鸟，在衣帽间里待了一会儿才下楼。

她刚到楼下就听到厨房里有动静，伸头看了一眼，就见里面的阿姨正在灶台旁边忙忙碌碌地工作。

阿姨看见她，特别开心地打招呼，说道："夫人，你醒了。"

叶临西问道："你是在做饭吗？"

午后的厨房里光线明亮，白色的厨具泛着柔和的光泽，空气中弥漫着一股浓郁的鲜香味，瞬间勾起了叶临西的食欲。

她闻到那股香味越来越浓郁，也觉得肚子有点儿饿了。

郑阿姨说道："这是小馄饨，中午先生让人给我打电话，说你刚回国，在国外吃了那么久的西餐，肯定会想念我的手艺。"

郑阿姨是在傅家做惯了的阿姨，做饭的手艺一流，在他们结婚之后就被老太太派来家里照顾他们。

"我猜你也该醒了，就先下了点儿馄饨等着，没想到正好。"郑阿姨一边说话，一边从锅里盛小馄饨。

叶临西乖乖地坐到餐桌旁边，等着郑阿姨端着盘子从厨房里出来。

盘子上放着的青花瓷汤碗里冒着热腾腾的气，小巧莹白的馄饨躺在碗里，上面铺着金黄色的鸡蛋丝，不管是卖相还是香味，都让叶临西食欲大振。

说实话，中国人在国外吃不惯是正常的。哪怕叶临西这种小鸟胃，她也时常会想念国内的食物。

郑阿姨说道："先生特意叮嘱我，千万不要放葱、姜、蒜，说你不喜欢。"

叶临西还拿着白瓷勺，动作一顿，竭力克制自己扯嘴角时露出的嘲讽表情，故意甜美地说道："还是我老公最了解我。"

郑阿姨像是得到了鼓励般，继续夸赞道："谁说不是呢？先生工作这么忙，还特地让秦助理打电话交代我。"

叶临西吃了一口馄饨，心里却在暗暗地吐槽。

傅锦衡这个男人说起来也是厉害，明明跟她是表面夫妻，愣是能表现出一往情深的架势，演技好得常常让叶临西自叹不如。

吃完饭之后，她开始梳妆打扮。两个小时以后，她穿完衣服收拾好一切，才拿出手机准备给傅锦衡打电话，提醒他别忘了让秦周给自己送门票。

正在她这么想着的时候，卧室的房门被推开了。

"你怎么回来了？"叶临西一看见这个西装革履浑身都写着"我是精英"的男人时，第一时间就把心里的想法问了出来。

傅锦衡解开西装外套的纽扣，眼神往这边一瞥，看到叶临西此时显然已经打扮妥当了。

她穿着一件纯白色的挂脖连衣裙，衣服的样式简单到极致，却愣是衬托出了她完美的身材，锁骨、细腰、长腿，该体现的地方一览无余。黑色的长鬓发披散在她的肩头，显得整个人既甜美又带着那么一丝妩媚。她本来就长得明艳动人，如今盛装打扮，不知道的人还以为是她去开演唱会。

傅锦衡收回视线，说道："不是说要去看演唱会？"他边说边往这边走，看起来是要进更衣室换衣服。

这个更衣室连着卧室，所以傅锦衡的衣服也挂在这边，只不过相较于叶临西，他的衣服只占了两排柜子。

叶临西朝他伸出手，问道："门票呢？"

"等我换完衣服。"傅锦衡的声音低沉浑厚，让人听在耳朵里酥酥麻麻的。

叶临西不知道门票跟他换衣服有什么关系，直接说道："演唱会七点开始，现在都五点多了，路上这么堵，我再不过去会迟到的。"

"老陆送我们过去，不会迟到。"

叶临西哦了一声，正要点头，却突然反应过来他这句话的意思。

我们是什么意思？难道是他和她？

叶临西瞬间提高声音，惊讶地问道："你也要去？"

傅锦衡看着她震惊的模样，不得不提醒她，说道："这是我的门票。"

这下叶临西彻底无语，虽然知道这是他的门票，但一直以为他不会喜欢看演唱会。

像傅锦衡这种人，哪怕是听音乐，也只会出现在高雅的音乐厅里，而不是这种现场演唱会。

"你怎么会想去演唱会？"叶临西疑惑地看着他。

傅锦衡没说话，只一粒一粒地专注于解衬衫的纽扣。

待看到他胸膛半露时，叶临西有些慌张地问道："你干吗脱衣服？"

"因为我要换衣服。"傅锦衡抬眸看了叶临西一眼，语气平平地说道。

叶临西瞧见他的喉结微滚了两下，知道这是每次他要干什么之前的模样，吓得转身就走，片刻都不留。

在她离开之后，傅锦衡也彻底解开了衬衫的纽扣，只是在准备脱下衣服时，脑海中闪过她的表情，突然轻笑了一声。

她刚才又慌乱又惊讶，还透着一丝害怕，仿佛怕他会真的生吃了她。

傅锦衡下楼时，看到叶临西正坐在沙发上玩手机，走过去轻唤了一声："临西，走了。"

叶临西抬起头，慢悠悠地站了起来。

正好郑阿姨从厨房出来，看他们这一副外出的打扮，立即问道："你们是要出门吗？"随后郑阿姨又似想起什么，笑着说道，"瞧瞧我这记性，今天是先生的生日。"

"今晚不用准备我和临西的晚餐，我要带临西去看演唱会，这是她期待了很久的演唱会。"傅锦衡说完冲着叶临西看了一眼，语气虽然平静，可原本天生冷感的眉眼此时居然染上了难得的温柔和一丝宠溺之意。

叶临西看着郑阿姨脸上的欣慰表情，心里犹如雷劈。在她的手掌被傅锦衡握住时，她被雷劈了的脑子才终于反应过来，她不禁在心里暗叹，傅锦衡这家伙竟然是个演技高手。

叶临西的手掌被傅锦衡轻握着，他们就这样在郑阿姨的注视之下走出门，来到已经停在门口的车旁边。

司机早已经等着了，见他们出来便赶紧拉开车门。

叶临西先上车坐好，傅锦衡则是从另一边的车门上车。

两个人坐定之后，司机上车启动车子。

整个过程行云流水，叶临西回过神的时候，车子已经驶出了别墅的院子。

一开始，车子里是安静的。司机开车自然是一句话都不说的，身旁的男人更是话少，才不会主动开口。

叶临西看了一会儿车外的风景，结果越看越生气，便主动转头，伸出两根手指拽着傅锦衡衬衫肩膀处的布料，惹得原本正低头看手机的男人转头看向她。

傅锦衡看着她，没有开口。

叶临西问道："你刚才说的那句话是什么意思？你知不知道这样很影响我的声誉？"

傅锦衡微微挑眉，漫不经心地说道："怎么影响了？"

叶临西忍不住说："你过生日却要陪我去看演唱会，这让别人知道了怎么想我？还不得在背后说我这个当老婆的一点儿都不贴心温柔？"

傅锦衡看着她气呼呼的模样，越发觉得叶临西原本明艳的脸此刻更加生动了。

两个人之间的距离极近，两个人说话间，她身上极淡的香味一点儿一点儿地飘到他的鼻尖。

叶临西的品位活脱脱是被钱堆出来的，就连她选的香水都让傅锦衡一点儿都不感觉腻，反而有点儿淡淡的勾引意味。

傅锦衡突然轻笑一声，说道："所以，这就是你偷偷回国的原因？"

叶临西之前就怕别人议论她丢下丈夫不管跑去看小偶像的演唱会，这下被完全正中靶心地戳到心事，赶紧自觉地闭上了嘴巴。

她这人其实就是太虚荣，明明夫妻关系冷淡，还非要营造出一种恩爱美满的架势。

这也没办法，叶临西打小儿就受惯了别人羡慕的目光。别人还在为新买的一双耐克鞋高兴的时候，她已经穿着某品牌的珍珠鞋上学了。她的人生在别人看来就是让人羡慕嫉妒恨的轻松模式。哪怕结了婚，她也要当婚姻最幸福、最让人羡慕的那个人。

因此，她和傅锦衡之间可以是表面夫妻，但绝不能被别人发现。哪怕是一个字，她都不想听到。

她将脸冲着车外，干脆不看他，只不过沉默了几分钟后，又忽然开口："那你干吗也要跟着我去看演唱会？"

傅锦衡回道："大宅那边以为你没回国，所以打电话让我回去吃饭庆生。"

叶临西面无表情地想着：果然，她只是个工具人而已。

虽然叶临西日常秀恩爱时也会拿他当工具人，但确实非常双重标准。看他这么干的时候，她很不爽，觉得这人也实在是古怪。

他是那种跟傅家人关系很疏离的人。要不是知道他跟他的妈妈长得很像，叶临西怕真的会偷偷怀疑他是被从外头抱回来的私生子。就像过生日，他宁愿跟她这个表面老婆待在一起，都不愿意回家吃饭。

可是叶临西又想了一下，傅家的长辈都很和蔼，不管是奶奶还是他的爸妈，看起来都是性格温和又好相处的。反而是他，整个人整天冷着脸，浑身上下都写满了"人类别靠近我"几个大字。

叶临西轻瞥了他一眼，心头感慨万千，一时竟不知是该替他的爸妈惋惜还是心疼自己，毕竟下半辈子要跟他过的是她。

他们到了演唱会场馆的附近，因为时间还早，傅锦衡带着叶临西先去吃东西。

不过叶临西此时正处于兴奋状态，没什么胃口，在餐厅的时候还遇到了几个齐知逸的粉丝。

隔壁桌的小姑娘们拎着的袋子上是齐知逸的卡通头像，叶临西一下就能看出她们是齐知逸的粉丝。

见叶临西朝她们看了几眼后，对面的傅锦衡收回视线看向叶临西。

她突然说："我不喜欢的话，你别说。"

傅锦衡似是被她的话逗笑了，笑着说道："你怎么知道我说的话你不喜欢听？"

那还用问，因为你的嘴巴里会吐出来象牙吗？

叶临西在心里翻了个白眼，不过看在他今天过生日的分儿上，还是说道："说吧，你想问我什么？"

"这种……"傅锦衡只说了两个字便顿住了，像是极难找到形容词一般，过了好几秒，才缓缓地继续说道，"小朋友，有什么吸引你的地方？"

叶临西上下打量了他一番，心里的白眼翻得更快了。

你才小朋友，你全家都是小朋友。

只是下一秒，她突然意识到一个问题，便笑着问道："你不会是吃醋了吧？"

自己如花似玉的老婆不喜欢他，却偏偏喜欢英俊的小帅哥，他的心里不是滋味，确实可以理解哦。叶临西想到这里，忍不住双手托腮。

她今日特地把长发梳成丸子头，妆容上一改往常的精致明艳，连眼影都是用了更适合夏天的粉色，小玫瑰变成了桃花精，不仅显得青春活泼，还透着一股难得的可爱，此刻她眨了眨眼睛，笑眯眯地说道："虽然人家喜欢小逸，但是你正室的地位在人家的心里是不会变的啦。"

听到如此做作的声音，原本正在夹菜的傅锦衡微抬眼皮，只见叶临西的小脸被手掌托起，整个人看起来像某种爱吃松子的小动物，他莫名地觉得她有点儿可爱。

傅锦衡问道："人家是谁？"

叶临西一时无言，心想：算了，就当她没说过。

在这个小插曲之下，叶临西还是心情很愉悦地去了开演唱会的体育馆。外面摆着很多摊位，卖着各种各样有关齐知逸的东西，像荧光棒、手幅、写真集、会发光的头箍之类的，特别是头箍，每个人手上都拿着一个。

叶临西下车的时候只看了一眼就收回视线，无法想象她和傅锦衡一起戴这玩意儿的场景。

不一会儿观众开始入场，他们跟着人群进入场馆，很顺利地找到了位于第一排的位置。

每个位置上都摆着荧光棒，这是齐知逸的官方后援会特意准备的。

齐知逸的应援色是银白色，所以荧光棒也是银白色的，粉丝们大概想在他生日之际给他一片难以忘记的银海。

叶临西饶有兴趣地拿起荧光棒看了两眼，但转头就看见傅锦衡位置上的荧光棒正放在他的脚边，忍了忍，还是憋住了没说话。

演唱会七点准时开场，当齐知逸出现在舞台上的时候，整个会场发出的尖叫声有震翻屋顶的架势。

叶临西顾忌着身边的男人，只是矜持地挥舞了一下荧光棒，但随着演唱会的进行，渐渐发现了不对劲儿。

因为她坐在第一排，离舞台只有几米远，所以能清清楚楚地看到舞台上齐知逸的眼神。

齐知逸的眼神一直朝他们这边看，一开始叶临西还以为是自己的错觉。

特别是齐知逸在唱一首慢歌，从舞台的另一侧走到这边时，叶临西仰头看着舞台上还明显带着少年气的大男孩，发现他的额头上带着细密的汗珠。

齐知逸的目光就那样轻轻地落了过来，像是带着电流。

叶临西就这么抬着头，跟舞台上的齐知逸四目相对。

下一刻，齐知逸的视线微微挪开。而左右两边的人都往这边看过来，像是找齐知逸在看谁。

叶临西猛地抓住身边男人的胳膊，激动地喊道："啊，我们小逸在看我。"

傅锦衡的手臂被她抓得极紧，他微微皱眉低头看着她的手掌。

叶临西觉得整个人幸福得快冒泡了，丝毫不在意一旁被她抓着手臂的工具人。

"你怎么知道他看的是你？"傅锦衡平淡又扫兴的话虽然迟到，但终究还是来了。

人生有两大错觉：暗恋的男生也喜欢我；我的偶像正在看我。

叶临西转头说道："从他视线的角度，他看到的只有我和你，他当然不可能看你，所以看的肯定是我。"

况且她这样的美貌，哪怕是在黑暗中，也是会发光的。她是光，她是电，她是吸引偶像的小灯泡。

叶临西再次转头望向舞台，双手捧脸，一脸陶醉地说道："能被我们小逸一直盯着，真的好幸福。"

傅锦衡看着她欢快的模样，微抿嘴角。

齐知逸去换衣服的时候，场馆里的声浪稍微缓和了点儿。

叶临西整个人也稍微安静了些，见周围的人在兴奋地讨论刚才的表演，也生出那么一点儿想说话的欲望，于是用手肘轻点了点身边的男人，惹得傅锦衡转头看她。

叶临西说道："你刚才不是问我，齐知逸有哪里让我喜欢吗？"

说完这句，她也不管傅锦衡对这个问题感不感兴趣，便一股脑儿地说了起来。

"你不知道我们小逸有多可怜，他签约的第一家公司特别坑人，骗他签了奴隶合同，不让他出道，还不给他饭吃，让他睡地下室。就连后来他参加选秀节目，也是靠自己的努力。他前公司还在他红的时候跳出来跟他要钱。

"别人参加节目，公司出钱出力。齐知逸什么都没有。

"我们小逸家境不够好，在娱乐圈里更是没有靠山、没有背景，他只有我们了。"

粉丝两大错觉：公司都是吸血鬼；哥哥只有我们了。

或是被现场的气氛所感染，叶临西说到激动处还吸了吸鼻子，一副"舐犊情深"的样子。

傅锦衡一张清俊的脸没有表情，直到叶临西抬头时，他才突然伸手拍了拍她的手背，说道："别想太多。"

这个男人好歹还有心，居然知道安慰她。叶临西心里有点儿满意地这么想着。

演唱会结束后，大家在退场。叶临西依旧沉浸在兴奋中，又因为离场的人太多，索性慢悠悠地等着。结果旁边的男人反而先站了起来，直接伸手把叶临西拉了起来，带着她往前走。

叶临西走了两步就发觉不对劲儿，小声地提醒道："那是后台。"

出口在后面，而傅锦衡带她去的地方明显是后台。傅锦衡没说话，只是拉着她往前走。

前面出现了两个黑衣男人，像是安保人员。

叶临西原本以为他们要被拦下，没想到这两个人看见他们反而成了恭敬的带路者，于是她一路就这么被傅锦衡拉着手走进了后台。

此时的她心思百转千折，一时充满疑惑，一时又透着开心，思来想去终于想明白了，肯定是傅锦衡知道她喜欢齐知逸专门带她去见偶像。

因为走道很窄，她虽然被傅锦衡牵着，却走在略靠后的地方，抬眼就看见男人宽阔又高大的后背，心里突然有了那么一点儿骄矜。看起来她好像真的拿到了女主剧本哦，还是霸道总裁的小娇妻，现在这场景不就是霸道总裁在安排小娇妻去见她的偶像？

叶临西开心极了，很是自信地把这安排当成是傅锦衡在讨好自己，心中不由得觉得这个男人到底还是有救的。

后台人很多，有舞者、工作人员、保镖，却似乎没有齐知逸。

就在叶临西这样想着的时候，突然看到对面堵着的人墙散开了，只见齐知逸从走廊的另一端慢慢地走过来。

在齐知逸走近之前，傅锦衡突然凑近叶临西，他的唇几乎快要贴到她的耳边，开口时温热的气息喷在她的耳尖。

叶临西有种滚热、酥麻的感觉，忍不住缩了缩脖子，然后就听到傅锦衡带着若有似无的恶劣语气说道："我不仅能让他一直看你，还能让他叫你小舅妈。"

叶临西原本被他突然的靠近弄得耳朵发麻，以至于脑子也跟着短路了，所以在反应过来这句话的意思时，已经看到齐知逸走到了他们面前。

对面的齐知逸开心地喊道："小舅舅、小舅妈。"

第二章

毕业快乐，临西

齐知逸的声音很好听，很是悦耳。

只不过这好听的声音如同一声惊雷，彻底在叶临西的脑袋里面炸出五彩的烟花。

她是谁？她在哪儿？她刚才是不是幻听了？谁是小舅妈？

叶临西忍不住闭了闭眼睛，暗自告诉自己：没关系，你可以的，你还能撑得住！

就在此时，她的手掌被人轻轻地捏了一下，她扭头看向身边的男人。

有些憋闷的后台，白炽灯清冷的光线下，他长身玉立地站在这里，清俊的脸颊因为表情淡然而显得矜贵，此刻正看着叶临西，勾唇浅笑，说道："孩子叫你呢，小舅妈。"

这句话把叶临西惊得当场打了个寒噤。

她偷偷地看向对面的齐知逸，一想到她曾经在大半夜和姜立夏两个人对着他的视频和照片尖叫发花痴，顿时有种天旋地转的感觉。而且她和姜立夏还对着他撩起 T 恤下摆露出半截腰身的照片流了半天口水，讨论他的腹肌线条有多完美，摸上去的手感会有多好，还有他的嘴唇、喉结、手指多么性感，几乎把他身上的所有部位全部点评了一遍。

她的手机里至今还保存着关于齐知逸各种各样的舞台视频剪辑，偏偏现在的事实告诉她，齐知逸要叫她小舅妈。

叶临西此刻心虚到不敢抬头看齐知逸，因为她觉得此时她的脑门儿上已经刻上了四个大字——为老不尊。

"小舅舅，我没想到你居然真的会带小舅妈来看我的演唱会，"齐知逸见叶临西低头没说话，还以为这个漂亮到过分的小舅妈天性爱害羞，便主动开口缓和气氛。

傅锦衡说道："主要是你小舅妈比较……"

叶临西在这个男人又要开口的时候，狠狠地掐了一下他的手掌心。

他要是再敢多说一句，今天她就和他拼了，反正她的脸皮已经快掉完了。

"她比较贴心，愿意陪我一起来。"

叶临西听到这句话，心里稍稍松了一口气，不过丝毫没有感谢他说的话，心想这个臭男人完全就是故意的，埋怨他故意不告诉自己他和齐知逸的关系。

可是片刻后，叶临西仔细一回想，又想起刚才在演唱会中途的时候跟傅锦衡说的那些话：小逸好可怜，没靠山、没背景，崽崽他只剩下我们了。

她越想越觉得尴尬到头皮发麻，特别是听到傅锦衡的那句"别想太多"，原本还以为他竟然转性了居然会在她情绪激动的时候安慰自己，没想到他真的只是告诉她别想太多。

叶临西在心里又痛骂了他一百次，非常疑惑这个世界上怎么能有如此损人不利己、专门喜欢看别人笑话的人呢？

就在叶临西脑海里疯狂脑风暴时，齐知逸又开口说："小舅舅，待会儿我们有庆功宴，你们也一起去吧？"

"临西，你想去吗？"傅锦衡温和地问道，仿佛真的很认真地征求她的意见。

叶临西此时也没办法冲他发火，就连翻白眼的冲动都被无限压制，只好抬头轻笑，柔声地说道："今天是你的生日，要不我们还是早点儿回去？"说完她惋惜地看向面前的齐知逸。

眼前这人可是她的偶像啊。

要是在一个小时前，有人告诉她，她会主动拒绝齐知逸的邀请，打死她都不会相信。但是现在，她的脑子真的是乱糟糟的，她怕这顿饭吃不下去。

傅锦衡说道："你要是累了，我们就回去吧。"

齐知逸也点头说道："没事儿，反正过两天我妈妈也回来。小舅舅，到时候你再带小舅妈跟我们一起吃饭吧。说起来，这还是我第一次见到小舅妈呢。"

叶临西心里无奈，感觉这种天降的缘分也太奇怪了，到底还是没憋住好奇心，问道："你的妈妈跟他是什么关系？"

齐知逸一愣，大概也没想到叶临西对于傅家的家谱居然这么不熟悉。

叶临西问完之后也后悔了，暗叹她和傅锦衡恩爱夫妻的人设再次摇摇欲坠。

好在傅锦衡开口说话了："他的母亲是我的堂姐，只不过他们一家一直住在国外。之前我们的婚礼，知逸没有参加。"

怪不得，原来事情是这样的。叶临西之前也见过不少傅家人，怎么可能会对齐知逸没印象？她再次哀叹自己真的是马失前蹄。

因为齐知逸的演唱会大获成功，团队在五星级酒店准备好了庆功宴，就等着他们过去。

叶临西违心地拒绝邀请后，自然是跟傅锦衡一块儿回家。

只不过当他们消失在齐知逸的视线范围内，她立马就变脸了，一个人快步往前走，恨不得脸上写着"我跟后面那个臭男人不认识"这句话。

车子早停在外面，叶临西拉开车门直接就坐了进去。要不是因为这车是傅锦衡的，她会毫不留情地吩咐司机开车走人，但一想到司机也不太可能听她的，干脆闭嘴，等着傅锦衡坐了上来。

司机回头看了一眼，大概是询问下一站的地点。

傅锦衡看着旁边恼羞成怒的人，淡淡地说道："回家吧。"

一路上叶临西没说一句话，侧着脸看向窗外，只见沿途的路灯光影流转。灯光从她的脸上闪过时，切换出明明灭灭的光影，像极了文艺片里暧昧的场景。

以往叶临西的美总是明艳的、张扬的，此时的她安静得如同画中的美人，让人不忍打扰。

只是安静的美人突然转头看了过来，不偏不倚地与傅锦衡的目光相交。

傅锦衡丝毫没有偷看被抓到的窘迫，哪怕叶临西已经转头，他的视线仍然透着肆无忌惮，即使在这样光线昏暗的环境下依旧摄人心魄。

他这样看人的方式，很容易让人觉得是在挑衅。

于是，叶临西毫不犹豫地开口说道："看什么？没见过大美人吗？"她说完微抬着下巴，继续转过头看向窗外。

傅锦衡的心里则在遗憾地想着：美则美矣，可惜不是个哑巴。

车子到了别墅门口，叶临西率先下车进了家里。

傅锦衡不喜欢家里有外人，所以保姆和司机晚上都不住在这里。

偌大的别墅只有他们两个，正适合吵架。

傅锦衡一进门就看见叶临西站在客厅那个巨大华丽的吊灯下，一眼看去就知她浑身充满了怒气。

傅锦衡当初选择客厅的挑空设计，就是为了装下叶临西花了巨资买的这个吊灯。此时，灯光如星，美人如火。

叶临西的头顶应该正在冒烟，她强忍到现在就是为了避免在外人面前跟他吵架，顺便还感叹了一下自己的体贴懂事。

可是某人呢，明明已经娶到了这个样貌、身材、家世、学历都是顶级的老婆，居然还不知道珍惜。

叶临西抢先发难，怒气冲冲地说道："你到底是什么意思？存心想看我出丑吗？我就说呢，你今天怎么会那么好心，是故意想让我在齐知逸的面前丢脸吗？"

傅锦衡倒没有因为她的倒打一耙而生气，语调平缓地说道："不是你非要去看演唱会吗？"

"那你为什么不告诉我，齐知逸跟你是这种关系？"

傅锦衡说道："我告诉你，你就不去看演唱会，就要脱粉了？"

叶临西愤恨不已，心想这个男人居然还知道脱粉。

她当然不会脱粉，但起码不会在演唱会上疯狂地尖叫啊。

刚才在演唱会上时，本来她还碍于傅锦衡坐在自己的旁边，表现得很矜持，可后来看到齐知逸的表演点燃了全场，叶临西的心也被点燃了，于是她开始激动地尖叫、呐喊。

之前齐知逸在演唱会上往自己的方向看了好几回，原本她还以为是自己的美貌吸引了偶像，没想到最后居然是因为傅锦衡坐在她的旁边。

她兴奋到尖叫的模样肯定都被齐知逸看见了吧？叶临西一想到自己身为一个小舅妈，居然追星追到大外甥的头上，恨不得钻到地缝里去。

叶临西拔高声音，生气地说道："那我最起码能有所准备，不至于那么丢脸。我甚至都不知道他的妈妈是你的堂姐，你说人家要怎么看我们？说不定还以为我们是那种没有感情的联姻夫妻呢。"她越说到最后，原本拔高的声音就越往下降。

因为他们可不就是那种没有感情的表面夫妻吗？

在傅锦衡回答之前，她赶紧补充道："我的意思是，这种浮于表面的夫妻关系很容易影响他的择偶观念。"

傅锦衡淡淡地说道："你们当粉丝的不都盼着偶像最好没有择偶观念？"

叶临西一时被噎住，疑惑他为何这么了解追星的事情。

这个架注定是吵不出结果的。

两人停战上楼之后，傅锦衡拿了睡衣去洗澡，叶临西则开始卸妆。她低头将脸上的洗面奶泡沫洗干净时，抬头看向面前巨大的镜子，思绪却已经飘向远方。

她和傅锦衡虽然结婚才一年，但两人相识已有很多年。

不管是傅家还是叶家，在北安都是鼎鼎有名的家族。只不过相较于叶家来说，傅家发家更早，枝繁叶茂，根基深厚。傅氏的家族企业盛亚集团更是到了闻名全国的程度，高居企业百强之前列。

所以他们两个人结婚实属情理之中，外界没有丝毫意外。"门当户对"这四个字，不管在什么时代都不会过时。

况且外界都传傅家这一代注定不太平，毕竟傅锦衡的上头还有一个亲哥哥。当初他与叶临西结婚的消息传出来，外界都在说傅家二少这是要借助有力的岳家彻底扳倒哥哥，好一举入主东宫。

叶临西对这门婚事的态度一直都是不反对也不喜欢，毕竟她一个工具人的感受无足轻重，也没人在意。反正傅锦衡要娶的是叶家的女儿，哪怕没有叶临西，还有叶临东、叶临南、叶临北。

想到这里，叶临西越来越生气，顾不上涂抹护肤品，迅速来到卧室，从床头柜上拿到手机，直接在床边坐了下来。

她用微信联系上SA，迅速又精准地把之前看上还没来得及订的两个包下了单，做完这一切，整个人倏然神清气爽起来。

叶临西心想，如果说她是个工具人，那傅锦衡就是个只配给她花钱的工具人。

午后的阳光正好，餐厅里响起悠扬舒缓的音乐，透着岁月静好的悠然。这是一家网红餐厅，新推出的下午茶格外精致诱人，因此吸引了不少女生的关注。

"天哪！齐知逸居然是你老公的外甥？"一个陡然拔高的声音打破了角落里的安静。

叶临西瞪她一眼，压低声音说道："你小声点儿。"

姜立夏还是一副深感惊讶的模样，半晌她才继续说道："你也太幸福了吧！"

叶临西神色恹恹地说道："也就一般吧。"

姜立夏见她身在福中不知福的模样，当即唾弃地说道："你还有什么不知足的？那可是齐知逸啊，万千少女的偶像，现在得叫你小舅妈。我想想都替你幸福到要晕倒。"

不说这个还好，一说这个，叶临西就有满肚子的话要说，愤恨地说道："如果我没在他叫小舅妈之前发过花痴，没盯着他的腹肌大喊好想摸，大概会是幸福的吧。"

姜立夏听她这么一说，角色代入了一下自己和表姐家的那个刚上大学的儿子，整个人冷不丁地抖了一下，想来好像确实是挺尴尬的。

不过姜立夏这人一向心大，不在意地说道："我替你想了一下，你的左手挽着你的老公，右手牵着齐知逸，这画面光想想就太令人激动了吧？"

对面的叶临西听闻此话冷冷地哼了一下。

姜立夏又赶紧说道："当然啦，也只有小玫瑰的美貌才能撑得起这个画面。”

姜立夏之所以喜欢叫叶临西小玫瑰，完全是因为叶临西明艳又浓烈的美貌足够叫人过目难忘。

叶临西虽然被夸得高兴，但还是不忘痛斥傅锦衡，愤愤地说道："我早就跟你说了，这个男人居心不良，故意让我在偶像的面前丢脸，还看我笑话。"

都说生气容易使人衰老，可跟傅锦衡在一起的时候，她总是被这个男人隐藏在骨子里的恶劣气到。

姜立夏有些犹疑地说道："你老公应该也是好心吧？毕竟他还陪着你去看演唱会呢！"

虽然按照叶临西的说法，傅锦衡陪她去看演唱会是因为他不想回傅家大宅，拿她当挡箭牌。然而，姜立夏觉得傅锦衡完全可以在找完借口之后让司机送叶临西去演唱会，而不是亲自陪着。而且这种偶像的演唱会，会让女生亢奋到尖叫，但对男人来讲，怕是魔音穿脑吧？

叶临西说道："姜立夏，我觉得你最近的立场很不坚定，你到底是谁的朋友？这种恶劣的男人是给了你什么好处？"

姜立夏立刻冤枉地说道："你老公跟我差着十万八千里，我除了在你们结婚的时候见过他，也就从你的嘴里听到他的名字了，而且听到的还都是三百六十度无死角对他的批斗。"

姜立夏实在无法对长着那样一张俊脸的傅锦衡口出恶言，叹了一口气才继续说道："你也要理解一个'颜狗'的为难。"

叶临西对自家姐妹简直无语了，只恨傅锦衡这个男人靠着一张脸不知蒙骗了多少人。

有的人表面上高冷矜贵，可是私底下嘴巴毒又刻薄。她真的很想撕下傅锦衡的假面具，让大家都认清楚这个男人，劝大家不要被他的一张好皮相蒙蔽。

可她思来想去，又无力地往身后的椅背靠了过去，毕竟她也没什么资格说别人，当初自己不就是因为他的一张脸才愿意跟他结婚的？

姜立夏突然灵机一动，想到一个馊主意，赶紧道："我说要不你就彻底征服这个男人？"

叶临西用一脸"你说什么疯话"的表情看着她。

姜立夏继续说道："反正你们两个又离不了婚。你想想，你一直生气有什么用，对他也没有丝毫影响，只会气坏自己。要是你能彻底征服他，到时候你让他往东他不敢往西，想想都爽。"姜立夏越说越觉得这个主意很好，还冲着叶临西挤眉弄眼的。

见叶临西陷入沉思，姜立夏觉得自己的好主意似乎被闺密认可了，再次开口说道："是不是觉得我这个主意很好？"

叶临西觉得好像有那么一丝丝道理。

姜立夏又说："以我们小玫瑰的美貌，相中哪个男人还不是手到擒来？"

叶临西觉得这话好像很有道理，下一秒就猛地站了起来。

姜立夏被她的举动吓了一跳，问道："你这是干吗？"

叶临西伸手撩了一下鬓发，露出妩媚的表情，说道："哎，他上班这么累，我要去给我老公送下午茶呢！"

姜立夏一时无言，震惊于叶临西的雷厉风行。

叶临西提起打包的甜点时，觉得自己表现得太晚了，应该让他彻底臣服在自己的美貌之下。

果然是当局者迷，她之前光顾着跟傅锦衡置气，完全忘记了还有另外一种迂回取胜的方式。

那家网红餐厅的下午茶胜在装盘漂亮精致，用来拍照是最好不过了。刚才在餐厅里面，叶临西几乎没怎么吃东西，所以在快到达公司之前，又特地拿出手机当作镜子照了一眼。

她今天用的是唇釉，现在的她妆容完整，就连口红都不需要再补。唇釉在唇上结成了一层薄薄的唇膜，显得唇瓣柔软又饱满，看起来就很好亲。

她越看越觉得自己简直是暴殄天物，居然浪费这样的美貌，又觉得姜立夏说得对，凭她的长相，对什么男人不是手到擒来？

她到了公司楼下之后，司机把车子停在路边，让叶临西下车。

叶临西打算给傅锦衡一个大大的惊喜，所以刚才在车上只给秦周打了电话，现在刚一下车，就见秦周已经在外面等着了。

秦周看见叶临西手里提着东西，上前接了过来。

叶临西问道："傅……我老公呢？"

"傅总正在开会，请您先上楼去傅总的办公室吧。"

叶临西倒没什么意见，跟着秦周一路到了楼上。

这一层是总裁办，外面的公共办公区域都是总裁办的人。秦周把她直接带进了傅锦衡的办公室，因此引起了外面人的讨论。

"刚才那是谁呀，秦助居然把她领到了傅总的办公室？"

"哇，我刚偷偷看了一眼，真的长得特别好看。"

"我想知道她的口红色号。"

"这么正大光明地到公司来，又是秦助领着的，不会是傅总的老婆吧？"

"但我听说傅总的老婆正在美国读书呢。"

叶临西当然不知道外面讨论的内容，一进傅锦衡的办公室就在心里忍不住骂了这个男人奢侈。

在寸土寸金的CBD（中央商务区），他居然有一间这么大而且采光还这么好的办公室。不过相较于家里更符合叶临西喜好的奢侈华丽风装修，这间办公室明显是傅锦衡喜欢的风格，从办公桌到装饰品都透着三个字——性冷淡。

叶临西也没客气，直接在他的办公椅上坐了下来，转了一圈儿，看向落地窗外，身处六十层的办公室，视野果然开阔。

周围的楼宇都在她的视线范围内，街道上的车辆也如火柴盒那般大小。

秦周有事情要忙先出去了，叶临西就安静地坐在椅子上，等着傅锦衡回来，等了不一会儿，她的眼皮沉重起来。

片刻后，叶临西在午后温暖的阳光下，渐渐地闭上了眼睛。

傅锦衡开完会之后，一边上楼，一边跟身边的人继续探讨刚才会议上的问题。他身材修长，步履自然迈得也大，所以当他率先推开办公室的门时，一眼就看见椅子上睡着的人。

见他脚步顿住，身后的人也跟着停下。

"你们先回去吧，讨论个结果出来，再来跟我汇报。"

身后的几个高管看不见里面的情况，不过既然傅总发话了，他们也不敢多说，转身离开，并没有注意到身后的傅锦衡在进办公室时带上门的动作是那样轻。

虽然傅锦衡进来时几乎没有发出一丝声响，但一直睡得迷迷糊糊的叶临西在听到开门的声音时还是醒了。

叶临西的一双狐狸眼乌黑发亮，顾盼生辉，此刻刚刚睁开，里面还含着睡意，又有种迷迷糊糊的可爱。

她看见傅锦衡时一激灵，心头再次涌上之前在餐厅里说的豪言壮语，决定要勾引并征服眼前的男人。她必须记住她来这里的目的，不要生气，要笑，要展现她最迷人的一面。

虽然她自我感觉良好，认为自己展现个七八成的魅力就足以让傅锦衡迷了眼睛，但还是打算火力全开，于是轻扯了一下短裙，将短裙扯到膝盖以上，露出笔直纤细的双腿。

叶临西有着一双笔直又修长的腿，当然也知道自己的这双腿有多好看。

就在叶临西准备站起来打算全方位展示自己的美貌和身材时，她突然感觉到小腹一阵翻涌，还有随之而来的那种哗啦流淌的感觉。

应该不是她想的那样吧？可是随着身体某处越来越汹涌的感觉，她感觉自己的心在发凉。

"临西，你怎么了？"傅锦衡看她刚从椅子上起身却又坐了回去，忍不住问道。

叶临西抿嘴，有点儿不好意思说明情况。

傅锦衡倒也没在意她这小小的异样，继续问道："你怎么突然来了？"他边说边朝叶临西走近。

叶临西紧紧地夹住双腿，不想让他发现什么。可是来月经这种事，并不是人为就能阻挡的。她不知道自己的裙子后面是什么情况，但要命的是，今天还穿了一条纯白色的裙子。

叶临西的脸颊要憋红了，她知道是自己鸠占鹊巢坐了人家的椅子，也知道应该站起来把椅子还给傅锦衡，可是当下的状况太令人难堪了。

叶临西突然抬头看着面前的男人，轻声问道："你能把这个椅子送给我吗？"

傅锦衡一怔，片刻后，用有些清冷的声音回道："你要是喜欢的话，就拿去好了。"

叶临西垂着头，瓮声瓮气地又说了一句。

只不过这次她的声音太小，傅锦衡没听到，只好问道："你说什么？"

叶临西又往下垂了垂脑袋，忍着巨大的羞耻说道："那你能不能找两个人抬着我和椅子，直接把我送回去？"

她看上这椅子了，爱得深沉，无论如何都不能与椅子分开。

傅锦衡一时有些迷茫，不知道她什么意思，只是略微低头，看到叶临西紧紧交叉在一起的长腿，还见她用双手轻轻地捂着小肚子，便明白了七八分，询问着说道："你需不需要上洗手间？"

叶临西猛地抬头，与他的目光再次交汇。

那双平时狡黠的狐狸眼此刻透着大大的哀求，仿佛在说：太丢人了，求你别说了，千万别说出来。

傅锦衡好像真的看懂了她眼睛里发出的信号，居然没再说话。

可是下一秒，他的动作差点儿让叶临西当场昏厥。

他双手轻轻地握住椅背的顶端，直接推着椅子和叶临西一路往前，然后打开办公室洗手间的门，将她连人带椅子一起推了进去，整个过程一气呵成。

以至于叶临西对着洗手间的马桶时，整个人都是蒙的，伸出手掌捂住脸，恨不得把自己捂到窒息直至当场昏过去才好，却又在此时听到身后响起敲门声。

傅锦衡用一如既往沉静的声音说道："临西，你有什么需要，可以隔着门跟我说。"

隔着门说她就不会丢脸了吗？叶临西还真是佩服他的脑回路。

待在厕所里的叶临西把脸埋在手掌中，半天没有吱声，仿佛她只要不说话，就可以假装自己不存在，甚至可以假装自己没有丢脸。

这一刻，她就是叶家阿Q。

见她一直不说话，站在门外的男人没那么多耐心，干脆地说道："我让秦周去买一套衣服和一些女性用品吧？"

"不要。"叶临西眼看原本打算装死的计划也落空了，在听到傅锦衡的打算时，立即出声阻止。

傅锦衡站在门外，听着她一向骄矜的嗓音里透着一丝小小的慌乱，哪怕此刻没有看见她的表情，也能想象到她此时的模样，便难得地多了一丝耐心，问道："那你想要怎么办？"

叶临西此时也站起来检查了一下裙子后面的情况，看到白色的裙子被染出一块巨大的血污，再低头看一眼黑色真皮椅子，发现上面也沾着几丝血迹。

她太丢脸了！她怎么可以这么丢脸？

叶临西陷入绝望中，可是偏偏现在还不能发出太大的动静，毕竟这个厕所的门看起来也不是那么隔音。

她想了片刻，说道："你去给我买。"

"什么？"傅锦衡以为自己听错了。

叶临西以为这个男人是要趁机看她的笑话，忍不住又拔高声音说道："这种贴身的东西当然得你去给我买。你是我的老公还是秦周是我的老公？你不许让秦周去。"

也亏他说得出口，要是他真的让秦周去给她买卫生巾，叶临西觉得以后怕是真的没脸见人了。

叶临西生怕他推托不去，赶紧又说道："今天我要不是怕你上班太累，特地过来给你送甜点，会落到这种地步吗？"

听到她这样说，傅锦衡捏了下眉心，转头看向身后的办公桌。

线条流畅的黑色长方形办公桌上摆着一个包装精致的盒子，上面还系着粉色的丝带，看起来应该就是她说的甜点。这种甜腻又华而不实的东西，确实会是她喜欢的。

虽然傅锦衡不知道为什么这个从来只有花钱时才想到自己的花瓶太太今天会到公司给他送吃的，但听到她说贴身用品，想了一下也确实如此，便低声说道："好，我给你去买。"

叶临西听到这句话，脸上才露出满意的表情，又赶在傅锦衡离开之前，继续说道："还有内裤和衣服。"

她的裙子和内裤都脏成这样了，肯定是不能再穿了。

可是她每说一个字，都感觉是对自己巨大的折磨，真想被人直接打晕过去，这样就不用这么丢脸了。

"嗯，你乖乖地待在这里。"傅锦衡临走时，突然又加了一句，说道，"我不会让他们进来的。"

此刻的叶临西只想遁地而逃。

见傅锦衡准备出去，秦周立即跟上。

谁知傅锦衡却摆摆手说道："你不用跟着，我一会儿就回来。"

秦周有些惊讶地站在原地，看着傅锦衡独自上了电梯，在他的印象中，好像还真没见过傅锦衡独自出门。

好在盛亚集团位于 CBD 的繁华区域，周围遍布各大商场，傅锦衡用手机导航搜了搜位置，直接去了离公司最近的一个进口超市。

很快，他进入了超市。

货架上摆着琳琅满目的商品，各式各样，看得人眼花缭乱。

傅锦衡虽然没有心情逛超市，但是头一次来这个超市，并不清楚卫生巾这种东西会摆在哪个货架上，找了一会儿才找到相应的货架。

只是当他站在货架的入口，看着整整一长排货架上面都摆着五颜六色的东西，一下子有点儿迷茫了，只好走向离他最近的一个货架，看了一眼上面摆着的粉色包装袋。

包装袋上写着几行字：优雅系列、日用、245mm。粉色包装袋的旁边依次放着蓝色和紫色的包装袋，傅锦衡看了一眼，猜到不同颜色应该是不同时间段用的，便伸出手指，轻轻地拿出一包，仔细地看了一下卫生巾上面的说明文字。

此刻货架中间的走道并非没有其他人，只不过其他推着购物车的是女生。于是，众人都看见一个西装革履的高大男人正低头看着手里的东西。他的神态非常认真，仿佛他正在看公司的重要企划案。

傅锦衡知道他这位娇贵的太太对什么东西都有品质要求，原本想拍一张照片发给叶临西，只不过刚拿出手机，就想到刚才他把她推到洗手间时她的手里并未拿着东西，想到她的手机应该还放在他的办公桌上，也就放弃了这个想法。

这时他突然又想到刚才的一幕，他推着椅子和她去洗手间时，从后面不经意地看见她的耳朵，只见她原本白嫩的耳朵染上一层薄薄的红晕，尤其是她的耳垂最红，像是抹了胭脂。想到这里时，他莫名轻哂，嘴角溢出一丝笑意。

傅锦衡也不知道她喜欢用哪种，干脆把全系列的卫生巾都买了，然后拎着袋子往回走的时候，又似突然想起什么，转头乘坐自动扶梯到了一层。

傅锦衡随便走进一家店里，就看到店员热情地迎了上来。

店员之所以这么快速地过来，大概是因为他从头发丝到脚尖都透着一股骄矜感。

店员礼貌地问道："先生，请问您需要什么？"

"帮我拿一套女士的衣服，舒服方便就好。"傅锦衡随口说道。

店员最喜欢这种钱多要求少还不挑剔的顾客，立马应了一声，心里乐开了花。

她赶紧拿了一套店里主推的款式，轻声说道："这是今年的走秀款，也是昨天刚到我们店里的，整个北安市只有我们店里才有。"

傅锦衡心不在焉地听着，正想说随便就拿这套吧，结果下一刻就看到一条白色的短裙。

裙子的款式跟叶临西今天穿的那条差不多，店员见傅锦衡盯着裙子，立即手疾眼快地走过去拿过来，笑着说道："先生，您的眼光真好。这条白色的短裙别看款式简单，但穿在身上不仅会显得腰身纤细，更显得腿型很漂亮。"

听到店员说到腿型很漂亮这句话，傅锦衡再次垂眸望向店员手里拿着的裙子，想起刚才叶临西坐在他的椅子上长腿紧紧地贴在一起的样子。

她明明穿着白色的短裙，可偏偏裙摆下的一双长腿纤细又雪白，肤色白得竟不输裙子。

傅锦衡低声道："拿这条吧。"

店员笑着又问道："那这套呢？"手里拿的正是她刚才推荐的走秀款。

傅锦衡看了一眼那件衣服，想起叶临西平时最大的喜好就是全世界各地飞地参加各种时装秀，她应该会喜欢这种走秀款吧，便说道："一起包起来吧。"

店员大喜过望，一边给衣服打包，一边低声夸赞道："先生，您真有心了，还亲自为太太买衣服。您的太太一定很幸福。"

店员很会察言观色，刚才就瞥见了他手上戴着的婚戒。

傅锦衡听着她的夸赞，丝毫不为所动，只是在接过袋子时，才想到叶临西最幸福的时候好像确实是她疯狂买东西的时候。偶尔她也会在收到他送的昂贵珠宝时，娇滴滴地说一句"老公你真棒"。

她的言下之意也被他一丝不落地听了出来：老公要一直棒下去，继续赚钱给我买东西哦。

叶临西觉得她在洗手间的每一秒都是煎熬，但绝对没想过要出去，万一哪个不长眼的在傅锦衡不在的时候进来看见她裙子上的污浊，她还要不要活了？

所以，在傅锦衡没回来之前，她就算打死也不会出去的，心里却在埋怨这个男人为什么这么慢。

就在她觉得度日如年时，听见洗手间的门再次被敲响。

"临西，开门。"

叶临西惊喜地瞪大眼睛，心想他终于回来了。

几乎是抱着虔诚的心，她小心翼翼地打开一丝缝隙，从门缝中伸出两根手指，示意傅锦衡把买来的东西直接递给她。

傅锦衡看着她此地无银三百两的举动，轻声说道："这里没有别人。"

叶临西心里暗恼：虽然这里没有别人，但是你也是我不想看见的。

最后她还是把门又打开了一点儿，让傅锦衡把买的东西递进来，也是这时才发现他居然买了不少。

等她打开超市的袋子，看见里面品种齐全的卫生巾，心头松了一口气，转头又看向另外两个袋子，才发现袋子里居然是她最喜欢的牌子，便赶紧从袋子里面拿出盒子。

大牌的衣服都是这样一层又一层的包装，所以很多美妆博主现在很喜欢录开箱视频。虽然叶临西从来没搞过这些，但也不妨碍她喜欢买东西拆盒子的感觉。

只是这一刻，她没什么期待感，直接撕开里面的包装，却在看见白色的短裙时微微一怔。

她现在身上穿的这条裙子，跟手里的裙子无论是颜色还是款式都很像。别人要是不注意看的话，根本不会看出来她换了一条裙子。

待叶临西看到这一切时，心里有些暖暖的。

不一会儿，她换好裙子穿戴妥当，原本想把弄脏的裙子直接扔进垃圾桶，却又想到一件事儿。他办公室的卫生肯定是别人帮忙打扫的，要是被人发现这条裙子，那可不得了。

叶临西赶紧把脏掉的裙子放在袋子里准备一块儿带走，推门出来之前深吸了一口气，心想只要她不在意就什么都没发生。

可是她一出来，跟站在办公桌旁边听到动静看过来的傅锦衡四目相对时，整个人还是有点儿发蒙，情急之下想要转移他的注意力，便突然拎起裙摆的一边原地转了一圈儿。

"你新买的裙子，好看吗？"转圈儿之后，叶临西一时没有动作，安静地望着他。

但她的内心戏很丰富：刚才她做了什么？她为什么要转圈儿？她怎么不干脆再跳个舞？

正在叶临西的内心大戏开演的时候，站在桌边的男人微微抬头，朝她看了过来。因为逆着光，他浓墨般的眼睛里翻涌而起的情绪她看得不太清楚。

半响，男人清冷中带着微微暗哑的声音响起："再转一圈儿。"

夕阳西沉，天边被染成一片赤橙色，从六十层高楼的落地窗往外看，这晚霞之景更为壮观。

他们这么一折腾，时间便在不知不觉中流逝了。

傅锦衡拿起挂在办公室里的西装外套，说道："走吧，送你回家。"

叶临西这才发现现在已经快到下班的时间，只不过此刻并不是很情愿让傅锦衡送自己。

"你平时不是工作很忙，经常要应酬到十一二点才回家的吗？你直接派司机送我回去就好。"她想给他一点儿时间，让他忘记今天下午在他办公室里发生的事情。

但这些话仅仅是她的想象，她并没有说出口。

所以傅锦衡并未听到她内心的声音，在穿上西装外套后，走到她的身边，直接握着她的手掌往外走。

叶临西不情不愿地跟在他的身后，生怕被别人发现她换了衣服，担心万一引起什么不好的猜测，她的一世英名可就要毁了。

她走到门口时，脚步一滞，有点儿不想往前走了。

好在傅锦衡这个男人还算有点儿眼力见儿，让秦周把人都安排好了。

他们离开之后，众人这才开始窃窃私语。

"我就说吧，真的是总裁的夫人。"

"咱们总裁夫人的美貌也太绝了吧！"

"对对，我刚才就说，夫人跟咱们傅总太般配了，就连家世都特别般配。之前我还挺同情傅总为了家族事业牺牲自己的婚姻，现在看来，他娶这样的夫人怎么能算牺牲呢？"

"怎么可能，我听说傅总是为了跟大少爷竞争才娶她的。"

"得了吧，大少爷准备出家了。你别听外面那些什么都不懂的人胡说。"

"出家？不是吧！这么刺激！"

…………

于是，话题很快从傅锦衡为什么要娶叶临西，转到了傅家大少爷为什么快出家了。

叶临西回家之后，一下车就进了别墅，直奔楼上的卧室。卧室里面很快传来水声，显然她早已经等不及洗澡了。

傅锦衡站在客厅里，伸手解开西装的扣子。

待他把西装脱下后，郑阿姨走过来把西装接了过去。

傅锦衡想了一下，问道："阿姨，女生来例假的时候需要注意什么？"

郑阿姨本来想问他晚上要吃什么，此刻听到这话，抬头朝楼上看了一眼，低声问道："夫人来例假了？"

傅锦衡点头。

"要不我给夫人煮红糖水吧？现在的年轻小姑娘很容易宫寒，一来例假就痛经，有的还会疼得满床打滚儿。"郑阿姨是过来人，说起这个头头是道。

"那麻烦你给她煮红糖水吧。"

"应该的，哪里能算麻烦？"

郑阿姨转身去厨房里准备红糖水。傅锦衡则是去了书房，看到秦周已经将新的项目书发了过来。

他作为盛亚科技新上任的总裁，知道很多人在等着他新官上任三把火。

这一把火，不管如何，都要烧得漂亮又旺盛。

他看完项目书，才起身出了书房。

郑阿姨一看见他出现在客厅里，赶紧走了过来，有些歉意地说道："先生，夫人刚才一直在洗澡。所以红糖水有些凉了，我还没送上去呢。"

傅锦衡知道叶临西的习惯，抬头朝楼上看了一眼。

叶临西是出名的爱臭美，每次洗澡都恨不得泡得换一身皮才好。

傅锦衡也没有怪郑阿姨，温声说道："你再煮一次吧，我端上去。"

楼下郑阿姨在煮红糖水的时候，叶临西也正好从浴室里出来了。她把头发吹到半干，因为还没吃晚餐，就没有穿睡衣，而是穿了一件宽大的T恤，底下穿了一条短裤。

她走到卧室里，从包里把手机拿了出来，看见有新的微信。

微信都是姜立夏发来的：

小玫瑰，快说说什么情况了，你有没有勾引到你的老公？

看着姜立夏越来越没下限的微信，叶临西简直是没眼看，本来刚洗完澡，都快把原本发生在办公室的事情忘记了，却偏偏碰到自家闺密来追根问底，现在一下子又想起下午的事情。

叶临西握着手机，气得在床上滚了起来。

傅锦衡端着红糖水上楼时，刚推开房门，就听到里面满床打滚儿的声音，还听到她正在打电话的声音。

"我怎么这么倒霉啊，我出门又忘看皇历了。"

"姐妹，真是多谢你出的主意，我的脸都丢光了。"

"直接下来一道闪电把我劈失忆吧！不对，顺便把傅锦衡那个臭男人也一起劈失忆吧。"

诸如此类的话很多，傅锦衡站在门口听了个真真切切，特别是当他听到"顺便把傅锦衡那个臭男人也一起劈失忆吧"这句话时，低头看了一眼手里端着的红糖水。

对于叶临西翻脸不认人的行为，他早已经领教了，但此刻他的嘴角还是不经意地露出淡淡的笑意，他用手掌轻轻地敲了一下房门。

只这么一声轻响，就使得里面的碎碎念和床上翻滚发出的声响陡然消失。

"临西，阿姨给你煮了红糖水，趁热喝了吧。"傅锦衡走到床边，将水杯轻轻地放在床头柜上。

杯子落下的瞬间发出微微清脆的声响，惊得床上的人浑身一颤。

傅锦衡放下杯子后，又看了一眼床上的人。

叶临西整个人趴在床上，微翘着屁股，脑袋完全埋在枕头下面，双手拽着枕头的两边，似乎生怕有人拽她的枕头。

傅锦衡看着她这副模样如一只小鸵鸟，又低声地补充了一句："我刚才什么都没听见。"

叶临西瞬间被气得火冒三丈。

在傅锦衡这个臭男人利用这件事情继续嘲笑她之前，叶临西坚决不能给他这个机会，当下就决定第二天回美国。

不过她这次回去只剩下参加毕业典礼了，等毕业典礼结束之后也应该收拾收拾彻底回国了。

这一年来，她利用学业的借口，一直逗留在美国。虽然两家的长辈都没说什么，但是也都在等着她毕业。况且她也不是很喜欢国外的环境。

傅锦衡回家的时候没看见叶临西，走进卧室才发现屋里的东西少了些许，于是一边下楼一边给秦周拨电话，待对方接通后问道："夫人回美国了？"

秦周立即回道："今天下午三点的机票，夫人的毕业典礼在下周二。"

傅锦衡嗯了一声，随后挂了电话，在沙发上坐了下来，伸手捏了捏额头处，整个人透着疲倦，突然感觉这家里好像安静得有些过分了。

晚上魏彻打电话过来，邀请他聚聚。

原本傅锦衡打算拒绝的，但听魏彻提到了安翰科技，这才应了下来。

安翰科技就是他最近在看的项目方，也是他加入盛亚科技之后打算烧的第一把火。

聚会的地点在上苑会，是他们时常聚会的地方。

傅锦衡到的时候，见魏彻和陆遇辰已经在包间里坐下了。两个人的面前都开了一瓶酒，傅锦衡看了一眼，知道这酒是罗曼尼康帝，一下就有了鸿门宴的感觉。

因为这种酒没有零售，每一瓶都需要拍卖。

傅锦衡随意地看了这两人一眼，倒也不是太过担心，心想：就他们两个，这能算什么鸿门宴呢？

"二哥哥，你可终于来了。"魏彻见他进来，立即热情地打招呼，起身给傅锦衡倒了一杯酒，继续说道，"快来尝尝陆哥哥刚拍到的红酒，我特地抢来的。"

陆遇辰对他恶心的言行非常无语，生气地说道："怎么谁都是你的哥哥？你恶不恶心人？"

魏彻本来就是个好玩儿的性子，他刚要蹭到傅锦衡的身侧，却不想被傅锦衡躲开了。

傅锦衡说道："我也嫌弃。"

魏彻忍不住说道："你们这也太无聊了吧！连个玩笑都不能开了？"

"你要是个姑娘，随便怎么叫哥哥，我都无所谓。"陆遇辰说道。

待傅锦衡坐下之后，魏彻和陆遇辰对视了一眼。

两个人都给对方使眼色，一副"你赶紧给老子说"的表情，就在纠结该怎么开口的时候，包间的门再次被推开。

原本正端着酒杯的傅锦衡看过去，停下了手中的动作。

门口的男人大大咧咧地走了进来，在看清楚包间里的人后，微扯嘴角，一副要走不走的模样。

魏彻赶紧上前攀住他的肩膀，低声说道："我说，都是打小儿一块儿长大的兄弟，你还真不打算跟衡哥说话了？"

门口的男人朝傅锦衡冷漠地扫了一眼，片刻后冷冷地吐出一句话："夺妹之仇，不共戴天。"

魏彻、陆遇辰两人彻底无语了，傅锦衡也忍不住撇了撇嘴。

来人正是叶临西的亲哥哥，叶屿深。

这充满不屑、愤懑的声音在包间里一响起，便使得整个包间安静得落针可闻。

时间仿佛凝滞了，后来也不知是谁没忍住，"扑哧"一声笑了出来。片刻后，包间里响起夸张的笑声。

魏彻一边笑一边拍大腿，说道："绝了，我是真的服了。深哥，敢问你今年几岁了？"

"三岁吧？不能再多了。"一旁的陆遇辰也笑得险些脸抽筋，虽然还在用力憋着笑，只是越想越觉得逗，这会儿居然比魏彻笑得还开心。

叶屿深扫了两人一眼，不气反笑，说道："好笑吗？"

叶屿深扬唇浅笑的模样，不仅没有丝毫温润感，反而莫名惹人害怕，吓得魏彻和陆遇辰一时停止大笑。

叶屿深冷声说道："都给老子闭嘴。"

两个人闻言同时闭嘴。旁边的傅锦衡作为当事人，一直未说话。

包间的气氛又莫名冷了下来，比刚才还要冷上几分，让人忍不住想打寒战。

魏彻站在叶屿深的旁边，低声说道："深哥，咱们都是打小儿认识的关系。况且现在衡哥都跟临西结婚了，你作为大舅子，难不成一辈子都不跟衡哥来往？"

这几个人要真论起关系来，确实都是从小玩儿到大的兄弟，现如今都有二十多年的交情了。

毕竟这个圈子就这么大点儿，家世相当的孩子从小就在一块儿玩儿，也是正常的。哪怕他们中途因出国留学有几年没在一起，可交情丝毫不受影响。他们这关系当真有点儿铁板一块的意思。

只不过这块铁板在一年前出现了裂缝。因为傅锦衡突然决定和叶临西结婚。叶屿深作为亲哥哥不仅不支持，还十分生气。

魏彻和陆遇辰对这件事门儿清，私底下讨论时说：别看叶屿深平时对叶临西横挑眉毛竖挑鼻子，其实他就是个隐藏的妹控。现在自己的亲妹妹被好兄弟撬走了，他的妹控属性一下子被激发了，于是他进入了狂躁期。

叶屿深这一年一直在欧洲，负责泰润集团在欧洲的业务，深耕欧洲市场，极少回国，和傅锦衡之间的事情自然也是一直没解决。

这二人都是沉得住气的性子，弄到最后反倒成了"皇帝不急太监急"。

魏彻和陆遇辰生怕两个人的关系彻底淡了，便趁着叶屿深这次回国的契机，赶紧把人约出来。

不管他们有什么矛盾，总得当面说清楚吧？

叶屿深站着不说话，傅锦衡坐着也不说话。魏彻把叶屿深推着往包间里走，指了指桌子上放着的酒，说道："老陆为了你们两个的事儿，特地把他去年拍卖回来的罗曼尼康帝都拿出来给咱们喝了，够有诚意了吧？"

"合着我拿了酒出来，你就带一张嘴出来了？"陆遇辰讥讽地笑骂他。

叶屿深坐下来，微抬下巴，说道："倒酒。"

"唉，来了，"魏彻一向是个爱玩儿爱闹的性格，是顺着杆子爬到天上的那种类型，此刻把酒杯递给叶屿深的时候，还贱兮兮地来了一句，"深哥哥，快喝酒。"

陆遇辰正要说话，就见旁边一直没动作的傅锦衡突然抬脚踢了他一脚。

傅锦衡淡淡地说道："说人话。"

魏彻笑着说道："这你们就不懂了吧？现在的姑娘都喜欢这么叫，嗲声嗲气的。"

现在的姑娘都喜欢这么叫？傅锦衡想了一下，觉得叶临西就不会这么叫，最起码他从来没听她叫过锦衡哥哥。哪怕她在拍卖会看上一颗八克拉的粉色钻石，也只是拉了拉他的衣袖，用一双清澈得像在湖水里浸润过的黑眸直勾勾地盯着他，仿佛只要她抬抬下巴，就能让他拿全世界哄着她。她那样理所当然的骄矜姿态，只怕这辈子都不会因为什么喊他一声锦衡哥哥吧？

傅锦衡正在沉思时，旁边的叶屿深突然嗤笑一声，说道："那也得看什么女人，叶临西那丫头就不会。"

魏彻和陆遇辰对视一眼，没想到这哥们儿居然主动提起了导火索，看来今晚这火药味儿真浓。

不过叶屿深也就是顺嘴提了这么一句，接下来开始喝酒。

虽然现场的气氛被魏彻和陆遇辰缓和了些许，但还是有点儿尴尬，叶屿深说话的时候，傅锦衡就安静地听着，傅锦衡开口时，叶屿深则低头喝酒。

后来傅锦衡出去接了个电话，回来的时候发现包间里只剩下叶屿深一个人。

"许耀带人过来了，他们两个去隔壁了。"叶屿深抬头看了他一眼，说道。

傅锦衡走过来，弯腰拿起酒瓶，在叶屿深面前的酒杯里倒了点儿酒，接着又给自己倒了一杯，然后端起酒杯，冲着叶屿深敬了一下，说道："大舅哥，敬你。"说完他便一饮而尽。

叶屿深本来也打算端起酒杯，结果被他这一声大舅哥叫得头皮发麻，怒极反笑，抬头看着他说道："傅锦衡，你是故意的吧？"

"不敢。"傅锦衡坐下后，淡淡地回道。他的语气带着敷衍，还真有点儿故意的嫌疑。

叶屿深又被他气得一笑，主动开口问道："临西能受得了你这样？"

据他对自己这个亲妹妹的深度了解，叶临西是天生的大小姐脾气，受不得委屈吞不下冷语，长到二十多岁，别说摔跟头，连个小石子都没遇上过。傅锦衡这样的性子，在叶屿深看来，注定跟叶临西过不到一块儿。

听他这么问，身边的男人转头看向他，反问道："那你觉得她跟什么样的人合适？"

不待叶屿深回答，傅锦衡继续说道："一穷二白、浑身上下只有真心待她的男人？相信我，临西跟这样的人相处，一个小时都待不下去。"

其实，傅锦衡何尝不知道叶屿深反对他们结婚的原因。因为他们的婚姻是一桩联姻，只有利益，不见真心。

叶屿深想让他的亲妹妹得到这世上最好的一切，不管是钱也好真心也罢，都想给叶临西。

傅锦衡又笑着说道："屿深，我倒是不知原来叶家最天真的那个人反而是你。"

连叶临西都明白这桩婚事的利益关系，叶屿深反而看不开。

叶屿深片刻后才开口，说道："我不过是不想让她走上我爸妈的老路罢了。"

叶家父母早在叶临西三岁的时候就离婚了，他们的婚姻就像是一面失败的镜子，时刻提醒着兄妹，不幸的婚姻有多可怕。

傅锦衡瞥了他一眼，淡然地说道："这个你可以放心，既然结婚了，我就没有轻易离婚的打算。"

叶屿深冷冷地嗤笑一声，说道："万一临西遇到真爱了呢？"

傅锦衡淡定地说道："那我会帮她买下来。"

叶屿深闻言一时倒不知道该说些什么了。

叶屿深和傅锦衡在这一点上倒是持同一个看法。对于叶大小姐来说，一个限量款包包或者一条美丽的高定小裙子都可能成为她的真爱，唯独一个人不会。所以，只要傅锦衡不破产，他们的婚姻确实可以天长地久。

傅锦衡并不是个喜欢剖析自我或者保证表态的人，但面对多年的好友，还是难得表态："只要临西喜欢的，我都可以给她。"

叶屿深望着他，没有说话。

当初他听到傅锦衡和叶临西结婚的消息时那么震怒，是因为两个人决定结婚的速度太快了，之前他甚至都没把这两个人联系在一起。

一夕之间，叶屿深的好兄弟跟亲妹妹就结婚了，而且他还没听两个人提起过这件事。

傅锦衡说道："况且临西和我结婚后，我会保证只有她一个人。"

叶屿深虽然至今还对他们结婚这件事耿耿于怀，但不管怎么样，现在两人确实是夫妻，要是他真强押着两人去离婚，只怕他明天就得被两家的长辈打死。

这种恼火的心情自始至终都纠缠着他，所以叶屿深今天也喝了不少酒。

魏彻和陆遇辰从隔壁回来时看他又在喝闷酒，赶紧安慰他。

魏彻在一旁劝他："我说，你也想开点儿，最起码临西是嫁给阿衡了，不说别的，光是守身如玉，阿衡最起码是做到了。临西要是嫁给我了，你岂不是更生气？"

"你滚！"叶屿深听到这句话，气得脏话都冒出来了，冷哼一声说道，"你做什么春秋大梦呢？"

魏彻本来也只是想安慰叶屿深，没想到最后受伤的居然还是自己，便故做惨状地抱着旁边的陆遇辰哭了起来。

陆遇辰搂着他，安慰道："这帮人都是坏人，咱们别搭理他们。"

坐在另一边的傅锦衡作为当事人，丝毫没有搭理他们，低头认真地看着手机。

他平时不太刷朋友圈，可刚才刷了一下，正好刷到了叶临西新发的自拍照。

自从她回美国后，两个人就再没联系过。

傅锦衡冷眼看着照片上的她，习惯性地点开照片，然后保存照片，只是这次在保存照片之后，望着照片上明艳至极的姑娘，突然点了个赞。

叶临西几个小时之后才看到傅锦衡给自己的朋友圈点了赞，第一反应就是点开那张照片仔细又仔细地看了许久。

她的脸蛋很漂亮，口红没花，衣服也没什么出错的地方。叶临西咬着嘴唇看了好几遍，这才确定这张照片上的自己实在是明艳得不可方物，顺手就把照片发给了姜立夏，然后问道："你觉得这张照片怎么样？"

姜立夏迅速回道："美，不得不说我宝宝的颜值突破天际。"

还没等叶临西回复，姜立夏又继续说道："我这可不是背后说别人的坏话，今天去见了一个女演员，见到真人我都惊呆了，当时就一个想法，难怪大家都说她的剧得一帧一帧地修图。"

看到叶临西的照片，姜立夏忍不住吐槽起今天的事情。

那人明明是个著名演员，颜值却比叶临西差远了。

姜立夏恨不得让叶临西当自己新剧的女主角，只可惜叶临西压根儿没有进娱乐圈的打算。

叶临西用手掌抵着下巴，陷入沉思，在想这个男人给她点赞是不是为了嘲讽她？

因为他们两个人一向在朋友圈没什么交集，都是安静地躺在各自的列表中当作彼此不存在，若是偶尔有什么联系，那也是因为到了必须联系的时候，所以也怪不得叶临西会胡思乱想。

叶临西用手指在脸颊上一下一下地点着，突然嘴角勾起浅浅的笑意，心里冒出一个想法：他是觉得自己漂亮才忍不住点赞的吗？也是哦，叶临西这种神仙级别的美貌，怎么会有人觉得不好看呢？

她垂眸看着照片上的自己，越看越开心，一时竟笑了起来，心想傅锦衡这瞎了眼的臭男人总算复明了。

叶临西打算忘记上次勾引生涯的重大滑铁卢，准备重整旗鼓，上次不过是经历了一次小小的挫折，倒也不必放在心上。

何况她现在身在美国，也不急于一时，目前最重要的是下周二的毕业典礼。叶临西身为哈佛法学院的学生，即将结束自己的学业。

她拿着手机翻了一下，找了很久才翻到她想要找的那个联系栏。

因为二人一周没有信息来往，沈明欢女士的对话框已经被压在下面。叶临西看着她给对方备注的名字"沈女士"，一瞬间有些恍惚。

备注的名字不是妈妈，也不是生硬的沈明欢，而是这样一个不近不远、不亲昵的称呼。

叶临西点进聊天栏，往上翻了翻，看到她们上次的聊天话题是关于沈明欢的出行问题。

她委婉地告诉沈明欢，自己即将毕业。

毕业典礼是件很重要的事情，特别是哈佛校方会给应届毕业生的父母发送邀请函，广邀世界各地的人来见证这一重大时刻。

沈明欢却有些无奈地告诉叶临西，自己即将前往非洲采风，但会尽量安排好行程，来参加叶临西的毕业典礼。

叶临西一向骄傲，从不委屈自己。可偏偏她的母亲连来参加她的毕业典礼，都只是用"尽量"这两个字。想到这里，她扔掉手机，倒在床上。

她的父母是在她三岁的时候离婚的。

沈明欢是位艺术家，生性浪漫爱自由，奈何与她的爸爸叶栋结婚，被困在婚姻的围城之中。两个人的婚姻勉强维持，可到最后还是彻底破裂。之后沈明欢旅居国外，有钱、单身又四海为家。在第三次婚姻失败之后，她开始彻底以恋爱为主。

当初听到叶临西选择和傅锦衡结婚的消息时，沈明欢倒是劝过她，让她不要为了利益结婚。

沈明欢的性子跟叶临西截然不同，她敏感高傲，视金钱如粪土，十足的艺术家做派。

偏偏叶临西不随她，人生最大的喜好就是世界各地游玩购物，参加各种各样的聚会，过着快乐的生活。偶尔她也想过，或许自己骄矜的性子就是被她的父亲养成的，所以才让沈明欢不喜吧？

可她就是喜欢这样的自己，喜欢这样的生活，而且没有改变的打算。

因为利益而结合的婚姻也没什么不好，最起码傅锦衡长相优越，手段厉害，而且从不拘束着她，哪怕她败家到极点，他都能做到眼也不眨。

傅锦衡赚最多的钱，养最败家的老婆。叶临西迷迷糊糊之际，突然觉得这个人好像也还不错。

她大部分的衣服和包包在国内，但留在这里的也不少，这几天美国家里的东西已经被用人打包得七七八八。明天就是毕业典礼了，她父亲叶栋也因为工作实在没办法过来。

叶栋为了补偿叶临西，直接给她订了一辆跑车，车已经被送到她家门口了。

叶临西看在豪华跑车的分儿上，勉强原谅了他。

至于亲哥哥叶屿深，叶临西压根儿没通知他。

之前两个人因为叶临西要跟傅锦衡结婚的事情闹得不太愉快。从小到大，叶临西就没见过叶屿深跟她发那么大的火儿，所以打定主意，在叶屿深跟她道歉之前，绝对不会主动跟他说话。

至于傅锦衡，叶临西想，她连自己的亲爹亲妈都指望不上，还能指望一个跟她是表面夫妻的老公吗？

叶临西想了一圈儿，突然发现了一件可怕的事情：明天没人来参加她的毕业典礼。

虽然她在华人的学生圈子里也有不少认识的人，但总不可能让人家来参加吧！

万一这些人在背后议论她，说她"好可怜，居然连参加毕业典礼的人都没有"，她的脸面还要不要了？一向风光无限的叶临西不允许自己落入这种悲惨的地步。

"苏珊！"叶临西大声喊道。

很快，用人从厨房里出来，笑容淳朴地看着她，问道："小姐，请问有什么事情？"

叶临西说道："你明天有什么安排？"

"明天我需要……"用人张嘴就准备把自己的安排说出来。

突然，叶临西举起手掌，示意道："好了，这些安排都作废。明天你陪我去毕业典礼吧。"

苏珊露出微微吃惊的表情。

叶临西微微一笑，撩了下长发随意地说道："我需要有个人在这么重要的时刻把我的美貌永远保存下来。"

因为叶临西说得太委婉，苏珊露出一脸迷茫的表情。

叶临西叹气，补充了一句："我需要一个帮我拍照的人。"

"拍照，我可以的。"苏珊笑着说道。

之后，叶临西上楼准备洗澡敷面膜，以最好的状态迎接明天的毕业典礼，却在刚把面膜敷在脸上时突然想到一个棘手的问题——鲜花。

毕业典礼的时候，家人一般会带来一束鲜花。她只带个拍照的女用人就算了，到时候如果连一束花都收不到，可就太尴尬了。

于是她翻出手机找了一家花店下单，待店主问到落款处写谁时，她尴尬了一瞬，一时还真不知道写谁合适，想了片刻，回复道："就写'一个默默关注着你的人'。"

叶临西下完订单后，盘腿坐在床上，忍不住想给自己点赞。

叶临西，你可真是个小机灵鬼，太机智了！你简直是个人才！

她敷完面膜之后去洗脸，回来时发现沈明欢居然发了信息过来，点开后看到第一条是个小视频。

小视频的时长大概有三十秒，内容是沈明欢用当地的乐器在弹奏一个调子。沈明欢穿着白衬衫和牛仔裤，明明年过五旬，却像三十多岁的人，不施粉黛的样子有种天然的随性，跟身后非洲大陆狂野的背景相互映衬着，显得格外洒脱肆意。

叶临西看完这个小视频后，又点开她发来的另外一条语音。

"临西，妈妈采风还没结束，很抱歉不能参加你的毕业典礼。所以我特地学了当地的乐器给你弹奏了一小段，想用它来祝贺你毕业顺利。希望我的小临西在未来的日子里能够学以致用，发挥你学到的法律知识，做你喜欢做的事情。"

叶临西听完这段语音，大概提炼了一下沈明欢的意思——毕业快乐，还有我不能来参加你的毕业典礼了。

叶临西冲着手机无声地张了张嘴，随后把手机放在床头柜上，直接在床上躺下。

她有苏珊帮忙拍照，还订了鲜花，所以也没那么需要他们，他们不来就不来吧。

只是这一夜似乎很长很长，总也到不了天亮。

毕业典礼之热闹，只有身处其中的人才能体会到，不仅有参加毕业典礼的学生，还有来自全世界各地的家长们。

叶临西带着苏珊到学校时，看着校园里人山人海，顿时生出一种窒息感。

她知道今天一整天都有活动，但为了凸显出不同，即使穿着跟大家一样的毕业礼服，还是在鞋子上面花费了一番工夫，特地穿上了之前买的银色渐变亮片尖头鞋。

闪闪发光的细高跟鞋足足有十厘米高，显得她的小腿更加纤细又骨感，衬得她就是这个会场里最闪亮的小仙女。所以，今天她就算走断了脚，都不会放弃这双鞋。

叶临西来得还算早，抵达的时候距离正式开场还有半个小时，于是站在威德纳图书馆前，摆出一个看着随意但又不失一点儿小做作的动作。

苏珊蹲在对面，对着她连拍了好几张。

叶临西检查了一下，满意地点了点头，然后带着苏珊四处找地方拍照。

只是她夜路走多了，总会遇到鬼。她正站在台阶上，打算让苏珊帮她拍照时，就听到一个声音。

"叶临西，你怎么一个人呀？"

叶临西听到这个声音，对着空气翻了个白眼，慢悠悠地转身，对来人说道："谁说我是一个人，苏珊不是正在帮我拍照？"

来人是周清，说起来并不是哈佛的学生，不过她的男朋友在哈佛上学。周清为了陪男朋友读书，常年留在这边，在华人的学生圈子里也小有名气，不过跟犹如小公主般耀眼的叶临西比起来，显得有些黯淡，便跟叶临西合不来。

"你参加毕业典礼就带个女用人过来？你的家人呢？"周清哪壶不开提哪壶，故意问道。

叶临西云淡风轻地说道："哦，我的老公在路上呢。你也知道嘛，他那样的大人物，工作太忙了。我本来都不想让他来的，可是他说了，哪怕项目不谈也一定要来。唉，没办法，我劝都劝不住呢。"

叶临西当然知道周清是想看她的笑话，所以干脆肆无忌惮地吹开了，反正今天来参加毕业典礼的有好几万人，学校又那么大，周清总不能无聊到专门跟着她，回头再找人修一张傅锦衡和她的照片发到朋友圈就行了。

周清皮笑肉不笑地说道："这样啊，我看你一个人还以为你没人陪呢。说起来我们都还没见过你的老公呢，大家都很好奇，要不我陪你一块儿等等吧？反正典礼快开始了，他应该也快到了吧？"

叶临西抽了抽嘴角，实在没想到周清还有这一招在等着她，正想怎么找借口溜了，突然听到身后传来一个声音："临西。"

叶临西缓缓地回头，看向声源的方向。那里站着一个男人，穿着妥帖合身的西装，整个人长身玉立，有种风华尽在他身的骄矜清雅。

傅锦衡缓缓地走过来，每一步都像是在踩在叶临西的心尖上，待走近叶临西时，他伸出双臂将她揽在怀中，温热坚实的胸膛贴着她的身体。

"毕业快乐，临西。"他的声音低沉，却不再清冷，反而透着一股温暖。

第三章

你劝都劝不住了，我能不来吗？

偌大的校园里全是从世界各地而来的人，平日肃穆庄重、学术氛围重的地方在这一天仿佛成了一个巨大的狂欢现场。就连头顶的天幕都晴朗得只剩下一望无际的浅蓝色，显得干净而明亮。

每到哈佛的毕业典礼时，都会有数万人从世界各地赶赴这里，只为参加他们亲人人生中最为重要的一刻。

叶临西以为这么多从遥远的地方赶赴而来的人当中，没有一个人是为她而来。可是这一刻，傅锦衡的一句"毕业快乐"轻轻地拉动了她心里的那根弦。

原来，她也期待着有人跟她分享她人生中最重要的时刻。

或许是傅锦衡的从天而降让她太过惊讶，以至于男人将她松开的时候，叶临西都没说话。

反倒是对面的周清仔细地打量着抱住叶临西的男人。

对方长相清俊，略显狭长的眼眸黑而晶亮。不知是因为他不太笑还是举手投足间带着的骄矜，他看起来有种拒人千里的疏离感。

周清眼中的惊艳之色几乎是掩不住的，她开口问道："叶临西，这不会就是你的老公吧？"

叶临西在片刻失态后收敛心神，随意地歪头朝傅锦衡看了一眼。

不得不说，哪怕她私底下嫌弃傅锦衡说话刻薄、为人冷漠，但他绝对是个镇得住场子的男人。他就像一个限量级又绝版的手袋，全世界只此一份，但只要被拎出来就能吸引所有人的注意力。

之前周清没少在叶临西的面前秀恩爱，还明里暗里地表示叶临西的婚姻不过是家族联姻，肯定只是表面和谐，叶临西的婚姻比不上她和她男朋友这种自由的真爱。

对于周清这种低级的秀恩爱行为，叶临西一向不放在眼里，但也不介意关键时刻猛秀一把恩爱，毕竟她叶大小姐的风格从来不是忍让和退缩。

叶临西笑着看向傅锦衡，甜蜜地挽上他的手臂，娇嗔地说道："老公，你不会就这么空手来的吧？我要罚你了。"

叶临西的声音十分娇嗔做作，偏偏面前的男人听得眉毛都没抬一下。

傅锦衡淡淡地回答："不是。"

叶临西一怔。

随后不远处的秦周走了过来，将一个黑色天鹅绒的长盒子递了过来。盒子里面是一条祖母绿钻石手链，镶嵌在正中间的绿钻显得温润如水，整条手链上全是钻，哪怕只是在阳光下安静地躺在那里，也散发着璀璨的光芒。

这不是叶临西之前看上的那套珠宝吗？

这套珠宝不单单是一条手链，还有项链和钻戒。之前叶临西参加拍卖会遇到了这套珠宝，虽然很喜欢，但因为成交价格过高，最后还是没有跟拍。当时她还在想，是哪个人傻钱多的拍回去哄小姑娘了？

"当时是你拍下来的？"叶临西惊讶地问道。

所以，她鄙视的那个人傻钱多的人就是傅锦衡？

傅锦衡伸手将她的手腕拉过来，低头将手链戴在她的腕子上。

雪白纤细的手腕与温润的祖母绿格外相衬，傅锦衡看了几眼，才抬头看着她说："这一整套我不太方便带过来，不过我已经把它放在你的衣帽间里了，你回国就能看见它。"

傅锦衡这样深情的模样，哪怕他是演的，这一刻也令叶临西沉醉了。

叶临西双手轻轻地捧着脸，刚戴在腕上的手链往下滑落，钻石反射的光芒闪得对面的周清眼前一花。

然后，周清便听到叶临西用软软的声音说道："宝宝，你怎么这么好呢？"

周清愤恨不已，不想留在这里自取其辱，便赶紧找了个理由灰溜溜地走了。

待周清离开后，叶临西收起脸上做作的幸福表情，低头轻轻地拨弄了一下腕上的手链，抬头问道："你怎么突然来了？"

傅锦衡微微偏头看她，轻轻地笑道："你劝都劝不住了，我能不来吗？"

叶临西下意识地就要反驳，正要问他自己什么时候劝他别来了，但刚要开口，又突然间顿住了。

刚才她跟周清说了什么来着？

"我的老公在路上呢。"

"我本来不想让他来。"

最关键的应该是那句："没办法，我劝都劝不住呢。"

敢情这些话他全听到了啊！

叶临西的第一反应就是否认，她不是，她没有。

甜不过三秒，这是叶临西此时心里唯一的感受，刚才她初见傅锦衡心头涌起复杂而又微妙的感动也在这一刻烟消云散，只剩下秀了个假恩爱还被正主抓到的淡淡尴尬。

好在典礼即将开始，叶临西让傅锦衡带着秦周先去坐下。她要提前去集合，因为待会儿要参加毕业生入场仪式。

毕业典礼的地点就在学校的尖顶礼堂前，此时已经挤满了人。叶临西四处找了一圈儿，只能无奈地放弃，心想他们找不到位置就站着吧。

只是待她落座后，才发现傅锦衡居然给她发了微信。

傅锦衡在微信里说道："向左看。"

叶临西一怔，随后抬头看向左侧的校友座位区。那是学校专门给知名校友安排的座位，傅锦衡穿着笔挺合身的西装坐在一群穿着长袍的人当中，过分年轻和清俊的样貌让他格外显眼，一双腿相互交叠地坐着，看着格外修长。

亏得她还担心他会找不到位置。

因为两个人隔得很远，叶临西冲着他很流氓地吹了一下口哨，惹得身边的同学转头问她："叶，怎么了？"

在学校里，很多同学直接叫她的姓氏。

叶临西冲着傅锦衡的位置微抬了抬下巴，说道："你觉得那个亚洲男人怎么样？"

同学顺着她的视线的方向看过去，忍不住发出一声惊呼，语气夸张地说道："他可真是英俊，而且我敢保证他一定是个大人物。"

叶临西轻扯嘴角。

傅锦衡能坐在校友专区的第一排，必定是给学校捐过巨款，的确算得上大人物。

同学继续说道："亲爱的，这确实是一个值得心动的男人。待会儿你可以趁机要一下他的联系方式。"只是同学刚说完，又有些遗憾地说道，"抱歉，我忘记你已经结婚了。"

就在对方嘀咕太可惜的时候，叶临西笑了起来。

当叶临西再次将目光投向傅锦衡时，傅锦衡像是感觉到她的注视，将视线从主讲台缓缓地转到她这边。

两个人四目相对时，叶临西轻启嘴唇，说道："可惜吗？他就是我的丈夫。"

在周围掌声响起时，她听到身边同学震惊的声音。

今天来参加她毕业典礼的人是她的丈夫！

叶临西突然发现今天这个毕业典礼并没有想象中难熬，打算在准备领取毕业证书的时候去跟傅锦衡会合。

因为毕业生需要回到各自的学院领取学院颁发的毕业证书，她便领着傅锦衡一起过去。

"你的鞋子？"傅锦衡略皱眉地说道。

傅锦衡对高跟鞋并不了解，但也知道叶临西穿着这双鞋有多累。

叶临西坚定地说道："我不会放弃它的。"

哪怕今天她的脚断了，她也不会放弃这双高跟鞋。

傅锦衡一时没有说话。

他怎么可能不了解叶临西的性格？她虚荣、好面子，最重要的是臭美得要命，就算穿着十厘米的高跟鞋参加毕业典礼也可以。

事实上，叶临西在他看不见的地方默默地垮了脸，因为苏珊的包里带着一双她的平底鞋。

偏偏这个男人突然出现，打乱了她的计划。

她脚可断，气势不可输！

学院的典礼比较简单，每个人都上台拿到了毕业证书。哪怕是叶临西这种压根儿不需要考虑未来的人，此时也不由得有种终于毕业的感觉。

待结束时，很多毕业生拿到了家人献上的鲜花，然后开始拍照留影。

苏珊端着相机，一副随时准备给叶临西拍照的架势。

本来叶临西想招呼傅锦衡一起拍照的，想着他毕竟来都来了，就当是留个纪念，谁知找了一圈儿居然没看见他，就在她准备打电话时，听到有人喊道："叶小姐。"

叶临西下意识地回头，就见一个男人捧着一束花走到她的面前。

"这是您的花，祝您毕业快乐。"

叶临西接过花束之后，拿出插在上面的卡片，迅速扫了一眼上面的留言后，目光落在最后的落款处，同时耳边传来一个清冷的男声。

"一个默默关注着你的人。"

叶临西猛地回头，看见傅锦衡就站在她的身旁。

他的手上抱着一束鲜花，而他的目光也从卡片上轻轻地移开，落在她的脸上，他说道："谁在默默关注着你？"

对于这个令人窒息的问题，叶临西的脑子一片空白，一时间她竟连个瞎话都编不出来。

她总不能说，这是她自己订的，因为怕毕业典礼没人给她送鲜花？

看到傅锦衡的目光一直盯着她时，叶临西自暴自弃地回答："可能是哪个暗恋我的人送的吧！"

她这么一说，他应该不会追问下去了吧？

可傅锦衡顿了顿，冷漠地说道："也可能是个会威胁你安全的跟踪狂。"

叶临西一愣，似乎没想到这个平时沉默寡言的男人此刻居然话还挺多。

他说："这种不明人士送来的东西，你以后都不要随便乱收。"片刻后他继续说道，"临西，我不是在教育你，只是想保证你的安全。"

说罢，傅锦衡转头看向身边的秦周，面无表情地吩咐道："你去查查这束花是谁送的。"

转折发生得太快，叶临西在听到这句话的时候，脑子里嗡嗡作响。

他要查什么？难道他要查出来这个所谓的一直默默地关注着她的人是她自己？那可真是太有意思了！他要是真查出来，叶临西觉得自己大概这辈子都不用见傅锦衡了，实在是太丢脸了。而且这件事好像也不难查，因为她订花用的是自己的手机号码。

叶临西的脑子一团乱麻，她在秦周转身准备离开的时候，突然扔掉手里的花，故作镇定地说道："这种不明人士送的花，我才不稀罕。"语气中还透着淡淡的不屑。

见傅锦衡的目光扫过来，她又振振有词地说道："以后我也不会收的。"

至于演技浮不浮夸这件事，此时已经完全不在叶临西的考虑之中了。

叶临西直接伸手抱过傅锦衡手里拿着的花，略歪了歪头，黑色的长鬈发在肩膀处轻轻地滑落，一双黑眸看向傅锦衡时透着说不出的楚楚动人感，她说道："我只要老公送的花呢。"

这个带着微微尾音的"呢"，完全泄露了叶临西此刻的心虚感。

待感情铺垫得差不多，叶临西悄声说道："况且这里是美国，私底下调查是侵犯别人的隐私，反正我马上就回国了，所以这件事就算了吧。"

叶临西定定地盯着他，企图用灵动会说话的双眸让他深深地体会到自己内心的想法。

傅锦衡看着她，目光淡然，却没开口。

他带着审视的目光扫过来仿佛 X 光似的，一眼就看清了她真实的想法，那种带着慢条斯理的笃定和淡然真的会气得叶临西想打爆他的头。

叶临西之前最讨厌他的地方也是这个，可是偏偏现在还不能发火！

沉默了数秒后，傅锦衡才说道："你不想知道这个可能暗恋你的人是谁？"

面对男人语气中明显的轻讽，叶临西默默地在心里吸了好几口气，安慰自己千万不要生气，只当眼前这个男人是在吃醋。

叶临西自我催眠地想着，居然真的没那么生气了，微笑道："我不想知道，我都已经结过婚了。别的男人再好看，能好看过我的老公？况且这种连署名都不敢留的，一看就是平时爱偷偷摸摸的人。"

什么叫我狠起来连自己都骂？叶临西此刻演绎到了精髓。

而一旁的秦周听着夫人这突如其来的夸赞，突然微抽嘴角。对于叶临西这种毫不自知的此地无银三百两的行为，别说傅锦衡，就连秦周都看出不对劲儿了。

此刻傅锦衡淡声说道："那就算了吧。"

叶临西激动地深吸一口气，生怕傅锦衡还在纠缠这件事，立即上前挽着他的手臂，说道："我们去拍照吧。"

此时大家都在合影，所以刚才叶临西把花扔在地上的那一幕并未引起多少人关注。

临走时，她轻踢一脚地上的鲜花，看向秦周，说道："秦助理，麻烦你帮我扔掉，这件事就到此为止吧。"

秦周听到她刻意强调的最后一句话，强力按住心里的笑，弯腰将花捡了起来。

对于拍照这件事，叶临西是专业的，甚至可以出一本专门的说明书来教人拍照。毕竟她每年都参加时装周走秀，哪怕不是娱乐圈的女演员，但因为坐在头排，也时常会被摄影师重点关照。

所以不管是优雅骄矜的大小姐风格，还是垂眸不经意的小做作风格，她都能拿捏得十分到位，且从来没有失过手。

只是此刻她跟傅锦衡拍照，不管是姿势还是表情，都觉得有些别扭。

她已经松开了挽着他的手臂，装作若无其事的样子，但到底还是心虚。

对面的苏珊似乎一直不满意他们的站姿，示意他们站近点儿。

叶临西生怕他翻刚才的旧账，便主动往旁边挪了挪，虽然只挪了那么一小步。

但两个人之间的距离也堪堪是手臂上的衣服稍微地碰着，离亲密还相差十万八千里。

就在苏珊再次喊话让他们靠近一点儿时，叶临西的耐心也被耗尽，她正准备告诉苏珊随便拍两张算了，又不打算参加什么摄影大赛。可她心里的念头刚一闪而过，她就感觉到一只手臂轻轻地搂住她的腰身，整个人已经半靠在男人的怀里。

他身上带着清冽的味道，犹如沉沉积雪后的松林，那样冷冽清幽。

叶临西离得近时才能闻到他身上这股好闻的味道，此刻被他抱住有点儿无措，恍惚间看到对面闪光灯亮起，心头的旖旎亦被这闪光灯照得烟消云散。

叶临西第一反应竟是问道："我刚才是不是闭眼了？"

傅锦衡听着她的话觉得好笑，但又觉得这倒是她会说的话，便弯下腰，嘴唇贴着她的耳朵，柔声说道："要不让苏珊多拍两张，待会儿一起选出来？"

叶临西被他说话间喷在耳朵上的气息弄得耳根发痒。

耳朵是她的敏感部位，他不可能不知道。叶临西只好在心里愤恨地想着：说话就说话，你靠这么近干吗？

可没想到她心里的念头居然被一个突如其来的声音说了出来。

"我说，拍照就拍照，有必要靠这么近吗？"

叶临西觉得这声音太耳熟了，抬头看过去，整个人都惊呆了。

叶屿深站在对面看着他们，片刻后又把目光落在傅锦衡揽着叶临西腰侧的手臂上，只差没在脸上写着"你还不快把你的脏手拿开"这句话。

叶屿深该不会以为傅锦衡和叶临西两个人结婚后躺在一张床上就是纯睡觉吧？

不过傅锦衡早已对叶屿深的矫情劲儿免疫了，甚至能够理解叶临西的脾气，毕竟他俩可是亲兄妹。

叶临西本来紧紧地抿着嘴，过了好一会儿才开口说道："临东，你来了。"

叶屿深听到她喊这个，当即皱眉，伸手就在她的脑门儿上不客气地弹了一下，说道："喊什么呢？我是你的亲哥哥，我的名字你都敢不记得？"

叶临西说："怎么不记得啊？"而后她继续说道，"你姓叶，名屿深，字临东。"

叶屿深气笑了，说道："我什么时候叫临东？"

叶临西倒是一本正经地说道："就在刚才啊，看在你居然还知道参加我毕业典礼的分儿上，我决定给你赐字。我叫临西，你叫临东，多配我们兄妹的身份。"

别说叶屿深再次被气笑了，就连一旁的傅锦衡都听得扬起了嘴角。

"没良心。"叶屿深再次气道。

叶临西见他居然还敢倒打一耙，当即说道："到底是谁没良心？我的毕业证书都拿到手了，你居然才来。"

"今天纽约大雾，我的航班延误了。"

叶临西充分发挥了"给我一根杠杆我可以翘起整个地球"的"杠精"水准，立即说道："难道你不应该昨晚就提前过来吗？"她眼角眉梢还带着理所当然的意味。

原本叶屿深不来的时候，她还没觉得有什么，毕竟亲爹亲妈都不到场了，她还能指望这个正在闹别扭的亲哥哥吗？

偏偏此刻叶屿深还真的来了。她惯常是骑在叶屿深头上的，说软话是不可能的。于是，斗嘴便成了她发出的和解信号。

叶屿深大概也是长年累月被叶临西这么折磨着，这会儿居然觉得果然我的小临西还是跟以前一样，干脆一伸手，直接把叶临西扯进怀里，狠狠地将她抱了个满怀。

傅锦衡站在身后安静地看着他们兄妹上演久别重逢的情深戏码，停了一会儿才说道："不是说还要拍照？"

叶屿深抬头望向傅锦衡，突然笑了一下。

叶临西看着他的表情，不解地问道："哥哥，你怎么笑得这么阴险？"

"什么阴险？这叫深沉！我看你在国外读书，快把形容词忘得差不多了吧！"

"好像你没在国外待过一样，你现在能当场给我说十个成语吗？"

是可忍，孰不可忍。只不过叶屿深在思虑了一秒后，突然嗤笑了起来，说道："我要是真说出十个成语，你是不是又嘲笑我傻，让说成语就说成语？"

叶临西立即送上一个"哇，你好厉害"的嘲讽眼神。

只是抛完眼神之后，她一边体会着内心的快乐一边又在想，原来看别人被硌硬但又无话可说的感觉这么爽。所以，这就是傅锦衡这个嘴巴刻薄十级优秀学者一直享受的快乐？

只不过一想到他从自己身上获得了无数的快乐，叶临西就恨不得戳他小人。

毕业典礼之后还有晚宴，叶临西自然没有参加，而是跟傅锦衡和叶屿深一起去吃饭了。

叶屿深确实是专程为了参加她的毕业典礼来美国的，而且一吃完晚餐就得立即去机场飞往日内瓦。

叶临西参加这么重要的晚餐，当然不可能只穿白天的衣服，便特地回家换了一套晚宴礼服。那是一件红色的裹胸晚礼服，大腿侧开着高衩，显得她那双大长腿笔直又纤细。这种晚礼服对身材的要求极高，哪怕是肚子上有一丝丝赘肉都会凸显出来。

叶临西穿上后，满意地看着镜子，暗叹仙女果然就是仙女，哪怕只是那么稍微一打扮也可以美翻了。

奈何姜立夏现在不在身边，要不然她的吹捧应该更精彩。

叶临西下楼的时候，果然看到楼下两个男人在看见她的瞬间怔了怔。

叶屿深当即说道："你打扮成这样去吃饭？"

"你懂什么？"叶临西对于这种直男快要绝望了。

难道这时候不应该夸她天上地下绝无仅有的美貌、夸她的身材，哪儿来的那么多意见？

餐厅位于查尔斯河畔，三个人到了之后坐在窗口处，一抬眼就看见外面波光粼粼的河面。

此时因为是晚上，河面上没有往常随处可见的白帆船。只是月色太温柔，将河面染上一层银色。微风拂过时，河面上银波荡漾，说不出的温柔、唯美。

这顿饭吃得还算顺利，他们结束用餐后一起出了餐厅。

叶屿深的司机已经在外面等着，准备直接送他去机场。

叶屿深看了一眼叶临西，说道："你不是要哭了吧？"

"做你的白日大梦吧。"叶临西不客气地回道。

可叶屿深真的上车离开的时候，她还是没忍住，轻轻地吸了吸鼻子。

最起码今天哥哥来了，他始终是家里最关心她的那个人。

"走吧。"一旁的傅锦衡等了几分钟后转身往前走。

叶临西见他居然没上车，有些吃惊地问道："去哪儿？"

"刚吃完饭，消消食。"

她没想到这么朴素的一句话居然能从他的嘴里说出来，但此时心情有些低落，也没多说什么，她便跟着他一起往前走。

很快，他们就走到了朗费罗桥上。

桥上的风很大，叶临西今天披着长发，浓密的黑发此刻被风吹得在半空中飞舞，她只好一边抱着肩膀一边压着头发，刚才走在大桥上唯美浪漫的念头也在此时被抛弃。

她回头看了一眼不远处安静地跟着的汽车，真想甩手直接上车。

他要在这儿吹风？而且她还同意了！她真是脑子坏了。

叶临西一边在心里碎碎念，一边哀怨地看着身边的男人，发现他真是一点儿风度都没有。他穿那么多衣服，却没看见他的仙女老婆正在被风吹得脸都快变形了。

就在她打算放弃时，突然感觉一件带着温度的宽大衣服从天而降，然后便被裹了个严严实实。

"风大，小心感冒。"

你总算说了句人话，叶临西在心里略为满意地哼了两声。

温度问题解决之后，她轻轻地撩了一下长发，又开始矫情起来，突然不往前走了，趴在大桥的围栏边，眺望着远方，幽幽地来了一句："上次我们三个人在一起还是好久之前。"

傅锦衡站在她的身边，默默地听着她说话。

叶临西继续说道："就是你为了娶我跟我哥打架的那次。"

傅锦衡一时无言。

认真算起来的话，她确实没说错。

傅锦衡和叶屿深确实因为结婚这件事打了一架，当然先动手的是叶屿深。

叶临西此刻故作姿态地看了他一眼，脸上带着"我知道你为了娶我也是煞费苦心"的得意，又夹杂着些许满足。倒也不是她故意拿这件事儿炫耀，只是这夜色太美，让人有感而发呢。

这个剧情确实是够神奇的，结婚都能让人打起来。

傅锦衡安静片刻，终于开口说道："临西。"

叶临西的双手依旧攀在栏杆上，黑眸里的光似乎比湖面上泛着的银色波光还要亮，她微微偏头看向他。

在如此浪漫的时刻，这个男人大概也要有感而发了吧！

傅锦衡看着叶临西，顿了顿，像是过了许久才找到合适的措辞，说道："当初你哥跟我打架是因为他说要打醒我。"傅锦衡说完还用一种"我也不想再瞒着你只好把真相说出来"的极度怜悯的眼神看着她。

这下换叶临西无言了。

哥哥要打醒他？什么意思？意思是傅锦衡娶她是脑子糊涂了？

傅锦衡一时冲动到需要别人打醒才能被拯救？

傅锦衡娶她是一件只有他脑子不清楚的时候才会做的事情吗？

这简直是污蔑！诋毁！傅锦衡根本就是在挑拨他们兄妹之间深厚又真挚的感情。

傅锦衡简直是其罪当诛！

晚风吹在耳边，叶临西的长发在半空中飞舞，她脑门儿上的温度也在骤然飙升。

叶临西觉得她长这么大从未受过如此羞辱，气得半天找不到一个形容词来精准地描述她的心情。

这个臭男人到底是不是人？他居然对她说这种话！

叶临西只觉得眼前一黑。

要不是她学法律的，深刻明白杀人犯法和天网恢恢疏而不漏的道理，真怕自己当下会忍不住伸手把这个男人推到河里去。

叶临西迅速在心里组织词汇，准备利用身为准律师的口才碾压回去时，却在扭头看向身边男人的那一瞬正好与他四目相对。

叶临西今天只穿了一件白衬衫，此时身上正披着他的西装外套。

头顶大桥上路灯的暖黄光线洒落下来，光影将他的脸颊线条映得越发明显。

傅锦衡望着她，忽然笑了笑。他这人不笑时冷漠，笑起来却透着一股风流。

叶临西正准备用一句"你笑什么"反击过去，就听到男人有些缥缈的声音在晚风中响起："我娶你的时候很清醒。"

叶临西原本一连串刻薄又自以为能使他哑口无言的质问，突然全部死死地被按在肚子里，她甚至连原本要拿出来的气势都突然弱了下去，就像一个原本气鼓鼓的大气球被一根小小的针戳了一下。

叶临西思及至此，说道："那你刚才干吗这么说？"只是她的声音软绵绵的，不仅毫无气势，还莫名有点儿心虚。

就像是因为刚才自己太着急生气没等他把这句话说完，结果发现这个男人好像也还不错。叶临西眨了眨眼睛，忍不住扭头看着盛满了银辉的水面。

"只是觉得不应该让你胡思乱想。"

叶临西听到这句话才发现他是在阴阳怪气地说自己呢。

是她长得不够美，不配让他们两个为了自己打一架？她怎么就胡思乱想了？

叶临西被他气得转头就走，居然会浪费时间跟这个男人在大桥上散步。

还有，今晚的月亮怎么阴森森的，一点儿都不好看。

只是她穿着那双死都不肯脱下来的高跟鞋，走得并不快，所以能听到男人的脚步声始终在她的后面不远不近地跟着。

叶临西一回头，见司机也将车子开了过来，瞧见副驾驶座上坐着秦周，便不等司机下车给她开门，直接将车门拉开，坐上去的时候又狠狠地摔上车门。

震天响的声音还搭配着她臭臭的脸色，已经将"本仙女现在十分不开心"这句话表达得清清楚楚。

很快，傅锦衡也坐了上来。

一路上大家都没说话，直至到了叶临西住的地方，她直接开门下车，压根儿没管身后的傅锦衡。

反正他有钱，上哪儿住都不至于流落街头。

叶临西在门口直接脱了高跟鞋，也没穿拖鞋，赤着脚上楼去了。

她一边走，一边跟姜立夏谴责这个臭男人的毒舌、刻薄和一天不招惹她生气就浑身不舒服似的恶劣行径。

姜立夏：什么？傅总居然飞过一整个太平洋去参加你的毕业典礼？

姜立夏：这也太浪漫了吧。

姜立夏：太霸道总裁了。

叶临西心想：这是什么玩意儿啊？

她立即回复道：这不是重点好吧？重点是这个男人怎么气我的！

叶临西完全没想到一直坚定地站在她这边的姜立夏这次居然这么快掉转墙头。

姜立夏：会不会是因为他吃醋啊？

叶临西怒气冲冲地回复道：他吃醋？开什么玩笑？那是我哥。

叶临西一想到叶屿深也是满肚子的火气，无法接受自己的亲哥哥跟傅锦衡打架居然是为了打醒人家。

叶屿深是那种为了兄弟两肋插刀的人吗？

叶临西气到最后，心里只剩下一个想法：哼，男人都不是好东西。

此时姜立夏的回复也发了过来，微微振动的手机在提醒叶临西。

叶临西低头看了一眼，一下陷入沉思。

姜立夏：我的意思是，他大老远跑去美国肯定是为了参加你的毕业典礼，对吧？结果中途你哥哥出现了。我想你肯定全程都在跟你哥说话。

姜立夏：你们兄妹嘻嘻哈哈感情深厚，傅总是不是就被冷落了？

姜立夏：光想想那画面，我就觉得他好惨。

叶临西心里不禁有些疑问：他有那么惨吗？

可姜立夏的话确实提醒了她，自己好像真的冷落了身边的男人。

吃晚餐的时候，因为想着叶屿深吃完饭就要离开，她一直在跟叶屿深说话。

况且兄妹二人这次怄气是真的怄了很久，这次他们好不容易见面，她难免有很多话跟叶屿深说。

叶临西轻咬着嘴唇，一时思绪混乱。

这个男人吃醋都吃得九曲十八弯，居然还莫名其妙地吃到自己大舅哥身上。

叶临西又捧着脸颊，冷不丁笑了起来。

他心里倒是想法挺多，居然还吃上醋了。

没一会儿，她听到楼下的动静，偷偷开门看了一眼，才发现是傅锦衡在楼下倒水喝。

要是平时，她只怕早已经讽刺了，问他干吗不去住酒店，此时却偷偷把房门露出一条缝隙。

这也算是给他留了个门吧？

叶临西洗完澡出来后，就看见男人已经躺在床上了。

只是他的手里还捧着平板电脑，他看起来是在看什么文件。

叶临西慢悠悠地走到床的另一边，掀开被子躺进去时，闻到男人身上淡淡的沐浴乳的味道，主动搭话道："你洗过澡了？"

傅锦衡将平板电脑放下，说道："我在客房洗的，我估计等你洗完天都应该亮了。"

傅锦衡作为一个以刻薄出名的选手，他的刻薄虽然会迟来，但总会到。

叶临西默默地拉高被子。

傅锦衡关了灯，两个人默默地躺在床上。

叶临西睡觉一向不老实，躺了不到一分钟就想翻身。

于是，"算了吧忍忍再翻"和"这是本仙女的床我想怎么翻就怎么翻"这两个小人儿不停地在她的脑子里疯狂打架。

眼看着"我想翻就翻关他啥事"这个念头就快占据上风时，叶临西突然听到旁边男人清清冷冷的声音响起："睡不着？"

叶临西回过神，才发现她的脚不知何时蹭到了傅锦衡的脚踝关节处，甚至不经意间还往他的小腿上蹭了过去，看起来像是在勾引。

叶临西当下否认，说道："我没有。"

也不知她否认的是没有睡不着，还是没有勾引。

不过叶临西突然想到今天冷落傅锦衡的事情，虽然一直骂姜立夏为了男人的一张脸背叛了她们的友情，但不得不承认姜立夏说得对，傅锦衡确实来参加了她的毕业典礼。

白天她突然看见他时的小窃喜，不，是巨大的惊喜，在此刻回味起来，那种难以言喻的情绪仿佛依旧回荡在她心头小小的角落里。

既然她之前冷落了他，那现在就稍微补偿一下吧，但在床上能怎么补偿？

于是，叶临西悄悄往旁边伸出了罪恶的小手，轻轻地钩住他睡衣的一角扯了两下，说道："既然睡不着，要不我们……"

突然间她顿住了，因为太尴尬。她要怎么说？难道她要直接说自己白天冷落了他，所以现在打算用身体补偿他？来吧，现在拿走他的补偿吧。

这也太羞耻了！她说不出这样的话！

就在她的脑海里又陷入疯狂的斗争时，她听到傅锦衡的声音再次响起。

他问："想要了？"

叶临西气得马上就要翻身，心想这个臭男人倒是很会倒打一耙，她看起来像是那种欲求不满到一上床就拼命暗示老公满足自己的人吗？

呸！他还想睡她，等下辈子吧。

可是傅锦衡不需要等到下辈子，一个翻身就直接把叶临西整个人压在了身下。

叶临西也没推他，只是似笑非笑地嘲讽道："傅总，你舟车劳顿，确定还有精神？"

"你亲自来确认一下？"男人说完，唇已经落了下来。

他吻住叶临西的唇瓣，情绪浓烈得似乎要将她生吞活剥。

叶临西有些受不住，想要推他，却被他一把抓住手掌。

他暗哑着声音问："精神吗？"

叶临西的脑海里瞬间涌上几个词语——生龙活虎、龙马精神、精神抖擞。

她感觉自己今晚是真的戳到了马蜂窝，吓得想缩回手。

事实证明，她确实是不应该贪一时痛快非要嘴快。

男人在任何地方都可以忍，但唯独忍不了女人质疑他在床上的能力。

到了最后，叶临西如一摊水般瘫软在床上，在傅锦衡将她的腿抬起时，想要伸脚踢他，却又因为没多大力气，最后变成脚丫搭在他的胸口处。

傅锦衡轻轻地捏着她的脚踝，像是在把玩。

叶临西身上的每一寸皮肤都在昂贵又精心的保养下嫩滑细腻。

她还有一双好腿，她自己知道，傅锦衡也知道。可惜她只能看，傅锦衡却能玩儿。

傅锦衡再次压下来的时候，叶临西的声音变了调。

待两个人的情绪堆积到了极点，在她身上的男人的声音再不复白日里的清冷，鼻息又重又急，直到汹涌的欲望彻底将他们淹没。

叶临西被抱去洗手间的时候，整个人都是恹恹的。

本来叶临西以为第二天就会看不见他，没想到直到中午起床，才发现傅锦衡居然也在楼下吃午餐。

叶临西走过去，坐下后睨了他一眼，说道："盛亚最近业绩不太好吗？你这个总裁看起来太悠闲了吧？"

傅锦衡轻笑着看向她，突然说："盛亚最新财报在昨天发布的，上半年营收1276亿元，同比增长10.62%，具体的财务报表如果你关心的话，我也可以发给你。"

叶临西一时无语，本来只是随口一问，这个男人需要这样拿公司财务报表砸她吗？

于是，她冲着对方露出一个完美无瑕的笑容，假惺惺地说道："傅总真是好棒棒哦。"

傅锦衡抬头说道："你昨晚不是已经知道了？"

叶临西准备给他一个黄牌警告时，看到傅锦衡挥手让苏珊把午餐端过来。

她知道这个男人是让她闭嘴赶紧吃饭的意思，心里越发不爽，愤愤地说道："你怎么还不回国？要在这里等什么？"

傅锦衡回道："等你。"

叶临西笑了起来，说道："谁说我要跟你一起回去？"

傅锦衡看着她，微扬嘴角，说道："我以为你想跟我一起坐私人飞机回国。"

叶临西闻言真的有些心动，一直都知道他有一架私人飞机，听说飞机是他爹送给他的，之前她也坐过几次，不过后来在美国上学就没再坐过。

再昂贵的头等舱都比不上专机舒服。

叶临西思及此，按下翻白眼的冲动，轻笑道："既然你想的话，倒也不是不可以。"

她一副"看在你诚心邀请的分儿上本小姐就勉勉强强地答应了"的表情，仿佛她愿意乘坐傅锦衡的私人飞机是给了他天大的面子。

傅锦衡也没有戳穿她，只是淡淡地点了点头，说道："那就准备一下，明天回去。"

叶临西没想到这么快，不禁有些意外，后来想了一下就明白了。

她本来就只剩下毕业的事情，其实她的工作早签好了，之前直接在网上面试通过，毕竟哈佛学校的名气大到让国内每一家律师事务所都趋之若鹜。

所以，她最后收拾了东西，跟苏珊告别后，便跟着傅锦衡登上了回国的飞机。

飞机跨越太平洋上空的时候，她还丝毫没感觉。可当飞机缓缓地降落在机场的跑道上，透过小窗可以看到不远处的航站楼时，叶临西突然有种油然而生的感慨。

这种情绪在机舱门打开，她站在舷梯上的时候，达到了顶峰。

叶临西忍不住仰头，隔着墨镜，深情地仰望着天际的那一抹残阳。

"临西，走快点儿，你挡着路了。"

一个略显冷淡的声音从后面传来，只一句就彻底浇灭了她心头的万种柔情千般感慨。

呵，没有心的男人，他根本不懂！

这种情绪一直燃烧到叶临西睡觉之前。

她跟姜立夏约好了第二天一起吃饭，连餐厅都订好了。

至于别人，她暂时还没通知，毕竟叶大小姐学成归国可不是一件小事。她回来之后的第一次亮相，怎么也得来个盛大登场吧？至于是办派对还是酒会，她暂时还没想好。

不过意外总是比计划先到，叶临西下午正准备化妆时，看到姜立夏的电话打了过来。

"临西，你快看看我给你发的照片。"

叶临西悠闲地点开微信，却在下一秒看见照片时，气得血压飙升。

姜立夏给叶临西发的是连韵怡的微博截图，配图是连韵怡骑在一匹纯白的骏马上，这匹马的皮毛光亮顺滑，通过被严重修图的照片都能看得出来白马的身价不菲。

很快，姜立夏的电话又打了过来。

姜立夏犹豫着说道："我怎么看这匹马那么像你家的伊莎贝拉？"

伊莎贝拉是一匹有着纯正血统的赛马，是叶临西的父亲在她十八岁时送给她的成人礼物。

叶临西在化妆凳上坐直身子，声音格外冷，说道："不是像，那就是我的乖女儿。"

叶临西结婚后特地为伊莎贝拉取了一个小名叫小锦，还把它当作心肝宝马。

姜立夏说道："这个女人真的可笑，不仅跟伊莎贝拉拍照，还把照片晒出来。底下一群粉丝都在夸姐姐的美貌配上这匹马真的绝了，我看是姐姐的厚脸皮真的绝了吧！"

姜立夏半天都没听到叶临西说话，想着这会儿的叶临西应该已经气到跟她一块儿疯狂吐槽这位连女士的无耻行径才是，便继续说道："临西，要不你……"只是馊主意她还没说完，话就被叶临西开口打断。

"你知道马场的地址吧？"

"知道。"

"那行，一个小时后咱们马场见。"

姜立夏一怔，问道："去马场干吗？"

"哪里来的野鸡？也不出去打听打听，伊莎贝拉是谁的坐骑？也敢搂着我的宝贝小锦拍照。"

叶临西一向是个行动派，既然决定去跟连韵怡干架，挂了电话马上开始化妆。

她从来不能容忍别人私拿她的东西，更别说未经她同意擅自把她乖乖的照片发上网。

为了衬托起自己的女王气势，叶临西特地选了气场强大的正红色唇釉，搭配纯黑色的小裙子。

别看小黑裙样式简单，却最能体现一个女人的身材。

叶临西换上裙子之后，在镜子前左看右看，越发觉得这条小黑裙完全勾勒出了她前凸后翘、腰细腿长的完美身材。所以哪怕时间紧张，叶临西还是欣赏了一会儿仿似仙女下凡的自己。

自她回国之后，傅锦衡特地让司机在家里待命，方便她随时随地出门。

马场在郊区，距离较远，叶临西到的时候看到姜立夏已经在门口跟保安聊天了。

叶临西降下车窗的玻璃，喊了一声："姜立夏。"

"大哥，你看我就说认识你们少奶奶嘛。"姜立夏指着叶临西，特别开心地笑着说。

叶临西看着她这傻子一般的模样，突然在心里默默地叹了一口气。

现在作家的门槛到底是有多低，就姜立夏这样还是知名作家？

叶临西问道："你傻站在大门口干吗呢？怎么不进去？"

姜立夏回道："没办法，这保安大哥是新来的，不认识我。我身上又没什么能证明的东西，所以人家不让我进。"

叶临西将墨镜从鼻梁往下拉了拉，甩头示意道："上车，我带你进去。"

保安确实是新来的，别说不认识姜立夏，就连叶临西都不认识，但认识这辆车，知道挂着这个车牌的宾利车就是傅家二少爷平时坐的。

保安倒不至于连这点儿眼力见儿都没有，当即站了起来冲着她们鞠躬道歉，说道："抱歉，我实在不知道这位小姐是您的朋友。"

姜立夏这会儿已经从另外一侧上车，也听到了旁边的叶临西轻描淡写地开口说话。

"没事儿，你做得很好，这里的进出管理应该严格。"叶临西这句话说得很是温和，奈何下一秒就语带讥讽地继续说道，"毕竟这个地方又不是什么野鸡都能来的。"

姜立夏原地震惊。

叶临西把车窗缓缓地升起来后，转头看着姜立夏的表情，想到自己刚才说的话，微笑地补充道："我说的不是你。"

姜立夏点点头，但整个人还是战战兢兢的。

连韵怡这种流量不小的著名演员都能被叶临西轻描淡写地说成野鸡，她这个顶着畅销书青年作家头衔的人只怕就是个鹌鹑吧？

事实证明，姜立夏确实是个只图嘴上痛快的小鹌鹑，一上车就后悔了，小声说道："临西，咱们现在直接去跟连韵怡吵架吗？"

"要不然呢？"叶临西的墨镜依旧半架在鼻梁上，她露出一双水亮清澈的大眼睛，说道，"难不成还找连韵怡一起喝下午茶？你不嫌恶心？"

想当初连韵怡干的事，别说姜立夏本人，就是叶临西都被恶心透了。

演员演戏签订意向合同都不是最后确定，哪怕中途变卦也可以理解。可关键问题在于，她们后来才知道这件事情完全就是连韵怡和她的经纪人自导自演的。

原来是连韵怡本人不想演这部剧，但是又拗不过经纪公司，于是连韵怡的经纪人就偷偷地给粉丝放风，让粉丝们觉得自家小姐姐大概是红爆宇宙都装不下的程度，根本看不上这种电视剧。之后便是一堆粉丝带头写小论文，卖惨恐吓讲大道理，用上七十二般杂耍，更有不少粉丝去姜立夏的微博给她发私信。

得知一切的叶临西由衷地感慨：连韵怡可真是将道貌岸然做到了极致，人前表现得温和得体、善良大方，背后手段尽出，大概除了杀人就没什么不敢做的了吧？

上次连韵怡出事以后，两个人犹如恶毒女配般没少在背后吐槽她。

叶临西是姜立夏的闺密，自然坚定地站在姜立夏这边，对连韵怡很是不喜欢，没想到这次连韵怡居然直接惹到自己的头上。

她的伊莎贝拉除了养马师和她，就连姜立夏都没碰过。连韵怡居然敢骑着拍照，到底是哪里来的勇气？

姜立夏小声问道："待会儿见到她，你打算怎么办？"

叶临西一怔，说道："我还没想好，见机行事吧。"随后她又微抬下巴，继续道，"我这人也不是小气，只不过很讨厌别人碰我的东西，况且这人还是我讨厌的。"

"真不愧是我的小玫瑰，少奶奶范儿太足了。"姜小鹌鹑的夸赞如约而至。

这个马场其实是傅锦衡父亲的私人马场。傅锦衡的父亲是马术爱好者，据说在英国留学时还专门学过马术，甚至有过代表中国参加奥运会的美梦，虽然最后只能回来继承家业，不过对马的喜欢没减少，便在北安郊区专门搞了个马场。

马场的占地面积非常大，又因为养着好些名贵马匹，在北安的名流圈子里面很出名，所以傅锦衡也时常会在这里接待朋友。

此时车子驶进马场，正往前方的建筑物驶去。不远处是一片极为宽阔的草地，此时正值六月底，浅绿色的草地透着勃勃生机，甚至远处还连着一片不小的湖泊。几匹马从远处跑来，停在湖边吃草喝水。这样悠闲又舒适的场景，很难想象是在北安这种大都市出现的。

姜立夏之前只听说过这个马场，却是头一次来，眼睛眨也不眨地盯着外面，终于在看到那几匹马出现时惊呼："临西，这都是你们家的马场？"

"是呀，不过这边是放牧区，马厩还在里面呢，待会儿带你看伊莎贝拉。"

很快，车子在马场的休息大厅前停下。这栋建筑物是专门用来更衣和休息的，里面不仅有休息室，还有淋浴间。

见姜立夏下车后站在原地许久未动，叶临西说道："还站着干吗？我们得换车了。"

因为马场太大，汽车只能开到这里，接下来得去马厩坐高尔夫球车。

两个人上车后，司机直接载着她们去马厩。结果到了那里，叶临西才发现伊莎贝拉被驯马师带出去跑圈儿了，便让司机直接去休息处。

这个休息处是供人骑马累了之后休息的，车子刚开到附近，叶临西就听到顺着微风飘过来的莺莺燕燕之音，坐在车里看了一眼，就见那边好像在举办聚会。

叶临西找了一圈儿也没看见傅锦衡的身影，心里有点儿满意，欣慰他最起码没跟这些莺莺燕燕鬼混。

叶临西的视力不错，她一眼看见了魏彻。

至于不远处正在共骑一马的两个人，叶临西稍微眯了眯眼睛，认出其中一个是邵奇。

这个邵奇在北安市很知名，因为是家里的小儿子，从小就被宠坏了，换女朋友如换衣服，还特别喜欢交往女演员，此刻怀里搂着的那个应该就是连韵怡。

这会儿两个人你侬我侬地依偎在一起骑在马上，叶临西离得老远都能闻到一股酸味儿。

也许是骑够了，两个人下马慢慢地走了回去。连韵怡一坐下，就被旁边的莺莺燕燕包围了。

连韵怡这种级别的简直吊打在座的人，要说平时她肯定也是自命清高，不肯来参加这种聚会。

可是自从 C 牌的事情出了后，她惹上贿赂总监这么大一桩丑闻，当即就被 C 牌内部封杀了，连之前谈好的杂志封面都拱手让给了别人，在商务代言上也是大受打击。

正在跟连韵怡谈的那些代言都没下文不说，就连打算跟她续约的厂商也在犹豫。连韵怡好不容易熬到现在的位置，怎么可能还想再退回去当十八线不红不紫的小演员？于是，她借着参加饭局的机会，正好搭上邵家这位小公子，就算嫁不进豪门，好歹也能捞点儿资源。

此时她端着橙汁悠闲地喝着，对周围这些人的吹捧丝毫不在意。

当叶临西的车子到旁边的时候，魏彻是第一个看见的，吃了一惊，赶紧站起来去迎这位大小姐，这么主动的动作自然也引起旁边众人的注意。

等他走到车旁，叶临西毫不犹豫地将手掌伸在半空中。

魏彻一点儿也没恼火，反而是笑着把自己的手背搁在她的手掌下面，这姿势像极了小公主旁边首席大太监的模样。

叶临西对他的识趣很满意，先是伸出一条腿踩在地面上。

因为魏彻挡着叶临西的脸，不少人没看见来人的模样，便开始嘀咕起来。

"这人是谁呀，排场这么大？"

"对呀，魏少亲自去接，还这样殷勤。"

"身材倒是不错，脸还没看见呢。"

最后这句话倒是有点儿酸溜溜的，差点儿就暗示来人只有身材而已。

因魏彻是今天组局的人，今天来的这些人里面隐隐以他为首，在场这些人自然知道魏彻的身份不一般，现在都非常好奇能让魏彻这么捧着的人究竟是谁。

魏彻当然知道叶临西回国的事情，但还是有些好奇她为何突然跑到马场来了，问道："我们小公主今儿个怎么赏脸来了？要是早知道你也来，我肯定亲自开车去接你。"

叶临西懒懒地回道："这是我们家的马场。"言下之意是用不着你献殷勤。

"对对对。"魏彻见她穿着闪闪亮亮的高跟鞋踩在草地里一踩一个小坑，只觉得脚背隐隐作痛。

叶临西抬了抬下巴，指向那群莺莺燕燕坐的地方，问道："那些也都是你带过来的？"

"那可不是，哥哥我哪儿承受得起这么多软玉温香啊？"

"软玉温香？"叶临西轻啧了一下，满是同情地转头看向他，"我说你的品位可真够……凄惨的。"

魏彻早就习惯了这位小公主时不时的打击，干脆地说道："确实，我的品位是上不了台面，跟衡哥当哥们儿这么多年，丝毫没有学到他一丝一毫的好眼光。要不然咱们北安最漂亮的小仙女能落到他的手里去？以后我争取改进。"

魏彻的嘴巴跟开了光似的，一番漂亮话让旁边的姜立夏都震惊不已。

姜立夏完全没想到居然还可以从这个角度吹捧小玫瑰，枉她还自诩吹捧界第一高手，这次真的遇到了对手，而且还输得彻底。

魏彻这么一通吹捧将叶临西哄得是舒舒服服，偏偏他这人一向风趣，拿出了诚挚又认真的态度，完全没有跟傅锦衡他们在一块儿时那叫人想揍他的念头。

叶临西被他吹得太过飘飘然，原本一腔的怒火此时居然去了五六分，说道："你带人过来玩儿，我管不着，但是你能不能管住某些人？"

魏彻一惊，问道："她们干什么了？"

其实刚才他一看见叶临西来的时候，心里就一咯噔，知道可能要坏事。

这位公主殿下一向都是无事不登三宝殿，这次直接杀过来，肯定是有事。

叶临西打开包包，从里面拿出手机，找出连韵怡发的照片。

魏彻一看，脸色有点儿发黑。

他怎么可能认不出这匹白马是伊莎贝拉？叶临西平时把伊莎贝拉当宝贝似的，就连在国外都时常让人拍视频发过去给她看。他们都不敢碰这匹马，只怪刚才他忘记叮嘱了。

估计是女生天生对这种白色生物无法抗拒，所以喜欢到一看见就恨不得赶紧拍八百张相片。只是他没注意到，连韵怡是什么时候去拍的照片。

见他不说话，叶临西有些恼火地说道："你别以为这是小事。这就像有人趁你没在家，对你女朋友又亲又抱。"

魏彻被她这个比喻吓到了，赶紧说道："我单身。"

见叶临西一直在瞪着自己，魏彻瞧着她今天是不肯善罢甘休的模样，便估摸着问道："要不我让她把照片删了？"

叶临西双手环抱在胸前，脸上透着"还算你明白事理，就给你这个将功补过的机会"的表情。

魏彻知道她的性格，今天不让她满意这件事绝不会过去，便赶紧带着叶临西往休息处走去。

此时连韵怡旁边坐着的女生都在低头玩儿手机，没一会儿，有个人在微博热搜上刷出连韵怡，惊呼道："呀，韵怡，你上微博热搜了。"

旁边的人立即凑过去，附和道："韵怡，你跟白马这张照片好有感觉呀。"

"大牌演员果然是大牌演员，随便拍一张照片都跟大片似的。"

"对呀，不像我，修图半个小时都不满意，不敢传到微博。"

叶临西走到这边，坐在离那群人颇远的地方。

姜立夏将手机屏幕偷偷地挪了过来，叶临西刚瞥了一眼，气得直接把墨镜摘了下来。

叶临西这下真的被气笑了。这不就是自家孩子因为颜值太高，就被一个完全不认识的路人甲又搂又抱还要顺便跟全世界炫耀一番，看我们拍照多好看？

呸！

叶临西捏着眼镜腿，轻敲了一下屏幕，悠悠地说道："脸被修小了一圈儿，手臂也是细了一圈儿。这个腿是最假的，麻烦让她的修图师看看正常一米六的人该长什么腿吧。修这么长，也不怕央视'3·15'打她的假？"

一旁的魏彻和姜立夏闻言惊掉了下巴。

盛怒中的小玫瑰一口气说完后，还冲着魏彻甩脸说道："她是你带来的人，趁我还给她脸的时候，你让她赶紧把照片删了，顺便把热搜也撤了。"

她的伊莎贝拉宝宝都还没跟她上过热搜呢，这个女人怎么敢这么放肆？

魏彻一脸无语，说道："她哪儿是我带来的？是邵奇带来的。"

"不管是你还是他，反正照片必须删，热搜必须撤。"

魏彻对她也是没脾气的，知道这个姑娘打小儿就被众星捧月般长大的，怎么可能让她受一丁点儿委屈？

这些女演员成天不知道好好拍戏，心思只怕都在什么流量、热度上了吧？

魏彻回道："好好好，我跟邵奇去说。"说完他转身去找邵奇了。

至于这边叶临西刚才微微拔高的声音，还是被坐在另一端的女生们听到了，虽然听得不太清楚，但也大概听到了什么照片、热搜之类的。

没一会儿，邵奇过来了，直接把连韵怡拉到旁边，张口就问道："热搜是你弄的？"

连韵怡一愣，疑惑地说道："什么呀？"

"这个热搜。"邵奇直接点开微博的热搜，把"连韵怡 白马"这条指给她看。

连韵怡装傻般拨了下头发，随意地说道："可能是粉丝搜上去的吧，他们都夸好看呢。"

邵奇笑着说："好看也不行，这马是人家的，现在马的主人不高兴了。你趁早把照片删了，还有热搜也撤下去，别再惹人不高兴。"

"就刚才来的那个女的？"连韵怡冷笑了一声。

说起来她大小也是个当红知名演员，没想到发张跟马的合影都能让人不开心，所以语气有些不善。

邵奇："什么那个女的？你说话客气点儿，得罪她我都帮不了你。"

连韵怡混娱乐圈的时间也不短，怎么可能一点儿人情世故都不懂？只不过连韵怡被粉丝捧着的时间太长，觉得自己就该高高在上，如今真的遇到这种圈子里的小公主，才发现人家这种人只动了下眼皮就自动有人替她出头，只见刚才还抱着自己你侬我侬的男人这会儿也变了脸色。

大家看着他们二人站在旁边说话，且脸色都不太好，心中充满了好奇，恨不得凑过去听清楚。

没一会儿，邵奇就带着连韵怡过来了。

连韵怡的脸上丝毫没有怒气，她的长相本来就属于清纯系，此时她怯生生地开口说道："叶小姐，抱歉，我真不知道这匹马是你的，没跟你打招呼就私自拍了照片，都是我的错，我会立即删了照片。"

她不道歉还好，一道歉倒是显得叶临西小气又计较。

人家就是拍个照片而已，你就让人家道歉？

叶临西自动解读出连韵怡这番话的另一层含义，索性站了起来，微笑着望向连韵怡，说道："这位小姐，未经主人的同意就碰别人东西的行为，我打三岁开始就不干了。因为我知道，这是基本的教养。"

一旁的魏彻听得发笑，心想她跟傅锦衡还真是夫妻。

两个人就算是骂人的时候，不管是这高高在上的姿态，还是台词，都如出一辙。

连韵怡满脸通红，扔下一句"照片我已经删了"转身离开。

而不远处几个八卦的女生对视了一眼，不约而同地打开手机。

叶临西坐下后，姜立夏小声问道："你说咱们俩像不像仗势欺人的恶毒女配？"

叶临西瞪了她一眼。

过了一会儿，姜立夏说道："她删微博了，连热搜都撤掉了。"

叶临西用手指点了点下巴，说道："这就完了？没意思。"

姜立夏接话说："人家好歹是知名演员，都当面给你道歉了，难不成你还想收版权费？"

叶临西哼了一声，心里在想：她的伊莎贝拉白当了一回工具人，凭什么不能收版权费？

对叶临西来说，对手的水平太次，她只不过说了几句话，一个回合就把对方打发了。

做完这一切事情后，叶临西觉得有些无聊，便叫人去把伊莎贝拉找回来，很久没看见她的小宝贝了。

姜立夏趁机去了洗手间，刚从隔间出来，就看见门口站着的连韵怡。

姜立夏一怔，没想到她也会来上洗手间。当然，她一开始没脸大到以为对方是来堵自己的，还特别客气地给她让了路。

"我就说吧，这种大小姐怎么连这么点儿破事都要计较？看不出来你一个写书的居然还能抱上这种有钱人的大腿，可真是会咬人的狗不叫呢。你不就是记恨我之前辞演了你的小说？当狗的滋味挺不错吧，你的主子还给你出头呢。"连韵怡此时完全没有刚才在叶临西面前咬唇抿嘴、楚楚可怜的模样，整个人气势凌人，话里带刀地直直捅向姜立夏。

姜立夏被骂得有点儿发愣，没想到这位连女士可以把变脸神功修炼到炉火纯青的地步。

连韵怡刚才还对叶临西唯唯诺诺呢，到姜立夏这里倒是重拳出击了。

还没等姜立夏开口，连韵怡再次睨过来，冷笑着说道："怎么？你还想再尝尝挨骂的滋味吗？"她的语气里充满了居高临下的冷漠和嘲讽。

姜立夏气得浑身都在颤抖，平时伶牙俐齿的她此时居然脑子一片空白，忘记怎么反驳了。

连韵怡直到听到一阵"嗒嗒"的清脆声渐近才收起脸上的嚣张笑意，准备换成楚楚可怜的模样。

可是没等她抿起嘴角，突然感觉到耳边有一阵风，接着就收到了"啪"的一声的清脆耳光。

姜立夏愣了。

连韵怡更是被一巴掌扇蒙了，不仅脸颊火辣辣地疼，耳朵更是嗡嗡作响，抬起头就看见面前这张明艳至极的脸。

叶临西神色淡淡地望着她，说道："要不你先尝尝这一巴掌的滋味？"

第四章

小仙猪

叶临西这一巴掌扇下去的时候，那群女生正好也结伴过来上洗手间，自然一进去就看见这么刺激的一幕。

大家虽然没看见前面两个人是怎么吵起来的，但不妨碍她们一脸好奇地八卦，此刻都站在门口，想进去又不敢进去。

周围非常安静，没人敢开口，大家大概也不知道说什么，足足静默了数十秒。

连韵怡轻轻地捂住脸颊，作为演员的才能在这一刻彻底提升。

叶临西一抬头就看见连韵怡的眼眸里含着泪，内心非常佩服对方精湛的演技。

此刻的连韵怡就像一朵小白莲，在风中无助地摇摆，要是被哪个男人看见了，肯定能博得很多同情。

可惜叶临西是个女人，而且还是铁石心肠的那种，绝不会相信上一刻还在得意的人这一秒会真的如此可怜。

叶临西本来确实只是来上洗手间的，结果刚走到门口，就听到连韵怡得意扬扬地对姜立夏说的话，一下子就被那句无耻极致的"还是想再尝尝挨骂的滋味"惹恼了。

对于姜立夏之前承受的侮辱，叶临西比谁都清楚。

也不知是谁去通风报信的，很快魏彻和邵奇都来了。

连韵怡一看见邵奇，居然眼中含泪地扑到他的怀里，梨花带雨地说道："你带我走吧，我求你带我走。"

邵奇还没回过神就听到连韵怡求助一样的哭喊声，此刻已经被她这一腔哭声哭化了，从心里生出一股保护欲。

叶临西看着连韵怡宛如二十世纪八十年代琼瑶式的老旧演技，差点儿笑出声。

不过招式不在于新，有用就行。

事实证明，为什么有些小白莲能一直如鱼得水呢？因为总有瞎了眼的男人吃这一套。

邵奇还伸手拉了一下连韵怡一直捂着脸颊的手掌。

连韵怡死活不松手，眼里含着的泪一直在眼圈打转，却神奇地没有让眼泪掉下来。

两个人你来我往，在众人面前演起了情深义重的戏码。

叶临西被气笑了，双手轻抱在胸前，定定地望着连韵怡，脸上挂着气定神闲的神色，还一副打定主意看看她要怎么表演的不以为意的表情。

倒是魏彻走到叶临西的身边，低声问道："临西，没事吧？"

叶临西轻笑一声，说："没什么，本来我也觉得我到底是主人，来者是客，应该客气点儿。不过，在我的地盘威胁我的人，是谁给你的勇气？"

众人听到"威胁"二字眼前一亮，纷纷露出"我就知道肯定有内幕"的八卦表情。

连韵怡此刻窝在邵奇的怀里，依旧一副"我抿嘴、我低头、我不说话，因为我受了天大的委屈"的模样。

不过叶临西也没被连韵怡这矫揉造作的表现唬住，而是慢条斯理地捏了捏手指。

她的指甲是之前特地为毕业典礼做的，现在依旧精致。

在场的人也没人敢上前，都站在靠近门口的地方，不知是谁实在憋不住低声问道："这位到底是谁啊？"问话的人没说出的那句话大概是"嚣张成这样"。

连韵怡可不是什么十八线的小演员，好歹也是有热门影视剧在手的上升期花旦，走哪儿都算是受人追捧的知名演员。之前大家在马场看见她的时候还惊讶不已，没想到她会跟邵家这位小公子在一起，现在居然会跟人闹到动手的地步。

这时有个人出来接话了，说道："她刚才不是说她是这里的主人吗？"

大家来马场玩儿，当然知道这个私人马场是傅家的。

"我记得傅家那位二少爷是不是结婚了？"有个小网红说道，因平时参加聚会多，消息自然也灵通。

"难怪刚才她一来，魏彻就过去迎她。"有人恍然大悟地说道。

"不过我听说傅二少是家族联姻，所以这位大小姐的家世也很厉害吧？"

难怪性格这么嚣张，就冲着她现在这眼角眉梢皆是骄矜，丝毫没把刚才那一巴掌放在心上的模样，众人就觉得传闻大约是真的。

要说她们多同情连韵怡，倒也不至于。刚才叶临西她们没到的时候，连韵怡对这些人也是一副冷冷淡淡的高贵模样，脸上就差明明晃晃地写着"你们这些人也配跟我说话"一行字了。所以现在这些人都是看热闹的心态，也不嫌事情闹得大。

今天这个活动是魏彻组织的，他算半个主人，知道场面也不好弄得太难看，便主动说道："临西，要不我先带你去休息吧？你看你穿着高跟鞋，不适合站这么久。"

叶临西也不想被人这么看戏，点了点头，招呼姜立夏准备离开。

谁知叶临西还没转身，就听刚才一直没动静的连韵怡轻嘤一声："我没事的，真的没关系，都是我的错，是我给你添麻烦了。"

"我没事""真的没关系""都是我的错"，这三句话简直就是一气呵成的"倒打一耙三部曲"。

叶临西的脚尖在原地打了个转，她重新转头看了过来。

不得不说，连韵怡用这招对付邵奇这种不着调的人可太管用了。邵奇虽然知道叶临西惹不得，但他好面子，再看着连韵怡被打之后不吵不闹甚至还主动替他找台阶下，他原本就不太够用的脑筋一下子就绷断了弦，有些抱怨地说道："刚才不是都道过歉了？怎么还打人？"

一旁的魏彻原本没打算管这件事，反正不能让叶临西吃亏就行，却没想到平时看着有点儿聪明劲儿的邵奇居然在这种时候脑子生锈。

叶临西好笑地看着邵奇，说道："你是觉得我们没事找事，故意欺负她？"

邵奇被她一逼问，脑子突然有些清醒，但见连韵怡此时还靠在他的怀里，要是这时候认尿未免有点儿太丢脸。

他这样的纨绔子弟，明明肚子没什么干货，偏偏在外面最怕被别人瞧不起。

叶临西点点头，说道："行吧，人确实是我打的。不过你不如先问问你怀里的这位连小姐做了什么事情，真当这儿是片场呢？给我演什么受害人形象？她既然敢做，不如直接说出来。"

连韵怡微微地摇头，泫然欲泣地说道："我没有。"

姜立夏从刚才就一直没说话，此刻见连韵怡居然还好意思继续装可怜，恨不得撕烂这个女人的脸，于是便原原本本地将连韵怡的话重复了一遍。

别人听着还没感觉，此时正靠在邵奇怀里的连韵怡身体微抖，因为她发现姜立夏是把自己说过的话不差一字地重复出来的。

叶临西也注意到连韵怡的小动作，轻笑着说："顺便说一下，立夏她是北安大学毕业的，还是全国记忆冠军，所以可以一字不差地重复出来你对她说的话。要是错了一个字，你也可以纠正。"

北安大学是全国的顶尖大学，是很多人一辈子仰望的地方。在场的人怎么可能不知道北安大学的含金量？

其实叶临西丝毫不在意了连韵怡这件事，只不过懒得背上这个女人给自己扣的这口黑锅罢了，但还是低估了这个女人的段位。

连韵怡微垂着头，低声说道："算了，就当是我说的吧。"

什么玩意儿？就当是她说的？

连韵怡这时候还能做到临危不乱、睁眼说瞎话，难怪在娱乐圈里能上位成功。

叶临西再一次发现自己确实是低估了人家的厚脸皮和演技，一时间倒显得她和姜立夏像两个故意陷害连韵怡的恶毒女配。

直到一个好听的声音突然出现："麻烦让一下。"

大家回头才发现说话的是个年轻的西装小帅哥，再看一眼，发现他的旁边还站着一个男人。

虽然那个男人没有说话，但只是站在那里，就像一个聚光点，自动吸引所有人的目光。

众人见状赶紧让开一条路。

结果西装小帅哥并未直接走进去，反而往旁边稍微让了让，朝那位先生做出请的动作。

"这是谁呀？"有个人忍不住问道。

这人不仅长相年轻又英俊，还有种"凡人勿近"的骄矜气场。

终于，有个知道内幕的人说道："这就是傅二少，盛亚集团就是他们家的，前阵子不是好多新闻报道他接任盛亚科技的总裁位置吗？"

可见这些人里面也有认真混圈子的人，一眼就认出了傅锦衡。

众人望着男人挺拔修长的背影，心头皆产生同一个念头——原来里面那位嚣张大小姐的老公居然长得这么帅，这种豪门联姻未免也太幸福了吧！

叶临西没想到傅锦衡会突然出现，原本气势凌人的小玫瑰有点儿不太自在。

毕竟这一幕被他看见没什么好处，他大概又要觉得自己是拿了什么恶毒女配的剧本吧！

魏彻倒是三言两语把事情跟他说了，也省得叶临西费口舌。

傅锦衡扫了一眼，神色寡淡得仿佛这种小事不值一提，然后淡淡地开口说道："秦周，你去把监控调出来吧。"

这里竟然有监控？这下换在场的所有人震惊了。

叶临西立即转头准备找监控的位置，却感受到傅锦衡伸手握住她的手掌，抬眸看向他。

傅锦衡笑着说道："监控在后面呢。"

这时她才发现原来监控安在走廊的尽头，因为监控距离洗手间较远，大家都没注意。

待傅锦衡将视线重新落在叶临西的脸上，才淡淡地开口说道："虽然我没在现场，但是我知道我太太的性格，她从来不是无缘无故动手的人。"

叶临西没想到傅锦衡居然会当着众人的面这么说，虽然觉得多半又是他触发了在人前秀恩爱的模式，可听他这么说，心里还是莫名开心，并且暗下决心，以后再也不批评表面婚姻了。

表面夫妻怎么了？最起码他会在别人的面前维护自己。叶临西在一边默默地感动着。

没一会儿，秦周回来了，对众人说道："监控找到了，不过只有画面，没有声音。"

对面的连韵怡听到秦周这么说，当下虽然没那么紧张，但脸色还是白上了几分。

傅锦衡不在意地笑着说道："如果大家实在想弄清楚真相，我也可以帮忙请唇语专家解读一下两位刚才争执的过程。"

别说叶临西震惊了，在场所有人都因他的话惊呆了。

女人吵架居然要唇语专家来破解？这场女人大战也未免太有排面了吧？

可是叶临西瞥到对面明显神色慌张的连韵怡，突然觉得好痛快，心想傅家小锦果然是个火眼金睛的人。

显然傅锦衡的这句话杀伤力太大了，别说连韵怡不敢再假装受害人，连邵奇的脸上都有些挂不住。

只不过傅锦衡一向没什么耐心，目光在邵奇的脸上扫了一遍，说道："以后多长点儿脑子。"

傅锦衡这种已经在家族企业中执掌大权的精英实干派，跟邵奇这种成天就知道花天酒地的人完全不是一个层次的，况且他还跟邵奇的大哥私交不错。

邵奇不怕自己的亲爹亲妈，独独怕他的大哥怕到要死，这会儿张嘴想求饶。

傅锦衡却懒得再跟邵奇浪费口舌，只淡淡地说了一句话："还不快滚？难道等着我让你哥来接你？"

邵奇一听这话哪里还敢废话，赶紧带着连韵怡迅速离开。

见邵奇他们走了之后，魏彻无奈地笑道："今天我就不该带这些人来马场。"

叶临西翻了个白眼，说道："你知道就好。"

之后，魏彻安排其他人赶紧带着他们的莺莺燕燕离开。没一会儿，马场又恢复了安宁和谐。

魏彻见别人走了，也不想在这儿当电灯泡，便说道："临西，回头找个时间一块儿吃饭，今天我就不打扰你们了。"

姜立夏见身为电灯泡之一的魏彻居然要跑路，也赶紧说道："那我先回去吧，待会儿还有个编剧会要开。"

"我让司机送你。"傅锦衡主动开口。

他知道姜立夏是叶临西的闺密，因此对她格外客气，主动安排车子送她回去。

姜立夏摆摆手说道："这哪儿好意思啊。"

一旁的魏彻开口说道："反正我也去市区，顺便把这位小姐姐捎回去吧。"

叶临西听得登时警惕心大起，立马说道："你打什么坏主意呢？"

"我做做好人好事也不行了？"魏彻被叶临西这满脸的狐疑逗乐了，继续说道，"我承认这位小姐姐长得确实漂亮，但她都是你叶大小姐的人了，我敢下手吗？"

姜立夏也不是没被人夸过，但还是认为魏彻这人的嘴太厉害了。明明你应该觉得他油嘴滑舌，可是听着他的夸奖，又会真的感觉开心。

叶临西说道："最好是不敢。"

叶临西知道魏彻这人的花花肠子太多，可不能让姜立夏被他蒙骗了。

只是旁边的傅锦衡突然转头看向叶临西，说道："你的人？"

魏彻一副看热闹不嫌事大的模样，告状似的说道："刚才我们小西骂人的时候可威风了，说在她的地盘欺负她的人。"他还冲着叶临西竖起大拇指，继续说道："真不愧是我们西西公主。"

傅锦衡倒是没说话，只是冷淡地瞥了叶临西一眼。

叶临西不禁有些浮想联翩，心里想着：难不成这个男人连女人的醋都要吃？本小玫瑰的魅力已经发散到这种程度了？

魏彻跟姜立夏一块儿离开，随后乘坐高尔夫球车到了马场的停车场。魏彻今天开了一辆跑车，待走到车前时，绅士地替姜立夏把副驾驶座的车门打开。

姜立夏坐上去之后，看着侧上方的剪刀门慢慢往下落。

车子启动之后，魏彻似乎怕她尴尬，主动聊了几句，后来便专心地开着车，没再多说什么。

待到了地方，姜立夏刚打开身上的安全带准备下车，就听到旁边的男人噙着笑意的声音响起："要不我们加个联系方式？"

姜立夏惊讶地抬头看过去。

魏彻的长相很英俊，一双多情的桃花眼格外惹眼。

魏彻见她愣了一下，赶紧补充道："临西回国了，我估计以后咱们见面的机会不会少。"

姜立夏想了想，还是拿出手机，跟他加了联系方式。

虽然叶临西说过魏彻这个人很花心，但人家什么美女没见过？他不至于真对她图谋不轨。姜立夏因为魏彻送她回来且主动开口，不太好意思拒绝对方，便答应了，顶多就当微信里又多了一个名字。

叶临西还没看见她的伊莎贝拉宝宝，便还留在马场里。刚才她已经派人去找伊莎贝拉了，据说这会儿她的小乖乖已经在马厩里等着了。

因为高尔夫球车送别人离开还没回来，叶临西懒得再等，就想着走过去，可刚走几步就后悔了，便故作随意地说道："算了，我们还是等一下车子吧。"

傅锦衡低头看了一眼叶临西脚上的鞋子，没有说话。

作为男人，他确实不太理解为什么高跟鞋这种杀器对女人的吸引力那么大。

见他盯着自己的脚，叶临西忍不住傲娇地说道："是不是发现我的腿很漂亮？"

叶临西今天特地穿了一双黑色的绑带高跟鞋。绑带是绒面的质地，缠在细白骨感的脚踝上，绑成漂亮的蝴蝶结形状，显得整条小腿格外纤细精致。

她穿着同色系的小黑裙，因为裙子款式简单，她才会选这双略显夸张的绑带高跟鞋。

她的自恋也不无道理，光是比腿，叶大小姐还从来没输过。

傅锦衡淡淡地说道："我好像很久之前看你穿过这双鞋。"

他很久之前看她穿过？他是在暗示自己穿了一双过时的鞋子？

对于傅锦衡阴阳怪气的话，叶临西可是深有体会，如临大敌般赶紧问道："什么时候？"

傅锦衡轻笑了一声。

或许叶临西不记得，可是他印象深刻。

因为在叶临西成年后，他再次见到她时，她那天穿着的就是一双这样款式的鞋子。

傅锦衡跟叶屿深是多年的好友，自然见过他的亲妹妹。只不过后来傅锦衡高中出国读书，回国的时候，又遇上叶临西出国读书。这样阴错阳差，两个人竟是许久没再见面，以至于傅锦衡印象中的小姑娘还是那个精致得像洋娃娃却又稚气未脱的模样。

那天他们在上苑的楼上出来，刚到大堂就听到一个姑娘在说话。

"不去！难道他喜欢我，我就得喜欢他吗？他以死相逼我就得去见他？

"是不是下次他再以死相逼时，我还得以身相许？

"命是自己的，如果自己都不知道心疼，别人为什么要替他的命负责？"

那样理所当然的话，在别人听来只是好笑而已，却掷地有声地砸在傅锦衡的心头上。

于是他朝声音的方向看了过去。

大厅的水晶吊灯下，那姑娘俏生生地站着，两条笔直又纤细的双腿轻轻地交叠着，脚踝上的丝绒绑带缠绕成蝴蝶结的模样，黑丝绒绑带与纤细骨感的脚踝堆砌出明艳又精致的华丽感。

哪怕别人只是远远地看着，也知道这是个明艳动人的姑娘。哪怕此刻她的脸上挂着些许不耐烦的神色，她依旧有着一种让人挪不开眼的美丽。

一旁的陆遇辰问道："屿深，你的妹妹怎么了？"

叶屿深有些不耐烦地说道："肯定是最近烦叶临西的那个男的，玩儿以死相逼这一套，也不看看都什么年代了。"

陆遇辰听着突然皱眉，转头看了一眼站在旁边的傅锦衡，只见傅锦衡也在看对面的姑娘，仿佛并未听到他们讨论的内容。

其实傅锦衡也听到了，只不过并未像陆遇辰想的那样敏感罢了。

相反，他把叶临西的话在心里想了一遍，反而笑了起来。

或许是因为她太过理所当然的话，或许是因为她的鲜活真实，明明她傲慢得像个高高在上的小公主，却并不惹人厌烦。原来叶临西已经长成这样的姑娘了。

叶临西见他光笑不说话，本来心情是挺不爽的，此时看到高尔夫球车已经回来了，也懒得因为这一句莫名其妙的话而追究，毕竟还急着去见她的小乖乖呢。

她到了马厩，一眼就看见了伊莎贝拉。

哪怕是在一群马当中，伊莎贝拉都是卓尔不群的，当感受到叶临西抚摩它的脖子时，竟然想往叶临西的身上蹭。

结果伊莎贝拉还没蹭到她，叶临西就被旁边的人拽着往后退了一步。

傅锦衡提醒她："你穿这样的裙子，就别跟它站太近了。"

叶临西没想到她的爱马居然会被嫌弃，一时间心里那股矫情劲儿又猛地蹿了起来，心想还没找他算账呢，便一边帮伊莎贝拉顺毛，一边开始碎碎念："伊莎贝拉，妈妈来了。都怪妈妈不好，是妈妈没保护好你，才让坏人骑了你。妈妈知道你不是自愿的，所以不会嫌弃你的。有些人还说什么会好好地看着你呢，哼，除了妈妈，你谁都不可以相信。以后就我们母女相依为命吧。"

身边的傅锦衡将她这声音过大的"碎碎念"听得清清楚楚，待听到最后时，轻抿的嘴角一松，侧头看着这对人马情深的母女俩，突然牵住马缰，又伸手握住叶临西的手掌，低声道："走吧。"

叶临西正跟伊莎贝拉诉情，突然被傅锦衡打断，有些不满地说道："去哪儿？"

"你不是嫌它被玷污了清白？我亲自给它洗干净。"

叶临西想要捂住伊莎贝拉的耳朵，奈何这位小乖乖太高，也压根儿捂不住那么大的耳朵，此时瞪着傅锦衡，恼怒地说道："你怎么能在我的小乖乖面前说这种话？什么玷污清白？我看是你玷污了它的耳朵。"

见她越演越上瘾，傅锦衡忍不住问道："临西，你在国外读的是法学院吗？"

叶临西哼了一声，不想回答这个幼稚的问题。

直到傅锦衡不紧不慢地说道："我还以为你是去戏剧学院进修了。"

叶临西有些无语，但想到自己的目的已经达到，也不想跟他计较，看在他伺候她的伊莎贝拉小乖乖洗澡的分儿上，先暂时原谅他。

马匹洗澡的地方就在马厩的旁边，养马师对这些马也十分爱护，经常会给它们轮流洗澡。

傅锦衡因为他的父亲喜欢马，算是打小儿就开始干这件事，三四岁便穿着小马术服骑在马背上，后来也有了人生的第一匹马。所以，傅锦衡偶尔烦闷时，来马场骑上几圈儿之后，也会亲自给他的马洗澡。

傅锦衡把外套脱下，原本是要递给叶临西，谁知就在叶临西伸手准备接下时，又突然收了回去。

叶临西以为他故意捉弄自己，翻了下白眼，说道："无不无……"

最后一个字还没说话，男人已经走到她的面前，弯腰将西装外套系在她的腰间。

宽大的外套将她的腿裹得严严实实，叶临西嫌弃地看了一眼，心想：这么系着也太丑了吧？难道仙女的腿不好看，不配露着吗？

"不好看也系着，小心走光。"傅锦衡仿佛看懂了她脸上的表情，声音清冷地说道。

叶临西低低地哦了一声，居然没有发挥平时"不管你说什么反正我不听"的挑衅精神，乖巧地站在旁边，看着傅锦衡进去换了一套衣服。

他穿了防水的工装和胶鞋，头发整齐精致，但是整个人换了一身衣服，似乎连气质都变了，身上那股子精英味道变淡，反而有种随性的不羁感。

傅锦衡打小儿就做惯了替马洗澡刷毛的事情，动作很是熟练。但旁边有一位只动嘴绝不动手的人，一直在他的旁边指指点点。

叶临西之所以隔着一段距离站着，主要是因为怕伊莎贝拉洗澡时把水珠甩到她的身上。

不过这么短的距离，丝毫不妨碍她指点江山。

"我觉得它这边的毛毛好像有点儿脏。

"还有这边也要刷一下吧？"

原本正低头刷马腹的傅锦衡抬头看着她，无奈地说道："要不你自己来？"

果然，这个男人今天很好说话只是错觉而已。

叶临西冲着他露出一个虚假敷衍的笑容，摇头表示拒绝。

待傅锦衡低头继续时，叶临西用鞋后跟在地上踹了踹，仿佛正踩在这个男人的脚背上。只可惜这个美妙的想法只持续了几秒钟，她就突然发觉脚动不了了，低头才发现自己正好站在这边的出水口处，她的鞋跟就那么凑巧地卡在网状盖子的细缝里。

叶临西赶紧抬头看向傅锦衡，发现对方好像什么都没发觉，便小心翼翼地开始用力准备把鞋跟拔出来。

虽然她在偷偷地用劲儿，但鞋子依旧被卡得纹丝不动。她当然也可以蹲下来把鞋子直接拔出来，可是一想到对面的男人会立马发现，今天哪怕就是用力到脚踝断掉，也绝对不会再在这个男人的面前出糗的。

叶临西，可以的！小玫瑰，加油！

于是，她的脚踝左扭右扭，她想通过这样让鞋跟卡得没那么紧。

大概是上天有好生之德，又或许是不知路过的哪位神明听到了她心中的祈求，突然间，叶临西感觉鞋跟好像有些松动了。

叶临西眼看拔鞋跟大业终于要成功了，心里的紧张略消，她趁机一鼓作气，再次用力，这次终于感觉到自己的脚自由了。而在她得到自由的那一瞬，她就看到傅锦衡也正好抬头看了过来。

叶临西赶紧脚尖点地，又伸手撩了撩长发，露出一个自觉妩媚又优雅的笑容。

临危不乱方显小玫瑰的本色，叶临西在心里偷偷为自己不慌不乱的行为点了个赞，直到发现傅锦衡并没有看她的脸，而是低头看她脚的方向，便也循着他的视线看过去。

这是怎么回事？为什么她的鞋跟还卡在那个细缝里？叶临西再次看向自己脚上的鞋子。

鞋子的表面还是完好的，可鞋跟处明显断裂了。

她刚才光顾着踮脚摆造型，丝毫没发现鞋跟没了。

所以，她之前那么努力，就只是硬生生地把鞋跟扭断了？

傅锦衡温润的声音从不远处传来："临西，你先站在那里别动。"

傅锦衡重新换了衣服回来，发现叶临西居然真的乖乖地站在原地没动。

只不过平时明艳鲜活的小玫瑰此刻像是经历了一场倾盆大雨的摧残，垂着小脑袋站在原地，完全是一副"我已经被自己尴尬到无言以对"的萎靡样子。

傅锦衡刚要走上前，却又突然想起刚才的画面。

因为叶临西许久没说话，身边一时没了指手画脚的小孔雀，他感觉有些奇怪，便抬头准备看看她在干吗，谁知就看见她用力将鞋跟拔断的精彩一幕。

"你还在等什么？"叶临西伸手主动求抱。

让她穿着这个断了跟的鞋走路，还不如杀了她。

傅锦衡走上前，打横将她抱起来，下巴轻轻地抵着她的脑袋。

叶临西感觉到来自头顶上方的轻笑声，一瞬间那颗强作镇定、强作不在意的玻璃心彻底碎了，她指控道："你笑什么？你是不是在笑我？"

傅锦衡没有说话。

原本丧气到不想说话的人此时又充满了斗志，叶临西生气地说道："你还是人吗？这时候居然还笑话我！"

傅锦衡开口说道："我没有笑话你。"

叶临西根本不信，回道："才怪。"

"真的，"傅锦衡难得耐心地解释，轻声说道："我只是觉得……"

叶临西听他说了一半又沉默，便好奇地抬头望向他，一双明眸充满了大大的疑惑，仿佛在等着他的下文。

直到男人低沉的声音再次响起，似乎还透着某种被强压着的情绪："你的力气好像还挺大。"

叶临西恼怒极了，觉得这日子大概是真的过不下去了，哪怕今天光着脚从这里走到云栖公馆，也绝不接受这个男人的小恩小惠。

负气之下，她转身就想走，可身体刚转了半圈儿，就被傅锦衡伸手拉住。

待他拦腰将她抱起来，叶临西的脚下一空，她有点儿害怕，下意识地伸手钩住他的脖子。

"别动。"傅锦衡低头说道。

她窝在他的怀里，两个人之间的距离近到她能看见他密密实实的眼睫毛以及深邃撩人的黑眸。

"给我一个将功补过的机会。"男人的声音很沉，透着一丝安抚的意味。

叶临西仿佛被什么蛊惑了似的，刚才还在心里发誓绝不收这个男人的小恩小惠，此时却乖巧地安静了下来。

此时夕阳西下，将两个离去的背影拉得无限长。

直到窝在怀里的人慢悠悠地说道："我觉得家里的衣帽间好像有点儿小了。"

男人含笑的声音响起："明天我就让设计师来改。"

或许是因为知道自己的衣帽间即将被扩大，而她又有了填充衣帽间的借口，从而达到正大光明败家的目的，整个晚上，叶临西的心情都是愉悦的。

至于自己的鞋跟卡在缝里又被她硬生生拔断的这种小事，只要她不提，又有谁知道呢？

傅锦衡下午先去了一趟实验室，后来接到魏彻的电话才赶到马场的，回到家后吃完晚饭就在书房里工作。

相较于叶临西高调的生活，傅锦衡的生活一直很有规律，他每天早上六点起床，然后锻炼半个小时，洗澡吃早餐，在九点之前赶到公司，晚上如果没有应酬也会准时回家，只不过回家后都会在书房里继续工作。

盛亚集团在海外也有分部，特别是他目前所掌控的盛亚科技，很多业务需要与国外对接。

此时书房里传来声音，是他正在开视频会议。

盛亚集团是傅锦衡的爷爷一手创建的公司。老爷子还在世的时候，时常会说起当年拿着九十块钱闯荡商场的故事。

如今历经几十年的风风雨雨，盛亚早已发展成一个集金融、房地产、科技、文化等诸多业务为一体的庞大的商业帝国。盛亚科技作为盛亚集团旗下最为重要的子公司，主要从事高科技行业，前景极好。

傅锦衡被派到这么有发展前途的子公司历练，集团内部早就猜测不已。

虽然他的上头还有哥哥，看起来兄弟二人必有一争。可是大少爷从未在公司内部担任职务，如今傅锦衡又与泰润集团叶家联姻，看起来他早已是钦定的接班人。所以傅锦衡在公司内部都是一言九鼎，哪怕晚上十点组织开会，也没人敢说个"不"字。

副总裁宋文说："傅总，安翰那边再次拒绝了我们的收购报价。"

傅锦衡摘下眼镜，沉思了几秒钟。

傅锦衡有点儿轻微近视，平时不太常戴眼镜，不过偶尔开会的时候会戴。只不过他每次开会戴眼镜，就意味着今天的会议不太顺利。

果然，众人一下就听到了最糟糕的消息。

倒是傅锦衡并未如他们预料的那样沉下脸，反而只是看了下镜头，低声说道："这个情况我知道了，今天的会议就到此结束吧。"随后他关掉电脑。

至于其他人，完全没想到今天还有这样想不到的好事。

傅锦衡推门出去，一边上楼一边在思考，并非别人料想中那样淡定。

从他入主盛亚科技开始，很多人等着他打漂亮的第一仗，包括他的父亲也在默默地关注着，可如今第一个项目依然迟迟无法推进。

他这人表面上从容淡定，其实有着反骨。越是别人盼着他失败的事情，他倒是越有兴趣弄得漂漂亮亮。

他推门，果然见到叶临西还在洗澡。

对于这个将保养这件事情做到极致的精致太太，傅锦衡偶尔也会想起那个可笑的传言。

传言，叶临西为了区别于挂着各种野鸡"设计师"头衔的千金，特意让亲爹捐了两栋楼，硬是挤进了全美顶级的法学院。

所以，这才有了法学院高才生叶临西。要不然她一个只知道花钱和享乐的大小姐，怎么可能光靠自己的成绩杀进顶级法学院？

至于傅锦衡听到这个传闻，无非是因为他跟叶临西结婚的消息传出去后有人故意到他的面前散播传闻。

大概是有人怕他一时沉迷美色，被这位徒有美貌却肤浅的叶小姐给迷惑住。

只可惜，傅锦衡还是一头扎进了这桩婚姻。

傅锦衡一边脱衣服一边觉得好笑，哪怕叶临西进法学院真的是她爸爸捐了楼又如何？最起码比起外面那些连看都不能看的劣质花瓶，他的太太不仅有美貌，还有十分有趣的灵魂。

他突然又想起今天下午马场的那一幕，不禁弯起唇角。

而此刻在洗澡的叶临西丝毫不知道这个男人居然又把这件事情拿出来回味了一遍，要是知道的话只怕现在就会冲出来跟他大闹一场。

这个男人不仅没有心生愧疚，甚至还直接推开了浴室的门。

浴缸周围被她弄得不仅精致而且格外有气氛，蜡烛点在外面的小窗台上，浴室里是柔和的暖色调灯光，摇曳的烛火将周围渲染成浪漫温柔的情调。红酒杯里的酒快见底了，显然她已经喝了不少。

正在泡澡的叶临西听到浴室的开门声时，顿时吓得一激灵："谁？"

傅锦衡走过来时，语调带着少有的喑哑，说道："除了我，你觉得还有谁？"

叶临西不悦地瞪着他，今天实在太累了，可没什么心思应付他。

但是傅锦衡仿佛被浪漫的情调影响，直接跨进了浴缸。

不得不承认，当初他对叶临西非要在主卧的洗手间里弄这么一个浴缸十分嗤之以鼻，现在倒是发现了这个浴缸的妙用。

叶临西一只手去推他，还不忘用另一只手挡住胸前的风光。

傅锦衡伸手将她抱在怀中，低头吻在她的颈窝上，一番动作惹得叶临西整个人微微一麻。

他的手掌搭在她的后背上，带着不轻不重的力道轻轻地摩挲着。

叶临西觉得累得要命，明明应该把他推开，让他离自己越远越好，却又恨他太懂得怎么挑起她快乐的情绪。

待她微抬眼眸，看着他黑眸里的滚滚情绪，心里也生出一股异样，似有着说不出又化不开的羞涩。

叶临西被折腾到最后，还能强撑着勉强涂抹了护肤品。

这已经是她作为精致女孩最后的尊严，至于原本洗完澡之后的一系列敷面膜、蒸脸这种事情，早已抛到九霄云外。

睡觉的时候，她一如既往地只老实了几分钟，待睡着后，整个人便自动滚到了傅锦衡的怀里，一条腿不老实地搭在他的腰上。

对于叶临西这个睡姿，傅锦衡早已经没有指望她改变了，倒是很羡慕叶临西的睡眠质量。

她一旦上床，总是有能力在五分钟内迅速入睡。或许是因为活得太过没心没肺，睡眠质量就会好？

好在有叶临西的影响，连一向浅眠的傅锦衡都睡得格外踏实。

早上傅锦衡起床去洗澡，出来时就看见躺在床上的人正伸手摸手机，见她醒了才突然想起昨晚还没来得及说的事情，说道："今天我们回大宅一趟吧，你回来两天了，奶奶让我们回去吃饭。"

叶临西刚睡醒，正处于"我在哪儿我是谁"的迷糊状态，十分不走心地哦了一声。

见她心不在焉的模样，傅锦衡边穿衣服边漫不经心地说道："今天我堂姐一家也会过来。"

"哦。"

傅锦衡转头深深地看了她一眼，才慢条斯理地说道："今天有客人在，你最好注意一下。"

叶临西本来还哈欠连天，听到他的这句话立马来了精神，理直气壮地说道："我哪儿不注意了？奶奶和妈妈都夸我是最省心、最讲道理的。"

叶临西听见了微不可闻的轻哂声，恨不得下去立即揪住这个男人的领带，让他说清楚他哼个什么劲儿。

直到傅锦衡说："你别像演唱会那天就行。"

叶临西一怔，心想他怎么提起演唱会了？

直到小脑袋灵光一闪，她整个人立马裹着被子从床上坐了起来，脸上洋溢着不敢相信又有些小幸福的表情，兴奋地说道："是逸崽也要来吗？"

她长发凌乱地披在肩膀上，明明应该是很邋遢的形象，结果反而因为她过分好看的脸显得很是赏心悦目。

傅锦衡把目光从她的脸上收回，淡淡地说道："是齐知逸。"

叶临西一心沉浸在"她要在家里看见了她的逸崽"这种幸福的眩晕里，完全没在意傅锦衡纠正她的叫法，之后就忙着给姜立夏发信息，丝毫没管准备出门的傅锦衡。

对于得到什么送别吻这种事情，傅锦衡连想都没想过。

趁着白天还有空，叶临西去了美容中心，又做了全套保养。

下午回来之后，她就开始在衣帽间里挑选衣服。

姜立夏作为她的狗头军师，在帮她参谋今天晚上家宴要穿的衣服。

"这个裙子的长度会不会太短了？"叶临西犹豫地问道。

两个人正在视频聊天，她把手机固定在支架上，把挑选出来的衣服让姜立夏帮着过目。

直到最后，叶临西有些放弃地说道："算了，我也是疯了，居然要问你这个单身狗。"

姜立夏一脸无语，感觉真的有被冒犯到，心里愤恨地想着：选衣服跟单身有什么关系？

但是叶临西丝毫不觉得，因为最后还是决定相信自己的眼光，穿了一件略宽松的浅蓝色衬衫，又搭了一条深蓝色牛仔布料的铅笔裙。

深浅不一的蓝色系显得整个人既青春又不失温柔，果然很适合初夏的颜色。

叶临西一直等到五点多，才有些憋不住地在微信里翻出傅锦衡的对话框。

他们两个人在各自微信里属于有名字的存在，叶临西刚才一直往下翻，才总算翻到对方的名字，结果刚一点开，就看见上一次他们微信的信息往来。内容是傅锦衡给她发的盛亚科技的大字报。

她斟酌了用词，很快发了一条信息过去。

傅锦衡听到了手机振动的声音，但习惯性地先把手头的事情做完，等打开微信看见叶临西发来的信息，已经是五分钟后。

叶临西问道：老公，你什么时候回来呀？

隔着屏幕，傅锦衡仿佛都能看见她发这条信息的做作样儿。

傅锦衡很快回复她：六点下班后，我回家接你。

几秒后，叶临西发来几个庆祝的表情包。

傅锦衡看到叶临西用表情包把整个屏幕刷得眼花缭乱，以为她这是迫不及待地想要回家看齐知逸，轻哼了一声。

谁知下一秒，傅锦衡又收到一条信息。

叶临西继续说道：哇，恭喜傅总，终于摆脱2G，用上了4G网络呢。

傅锦衡看完忍不住笑了起来，才明白她这是讽刺他回复信息太慢。

没一会儿，叶临西也收到了一条信息，是一条新闻的链接。

他又来这一套？对于这个男人的恶趣味，叶临西十分无语，但还是按捺不住好奇心，点进链接看了一眼，发现这条新闻是在介绍盛亚科技目前的公司业务。

"盛业科技作为目前国内估值最高的 AI 企业，企业估值可达到百亿美元以上。盛亚科技专注于计算机视觉和深度学习的研究，目前已经成功研发出市场上一系列人工智能技术，其中包括人脸识别……"

叶临西看着这一连串的专业术语，忍不住扯了扯嘴角。

没一会儿，男人的一条语音发了过来。

傅锦衡在语音里说道："目前盛亚参与到 5G 新技术的开发当中，如果你有兴趣，我也可以带你了解一下。毕竟你作为老板娘，随时欢迎你了解公司的业务。"

叶临西心想：谁要关心你公司的业务？你说这么一大通是干吗？你没看出来我只是想嘲讽你吗？

原本叶临西已经准备把手机扔在桌子上，突然重新点开那条语音，待清楚地听到后面的那句老板娘后，轻轻地抿了下嘴，抑住了想要上扬的嘴角。

老板娘这个称呼嘛，老气是老气了点儿，不过还挺好听的。

虽然傅锦衡说的是六点下班之后回家，但还是稍微提早了点儿，回到云栖公馆时才六点。

叶临西见他回来也没说什么，很快上了车。

车子开上高架桥时，整片天际都被夕阳染红，透着最后一点儿绚丽温柔的余晖。

叶临西一路坐得倒是端庄，转头望着车外，一直到了傅家大宅的外面准备下车时才深吸了一口气。

这一路上，她都在努力控制自己别太激动，但一想到可以近在咫尺地看到齐知逸，还是有点儿小激动。

他们刚走到门口，就听到里面有动静。

叶临西还没脱鞋子，就先喊道："奶奶、妈妈，我们回来了。"

相较于有些沉默的傅锦衡，嘴甜的叶临西显然更受长辈们喜欢，特别是傅老太太，一看见她就拉住她的手，仔细打量了半天。

"奶奶一直担心你在美国吃得不好住得不舒服呢。"对面的傅母南漪温柔地说道。

对于这位婆婆，叶临西喜欢得不得了。一开始她打算跟傅锦衡结婚的时候，还担心自己过于败家的名声会让长辈们不喜欢。虽然她婚后不需要跟长辈住一起，但还是想要有个良好的婆媳关系嘛。

有一次，南漪主动约她逛街。

原本叶临西很克制自己的购物欲望，哪怕是碰到让她尖叫的小裙子，也是矜持地摇摇头，表示不是很喜欢。哪怕私底下她花钱不眨眼，可当着婆婆的面还是要装出勤俭持家的好媳妇模样。

谁知她装了，人家婆婆没打算装。两人逛到爱马仕店铺的时候，南漪逛得很随意，叶临西也克制住想要看包包的欲望。

直到店员主动把店里新到的包拿出来，叶临西才知道，原来南漪是该店北安市的第一批超级 VIP 客户。

用谦虚的话说，就是在叶临西还没出生的时候，南漪就开始搜集铂金包了。

彼时的南漪毫不客气地对着一堆东西，大手一挥地说道："全包起来吧。"

叶临西这才知道，论败家，她遇上对手了！

当天，南漪送了叶临西两个包，其中一个包还是定制的。其实就是因为她给叶临西定的包到货了，所以才叫叶临西出来逛街。

叶临西还真的有点儿被宠到的小惊喜。

傅锦衡晚上去接她吃饭，看到客厅里摆着的橙黄色盒子，居然表情十分淡定地问道："你跟我妈去逛街了？"

于是，一向傲娇的小玫瑰花了足足十分钟夸赞她的婆婆人有多么好、眼光多么独到。

当时的傅锦衡突然有那么一丝丝后悔，或许不该让她和他妈妈关系这么好。

后来，南漪时常会跟叶临西分享自己喜欢的好物，叶临西每次看到也都会各种夸赞。

当然，叶临西可不是出于敷衍的吹捧，而是真的认可南漪的品位。

她在见识到南漪的珠宝柜之后，这才知道南漪的保险箱是多么让人眼花缭乱，也明白了自己在通往顶级败家的路上还需要更多时间的积累。

此刻，叶临西跟傅家老太太和南漪聊得正开心。

傅家老太太正说起她回国的事情："你之前在国外，我都担心得不行，现在可算好了。你回国了，也省得锦衡天天惦记。"

叶临西听着不由得十分尴尬，心想大概是之前他们树立的恩爱夫妻人设太过成功，让长辈们觉得他们离不开对方了。

叶临西故意看向傅锦衡，说道："是吗？老公，你是天天惦记我吗？"声音还有种做作的娇嗔。

傅锦衡看着她演戏的模样，淡淡地说道："没有，奶奶逗你玩儿的。"

傅老太太马上说道："你看看锦衡，还不好意思承认。"

闻言，叶临西转头看他，只一秒，身上的鸡皮疙瘩都要起来了。

因为这个男人完全就是一副"我嘴上说没有其实心里却很想"的别扭表情，他不是秀恩爱却胜似秀恩爱的演技简直到了出神入化的程度。

好在很快叶临西的注意力被转移了，她听到外面传来汽车的引擎声，猜测应该是客人到了。

叶临西趁着奶奶和南漪都看向门口的时候，偷偷用手机的镜面整理了一下头发。

很快，门口出现了几个人。

但叶临西的眼睛眨也不眨地盯着走在最后面的高挑青年，她光是看身影，心脏就"扑通扑通"地一通乱跳。

傅锦衡的堂姐和堂姐夫两人先进来的。

堂姐傅婕年纪稍长，四十多岁，保养得很好，看起来很年轻，看起来更像齐知逸的姐姐。

傅婕跟老太太她们打了招呼之后，又让齐知逸跟长辈们一一打招呼。

齐知逸身高一米八三，面对娇小的老太太和南漪时，还特地弯腰打招呼。

叶临西站在一旁看着，心中既自豪又激动，只觉得她的逸崽好有礼貌、好懂事呀。

这样的乖崽崽，怎么能让人不爱呢？

呜呜呜，姐姐爱你。

轮到齐知逸跟叶临西打招呼时，旁边的傅婕率先说道："阿逸，上次小舅舅和小舅妈结婚你没来，是不是还没见过小舅妈呢？快跟小舅妈打个招呼。"

原本正摆好一脸温柔甜美表情的叶临西在听到小舅妈这个称呼的时候，心碎了一地，头顶瞬时冒出几个大字——我不想当小舅妈！

齐知逸却说："妈，我忘了跟你说。上次我在北安开演唱会，小舅舅和小舅妈还来看了。"

于是，大家齐刷刷地看向叶临西。

就在叶临西想该怎么说才能不暴露自己是齐知逸粉丝的信息时，却听见旁边的傅锦衡开口说："齐知逸送了两张票过来，正好临西有空，我就跟她一起去看了。"

南漪一下子抓住了重点，问道："临西前几天回来了？"

叶临西整个人僵住，刚才光想着怎么不暴露的事情，却忘记之前回国看演唱会这件事。

大家都以为她在美国呢，她要怎么解释？

就在几双眼睛盯着她时，旁边傅锦衡的声音又适时地响起："我之前过生日，临西特地从美国赶回来给我庆祝。"

此时南漪露出一个恍然大悟的表情，说道："怪不得上次你过生日，我让你回家吃饭，你说已经有约了呢。我当时还以为你是约了阿彻和遇辰他们。"

于是大家纷纷用一种"看看这小夫妻俩多甜蜜、分都分不开"的眼神望着他们。

叶临西被这么一打岔，快心如死灰了。

她只是想简简单单地跟偶像见面说说话，为什么就这么难？

过了一会儿，冷静下来的叶临西悄悄转头看向傅锦衡。

原来生日那天，他并没有拿自己当工具人。那他干吗要陪她去看演唱会？他该不会只是想陪她去吧？

叶临西突然感觉脸颊微热，心里莫名生出一丝小窃喜。

今天傅锦衡的父亲还没回家，大家坐在客厅里闲聊了一会儿。

家里的阿姨将准备的茶点端上来。

齐知逸因为是在座年纪最小，也是辈分最低的人，便主动站起来，帮阿姨把盘子里的茶水递给别人。

等齐知逸把茶水递到叶临西这边时，她赶紧伸出手，差点儿不小心碰到杯子。

齐知逸提醒道："小心茶杯，有点儿烫。"

待叶临西接过茶杯时，手背不小心碰了下齐知逸的手掌，心下有些紧张，面上却一脸平静，她端着白瓷杯轻抿了一口里面的红茶，像极了正在品尝精美下午茶的淑女。

旁边的家人还在聊天，叶临西优雅地拿起手机，轻声说道："抱歉，我去下洗手间。"

她一进洗手间，立即掏出手机。

叶临西：姜立夏，快滚出来。

不到一秒钟，姜立夏立马回复消息：我滚来了。

自从叶临西当众为了姜立夏教训连韵怡之后，姜立夏对叶临西那叫一个死心塌地，恨不得天天跟在叶临西的身边溜须拍马，甚至还恬不知耻地说出了"她不介意傅锦衡当正室，她可以当侧室"这种话。

叶临西不敢在洗手间里打电话，怕万一自己太激动，声音太大被人发现。但是她在手机屏幕上飞舞着的手指已经泄露了她此刻无法压抑的狂热。

啊！我的逸崽，"妈妈"的崽。

刚才他还亲自给我端了茶水！

他居然还提醒我烫！

他怎么那么贴心，那么乖？

呜呜呜呜，"妈妈"爱了！爱了！

姜立夏原本只是齐知逸的路人粉，在叶临西的日夜荼毒之下，早已经被她忽悠成了"妈妈粉"。于是两个人疯狂地你来我往，在微信聊天里发出各种尖叫呐喊。

最后，叶临西有些炫耀地表示：而且刚才逸崽给我端茶的时候，我的手背碰到他的手，有种过电的感觉哦。

姜立夏：我也要碰我崽崽的小手手。

姜立夏：搓手手。

叶临西：别怪我没警告你。

虽然叶临西深深地舍不得这个时刻，恨不得在洗手间里跟姜立夏再尖叫一百遍，但只要一想到傅锦衡这个臭男人总是有一百种办法让她丢脸，便瞬间有些丧气。

刚才他居然过来敲门，说是确认一下她有没有掉进马桶。

叶临西出来的时候，整张脸都是黑的，瞪着他恼火地说道："干吗？我就不能待在里面久一点儿吗？"

傅锦衡淡淡地说道："你这不是久一点儿。"

而是久到让他怀疑，她是不是需要被拯救一下？只不过这话他没说出口。

叶临西更生气了，趁着周围没人，恨恨地小声嘀咕道："小仙女就不能蹲久点儿吗？"

傅锦衡听到她这个自称，竟然情不自禁地笑了。

不过，等重回客厅时，叶临西就有些后悔了。

刚才她不应该当着齐知逸的面借口说去洗手间，堂堂仙女怎么能上洗手间呢？

两个阿姨早已经在厨房里忙活得差不多了，一一将菜端了上来。

叶临西主动当起乖乖女，还帮忙摆筷子。

老太太赶紧说道："临西，你快坐下。今天奶奶可要看着你多吃点儿。"

"还有阿逸，一个男孩子瘦成这样。"老太太心疼得直摇头。

一旁的傅婕借机告状："婶婶，你是不知道这孩子，吃饭就吃一筷子，说什么要控制卡路里的吸收，还说这是公司的要求。"

老太太闻言说道："这是什么公司？怎么这么不讲道理？这可太坏了。"

叶临西听着老太太的谴责，突然想起那个粉丝圈子的铁律——公司都是吸血鬼。

大概此刻老太太也在想，这到底什么倒霉公司，连饭都不给她的小孙子吃。

刚才他们聊天时，叶临西才知道，原来齐知逸小时候在傅锦衡的家里住过很久。

那时齐知逸的父母工作忙，老太太又正好闲着，就让他们把孩子送到家里来，说家里还有两个舅舅可以陪着一起玩儿。

快吃饭的时候，齐知逸突然问道："对了，大舅舅不回来吃饭吗？"

此话一出，偌大的餐厅顿时有了那么一瞬的安静。

叶临西轻抿嘴角，忍不住看向齐知逸。

她的逸崽哟，真的跟曾经的她一样，哪壶不开提哪壶！

还记得叶临西跟傅锦衡结婚前，双方的家长见面商讨婚事，叶临西为了表现自己的贴心和周到，特地为傅家的成员都准备了礼物。

当时她打听到傅锦衡的哥哥对于佛法很有研究，别出心裁地特地去淘了一本清朝原版的佛经，为此还动用了不少关系。

谁知她在家宴上拿出佛经送给傅家的大哥时，也如同现在一样安静。

后来当傅锦衡送她回家时，叶临西没憋住，悄悄问他是不是自己送的佛经有问题。

傅锦衡微垂着眼睛看着她，轻声说道："我奶奶最大的梦想就是一把火烧了大哥所有的经书。"

因为傅家的老太太总有一种她的大孙子随时要遁入空门的担忧感。

此刻还是南漪主动缓解尴尬，笑着说道："你大舅舅这几天有工作，没有在北安。"

叶临西松了口气。

很快，大家开始吃饭。

虽然傅家这样的大家族讲究食不言寝不语，不过真坐在一个桌子旁吃饭，也不可能真的什么话都不说。

因为齐知逸年纪最小，大家的话题都在他的身上，主要还是对他进入娱乐圈工作这件事不太支持。

也是这次，叶临西才知道齐知逸当初还真不是给自己立什么贫穷人设。

十八岁的少年刚申请到国外的名校，偏偏有个追求音乐的梦想，于是忤逆家人，进入娱乐圈。父母自然是震怒，当即对他进行全方面的经济制裁，企图让他放弃不切实际的音乐梦。

所以，他刚进娱乐圈那会儿是真穷，至于去参加那个选秀节目，也是冲着剧组包吃包住三个月的福利去的。

发光的金子到哪儿都埋没不了。他在节目中一举成名，彻底火遍大江南北，如今完全就是千万少女的梦想。

叶临西今天听了这些八卦，恨不得立即跟姜立夏分享。

不过姜立夏也没闲着，在知道叶临西和齐知逸坐在一张桌子旁吃饭后，立马发了信息过来。

姜立夏：我想看逸崽吃饭的样子！

姜立夏：快拍给我看一眼。

叶临西对于姜立夏这个无理的要求感到十分震惊，把手机搁在腿上，趁着大家不注意偷偷回复：你有毛病啊？

叶临西：偷拍逸崽吃饭，我成什么人了？

她这样做岂不是跟那种随时骚扰她崽崽的狗仔一样了？不行！她坚决不可以！

可是没一会儿，叶临西又忍不住偷偷看向齐知逸。

齐知逸正在喝汤，吃饭并不像普通男生那样大口大口地嚼，反倒有种慢条斯理的斯文感。

不愧是她的逸崽，连吃饭都这么好看。

于是，叶临西如同贼一般，偷偷地将手机放在桌子的边缘处，正想调整镜头对准齐知逸。

突然，旁边的男人夹了一只虾放在她的碗里，看着她说道："你不是最喜欢吃虾吗？"

臭男人快走开，别打扰她。

叶临西心里这样想着，有些不悦地说道："不想吃，这也太麻烦了。"她说完才发现大家纷纷朝她看过来。

叶临西这才知道自己刚才的口吻过于生硬，跟傅锦衡丝毫不像蜜里调油的恩爱小夫妻。

当着长辈们的面，她当然不可能毁了两个人恩爱夫妻的人设，只好把手机放下，身体往傅锦衡的方向蹭了蹭，声音娇滴滴地说道："我是想吃阿衡给我剥的虾。"

傅锦衡转头看着她。

叶临西甚至怀疑他下一秒会回复她一句"你做什么梦呢"。

傅锦衡居然用筷子将那只虾夹走了，然后将虾放在自己的盘子里，真的给她剥虾了。

叶临西盯着男人的手掌，手背很白又很瘦削，剥虾时手背上的骨节微微凸起，修长的手指很灵活，那么大一只虾，到他的手里几秒钟就被剥得干干净净。然后，他捏着虾尾，重新将虾放在她的盘子里。

叶临西盯着他的手指，一直看到他收回手掌，待回神时，轻喷了一声，心想这双手还真是好看啊。

谁知这只虾只是个开始而已，随后傅锦衡仿佛喜欢上了投喂她的感觉，居然给她剥了一只又一只，直到一盘虾快要吃光。

叶临西眼睁睁地看着空空如也的盘子，心如雷劈。

她是猪吗？一个人吃了一盘虾？

她转头看向旁边一直给她剥虾的罪魁祸首，却见傅锦衡丝毫不觉得愧疚。

相反，他直直地迎上叶临西的眼神，用只有他们两个人能听到的声音开口问道："吃饱了吗？"

叶临西还没来得及开口，又听到一个微不可闻的声音："小仙猪。"

第五章

再有下回，我不会轻易地放过你

或许是晚餐带来的饱腹感让叶临西有那么一瞬间的迟钝，等意识到"小仙猪"这三个字带来的若有似无的嘲讽感，叶临西整个人快气炸了。

这个臭男人怎么敢这么叫她？要不是他一直剥虾，她会那么一不小心就吃了一盘虾吗？

叶临西偷偷地朝他瞪了一眼，心想要不是有这么多长辈在场，一定会跟他大闹一场。

就算她是猪，也是被他祸害出来的！

此时家宴已经到了尾声，齐知逸的父亲有事要跟傅锦衡的父亲谈。

本来连傅锦衡也要被拉着一起进书房，还是老太太见此说道："阿逸好不容易来一趟，让锦衡和西西一起带他玩儿吧。"

老太太这是把齐知逸当孩子呢，丝毫没当他是什么光芒万丈的大明星，还让小舅舅和小舅妈领着他出去玩儿。

叶临西没想到这种好事还能落在自己头上，当即对老太太投去了感谢的眼神。

倒是傅锦衡听罢朝齐知逸看了一眼，说道："他还是小孩儿吗？"

南漪轻笑着说道："你是小舅舅嘛，以前不也是你经常带着阿逸玩儿？"

齐知逸倒是没推拒，还特别开心地说道："小舅舅，要不咱们去打网球吧？"

傅锦衡微抬眼皮，说道："你还没被虐够？"

原本叶临西听到齐知逸主动提出去打网球特别开心，没想到有一天居然能这么近距离地看到逸崽运动，心里的幸福感简直要爆棚了，可是幸福的念头刚在脑海中生出一秒，就听到傅锦衡扫兴的话。

叶临西在心里轻蔑地说道：我们逸崽可是运动小天才，你可不要太自信！

于是，她故作惊讶地说道："打网球？你们以前经常打网球吗？"

齐知逸回道："是啊，我以前学网球的时候，都是小舅舅给我喂球。"

叶临西朝傅锦衡看了一眼，以为傅锦衡这样性格的哪怕要保持身材，也是一个人在空旷的健身房里运动，毕竟这个男人从来都是一副"我真的非常不合群"的模样。

齐知逸跟傅锦衡的身高差不多，就是身材偏瘦些。

正好傅锦衡在家里也有不少衣服，随便找两套运动装出来还是容易的。于是，三个人一块儿去了后面的网球场。

傅家大宅的占地面积极广，属于庄园型别墅，不仅有泳池，还有网球场。只是这个网球场平时没什么用，今天也是难得物尽其用。

他们到了网球场，齐知逸和傅锦衡分别站在中间的网边。

齐知逸笑道："小舅舅，要不咱们别猜边了，你让让我？"

傅锦衡朝他睨了一眼，说道："运动精神在于公平。"

叶临西听到他的话，不满地扯了扯嘴角。

他让一下逸崽怎么了？人家还小。

很快，两个人猜边结束，傅锦衡率先发球。

两个人各自往回走到球场的底线处，叶临西看着齐知逸摆出专业的姿势后，整个人心神摇曳，一时竟克制不住地大喊道："逸崽，加油！"

场上的两个男人纷纷朝她看过来。

齐知逸似乎有点儿不太好意思，轻笑着说道："谢谢小舅妈。"

叶临西见傅锦衡也看着自己，便敷衍地笑着说道："老公也加油。"

傅锦衡看起来并不是很在意的模样，拿起球拍轻轻地拍了几下网球，随后将网球握在手心里往上空抛出，随后球拍击中空中的网球。

那个明黄色的小球像炮弹般，狠狠地砸向了对面的底线。

齐知逸甚至都没反应过来，就见球已经落地。

傅锦衡淡定地看向叶临西，轻喊道："ACE（ACE球是对局双方中一方发球，球落在有效区内，但对方没有触及球而使之直接得分的发球。）。"

叶临西顿时无语。

这个世界上还有比面前这个男人更小肚鸡肠的吗？她猜是没有。

齐知逸回过神来，喊道："小舅舅，不用一上来就这么猛吧？"

傅锦衡回道："那是因为你的注意力不集中。"

被傅锦衡这么一说，齐知逸也打起了十二分的精神。

两个人你来我往，谁都不退让。叶临西站在一旁看着，有些瞠目。

难道这就是男人该死的胜负欲？

没一会儿，她的手机振动起来。

姜立夏：照片呢？你们这顿家宴吃的是龙肝凤髓吗？这么久！

叶临西见姜立夏居然还提照片的事情，又想起刚才傅锦衡一直剥虾给自己吃的事情，开始疯狂跟姜立夏吐槽。

叶临西：我怀疑他就是发现我想偷拍逸崽后心生嫉妒，然后故意给我剥虾，想把我喂成一个一百五十斤的胖子。

叶临西：哼，这个男人的心是黑的。

叶临西：哦，不是，他没有心。

姜立夏：我怎么有种你们现在相爱相杀的感觉。

叶临西低头看着屏幕上的这句话，一时没有回复。

她和傅锦衡相爱相杀？怎么可能？

叶临西得让姜立夏把脑子里的水放一放，劝她不要一天到晚用言情小说作家的脑子看待一对表面夫妻。

就在叶临西想该回复姜立夏时，竟鬼使神差地抬头看向球场上的男人。

傅锦衡穿着一套白色的运动服，握着网球拍的手臂肌肉线条紧绷，有种流畅的美感，整个人像是某种随时准备进攻的食肉性动物，敏捷而迅猛，仿佛随时要吞噬掉对手。

待傅锦衡将球击回时，视线一转，往这边看了过来。

夜色幽深，哪怕网球场上开了灯，叶临西也没有看清楚他的眼神。

只是当他看过来时，她的心脏还是微妙地顿了一下，随后她猛地握紧手机，轻甩了下头。

她一定是被姜立夏荼毒得太深！

她跟傅锦衡是一对表面夫妻，只有相杀，没有相爱！

叶临西迅速地回复道：那是因为你都不知道这个男人的恶劣品质，他居然还叫我小仙猪！

姜立夏：总裁不愧是总裁，连爱称都这么别出心裁的吗？

叶临西有气无力，完全想不到用什么办法能把姜立夏的脑回路给扳回来。

算了，她还是放弃这个闺密吧。

叶临西一边自我安慰，一边悄悄地又开始观察场上的情况，只不过这次故意没看傅锦衡的方向，而是望着对面的齐知逸，打算真正做到"两眼不看傅锦衡，一心只爱她逸崽"。

她的逸崽果然连打球的时候都这么阳光，这么青春，这么有活力！

于是，叶临西的一颗心又蠢蠢欲动起来，她很想拍一张照片，便悄悄地打开手机的相机功能，一边给自己做心理建设，一边抬起罪恶的小手，将镜头对准了正在跑动的齐知逸。

反正她拍下来只是私藏，又不准备放在网上，这样应该不过分。这么想着，她按下了中间的拍摄按钮。

原本有些昏暗的网球场上突然亮起了极闪的银色光亮，连闪了好几下，终于最后趋于平静。

叶临西内心懊恼不已，为什么？为什么她的手机闪光灯竟然开了？她只是想偷偷拍一张照片而已啊！

场上的两个男人似乎也被闪光灯打扰到，居然不由自主地停了下来，纷纷转头看向她。

叶临西张了张嘴巴，思绪飞快地运转，打算随便找个借口时，嘴巴已经先行动了。

"我就是想给老公拍个照片。"

齐知逸反应飞快地说道："小舅妈，你是不是想发朋友圈？"

女生爱秀恩爱，这个他懂。之前他参加节目时加了一位已婚女星的微信，这个女星的朋友圈成天就在晒老公秀恩爱，连老公做的肉末茄子都要晒一下。

叶临西强忍尴尬说道："是啊，好久没发朋友圈了。"

傅锦衡安静地望着她。

虽然叶临西看不清楚他的表情，但是能猜到他脸上大概就是"我倒要看看你能瞎掰到什么时候"的表情。

被她这么一打岔，两个男人也决定下场休息。正好这边有圆桌还有椅子，三人就势坐下。

齐知逸见她拿着手机，主动说道："小舅妈，要不我们加一下微信吧？"说完他又看向傅锦衡，问道："小舅舅，可以吗？"

叶临西原本正开开心心地准备打开自己的二维码让齐知逸扫一下，结果见齐知逸居然又多此一举地问傅锦衡，差点儿脱口而出一句"不用问他"。

傅锦衡似笑非笑地说道："你都问你小舅妈了，何必还问我？"

齐知逸不好意思地笑着说："我是觉得小舅妈好像挺喜欢看演唱会，等下次有机会，我想亲自邀请小舅妈去看。"

叶临西心想：这到底是什么可爱又贴心的男孩子？他居然还要亲自邀请她去看演唱会？自己也太幸福了吧？

于是，叶临西假装淡定地撩了撩长发后，打开二维码递过去，说道："那我先提前谢谢阿逸了。对了，我也可以叫你阿逸吧？"

"当然可以，家里人都是这么叫我的。"

所以，她也是家人？

叶临西的心情在今晚如此朦胧的月色下，变得无比美妙。

等加完齐知逸的微信，看见他的头像出现在自己的微信聊天界面上，叶临西克制住立即点进他的朋友圈浏览一遍的冲动，毕竟这还当着人家的面呢。

就在她打算退出微信时，旁边的傅锦衡说道："不是说要发朋友圈？"

叶临西一脸震惊地望着傅锦衡。

傅锦衡一双黑眸波澜不惊地看着她，他说道："你刚才不是说要发朋友圈？"

她就是随便说说的，他怎么还较真儿了？

叶临西也再一次确认这个男人不好惹，非常不好惹。

哪儿有人非要别人发秀恩爱朋友圈的？虽然她之前确实也经常发一些他们的虚假恩爱信息，晒晒老公送的手链、珠宝、名牌包包，偶尔实在没的晒，就晒一下刷他的卡买的东西，但仔细想想，好像从来没发过傅锦衡的照片。

而且，没发过照片的原因是叶临西没有他的照片。

上次在美国毕业典礼拍的照片至今还放在相机里，叶临西还没开始整理。

叶临西微笑着说道："刚才照的那张不太好看呢。"言下之意是不想发了。

没想到傅锦衡竟然一本正经地说道："那重新拍一张吧。"

此时叶临西满脸迷茫地盯着傅锦衡，差点儿怀疑他刚才在打球的时候是不是被网球砸了脑袋。

这是傅锦衡说出来的话？

连对面的齐知逸听到这话都被逗笑了，但紧接着便说道："小舅妈，你把你的手机给我吧。我帮你跟小舅舅拍一张。"

叶临西有点儿骑虎难下，总不能直接告诉齐知逸，之前所有的恩爱都是他们装的，他们压根儿不是什么蜜里调油的新婚夫妻，也不用拍秀恩爱的照片？

可是她不能，最后还是把手机递了过去，在齐知逸拍照前，轻笑着说道："不用拍很多张，你小舅舅不太喜欢拍照的。"

齐知逸拍了两张，又把手机递了过来。

叶临西本来想随便选一张发到朋友圈算了，但作为一个极度完美主义者，不允许自己的朋友圈出现任何一张有瑕疵的照片，哪怕头发丝儿都不允许出错。

因为这边是靠近球场的灯光，有些昏黄的光线像是自然光，使得照片虽然看起来有些模糊，却多了几分朦胧的美感。

两个人坐在白色的椅子上，虽然并没有什么过分亲密的举动，却因为格外出众的长相而让人觉得郎才女貌，莫名还有一种亲昵的感觉。

特别是她微倾身体，长发搭在椅子的扶手上，正好落在他的指尖上。看起来，他正在把玩她的头发。

叶临西原来还想要不要修图，转头就看见旁边的傅锦衡望向自己，眼里仿佛在说"还不发等什么呢"。

为了防止这个男人真的冒出来一句"你还等什么呢"，她赶紧发了一条朋友圈，把两个人的照片传上去，并潦草地配了个爱心的表情。

这也是叶临西第一次明白什么叫作"刀架在脖子上秀恩爱"。

快乐的时光总是那么短暂，打完网球之后，两个男人上楼洗澡。等他们洗完出来，长辈们的谈话也结束了。

他们离开傅家大宅时已临近十一点。

叶临西难得留到这么晚，第一次在这儿过夜还是结婚第一年的除夕夜。

南漪主动问道："要不今晚就留在家里住？"眼神有些期待地看向傅锦衡。

叶临西觉得有些怪异。在她看来，不管是爸爸傅森山还是妈妈南漪，他们都是再好相处不过的长辈，可是她总觉得傅锦衡跟父母隔着一层什么东西。

他们明明表面上看起来很亲近，可也仅仅是表面而已。

叶临西实在想不明白为什么会这样，毕竟她跟沈明欢不亲近，是因为沈明欢离婚后常年旅居国外，最后她还是把原因归结到傅锦衡的性格上。

他这人哪，表面看起来温和好接触，其实骨子里透着一股冷漠。

如叶临西所料，傅锦衡平静地回绝了："不用，我明天还有个早会。"

南漪也没露出失望的表情，只是笑着说："临西现在回国了，多带她回家来吃饭。奶奶想多看看你们。"

"知道了。"傅锦衡的声音一如既往地平静。

站在旁边的叶临西听着都有种心疼南漪的感觉，心想这个男人还是欠教育。

两个人上了车之后，车里没有开灯，叶临西习惯性地转头看向窗外，只不过待车子渐渐开出别墅区后，又悄悄转头看向傅锦衡。

但是车上有司机，她还是忍了一路，一直到了家里进了卧室，偷瞄几眼旁边正在脱衣服的男人，斟酌了一下语气才说道："你跟妈妈说话怎么那么不热情？"

原本正在解衬衫领口的男人停下手上的动作，转头看了过来，半晌才回道："需要怎么热情？"

叶临西还真的思考了一下热情的方式，只不过想了半天都不知道该怎么说。

直到旁边的男人幽幽地开口："我好喜欢这个包，妈妈的眼光真好。是这样吗？"

叶临西反应过来才明白，傅锦衡这是在学她平时跟南漪说话的方式。

只不过他的口吻十分平静，丝毫没有她平时说话的娇嗔可爱，所以这些话听起来更像是一种羞辱。

叶临西深吸了一口气，面无表情地从他的身边走过，拿起睡衣进了浴室。

她可真是闲得没事可做，才会管傅锦衡这个臭男人的事情。他这种毒舌又刻薄的性格，就活该孤独终老。

等她收拾妥当上床睡觉的时候，刻意跟这个男人隔着十万八千里，划清界限到恨不得在床的中间摆一碗水。虽然这个距离只持续了五分钟，待她睡着后又自动往旁边滚了过去。

刚躺下还没彻底睡着的傅锦衡低头看着怀里的姑娘，心里泛起涟漪。

她明明嘴上对他说不在意，却又会在心里关心他和南漪之间的关系，看起来死要面子又肤浅，可是心思很细腻。

房间里幽深又寂静，唯有怀里人的呼吸是那样真实。

第二天，叶临西就收到了珺问律师事务所的电话。

"明天就到律师事务所报到？"叶临西皱着眉说道。

其实在回国之前，叶临西就已经跟北安的几家律师事务所联系过。

律师这个圈子极其讲究连带关系，比如校友。在美国，有些律师事务所更是明文规定只招聘哈佛毕业的法学生。

叶临西一直在美国读书，如今拿到 JD（法律职业博士）学位。要说她的履历肯定是漂亮至极的，不过她也知道自己那些履历多多少少有些水分。

当初因为她在美国的一个律师事务所实习，她爸曾亲自飞到美国找了他的一位老朋友。

叶临西也因此被带着进了一个并购大项目，只是做完这个项目之后就决定从那边离开。

她知道这位高级合伙人完全是看在她父亲的面子，才愿意手把手地教她。

叶临西虽然是大小姐，但并非不通人情世故，知道别人熬了几年等待一个机会多么不容易，也知道她确实是抢了别人的机会。

这次叶临西回国之后，她的父亲叶栋也曾经询问过她想进哪家律师事务所。

在北安，泰润集团这个名号可是极好用的。况且她还是泰润集团的大小姐，只要她愿意，每家律师事务所都会排队邀请她加入，毕竟她加入的律师事务所必将从泰润的法律业务中分得一杯羹。

更别提她的丈夫还是傅锦衡，未来盛亚集团的接班人。

正是考虑了这些，所以她直接让叶栋别管自己工作的事情，不想顶着大小姐的头衔在律师事务所里面被人当猴子似的参观，也不想被别人在背后指指点点。

叶栋还以为她是不想上班，纯粹想要多玩儿一阵。毕竟像叶临西这样的大小姐，大部分人在大学时选择的专业跟设计类有关。

什么珠宝、服装、室内设计之类的专业，都是大小姐们的最爱。当然，还有人顶着画家、音乐家的各种头衔，靠着家里的资源在世界各地开巡回展览或者演奏会，反正不管有没有真粉丝捧场，最起码摆出来的名头都是响亮的。

反而像叶临西这种，跑去费心费力学法律的，实属凤毛麟角。

在他们这种家庭里面，以后顶门立户的多半是儿子。因此儿子读的多半是各种名校的商科，以后不仅能接班家族企业，还能拓展一些人脉。

况且叶栋深知叶临西平日里闲散奢靡的生活方式，丝毫不觉得她有强烈的事业心。

偏偏叶大小姐还真的有这么一股子心气，所以在毕业前，就开始着手准备回国工作的事情。

她的学历自然是没的说，正好珺问也有一个从哈佛法学院毕业的高级合伙人，于是叶临西成功通过考核，成为这位高级合伙人团队中的一员。准确点儿来说，她成了珺问律师事务所的一名律师助理。

之前她曾言明自己需要在美国参加完毕业典礼，并不能立即入职，大概需要两周的时间。但一般来说律师事务所招人都是急需用人，她以为这件事情需要协商，没想到对方很痛快地同意了。

后来叶临西才知道，原来对方这么做的原因是这位高级合伙人正在休年假。原本她应该还有几天的休息时间，谁知今天律师事务所突然给她打电话，让她明天就去报到。

叶临西的公主脾气立即上来了，她说道："可是之前不是说好，我的休息时间……"

结果她还没说完，就先被对面的人打断了。

"叶小姐，我要提醒你一点的是，目前你是团队里的律师助理，也就是说你的休假时间是要由宁 par（合伙人）来决定，而他需要你明天就来上班。"

叶临西听出了这位秘书小姐姐的言下之意。

明天不来，你就立即滚蛋。

还真是很少有人敢跟叶临西这么说话，叶临西的小公主脾气再次涌上心头，可最后她深吸一口气，说道："好的，我明天准时报到。"

傅锦衡在晚上应酬之后才回家，到家的时候已经接近十点，上楼才发现家里居然静悄悄的，等推开卧室的门，看见一向只在十二点睡觉的人居然刚过了十点就已经窝在床上。

傅锦衡没有打扰她，换了个房间洗澡。

第二天，他原本想轻手轻脚地起床，谁知刚动一下，就看到一旁的人也起床了。

傅锦衡看着她坐起来，还睡眼蒙眬的模样，好奇地问道："你今天有约会？"

叶临西摇头。

他难得温柔地说道："那就再多睡一会儿。"说完他起身准备去换衣服。

身边的人却摇摇头，轻声说道："不行，我得起床去上班了。"

傅锦衡正要应声，突然转头看着叶临西，问道："上班？"

"对啊，昨天律师事务所给我打电话，通知我今天上班。"

叶临西拿掉头上的真丝眼罩，因为昨晚十点她压根儿睡不着，一直想要玩儿手机，最后干脆戴了个眼罩。

傅锦衡站在原地看了她好一会儿，才说道："临西，我们需要谈谈。"

叶临西一边推开浴室的门，一边打着哈欠道："你说吧。"

傅锦衡郑重地说道："律师事务所的工作并不轻松。"

叶临西随意地说道："我知道。"

谁不知道律师辛苦？特别是律师事务所最底层的小员工，活得非常艰辛，且现在这些资本家太猖狂了，剥削劳动人民毫不手软。

傅锦衡继续说道："你不用这么辛苦的。"

叶临西转头瞥他一眼，好笑地回道："你该不会是要说，你养我吧？"

好吧，他确实是在养她。自打结婚之后，叶临西已经从一个靠爹养的人成功晋升为靠老公养。傅锦衡给她开的卡，几乎是无限额随意刷。

对于傅锦衡摆出的"我不敢相信你这种败家子儿居然还有上进心"的奇妙表情，叶临西觉得还是有必要好好跟他理论一下。

"我从法学院毕业，进律师事务所很奇怪吗？"

"我也是有职业追求的。"

"你以为我想在家里当个金丝雀，只等着让你养吗？"

傅锦衡深深地看了她一眼，才淡淡地说道："祝你工作顺利。"说完他转身继续穿衣服。

叶临西站在镜子前，实在不敢相信这个男人表现得这么平淡。

他这就不劝了吗？他的诚意呢？他好歹也苦口婆心一下吧？

叶临西就知道这个男人只不过是嘴上说说，苦着脸望向镜子里的自己，暗叹早起真的好累哦。

她昨晚就把衣服选好了，毕竟是第一天去上班嘛，还是应该好好打扮一下，哪怕不说什么隆重亮相，也要给同事们留下一个极好的印象。

叶临西下楼时，家里的阿姨很奇怪她今天居然早起，疑惑地问道："临西，这么早是要出去吗？"

叶临西说道："阿姨，麻烦你以后每天早上也帮我准备早餐吧，之后我也要每天早起上班了。"

阿姨惊讶地说道："你也要出去工作？"

阿姨作为在傅家工作了二十多年的人，一向见惯了傅家两位太太在家里的悠闲生活。况且叶临西平时也完全是一副享乐人间的模样，丝毫让人看不出来居然还有这样的上进心。

阿姨立即说道："难怪你今天的打扮怎么这么不一样呢。"

"是不是有点儿像上班的样子？"

阿姨立即点头，又看了一会儿说："确实有，这个裙子选得好。"

叶临西今天穿了一条香奈儿的浅粉色粗呢半身裙，配上一件白色的衬衫，显得既有职业范儿，又透着一股精致贵气，特别是衬衫的领子是稍长的那种，把她的气势也提了上来。

当然，再让她这样的完美身材穿起这套衣服，只能用两个字来形容：绝美！

阿姨一个劲儿地夸道："这一身不仅穿得漂亮，而且特别有那种……就是电视上常说的那种范儿。"

本来阿姨想说个高大上的词汇夸赞，奈何突然脑子卡壳。

叶临西接道："精英范儿？"

"对对对。"阿姨赶紧点头，仿佛是为了让叶临西更加确信，转头看着正在吃早餐的傅锦衡，问道："先生，你觉得呢？"

叶临西本来正要美美地坐下，听到阿姨这么问，当下撇嘴，猜想这个男人的嘴巴里肯定说不出什么好词。

"挺好看的。"傅锦衡声音平淡地说道。

叶临西错愕地抬头望向他，没想到他居然真的会夸好看，随后抿嘴轻笑，想来应该是真的好看吧？

等两人吃完早餐之后都准备去上班时，傅锦衡主动开口："走吧，我送你去上班。"

他们上了车后，傅锦衡再次说道："明天我会给你安排一个专职司机。"

叶临西想了想说道："会不会不太好？"

她只是律师助理，去律师事务所上班居然自带司机，会不会太高调？

傅锦衡说道："司机不会跟在你的旁边，你需要的时候给他打电话就好。"

叶临西这种安于享受的性格，绝不会拒绝这种安排，便故作矜持地说道："那好吧。"

珺问律师事务所离盛亚集团的办公楼格外近，毕竟都在市中心的CBD区域，走过去大概只需要五分钟。

车子在临时停车点停下后，叶临西推门下去，正要回手关门时，突然听见车里的男人喊住她："临西。"

傅锦衡缓缓降下车窗，看着她说道："有什么事情给我打电话。"

她能有什么事情？

只不过等她转身往大楼的入口走去时，才突然意识到刚才傅锦衡说话的意思。

他这是在叮嘱她？他怕她在所内被人欺负？

叶临西顿住脚步，忍不住回头看过去，果然看见路边的车子还没离开。

虽然车窗已经升了上去，可是那辆宾利安静地停在那里。

叶临西在看到他没有立即离开时也说不出什么感觉，反正就是心里有些开心。

她只是一点儿开心而已，一点儿而已。

待她对着车窗挥挥手，这才转身进了大楼。

傅锦衡坐在车里，微偏着头望着车外，直到那道身影彻底消失在大楼里。

司机看了一眼后视镜，低声问："傅总，现在走吗？"

傅锦衡没说话，只是脑海中突然想起"小玫瑰"这三个字。

小玫瑰是姜立夏总爱喊叶临西的称呼，傅锦衡刚听到时，倒觉得真衬她。

如今，他养的小玫瑰好像要绽放了。

叶临西出了电梯就看到珺问极具现代感的招牌，看得出来招牌应该是找了专门的设计师设计的，心里生出好感。

之前她一直在美国，连面试都是视频面试的，因此这还是她第一次来珺问律师事务所。

珺问在北安律师圈内属于顶级大所，涉猎的法律业务极为广泛，旗下光是高级合伙人就多达数十位，更别说还有薪酬合伙人以及众多的资深律师。

哪怕是放眼全国，珺问也是毫无疑问的顶级律师事务所之一。最难能可贵的是，珺问律师事务所的创始人之一有一位是女性。因此，珺问律师事务所的女性律师，特别是高层女性，在行业内也是少有的多。这也是叶临西当初没有选择外资律师事务所而选择珺问的原因。

这一层楼都是珺问的办公室，装修得如同美剧里经常看到的那种，采用了大面积落地玻璃的装修风格，整个办公区域显得明亮又开阔，又充满了该有的格调和精英感，让客户一踏进来就有种这是一家专业且高大上的律师事务所的感觉。

叶临西径直走到前台，看到开阔的前台处坐着两个穿着珺问制服的小姑娘。

其中一个女生在看见叶临西过来时，直接站了起来。前台小姐在律师事务所这样人来人往的地方每天见惯了各种人，本以为对所谓的俊男美女都已经产生了免疫，可是在看到叶临西的时候，眼睛还是一亮。

叶临西乌黑如瀑的长发披散在肩头，不仅不见丝毫凌乱，反而顺滑得如同缎子。她的长相还是那种极抓眼的明艳，整个人仿佛在闪闪发光，好看到让人挪不开眼睛。

前台小姐以为她是哪位律师的客户，态度十分和蔼地说道："请问您找哪位律师？"

叶临西这人虽然骨子里有点儿公主病，但是待人礼貌而客气。

她习惯性地撩了下长发，微笑着说道："我是今天第一天来上班的，请问需要去哪里报到呢？"

哪怕脸上一直挂着职业微笑的前台小姐都有些惊讶地张了张嘴，她的眼力不差，她一眼就认出叶临西的穿着价值不菲。

不过前台小姐姐到底是在这种大律师事务所里工作的人，哪怕心里再惊讶，还是笑着招呼道："请随我到这边来吧。"

一般新人入职都是要先去行政部，于是前台小姐直接把她带到了行政部那边。

行政部的主管亲自接待了她，笑着说道："叶小姐，很抱歉让你提前过来上班。"

说实话，叶临西本来心里是有小小的怨气，觉得作为一家正规且大型的律师事务所怎么能随时改变已经约定好的事情，此刻只是骄矜地点点头说道："特殊情况，我也可以理解的。"

行政主管还是第一次见到气场这么足的新人。

叶临西的履历也就是刚毕业，一般这种新人律师初来乍到，谁不是点头哈腰、恭恭敬敬的模样？现在倒好，虽然行政主管坐在办公桌后面，叶临西坐在待客沙发上，可看起来叶临西倒是挺像发号施令的那位。

行政主管随后在心里摇头，猜想这位的履历一看也不是普通人，当看到叶临西毕业于哈佛法学院时，心里不禁生出一些想法。

美国这些法学院的学费跟抢钱似的，每年的学费那可不是普通家庭能负担得起的。况且真正能申请到哈佛的学生，又有几个是普通家庭？

主管突然想到叶临西要进入的律师团队，不由得有些头疼，试探性地问道："不知道叶小姐对宁 par 有什么了解吗？"

叶临西微怔，随后便明白他问的是宁以淮。

宁以淮就是叶临西即将入职团队的负责人，也是珺问律师事务所最年轻的高级合伙人，据说成为合伙人时只有三十二岁。

"你到底什么时候才能明白我们律师的职责？所以我劝你尽早放弃你脑子里那些不切实际又沽名钓誉的想法。"宽阔又明亮的办公室里，原本穿着西装的男人一边解开纽扣，一边语气轻浮地说道。

而站在他对面的中年男人显然有点儿无奈。

蒋问干脆直接在办公室里的黑色真皮待客沙发上坐下，回头望着身后正在把衣服挂在衣帽架上的男人，说道："以淮，你这张嘴可真的要改，不能一开口就把所有人都得罪了。"

宁以淮，也就是这间办公室的主人，转过身望向他，满不在乎地说道："我还有没得罪的人吗？"

蒋问心想：你还挺有自知之明的。

宁以淮继续说道："所以，你一大清早来找我就只是为了这个案子的事情？"

待宁以淮走近时，蒋问闻到他身上的一股酒味儿，不由得皱眉说道："我说你这刚回来，昨晚就跑去花天酒地了？"

宁以淮直接在蒋问的对面坐下，手撑着头，说道："我要是不喝酒，哪儿来的创收？"

行吧，反正他宁以淮总是有理。

蒋问开始说正经事："你知不知道？自从上次那个并购案之后，网上的舆论并不好听，那些员工一个个恨不得把你控诉成当代杨白劳。"

宁以淮之前负责了一个并购案，在收购成功后又顺手把裁员的事情一并做了。

毕竟两家企业并购，难免会有人事上的变动。裁员一向是最得罪人的事情，况且宁以淮这次下手确实太狠。

结果有员工不满，干脆上网曝光他，并且吐槽他是资本家的打手，说他是只在意自己利益、不管他人死活的吸血鬼律师。

本来律师在网上的名声就不算好，这件事居然还上了微博的热搜，弄得珺问不得不找专门的公关公司处理，对律师事务所的声誉也造成了一定的不良影响。

蒋问说："陈老师那儿我可是一直帮你担着呢。你也知道她这个人，素来很注重咱们律师事务所的声誉，简直把律师事务所当成是她自己的孩子。"

当然，说是孩子也不为过，因为陈珺也是律师事务所的创始人之一。

如今的律师事务所主任虽然是蒋问，可是陈珺在律师事务所的威望并不低于蒋问，甚至隐隐在其之上。

很多人喜欢在背后叫陈珺铁娘子，哪怕是宁以淮这种轻狂到不把任何人放在眼里的性格，也不得不考虑陈珺的看法。

见宁以淮终于不说话了，蒋问再接再厉地说道："况且，你也不需要亲自接手这个公益案子，交给底下的律师助理，到时候挂在你的名下。"

剩下的蒋问就没直接说出口。

到时候他们再找人宣传一下，最起码让外界明白，珺问可不只是为了钱才打官司的，也有维护社会正义、心系社会底层人民的一片赤诚之心。

宁以淮说道："把案子拿过来吧。"

蒋问见他松口，欣慰地说道："这才对啊，毕竟珺问也不是我一个人的，维护我们律师事务所的声誉可是人人有责。"

说完蒋问都替自己心酸，话说他也是堂堂的律师事务所合伙人，还是一所主任，怎么弄得跟教导主任似的？对待这犯了事的人，他还得劝着哄着？

不过蒋问一向就是这种圆滑的老好人性格，在这种小事上，也不介意放下身段好好交流。但是你要是真觉得他是个好欺负的人，那可就大错特错了。

蒋问突然想起一件事，问道："对了，我听说你这边新招了个助理律师？"

律师事务所合伙人有权利组建自己的团队，而且团队里的人员都由合伙人一个人决定，因此主任一般都不太管团队里招人的事情。

宁以淮好笑地说道："怎么，这种小事都劳烦主任亲自关心了？"

蒋问摇头，倒也不是这个意思，只是那天随意地看了一下最近社招和校招的情况，听说今年招了一个哈佛的毕业生进来，所以特地要了资料看看。

毕竟这种国外名校法学院的学生多半会留在国外，回国的又喜欢往外资律师事务所跑，每年能进国内律师事务所的少之又少。

蒋问看到履历上叶临西的名字，总觉得这个名字特别耳熟，好像在哪儿听过。

按理说蒋问这种人精，对于见过面的人肯定有印象，不可能忘记。那么，这种耳熟应该就是听谁顺嘴说过。

蒋问继续说道："我只是想跟你说，看在她是你小学妹的分儿上，你下手轻点儿。"

宁以淮的团队是所有新人律师打破头都想进入的，但同样也是珺问所有高级合伙人团队里离职率最高的。其中的原因，多半跟宁以淮有关。

蒋问真是替宁以淮操碎了心，甚至怀疑总有一天宁以淮会被不明人士蒙上麻袋拖到巷子口打一顿。

叶临西跟行政主管交谈结束后，就随着对方来到这位传说中的宁par的办公室。

只不过叶临西站在门口时，却听对方直接说道："叶律师，我就不陪你进去了。"

叶临西正要点头，就见办公室的门突然从里面被拉开，立即认出里面的这位中年男人是律师事务所的主任兼高级合伙人蒋问，毕竟刚才还见到他的照片挂在律师事务所的墙壁上。

蒋问也看见他们了，有些惊讶地笑道："说曹操曹操就到了，刚才我们还说以淮的团队里招了新人，没想到你就到门口了。"

蒋问说着，眼底闪过一丝惊艳。当初看履历时，他也注意到叶临西的证件照，当时就觉得这个姑娘长得未免也太漂亮了。

他虽然没见过叶临西真人，但也知道现在大家的证件照都会处理一下，就连他自己挂在律师事务所官网上的照片都是找专业修图师处理的，心想这些年轻小姑娘肯定都恨不得把自己修成天仙。

可当真的见到叶临西本人时，蒋问这才知道，原来那么好看的照片居然不及她本人一半美。

毕竟照片是死物，面前站着的可是个灵动鲜活的明艳大美人。

蒋问这才发现，宁以淮别的不说，挑人倒是挺有一手。

这样的姑娘在团队里，大家干活儿的积极性都高了不少。

蒋问主动说道："叶律师是吧？我是蒋问，是这个律师事务所的主任。"

叶临西刚才就认出他了，此时微笑着点头，说道："您好，我是叶临西。"

她刚说完，就见办公室里又走来一个人。

对方的个子很高，足足比蒋问高半个头，所以叶临西一眼就看见他了。

宁以淮丝毫没有蒋问的热情感，神色淡然地说道："进来吧。"

蒋问听他这么说，就跟行政主管一块儿走了。

叶临西跟着宁以淮进了他的办公室，还没站定，就见已经走到办公桌旁边的宁以淮将放在桌上的一个文件夹拿了起来。宁以淮对她吩咐道："这个案子就由你负责吧。"

叶临西一时有些吃惊，虽然知道自己的履历漂亮，人又看起来是机灵又有能力的样子，可也不至让上级重视她到第一天上班就给她案子处理的程度吧！

见她不说话，宁以淮问道："有问题吗？"

叶临西说道："我虽然有国内的律师执照，但是并没有在律师事务所里挂证满一年。"

根据国内的规定，叶临西在司法考试通过之后，还需要在律师事务所里挂证一年才能真正拿到律师执业证，成为正式律师。叶临西之前参加过国内的司法考试，但是并没有在律师事务所里挂证。

宁以淮说道："没关系，到时候律师函以我的名义发。"

叶临西这下明白了，只是做跑腿的工作而已，待走过去把文件袋拿起来扫了一眼，才错愕地说道："诉讼案件？"

宁以淮问："有问题？"

叶临西想说的是，她在美国学的是商事法律，未来的职业规划是资本市场这块儿的非讼领域。

宁以淮似乎明白了她的言外之意，转头看着她，说道："在我的团队里，所有人都要经过历练，况且你还是新人。"

叶临西听懂了他的意思：就你这个菜鸟，还想挑三拣四？

她深吸了一口气，脸上依旧保持着淡定的微笑。

他不过就是一个自视甚高的上司而已。她有修养，努力控制自己不生气，可走出办公室之后，还是忍不住气得头顶冒烟。

宁以淮嚣张什么？本大小姐长这么大以来见过的霸道总裁都有一个排了！比他厉害的人不计其数，哪个对她不是客客气气的？况且要论最厉害，她家里的那个人才最厉害。

好在这个团队里其他人的性格还算很好。因为今天有别的同事出差了，在律师事务所的只有两位男同事。叶临西在与他们相互介绍了姓名之后，便在自己的工位上坐下。

当面对着一张窄窄的办公桌时，叶临西突然有种要面对真实世界的感觉。

对宁以淮的不满，以及这一张简陋的办公桌带来的卑微感，她忍不住对着工位拍了张照片发给了姜立夏。

也不知她怎么想的，竟又突然给傅锦衡发了这张照片。

结果就是，姜立夏这个夜猫子一如既往地没有给她回复。

既然姐妹指望不上了，她就更没打算指望男人，于是认命地开始收拾桌子。

好在办公桌还是干净的，就是除了电脑，什么都没有。

让她没想到的是，她指望不上的男人居然很快给她回复了。

傅锦衡：你的办公桌？

叶临西见他居然认真地在问自己，一时间心头委屈汹涌而上，忍不住开始说起了今天早上报到的事情。她还自觉地用了很客观公正的冷静态度复述了一遍，并没有故意卖惨，因为本来就很惨了。

见对方没回话，叶临西干脆放下手机，用湿巾把桌子擦第三遍时，突然听到手机振动了一下，拿起手机才发现是傅锦衡发了一条语音过来。

见语音只有简短的几秒钟，叶临西随手点开，就听到傅锦衡略显低沉的声音说："需要我让这个律师事务所破产吗？"

他的声音有点儿漫不经心的慵懒感，还透着一丝轻松之意。

他在说什么啊？

突然，叶临西想到了一个搞笑的段子——天凉了，让王氏破产吧。

她捂住了脸，怕自己笑得太大声吓到隔壁桌的同事，生怕让人家产生"这个新来的同事漂亮是漂亮可惜是个傻子"的念头。

半晌，她轻轻地捧住脸，再次点开傅锦衡发来的语音，越发确定他是在拿网络段子逗她开心，便忍不住又偷偷地笑了起来，虽然也不知道自己为什么这么开心。

如果是之前，她大概会觉得这个男人在阴阳怪气，可现在突然有了另外一种念头。

　　他这是在哄她！

　　叶临西被傅锦衡这个冷笑话一逗，心情还真的好了不少，她连带着心里对他的印象都好了不少。

　　这个男人现在也算有心了，最起码在老婆危难之际没有落井下石，居然还能讲冷笑话逗她，虽然笑话俗了点儿，不过挺管用。

　　于是，叶临西带着稍微愉悦的心情，总算是开始了第一天的工作。

　　她打开宁以淮给的案子材料，仔细地从头到尾看了一遍，看完后却有点儿吃惊，觉得这怎么都不会是宁以淮会接的案子。当初她来珺问之前，自然是了解过所里这些合伙人的履历。

　　他们的履历都在官网挂着，个人做过什么项目，写得很清楚。

　　宁以淮是做非讼的，主要负责上市、并购、重组之类的业务。结果这会儿他突然给叶临西扔来一个公益的案子，给的还是一个标的20万元的小案子。

　　所以，他到底从哪个犄角旮旯找出来的？

　　叶临西当然不可能直接去问他，只好打开电脑，开始做前期的准备工作。

　　律师接到案子的时候都需要做法律检索和法律研究，通过找出案件里适应的相关法律条文，从而帮助客户解决问题。

　　好在叶临西在美国的时候因为好奇诉讼业务的程序，也曾经跟着做过两个月。

　　只是她这个人有严重的公主病，后来觉得诉讼确实不太适合自己，就放弃了。

　　等她初步理出个头绪，发现一个上午就这么过去了。

　　临近中午下班，隔壁两位男同事正在讨论午餐吃什么。

　　显然午饭是当代职场人最关心的问题之一，毕竟大家一天上班那么累，中午如果再不吃点儿好的，这一天可要怎么熬呢？

　　两个人正讨论着，其中一个人转头问道："叶律师，你第一天来上班，对周围也不太熟悉，要不要跟我们一起去吃饭？"

　　对方叫陈铭，是团队里的初级律师，虽然长相很普通，不过胜在有亲和力，说话也总带着笑意。

叶临西抬头看过去，下意识地问道："附近都有什么餐厅？"

她这人对吃的比较讲究，毕竟她的身材也不是天生就这么凹凸有致的，而是得益于她多年如一日的饮食控制。一般来说，她午餐都会吃一些少油多蛋白的食物，所以中午通常是吃从新西兰空运过来的帝王鲑以及神户和牛。

就在她深思熟虑时，陈铭说："我们公司对面有家商场，地下一层全是吃的，大娘水饺、盖浇饭、锅贴儿，还有面什么，种类很多。"

叶临西有些疑惑，心里嘀咕道：大娘水饺？盖浇饭？锅贴儿？这是什么？

叶临西突然没了胃口，好像也不是那么饿了。

等到了下班时间，两位男同事见她不去吃饭也没奇怪，毕竟都知道这年头减肥的姑娘太多。

办公区还有别人在，公司其他团队的同事没去吃午餐的也有。

叶临西实在懒得吐槽公司配的桌子和椅子，便趁午休时间上网搜索了一下适合在办公室用的人体工学椅。

刚才她也特地问了两位男同事可不可以自己买一把椅子。

对方的脸上露出了错愕的表情，同事犹豫了半天才说，律师事务所也没规定不允许自己买椅子。

律师事务所没有不允许，那不就是可以吗？叶临西这样想着，直接在网上订了一张椅子，要求明天发货。

叶临西刚心满意足地下完订单，突然听到手机响了起来，低头看见屏幕上跳跃着三个字：臭男人。

叶临西疑惑地接了电话，就听对面的人直接说道："下楼吧。"

就在叶临西还在迷惑时，傅锦衡继续说道："我在你们律师事务所的楼下，带你去吃饭。"

叶临西当下咬了下唇瓣，心想：这个人是真的转性了呀，居然还过来找她吃饭。难道他未卜先知，知道她吃不惯公司周围的东西？

叶临西高高兴兴地背着小包到了楼下，果然看到那辆熟悉的宾利就停在街边，轻松地走了过去。

见叶临西到了车旁，司机主动下车帮她开了车门。

叶临西钻进车里，就看见坐在后排的男人正在看文件，有些惊讶地看着他戴的眼镜，发现银色细边的眼镜衬得他非常像冷静的精英。

待他转头看过来时，叶临西与他的视线对上，突然心脏微顿，她莫名有种被击中的感觉，赶紧慌乱地转头看向窗外，掩盖自己突然泛红的脸颊。

要不是傅锦衡就坐在旁边，她恨不得赶紧拍拍脸，好让自己清醒过来。

她怎么能看着傅锦衡的脸心跳加速呢？其实他的脸也就那样吧，无非就是眼睛深沉了点儿，鼻梁挺拔了点儿，嘴巴的唇形好看了点儿，整体看起来顺眼了点儿。

叶临西想了许久，最后得出结论，大概是从来没见过他戴眼镜吧。

他戴起眼镜来可太像衣冠禽兽了，简直是行走的代言人。她一时被吓到了，准确地说是被惊艳到了。

她边望向窗外边这么想着，最后还不忘握了一下双手，给这么善于总结问题并且解决疑惑的自己从心里点了个赞，暗叹自己真不愧是律师。

傅锦衡并不知道叶临西心里掠过的无数想法，见她不说话，便低头继续看文件。

车子很平稳地在路上行驶着，很快进入了一家酒店的地下停车场。

两个人进了电梯后，直接上了三楼的餐厅。

餐厅服务员什么都没问，直接将他们带到了里面的位置。

叶临西坐下后看了周围一眼，心里还是很满意的。

优雅精致的餐厅环境，安静的用餐氛围，一切显得那么恰到好处。

到了这里，叶临西整个人都放松下来。毕竟这才是她惯常吃饭的地方，她真的无法想象去那种人流拥挤的餐厅端着盘子四处找位置的场景。

点完餐之后，叶临西用手掌捧着脸颊。

傅锦衡将手机放在桌上，微抬眼皮看了她一眼。

叶临西像是抓住什么似的，问道："你觉得怎么样？"

傅锦衡疑惑地问道："嗯？"他显然是没听懂她在问什么。

叶临西低声说道："你觉得我现在看起来怎么样？有没有一种律政

俏佳人的感觉？"

傅锦衡抬眸，轻飘飘地看了她一眼。

她以为她是去玩儿什么魔法大变身吗？她去上班才半天时间而已。

见他没说话，叶临西不由得有些气恼，心想：臭男人到了关键时刻嘴巴跟被缝了一样紧，夸她一句好看会死吗？

因为等餐的时间有点儿长，两个人不说话也实在无聊。

叶临西干脆转移了话题，托腮问道："你怎么知道我今天没有出去吃饭的？"她还用一双好看的大眼睛一眨也不眨地望着他，内心戏是：你就承认吧，说你就是在主动关心我。

傅锦衡若有所思地打量了她一眼，许久才淡淡地说道："一个人的习性是不可能轻易改变的。"

叶临西心想：他什么意思？他是想说她江山易改本性难移吗？

傅锦衡说道："你的生活一贯精致，今天又是第一天上班，一时半会儿肯定无法融入普通人的生活方式。"说完这句，他又温和地说道，"临西，偶尔体会一下普通人的生活对你也有好处。"

所以，他大中午特地把她接出来吃饭，就是为了告诉她，他料定她太不接地气又不合群？并且他还觉得叶临西有必要接受一下社会的再教育？

真是枉费她把这个男人想得那么好，叶临西发现傅锦衡完全不按她的套路来，一时有点儿发蒙，本以为他是特地赶来献殷勤的，才发现原来他只是来教育她的，可真是谢谢他哦。

可叶临西还没吃上午餐，现在不宜翻脸，于是冲对面的人扬起一个职业微笑，说道："你说得可真对，真不愧是总裁才能说出来的话，真是太棒了。"

这么一通不走心的夸赞，傅锦衡自然听出她言下的嘲讽之意，但也没太多解释。

好在服务员及时推着餐车过来，将他们点的菜端了上来。

叶临西难得有这么强烈的饥饿感，毕竟用了一上午脑子，也不知死了多少脑细胞，于是开始优雅又安静地吃饭。

等一顿饭吃完，中午休息的时间已经过去了一大半。

叶临西放下餐刀时，见对面的男人也跟着放下了餐具，脸上难得露出了满足感，意外透着一股软软的萌感，像是一只趴着晒足了阳光的小狐狸。

傅锦衡看着忍不住想伸手摸一下，见叶临西准备起身的时候，说道："临西。"

叶临西转头看向他，大眼睛里藏着疑惑。

他轻声说道："这个位置是我长期订下的，只要你想来，不用预约，可以直接就过来。"

叶临西哦了一声。

傅锦衡继续说道："如果你不习惯别的地方，中午可以来这里吃。"

等叶临西回过神，抬头望过来，在与傅锦衡对视片刻之后，突然冲着他眨了眨眼睛，眼里透着说不出的意味深长，然后才用慢条斯理的腔调问道："你这是心疼我呀？"

刚才他还说让她体验一下普通人的生活方式，还说什么对她有好处，结果不到一顿饭的工夫，他就专门在餐厅订了一个位置留给她，让她过来吃午餐。

叶临西的脸上泛着得意的轻笑，她说道："你呀，以后肯定不是个好爸爸。"

傅锦衡微挑眉，不知道她怎么又扯这么远了。

叶临西用手掌轻撑下巴，语调格外做作地说道："朝令夕改，小孩儿是要被你惯坏的。"她用一副深有体会的口吻说的这话。

直到傅锦衡发出一声轻哂，才将叶临西从飘飘然中拉了回来。

他轻描淡写地说道："原来你喜欢这种的。"

叶临西一怔：她喜欢什么了？

等她把自己刚才说的话再仔细琢磨了一遍，突然回过神，发觉这个男人是在说她喜欢认爸爸吗？

她一时被气笑了，差点儿没管住自己的手，真想给她的亲爹打电话，告诉他有个臭男人在占她的便宜。

叶临西当即站了起来，发现就不能一直把这个男人当人，只是刚走到餐厅的门口时，又突然清醒过来。

好像每次她想戳穿什么的时候，傅锦衡的刻薄就会如约而至。

所以，他是在掩盖什么吗？他在掩盖什么呢？好像有个答案呼之欲出了。

叶临西的脑海中正要蹦出一个答案时，她的余光就瞥见餐厅另一边也有一行人正准备起身离开，然后她便惊得直接拉着傅锦衡往外走。

只是电梯并不在这一层，她听到身后的说话声越来越近，心急之下，直接拉着人进了旁边的安全通道。

她拉着傅锦衡在安全通道的门口站定时，才抬头去看他的表情。

果不其然，男人沉着脸，表情似乎在说：今天你要是不给我一个合理的解释，我倒要看看你怎么办。

叶临西无奈地指了指外面，说道："我刚才看见我的老板了。"

她觉得这个解释应该还说得过去。

可男人脸上的阴郁越发明显，他冷着脸说道："所以，我是见不得人？"

"那倒不是。"叶临西有些烦躁地说道，"谁让你这么有名的？我觉得他肯定认识你，到时候他看见我们两个在一起，我不就彻底露馅儿了！"

她本来不让叶栋插手工作，就是不想借助家里的影响力，不想暴露背景，也不想见到办公室里的人对自己客客气气又疏离的模样。

傅锦衡闻言说道："嗯，是我的错。"语气里的嘲讽之意不言而喻。

叶临西瞥了他一眼，有些心虚地说道："我只是想有个正常的工作环境而已，又不是嫌弃你。"

傅锦衡突然往下看了一眼，说道："所以这也是你不戴婚戒的原因？"

叶临西没想到他居然连这么小的事情都注意到了，立即辩解道："我又不是因为假装单身才不戴的，只是没怎么戴而已。"

她确实没说谎，叶临西的首饰多，她经常各种戒指换着戴，所以真没有戴婚戒的习惯。婚戒她还真不知道塞在哪个盒子里了。

直到傅锦衡突然抬手摸了摸手上的戒指，轻转了一圈儿，说道："所以我的戒指我也可以不习惯戴，是吧？"

叶临西当即驳斥道："那可不行。"

傅锦衡抬眼睨着她，眼里带着淡淡的嘲讽之意。

叶临西也知道自己就是这么双标，自己不戴婚戒没什么，但傅锦衡要是敢把婚戒取下来，她光是想想就气得恨不得打爆他的头。

"反正你不可以取下来。"叶临西坚决地说道。

要是傅锦衡把婚戒摘了，他们这对表面恩爱的夫妻人设还怎么维持？

见她急了，傅锦衡这才不紧不慢地说道："看你的表现吧。"

叶临西抬起清亮的黑眸，直勾勾地望向他，随后咬住唇瓣像是下定什么决心似的。

本来傅锦衡已经握住安全通道的门把手准备拉开，可是突然感觉他的领带被一只小手轻轻地拉住，接着整个人被迫往下弯腰，然后就感受到一个柔软的唇瓣贴了上来。

傅锦衡感受到她身上清淡又诱人的馨香轻轻柔柔地缠绕上来，微微有些错愕，刚说的表现是说她日后的表现。

可是对方仿佛以为他觉得不够，索性松开领带，双手轻轻地捧着他的脸，加深了这个吻。

傅锦衡反应过来，将她的腰身搂住，掌握主动权，将人抵在门上，心里只滑过一个念头——她这种表现好像更好。

明亮宽阔的开放式办公室内，周围电话铃声和键盘声此起彼伏地响着，一派繁忙之景。

叶临西的双手搭在键盘上，可是她的脑海中想的并不是面前电脑屏幕上的法律条例，而是中午在酒店安全通道里发生的那一幕。

在她试图用自己的表现征服傅锦衡的时候，他回手将她抱住，抵在消防门上。

两个人亲得忘情，或许说叶临西更忘情些。

因为当傅锦衡把她松开时，她还一脸诧异地望着他，似乎在质问他怎么停下了。

傅锦衡轻笑一声，低头啄了她的耳垂一下，说道："要不我们上楼再继续？"

上楼？这里是酒店的三楼餐厅，楼上不就是酒店的客房？

叶临西的脑子总算从刚才两人交缠的羞耻画面中清醒，然后她发现臭男人居然还想诱拐她去开房，登时推开他，说道："做什么梦呢？"

可是她刚说话的声音娇软甜腻得连自己听都觉得羞耻，像是一整颗糖化了含在嗓子里。这要不叫欲拒还迎，她都不知道什么是欲拒还迎了。哪怕她再嘴硬，此时也说不出话了。

见她跟个小鹌鹑似的，傅锦衡难得嘴软地说道："下次看准时间和地点。"

叶临西抬头疑惑地啊了一声。

"再有下回，我不会轻易放了你。"

想到这里，叶临西整个人都快不好了，用手掌在键盘上狠狠地拍了一下，然后低着头一直深吸气。

"叶律师，叶律师。"旁边传来喊她的声音。

叶临西转头应道："怎么了？"

坐在她旁边的陈铭轻声说道："如果你有什么不懂的，可以问我或者徐律师。"

叶临西一听人家如此好意，赶紧说道："好的，谢谢。还有，你不用叫我叶律师，直接叫我临西就好了。"

旁边的徐胜远见他们说话，也插嘴说道："临西，咱们公司茶水间的零食和咖啡都是免费享用的，茶水间就在前面直走的第一个拐弯那里。"

早上的时候，他们还不太好意思跟叶临西说话，这会儿开了个头儿，倒是顺畅地聊了下来。

叶临西问道："我们团队别的律师今天都不在吗？"

陈铭答道："对，有个收购案，所以章律师带着他们一块儿出去了。章律师是咱们团队里的另外一位资深律师。"

叶临西点点头。

"还有嘉琪今天请假了，她是咱们团队里的实习生，也是今年刚毕业的法学生，你们两个年纪应该差不多，到时候肯定聊得来。"

叶临西对于男人过于天真的交友准则不置可否，女人可不会因为年纪相仿就能交好的。

陈铭见她一直在忙，顺嘴问道："我看你一直在进行法律检索，是已经有案子了？"

叶临西答道："嗯，早上宁 par 给了我一个案子。"

陈铭和徐胜远当然知道宁以淮的性格，对视了一眼，两个人都有些吃惊。

一般律师助理进律师事务所，哪个不是从复印案件材料、端茶倒水、跑材料这些杂事做起的？毕竟谁都不可能一上来就被委以重任。

宁以淮可不是那种能耐着性子带学生的人，虽然知道多的是人想要挤进这个团队，但是从来只喜欢能直接上手做项目的人。用他的话说，他一个小时收费那么高，可不是拿来教学生的。

徐胜远好奇地问道："是什么案子？"

他不由得对叶临西也好奇起来，中午和陈铭吃饭时就说过：新来的这个姑娘背景肯定不简单。虽然他不像一般女人对奢侈品那么熟悉，可还是能一眼就看出来她戴的那些首饰都十分贵重。

叶临西说道："是一个公益案子，关于保险争议。"她也不知这个案子是怎么到珺问这种大律师事务所的。

这是一个疑似骗保的案子。保险公司认为受保人骗保，已经出具了拒赔通知单。但是受保人坚决不承认，于是寻求法律援助。

宁以淮主做非讼业务，收费简直贵得离谱，什么时候居然有闲心维护社会公义了？

听她说完，陈铭和徐胜远更觉得惊讶了，但也不好继续追问到底。

叶临西跟他们聊完后，便起身去茶水间想找点儿喝的，只是过去看了一圈儿，整个人都不太好了。

倒是有袋装速溶咖啡豆可以选择，只是那豆子的成色实在不怎么好。最让叶临西无法接受的是，茶水间居然连瓶装水都没有。至于零食，大部分是含巧克力的。叶临西从十八岁开始就拒绝巧克力摄入了。

就在叶临西准备回到座位上在网上订几箱她常喝的瓶装水时，看到了姜立夏的微信。

姜立夏：不是说珺问是顶级大所吗？怎么办公桌这么简单啊，珺问对我们小玫瑰这么怠慢吗？简直是不知玫瑰宝多么矜贵！

姜立夏：什么玩意儿？这工作不要也罢！

姜立夏：天凉了，这个律师事务所也该破产了。

叶临西看到她发来的最后一句，突然轻笑了起来，本来还想嘲讽姜立夏是不是掉到了什么无人区才回复消息这么慢，后又转换了措辞，不紧不慢地回道：那个男人也是这么说的呢。

姜立夏：傅总说什么？

叶临西：他问我需不需要让这家律师事务所破产。

叶临西：没想到他平时那么老成稳重，偶尔也会开这种玩笑。

叶临西：哄我！

叶临西特地把"哄我"两个字单独发了一条微信。

果不其然，姜立夏在沉默了几秒钟后，一条接一条地发微信过来。

姜立夏：傅总这是开窍了？

姜立夏：有没有那种被霸道总裁宠在手掌心里的感觉？

姜立夏：我就说吧，傅总这种性格绝对是属于闷骚型的，他要么不做，要么就做到绝。

叶临西心想，傅锦衡是有那么一点儿闷骚吧，随后立即问道：什么叫做到绝？

姜立夏：做到别人无法企及的绝对高度啊。

叶临西突然有种感觉，姜立夏就是傅锦衡派来的间谍，潜伏在她的身边，时不时就对傅锦衡夸赞一番，好让她对这个男人放松戒备。你看看，姜立夏吹捧傅锦衡吹得多到位！哼，这闺密真不是亲的。

下班后叶临西看到司机过来接她回家，便随口问道："先生今天有应酬？"

司机答道："是的，先生吩咐我送您回家。"

叶临西不太在意地哦了一声，现在想想中午的事情还是有那么点儿尴尬，心想他不回来吃晚饭也挺好的。

她一向不怎么吃晚饭，便让阿姨给自己做了沙拉。

吃完沙拉之后，她就躲进衣帽间里继续给案子做功课。

其实家里也有书房，只不过她死要面子活受罪，不太好意思用书房。

这就像高中考试的时候，叶临西在人前表现出一副"考试她还不是随便考考就能年级第一"的淡然模样，可是晚上回家之后，也会拼命地熬夜复习。

不过现在不是高中，叶临西也不知道这个偶像包袱是从哪儿来的，大概是不想让傅锦衡看见自己需要加班熬夜努力吧。

傅锦衡做什么都是那么轻松的模样，随便接手一家公司就能迅速整合资源、提升公司业绩。所以这么一个公益小案子，她也一定能做到手到擒来。

在外面应酬的傅锦衡丝毫不知道叶临西对他莫名其妙的胜负欲，因盛亚科技研发的新型安防人工智能系统目前已进入了最后阶段，这次约了合作公司的负责人洽谈。

新型安防人工智能系统将最新的智能视频分析技术引入安防领域，不管是公安层面还是普通用户层面，都会得到广泛的应用，目前也已引起业界的关注。

因此晚上的应酬非常重要，傅锦衡准时赴约。

好在对方出席的人都是真正做事情的人，并没有那种酒桌上的老油条，一顿饭吃得还算宾客尽欢。

他这边结束时，刚出门就遇上了魏彻。

魏彻瞧见他也乐了，说道："锦衡，我正要打电话给你呢。"

傅锦衡刚喝了不少酒，正往外面走。

今天傅锦衡应酬的地方是个会馆，是江南园林的设计风格，还带着一个小花园。

傅锦衡站在外面吹了点儿风，整个人舒服了不少，声音微哑地说道："怎么了？"

魏彻问道："你还打算收购安翰科技吗？"

安翰科技是一家专门从事人工智能机器人开发的高科技公司，有三个创始人，且三个人还是同一所学校毕业的校友。

这种校友创业的故事并不罕见，傅锦衡之所以对他们感兴趣，是因为他们之前研发出来的保安机器人 K7。

他这人野心一向大，既然入主盛亚科技，就要把这家公司打造成这个行业里的龙头企业。那些有威胁的公司，他要么彻底打败，要么彻底吞噬。安翰就是他入主以来打算吞噬的第一家创业公司。

傅锦衡转头问道："你也有想法？"

魏彻摇摇头说道："倒不是我有想法，据说他们有 A 轮融资的想法，你知道的，这时候是你下手的好机会。"

安翰科技已经进行过天使轮的融资，如果真的要进行第一轮融资，这也是他们对外进行的第一次公开募资。

傅锦衡目光如炬地看着他，说道："你怎么连这个都知道？"

魏彻摸了摸脑袋，低笑着说道："一个熟人告诉我的。"

"哪个熟人？"

"还能有谁？段大小姐呗。"突然一个声音插了进来。

陆遇辰一走过来就听到他们聊天的内容，摇摇头轻声说道："老魏，你说你怎么就不好好珍惜现在的生活呢？这要是让小西知道你居然给锦衡跟段大小姐牵线搭桥，我看你就等着逃亡吧。"

魏彻还真被他唬住了，惊恐地说道："你可别吓唬我啊。"

"不过我看段千晗还真有点儿冲着锦衡来的意思。"

"不是吧？衡哥都结婚了，段千晗居然还不死心？你说这段大小姐怎么就这么一根筋呀？难不成还想当小三儿？"

傅锦衡瞥了他们二人一眼，冷冷地说道："说够了吗？"

魏彻赶紧闭嘴，陆遇辰笑而不语。

傅锦衡懒得跟他们多说，正好酒也醒得差不多了，便打算往回走，可是还没走到门口，就碰到了刚才提及的人。

段千晗的一头长发不知何时已经被剪成了短发，她穿着宽松的上衣和阔腿裤，戴着略显夸张的耳饰，就连口红都是显得有些御姐范儿的正红色，整个人气场十足，有种凌厉的美感。

傅锦衡的脸上并没有露出什么意外的表情，他甚至连情绪都没有起伏。

直到他快走过去时，段千晗还是忍不住喊住他："锦衡。"然后她偏头看他，继续说道，"你现在是不是太没礼貌了，看见发小儿都不知道打个招呼？"

说起来，段千晗才是跟傅锦衡年纪相仿且一起长大的人。

毕竟两个人是一个圈子里的人，段千晗从小学到初中，一直跟傅锦衡在同一所学校里，要不是高中出了国，两个人还会上同一个高中。

她说话间带着自然的熟稔感，却又没有丝毫暧昧，简直让人挑不出错处。

傅锦衡这才将视线落在她的身上，淡淡地说道："好久不见。"语气也显得格外疏离。

段千晗不甚在意，反而轻笑起来，说道："魏彻应该跟你说了安翰的事情吧。你也知道公司的事情我是不管的，不过有钱大家一起赚嘛，这么好的投资机会，你应该不会拒绝吧？"

魏彻和陆遇辰过来的时候，正好撞上这一幕，便站着没动。

段千晗喜欢傅锦衡这件事在他们这个圈子里几乎是个公开的事情。当初傅锦衡没结婚的时候，傅家已经在给他张罗结婚的对象，当时倒也没说要求家境什么。

但是这位段小姐一副稳操胜券的样子，甚至还不惜打压别家对傅锦衡也同样有意的千金，当初她在傅家老太太和南漪面前疯狂地刷存在感。

所以，哪怕傅锦衡对她不冷不淡，段千晗也以为自己温水煮青蛙，她迟早能拿下傅锦衡，登上傅太太的宝座，奈何中途突然杀出来一个叶临西。

叶临西和傅锦衡从相遇到结婚，简直是三级跳的速度。两人迅速结婚，别说当初弄得叶屿深措手不及，就连段千晗都没捞到挣扎的机会。

于是，在确定傅锦衡的婚事不可更改后，段千晗立即对外宣布要出国游学，一来大概确实是受的情伤太重，二来估计是太丢脸了。

当初别说她自己，就连她的母亲段太太也明里暗里地表示自家女儿迟早是傅太太。

魏彻他们也没想到，这位段大小姐明显一副还没死心的样子。

这次段千晗一回来，就打听到傅锦衡对安翰有兴趣。难道说她这回是学聪明了，打算迂回达成目的？

直到一个冷淡的声音出现，才打断在场几个人心里的想法。

傅锦衡说道："抱歉，我拒绝。"

段千晗的脸上露出些许诧异的表情。

傅锦衡瞥了她一眼，语气更加冷淡，说道："因为我信奉的商业准则是有钱自己赚。"他说完径直离开。

段千晗望着他离开的背影，心里又懊又恼，但更多的是不甘和舍不得之意。

她喜欢他啊，从小就认识他了，凭什么那个小丫头能站在他的身边？凭什么？

段千晗一想到如今被称为傅太太的人是叶临西，一颗心就如同被火烤一样，一刻都无法安宁。

傅锦衡并未把这件小事放在心上，本来对安翰科技就是志在必得，并不需要别人对他提供所谓的小道消息。

司机来接他回家，一路把车开到了云栖公馆。

傅锦衡到家时，发现家里安静得过分。

他和叶临西都不喜欢家里有外人，所以阿姨并不是住家保姆，阿姨每天八点就会准时下班。

此时已经临近十二点，他轻手轻脚地上楼，没想到到了房间居然还没看见人，望着空空的床铺有些怔住。

明明司机说过已经送夫人回家了，浴室里也没有人。傅锦衡一边皱眉，一边推开了衣帽间的门，就见里面摆着的小沙发上正躺着一个人。

待傅锦衡走近，才看见她手边摆着的资料，还有一本法律书籍：《中华人民共和国保险法》。

她的身边还放着厚厚的一沓资料，想来这些资料应该是跟案件有关的。

傅锦衡弯腰要将人抱回房间，就见睡得正迷糊的人掀开眼皮。

叶临西也不知有没有瞧清楚他，突然就把手里抓着的书往旁边一扔，说道："我没有偷偷看书。"

傅锦衡一怔，不明白她在说什么。

迷迷糊糊中，叶临西继续说道："我不用看书也能考第一的，考试很容易的。"她说完这句似乎真的撑不住，往旁边一歪，闭上眼睛又睡了。

原本半弯着腰要抱她的傅锦衡倏地笑了起来。

第六章

她一定是疯了，居然会觉得傅锦衡帅得犹如天神下凡

傅锦衡再次弯腰把人抱了起来。

突然腾空的失重感让怀里的人忍不住掀开眼皮，勉强看清眼前的人，嘴里嘟囔："臭男人。"说完她又往人家怀里蹭了蹭，似乎是嫌他的肩膀太硬。

傅锦衡本打算直接把她抱回床上，却在听到这三个字后站在原地低头看着怀里的姑娘。

她穿着浅灰色的真丝睡衣，墨色的长发随意地披散着。

叶临西这人是再追求时髦不过的，偏偏从不染发。任别人吹得天花乱坠，但谁敢动她的头发，就等着被打死吧。

不过傅锦衡很快又把注意力放回到了刚才的那个称呼上。

所以，这是睡梦中吐真言？只怕她平时在背地里没少这么叫他吧。

傅锦衡把人放在床上，原本打算转身去洗澡，却见床上的人不老实，翻了个身还发出舒服的嘤咛声。

傅锦衡又被她逗笑了，一想到自己把她抱到床上舒服地睡觉，却只得来"臭男人"这个称呼，便低声自语道："没良心。"

下一秒，他倾身覆了过去，手指扣住她的下巴，低头吻住她的唇。

叶临西的呼吸一瞬就被掠去，深陷梦乡的人实在呼吸不畅，也不禁皱起眉头，伸手去推身上压着的人。

她又困又累，却还被搞突然袭击，勉强睁开眼睛的时候，恨不得打死对方。

傅锦衡却在她睁开眼睛时主动松开她，柔声说道："睡吧。"

他的手指在她的头发上轻揉了两下，原本炸毛的小玫瑰一下子又温顺了。

她抓住他的手指，像是怕他再次作怪，就那么轻轻地握着，直到再次进入沉沉的梦乡。

过了不知道多久，傅锦衡听着她均匀的呼吸声，将手指从她的手心里抽出来，才转身去洗澡。

第二天早上，两个人准时起床。

相较于傅锦衡的有条不紊，还需要化妆的叶临西简直是手忙脚乱，见旁边的男人那样不紧不慢，不由得有些气恼，过了一会儿又问道："对了，你的公司不是高科技公司吗？"

感谢傅锦衡之前发的两次新闻链接，叶临西现在也知道他公司的业务范围，反正就是研发各种智能系统。

傅锦衡正在打领带，偏头看了她一眼。

叶临西正在画眼线，一边画一边说："你说你们总研究什么安保机器人有什么意思？要不研究个化妆机器人吧？不是说女人的钱最好挣吗？这种化妆机器人一经推出，肯定会火爆的。"她似乎还觉得这个点子非常独到，特地转头看向傅锦衡，问道，"你觉得怎么样？"

傅锦衡一脸"你在做什么梦是不是还没睡醒"的表情，甚至连话都懒得说就打发了她。

叶临西有些气恼地说道："不识货，等哪天别人推出这种机器人抢占了市场，你就知道后悔了。本来我提供这个点子可没打算收你什么好处，你只要在产品上市发布的时候写一下感谢叶临西小姐就好，还是总裁呢，一点儿都没有商业敏感性。"

叶临西转过头继续画另外一边的眼线，结果手一抖，把眼尾画得往上翘了，心里叹息到底什么时候才能研发出来化妆机器人。

等她收拾妥当下楼吃饭，刚坐下喝了两口牛奶，就见对面的傅锦衡像是想起什么，抬头看着她，问道："你昨晚在加班吗？"

他斟酌一番，还是用了这个词汇，毕竟觉得"加班"这两个字跟叶临西实在是搭不上边儿。

叶临西紧张地望着他，矢口否认道："当然不是了，我就是想看看国外学的法律跟国内是不是不太一样。"说完她还顺手拨了一下肩上的长发，有些心虚地低头将面前的荷包蛋切开。

叶临西骨子里的虚荣心太强，明明她当初申请哈佛的时候，累得半条命都快没了，结果面上却还要装作云淡风轻很简单的模样。以至于外面都传遍，她能上哈佛是因为她爹给学校捐了楼。

当初叶临西听到这个传言时，恨不得立即找出这个传谣的人，然后让律师去告他。

只可惜也没人敢在她的面前说，叶临西也不能满大街去澄清她不是靠爹而是真的靠自己上的哈佛。

一向把面子看得比天大的叶大小姐做不出来这种事情，就连现在都是这样，明明就是在恶补保险法的知识，偏偏要装作只是随便看看，大概只想假装自己是做什么都轻松的天才，而不是需要靠努力才能成功的普通人。

偶尔叶临西也会觉得自己做人太累，可是让她一下子放下完美的包袱，一时也做不到，所以装着装着倒也习惯了。

叶临西忧郁地看着盘子的荷包蛋，突然觉得做人真累，猛地抬头看向对面的傅锦衡，心里开始埋怨这个臭男人。

今天叶临西的司机已经找到了，是个年纪四十来岁的中年人，姓孟。

因为叶临西不用再蹭傅锦衡的车，不用跟他坐一辆车去公司，心情一下舒畅了不少。

她到了律师事务所，离上班时间还有五分钟，不过当叶临西到了工位的时候，发现今天的人明显多了不少。

昨天没到的人今天似乎都到了，又是一阵相互寒暄。大家对新人倒是都挺客气的，唯一有点儿酸溜溜的大概就是之前团队里唯一的那个姑娘。

江嘉琪昨晚就知道团队里新来了一个女律师，还看到徐胜远一直在微信群里说这女的怎么怎么好看。

本来女人之间的关系就很微妙，之前团队里都是男的，江嘉琪作为唯一的姑娘，自然得了不少优待。什么新人跑腿打杂的事情，她都没做多少，也习惯了在团队里被众星捧月的日子。

结果团队突然又来了一个女律师，据说还特别漂亮。

昨晚徐胜远在群里说的时候，她心里就特别不服气，心想能漂亮到哪儿去，无非就是会化妆又会打扮，说不定还是整容整的呢。

江嘉琪虽然在心里这么想着，但今天上班的时候，还是特地精心打扮了一番，自认为美到绝对不会输给对方，甚至还特地提前二十分钟到律师事务所，此刻正端着从楼下买来的咖啡，悠然地等着对方的到来。

结果叶临西出现的一瞬间，她突然觉得自己起了个大早化的全妆以及特地选的衣服都成了笑话。

如果说之前没看见真人，她还有一争高下的念想，但在看见叶临西的那一瞬，突然明白了其他人为何会有惊艳之感。

萤火之光，岂能与皓月争辉？

人家叶临西什么都没做，她自己却先产生了一种不自量力的恼羞成怒，此时再说话时难免带着酸味儿："昨天我没上班真的太亏了，没能第一时间见到叶律师，难怪都说我们团队里来了一个超级大美人，以后我们大家可都有眼福了。"这话说得一点儿都不隐晦，甚至还有种很低级的挑衅意味。

大家都有眼福？叶临西到底是来当律师上班的，还是专门给同事看的？这不就是指着叶临西，说她不过是个空有一张脸的花瓶？

叶临西昨天还觉得这个团队除了老板很难搞，最起码其他同事看起来很和谐，脾气好又对新人很和善。

昨天陈铭提到江嘉琪时，叶临西曾在心里暗笑他的男生交友准则，事后还在反思自己是不是太杞人忧天，万一人家是个天真善良可爱的小天使呢？

奈何，好的预感不准，坏的倒是一来一个准。叶临西目测整个团队的男人加起来估计都不如这个女生的战斗力强。

当叶临西坐在位置上之后，江嘉琪已经独自演完了"对新人的明捧暗贬"，以及"对团队其他人的拉拢撒娇"这两场戏份。

她左一句"我们还去吃上次那家餐厅吧"，右一句"我不管反正你得请客"，好像生怕叶临西不知道她在这个团队"团宠"的地位。

叶临西什么人没见过，岂会把这种演技拙劣的人放在眼中？对方要是真的敢做点儿什么，叶临西倒也不怕。

论公主病和大小姐脾气，叶临西也没输给过别人，只不过初来乍到，勉强压着脾气罢了，心想这个江嘉琪只是个爱表演的戏精，时不时看她表演一番也是乐趣。

好在很快上班，大家也各自去忙了。

叶临西刚把材料准备好，就听前台小姐姐过来说道："叶律师，你有快递需要签收一下。"

叶临西点头，跟着前台小姐姐一块儿过去签收。

见她一走，江嘉琪就嘀咕道："怎么快递还送到公司来呀？不知道这是上班的地方吗？"

一旁的男同事们听着也没吱声，不过再傻的人也明白了，团队里的这两个姑娘只怕是不太对付。

没一会儿，叶临西就带着两个工人过来了，惹得江嘉琪好奇地转头望过来。工人把巨大的箱子摆在过道上，叶临西站在旁边看着他们拆开。

"这是什么呀？"江嘉琪嘀咕道。

旁边的徐胜远倒是低呼了一声："厉害啊。"

"怎么了？"

"这个牌子的椅子我搜过，最低的价格三万八。"

"不是吧？我看看是什么椅子。"

哪怕他们当律师，又是做着外人看来高大上的非讼业务，但毕竟都是普通家庭出身，哪怕再奢侈，买把三千八的椅子都觉得对得起自己的老腰，没想到有生之年居然还能看见一把三万八的椅子。

"咱们宁 par 办公室的那张椅子是多少钱来着？"

"好像是两万多块吧。"

他们实在没想到宁以淮这种挥金如土的人居然也有一天会在花钱这件事上输了。

虽然他们都知道叶临西这样的姑娘看着就骄矜，一副不是凡土能养出来的性情模样，可这一下还是重新塑造了他们对叶临西的认知。

工人动作很快，迅速装好了椅子，服务那叫贴心。

叶临西试了试确认没问题后，让对方把拆下来的垃圾都带走，重新试坐了一下，觉得这把椅子跟律师事务所配的办公椅比起来简直是天上地下，但很快就发现周围的不对劲儿了，转头看着脸上纷纷挂着"目瞪口呆"四个字的同事，微蹙着眉心，问道："公司应该没有规定不允许自备椅子吧？我昨天问过的。"

"没有。"

"没有。"

"确实没规定。"

大家纷纷摇头，然后又赶紧低头去忙自己的事情。

江嘉琪心里恼火极了，认定叶临西买这张椅子就是故意炫耀、出风头，甚至还隐隐地觉得叶临西是为了压她一头。

女人在自恋这方面总是谁也不输谁，于是江嘉琪恶向胆边生，抱着厚厚的一摞资料，直接走到叶临西的桌子旁边，放下资料后，声音甜美地说道："这个是待会儿开项目会要用到的资料，麻烦你去复印一下。对了，顺序我都整理好了，千万别弄乱。"江嘉琪丝毫没有不好意思，一副理所当然的模样。

哪个新人不是从端茶倒水、打印复印这些杂事开始做起来的？

叶临西垂眸看着面前这一摞资料，缓缓地站了起来，稍转过身，跟江嘉琪正面相对，却没有直接开口，反而是目光在江嘉琪的脸上缓缓地转动，透着一股审视的打量。

周围的气氛莫名变得安静下来，连键盘敲击的声音都不知从何时消失了。

叶临西轻启红唇，说道："我没空。"

她的个子本就比江嘉琪高，她又穿着尖细高跟鞋，光是从身高上就有压倒性的优势，更何况她神色冷淡，整个人都散发着凌人的气势。

江嘉琪还未开口气势就先矮了一头，强撑着说："新人就该干这些，难不成新人一进来就想直接上手负责案子吗？"

叶临西听完，淡然一笑："我现在要去见当事人，这个案子是宁 par 昨天亲自交给我的，所以……"

宁 par 亲自交给她的案子？这怎么可能？

江嘉琪满脸不可置信。

叶临西伸手将桌子上那一摞厚厚的资料拿了起来，待手掌往前一送正好到了旁边工位的上方时，手指轻轻一松。

厚厚一摞的A4纸啪的一声重响，砸在了江嘉琪的工位上。

"自己印吧。"

最后这一句话犹如一个响亮的耳光打在江嘉琪的脸上，一时之间令她羞愤难当，竟是让她从脸颊一直红到耳朵根。

周围彻底陷入了死寂，这次不仅没有敲击键盘的声音，就连呼吸声都不由得放轻了。

叶临西扔完资料，拎起放在桌子上的包，看都不看对方一眼，转身离开，下楼后直接打电话给司机，让他送自己去北安市第三医院。

这次案子的当事人目前还在住院，无法亲自前往律师事务所跟叶临西面谈。

对方在电话里的声音太过悲苦，使得叶临西动了恻隐之心。她干脆决定亲自跑一趟，毕竟这是正式工作以来负责的第一个案子，虽然跟设想中的非讼项目完全不同，但也是全新的挑战，内心也有种隐隐的兴奋。

市三院是综合性医院，大门口人头攒动，因为外来车辆无法在门口停太久，叶临西直接在门口下车，一路往里一直走到住院部附近。

虽然对方已经将住院的房号和床号都发给她了，但叶临西对这边不太熟悉，还特地找人问了下，这才直接往三号楼走过去。

一直到了六楼，她从电梯里走出来，刚走没几步，就突然听到一个不太确信的声音喊道："叶……叶律师？"

叶临西回头看见一个瘦瘦小小的女人站在对面。

女人一脸犹豫地望着叶临西，身上还背着一个背婴儿的背带，背上显然还背着一个小孩子。

"请问你是哪位？"叶临西也迷惑了，因为并不认识对方。

女人一脸激动，赶紧上前说道："叶律师，我是王文亮的老婆曹芸，亮子让我在门口迎迎你，说你快到了。没想到您真的亲自过来一趟。"

或许是对律师这个职业天然的敬畏，曹芸说到最后，不由得把称谓从你变成了您。

况且叶临西本身并不能让人产生平易近人的感觉，刚才曹芸盯着电梯，见到叶临西从里面走出来的一瞬，都有点儿看呆了，因为除了电视剧里的人，从来没在现实生活中看过这么明艳好看的，光是看着叶临西，就有点儿手脚都不知道该怎么放的感觉。

叶临西并不知道对方的想法，只是了然地点头，说道："你好，我是叶临西。"

曹芸回过神来，手忙脚乱地把叶临西往病房里带。

叶临西在走廊上的时候感觉还好，等一进了病房，差点儿想退出去。

市三院是市里的老三甲医院，内部装修陈旧不说，病房里光线不足。

叶临西几乎没来过这种老旧的公立医院，最无法忍受的是气味，因为平时她哪怕是住院，也都是私立医院的顶级 VIP 病房。

VIP 病房窗明几净不说，全天候空气净化，绝不会有一丝丝让她不舒服的味道。

可眼前这间病房是几人混住，叶临西恍惚间甚至闻到了臭脚丫的味道，拿出了毕生最大的忍耐度才控制住没用手掩住口鼻，走到病房最里面的那张病床才见到当事人王文亮。

对方热情地招呼妻子曹芸给叶临西搬把椅子。

叶临西眼睁睁地看着一张刚才还放着各种杂物的椅子此刻被搬到自己的身边，低头看着那把椅子，悄然深吸一口气。

叶临西真不是故意挑剔人家，而是打小儿就活得不够接地气，如今乍然让她这么接地气，也真的做不到啊。

好在曹芸是个懂眼色的人，见叶临西没立即坐下，赶忙说道："这椅子让我放了东西落了灰，我给您擦擦吧。"

"不用，不用，我自己来。"叶临西一见对方主动提起这个话茬，如愿以偿地从包里掏出湿巾，打开之后在椅子上擦了擦，然后把湿巾扔掉，见椅子上的水渍干得差不多了，这才坐下。

不过王文亮和曹芸两口子似乎没对她的举动有什么疑问，一言不发地等着叶临西擦完椅子。大约是叶临西的气质实在太过骄矜和有距离感，任谁看了都觉得她做什么都理所应当。

待她坐下后，两个人这才稍稍松了一口气。

他们实在是没有钱，要不然也不会寻求法律援助，本来以为他们这样的案子不会有律师接手的，可没想到居然真的有人给他们打电话，此时也顾不上怀疑对方，诚惶诚恐地说明自己的情况，生怕律师嫌弃麻烦不上门。王文亮甚至做出最坏的打算，要是律师真不来，哪怕是爬也要爬去见律师。

叶临西主动说道："王先生，我是叶临西。"

"我知道，我知道，您在电话里说过。"王文亮赶紧点头。

其实王文亮说起来跟叶临西同龄，今年都是二十五岁，只不过他是个货车司机，平时跑车风吹日晒，整个人又瘦又黑，看着比实际年龄要老不少。

叶临西拿出准备的录音笔，冷静地说道："待会儿我们的谈话可能需要进行事后回顾，所以你不介意我录音吧？"

王文亮虽然没见过这样的阵仗，却还是摇了摇头，表示不介意。

叶临西点了点头，随后从随身携带的包里拿出了这个案子的资料。

这是一宗保险争议案件，过程很简单：王文亮在一个月前的驾驶当中遭遇了严重的车祸，被送往三院做了手术并且休养至今，之后向保险公司申请理赔他之前购买的一份人身意外伤害保险，但保险公司居然拒赔了。

说到这里时，王文亮悲愤地说道："当初买保险的时候，对方是我的老乡。她说我是开小货车拉货的，开车路上总会有意外什么的，就让我花钱买个心安。我本来也舍不得花这个钱，但是架不住她一直来家里劝说。我的老婆也担心我，就让我买了一份。"

叶临西问道："你这份保险是在今年 4 月 11 号买的？"

王文亮点了点头，又立即辩解说："我知道，刚买保险一个月不到就出车祸确实太巧合了，可是我真的不是故意的。谁想让自己躺在床上一个月？这一个月我手术还有住院就已经花了十几万块，还整整一个月不能赚钱，我们家就靠我一个人赚钱养家呢。"

叶临西轻声说道："不用着急，你慢慢说。"

刚才还说得脸红脖子粗，生怕叶临西不信自己的王文亮一下被她安抚住，继续说道："我手术清醒之后，保险公司的人也到医院来跟我聊过，我都是如实说了情况，所以不知道为什么他们会拒赔。"他说到这里时，整个人显得很激动。

"当初他们让我买保险的时候说得天花乱坠，说什么只要路上出事了，保险公司肯定会赔偿，还说买一份保险保障全家，都是骗子。"

大概是因为王文亮的声音过于大了些，邻床上的一位大爷也插话："哎哟，小伙子，你说你也是的，连卖保险的人的鬼话都能相信。谁不知道这些卖保险的都是先从身边的亲戚朋友开始坑？你肯定是被坑了。"

"可不就是，人家看你出事了，肯定是随便找个理由就不赔钱了。"住在最外面的那个中年男人也跟着说道。

因为这两位家里还有陪护，一时间大家纷纷加入对保险公司的声讨当中。

"保险公司那么有钱，不怕跟你打官司的。"

"咱们小老百姓，哪儿有那个时间和精力浪费在打官司上？况且律师收费也贵得很，到时候就算你真的赢了，保险公司赔的钱估计也有一大半要进律师的口袋。"

本来叶临西正听着他们说话，结果这会儿听到话题突然转移到律师身上，不由得眨了眨眼。

倒是一旁的曹芸赶紧说："没有，没有，叶律师是个大好人，是来帮我们的，不收钱。"

一旁的大爷惊讶地望着叶临西，说道："哟，还有不收钱的律师？小姑娘，我看你长得这么漂亮又年轻，应该是刚毕业的吧，是不是拿他们这个官司练手呢？"这话说得是一针见血。

叶临西轻扯了扯嘴角，要不是脑子里还残存着一丝尊老爱幼的念头，差点儿要说出些什么，最后只是冲着老大爷露出一个尴尬而不失礼貌的笑容。

只不过她的笑容里暗藏了一句"您可闭嘴吧，到现在就听你说个不停"的台词，也不知道这位有没有领会到。

很快，病房彻底安静了下来。刚才那个大爷被护士推着去做检查，而另外一位中年男人由家属陪着去楼下晒太阳了。

曹芸背上背着的孩子却突然哭了起来，曹芸见此赶紧把背带取下，又把孩子抱在怀里，哄了半天也不见好。

王文亮着急地说："宝宝是不是饿了？"

曹芸把孩子放在他的怀里，低声说："我来冲奶粉吧。"说完她奶瓶找了出来，又在瓶子里倒了热水，随后从旁边的一堆杂物里找出一罐奶粉。

曹芸打开奶粉罐的盖子后，见里面空空如也，但还是拿奶粉勺在里面挖了半天，总算挖出一勺，随后小心翼翼地把罐子里剩下的奶粉沿着奶瓶口轻轻地往里拍。

王文亮在一旁问道："还够吗？宝宝现在喝奶粉都需要四勺的。"他有些着急，手掌还在拍小宝宝的背，试图安慰饥饿的孩子。

"奶粉我还没来得及买，就先这么喝一顿吧。"曹芸轻声说道。

叶临西默不作声地在一旁看着，只是莫名觉得有点儿心酸。

这幅画面却又有那么一丝温馨，因为他们给她的感觉是真正的一家人。

待孩子终于吃上奶粉，王文亮这才得了空闲说："叶律师，真是太不好意思了，耽误了你的时间。"

叶临西摇摇头说道："没关系，小孩子要紧。"

她并不算特别喜欢小孩儿的人，一想到婴儿这种生物需要在她的身体里待上十个月，还不能穿高跟鞋和好看的衣服，就觉得非常恐怖，满脑子也只剩下抗拒。

因此哪怕她跟傅锦衡结婚，两人也丝毫没有要生孩子的打算。她不着急，傅锦衡看起来也不着急。

此时叶临西想起资料上的内容，看了曹芸怀里正在吃奶的小宝宝两眼，才轻声问道："资料上说宝宝有先天性心脏病，对吧？"

王文亮痛苦地点点头。

王文亮是家中的独子，但是就在三个月前，他的独生女王梦涵被查出了先天性心脏病，需要一大笔手术费，而这笔钱王文亮是无论如何都掏不出来的。

今年年初时，王文亮的父亲在老家因为脑梗进了医院，在 ICU（重症加强护理病房）住了好几天。一天一万块的费用将这个原本就不富裕的家庭塌了一半，现如今王文亮还欠着一大笔外债。这也是保险公司拒赔的原因之一，因为他有足够的动机骗保。

王文亮在买保险的时候，这些家庭状况就已经客观存在了。可是保险公司的业务员并不在意，认为王文亮本人符合保险投保的范围，就追着求着让他投保。

至于之后的理赔问题，就不属于业务员要负责的问题。当然，保险公司也不会因为这些主观臆断就做出拒赔的通知。

叶临西之前看过王文亮的拒赔通知书。

拒赔通知书上面明确写着：保险公司经过调查，有明确的人证物证，并且在车祸现场的勘验也发现，车祸的主因是王文亮本人的驾驶不当。

可是根据王文亮的供述，当时他开到这个路段，突然看到路上蹿出一只野猫，是为了躲避野猫才发生的车祸。

但保险公司要调取他车上的行车记录仪时，又发现行车记录仪早已经被人为损坏。

所以，在叶临西问到车祸当天具体的情况时，王文亮激动地说道："叶律师，你真的要信我，当时真的是一只野猫突然蹿出来，我紧急刹车不当才造成车子侧翻的。保险公司的人非说，因为行车记录仪坏了，没有证据能证明有野猫出现。"

"行车记录仪为什么坏了？"叶临西突然开口问道。

王文亮原本激动的声音像是被人一下按掉了电源，整个人呆坐在床上，待回过神时，黑瘦的一张脸居然能看出一丝红晕。

叶临西望着他，突然伸手关掉了录音笔，安静地望王文亮，轻声说道："我是你的律师，你的利益就是我想要争取的，所以我们两个是站在一边的。"

叶临西并没有讲什么深奥的法律大道理，只是简单地告诉对方，他们两个是一边的。

王文亮虽然学历不高，却能理解这段话，重重地点了点头。

于是叶临西进行到了她想要的下一步，语调平静地说道："所以你做过任何一件跟骗保有关的事情吗？"

房间里变得格外安静，小宝宝终于在吃饱后进入甜甜的梦乡，半敞着的窗户飘进来一丝丝热风，反而越发惹人烦躁。

与外面有些嘈杂的走廊相比，这里被封存成了一个结界。终于，有一个声音打破了这片寂静。

"有，我有做过。"

"叶律师，真的太麻烦您了。"曹芸一路送叶临西到了楼下，在叶临西临走的时候一直对她鞠躬，弄得来往的行人不停地朝她们这边看过来。

叶临西虽然性子骄纵了些，却又见不得别人跟她这么客气，温柔地说道："不用再送了，有什么情况我们再联系。"

叶临西见曹芸望着她欲言又止，还是停下脚步，直接说道："你还有什么情况要补充吗？"

"不是，"曹芸摇头，可是随后又伸手捂了一下脸颊，似是强忍着泪意说道，"叶律师，求求你一定要帮帮我们。说出来也不怕您笑话，今天的奶粉不是我忘记买了，是我们连奶粉都买不起了。"

叶临西怔住，虽然也知道非洲儿童连饮用水都没的喝，可是在她生活的周围，从来没有人告诉她，会有人连孩子的奶粉都买不起。以至于她乍然听到这话，有种不知该说什么的手足无措感。况且眼前这个姑娘的年纪甚至比她还小。

曹芸擦了擦眼泪，可是眼睛里的泪水反而越擦越多。

也许人就是这样子，如果曹芸从一开始就忍住泪水，或许能一直忍到底。但她情绪的宣泄口一旦被打开，悲伤就会如汹涌的浪潮般，彻底冲塌原有的心理防线。

"我女儿还那么小，就得了先天性心脏病，可是我们连给她治病的钱都没有。我公公每个月在老家的药费就要三千块。现在我老公又出了车祸，我真的拉下脸面把所有能借钱的人都借了。叶律师，我们真的很需要这笔保险赔偿款。"

"真的，我们真的很需要很需要。"但凡别人能给一点儿帮助，曹芸也不至于一个人背着孩子，留在医院里照顾受伤的丈夫。

许久，叶临西低声说道："我知道，我一定会竭尽全力。"

法律从来不是行侠仗义的工具，可是这一刻，叶临西有种她应该做点儿什么的感觉，这是她从进入法学院到毕业第一次有这么强烈的感觉。

一直到叶临西上了车，整个人的心绪都还没彻底缓过来。

叶临西到酒店餐厅的时候，情绪都没那么高，她随便点了东西之后，拿出手机，也不知怎么，就翻到微信上傅锦衡的对话框。

都说贫贱夫妻百事哀，可是人家患难夫妻还见真情呢。

她和傅锦衡这种表面夫妻，要是真等哪天她家破产了或者他家破产了，只怕各自飞得比谁都快吧？

要是傅锦衡破产了……

叶临西思考了下这个可能性，到时候她还是个富婆，而傅锦衡是个只有一张脸的臭男人。

哼，看他的表现吧。要是他能温顺乖巧又听话，那她也就勉为其难地继续跟他在一起吧。叶临西想着想着渐渐来了情绪，于是发了条微信过去，问道："吃过了吗？"

没想到傅锦衡没有回复，而是直接打了电话过来。

她接通后，又说："现在已经到下班时间了，你吃饭了吗？"

对面的人没说话。

叶临西自顾自地说道："你要是懒得离开公司，要不我让餐厅的人给你送一份？"

毕竟她现在每天能这么舒服地吃饭，也是因为这个臭男人的心意，这么做也是礼尚往来嘛，反正最后买单的那个还是他。

终于，傅锦衡开口了："临西。"

"嗯？"

傅锦衡若有所思地问道："你最近是又看中什么了吗？"

叶临西有些迷茫，但只一秒就立即反应过来。

傅锦衡这是在怀疑她无事献殷勤，估计是怕她又想祸害自己给她买什么东西。

她当即嗤笑出声。

她叶临西可是堂堂泰润集团的大小姐，有花不完的钱，难道就非得图谋点儿什么才能对他好吗？难道她就不能只是单纯地想关心他一下吗？

叶临西深吸了一口气，语气温和又客气地说道："不好意思，是我问错了。"

是她的错，因为他压根儿不配得到本大小姐的关心。对，他不配！他就老老实实地当个赚钱的工具人吧！

叶临西挂了电话，正要跟姜立夏吐槽这个臭男人有多么多么不知好歹，可是第一个字还没发出去，就见对面的位置上有个人影落座，抬头便看见穿着修身西装的男人安静地坐下。

"你怎么会在这里？"叶临西震惊地看着傅锦衡。

可是对方丝毫没有诧异，反而轻笑着打量着她的表情，许久才说道："我上次说过，这个位置是我长期订的。"

但这个位置不是仅限你一个人使用。

这句话他虽然没说，但是叶临西已经明白过来了。

合着他每天也会过来这里吃午餐？

因为这家酒店离他的公司确实不远，所以这个操作完全是可行的。

明白过来的叶临西有种自己被套路的感觉，便语带讥讽地说道："怎么就这么离不开我？连午饭都非得跟我一起吃。"

本玫瑰宝宝的魅力看来是真的挡不住呀，叶临西有些讽刺地想着。

就在她以为臭男人又要说出什么刻薄的话反讽时，突然听见对面的人轻嗯了一声。

紧接着，傅锦衡又说了一句："是啊。"

叶临西突然扭头看向窗外，耳根有些发热，微抿着嘴唇，心里却有点儿按捺不住地小雀跃。

臭男人干吗突然这么直接？他这样还叫人怪不好意思的。

叶临西正吃饭的时候，接到了司机的电话。

"夫人，奶粉我已经送过去了，是留在护士站请护士送的，我没有出面。"

叶临西说道："辛苦你了，你先去吃饭吧，待会儿不用来接我。我坐先生的车回公司就好。"

本来叶临西想从网上订奶粉送给王文亮的孩子，又怕网上订的太慢，干脆让司机亲自买了奶粉送到医院。

她打完电话，才发现对面的傅锦衡正抬头看着她。

叶临西倒也没说这件事情，毕竟她这种人美心善的小天使随手做件好人好事用不着到处嚷嚷，还叮嘱司机别让王文亮夫妻知道奶粉是她送过去的。

本来人家对她就诚惶诚恐的，要是再知道奶粉是她给买的，叶临西怕下次再见面的时候，他们直接给自己下跪。

她的性格虽然有点儿小公主，可她也不享受别人对她的感恩戴德。

叶临西见傅锦衡还在看自己，直接问道："怎么，我不能坐你的车吗？"

"你让司机去办事了？"傅锦衡反问。

"对啊，有点儿事情。"

傅锦衡也没再问，于是两人安静地吃完了饭。

等两人起身离开时，刚往外走，叶临西就感觉手掌被人轻轻地握住，微垂眸望着两人轻握着的手掌，心莫名加速了跳跃的频率，心想就这么几步路还非要牵手，但面上还状似不在意地问道："干吗？"

她说话时，嘴角轻轻地上扬，连她自己都没注意到，简单的两个字都被她说得余音绕梁。

傅锦衡一本正经地说道："防止某些人再把我拉进安全通道里。"

哼，臭男人的记性倒是好。

不过就在他们走到门口的时候，傅锦衡突然朝安全通道的方向看了一眼，发出一个微妙的轻笑声，待视线落在叶临西的脸上时，又轻飘飘地说了一句："不过你要是还想拉我过去，倒也可以。"

"你想得倒是挺美。"叶临西急急地打断他的话，可脸上泛着不自觉的红晕。

"王文亮已经跟我承认，行车记录仪确实是他动手破坏的。但是他说当天出车祸的时候并没有故意想制造车祸骗保，确实是看到一只野猫蹿出来，为了避开那只猫才会发生车祸。"

叶临西一口气说完。

对面正坐在办公椅上的男人垂着头，似乎正在专心地看指甲，直到轻吹了一下手指，才缓缓地抬头看向叶临西，说道："就这个？没了？"

叶临西同样一脸疑惑地看着他，心想这样还不够吗？

之前在医院里，当她关掉录音笔问王文亮到底有没有做过跟骗保有关的事情时，并听到对方说有的时候，确实被吓了一跳，但后来也明白王文亮这样做的原因。

王文亮一脸内疚地跟她说道："叶律师，我知道我鬼迷心窍，想走捷径解决眼前的问题，但是我也一直下不了决心。"

王文亮到底还是个普通人，哪怕心里有想法，可真的要踏上犯罪的道路，还是不敢。

他哭着说："医生说我女儿的心脏病手术真的不能再等了，我真没用。"

叶临西到底还是心软，便答应对方，一定竭尽所有帮他拿到保险赔偿款。

宁以淮今天穿着一件中规中矩的蓝色衬衫，可是系着的印花领带透着一股闷骚气质。

不，他应该是明骚。关于这位宁 par 的传闻，叶临西多少也听说了点儿。

宁以淮今年三十五岁，却依旧单身，是律政圈子里众所周知的钻石单身汉，只差在身上写着"别迷恋我，我就是个万花丛中过，片片要沾身的浪子"。他每次做项目都会被合作方的人盯着，偶尔还会有大老板的女儿因为太过喜欢他点名要他接项目。

虽然叶临西也不知道是哪个瞎了眼的女人，但应该不认识对方，因为她不允许自己的社交圈里有这么没眼光的女人出现。

叶临西继续说道："目前来说，我觉得正安财险的拒赔没有足够的证据链支持，所以如果真的要打官司，我觉得我们有一定的概率赢。"

宁以淮在她说完后，终于抬头看向她，眼神非常平静，却在随后用一个戏谑的笑容冲淡了这种平静，问道："叶律师，这应该是你第一次接触保险法吧？"

被戳破的叶临西也没有慌张，点头说道："对，而且这是我的第一个诉讼案。"

叶临西知道宁以淮肯定看过她的简历，也用不着撒谎，索性答得坦荡又直接。

"那你知道为什么国内的保险公司对于一般有争议的理赔纠纷，宁愿拒赔让对方去法院起诉，也不愿意退让一步吗？"

叶临西并没有被这个问题难住，说道："因为保险公司的理赔属于一种商业行为，赔或不赔以及具体的赔偿金额，都是通过双方的保险合同来确定的。所以根据保险公司趋利避害的准则来说，面对有争议案子他们会选择拒赔。"

在对待有争议的案例时，保险公司往往采取的措施是宁愿错杀一千，也不愿错放一个。

毕竟林子大了什么鸟都有，特别是保险公司面对那么庞大的客户基础，如果这个赔一点儿，那个赔一点儿，最后还要不要做生意了？

宁以淮在听完她说的话后，有些惊讶地挑眉。

他不可否认，叶临西的一番话让宁以淮有那么一丝丝的震惊感，原本以为面前的这个姑娘好像光有一张好看的脸，没想到她会在深入了解过保险公司后说出这番话。

叶临西继续说道："况且保险公司本身的理赔也由自身的理赔员来决定，公司内部有一定的规定，因为要面对公司的核查，所以理赔员宁愿拒赔，让受保人去法院打官司。"

到时候官司不管输赢都是由法院决定，理赔员也不用面对公司内部的审核机制，如此可谓一举两得。因此面对有争议的案例时，保险公司会让受保人直接去法院起诉。

宁以淮问道："那你觉得你的胜率在哪儿？"

"这类存在着巨大争议性的案例，最后法院往往会站在保护消费者利益的一方。"叶临西缓缓地说道。

这也是她心里对这个案子看好的原因。虽然看似保险公司那边有巨大的优势，并且掌握着所谓的证据，但这些证据只要找出瑕疵都可以一一击破。

宁以淮却像是听到什么天大的笑话似的，嗤笑一声，转头看着叶临西，说道："天真！别人最起码还有证据说服法官，难不成你就打算靠自己的一张嘴吗？"

叶临西闻言没有说话。

说实话，虽然傅锦衡偶尔说话也很刻薄，可是那种刻薄跟宁以淮这种单纯的鄙视还不一样，以至于叶临西的脸一下不好看起来。

宁以淮也不介意说实话，继续说道："这个案子是个公益案件，我会接也是因为给所里面子。所以这个案子必须赢，我不想听到什么有一定胜率这种废话。"

叶临西面上的微笑都快保持不住了，她长这么大还没受过这种气，最后还是没忍住，说道："我会找到关键性证据的。"

宁以淮对于她这副随时可能过来敲碎他脑袋的表情丝毫不在意，反而手指在桌面上轻敲了两下，低声说道："还有，看在这是你第一个案子的分儿上，我不介意送你一句律师圈子里的话——与其信当事人的话，不如找到实质性的证据。"

叶临西站在原地，过了好一会儿才轻声说："谢谢宁 par。"然后她转身走到门口，却在准备出去时听到身后传来一个悠闲自在的声音："记得关门。"

叶临西深吸一口气，顺手把门带上，待回头看了一眼磨砂玻璃门上贴着的高级合伙人的标志时，微微一笑，心想总有一天她要让这个房间换个主人。

叶临西回到座位上的时候，就见到一旁的江嘉琪正跟个小麻雀似的叽叽喳喳地招呼大家喝下午茶，一副"她的地盘她做主"的模样。

早上的事情发生之后，江嘉琪似乎学乖了，不再主动招惹叶临西，大概也是看出来叶临西不是那些任由别人使唤的职场小菜鸟。

其实江嘉琪已经实习半年了，虽然也进过项目组，可做的都是类似于打下手的工作，从未插手过核心内容，她实在想不通宁 par 为什么给叶临西单独安排案子，心里不禁有些愤恨，本来还觉得自己是团队里独一无二的红花，早晚会被宁 par 看见，没想到叶临西一来就入了宁 par 的眼。于是，她又开始暗戳戳地拉拢那些男同事，妄图孤立叶临西。

别人可能猜不到她的小心思，就算猜到了也不会如她的意。

此时，一旁的徐胜远见叶临西过来，便笑着说："临西，咱们团队有个微信群，要不你加一下我的微信，我把你拉进来吧？"

"好呀，谢谢。"叶临西迅速打开手机，扫了一下徐胜远的二维码，很快与他加上了好友。

紧接着，叶临西被拉进了一个群里，然后随便点了一下成员名单，才发现群里并没有宁以淮，便问道："这个群没有宁 par？"

徐胜远吓得一激灵，低低地说道："宁 par 嘛，不太喜欢微信群这种东西。"

其实主要是没人敢去拉宁以淮进群，团队里也不是每个人都有他的微信。

"小徐哥哥，你要是再不说喝什么，我可不给你点了。"江嘉琪在一旁娇滴滴地提醒。

徐胜远又赶紧去跟江嘉琪说话。

一旁的陈铭倒是主动问道："要不我来请客吧？临西你想喝点儿什么吗？"

他这是怕两个姑娘再闹起来，赶紧出来打圆场。

叶临西摇摇头："不用，我不太吃甜食。"

这个她倒没撒谎，虽然她的朋友圈里也晒下午茶、甜点，不过多半是用来拍照的，并不会真正吃到嘴里。

之后，叶临西随便找了个借口离开了，因为早上刚教训完江嘉琪，并不想下午再跟这个女人有什么冲突。

律师事务所到底是上班的地方，又不是戏台。就算对方浑身是戏，叶临西也不想奉陪，便直接起身去了律师事务所里的资料库。

资料库是专门存放之前卷宗的地方，供新人入所后看卷宗以及学习。

叶临西这次也是为了找一下之前类似的保险理赔案例。

虽然珺问这种大所的非讼业务确实是占了多数，不过他们的争议解决业务也不容小觑。

叶临西进了资料室，就看到柜子上摆着的一排又一排的文件袋，倒也没感觉头大，毕竟也见识过存书浩如烟海的哈佛图书馆，便直接根据架子上的类别开始找案例，找到保险法的类别时，当下便站在那里看了起来。

"滚，你跟别的女人都滚在一张床上了，还说自己喝醉了？我告诉你，别让老娘看不起你。

"你现在说的每个字都在侮辱我的智商，所以麻烦你以后别再打电话过来。

"让我原谅你这一次？

"行啊，你现在就把你那玩意儿切了，我就相信你有痛改前非的决心。"

叶临西真不是故意偷听的，因为保险法的相关案例在屋子最里面的架子上，而对方是从外面刚进来。

她听到最后一句话时轻抿了一下嘴，想笑又憋住了。

对方似乎有另外一个电话进来，就把这通电话挂了。

"方女士，我明白您现在的心情。对，被婚内出轨您是受害者，但越是遇到这种情况，我们越是不能着急。

"生气是解决不了问题的。

"对，我明白。生气伤身，你不能因为对方出轨的错误来惩罚你自己。"

女人温和又有耐心，她似乎是一个贴心的倾诉对象，特别是叶临西听到对方说面对丈夫出轨生气伤身不值得时，恍惚以为前一分钟在电话里痛骂前男友出轨的并不是这位。

终于，叶临西没忍住，低声笑了一下。

而这通电话也终于结束了。

"谁？"对方看了过来。

叶临西回头，说道："抱歉，我不是故意偷听的。"然后她举了举手里的东西，继续说道，"我只是过来查一下资料。"

对方看着她上下打量了一会儿，突然说："你该不会就是所里刚来的那个眼高于顶、目中无人的美女律师吧？"

叶临西面无表情地说道："美女可能是我。"

至于眼高于顶和目中无人这两个头衔她倒是不想要。

"我就说嘛，江嘉琪那女的提起你的时候，舌头都能捋直了说话，这次肯定是碰到硬茬子了。"这姑娘显然是个心直口快的人。

叶临西却眼前一亮。

人们不是都说敌人的敌人就是朋友吗？叶临西可真是太不喜欢江嘉琪了，就算可以跟姜立夏吐槽，可一想到姜立夏也不认识江嘉琪，就觉得压根儿吐槽不到点儿上。

此时对面的这个"双面人"小姐姐看起来就很了解江嘉琪。

"双面人"小姐姐又看了几眼叶临西，说道："不过嘛，我要是长你这样，恨不得过着喝仙露的生活，谁要跟江嘉琪为伍？"

叶临西在听完这句话的一瞬间就决定喜欢她了。

毕竟对于吹捧她美貌的人，叶临西从来都是好脸色以对，因为这充分证明了对方最起码不瞎。况且这个"双面人"小姐姐夸她不是那么直接，却恰到好处，显得很真诚的样子，这又让叶临西产生了好感。

于是，小玫瑰在被吹得有点儿舒服后，主动伸出友谊的小手，笑着说道："你好，我叫叶临西。"

对方笑着说道："我是柯棠，专门做家事领域的律师。"

磕糖？

叶临西一听这个名字，又觉得小姐姐不仅会说话，连名字都取得很好听，好在后来又弄清楚了柯棠的名字具体是哪两个字。

此刻，叶临西随意地撩了一下头发，轻声问道："律师事务所里关于我的传闻很多吗？"

叶临西才上班两天，没想到关于她的消息这么快就传遍了整个律师事务所。

柯棠说道："长得漂亮又有钱，还有那个大嘴巴的江嘉琪替你宣传，想没传闻也不可能。"

叶临西轻哼了一声，就知道是这样，继续说道："大部分是谣言。"

除了漂亮和有钱这两点，这是叶临西没说出的后半句。

于是迅速统一了战线的两个人犹如十年未见的闺密那般，很快将江嘉琪吐槽了一遍。当然，柯棠是主力，因为她在律师事务所的时间稍长。

当初江嘉琪刚进律师事务所就是在柯棠的团队里，只不过家里有些门路，又看不上家事律师，觉得不够高大上，便没有继续在这个团队。

"她的家里有关系？"叶临西倒是有些没想到。

柯棠嗤笑着说道："好像是在法院里有门路吧？你知道的，咱们律师事务所也得维系法院的这层关系。"

那就难怪柯棠对江嘉琪怨念这么深了。

主要是当初江嘉琪跟着柯棠做案子，结果弄砸了不说，一句道歉都没有就拍拍屁股走人了。

后来柯棠每次在茶水间遇到她，都想拿火钳把她的舌头烫直了，让她好好说话没事别发嗲。

叶临西听着柯棠这个比喻，当即在心里给这位小姐姐竖起了大拇指，赞叹人家是个狠人，于是迅速加了柯棠的微信，从此与她建立起了牢固的友谊。

回到座位上的时候，旁边江嘉琪咯咯的娇笑声也没影响到叶临西，因为叶临西正忙着给姜立夏发信息。

叶临西：刚才我在公司遇到一个特别逗的小姐姐，我跟你吐槽的那个同事你知道吧？

叶临西：小姐姐说每次听她说话恨不得拿火钳烫直她的舌头。

叶临西：正巧我也想这么干。

她一连发了几条，又因为旁边的人刚好在跟她说话，便转头说了几句，直到聊完回头，才发现锁定的屏幕上出现了一条微信信息，点开一看，竟看到傅锦衡发来了一串省略号。

不是吧，她发错信息了？

叶临西满脑子问号地把对话框往上拉了一下，就看见刚才吐槽的几条居然全部发给了傅锦衡，明明记得点开的是姜立夏的对话框，手忙脚乱地想撤回，却怎么也找不到撤回的按钮。

她再看这个省略号，仿佛隔着屏幕都能看到臭男人脸上若有似无的表情，猜想他此刻内心一定在想"我到底娶了个什么恶毒的女人"，也不知道现在替自己辩解是否还来得及。

叶临西捂着脸，脑海中甚至闪过"要么从现在开始我彻底离家出走"的念头。

谁知叶临西的手机又振动了下，她本来想彻底装死不去看内容，可是最后又拗不过心里的一丝丝好奇，一边抱着"这个臭男人要是嘲笑我，我就跟他拼了"的念头，一边又抱着"算了反正在他面前丢脸那么多次也不差这一次"的念头，悄悄地点开了微信，却在看清楚内容时一下怔住了。

傅锦衡：她为难你了吗？

所以，他没有嘲笑她，而是在关心她？

叶临西握着手机的手掌微紧，仿佛握着的不是滚烫的手机，而是傅锦衡的一颗心。

晚上叶临西一回到家就见几个工人从家中走出，便随口问道："他们是干什么的？"

阿姨边迎上来边说："先生前几天不是让人把您的衣帽间重新设计了一下吗？今天有个设计师带人过来量屋子，说是要把衣帽间扩大呢。"

叶临西当然想起了之前在马场里傅锦衡答应她的事情，不过最近忙着工作，倒是把这个忘了，没想到他还挺上心的，不由得笑了起来。

阿姨见她高兴，也忍不住话多了点儿，问她晚上想吃些什么。

叶临西转头问道："先生回来吃饭吗？"

阿姨回道："秦助理没打电话来通知，先生应该是回来吃的。"

如果傅锦衡晚上有应酬或者是要加班，秦周会打电话给家里，让阿姨不必特地准备，要是没打电话，意思就是傅锦衡应该会回来。

果然没一会儿，叶临西在沙发上歇息时，就听到外面传来车子引擎的声音，却故意没抬头往外看，而是等门口的脚步声渐近时才慢悠悠地从手机屏幕上抬起眼。

傅锦衡站在沙发的另一头，单手解开西装纽扣。

叶临西正好看到这一幕，不由得声音一紧，问道："你干吗？"问完后她才察觉自己有些反应过度。

傅锦衡也听出她声音里的紧张，不由得一笑，慢条斯理地脱下西装，把西装外套随意扔在沙发的扶手上，才说道："你想什么呢？"他说出的话带着莫名的暧昧。

看到叶临西紧张的动作，哪怕他刚才没想法，现在似乎也有那么点儿小想法了。

叶临西继续嘴硬地说道："你没事脱什么衣服？关键是还脱得那么……"

傅锦衡被逗笑了，说道："怎么？我回到家连个外套都不能脱？"

叶临西在"倒打一耙"这件事上早已经练到了出神入化、炉火纯青的程度，丝毫不觉得有愧，反而一张小嘴如机关枪一般说道："脱衣服也应该回房间里再脱，万一阿姨从厨房里出来呢，你得尊重别人。"

不知道的人还以为傅锦衡是在客厅里脱光了。

傅锦衡低头垂眸看着她，只是眼里透着笑意，却一言未发。

可是他这种莫测的表情反而越发惹到了叶临西。

她继续说道："你这个笑是什么意思？难道我说错了吗？我告诉你，本来你这种随便乱脱衣服的毛病就是应该改改，你还……"

她的声音突然被堵住。

原本站在沙发另一端的男人几步走到她的旁边，伸手捏住她的下巴，微弯腰直接吻住她的唇，将所有的声音都堵在她的唇舌间。

叶临西坐在沙发上微仰着头，怀里还抱着绵软的靠枕，手指紧紧地抓住靠枕的边缘，她的唇不知过了多久才被松开，呼吸一时急促，她忍不住大口喘息。

傅锦衡伸手捏了捏她的脸颊，轻笑着说道："这都多久了还不会换气？"

他轻松又略带调侃的声音让原本脑袋迷糊的叶临西一下子清醒过来，随后叶临西勃然大怒。

这个臭男人怎么一副情场老手的浪荡模样？

她抬眼看他，轻哼一声，说道："你倒是挺熟练。"话里的酸味儿直往外冒。

傅锦衡微顿，说道："我的学习能力比较强。"

叶临西竟无言以对，只好在心里骂他一句臭不要脸。

不过她也没继续追究，要是真的追问臭男人婚前的情史，好像显得她多在意他似的。再说了，谁还没有前任呀？

但叶临西再次回想了一下，又莫名生起气来，因为她还真就没有前任。

此时傅锦衡已经转身要上楼，待走到楼梯口回头时，就看见叶临西在膝盖上的抱枕猛捶了几下，忍不住微抬嘴角，笑了起来。

两个人吃饭的时候，叶临西挑挑拣拣，一口东西嚼上几十下才咽下去。

傅锦衡虽然食欲还算不错，但是看着她这样，也不由得皱眉。

叶临西尚且不自知，还一边吃饭一边盯着手机。

"临西。"傅锦衡轻声喊她。

"嗯？"叶临西抬头望过去，见对方又是一副"我给你一个眼神你自我体会一下"的表情，才懒得猜测他的心思。

她是他的老婆，又不是他的员工，用不着这么战战兢兢的，又继续低头吃东西看手机。

　　傅锦衡继续说道："你是小孩子吗？吃饭还玩儿手机？"

　　这个男人好像不嘲讽就不会说话似的，要是关心她就直接说，还非要拐弯抹角地讽刺她不会好好吃饭。

　　她干脆把筷子放下来，说道："我在工作。"

　　"地球不会马上停转的。"

　　叶临西一把将手机扔在桌子上，发出砰的一声响动。

　　对面的男人却毫不在意，伸手夹了一个虾仁放在她的碗里，说道："今天的龙井虾仁还不错。"

　　叶临西继续控诉道："你以为我是在玩儿手机吗？我是在救人命，好吗？"

　　"救谁的命？"

　　叶临西抬眼看他，本来不想说的，可今天王文亮一家人的遭遇还是让她有种倾诉欲，才说道："今天我去见当事人，发现对方真的好惨。他自己出车祸住院不说，他的女儿才一岁就被查出先天性心脏病，现在连手术费都凑不出来。"

　　最可怜的是，他们连买奶粉的钱都没有。但叶临西没说这个，主要是不想提起自己让司机买奶粉送过去的事情，此刻一想到这个，又有点儿食不下咽，便继续道："全世界都听说过非洲儿童面临贫困和饥饿的悲惨遭遇，我以前或许也听过这类事情，但是听说跟亲眼看见真的不一样。"

　　之前有条新闻就是说一个母亲为了哄睡饥饿的孩子，故意拿石块放在锅里煮。各种匪夷所思的新闻对于很多人来说仅仅是过个耳的事情，对于叶临西也不例外。

　　其实她每年都会参加各种慈善晚宴，在宴会上也会慷慨解囊，不是给非洲小朋友捐款，就是给山区贫困儿童捐款。

　　可是她跟那些悲惨仿佛隔着两个世界，因为离得太遥远，反而无法真切地体会他们的遭遇。而曹芸将奶粉罐小心翼翼地往奶瓶里倒最后一点儿奶粉的模样，却真真切切地戳到了叶临西。她才实实地发现，他们生活在同一个世界。也正是这种真切，让她迫切想要为这家人做点儿什么。

傅锦衡看着她，许久没说话。

其实叶临西的身上有一堆任谁都能看得出的毛病，虚荣、骄傲、张扬、唯我独尊，还有极度不接地气的公主病，整个人打小儿就像被养在玻璃罐里的小公主一样。她明明已经二十多岁，有时候却天真得让人觉得好笑。

偏偏此刻的她好像突然走出了挡在她面前的玻璃墙，一脚踩在了现实的地上。在她的世界之内，有了以前看不到的东西。

傅锦衡不知道这种改变对她来说是好还是坏。

可此时她捧着脸，轻声说："傅锦衡，我真想帮他们做点儿什么。"

叶临西那样真诚又带着点儿小执拗的样子并不让人觉得可笑和她天真。

傅锦衡看着她，认真地说："想做的话就努力去做，最起码你有能力帮他们改变目前的困境，不过也别给自己太大的压力，只要你尽力就好。"

叶临西眨了眨眼睛，半晌才微翘嘴角，说道："你今天总算说了句人话嘛。"

看着对面臭男人微变的脸色，叶临西身体微僵，心想，怎么把心里话说出来了呢。她赶紧做出歉意的表情，示意他自己下次会注意。

只可惜这种报复心强的臭男人是不可能轻易放过她的。

本来以为晚餐时不小心脱口而出的话已经和平地度过了，叶临西没想到的是，到了晚上她正在看资料时，突然感觉脖子被一只手轻蹭了下，便转头看着傅锦衡。

他刚洗完澡，头发还是半湿的，平时一直很沉稳，一丝不乱的短发此时随意地落在发顶，还有一缕搭着前额，有种随性的性感。

叶临西一双黑亮的大眼睛看着他，眼里还透着不解之意，问道："怎么了？"她刚说完，整个人已经被拉了起来。

傅锦衡直接将她按在身后的衣柜上，低头吻上来时，呼吸炙热，吻得密密麻麻，让她无处可逃。

叶临西原本用手掌抵着他的胸口，想要推开他。

可是这人算得上调情的高手，才一会儿，已经吻得她有点儿腿软。

待两个人微拉开些距离时，她望着他深沉的黑眸，心脏要一寸寸地裂开。

傅锦衡把人抱到床上，低头吻在她的脖颈上。他的吻几乎带着那么一点儿咬的意味，再无克制。

叶临西怕在脖子上落下痕迹明天没法儿见人，更想要推开他，但双手被牢牢地禁锢着。他的吻越往下越重，直到最后，叶临西放弃抵抗时，心头忍不住闪过那么一丝疑惑。

他一向并不算重欲，最近是怎么回事儿？特别是他们刚结婚，叶临西就去美国继续上学了。怎么自从她回国之后，他好像要把前三十年缺少的都补起来似的。

可是叶临西不得不承认，她好像也越来越沉溺于这种感觉，特别是这个一向冷静自持的男人在她耳边的喘息声越来越重，她竟然感觉还不错。

果然，第二天叶临西的脖子已经没法儿看了，她去上班时特地穿了一条无袖的高领毛衣。此时已经临近夏天，虽然这裙子好看，但是任谁看了都有种此地无银三百两的感觉。

就连江嘉琪看见都不由得酸了好几句，反正话里话外的意思就是有些人不知检点。

叶临西要不是忙着跟正安寿险那边联系，真的很想一巴掌扇在她的脸上，让她赶紧闭嘴。

保险公司的态度一如既往，并且也很明确地表示：和解是不可能的，对方找了律师也没用，要么直接去法院起诉。

叶临西自然知道起诉是最后的手段，况且就算起诉，也得先找到证据。

当天下午，她先是去交警那里调取了王文亮出车祸当天的出警记录。交警倒也挺配合的，知道她是律师就给她看了当天的处理结果。不过交警也说了，王文亮的行车记录仪被破坏，所以谁都不知道王文亮说的那只野猫到底存不存在。

这种交通事故这座城市每天都有，很多时候因为缺少证据，最后的调查也就不了了之。

叶临西还是没放弃，又亲自去了车祸现场一趟。

这个地方比较偏僻，周围都是老小区，而且十字路口还没有监控，据说是因为最近正好一批陈旧的设备要更换。

这片地区因为偏远，平时车辆并不是很多，所以成了第一批换设备的地区，因此才缺少车祸当天的视频证据。

叶临西把目光放在街对面的一排店铺上。

店铺都是临街的，应该有人会装摄像头，叶临西决定去碰碰运气。

虽然这条街不够长，但是因为店铺的门面小，林林总总加起来也有十几家。

叶临西抱着试试的态度，从第一家开始找起来。

律师取证说起来是很专业的样子，可是有些证据就得靠花费大量时间、精力，一遍又一遍地努力，才能找到制胜的那一点儿证据。

因为叶临西一直在跟商家沟通，看视频也要花费一些时间，完全没注意到时间的流逝。

叶临西到最后一家的时候，她的声音已经有些嘶哑。

这是一家小型商超，货架上摆着琳琅满目的货品，老板娘坐在柜台后面，面前的电脑上正放着最近流行的一部电视剧。

叶临西礼貌地问道："您好，我想问问你这里有监控视频吗？"

老板娘闲闲地抬起头，说道："不买东西？"

叶临西从来没这么累过，此时也累得有些不耐烦，却还是强撑着说道："一个月前对面马路发生了一起车祸，您还有印象吗？因为案情需要，我想调取一下您这里的监控视频。"

老板娘打量了她一眼，说道："没有。"

叶临西深吸一口气，正准备转身离开，可是走到门口时，就看见门框上闪着的一缕红光，有些惊喜地看着这个正对着外面的摄像头，又折返回去，再次问道："外面门口的那个摄像头是对准马路的吧？您可以给我看一下那个视频吗？"

"我说你这个人怎么回事？你又不是民警，你说看我就得给你看？你要是不买东西赶紧走吧，别打扰我做生意。"

叶临西之前走访的店铺虽然一开始也有不理解的，但经过沟通后，最后还是愿意给她看视频。

叶临西没想到这家的店主格外不配合，本就累极的脑子有些蒙，此时又听到这种冷言冷语，一时眼前忽地一黑，整个人有种天旋地转的眩晕，她极力用手撑着柜台的玻璃，脸色苍白如纸。

这个店主居然还不饶人地一直说："我说你不是想碰瓷我吧？反正视频没有，你赶紧走吧。

"律师也没用啊，要是想查我们这里的视频就查，我还做不做生意了？

"现在的年轻人，脸皮可真够厚的。

"还想碰瓷讹我呢。"

叶临西微咬着牙，正打算转头，看看能不能用什么东西砸到对方闭嘴，就听到旁边有脚步声传来，还以为是有人进店买东西。

可下一秒，她就看见一只修长白皙的手掌拿了一沓红色钞票放在玻璃柜台上，顺着这只手抬头看过去，就见神色微冷漠的男人此刻正看着对面胖乎乎的老板娘，厉声说道："给她看视频。"

叶临西机械地转头看着对面的老板娘，发现对方似乎也惊呆了。

男人用手指在那沓钞票上轻敲了两下，继续说道："还有道歉。"

叶临西闭了闭眼睛，心脏却跳得越来越剧烈。

她一定是疯了，居然会觉得傅锦衡帅得犹如天神下凡！

第七章

临西，别怕

老板娘一瞧见柜台上的钱，下意识地朝叶临西看过去。

大概是傅锦衡手指下压着的那一沓钱实在太过丰厚，远超她这种小店铺几天的营业额。

有钱能使鬼推磨，更别说只是道歉而已。老板娘当即拉下脸面，用足可以称得上温柔的语气说道："小姑娘，对不起啊，刚才我说话太重，让你受委屈了。"

叶临西深吸了一口气，憋住没说话，从小到大真的极少受这样的冷言冷语，刚才被气得差点儿眼前一黑要昏过去。

老板娘见她不说话，又好言好语地说道："小姑娘，你不是要看视频吗？我们家的这个摄像头的视频都是上传到云盘里保存的，你想看多久的都有。"

叶临西眼前一亮。

说实话，之前她走访的其他店铺不是没装对着马路的摄像头，就是装了摄像头的也保存时间不够长。

毕竟这种小店铺哪怕装了监控视频，也会因为品质和价格等问题，保存监控视频的时间压根儿不到一个月，有好几家店铺的视频甚至只要七天就会被新的视频覆盖。

因此，叶临西在之前的店家没找到一点儿实质性的证据，如今听到老板娘说她家的视频能上传云端保存，想必保存的视频日期也会很久，便立即说道："我想看一下 5 月 27 号这天的视频。"

老板娘赶紧一边关掉电脑上的视频，一边说道："我家这个监控是我儿子安装的，他说这个监控很先进，现在年轻人都喜欢这些东西……"不过她说着说着声音一下小了下去，大概是因为想起来之前她还骂叶临西，说现在的年轻人脸皮厚呢。

老板娘对电脑不太熟悉，捣鼓了半天也没把云端打开。最后还是叶临西进了柜台，帮忙登录上云端。

果然上面的视频确实是按照日期保存的，叶临西一下就找到了 5 月 27 号的视频，当即打开视频将时间拖到了王文亮出车祸的那个时间点。

画面中很快出现了王文亮的那辆白色小货车。

只不过在他经过那个路段时，叶临西还没来得及看清楚，车子就在一瞬间往一旁撞过去，紧接着侧翻在地上。

车祸一瞬间发生，又因为这个摄像头是在侧后方，所以她几乎看不见车子前面的情况。

叶临西又往后倒了回去，重新看了一遍，发现结果还是一样，最后不死心地问道："老板娘，我可以把这段视频拷贝走吗？"

"当然可以，你随便。"

叶临西点点头，从包里拿出 U 盘，开始复制视频。

因为视频内存比较大，复制的时间也比较长，叶临西只好站在旁边等着，只是站着站着就有些撑不住了，身体不由自主地开始晃。

老板娘站在一旁，不由得问道："小姑娘，你是不是不舒服？刚才我就看你一副要晕倒的样子。"

叶临西强撑着说："我没事。"

傅锦衡已经从外面走到柜台里侧，直接拉住她的手掌，就要带她走。

叶临西睁大眼睛问道："你干吗？视频还没复制完呢。"

傅锦衡郑重地说道："你是来上班的，不是来卖命的。"

连一个陌生人都看出来她的脸色不对劲儿，傅锦衡怎么可能看不出来？他原本就在强忍着，此刻更是一刻都不想耽搁。

叶临西想甩开他的手，说道："这是我的工作，你知不知道我今天一整天都在找这个东西？要是现在放弃了，我不会甘心的，还要找人帮我看看这个视频呢。"片刻后她又小声继续嘀咕道，"而且现在放弃，沉没成本太高了。"

傅锦衡听她连沉没成本都说出来了，差点儿被她气笑，说道："经济学学得不错。"右手还紧紧地握着她的手掌。

叶临西的手心里都是汗，手掌有种湿冷感。她的皮肤本来就白，此刻更是透着一丝不正常的惨白。

傅锦衡继续说道："什么沉没成本能比得上你自己的身体？"

本来他今天也有应酬，晚上没有回家吃饭，可是在外面应酬到一半的时候，突然听到秦周带来的一个消息。

秦周说，孟司机打电话过来，说叶临西还在外面调查取证，现在都没回家。

叶临西中午的时候就忙得没去餐厅吃饭，到了八点多居然不吃晚饭还在继续。

孟司机看她脸色不太对劲儿就劝了几句，但见叶临西没当回事，怕出事就给秦周打电话请示。

傅锦衡安排这个司机在叶临西的身边本来也不是为了监视她，就是想着万一她真有什么情况可以第一时间知道。

听闻消息的傅锦衡也顾不得应酬的事情，随意找了个借口提前离席，坐车直奔这里，没想到刚到外面就看到叶临西被人冷言冷语斥责的场面。

叶临西这人一身公主病，脾气还大，从来都是她给别人甩脸子。

连傅锦衡都没见过她被骂的时候，此时乍然看到，心里莫名恼火起来。

他精心养着的小玫瑰，结果不仅没有被好好地呵护，居然还被人当头倒了一盆冷水下来。

傅锦衡瞬间觉得不爽，心情甚至比被人骂的叶临西还要差。

叶临西还要说一套大道理，可是下一秒，就突然被人拦腰抱了起来。

小商超的柜台里面本来就窄，叶临西一被抱起来，就感觉自己的脚碰到了后面柜子上摆着的烟盒，一时也不敢乱踢乱碰，只小声说道：

"傅锦衡，你干吗？放我下来。"

"视频我让秦周来盯着，你现在跟我回家。"说完他直接把人往外抱。

幸亏叶临西今天穿的是过膝的毛衣裙，所以被傅锦衡抱着的时候才没有走光。待她被抱到外面的时候，等在外面的秦周立即打开后车座的门。

叶临西直接被放在车座上，随后傅锦衡从另一边上车。

一坐在车里，刚才还坚强独立、职业女性的叶临西整个人一下子垮了下来，伸手捏了捏小腿，差点儿惨叫出声。

她穿着七厘米的高跟鞋折腾了一整天，虽然平时也是高跟鞋不离脚，可那都是坐着，出入也有车子，压根儿不需要她走几步路。

她一弯腰捏腿，刚才那种头晕目眩、眼前一黑的情况又来了。

叶临西靠着椅背歇了好一会儿，可是那种眩晕的感觉不仅没消退，甚至还出现了恶心、反胃的症状，整个人都感觉很不好。

"临西？"傅锦衡似乎也察觉到了她的不对劲儿，轻声喊她。

终于，叶临西彻底开始慌了，声音微微带哭腔地说："傅锦衡，我刚才在那个小超市里就眼前一黑，觉得天旋地转的，现在又晕了一下，而且我还恶心、想吐，你说我这是怎么了？"

一时间，怀孕和绝症这两个念头同时出现在她的脑海中。

虽然怀孕应该算是好事，可她现在压根儿没做好要孩子的准备。

不过想到更坏的可能性，她微微偏头看着身边正在吩咐司机赶紧开往最近医院的臭男人，又觉得那还不如怀孕吧。

自从她回国之后，两个人上床的频率呈指数型增长。哪怕做了保护措施，也不能保证百分之百避孕。而且她的月经应该是这两天来的吧？好像推迟了……

叶临西忍不住摸了摸肚子，想着这里不会真的有个小孩子吧？会是男孩还是女孩呢？

她还是挺希望是男孩的，因为男孩像妈妈。

她觉得她的美貌怎么都应该延续下去，要是有个能完全继承她颜值的帅儿子，以后带出来好像也挺威风的。

傅锦衡丝毫不知道她心里的想法，只是把人抱在怀里，低声哄道：

"没事的，我们现在就去医院。"

叶临西一边捂着肚子，一边沉浸在她英年早婚又得英年早孕这件事情中。

好在附近就有一家私立医院，司机直接开车送他们过去。

他们到了医院，门诊早就关了，急诊部倒是灯火通明。

司机直接把车子停在了门口，傅锦衡先从车里下来，绕到叶临西这边打开门。

叶临西一点儿也不客气，直接伸手要他抱，俨然一个准孕妇，理应享受最高级的待遇。

傅锦衡这会儿也没心思逗弄她，伸手把人从座位上抱了出来，随后直接大步流星地进了急诊室。

大厅里的人并不算多，导诊台的护士倒是有几个。

叶临西窝在傅锦衡的怀里，因为头还有些晕，灯光又刺眼，干脆闭上了眼睛。

待傅锦衡说明了叶临西的症状后，护士让他们直接去急诊一号室。

傅锦衡抱着她到了急诊一号室，看到里面有人，便在外面等了片刻。

旁边的长椅上正好坐着两个年轻的女孩，见到他们进去了便开始议论起来。

"哇，你看到刚才那个男人了吗？也太帅了吧！"

"对呀，对呀，他一过来我就注意到了。"

"而且全程抱着他的女朋友。"

"羡慕，果然帅哥都是别人的。"

或许外面的人以为医院隔音很好，又看他们进了急诊室，所以讨论起来声音并没有控制，反而有些大声。

这些话被叶临西听了个正着，她睁开眼睛望着近在咫尺的男人。

明明这个角度应该是传说中的死亡角度，可他不仅不显得难看，反而侧脸轮廓深刻，紧绷着的下颌线简直是在引诱人犯罪。

叶临西觉得她的心跳又在加速了，此刻微垂着眼睛，想让自己显得不那么花痴，可是靠着他温暖的怀抱，不由得不想离开。

下一秒，傅锦衡弯腰把她放在医疗床上。

医生给叶临西做了初步检查之后，迅速开了单子去拍片。

好在结果很快就出来了，半个小时之后，他们拿着单子回来找医生。

叶临西安静地坐在旁边等着医生宣读结果，心想哪怕真的是意外怀孕也没关系，她会接受这个孩子的。

现在很多妈妈年轻又漂亮，哪怕是当妈妈，她也要当最漂亮的那个。

医生坐在办公桌后面，仔细地看了看她的化验单，随后点头说道："没什么问题，就是有点儿轻微中暑，还有低血糖。现在很多年轻女孩饭量小，就会出现低血糖的症状。你之前出现头晕目眩的症状，估计也是中暑加低血糖导致的。"

她没什么问题？她只是因为轻微中暑和低血糖才这样？

叶临西猛地抬头看过去，一脸难以置信的表情，又低头看了一眼自己的肚子，随后触电般收起了放在肚子上的手掌。

此刻傅锦衡转头看向她，正好看见她飞速地收起放在小腹上的手，随后又微垂眼眸将视线落在她的小肚子上。

叶临西这才察觉臭男人的目光不对劲儿。

难不成刚才他也以为自己怀孕了？一时间，她也不知道谁更尴尬一些，为了打破尴尬，便问道："我怎么会中暑呢？"

虽然现在天气确实热了起来，可是也没热到能让人中暑的程度。她是娇气了点儿，可也没娇气到这种地步吧？

医生看了她一眼，语气平淡地说道："这个天气穿毛衣的人应该也不多。"

叶临西顿时无语了，心想这是被医生嘲讽了吗？

随后，她转头看向身边的臭男人，要是看到他在笑，绝对跟他没完。

要不是他，她能在这么热的天选一条毛衣裙吗？都怪这个臭男人。

出门的时候，她也不让他抱了，一路双手环胸，冷着脸上了车。

傅锦衡却一直没出现，过了几分钟才从另一边上车。

此时司机还没有上车，叶临西不耐烦地看着外面，正要问司机怎么还不开车，突然闻到旁边传来一股刺鼻难闻的味道，下意识地转头看过去，不由得问道："这是什么东西？"

"藿香正气水。"

叶临西当即摇头，强烈地拒绝道："我不喝。"

傅锦衡捏着瓶子靠近她，柔声劝道："临西，医生说这个有助于缓解你的中暑症状。"

叶临西还在垂死挣扎，说道："我已经好了，彻底好了。"她一边说一边身体往后躲。

虽然宾利的车厢很大，可是再大的车厢也总有限，她后背抵着车门，一副抵死不从的模样，可怜兮兮地继续说道："傅锦衡，我求求你了，你不要逼我。不要，不要，你别喂我吃药好不好？"

傅锦衡突然沉声说道："叶临西，别演了。"

叶临西心想：难道是她的演技很差吗？他这是什么无奈的表情？她的演技不值得一个奥斯卡奖杯吗？

不过，她也知道自己刚才的演技是有些浮夸，于是坐直身体，摇头说："我不喝。"

傅锦衡沉吟片刻，再次开口："过两天有场晚宴，据说会有收藏级别的钻石拍卖。"

他没有继续说下去，因为聪明的人已经领会到了意思。

叶临西盯着他手里的小瓶子，又突然对那个晚宴心动，说起来她回国之后都还没来个盛大亮相呢。

她是不喜欢这种社交场合吗？当然不是！只是因为之前忙着工作，没找到合适的机会宣告自己的回归。

于是，她妥协了，微仰着头，说道："好吧，你喂我吧。"

傅锦衡看着她一副慷慨就义、悍不畏死的姿态，不由得被逗笑，随后伸手将瓶子里的液体挤进她的嘴里。

饶是叶临西做足了心理准备，还是一下被苦得扭曲了表情。那股刺鼻的味道一下冲到她的鼻腔，让她忍不住轻咳了一下。

待她再次张开嘴巴，想要散去那股又苦又冲的味道时，突然感觉到旁边的男人抬手丢了什么东西在她的嘴巴里。

叶临西被吓了一跳，正要问他给自己吃什么呢。但下一秒，浓郁又纯正的奶香味儿在她的口腔散发开来，渐渐地占据着她的味蕾，那股苦涩又难闻的味道也被奶糖的浓郁香味儿慢慢盖了下去。

叶临西有些怔怔地转头看他。

傅锦衡望着她，低声说："吃点儿糖就不苦了。"

被一颗糖安抚得妥妥帖帖的叶临西安静地坐在车上，什么也没说，嘴巴里的奶糖渐渐融化，连带着心里仿佛都冒着同样的甜蜜味道。

司机很快回到车上，问道："先生，我们现在直接回家吗？"

傅锦衡转头看旁边，低声问叶临西："你有没有想吃的东西？"

其实他一开始也是随便问问，毕竟也见识过叶临西的胃口。

她是典型的小鸟胃，吃东西永远只吃几口。

可今天的叶临西沉吟了一下，说道："我想吃面。"

傅锦衡闻言忍不住又多看了她两眼。

叶临西嘀咕道："不是你问我想吃什么的吗？"

果然劳动使人饥饿，平时她在家里或者坐在办公室里都不太需要耗费体力，所以常年感觉不到饥饿，今天只不过午餐和晚餐两顿没吃而已，就有一种饥肠辘辘的感觉。

况且她就是突然想吃面，想吃热乎乎的、带着鲜香汤汁的面。

这个念头刚在她的脑海里过了一遍，叶临西的肚子像是为了响应她的想法，突然发出"咕噜咕噜"的声音。

原本车里就很安静，这突如其来的响声一下打破了安静。

叶临西错愕地低头看着自己的肚子。

似乎为了验证她的想法，那种奇怪的咕噜声再次响了一遍。

旁边的男人也沉默了片刻，低声说道："那就去吃面吧。"

而犹如被雷劈的叶临西则是陷入了死一般的沉寂，很想捂住脸，不敢相信她居然会饿得肚子咕噜咕噜地响，而且还是当着傅锦衡的面。

她中暑被怀疑成怀孕也就算了，肚子还这么不争气地响。这是仙女的肚子会发出的响声吗？当然不是！况且刚才连坐在前排的司机应该都听得清清楚楚吧！

那么好面子的叶临西一向注意在人前的形象，恨不得把自己塑造成不食人间烟火的仙女模样。但就在刚才，这一切都毁了。

她恹恹地靠在车子的另一边，整个人都提不起精神。

好在这个臭男人还算有点儿人性，这时候干脆当作什么都没发生。

于是，叶临西闭了闭眼睛，心想只要她装得像，就真的什么都没发生。

叶临西站在店门口的时候，抬头望着招牌上明亮的"三味草堂"，觉得这个名字有些奇怪。而且这家店铺并不是在繁华的商圈里，是在有些偏僻的小巷子里。

虽说酒香不怕巷子深，不过叶临西深深地怀疑这种开在偏僻巷子里的小店到底够不够香。

她跟傅锦衡走进去的时候，这才发现店里的位置居然都坐满了人。

"两位是吧？"店员一看见他们进来，赶紧打招呼。

傅锦衡点头，说道："靠窗的位置。"

"好嘞。"很快店员把他们领到了里面靠窗的位置。

这家店外面门头看着虽小，可内里有种别有洞天的感觉，他们在靠窗的位置正好能看到里面的院子。

小小的院子中间有个天井，布置得格外古色古香，甚至还有一池荷花。店外是浓浓的夜色，而店内是色泽温柔的暖黄色光线。

叶临西心中突然生出一抹诗意，轻声说道："下雨天来这里应该很有感觉。"

女人注重的不就是感觉吗？

店员很快把菜单拿了过来，叶临西低头看了一眼就愣住了，以为拿到的不是完整的菜单，诧异地问道："只有三种面？"

店员客气地笑着说道："小姐，我们的店名叫三味草堂，就是因为我们家主打三种面。"

叶临西愣了一下才点头，要了一份蟹黄面。

既然是傅锦衡带她来的地方，想必面应该很好吃吧？

傅锦衡见她点完，低声说道："换一份吧，蟹黄性凉。"

"他们不是还送姜汤吗？"叶临西不在意地说道，而且很想试试满是蟹黄的面到底是什么味道。

傅锦衡倒没再说什么，而是点了一份跟她一样的面。

"你也没吃饭？"

"刚才在应酬，只喝了点儿酒。"

他应酬的时候一般很少会动筷子吃什么东西，叶临西知道的。

"那不就是空腹喝酒？我跟你说哦，空腹喝酒很容易胃穿孔的。"

傅锦衡沉默了一下，说道："谢谢关心。"

叶临西这下也觉得刚才说的有点儿问题，好像盼着他胃穿孔似的，于是小声补了句："你工作那么忙，应酬也那么多，以后不要空腹喝酒，毕竟身体是自己的。"

多么善解人意的小玫瑰啊，叶临西甚至被自己感动了一把。

傅锦衡这次倒是很认真地应下了："嗯。"

两个人干坐了一会儿，叶临西又忽然想到一个问题，问道："你怎么会知道我今天在哪儿的？"

傅锦衡一开始没打算回答这个问题。

可叶临西问完又自顾自地说道："是司机给你打电话的吧？"

北安市有多大，她心里还是有点儿数的。总不可能真的那么凑巧，他在路上正好碰到了？

这样大的一座城市，如果不是刻意赶过来，他又怎么会那么凑巧地出现呢？

"别光顾着说我，医生说你有低血糖，以后我会让司机看着你按时吃饭。"

"我又不是小孩子。"

"也没差多少。"

叶临西正要抬头瞪他，就听对面的男人继续面无表情地说道："小孩子最起码饿了还会喊。"

叶临西闻言狡黠地说道："我饿了。"但她仿佛又觉得一句不够，定定地看着傅锦衡不停地重复道，"我饿了，我饿了，我饿了。"

要不是她的小腿现在还在打哆嗦，她甚至还可以配上跺脚的动作。

哼，不就是喊饿吗？谁还不会？

傅锦衡真没想到她耍赖的本事手到擒来，面无表情看着她做作的表演，可是看着看着突然别开头，嘴角露出一抹笑意，紧接着像是没憋住，肩膀又耸动了一下，发出闷闷的笑声。

叶临西跟傅锦衡结婚的时间也不长，看到这一幕不禁有些愣住了。

傅锦衡天生一副高高在上的冷漠嘲讽脸，比她还有距离感。叶临西极少见他笑，觉得自己跟他比起来，简直就是个善良纯洁又天真的可爱小天使。

偶尔他勾起嘴角，露出的也是带着嘲讽意味的嗤笑，像现在这样笑到肩膀耸动，实属罕见。

叶临西望着他还未落下的嘴角，觉得他整个人好像都鲜活起来，不再是那个包裹在疏离盔甲之下受所有人仰望的淡漠男人。

她微转头，再次看向窗外天井旁的那一抹小小的荷花，轻声说道："有那么好笑吗？"

不一会儿，两份面都被店员端了上来。

叶临西挑起面条尝了第一口，顿时眼前一亮，随后也不再说话，安静地吃着面前的这碗面，喝着店家送的姜茶，胃里有种滚烫的暖意，只不过吃了一会儿，突然望着对面的男人，有些不满地说道："我发现你这人还挺自私的。"

傅锦衡抬眸望过来，似乎不明白她的意思。

叶临西用筷子在面条上戳了一下，小小的不满感又膨胀了些许，变成了大大的不满感，恼怒地说道："这么好的面馆，你居然第一次带我来！自私的男人吃独食！"

傅锦衡听到这个理由有种荒谬的感觉。

他给她刷卡买了多少条高定裙子？家里满柜子的包他做了多少贡献？还有那些她拉出来能吓死别人的珠宝收藏。

不过他看着她认真控诉的模样，又觉得这倒像是她会说的，刚想摇头，又考虑到叶临西有可能会抓狂，只好把摇头的想法放下，淡淡地说道："你要是喜欢，以后可以经常来。"

叶临西扔给他一个"算你还识相，今天我就先放过你"的骄矜眼神，又低头继续吃面。

她吃面时虽然吃得很小口、很斯文，但碗里的面条已经少了大半，可见是真喜欢这家店。

傅锦衡看着她认真吃面的样子，突然觉得她其实并不难哄，偶尔一碗好吃的面也会让她露出心满意足的表情。

他们离开面馆时，已将近十点。夏夜里的燥热也渐渐退散，巷子里有些暗。因为巷口并不宽，司机把车停在了外面的那条马路上。

叶临西安静地跟在傅锦衡的身边，慢慢地往外走。

北安这样的城市很少有这么寂静的地方，安静到让她的内心也跟着静了下来。

好在这条巷子他们很快走完，上车之后，叶临西有些倦了，没一会儿就昏昏沉沉地睡了过去。

待车子在别墅的门口停下后，傅锦衡低声让司机先回去休息。

车内的空调还在吹着，叶临西困得连眼皮都有些抬不起来，自然不知道已经到家了。

傅锦衡坐在另一边，安静地看着渐渐往自己身边靠的人，望着她微闭着的眼睛，想着她应该睡得很熟。

他的视线缓慢地往下移，落在她挺翘的鼻尖上，最后是嘴唇上。

傅锦衡扯了扯领带，刚才脑海里滑过的念头居然是他想亲她一下，不由得嗤笑了一声。

他从来不是情绪敏感的人，甚至不需要在意任何人的情绪，因此对于女人更是不会关心她们所谓的内心世界。

哪怕叶临西是他的太太也一样。当初娶她时，他是一时冲动也好，是双方互惠互利也好。结婚之后，叶临西就跑回美国继续读书。两个人过着名存实亡的夫妻生活，只维持着表面的情谊，他也没觉得不对劲儿。

可是自叶临西回国之后，这样一个鲜活的她就在他的身边，出现在他的生活里，让傅锦衡规划妥当、不出一丝错乱的生活出现了好几次偏离的情况。

为了照顾她娇气的胃，他特地在酒店的餐厅订了长期的座位；因为司机打电话来说她光顾着工作没有吃饭，他就丢下合作伙伴从应酬场合中途退场。这些都不是以前的他会做的事情。

傅锦衡再次偏头看着身边的姑娘。

或许她就是有这种魔力，让别人心甘情愿地被她驱使吧。

这种可笑的念头出现时，傅锦衡突然倾身在她的唇上重重地咬了一下，像是一种莫名的惩罚。

待他松开时，叶临西也缓缓地睁开了眼睛，但似乎还没从睡梦中彻底醒过来，看到身边的傅锦衡，突然委屈地说道："我刚才做了个噩梦。"

傅锦衡皱眉。

叶临西继续说道:"我梦到有条狗一直在追我,最后它还咬了我一口。"

傅锦衡一时没有接话。

叶临西本来还想撑着再看一下之前的监控视频,奈何傅锦衡居然捏着 U 盘不给她。

他居高临下地看着困得眼皮都要抬不起来的叶临西,问道:"明天就要开庭了吗?"

叶临西摇摇头,法院开庭的日子定在下周三。

本来叶临西也不想走到开庭这一步,可是没有关键性证据,指望保险公司那边松口也是不可能的事情。

况且事故发生到现在也有一个月了,叶临西怕拖过了有效期,最后还是决定提起诉讼。

反正宁以淮不是号称诡计多端吗?叶临西只管努力找证据,要是实在找不到制胜的证据,只希望宁以淮能以三寸不烂之舌说服法官。

现在很多保险争议案件里,法官多数还是保护消费者利益的。

目前保险公司虽然号称找到了证据,但也不过一些证词罢了,并没有实质性的、可以确认王文亮骗保的证据。

傅锦衡见她摇头,便说道:"既然还没开庭,那你也不需要熬夜,明天起床再看。"

听他这样的安排,叶临西眨了眨眼,很快说道:"那我先去洗澡吧。"

她一边去拿睡衣一边打着哈欠想:不是她不够努力,实在是家里有个控制狂,拼死阻止她努力。

叶临西把一切责任都推给臭男人之后,愧疚感渐消,就连她泡澡的时候,都格外顺心畅快。

叶临西泡完澡起来之后,开始一系列护肤步骤,哪怕此时已经困得快抬不起眼皮,还是勉强支撑着。

等她吹头发时,感觉自己随时能睡着,于是将头发甩来甩去,一边甩一边吹。最后连她自己都觉得好玩儿,故意把头发全部放在眼前,随后全部往后甩向脑后时，还不忘伸手抚摸一下脸颊。

在浴室里的镜子前，她就是全世界最靓、最惹眼、最闪耀的仙女。只是当她专心地欣赏自己的美貌时，突然从镜子里瞥到身后的浴室门，也不知道那里站着的男人从何时出现的。

他身穿一套浅灰色的丝质睡衣，看起来也是刚洗完澡的样子。

待两个人四目相对时，叶临西感到有些窒息，大概仙女总是要面对这种不可承受的尴尬吧。

傅锦衡看着她说道："临西，快点儿吹完头发。"

叶临西面无表情地哦了一声。

见男人的身影从门口消失，叶临西握着吹风机，忍不住攥紧拳头，心想这个臭男人为什么总能看到她出糗的模样？

她把头发吹得差不多了，这才慢悠悠地从洗手间出来。

傅锦衡已经躺在床上，正在用平板电脑看资料。

叶临西慢慢地踱步过去，掀开被子的一角想悄悄上床，假装自己很没有存在感的样子。

一旁的傅锦衡用余光瞥见她躺上来的模样，嘴角轻扬，心情又不禁愉悦了几分。

叶临西躺在床上时，第一次发现家里的床是如此舒服，忍不住满意地哼叹了一声，只不过声音有些大，说完就赶紧裹紧身上的小被子。

果然人在疲倦的时候大脑就会降智，她怎么能发出这么舒服又丢脸的声音呢？

傅锦衡说道："你要是累了就早点儿休息。"

叶临西一脸无语，心里想着：你就不能假装没听到吗？

好在傅锦衡也并未多说，放下手里的平板电脑，又把灯关掉了。

整个房间陷入黑暗之中，叶临西闭着眼睛想睡觉，可是也不知怎么了，一向睡眠质量很好，今天睡不着了，只好睁着眼睛看着头顶的天花板，继续想晚上在小超市里看到的监控视频。

老板娘不可能改动那个视频，但叶临西总觉得哪里不对劲儿，但又说不出来具体怎么不对劲儿。

直到旁边的男人略低沉的声音在黑暗中响起："睡不着？"

叶临西低低地嗯了一声。

"还在想案子的事情？"傅锦衡问道。

叶临西没想到他居然能轻易地猜到自己的心思，很小声地说："对呀。"

不知是不是卧室很暗，她有那么一丝说真话的欲望。

叶临西继续说道："我很怕因为自己的能力不够，找不到证据。"

王文亮一家有多需要这笔保险赔偿款，她比谁都清楚。所以她必须找到更多的证据，一定不能输掉官司。

傅锦衡问："那你有没有想过不是你的能力不够呢？"

这是什么意思？叶临西忍不住转头看向旁边的人。

傅锦衡说道："很多时候人总是会为美化自己的行为找借口，哪怕是作为你的当事人。你能保证他说的每一句话都是真实的吗？"

叶临西微怔，半晌才有些吃惊地嘀咕道："你怎么跟我们老板说一样的话？"

难道因为他们都是冷血无情的商人？

傅锦衡说道："宁以淮？"

叶临西没想到他居然能精准地叫出宁以淮的名字，好奇地问道："你认识他？"

"他的名声不算太好，我觉得你或许可以考虑一下换个团队。"傅锦衡语气冷淡地说道。

叶临西深吸一口气，突然有些悲哀地想到宁以淮的名声到底有多差，居然能让傅锦衡这种只看重利益的资本家说出这样的话。

不过叶临西也不想关心他的名声，只想她的官司到底怎么才能赢。

但是身边的男人又问了："你想赢官司，是因为单纯不想输掉自己的第一场官司，还是因为你想帮他？"

叶临西差点儿惊得坐起来。

因为傅锦衡把她的心思猜测得分毫不差，这确实是她的第一场官司，她不想输掉，但更想帮助王文亮的孩子，帮助那个有先天性心脏病的小女孩儿。

叶临西认真地说道："我想帮他。"

她刚说完就感受到旁边伸过来一只手，一下就被拥进温暖又宽阔的怀抱里。

或许是房间里的冷气有些足，这么靠在他的怀里，叶临西反而有些舒服的暖意。

"睡吧，帮他不是只有打赢官司这一条路可以走。"

男人的话似是真的安抚到她，叶临西在陷入蒙眬的状态前也迷糊地想着：对呀，她这么有钱，哪怕真的输掉官司，也可以出钱替王文亮的女儿做手术。

这么想着，她还真的很快陷入了甜甜的梦乡之中。

　

第二天早上起床，叶临西就听到外面淅淅沥沥的雨声。

阿姨一看见她下楼，就问她要不要吃早餐。叶临西看已经到了十点半，便让阿姨打了一杯蔬菜汁。

叶临西环顾了一下家里，突然问道："先生早上走了吗？"

阿姨回道："没有啊，先生应该在书房里吧？"

叶临西朝一楼的书房方向看了一眼。没一会儿，她喝完蔬菜汁后，便放下杯子去了书房，敲了两下门，还不等里面说话，就径直推门进去，问道："U 盘呢？"

傅锦衡抬头看过来，顺手拿起桌子上放的秦周今天早上送过来的 U 盘。

叶临西走过去正要拿过来，就见男人突然手一转，弯腰把 U 盘插在了电脑上。

"要不就在这里看吧？"

叶临西走过去才发现傅锦衡还坐在椅子上没起身，难不成要她站在旁边看？

她惯常不是能屈能伸的人，在心里冷哼一声，踢了一下他的小腿，说道："那你让开给我坐啊。"

傅锦衡望着她，依旧没动弹，丝毫没有起身让开的意思。

叶临西不敢相信地看着他说："你不会是想让我就这么站着看吧？你还有没有点儿绅士风度？"

你这种人到底是怎么娶到老婆的？

就在她刚要恼羞成怒时，腰被一只手轻轻地搂住，整个人一下子坐了下去。

她竟然直接被拉着坐在了傅锦衡的腿上，还没反应过来时，就听傅锦衡贴着她的耳边说："人肉坐垫，够有风度了吧？"

叶临西整个人僵硬地坐着，紧贴着男人温热的胸膛，腰间还被他的手掌轻轻地扣住，两个人之间的距离那样亲密。

很快，她手足无措地不知是赶紧站起来还是推开身后的臭男人，让他别趁机占自己的便宜时，看到电脑上再次出现了监控画面，整个人一下被吸引住了。

她极力忽略身后臭男人温热的体温，安静地把视频看了一遍又一遍，可是昨晚就已经看过这些了，今天还是没有收获，便小声说道："这个监控角度太可惜了，压根儿什么都拍不到。"

根据她的判断，要是真的有野猫蹿出来，应该是马路的东边，而这个小超市在马路的西边，又在车子出车祸的侧后方。

"谁说可惜的？"身后的男人突然开口。

叶临西没好气地说道："那你看到什么了？"

"虽然这个角度什么都没拍到，但我记得你说过这个人是为了躲避野猫才会出车祸的，对吧？现场应该是没有动物的尸体。"

叶临西点了点头，等他继续说下去。

"现场没有动物的尸体，说明当时他应该没有撞伤或者撞死蹿出来的动物。按照一般情况来说，野猫受惊后应该会蹿到路的西边，这样正好会被小超市的监控视频捕捉到。可是这个监控上丝毫没有拍到任何猫的影子。"

叶临西猛地一震，有种堵塞的思路突然被打开的感觉。

难怪她一直觉得这个监控视频很不对劲儿，声音有些难受地说道："难道王文亮真的骗了我？压根儿没有从路边蹿出来的野猫？"

"那倒也不一定。"原本身体靠着椅背的男人突然直起来腰身，把手放在鼠标上，将监控画面又往后调了一下，点了点马路东边人行道上的两个年轻人，说道，"看这两个人。"

叶临西看着他们像是一对情侣，不明白他们有什么问题，皱了皱眉，但只过了一瞬，余光便瞥到了他们的脚边。

因为马路边有灌木丛，但很巧的是，有一段灌木像是被人踩踏了，正好把他们的腿露了出来，也露出了他们腿边有些白白的东西。

"这里！这里可以放大吗？"叶临西惊喜地喊道。

傅锦衡见她也发现了异常的地方，把监控画面放大。

只可惜监控的画质确实不算太好，哪怕被放大了画面，也只是一团模糊的白色。

叶临西重新看了一遍画面，低声说道："这好像是一条狗吧？"

那团白色的东西体积并不算小，应该不是猫。

傅锦衡说："可能你的当事人只是看到一团白影冲出来，着急为了躲避，并没有真的看清楚到底是猫还是狗。"

叶临西点头，认为确实有这种可能。

毕竟王文亮是在开车，偶尔瞥见马路边蹿出的白影，哪怕过后再回想起来，会有偏差也属于正常情况。

叶临西立即说："所以，很有可能就是，那条狗蹿出来后，王文亮的车子为了避开它发生了车祸。但是这条狗又被主人喊了回去。"

因为那不是一条野狗，发生车祸后狗就听到主人唤了它的名字，所以才没有慌乱地逃窜到马路的另一边，而是沿着原路又回到了狗主人的身边。

于是，叶临西赶紧把监控继续往后放，之前光顾着看发生车祸时的画面，并没有过多地关注车祸后的画面。

那两个年轻人先是沿着马路东边人行道旁边的小区围栏走了几步，之后才慢悠悠地往马路边走去。

但是因为王文亮的车子横在路边，她只能看见那两个年轻人的上半身，并没有看见那只狗。

那个年轻的女人往回走，但是腿边并未跟着任何东西。那个年轻的男人还留在原地，似乎想要看看车祸的情况。很快有其他的车辆停下来查看情况，紧接着交警出现在现场，年轻的男人才彻底离开。

叶临西茫然地看着对方离开，叹气后说道："狗呢？"

她以为最起码会看到其中一个人抱着狗离开，但完全没有看见狗的影子。

傅锦衡又将画面重新调到了这两个人沿着墙壁走的画面，说道："他们为什么突然从人行道的中间站到了墙壁这里？"

叶临西一怔，一开始以为对方是怕车祸波及自己，后来又发现不太对劲儿。

因为王文亮的车子是往人行道相反的方向撞过去的，压根儿不可能碰到他们。

正常人就算害怕，也顶多是站在原地不敢动弹，谁会躲到墙壁那么远的地方？而且那个年轻的女人背贴着墙壁站着，好像是在挡什么东西。

叶临西的思路渐渐清晰起来，一个念头呼之欲出。

直到傅锦衡说："很可能那条狗是从这个围栏重新钻回小区了。"

叶临西猛地一顿。

虽然这个猜想很大胆，但也并非没有可能。

这两个年轻人显然也是看到自己养的狗乱穿马路造成了小货车失控，因为害怕就让狗钻了围栏回了小区，所以那个年轻的女人便先行离开，留下那个男人独自在现场查看情况。

叶临西把整个经过脑补了一遍，有些不可思议地望着傅锦衡。

难道他就是传说中的福尔摩斯傅锦衡？

很多她没注意到的细节，居然是他提醒自己的。

见她盯着自己，傅锦衡轻笑着说道："这些只是假设，除非能够找到决定性的证据，否则法院不可能采用这个视频证据。"

大胆假设，小心求证，叶临西当然明白这个道理，只不过现在已经有思路了，可以进一步地找证据。

她只要证明当时确实有动物从马路边蹿出来，王文亮为了躲避动物操作不当出了车祸，那么，不管是狗也好猫也好，王文亮的这个案子就一定能赢。

叶临西顿时有种守得云开见月明的感觉，看了傅锦衡一眼，说道："没想到你观察还挺细致的。"

傅锦衡望着她，只是笑了笑，并未说话。

直到叶临西要站起来时，这才想起她从刚开始一直坐在他的腿上，不由得红了耳根，觉得这个人肉坐垫倒也挺舒服的。

第二天傍晚时分，叶临西又去了一趟车祸现场，只不过这次直奔旁边的小区，还特地去了一趟围栏附近。

这个小区跟王文亮发生车祸的那条马路只隔了一条人行道，是个老小区，铁质的围栏。根据视频上年轻女人站着的地方，果然有一根围栏是折断的。只不过现在又有铁丝缠在两根围栏上，看起来是防止有人从这里爬过去。

叶临西看了一眼铁丝缠绕的密度，注意到哪怕是小猫或小狗也很难钻过去。

至于铁丝是什么时候被缠上去的，倒也不难查。

叶临西直接去了保安亭，这次学聪明了，给正在值班的保安买了两包烟。

对方见她这么客气，当即知无不言，说道："你说那边围栏上的铁丝啊，好像就是上个月吧，有一家住户跟我们反映说那边围栏坏了，怕有小偷从那边钻进来。所以我们领导就安排我们去处理，那铁丝还是我缠上去的。"

叶临西心中微喜，问道："是上个月吗？"

保安点点头说道："对，是上个月。你等一下，我看看工作日记。"

这边虽然是老小区，但物业公司做事还算负责，要求保安写工作日记，一般他们负责处理过的事情都会记录下来。

没一会儿，保安就找到了，指着本子上记录的字，说道："你看，是5月28号8号楼401室的住户来跟我们领导说的，说这个问题必须马上解决。你知道我们物业公司都是以人为本的。"

叶临西听得忍不住笑了起来。

保安被她一笑，有点儿不好意思了。

叶临西这才轻声解释说："我不是在笑您，只是觉得这个理念很好。"

中年保安这时候才挺直腰板，说道："对吧，咱们经理说干一行爱一行，小姑娘，我刚才听你说你是律师？"

其实叶临西并不擅长跟别人这么寒暄，只点了点头。

保安却很热情，不停地恭维道："当律师多好，我看电视上那些律师在法庭上非常厉害，你们应该也赚得很多吧？"

眼看着这位热情的中年大叔马上就要问到叶临西的年薪了，叶临西觉得自己应该告辞了，指了指本子，问道："这个8号楼401室住着什么人？"

"一对年轻的小夫妻。"保安立即说道。

叶临西有些诧异。

因为这栋小区属于高密度小区，住户应该有几百家。她刚才只是随口问的，没想到保安居然真能回答上来。

保安见她疑惑的眼神，笑道："最近社区来宣传合法养狗的事情，就通知各家尽快给自家的狗办证。他们也养了一条狗，结果一直说工作忙没时间，到现在都还没去办呢。社区的人一直跟我们抱怨，我也就记住了。"

小区围栏、狗，几个关键信息居然都对上了。

叶临西忽然有种天降正义的感觉，正要说谢谢然后离开，结果还没开口，就听保安突然说道："你看，他们正好回来了，你要是有事可以直接问他们。"说完保安指了指门外。

叶临西转头就看见一对年轻人从大门口走过，原本还在犹豫，但是后来想了一下，还是决定先跟对方谈一下，便喊住了对方。

年轻的女人在看清楚叶临西后，脸上出现犹疑的表情，居然还看了一眼身边的男人。

叶临西当即被气笑了，一下就猜到对方心里的想法，没想到这个女人居然会觉得自己跟她身边这个年轻的男人有关系。

好在叶临西还是克制住自己的情绪，略客气地说道："两位，我想跟你们了解一下，上个月27号晚上，你们是不是……"

叶临西还没说完，那个女人突然发作，居然伸手直接推开她，大声说道："我不知道，你别挡着我回家。"

叶临西实在没想到她会突然动手，不仅没反应过来，还被她推得撞到旁边的石墩，又因穿着高跟凉鞋，露出的脚指头被磕得钻心地疼，这会儿半弯着腰，倒吸一口凉气，半晌没缓过来劲儿。

一直站在不远处的孟司机见到那个女人推了叶临西，上来把他们拦住。

"你干吗拦着我们？"年轻的女人再次发飙。

孟司机不卑不亢地说道："你伸手把我家夫人推倒，不能就这么走了。"

年轻的女人大概也没想到有人出门居然还带保镖，不过也不太信，嗤笑后说道："你装什么有钱人呢？有本事你去告我啊。"

但是不管她怎么说，孟司机就是拦着他们不让走。

最后那个年轻的男人大约也是被拦出火气了，就要把孟司机推开。但是孟司机像是专门等着这个机会似的，一看年轻的男人抬起来手，就迅速抓住了他的手臂，几乎是在一瞬间，直接反手给年轻的男人来了一个过肩摔。

这一幕震惊了大门口来来往往的行人，也震惊了刚缓过劲儿的叶临西，她有些目瞪口呆地看着被摔在地上的男人和他那个正在大呼小叫的老婆。

"你怎么能打人？你等着，你别走，我现在就打电话报警！你给我等着。"年轻的女人激动地一边拿出手机，一边指着孟司机吼道。

叶临西站在一旁笑了起来，随后慢悠悠地走了过去。

哪怕她的脚指头这会儿还疼得厉害，她也假装自己没事，踩着高跟鞋上前，看了一眼还躺在地上呻吟的男人，又有些好笑地抬头望着正在打电话报警的女人，待对方挂了电话之后，才转头对孟司机说道："别怕，真要残废了，我来赔钱。"

正在地上装受伤的年轻男人闻言突然发出一阵呻吟。

叶临西又轻嗤了一声，慢条斯理地打量着对面气得涨红脸的女人，用轻慢的语调说道："有本事你来告我啊！"

刚才年轻女人嚣张的话被叶临西原原本本地还了回去。

一旁的围观群众也都看直了眼睛，见过理直气壮的，但没见过理直气壮到这种程度的，心想，这个姑娘未免也太厉害了点儿。

没一会儿民警来了，在初步了解情况之后，见周围又有这么多围观群众，干脆把他们带回派出所处理。

上车的时候，叶临西表示他们可以自行开车去派出所配合处理。

一旁的年轻女人当即反驳道："那不行，万一你们跑了呢？"

叶临西淡定地说道："有民警帮忙记着车牌号，你觉得我有必要跑吗？"

年轻女人还要嘀咕的时候，孟司机已经把车子开了过来。

对方一看这招摇的白色宾利还有那嚣张的车牌，当即闭上了嘴。

因为民警只开了一辆车过来，确实载不了那么多人去派出所，便同意叶临西自行前往。

他们一到派出所，年轻女人就开始控诉叶临西的嚣张行径。

叶临西懒得跟这种人做口舌之争，安静地坐在旁边的椅子上。

民警同志大概也是被这个女人吵得脑袋疼，赶紧劝道："现在都是你在说，人家也没说什么，你就慢慢说，不要吵架，这里也没人愿意跟你吵架。"

年轻女人一听民警的口吻，当即嚷嚷道："你们别看她有钱就故意偏向她。就是她指使这个司机把我老公摔倒的。我老公的腰本来就不好，我们必须去医院检查。"

叶临西倒也不在乎检查的费用，只不过很讨厌对方睁眼说瞎话的样子，但也没反驳什么。

孟司机在一旁开口了，说道："民警同志，我不同意这位小姐的说法。明明是这位小姐推人在先，我阻止他们离开时，这位男士又出手推我，我只是被迫自卫而已。"

叶临西转头望着身边的孟司机，一脸不可置信，本来以为这位孟司机是个沉默寡言的中年男人而已，没想到人家说话有理有据，比那个只会尖叫的女人的叙事表达能力简直高了好几个层次。

民警点头说："你们先录一下口供，我们也会去调取现场的监控。"

对方一听到"监控"两个字，气焰果然一下小了下去。

这本就是小纠纷，又是他们先动手。所以女人干脆换了一种方法，开始按住男人的腰，一个劲儿地可怜道："老公，你是不是腰特别疼？我知道，没事的。咱们待会儿就去医院检查一下。"

年轻男人似乎也为了响应她，嗫嚅地说道："老婆，我没事的，虽然疼，但我还能忍。"

叶临西都快被逗笑了，一时居然弄不清楚这两个人到底是卖惨还是表演劣质的秀恩爱戏码。

这个纠纷确实太小，况且双方都有错，连拘留三天都够不上。

当民警问叶临西要不要找家属过来签字时，叶临西淡淡地表示不需要，联系律师过来处理就好。

年轻女人听到这里，像是终于找到了一个发泄口似的，气到口不择言，愤恨地说道："有钱就了不起吗？不就是个弃妇，还说让家属来处理，老公说不定到哪儿鬼混去了呢。"

这话说得太难听，连民警听得都皱眉。

叶临西突然生出一个念头：在派出所打人要被判几年呢？

她还认真地在脑海里搜索了一下相关的治安处理条例，结果还没搜索完毕，就听到一个有些清冷的声音喊道："临西。"

她以为是错觉，可一转头就看见旁边站着的高大男人。他穿着精致又昂贵的西装，挺括又贴身的剪裁将他整个人衬托得格外挺拔。

叶临西眨了眨眼睛，站起来微咬着唇，脸上闪过一抹不知该说是惊喜还是娇羞的神情，走到傅锦衡面前，声音温柔地说道："你一个每天要面对几百亿元大生意的人，能不能别为了我的这么一点儿小事就忙前忙后地跑呀？"

年轻女人瞬间惊掉了下巴。

"保护傅太太是我的责任。"傅锦衡郑重其事地说道。

叶临西抬头怔怔地看着他，本来以为他没在人前拆穿自己已经是他最大的体贴，万万没想到他会这么配合自己，故而当着他的面竟弯起嘴角笑了起来。

他说得对，她可是傅太太呢。

傅锦衡赶到的时候，叶临西已经准备签字走人了。一个小纠纷而已，双方也没什么损伤，民警只是口头警告，没什么大事。

不过对方还是很在意被摔的那一下，话里话外的意思都是他们要去检查。

叶临西实在不耐烦对方跟祥林嫂似的说个没完，瞥了对方一眼，径直走了过去。

年轻女人见她一过来，反而闭嘴了。

叶临西居高临下地看着她，冷笑着说道："你快去检查吧，要是瘫了瘸了，我会赔偿的。至于其他的，我一分钱都不会出。"说完她转身就走。

傅锦衡看她走到自己的身边，直接伸手抓住她的手臂，拉着她离开了派出所。

他们到了外面的时候，傅锦衡的车子已经在等着。叶临西直接上了车，倒是傅锦衡留下跟孟司机说了几句话。

这时坐在车上的叶临西才想起一件事，立即降下车窗，冲着外面的孟司机笑着说道："孟司机，今天真的谢谢你了。"

孟司机笑了笑，说道："夫人，这些都是我应该做的。"

叶临西还嫌不够，冲着他竖起大拇指，夸赞道："那个过肩摔太帅了！"

叶临西还是第一次在现实中看到有人被过肩摔。

其实那个年轻男人的个子并不矮，但他就是被孟司机轻轻松松地来了一个过肩摔。

待傅锦衡上车时，叶临西好奇地问道："你又让孟司机干吗去了？"

"今天他辛苦了，我让他先下班。"

叶临西赞同地点头："对，我也觉得他辛苦了。"

当傅锦衡转头看她时，叶临西从他的脸上看到"你还有脸说"这句话，当即安静地闭嘴。

很快，车子离开派出所，看样子应该是驶往家的方向。

大概是车里过于安静的氛围让叶临西有点儿坐立不安，就好像真的是她做错了什么事情似的。

明明她觉得自己理直气壮得不得了，便主动问道："今天你怎么会也这么巧赶到？"说着她还转头看向他，继续问道，"不会又是孟司机给你打电话了吧？"

傅锦衡原本正在看手机，听到她问的话，索性放下手机，说道："不是，是我让秦周打电话问司机你在不在公司。"

叶临西好奇地问道："你问我干吗？"

傅锦衡忍不住捏了下眉骨，半晌才轻声说道："今天难得准时下班，本来想接你一起回家的。"

叶临西竟然有些感动，没想到这个臭男人居然主动打电话来问她要不要一起下班，觉得这件事不亚于太阳从西边升起来，抑制不住内心的小喜悦，甚至还带着那么点儿躁动。

就在她开心地想说点儿什么时，傅锦衡语气颇为平静地继续道："然后就听到你进派出所的消息。"

叶临西瞬间不说话了，想了一会儿，在傅锦衡问起之前，主动说起今天的事。

本来她的火气已经消了不少，可是现在她一说起来，又开始火大，疯狂地说那个年轻女人是怎么先动手推她的，然后又讲孟司机是为了保护她才不让对方离开，结果没想到年轻男人又恼羞成怒再次动手。

说到最后，叶临西猛地在包包上拍了一下，有些懊悔地说道："她当时推我的时候，我应该立即还手的。"当时叶临西居然光顾着去关心自己的脚指头，一时忘了反击。

这种懊悔就像是吵架吵输了，她恨不得有个时光机送自己回到那个时间点，然后用智慧以及犀利的观点将对方吊打三百个回合。此刻的叶临西觉得她很需要时光机，这样就能在对方动手推她的时候立即反击回去。

傅锦衡倒是嗤了一声，说道："这种人不值得你动手。"

叶临西同意地点点头，说道："我跟你说，这对夫妻是绝配！真的，我祝他们百年好合、永不分离，可千万别再去祸害别人了。"

说完这些之后，叶临西又把今天查到的事情告诉傅锦衡，重点讲了小区的围栏那里真的有一个缺口，后来是这对夫妻要求小区物业整修的。

"你说他们不是做贼心虚是什么？像他们这种遛狗都不拴绳的人，会那么有公德心去关心小区的围栏？他们还不是怕被查到，所以干脆销毁证据！"叶临西忍不住双手抱在胸前，怒斥道，"还真是应了那句话，遛狗不拴绳，就是狗遛狗。"

傅锦衡转头看着她怒气冲冲的样子，发觉她还真的有点儿像带刺的玫瑰，这会儿张牙舞爪地准备刺人。

叶临西继续抱怨道："还有，我发现评判一个人真的不能从外表看。保安跟我说，这对夫妻是北安本地人，那房子也是他们自己的房子，按理说条件比王文亮他们好多了吧？结果呢，他们养的狗蹿到马路上害得人家出车祸，他们第一时间竟是想着怎么逃避责任。"

"我真是耻于跟他们同为北安人。"

"我们北安没有这样的败类，把他们开除才对。"

傅锦衡听着叶临西左一句抱怨右一句责骂，也是陡然才发现她什么时候对北安这么有认同感了，没想到她居然把一个城市的声誉荣辱这么挂在心上。

叶临西似乎光自己骂他们还不嫌过瘾，忍不住转头说："你怎么不跟我一起批判？"

傅锦衡淡淡地问："批判什么？"

"当然是批判他们道德败坏。"叶临西咬牙切齿地说道。

傅锦衡点点头说道："嗯，他们确实道德败坏。"

叶临西听着他一点儿都不强硬、还有些调侃的口吻，不满地说道："哪儿有你这样骂人的？"然后她又有些好奇地问道，"你该不会长这么大都没骂过人吧？"随后她自言自语地说道，"也是，你以前也不像是会骂人的样子。"

傅锦衡有些好笑地问道："你还记得我以前什么样子？"

叶临西一怔。

她怎么可能不记得？毕竟他是哥哥最好的朋友。

她不知道别的有哥哥的女生是什么情况，但是她跟叶屿深相差四岁，算是一个不小的年龄差。

叶屿深上高中的时候，她不过是个初中生，虽然经常听哥哥说起他的那帮朋友，但实际上接触并不算太多，偶尔在家里碰到，也是低着头匆匆走过。

况且高中阶段的男孩子宁愿去几块钱一小时且充满烟味儿和各种异味儿的网吧，都不愿意在家里玩儿。直到有一次，叶屿深因为在学校里打篮球撞断了腿。

电话打到家里时，爸爸并不在家，于是司机和保姆阿姨带着她一起去了医院。

当时她刚走到外面，就看见了穿着校服的傅锦衡。

北安一中的校服是那种最经典的，也让人格外诟病的蓝白色校服，披在身上犹如麻袋一样，宽松又难看。

但傅锦衡穿起来是那么挺拔清俊，浑身充满了少年气，像极了从唯美的青春校园电影里走出来的明朗少年，莫名就让人看得很是心动。

叶临西站在那里，看着他走向自己。

傅锦衡走到她面前时，竟还伸手摸了一下她的头发，低声安慰道：

"临西，别怕，你哥哥只是腿摔骨折了而已。"

哦，他只是摔断腿了啊？当时叶临西的心里也是这样的想法。

可是她也不知道自己是怎么了，在这个好看的哥哥面前，莫名就害羞了。

傅锦衡还以为她是因为难过才低头，又小声哄道："你哥哥现在正在打石膏，你想喝果汁吗？我看见楼下有自动贩卖机。"

叶临西揪着书包的带子，不说要，也不说不要。

傅锦衡好脾气地拎了一下她书包的一角，柔声说道："要不你陪哥哥下去买饮料？顺便我再请你喝一罐？"

小姑娘这才轻轻地点头。

两个人到了楼下的自动贩卖机处，傅锦衡塞了钱进去，给自己选了一罐可乐之后，又让叶临西选。

叶临西想了想，选了一瓶桃汁。

傅锦衡看到她点的饮料，笑着说道："原来临西喜欢桃子啊。"

叶临西拿着手里冰冰凉凉的饮料，轻轻地说道："谢谢哥哥。"

"没关系。"

随后旁边响起砰的一声，易拉罐的拉环被拉开。

傅锦衡大约是真的渴了，仰头就往下灌饮料，待喝完一大口，才注意到叶临西正盯着自己，便笑着解释说："刚才你哥的腿不能走路，全程都是我架着他，他太重了。"

叶临西很赞同地点点头："哥哥每天在家里吃超级多的饭。"

"这样啊，"傅锦衡略带着笑意说，"临西呢，也跟你哥哥吃一样多吗？"

叶临西觉得这个好看的哥哥在把她当小孩子看待，虽然有些不太开心，但又不想表现出来，怕让傅锦衡觉得自己真的就像个小孩子那样喜怒无常，便认真地摇头说道："我没有，爸爸说只有哥哥吃得多，还说他要是再吃那么多，爸爸快养不起他了。"

小女孩的眼睛又大又圆，乌黑的瞳孔透着干净，不沾染半点儿世俗的污浊。再加上她说这句话的时候那般认真，仿佛叶屿深真的要把叶家吃穷了。

傅锦衡一下被她逗笑了，眉眼疏朗地笑着说道："好，以后让你哥哥少吃点儿。"

那是叶临西第一次跟傅锦衡说那么多话，虽然知道傅锦衡只是把她当成小孩子，但还是有点儿开心，大概也是因为傅锦衡是她哥哥带到家里来的朋友中长得最好看的一个。

虽然叶临西有个上高中的哥哥，但那时候初三的男生对她来说就是不可逾越的鸿沟，更别提上高中的男生，仿佛是另外一个世界里才应该有的人。

叶屿深也从不带叶临西出门跟他的朋友一起玩儿，哪怕带朋友来家里，也是在家里的影音室里玩儿，偶尔还会把门锁上，都不允许阿姨进去送水果。

叶临西从未被允许踏入哥哥的圈子里，所以此刻一边喝着果汁一边跟着傅锦衡上楼时心下的那种雀跃感怎么都掩饰不住。

他们两个拿着饮料重新回去时，正好被坐着轮椅的叶屿深看到。

叶屿深见他们是一起回来的，立即黑着脸问道："傅锦衡，你带我妹妹去哪儿了？"

"买饮料补充一下体力，你大概是不知道你自己有多重吧？"傅锦衡嫌弃地说道。

叶屿深伸手说道："给我喝一口，我也渴了。"

一旁的阿姨赶紧说道："小深，刚才医生都叮嘱了，伤筋动骨一百天，要注意饮食的，可不能喝这种碳酸饮料。"

叶屿深瞪了傅锦衡一眼，不悦地说道："谁让你买碳酸饮料了？"

傅锦衡手指捏着易拉罐瓶子，轻晃了一圈儿，又凑在嘴边喝了一口，得意地说道："好喝啊。"

要不是叶屿深这会儿刚断了腿，真要跳起来揍傅锦衡。

既然碳酸饮料不能喝，叶屿深就把目光落在了叶临西手里的桃汁上面，向叶临西招招手，说道："临西，快给哥哥喝一口，我快渴死了。"

叶临西嫌弃地看着他，说道："哥哥，你一点儿都不讲卫生，两个人不可以喝一瓶饮料的。"

叶屿深被她嫌弃得差点儿吐血，恼火地说道："我不对着嘴巴喝行不行？"

"那也不可以。"叶临西斩钉截铁地说道。

还是傅锦衡实在看不下他这个样子，踢了踢他没断的那条腿，说道："走吧，我去楼下给你重买一瓶。你放过你妹妹的饮料吧。"

叶屿深再次瞪了他一眼，说道："你不早说。"

阿姨一脸无奈地推着叶屿深下楼，傅锦衡则是转头拎上叶临西的书包，语气温柔地说道："临西，要跟上哥哥们，别走丢了。"

叶临西低低地应了一声哦，没被人看见她握着桃汁的手有多紧。

等叶临西回过神的时候，才发现傅锦衡的一句话竟让自己回忆起那么多过去，也在恍然间想起那么多年前的傅锦衡。

或许他早已不记得那么小的一件事了吧，可是这记忆像是叶临西脑海里的珍珠，从不轻易示人，可是一拿出来，依旧闪耀着莹润动人的光泽。

大概是因为她很久没回话，傅锦衡重新拿起手机看了起来。

手机屏幕上的光亮映在他的脸上，勾勒出属于成年男人的五官轮廓。

他那样清俊，有着任谁看了都会怦然心动的长相，模样跟年少时的温柔明朗截然不同。

叶临西一时看得有些呆住了，竟不知是在看眼前这个清冷沉稳的男人，还是透过他再次看见年少时的那个他。

可是不管看到的是哪个他，那种久违的、无法控制的小鹿乱撞的感觉再次悄然降临，一如当年她捏住那罐桃汁时的感觉。

第八章

你想要闻闻我身上的香味儿吗？

"这是我找到的证据，目前我可以初步判断，当时确实有一条狗蹿到了马路上，王文亮也是为了躲避这条狗才会发生车祸，完全符合人身意外险的赔保范围。"

宁以淮刚回办公室，叶临西就急不可耐地来找他。

眼看就要开庭了，这位宁 par 还一副悠然自在的模样，据说一大清早就去打高尔夫了，到现在才回律师事务所。

他可以悠闲，叶临西不行。

宁以淮看着她放在桌上的照片，又指着她特别标注的地方问道："这是什么？"

"那条狗。"叶临西说道。

宁以淮露出笑容，将照片举到叶临西面前，说道："你觉得这样的证据到了法庭，法官会采纳吗？"

叶临西继续说道："我还在找别的证据，但是最起码我们现在可以证明王文亮没有撒谎。"

宁以淮看着她，仿佛在看什么天真的新事物，问道："王文亮说没说谎对你很重要？"

叶临西郑重地说道："对，最起码我可以完全信任我的当事人，也会为了他的利益全力以赴。"

宁以淮似乎很久没听到这样的话了,低头看了一眼手上的照片,突然笑了起来,说道:"好久没听到这么新鲜的话了。"

叶临西听出他这句话的嘲讽意味,明白他是在讥讽她天真又可笑,但也发现自己对宁以淮的包容性已经到了一定程度,以前还会默默地生气,现在已经完全放弃生气,只等着以后有机会让他明白什么叫作女人的报复心。

出来之后,叶临西去洗手间时正好碰到柯棠。

柯棠见她一脸不悦的模样,轻声问道:"又在宁 par 那儿受打击了?"

叶临西露出端庄的笑容,开玩笑地说道:"我现在突然知道他三十五岁还单身的原因了。"

柯棠哈哈大笑地说道:"你在人身攻击啊。"

叶临西扯了扯嘴角。

这种嘴毒还自恋的男人,她这样说算是人身攻击吗?她觉得自己顶多算是说出了真话而已。

珺问办公室里有个露天小阳台,可供员工在这里吸烟,也是整个律师事务所最吸引人的地方。此刻两个人正站在阳台上休息。

柯棠说:"我早说过宁 par 接这个案子也是被蒋主任逼的,主要是因为上次那个并购案闹出的事情影响太不好,接个公益案子可以挽回一下形象。"

叶临西早就听柯棠提起过这件事,不过那时候还没来律师事务所,不了解这些内幕消息。

柯棠关心地问道:"你这个案子现在怎么样了?"

叶临西答道:"还不错,目前已经有线索了,只是还要再费点儿工夫查找线索。"

柯棠伸了个懒腰,又打了个哈欠,无奈地说道:"别提了,我手头的这个离婚官司才是一地狗血,我都不知道该怎么说。"

作为家事律师,最常接触的就是各种离婚的案子。

柯棠继续说道:"好想出去喝酒,真的,我已经很久没有出去玩儿了。"

说到这个,叶临西发现自己才是如此,刚进律师事务所就接了这个案子，为了查找线索都进了一回医院，更别提出门参加派对了。

她作为社交名人，也太名不副实了吧。

柯棠悲哀地说道："可怜的上班族啊，打工真难。"

叶临西无比赞同地点头。

回到座位的时候，叶临西又把之前的监控视频拿出来看了一遍，原本是想直接去小区的门卫室调取一下监控录像，但一想到前几天刚跟孟司机在人家小区门口闹出了点儿事情，怕保安不配合调查取证。

叶临西看了一会儿视频，突然转头问身边的同事："徐律师，汽车的行车记录仪一般会保存多久？"

"看情况吧，一般来说，16G 的能保存 100 分钟，普通的车装 16G 或 32G 就够用了。怎么，叶律师你也想买车了？"

因为徐胜远昨天刚在办公室里聊过买车的事情，叶临西才会主动问他这个问题。

叶临西摇摇头。

陈铭在旁边问道："是那个公益案子？"

因为叶临西这阵子忙进忙出，大家都看在眼里，知道宁以淮给她派了个案子，原本还对她羡慕不已，嫉妒她能得到宁 par 的青睐，不承想她接的不过是个公益案子，故而也不怎么羡慕了，毕竟他们手头上正在搞的项目都是非讼赚钱的，没人愿意为了什么所谓的社会公益浪费时间。

叶临西说道："虽然现在已经证明我的当事人确实是无辜的，但是找不到实质性的证据。"

徐胜远问道："现在的监控只有这个？"

"因为距离案发时间太久，很多店家的监控只保存七天。"

这家小商超的监控能保留下来，还得感谢老板娘那个喜欢高科技的儿子。因为店主的儿子喜欢鼓捣这些，才给自家的小超市装了个可以直接上传云端的监控。

陈铭和徐胜远很热心地在给叶临西出主意，别的同事也是你一言我一语地讨论，毕竟大家做的都是非讼案子，偶尔接触一下诉讼案件倒也觉得有趣。

一旁的江嘉琪就不太乐意了，本就对叶临西有种天然的敌对感，见不得同事关注叶临西，此刻便故意端起杯子，轻轻地搅弄里面的咖啡，慢悠悠地说道："叶姐，我觉得你也别太着急，有时候案子就是这样，特别难取证，你是第一次办案，难免不熟。"

叶临西被江嘉琪的言行以及她的一声"叶姐"逗笑了，本来这几天一直忙着案子的事情，时常外出办事，即使在律师事务所也是安静地做事情，没想到最近江嘉琪的日子又过舒坦了竟然敢主动挑衅，便微抬眼睛朝她看过去。

原本江嘉琪说完心里痛快是痛快，不过也有点儿忐忑，因为以自己对叶临西的了解，对方肯定会反击，所以表面还是一副云淡风轻的模样，但心里早已经摆好了防御姿势，心想要是叶临西反驳也一定要反击回去。

叶临西冷嗤一声，居然都没有起身，只是淡淡地说道："我跟你很熟吗？下次叫我叶律师。"

一旁的几个男人一听纷纷闭嘴，这年头的男人也不都是傻子，刚听到江嘉琪的一句"叶姐"，就预感到要坏事。

女人对年龄本来就在意，"姐"这种称呼用来称呼三四十岁的职场女性那叫尊重，用来称呼叶临西就是存心挑事了。

江嘉琪轻捂了一下嘴巴，冲叶临西眨了眨眼睛，娇滴滴地喊了一声："不好意思，我不知道你这么介意哦，叶律师。"

一旁的徐胜远忍不住捂了一下脸，陈铭则是轻皱眉头，显然两个人都对上次江嘉琪让叶临西复印东西的事情记忆犹新。

那天的场面还历历在目，他们完全没想到江嘉琪这姑娘怎么就那么蠢。

她难道看不出来，叶临西这姑娘有股谁都不怵的劲儿？况且两个人的智商完全不在一个档次。

以前叶临西没来的时候，大家对江嘉琪都挺包容的。有时候江嘉琪犯错搞砸了什么事情，只要撒撒娇卖卖萌，众人对她也不忍苛责太多。

自从叶临西来了，两个人行事风格相差太大，一下显出不同。叶临西虽然为人并不算热情，但是做事认真，对一个公益案子也十分上心，跑来跑去没有丝毫抱怨，而且明明是第一次办案子，也是自己摸索，绝不轻易张嘴麻烦别人，除非实在有需要才会请教别人。

江嘉琪则是那种典型的拿来主义者，只要有不懂的，哪怕电脑就在手边，也要问别人。大家平时还会回答江嘉琪的问题，但忙得要死时，还看到有个人站在自己的旁边等着请教，都没了当老师的这份闲心。一回两回还好，时间长了，哪怕江嘉琪再会撒娇发嗲，这些同事也难免有些无奈。毕竟劣质的糖精虽然甜，人吃多了也倒胃口呀。

叶临西果然被她这句话惹起了火气，心想既然有人非要找不自在，那就给她个痛快好了。

叶临西看着江嘉琪，上下打量了她一眼，说道："如果我没记错的话，你现在二十四了吧？所以，你还要装天真无邪的小姑娘到什么时候？"

江嘉琪一下愣在原地，紧紧地握住咖啡杯。

叶临西接着说道："还有，你二十四岁才毕业，高中到底复读了几年？"

如果刚才那句只是女人之间的争锋，那么这句话则是一下吸引其他人看过来。

其实在律师事务所这个地方，学历歧视这件事情还是很严重的，特别是珺问这种顶级大所，不仅国内排名前五名校出身的人比比皆是，有国外顶级名校留学背景的人也不在少数。大家相互都会提一下学校，因此校友之间的裙带关系格外明显。有些大 par 团队招人时，在差不多漂亮的履历下，会优先考虑自己的校友。

毕竟高考这种统一的大型智商测试当中，虽然会考试的人不一定有能力，可是若连最基本的考试都通不过的话，谁还会在意你的能力呢？这也是顶级律师事务所在招聘阶段对学历格外看重的原因。

江嘉琪紧紧地握住手里的咖啡杯，可还是控制不住杯子里的咖啡不停地晃，完全没想到自己最丢脸的事情被叶临西一下戳中了。

因为她高中不仅复读了，还复读了两年。她家里的长辈多是从事法律行业的，父母也希望她能继承衣钵，还特别希望她能跟她的爸爸考同一所大学。

可是江嘉琪读书是真的不太行，就算家里请了名师专门辅导，最后还是复读了两年才勉强考上她爸爸的母校。

别的同事不由得咋舌。

难怪宁 par 把这个公益案子直接甩给了叶临西，敢情他是一眼就看出了这个姑娘身上抓重点的能力？叶临西就连吵架都能精准地打击对方，而且还能一击必中。

随后，江嘉琪失魂落魄地起身，一副"我要去静静"的模样。

叶临西丝毫不在意这些，继续看电脑屏幕上的监控，完全没有内疚的意思。

江嘉琪在明知道两个人不对付的情况下，还故意来招惹叶临西，不就是找事吗？

"叶律师，宁 par 让你去一趟他的办公室。"就在叶临西丝毫没有头绪的时候，宁以淮的助理过来喊叶临西。

这位助理负责宁 par 的日常事务，也帮他处理一些私人的事情。

叶临西点点头，跟着站起来去了宁以淮的办公室，轻敲门之后，听到里面传来"进来"的声音才推门进去。

宁以淮正靠在桌边，手里端着咖啡杯。

浓郁的咖啡香味儿在房间里散开，只有顶级的咖啡豆才能有这样的味道。

宁以淮见她进来，随手放下咖啡杯，手掌又按在桌上摆着的电脑上，将电脑半转，说道："去查查这个无人机。"

叶临西一怔，刚凑近电脑，就一眼看见半空中有一个明显的黑色物体。

因为画面被放大了，叶临西很清楚地看到这是一架无人机。

她没想到自己把这个视频看了好多遍，甚至筛查了一遍往来路过汽车的车牌，偏偏漏了这么重要的信息。

之前她把视频给宁以淮只是想告诉他王文亮并没有撒谎，并没有想到他居然会认真地看，也没想到宁以淮还发现她没发现的问题。

不过，她有些皱眉地说道："无人机的目标太大了，如果我们在开庭交换证据之前都没办法找到，岂不是太不利了？"

并不是她还没努力就先放弃，而是因为无人机跟汽车不一样。

每辆车都有车牌，她要真的想找，很好找到。可是无人机没有显著的标识，她要真的想找这么一架在半空中飞着的无人机，无疑比大海捞针还要费劲儿。

宁以淮却撇嘴轻笑，关掉监控画面，紧接着打开一个网页。

网页的内容是一个关于无人机爱好者的友谊交流会。

宁以淮继续说道："国内无人机市场多用于表演和拍摄，私人玩儿无人机的并不算多，大多数是无人机爱好者。所以，我搜索了一下北安上个月的无人机大型聚会或者比赛，正好有一场是在车祸附近的一个公园，而且这个型号的无人机很独特。"

叶临西闻言有些目瞪口呆，之前只觉得宁以淮一副漫不经心的模样很欠揍，可现在又突然发现这个男人好像确实有傲慢又自大的资本，便不再有丝毫怀疑，说道："好，我立即去查。"

叶临西出门后立即搜索宁以淮刚才给她看的那个无人机交流会，确定交流会是在车祸附近的一个公园举办的，猜想举办方应该有当天所有无人机的资料，随后又打电话联系了这个无人机爱好者协会。

叶临西第一个电话打过去时，对方很快接通。

但是在电话里，对方并不是很热情，尤其在听到叶临西提到关于车祸的事情时更是敷衍过去，毕竟这也不在对方的职责范围内。

"小姐，真的不好意思，我们需要保护会员的隐私，所以帮不了你什么忙。"

叶临西不死心地继续问道："因为这涉及我的当事人的保险赔偿问题，他们一家急等着这笔钱给他的女儿做手术。所以，能不能请你帮忙问一下，当天是否有人拍到了车祸的画面？"

她觉得如果真的有人拍到了车祸的画面，短短一个月而已，对方不可能没有印象。

对方却毫无感情地回道："不行，这个我没办法帮你。"

叶临西继续追问："或许你能帮我看一下这个无人机的型号，我亲自联系……"

"嘟嘟嘟"电话里已经响起挂断的忙音。

叶临西低头看着手机，有些无语地重重吐了一口气。

现代社会，很多人总想着多一事不如少一事。哪怕这件事对于别人来说是关乎身家性命的大事，可是对其他人来说，还不如一粒灰尘重要。

这件事对于王文亮一家来说是那样重要，有些人却连一张照片都不愿意帮忙提供。

就在叶临西想要不要再亲自上门跑一趟时，突然在对方的网站上看见一个熟悉的名字——盛亚科技。

盛亚科技？是她知道的那个盛亚科技吗？

她很快点开网页，就看见一个新闻稿。

新闻稿的大概意思是感谢盛亚科技的大力赞助，才能让协会如此蓬勃地发展起来。

叶临西花了几秒钟消化了一下这个新闻稿的意思，想着盛亚科技应该是这家协会的赞助金主，便毫不犹豫地拿起手机发了几条信息。

叶临西：我觉得盛亚科技在选择赞助对象的时候是不是应该认真挑选？

叶临西：毕竟这也关系到盛亚的形象。

很快，对面的人回复了一个问号。

叶临西可算是等到傅锦衡的回复了，两只手在屏幕上飞快地打字，恨不得把他骂个狗血淋头。

傅锦衡隔着屏幕都能想象到她抱怨的模样。

她把今天的事情大概说了一遍，大意就是他们怎么发现车祸可能被无人机拍到的，接着又找到了这个举办活动的无人机协会。

叶临西：人家可真是大牌呢，说要保护会员隐私。

叶临西：而且不等我说完，对方直接就把电话挂了。

叶临西：哼哼。

原本叶临西还想客观陈述的，可是打着打着字才发现，自己压根儿做不到。本来她就觉得自己的语气够委婉、够真诚、够低三下四了，没想到对方竟然直接挂断电话。

来自小玫瑰的怨气终于彻底爆发了。

这个臭男人怎么还不回复她？他居然连这点眼力见儿都没有，这时候还不赶紧安慰安慰她？就在她盯着手机在心里吐槽时，突然看到手机出现了一个来电。

她的记忆力实在太好，她一眼就认出这个座机号码是刚才她拨打的那个协会电话。

叶临西微怔，在意识到什么情况后，嘴角露出淡淡的笑意。

待她接通电话，对方立即说道："请问是叶临西小姐吗？"

叶临西说道："嗯，是我。"

对方诚惶诚恐地说道："您刚才说的协助调查的事情，请问有什么需要我们做的？我们一定全力配合。"

叶临西慢悠悠地问道："不会侵犯你们会员的隐私吗？"从未受过被人挂断电话羞辱的小玫瑰忍不住小心眼儿地报复了一下。

果然，对方更惶恐了，战战兢兢地说道："不会，这些都是我们应该做的。"

"好吧。"小玫瑰傲娇地点了点头。

这次对方态度格外好，不仅主动加了叶临西的微信，更是立即把这件事情发在了他们协会会员的微信群里，甚至还提出可以直接拉叶临西进群询问的建议。

叶临西倒是拒绝了，毕竟又不玩儿无人机，不适合在人家的交流群里掺和。

结果还没等晚上下班，叶临西就收到了工作人员的信息。

"叶律师，有个会员说他那天拍到了一起车祸现场，但不知道是不是跟您说的这个有关？要不我让他加一下您，您再确认一下？"

叶临西当即让对方把这位会员的微信推送给了自己。

这位会员是位男士，姓吴。

吴先生很热情，直接发了语音过来，说道："叶律师，你好。我之前确实拍到了一段车祸视频，想着或许还有用就没有删掉，特地放在了我的电脑里保存着。"

叶临西没想到兜兜转转最后居然会以这种方式拿到证据，在听到对方说回家后很快把视频发给自己时，忙不迭地说道："真的太麻烦您了。"

对方能保留下视频对她来说已经是意外之喜，居然还特地为了这件事儿赶回家把视频发给她，叶临西觉得道谢是应该的。

吴先生说道："叶律师客气了，我听小徐说这个车祸的司机现在挺可怜的，就是举手之劳而已，希望能帮到他。"

叶临西又赶紧说了谢谢，心里默默地给这位吴先生点赞。

对方果然在六点之前把视频发了过来，叶临西收到后赶紧打开视频看了一遍。

无人机的拍摄是在空中，因此将公路上发生的一切都拍摄得清清楚楚，丝毫没有什么遗漏。一条浅黄色带白毛的狗狗一下蹿到马路上，一辆车子为了避开它，往另一边打方向，结果瞬间翻了车。那条狗被车子挡住，又听到身后那对年轻的主人喊它，一下往后跑去。很快，那个年轻男人引着狗从围栏处的漏洞钻了进去。而年轻女人站在围栏外四处张望着，像是怕被人看到这一幕似的。

这对年轻夫妻大概也知道是自己的狗闯了祸，但他们丝毫不想去弥补过错，第一反应却是掩盖真相。

狗狗很快消失。很凑巧的是，此时人行道上没有其他人，只有对面一辆汽车停下来查看侧翻货车的情况。

紧接着，年轻女人离开人行道往回走，年轻男人则是站在马路边一直看着车子，待看到赶到的交警和急救车把出车祸的司机带走，这才离开。

铁证如山，看他们还怎么狡辩？

叶临西当即把视频拷贝了一份，拿给宁以淮。

宁以淮拿到 U 盘时，有些意外地看着她，问道："你已经找到证据了？"

毕竟他是在两个小时之前告诉叶临西关于无人机的线索，哪怕有他提供的无人机协会的消息，叶临西这样的速度也实在有些惊人。

叶临西笑着说道："天时地利人和，这次连老天爷都站在我们这边。"

宁以淮听出她语气里的小得意，也忍不住笑了一声。

下班的时候，叶临西整个人心情愉悦。

就连孟司机接她回家的时候都看出来她的心情很好。

到了云栖公馆别墅门口时，叶临西看见停着的另外一辆车，有些惊喜地说道："今天他这么早下班啊？"

门口停着的车就是傅锦衡平常会坐的车。

叶临西拎着包下车，脚步轻快地进了门，见阿姨正在厨房里做饭，打了个招呼便径直上了楼。

她进门时正巧撞见傅锦衡从洗手间出来，立即说道："我们的案子真的找到证据了，无人机协会有个会员很凑巧航拍到了出车祸的画面。而且他觉得这段视频应该很重要，特地保存下来了。果然，天无绝人之路。"

傅锦衡也笑着说道："恭喜你。"

虽然他只说了三个字，连夸赞都称不上，但叶临西心里的那股小雀跃压都压不住，她强忍着嘴角上扬的趋势，又不禁在心里鄙视自己：又不是第一次被人夸，怎么这么不矜持呢？

叶临西又说："哦，对了，你也不用太为难那个无人机协会的工作人员。虽然她一开始的态度不是太好，不过我后来能找到证据也是她的功劳。"

要不是她在群里一直发消息，吴先生也不会想起这段视频。不管怎么说，对方还是帮了自己的忙。叶临西这样想着。

傅锦衡说道："我没那么小气。"

叶临西听着他的话正要点头，随后立即有些警惕地看过去，说道："你这话什么意思？是在说我很小气吗？"

叶临西见傅锦衡看了她一眼，以为他又要讽刺自己，心里已经做好准备，只等着他一张嘴就怼回去。

哪知傅锦衡声音低沉地说道："不小气。"

叶临西这才露出满意的笑容，心想算你还上道，然后说道："要不明天我请你吃饭吧？"她看到傅锦衡露出略显惊讶的表情，又微抬下巴，继续说道，"这次也算是因为有你的帮忙，我取证才会这么顺利。我这人又不是那种翻脸不认人的人，算是答谢你吧。"

傅锦衡轻笑一声，说道："下次吧。"

这个臭男人居然连老婆的邀请都敢推拒？叶临西忍不住瞪了他一眼。

傅锦衡见此立即解释道："德国那边有个商业合作需要我亲自过去谈判，我今晚就要走，大概会去一星期。"

叶临西一下子愣住，半响才干巴巴地哦了一声。

因为要去一星期，傅锦衡带的衣物有七八套。叶临西站在一旁看着他整理东西，这才发现好像从来没替他整理过衣物，但随后又想到，自己的衣服也是专门的人整理，不整理他的也不奇怪。

只是刚听傅锦衡说完要出差的事情，她整个人心头突然像是空了一块，有种失落感。

自从她回国之后，两个人朝夕相对，就连午餐都时常在一起吃。傅锦衡的工作确实很忙，他晚上经常需要应酬或者是加班，但是再晚总会回家。

有时候叶临西一个人睡着了，可是一觉醒来，看到身边总是有个他。

叶临西靠在衣橱旁，眼看着他快要整理好箱子，这才问道："需要我帮忙吗？"

傅锦衡回头看了她一眼，见她抱着手臂站在一旁，摇头轻笑，说道："快整理好了。"

叶临西说道："没想到你的动手能力还挺强的，我以为你的衣物都是阿姨帮你准备的呢。"

"这点儿小事用不着阿姨，我自己就能做。"

"以前你出差，衣服也都是你自己整理的吗？"

"嗯。"

叶临西突然有点儿不信，引导道："没别的人？"

终于，傅锦衡把几件衬衫全部装进箱子里后，回头看了一眼，问道："临西，你到底想问什么？"

叶临西伸手缠住肩膀上垂下的长发，把发丝缠在手指上一圈儿又一圈儿，慢吞吞地说："也没什么，就是好奇而已。"

傅锦衡听着她说道："没有别人帮忙，都是我自己整理的。因为很多是贴身衣物，我不喜欢让别人碰。"

这次他解释得很清楚，叶临西听着不由得点头，片刻后却又被自己刚才的话吓到。

她刚才是在暗暗打听傅锦衡前女友的事情吗？其实她之前也就知道一个段千晗。

毕竟当时段千晗追他太高调了，弄得这个圈子里的很多人以为他们早晚会结婚。

后来，叶临西和傅锦衡的婚讯传出来的时候，叶临西参加派对还遇到了段千晗的闺密，听到那人明里暗里地诋毁她抢了别人的男朋友。

关键是傅锦衡要真的是段千晗的男朋友，叶临西还会心虚内疚。因为她当初问过叶屿深这个问题，很清楚这个臭男人确实没跟段千晗交往过。

叶屿深那么想破坏他们的婚姻，都一口否认了这两个人的关系，还很明确地告诉叶临西，在这段关系里，确实是段千晗一厢情愿。

可此时叶临西又突然想着，哪怕段千晗是一厢情愿，那他就真没有别的前女友什么吗？

但她又问不出口，感觉一问出来就好像她多在意这个问题似的。

就在她心里万般纠结时，傅锦衡已经将两个箱子收拾妥当了，转头看向叶临西，说道："你一个人在家里的时候，要是害怕就让阿姨留下来陪你。"

叶临西低低地哦了一声。

傅锦衡打了电话，应该是叫司机上来把两个箱子拎下去。

叶临西觉得他这人也挺逗，刚才还一副自力更生的模样，这会儿又矜贵到连两个箱子都要司机上来拎。

不过她只是在心里默默地吐槽，并没有说出口。

很快，司机上来把箱子拎了下去，又说了句："傅总，我先下去启动车子。"

傅锦衡低低地应了一声。

随后，房间里就只剩下叶临西和他。

叶临西低头不去看他，也不知道为什么，这会儿就是不太想看见他这张脸，好像多看两眼就舍不得让他走似的。

叶临西觉得自己这会儿是矫情得过分了，平时也没这样啊，怎么现在突然就变了呢？

傅锦衡站在旁边极淡地笑了一下，率先说道："那我走了。"

叶临西想了想，还是叮嘱道："那你路上小心点儿。"

你走吧，走吧，赶紧走吧。

她心里越是这样想着，手指越忍不住相互绞弄着。

待叶临西眼看着男人要从自己的身边走过时，突然整个人撞进了一个温暖的怀抱。

叶临西的唇被他轻轻地咬住，她那些掩藏的情绪，像是找到了一个小小的出口。

她忍不住环住他的腰，微仰着头，极力配合这个浓烈至极的吻。

他钩住她的唇舌，挟裹着她的呼吸，让她忍不住想喘息，不知过了多久他才松开她，附在她的耳边轻轻说道："这样才叫道别。"

第二天早上，叶临西起床后就收到了傅锦衡的信息，打开后发现居然是一张从飞机上往下拍摄的照片。

层层叠叠的云层缝隙之下是一片渺小而又绵延的城市，从高空中俯瞰，犹如一座城市的模型。

傅锦衡：刚到法兰克福的上空。

叶临西盯着这张照片看了许久，在想他为什么发这么一张照片。

他这样算是报备行程？

刚睡醒的人握着手机，又在床上翻滚了一圈儿，想起自己好像还没去过法兰克福。

北欧的风光不错，叶临西去欧洲要么是游玩，要么就是购物。德国属于工业发达的地方，不如巴黎、米兰、伦敦那样时尚，叶临西一向对这些地方不感兴趣，没想到第一次关注德国居然是因为傅锦衡出差。

很快，叶临西起床了，边刷牙边拿着手机，还在想应该给臭男人回复一条什么消息。

这条消息怎么发才能既显得清新不做作，又不至于让他觉得自己好像太想他的样子。毕竟这才过去十几个小时而已。

要不她也拍张照片发过去？但是她发什么好呢？

早餐的照片可以吗？好像太普通了，一点儿新意都没有。

要不她发张自拍？可是会不会显得她太不矜持了？一大清早她就发自拍什么的？

叶临西一边打开水龙头一边准备漱口，结果手一滑，她就看到整个手机一下子掉进了水池里，拿着牙刷目瞪口呆了几秒，这才想起来"抢救"可怜的手机。

等她把手机拿出来时，看到手机已经湿透了，也顾不上想着回复什么信息，赶紧把手机关机。

到楼下吃早餐时，她整个人都处于乌云压顶的丧气中。

连阿姨都看出来她心不在焉，问道："太太今天好像没什么精神？"

叶临西点了点头。

阿姨忍不住打趣道："是不是因为先生出差了？"

"哪儿有？不是，不是，才不是呢！"叶临西像是被抓到痛脚的小麻雀似的，就差原地扑棱起来了。

她握着汤勺，强调道："昨天晚上我一个人睡一整张大床，别提多香了。"

大床可以让叶临西翻来覆去，简直能让人有种"一床在手，天下我有"的感觉。

阿姨笑而不语，转身就去厨房里收拾东西了。

叶临西看着阿姨带着神秘的微笑离开，不由得心里郁闷：阿姨，我真的不是在说反话，而是真的觉得一个人睡很舒服，你不要不相信我啊。

一直到律师事务所，叶临西都没敢打开手机。

她打开手机时，发现距离傅锦衡发照片过来时已经过去了好几个小时，一时也不知该怎么回复，干脆放下手机，接着开始忙王文亮案子的事情。

因为王文亮的身体还未康复，他也不用去法庭。叶临西又去了一趟医院，跟他们说了一下案情的进展。

王文亮得知叶临西真的找到了视频证据，恨不得跪下来感谢她，激动地说道："叶律师，真的太谢谢你了，真的，谢谢你救了我们全家人的命。"

叶临西知道他这是大喜之下的夸张说法，安慰道："你现在不用太担心，最需要做的就是养好身体，这样以后才能更好地照顾家人。"

王文亮拼命地点头。

叶临西没有在医院里待很久就准备离开。

曹芸起身送叶临西离开，身上依旧背着女儿。

只不过这个小娃娃仿佛知道家里正在经历着什么，不哭也不闹，乖乖地靠在妈妈的背上，一双乌黑的大眼睛滴溜溜地打量着这个世界。

叶临西伸手捏了捏小宝宝的脸颊，笑道："宝宝，你最近是不是长胖了呀？"

曹芸望着她，有些开心地说："嗯，宝宝最近喝了很好的奶粉，确实是长胖了，我最近背她都觉得有些沉了。"

叶临西虽然没养过孩子，但也知道这个年龄段的孩子应该是白白嫩嫩的。

眼前这个小娃娃也不知是不是因为先天性心脏病，脸色有些蜡黄，一副瘦弱娇小的模样，莫名让人心疼。

叶临西说道："别送我了，外面挺晒的，我坐电梯下去就好。"

在等电梯的时候，曹芸想了许久才开口说道："叶律师，真的很谢谢你对我们家的帮助，我们一辈子都不会忘记的。"

叶临西安慰道："我只是取证的律师而已，真正帮你们打官司的是我们律师事务所的合伙人，他是个很厉害的大律师。"

曹芸摇摇头，说道："我说的不是打官司的事情。"

叶临西有些疑惑。

曹芸继续说道："之前是你让人送奶粉过来的吧？"

叶临西突然被人戳穿，不禁有些尴尬，生怕曹芸再对自己说什么过于感激的话。

"我们的奶粉没了，就立即有好心人送来爱心奶粉，哪儿有这么巧的事情？况且我也上网查过，送来的奶粉四百块一罐，就算是爱心奶粉也没有送这么好的的。之前我一直不好意思跟你开口，因为我们实在没钱，也没脸跟你说什么。不过现在好了，要是保险金能赔偿下来，我一定按照正常律师费给你钱的。"曹芸认真地说道。

叶临西打断了她，说道："不用，我买奶粉不是同情你们，是希望小宝宝能长好身体。"

"叶律师，能遇到你和那位宁大律师这样的人，是我们一家的幸运。所以无论如何，我也不能什么都不做。我们虽然没多少钱，但是在能力范围内，也想给你做点儿什么。"

叶临西张了张嘴，一时也不知说什么。

众生皆苦，可是再苦，也有很多人没有放弃心里的善良。

离开医院的时候，叶临西第一次心里没有那么沉重，因为最起码她代理的第一个案子一切都在往好的方向发展。

到了开庭那天，叶临西特地选了复古的红丝绸衬衫配黑色的半身裙，整个人明艳动人，就连宁以淮看见时都忍不住多看了两眼。

叶临西轻咳了一声，笑着说道："我查过了，上庭穿红色是可以的。"

宁以淮说了一句："我只是没想到这年头还有年轻人相信彩头这种东西。"

叶临西被戳中想法也没觉得尴尬，特意选了红色穿就是为了讨个好彩头，就是迷信又怎样？

好在宁以淮也没打算多说。

但叶临西又在心里给他偷偷地记了一笔小账，只等着哪天实在忍不下去，就让她老公收购了珺问，然后把宁以淮发配到边疆。

这次是他们提起诉讼，双方对簿公堂。

其实庭审的时间并不算长，因为叶临西这方拿出了关键性的视频证据，证明了王文亮确实是因为躲避蹿到马路上的狗才发生意外造成车祸的，法院裁定他并不存在骗保行为。且叶临西这方根据相关法律法规替王文亮申请的损失金额并未超过合理的范围，因而保险公司在保险责任限额内应该给予相应的损失赔偿。

当看到法官的锤子落下时，叶临西终于有种尘埃落定的感觉，只是没想到刚一走出法庭他们就被记者围住了。

准确地说，记者是冲着宁以淮来的，纷纷问道："宁律师，是什么促使你接下这个公益维权案呢？"

"据我们所知，宁律师你从业以来一直从事非讼类法律业务，为什么这次会转变如此之大呢？"

现场不止一家新闻媒体，显然宁以淮在业内有些名声。再加上这个案子本来就是蒋问特地接下来让宁以淮洗白的，如今见宁以淮成功地赢下官司，蒋问这种一向擅长媒体公关的人怎么可能不发挥他的特长？他甚至恨不得立马告诉全世界：看，我们珺问的律师可不全是吸血鬼和资本家的走狗。哪怕宁以淮这种名声不好的，在我们珺问都能被改造成富有责任感和公益心的好律师。

结束采访后，宁以淮和叶临西一起乘车回律师事务所，路上突然看着叶临西说道："你回去之后立即帮我草拟一份律师函。"

"发给谁？"

"那对养狗不拴绳的夫妻。"

叶临西一怔，问道："你打算告他们？"

"为什么不告？这种人有必要放过他们吗？"宁以淮略带讥讽地说道。

叶临西还是头一次这么赞同宁以淮的话。

这种人确实应该接受社会的毒打，让他们明白什么叫作做错就该挨打。

不过叶临西还是好奇地问道："但是我查过，机动车和动物在马路上发生事故并不属于交通事故责任纠纷。"

宁以淮说道："所以你的责任是找到适用的法律。"

叶临西思考片刻，说道："我觉得应该从侵权责任法入手。根据《侵权法》第七十三条规定，饲养的动物造成他人损害的，动物饲养人或者管理人应当承担侵权责任，但能够证明损害是因被侵权人故意或者重大过失造成的，可以不承担或者减轻责任。我们这个案子，当事人王文亮在机动车行驶道路上正常行驶，而对方的狗并未拴绳，责任方应该在对方。"

随后，叶临西又想起一个重要的线索，继续说道："而且之前我去小区取证时听小区的保安说过，他们家的狗甚至还没办理狗证。"

宁以淮轻扯了扯嘴角，不屑地说道："这就是我讨厌不守规则的人的原因。"

这次轮到叶临西在心里默默地吐槽：你倒是在法律允许的范围内做事，裁了那么多员工，你的招恨指数一点儿都不比这对夫妻少。

案子判下来之后，叶临西整个人一下放松下来，看了一眼手机，发现这是傅锦衡离开的第三天，之前也没来得及回复他第一天发的照片，两个人就这样莫名冷淡下来。

叶临西也不知道自己纠结什么，明明发一条微信那么容易，哪怕随便问一句"你在干吗"也好，可就是觉得自己主动发微信过去是什么了不得的退步。

她这人一向要面子，有时候莫名死倔。

周末的时候，她干脆约了姜立夏和柯棠一块儿出来，庆祝人生第一个案子成功。

叶临西的朋友不多，姜立夏是雷打不动的好友，柯棠虽然是刚认识的，但是这个姑娘实在太对叶临西的口味，她觉得姜立夏跟柯棠肯定也合拍。

况且柯棠还是姜立夏的书粉，年少无知的时候也曾经看过姜立夏的书。

叶临西约的餐厅夜景非常漂亮，且座位是舒适的沙发，特别适合好友小聚。

三人齐聚的时候，一开始气氛还很和谐，毕竟这是姜立夏和柯棠第一次见面，两个人之前只是从叶临西的嘴里听到过对方的名字。

因此，一开始两个人还隐藏着自己的真性情，直到叶临西说起她的第一个案子之后，柯棠才开始吐槽自己办过的案子，愤恨地说道："我那个当事人特别奇葩，当初跟我说她老公出轨。你也知道的，离婚官司里面这种情况实在太多了，也怪我年少无知，我完全相信了她的话，还一心想要替她取她老公出轨的证据。

"结果后来我才知道，原来是她给她的老公戴了绿帽子。而且你们知道她过分到什么程度吗？她婚内生的二胎都不是她老公的。弄到最后，她还得赔偿她老公的精神损失费。"

叶临西和姜立夏目瞪口呆地望着她。

一旁听着的姜立夏忍不住拍案说道："我决定下本书要写律师题材。"

柯棠一脸无奈地说道："千万别写家事律师，我怕你听多了以后再也结不了婚。真的，我觉得做这行简直是对我人生观、价值观和爱情观的重新塑造。不对，我已经完全没有爱情观了。"

姜立夏有些心有余悸，认真地问道："这么可怕吗？"

柯棠沉重地点头，说道："我也是当了家事律师才发现这个世界上竟然这么多表面夫妻。其实他们是表面夫妻也就算了，到离婚的时候还非得闹得一地狗血呢。"

姜立夏忍不住看了叶临西一眼，大概是因为叶临西平时在自己面前吐槽过太多次她和傅锦衡是表面夫妻的关系。

叶临西不由得恼羞成怒，扔给她一个白眼，仿佛在说：人家说表面夫妻呢，你看我干吗？

柯棠并未注意到她们二人的眉眼交流。

三个人窝在角落里吐槽，似乎要将一直积攒下来的沉闷郁气一扫而空。

叶临西见姜立夏抱着手机一直看，忍不住丢了一张纸巾过去。

谁知姜立夏抬起头，脸色古怪。

叶临西觉得奇怪，问道："不好的事情？"

姜立夏没吱声。

叶临西深吸了一口气，随后闭了下眼睛，伸手道："给我看看吧，是不是我们逸崽被拍到什么了？"

姜立夏惊讶地张大了嘴。

叶临西猛地捂住胸口，长吐了一口气，说道："拥抱了还是当众接吻了？"

"那倒也不是。"

叶临西像是松了一口气，神色瞬间恢复正常，说道："那让我看看到底是谁又来蹭我们逸崽的热度？你说说，娱乐圈不好好提升自己的业务，一心只想着炒作的人怎么就那么多呢？"

一旁的柯棠闻言也开心地说道："原来你也喜欢齐知逸啊？我最近在追他的综艺，他怎么那么有礼貌呢。"

一直没有说话的姜立夏终于开口了："不是齐知逸的新闻。"她都不知道叶临西的脑洞怎么能这么大，一瞬间就扯到了齐知逸身上。

待姜立夏把手机递过来时，叶临西一眼就看见壹财经三个字，不禁有些吃惊，疑惑地说道："你怎么关注这些财经微博……"只不过吐槽的话她还没说完就顿住了，当即冷哼一声。

屏幕上的这条微博配图有个巨大又醒目的标题——《段千晗——不走寻常路的亿万千金》。

旁边的姜立夏还不怕死地提醒道："姐妹，你点进链接，还有更大的惊喜。"

叶临西随手点开微博附带的链接，看到了这篇封面采访的完整版，只是看了没一会儿，就差点儿气得把手机从三十二楼扔下去。

完全处于话题之外的柯棠也好奇地凑过来，说道："哇，不走寻常路的亿万千金？这个女生看起来还挺漂亮的啊。"

柯棠刚说完，旁边的两个人瞬间抬头盯着她。只不过叶临西的眼神透着危险，而姜立夏则是用眼神在说"姐妹你也太敢说了"。

柯棠反应迅速，立即说道："不过跟临西完全不能比，我们临西属于那种绝美的小仙女，这个女的有点儿像那种大街上就能看见的美女。"

姜立夏差点儿当场起立给柯棠致敬，佩服柯棠不愧是律师出身，这反应能力简直是一流。

叶临西这才稍稍满足地重新低头继续看，不过随后又气得指着最开始的一段内容说道："这采访说的什么玩意儿？"

一般的人物采访都会在开头稍微吹捧一下受访者，段千晗的这篇采访中就特地写了如下内容。

段千晗虽出身显贵豪富之家，可是身上丝毫没有负面标签。她并不钟爱奢侈品，也没有一掷千金、搜集包的癖好，对那些闪耀夺目的珠宝首饰亦无太多关注。相反，她从小就深得父母的教导，钟情公益。

如果说这段话还是稍微公式化的吹捧，那么下面一条关于段千晗的采访回答就显得格外有内涵。

段千晗："对，我觉得很多人会给我的身上贴标签，例如什么只会买包消费的千金大小姐。我承认在我们的圈子里，确实有那种会花费上百万元只为买一条高定裙子或者一次性搜集很多个 Birkin（铂金包）的人，但这从来都不是我喜欢的生活方式。我的父母在我很小的时候就教导我要合理消费，所以这种空虚的生活方式是我一直抗拒的。"

叶临西把这段话看完，突然问姜立夏："我怎么觉得她是在讽刺我呢？"

姜立夏沉默了一下，说道："姐妹，你自信点儿，我觉得她说的就是你。"

柯棠也看到了这段，不由得啧啧道："这位的采访是有点儿矫情做作哦。你当然可以不喜欢这种生活，干吗还要踩别人一脚？喜欢买东西有什么不好？花自己的钱又没妨碍别人。我还想过这种生活呢，就是没钱而已。"

柯棠说完这些又看向叶临西，好奇地问道："临西，这是你的死对头？"也不怪她这么想，因为刚才她见到了姜立夏和叶临西在看到这篇报道时的奇怪表情，也知道叶临西的家境不一般，本来还以为是大小姐圈子里的嘲讽，直到听到姜立夏说那个女生是叶临西老公的爱慕者。

柯棠反应几秒后，意识到有什么不对劲儿，猛地望向叶临西，震惊地问道："你……你结婚了？"

叶临西平时跟柯棠也没聊过结婚这方面的话题，再加上这么年轻又刚工作的样子，就被大家下意识地认为她一定还没结婚。

柯棠还在震惊，叶临西已经开始疯狂地吐槽："这个段千晗到底在装什么？之前我们参加同一场拍卖会，她跟我竞拍一条项链没成功，还敢大言不惭地说不喜欢珠宝首饰和名牌包包。她是鱼脑子，记忆只有七秒吗？

"哼，她还吹嘘自己是北安市搜集 Birkin 最多的女人，现在敢在新闻采访里这么说，难道不怕被打脸吗？"

最重要的是，段千晗到底有什么脸面可以暗讽叶临西？

叶临西越想越气，恨不得徒手折断面前的银叉以泄愤怒，但片刻后又突然意识到一个问题：段千晗什么时候回国的？

她当即拿出手机，在发信息之前，还特地搜了一下德国的时差，确认现在应该是德国的下午，才毫无负担地准备发信息，可是想了许久又开始犹豫了，不知道发什么好。

叶临西决定听一下身边两个人的意见，但是听她们说了半天，也没听到什么好方法，反而开始思考自己为什么要问两个没对象的人这么深奥的问题。

叶临西果断地开始编辑消息：老公，你觉得我平时花钱多吗？

柯棠见叶临西发完之后，赞同地说道："这种问题也不错，不过我觉得一般男人很难回答这个问题。"因为她也不知道叶临西的老公具体是什么性格，所以用这句话稍微降低了一下叶临西的期待值。

没一会儿，叶临西的手机响了。

柯棠和姜立夏立即把目光投向她的手机。

叶临西解锁后，三个脑袋齐齐地凑在一起。

傅锦衡：没有。

简简单单的两个字，无功无过。

柯棠作为新晋小姐妹，见此赶紧安慰说："我觉得你老公的这个回答也还行，算是简短有力吧。"

姜立夏忍不住看了柯棠一眼，默默地竖起大拇指，暗叹人家的夸人技术就是厉害。

叶临西虽然心里还是有点儿小小的委屈，倒是觉得这挺符合傅锦衡的性格，他本来说话就很简洁，不喜欢说废话。

结果她刚生出委屈，紧接着又收到几条信息。

傅锦衡：你有什么想买的？信用卡的额度不够吗？

傅锦衡：你发给我吧，我让秦周去处理。

傅锦衡：你还有别的想要的，可以列个清单给我。

三个人盯着这几条信息，每个人脸色各异。

柯棠满脸都是羡慕之情，震惊地说道："这是什么绝世好老公啊？"

姜立夏则是不敢相信地看向叶临西，喃喃道："你老公到底经历了什么？"

叶临西则是看了这几条信息好半天，忍不住唇角上扬，片刻后才放下手机，轻哼了一声，语气格外淡然地说道："算了，一个手下败将的采访而已，不值得生气。我老公出差这么忙，我不应该拿这种小事去烦他。"

姜立夏和柯棠在一旁默默地点头，且不约而同地在心里感慨：老公给的底气就是足。

两个小时前，傅锦衡刚转战巴伐利亚，就参观了当地的库卡机器人公司。

这是一家工业机器人的厂商，虽然跟盛亚科技的主营方向不同，但并不代表两者之间没有合作的机会。

不过傅锦衡这次过来不单单是参观，更重要的是合作。

盛亚的安保机器人二代已经进入了内测阶段，但傅锦衡一直不太满意，不满意的原因就是传感系统的问题还未解决，这次亲赴德国也是为了解决这件事。

这次出差的行程一直连轴转，傅锦衡是在去工厂的车上拿出手机时，才发现他跟叶临西上一次联系竟是他刚到德国那天。

他在飞机上拍了一张照片，待下了飞机有了网络之后给她发了过去，无非是想告诉她自己到了德国，结果却一直没收到回复。他知道叶临西的性子时而骄纵，也没太在意，谁知这么一耽误，两个人居然有好几天没联系了。

自从叶临西毕业回国之后，两个人还从未这么久没联系过。这让傅锦衡不由得在想，是不是有什么地方惹她不开心了？这个念头刚在傅锦衡的脑海中一闪，他险些被自己吓了一跳，因为也不知从什么时候起，似乎开始在意叶临西的心情，便随口问秦周："太太这几天在家怎么样？"

坐在副驾驶座上的秦周一怔，有点儿奇怪老板问这个问题，但还是试探性地说道："要不我给郑阿姨打电话问一下？"

"算了，不用。"

秦周点点头，猜测可能是总裁夫妇之间闹了点儿小别扭。秦周作为顶级助理，就是一个行走的矛盾解决机器，自然会留心最近的问题。

说来也是巧，秦周随便刷了一下朋友圈，就刷到一条财经记者发的新内容。

因为这个财经记者之前采访过傅锦衡，为了能及时沟通，他和对方互加了微信。

"段千晗"三个字实在是碰到了他的神经，秦周便点了进去，很快看完后，轻咳了一下，低声说道："傅总，这里有个财经采访专题，我觉得您或许有兴趣看一下。"

"发过来。"

秦周立即把采访的链接转发给傅锦衡。

没多久，傅锦衡放下手机抬起头，揉了揉眉心，问道："你的意思是，临西可能因为这篇采访生气了？"

秦周小心地说道："或许夫人看到了。"他没有说得太直接，但相信傅锦衡已经明白了。

刚才他看采访的时候，就感觉这篇报道意有所指，特别是段千晗说的圈子话题，还说有的人喜欢奢侈品且花上百万元买裙子，应该就是指向叶临西的。

这世上或许真的有一窍不通的男人，但傅锦衡显然不是这种，一下就看出段千晗的小心思。

傅锦衡从来没有中意过段千晗，也从来不曾配合对方在外面放出的各种风声，甚至早跟她明示过她并不是自己理想中的妻子人选。

本来他以为自己已经结婚了，段千晗又在国外，两个人之间不会再有瓜葛。可上次段千晗主动提起安翰科技的事情，还说了那一番话，要是傅锦衡还不懂她的意思，倒是真的没脑子了。

只是他没想到，对方会无聊到上这种财经杂志说一些似是而非的话，便对身边的秦周交代道："去帮我订两个包，你应该知道临西的喜好吧？"

秦周点点头，答道："我明白。"但心里也挺同情傅总的。

明明不是他的问题，最后居然需要他买包谢罪。

两个小时后，傅锦衡收到叶临西的微信时并未惊讶，反而有种终于来了的释然。

她还能主动发信息过来质问他，说明还没那么生气。

果然，傅锦衡的几条信息发过去之后，没多久他就收到了叶临西的回复。

叶临西：你是去出差的，我让你买很多东西，会不会太麻烦？

傅锦衡看着她软绵绵的回复，知道自己的几句话应该正合了她的心思。

傅锦衡：不会麻烦，让秦周去办就好。

叶临西：谢谢老公。

叶临西：我在吃饭呢，你吃过了吗？

随后叶临西发了一张图片过去。图片是她和餐桌上精美食物的合照，也是刚才柯棠和姜立夏给她拍的一百多张照片里最好看的一张。

美人配美食，当真是秀色可餐。就连傅锦衡的心情都不由得愉悦了几分。

傅锦衡：之前吃过了。

叶临西：这家餐厅的东西还不错，等你回国我们再来吃吧。

叶临西：我请客哦。

傅锦衡笑着回了句好，就这么有一搭没一搭地跟她聊着。

看到叶临西低头专心致志地跟傅锦衡发微信，柯棠突然手捧心脏，羡慕地说道："这种爱情真的太让人羡慕了！我以为作为家事律师的我每天看一地狗血已经心如止水了，没想到居然还有为甜美爱情泛酸的一天。"

叶临西和姜立夏一脸无语地看着她。

大概是看她们两个的表情太过奇怪，柯棠收敛地说道："我表现得太夸张了吗？"但柯棠马上又解释，"真的，你们是没干过我这行，不懂我的苦。"

家事案子虽然有很多种，但是离婚占据了大半。柯棠实在见过太多夫妻闹得跟仇家似的，也见过夫妻恨不得弄死对方的情况。毕竟夫妻能闹到找律师的地步的婚姻没一个是善终的。

叶临西摇摇头，说道："不是因为这个。"

这下轮到柯棠好奇了，问道："那是因为什么？"

叶临西想了想，大概是因为她和傅锦衡就是柯棠惯常见的那种表面夫妻吧。

两个毫无感情基础的人为了各自的利益和目的，硬生生地被凑成了一对。

不过叶临西又想了想，现在她和傅锦衡还算是表面夫妻吗？

他好像开始在意她的想法，会花心思哄她。她好像也变得更患得患失了。

这种改变虽然细微，但是她能真实地感受到，心里还会有些忐忑。

姜立夏见叶临西这样，"扑哧"一声笑了起来，还越笑越开心。

就在叶临西以为姜立夏疯了的时候，突然被她搂住了肩膀。

"我的小玫瑰，快请我喝这家餐厅里最贵的酒。"

叶临西一脸迷惑地说道："你又发什么疯啊？"

"还记得我跟你说过怎么彻底征服这个男人吗？"姜立夏揽着叶临西的肩膀，声音里透着得意。

叶临西当然还记得姜立夏这个馊主意，当初差点儿血洗傅锦衡的椅子不就是因为忙着去献殷勤？

姜立夏继续说道："我就说嘛，怎么可能会有男人不喜欢你呢？"

叶临西无语地摇头，又想起姜立夏当初的那句话。

如果她能彻底征服这个男人，以后就是让他往东他不敢往西。

可是这样的傅锦衡还是她认识的那个傅锦衡吗？不管怎么样，她都觉得傅锦衡这样的男人不会变成那样。可他万一变成那样呢？让一个看起来冷淡又骄矜的男人，爱她爱到无法自拔的地步，好像还挺有意思的。

叶临西觉得似乎真的可以尝试一下，便大手一挥，说道："点吧，这个餐厅里所有的东西，你想点就点。"

于是，姜立夏开了一瓶红酒。三个人喝着红酒聊着天，不知不觉就到了餐厅要关门的时间，结束后一起上了叶临西的车。

叶临西让孟司机先把她们俩送回家，等回到云栖公馆的时候已经快十二点了。

叶临西喝了不少酒，但还是强撑着洗完澡才上床，待躺到床上的时候，整个人都是昏昏沉沉的，甚至觉得平时她怎么翻滚都嫌小的床此时仿佛大得翻不到床边。

在她又翻了个身后，大床发出轻微的声响，在安静的房间里格外刺耳。

叶临西突然意识到一件事情：这么大的别墅只有她一个人，太可怕了，得找个人聊聊天才行。

叶临西一边想着一边拿出手机，决定就选微信栏里面的第一个联系人，跟对方打电话。

哇，好巧，第一个人居然是傅锦衡，他们之间还真是有缘哦。

叶临西这样想着，看了好几眼，竟傻傻地笑了起来，全然忘记了傅锦衡能在第一个是因为她特地为傅锦衡设置了置顶聊天。

当叶临西还在想要不要给傅锦衡打电话的时候，手已经不由自主地拨了电话。

片刻后，那头的人接通了电话。

"临西。"傅锦衡低沉的声音清楚地从电话的另一端传来。

叶临西嗯了一声。

傅锦衡问道："刚到家里？"

叶临西说道："嗯，刚洗完澡，还抹了香香的沐浴乳。"

傅锦衡没想到她会这么说，下意识地捂住了手机，低声说道："你稍等一下。"

叶临西在床上翻了一圈儿，笑嘻嘻地说道："等什么呀，你想闻闻我身上的香味儿吗？"

傅锦衡听出她声音里的不对劲儿，柔声问道："临西，你喝酒了？"

叶临西伸出手指，稍微比画了一下，说道："只喝了一点儿。"

傅锦衡原本也在跟别人应酬，本来以为叶临西已经睡觉了，可没想到她居然喝了不少酒，有些无奈地说道："不是跟立夏她们一起吃饭的吗？"

叶临西理直气壮地说道："女人在一起就不能喝酒吗？我们姐妹之间也有很多需要喝酒才能聊的话题。"

傅锦衡站在外面的阳台上，听着她近乎撒娇一样的话。

此时她应该并不算清醒，连说话方式都变了。

哪怕外面的风吹在他的脸上是冷的，她的声音隔着电话传过来却是烫的。

突然，傅锦衡问道："临西，你有什么话是需要喝了酒才能跟我说的吗？"

她有什么话是需要喝了酒才能跟他说的吗？

这句话像是一把利刃，短暂而又迅速地劈开叶临西快凝成一团如同糯糊般的脑子，甚至让她的思绪出现了一丝丝的清明。

叶临西轻声说："你早点儿回家。"

她没说出的后半句是：我想你了。

第九章

临西，我随时都在

初夏的清晨，连空气里都透着难散的热气。热浪随着太阳的升起渐渐密实，像是要把整座城市都笼在其中，渐渐地叫人难以忍受。

自从王文亮的案子结了之后，叶临西就成天在办公室里坐着。

这次她倒是主动帮同事做了一些辅助工作，顺便看看他们在项目里的实操，毕竟公益案子只是一时的，未来她的方向还是非讼项目。

叶临西到公司没多久，刚把包放在桌子上，就听手机响了起来，打开一看才发现居然是叶栋打来的。

说起来她回国之后还没见过叶栋，主要是因为叶栋这段时间并不在北安，父女二人也只是打了电话而已。

"爸爸。"叶临西甜甜地叫了一声。

叶栋的话里透着不满："我要是不打电话过来，你就不知道给我打个电话？"

叶临西撒娇地说道："我这不是忙嘛。"

叶栋问道："忙什么？"

叶临西顿了一下，想起之前也没跟爸爸说自己已经上班的事情，估摸着他还以为她整日在家里无所事事呢。

叶栋也没管她这点儿小心思，继续说道："晚上来陪爸爸吃饭。"

既然叶栋这么说了，叶临西自然没有推托的理由，随后笑着说道：

"爸爸，你什么时候把我哥调回来？"

"怎么？想他了？"叶栋难得笑了。

叶临西说道："我倒也不是想他了，只是觉得少了一个钱包在身边。"

叶栋闻言犹疑地问道："傅锦衡慢待你了？"

叶临西赶紧说道："没有啊，他挺好的。"

说这话时叶临西有些心虚，仿佛再说一句就要把小心思给泄露出来似的。

叶栋不由得有些好奇，问道："往常你不是总挑剔傅锦衡吗？"

虽然叶临西和傅锦衡之前爱在长辈的面前立甜蜜恩爱的人设，但是知女莫若父，况且叶临西在叶栋面前本来就比在别人面前更自在，说话更是随意很多。

因此她在叶栋面前诋毁傅锦衡的时候丝毫没有心理负担，只是没想到现如今搬起来的石头砸到自己的脚，便赶紧解释道："难道还不许他痛改前非？"

叶栋说道："他痛改前非？我还以为是你。"

叶临西有些恼羞成怒，故作生气地说道："爸爸，到底谁才是你亲生的，你这么向着他说话？"

"锦衡这样的女婿，很难让人挑剔的。"叶栋确实对傅锦衡满意得不得了，虽然也不喜傅锦衡拐走了他的小棉袄，但十分欣赏傅锦衡做事的方式和手段。况且两家公司如今合作愉快，他对傅锦衡更是没有可挑剔的。

叶临西撇撇嘴，说道："这话要是让我哥听到了，他又得哭了。"

"平时没听你说过你哥哥的好话，现在又替他打抱不平了？"

"那你什么时候肯大发慈悲，把我流放海外的哥哥召回呢？"

叶栋不由得微斥她，说道："别胡说八道，去欧洲分公司是你哥自己的主意。"

叶临西轻哼一声，说道："那还不是他想眼不见心不烦。"

这话说得叶栋不由得头疼，当然知道叶临西指的是什么。

叶栋与沈明欢离婚之后，一直没有再婚，但近年来身边一直有一个固定的女友。

叶临西和叶屿深一直知道这件事。

其实叶临西也不是非要苛责她爹，毕竟她爹正值壮年，可要让她跟对方友好相处，她也做不到。好在她在美国读书，正好不用见面。叶大小姐做事随性，为人傲慢，反正看不惯的人就不多打交道。

叶栋似乎还带着那位小女友跟叶屿深吃过饭，话语间还有想再婚的意思，气得叶临西差点儿回国。

都说中年男人容易老房子着火，没想到叶栋也免不了俗。

叶临西突然想到晚上要跟他吃饭的事情，不由得狐疑道："晚上这顿饭不会是鸿门宴吧？"

叶栋被她这个脑洞一惊，失声笑道："你胡思乱想什么呢？"

叶临西提前给他打预防针，说道："爸爸，我的脾气可不算太好哦，你是知道的。"

这句话的言外之意是：晚上真让她看见什么不想看见的人，她可是不介意掀桌子的。

叶栋无奈地说道："你呀，真是被我惯坏了。"

叶临西倒是无所谓，反正她一身的公主病确实有叶栋的功劳。

哪知他居然又轻飘飘地来了一句："也是辛苦锦衡了。"

这还是亲爹吗？她确实是亲生女儿吗？

叶临西挂了电话之后，心里还在念叨这件事情，可是想了许久，又觉得傅锦衡这人好像天生就会收买人心似的。

他让她爸爸这么喜欢他就算了，怎么现在连她也要沦陷了？

这个念头刚从脑海里生出，叶临西就猛地甩头，拒绝接受这个事实。

她是疯了吗？她居然会觉得自己对傅锦衡有那种想法。

要是这个臭男人知道叶临西的心思，说不定会在心里笑话她，或许还会想"原来她平时对我这样坏是因为偷偷喜欢我"，又或者会得意地觉得叶临西离不开他。如果真是这样的话，那可太丢脸了。

叶临西不由得想起了很久以前的那件事，此前一直压在心里，以为这辈子都不会再想起，但现在脑海里止不住地在想，一时间又开始对傅锦衡不满起来，心想都怪这个臭男人。

晚上叶临西去餐厅的时候，整个人都恹恹的，明艳的小玫瑰像是被霜打了，以至于到了地方还是那副样子。

待她推门进去时，见叶栋还没到，便一个人先在包间里坐了下来。

没一会儿，她听到外面传来动静，抬头看过去时，就见包间门被推开后走进来两个人，不由得有些发愣。

"怎么？是看见爸爸奇怪，还是看见以淮奇怪？"

哪怕叶栋真的鬼迷心窍，带着他的那个小女朋友来了，叶临西都没现在这么震惊，此刻犹如被雷当头劈了一下，实在想不到叶栋居然会跟宁以淮在一起，竟缓缓地站了起来。

叶栋笑道："行了，这儿不是你们律师事务所。"

话说到这个份儿上，叶临西要是再不明白，那她的脑子真是进水了。

叶临西说道："爸爸，你知道我在珺问上班？"

按理说她现在应该恼羞成怒的，因为发现自己完全被耍了，亏她还以为自己机智，偷偷找了工作都没让叶栋帮忙。

叶栋见她一副兴师问罪的模样，哪儿会不懂她的心思，立即摆摆手，说道："别别别，你可千万别冤枉我。我也是你上班之后才知道的。"

叶临西狐疑地望着他。

叶栋实在是太惯着叶临西了，生怕她不信，还拉着宁以淮说："以淮，你跟这个丫头说说，她应聘到你们律师事务所的这件事，我是不是从来没插手管过？"

叶临西偷偷去珺问上班，无非就是不想让叶栋管自己。

叶栋知道她这点儿小心思，当然不会多管，生怕让她知道再埋怨自己。

宁以淮说道："当时招你进来时，我确实没和叔叔说过。"

叶栋见大家都站着，便招呼他们坐下。

很快，叶临西又在这两个人的身上打量。

要是宁以淮只是因为公务跟叶栋认识，不至于被叶栋带着一起来吃饭。要是叶栋真的想在珺问律师事务所给她铺路，估计会直接请蒋问一起吃饭。毕竟蒋问才是珺问律师事务所的主人，也是真正管事的那个。

宁以淮这样的大律师名头虽大，却又犯不着叶栋亲自与他交际。

见叶临西的目光在他们两个之间扫来扫去，叶栋笑着说道："临西，你真的不记得以淮了？那你可是没良心呀。"

叶临西更震惊了，实在想不到自己何时跟宁以淮认识。

"你申请哈佛的时候要参加面试，不就是以淮帮你准备的？"

叶临西震惊地望着宁以淮，自然也想起了这件事。

美国的大学要面试，申请的学生自然要提前准备，一般来说有条件的人家都会请资深的专家帮助考生进行专门的面试训练。申请大学的方式有很多种，但是金钱开道会更容易些。

叶临西一向学习成绩不差，也不用太担心考试这关。

当初叶栋确实安排专门的人给她进行面试环节的系统训练，还说对方也是哈佛毕业的学生。

只不过叶临西当初并未跟他见面，两个人始终是在电脑上语音训练，况且因为对方一直说的是英语，便以为他是个华裔，安全没想到这个人居然是宁以淮，一时间竟跟他有了这种莫名的联系。

叶栋解释道："要不是这次我跟以淮商量让你去他那边实习，都不知道你居然已经投了简历过去工作了。"

叶临西见叶栋跟宁以淮十分熟络的样子，不由得有些好奇这两个人的关系。

趁着叶栋出去接电话的工夫，叶临西忍不住问道："宁 par，你跟我爸爸怎么认识的？"

"我小时候所在的孤儿院是你爸爸赞助的。"

如果说宁以淮跟叶栋认识这件事让她足够惊讶，那么现在叶临西则是再次震惊地瞪大眼睛，又黑又亮的眸子透着惊诧。

宁以淮是孤儿？不可一世、傲慢至极的宁大 par 竟然是在孤儿院长大的？

叶临西一时不知该说什么好。

倒是宁以淮淡定地说道："后来我在美国读法学院的学费也是你父亲出的。"

虽然宁以淮在工作之后将这笔钱悉数还给了叶栋，但从未忘记这份恩情。

叶临西端起面前的水杯偷偷喝了一口，算是抚慰了频频受刺激的小心脏。

之前她虽从未打听过宁以准的背景，但见律师事务所的人一向对他推崇至极，再加上他的美国名校留学背景，就习惯性地认为他大概也是家境优越的少爷，毕竟他那副唯我独尊的模样确实不是一天两天能养成的。

"一开始招你进来确实是因为我认出你了，不过后来也是想看看你在法学院学得怎么样，到底有没有丢我的脸。"宁以准继续说道。

他在说什么？她丢他的脸？叶临西以为自己幻听了。

宁以准微靠着椅背，淡定地说道："当初你进哈佛还是我替你准备的面试，也算我的半个学生吧。所以，我考查一下你的学业情况也没什么问题吧？"

叶临西真觉得活了二十多年还是第一次见到比她还理所当然的人，心想这人简直到了往自己脸上贴金的程度，只好冲着他笑道："那还真是谢谢宁 par 的指点。"

"王文亮的案子你本来就办得漂亮，证据是你找到的。"宁以准难得地开了尊口，居然舍得夸她一句。

不过叶临西心如铁石丝毫不为所动，脸上挂着外交官式的标准微笑，心头却止不住地冷哼：别以为你现在说两句好话，以后我就不会把你扫地出门了。

宁以准仿佛看出她的心思，直接问道："你心里是不是在骂我？"

叶临西赶紧摇摇头，说道："没有。"

宁以准继续说道："我不会因为我们这层关系以后就对你另眼相看、网开一面。在我的团队里，你要是做错了事，照样挨骂。"

叶临西微微咬牙，心里想着：无所谓，反正你最后的命运也只能是被扫地出门。

好在很快叶栋回来了，一顿饭就这么吃完了。

叶临西坐车回家，一路上望着外面的街景。

路上霓虹初上，城市被缀满了星辉，变得绚烂而又热闹。

叶临西回家后直接上楼，开始洗澡、敷面膜、蒸脸等一系列美容流程。

她一向习惯花费时间在这张脸上，可是做着做着就觉得有些无聊，但想到傅锦衡明天就会回国，一时又开心起来。

　　傅锦衡到达云栖公馆时已是凌晨三点，下了飞机就直奔家里。

　　往常出差时他从未有过这般急迫，这次倒是体会到了，待推开卧室的门，就闻到一股淡淡的香味。

　　这个味道沁人心脾却不浓烈，跟叶临西日常用的香水很相似，是他熟悉的味道，叫傅锦衡心头微软，一时间连夜赶路的疲倦早已消匿无踪。

　　走廊里的灯光从门缝儿倾泻而入，床上微微凸起的影子突然翻了一下，薄被已掉到床边大半。

　　傅锦衡见此不由得一笑，暗道她这个睡姿倒是一如既往，随后便去其他房间洗漱，亦将一身风尘洗去，然后悄悄上床，紧紧地抱着她。

　　"傅锦衡。"怀里的女人像是感受到他的存在，忍不住唤了一句。

　　"嗯，是我。"傅锦衡以为她醒了，轻声应道。

　　叶临西只是喊了他，却没真的睁开眼睛，然后伸手抱住他，样子看起来特别安心，仿佛以为这只是一场美梦。

　　傅锦衡也困极了，这几天尽量加快行程就是为了提前一天回国，甚至没有告诉叶临西，大约是想给她一个惊喜，此刻抱着她，一时也不知道到底是自己给了叶临西惊喜还是见到叶临西自己很惊喜。

　　待清晨的闹钟准时响起时，叶临西习惯性地推开面前的人，想伸手去摸床头的手机，却在摸到手机时整个人突然僵住了。

　　她的床上为什么还有别人？

　　叶临西猛地回头看着身后的人，在看见那张熟悉至极的清俊面孔时，不由得松了一口气。

　　原来是他回来了。

　　可是这口气松了之后，她不由得又有些恼火。

　　他回来为什么不提前告诉她一声？

　　原本依着叶临西的性格，肯定是要不管不顾地直接把人推醒，然后质问他为什么不跟自己提前说一声就这么突然地出现在床上，他知不知道会吓死人的？

可是看着他熟睡的模样，叶临西突然有那么点儿舍不得，昨晚完全没察觉他回来，大概也是因为睡得太熟了。

那时应该正是凌晨三四点的时候，他肯定也是舍不得弄醒她才没叫她的吧？还有，他提前回国不会是为了给她一个惊喜吧？

这么一想，叶临西又没那么恼火了，心头只剩下化不开的小甜蜜，忍不住盯着床上的男人。

他的黑发似乎又长了点儿，随意地落在额前，显得整个人轻松了不少。他浓眉挺鼻，嘴唇虽略薄，可是唇形好看，此刻哪怕那双黑眸未睁着，一张脸依旧好看得过分。

也对，这么一张脸才值得她高看几分嘛。

叶临西心下的满足又多了几分，她轻轻地掀开被子下床去洗漱，洗脸刷牙时极注意声响，片刻后进了衣帽间，选来选去都没选到满意的衣服，只好拿起了一条白色的连衣裙。

她皮肤白，穿白色更显眼。

她刚穿好衣服，正伸手在后面准备拉起拉链时，突然感觉身后有动静，扭头就看见裸着上半身的男人站在门口。

叶临西还没拉上后背的拉链，露出了整个后背，一时有些恼，说道："你走路怎么没声音啊？"她说完着急地想要拉上拉链，可是越着急越拉不上。

眼看她用力到要把拉链扯坏，傅锦衡缓缓地走上前，轻轻地拨开叶临西的手指。

叶临西只觉得丢脸，干脆扭头看向前方，没一会儿便感觉到拉链被他往上拉好，后背的凉意渐消。

待他的手掌拉到最上面时，叶临西轻声说道："谢谢啊。"

傅锦衡听着她蔫了似的声音，说道："看见我回来不开心？"

"哪儿有啊？"

"那就是特别开心了？"

叶临西本来就对他心存不良，心虚到不行，此时被他这么一说，嘴巴又硬了起来，说道："很开心倒也不至于，我就是想到你回来了，礼物应该也回来了。"

叶临西现场演绎了什么叫嘴硬。

傅锦衡也不戳穿她，只看着她，笑着不说话。

　　叶大小姐从来不是客气的人，虽然前脚还在说让他帮忙买东西会不会不太方便，后脚就把清单表发给了秦周。

　　叶临西扭头就要走，说道："不跟你说了，我要去上班了。"

　　可她刚转身，还没迈出步子，就见傅锦衡已经压了上来，接下来整个后背都贴在了冰凉的玻璃镜面上。

　　傅锦衡低语道："可你那天喝醉酒时可不是这么说的。"

　　叶临西愣了一下，问道："我说什么了？"

　　傅锦衡身体微弯，脸颊离叶临西越来越近，声音似没了往日的冷漠疏淡，反而透着丝丝温热："你说让我早点儿回家，想我了。"

　　他简直在胡说八道！

　　叶临西争辩道："我只说了让你早点儿回家，没说我想你了。"虽然那句话她是在心里说的。

　　别以为她喝了酒，他就能诈她。

　　说完她刚仰头望向他，对上他一双狭长的黑眸，突然间所有的理直气壮都变成了虚张声势，只好慌张地低下头。

　　但这次傅锦衡已经直接含住她的嘴唇。

　　犹如干柴碰到了一丝火星，噌的一下，两个人的身体仿佛都被点燃了。

　　傅锦衡的吻落下来得又密又急，他的双手轻勒住她的腰身，将她整个人抵在镜面上，不容她有一丝逃离，然后紧紧地吻着她的唇，引得她喉咙不自觉地溢出一声嘤咛。

　　那声音软得仿佛不是她会发出的，叶临西听到后，耳根迅速染上红晕，但很快脑海中的羞耻已经被另外一种感觉取代。

　　傅锦衡像是被撩出了火气，亲她亲得越来越狠，有种一时半会儿不打算放开她的样子，许久才松开她，垂眸问道："要不今天请假？"

　　听到这句话，叶临西抬头看他，瞧着这个男人一身朗月清风的模样，没想到他竟说出这种让人特别容易误会的话。

　　叶临西斩钉截铁地说："不行。"只是一张嘴，声音还是那样绵软，她便略提高声音，继续说，"你想得倒是挺美。"

　　可是她声音越大，越显得心虚。虽然叶临西嘴巴上否定得很果断，心里却忍不住地跑向别处。

到楼下吃早餐时，叶临西忍不住偷看傅锦衡。

待傅锦衡抬头看过去时，叶临西又赶紧低下头，却听对面的人发出一声轻笑，便有些不服气地说道："你笑什么？"

"中午一起吃饭吧。"傅锦衡擦了擦嘴角，淡淡地说道。

叶临西正要冷淡地哦一声表示回应，结果又听到对面的男人开口了："还是那家酒店。"

餐厅就餐厅，为什么刻意提那家酒店？他想干吗？

叶临西狐疑地望过去，却见他的眼底又生出戏谑，不由得恼火道："你想什么呢？"

傅锦衡轻笑道："你在想什么，我就想什么。"

叶临西瞬间面无表情。

一切都回来了，那个让叶临西抓狂的臭男人也回来了。

她到底是造了什么孽，遇到这种老公？

带着这种心情上班之后，叶临西到了公司又忍不住在她、姜立夏、柯棠的三人群里吐槽。

谁知一向不在早上活动的姜立夏居然迅速给她回复了。

姜立夏：我觉得吧，傅总这样有点儿像小学男生，就是越喜欢你吧，就越爱欺负你。

叶临西：你是在讽刺他还是个小学生？

傅锦衡和小学生这两种不和谐的名字放在一块儿时，叶临西冷不丁地抖了一下。

柯棠：傅总是谁？

由于叶临西张嘴就是臭男人，以至于柯棠至今都不知道叶临西的老公是谁。

姜立夏：就是那个幸运娶走我们小玫瑰仙女的臭男人。

柯棠：就他这种人，为什么敢对我们仙女这样？难道不应该每天沐浴更衣，上三炷香吗？

姜立夏看见这句话一脸无语。

叶临西：那倒也不必。

姜立夏：不过，姐妹，我觉得你离一举拿下傅总已经不远了。

姜立夏：加油！

姜立夏：姐妹冲呀！

叶临西托着下巴看着姜立夏那条一举拿下傅锦衡的话，不由得陷入了深思，或许真的应该再努努力，最起码得过上"她说东他不能往西"的生活吧。

　

傅锦衡九点到达公司时，秦周已经准时在公司等他。

总裁办的人原以为傅锦衡今天回来，后来知道他凌晨就到了，本以为总裁今天不会来公司，结果早上九点就看见人家来上班了。

众人不由得感慨：难怪人家有钱，光是这种毅力，就不是一般人有的。

早上十点，高管会议准时召开。

会议开到尾声时，突然有个人嘀咕道："外面怎么回事？"

说话的声音有点儿大，众人都不由得朝外面看过去。

不远处的天空竟升起浓浓的黑烟，沿着天际扶摇而上，原本湛蓝的天空被染成灰黑色，格外刺眼，这样的浓烟意味着大火。

一时连傅锦衡也抬眸看了过去。

旁边的秦周迅速看了一眼新闻，随后露出诧异的表情，赶紧起身在傅锦衡的身边说了句话。

待秦周说完，傅锦衡立即拿起放在一旁静音的手机，当着所有人的面拨了一通电话。

在座的高管面面相觑，谁都知道傅总最讨厌的就是开会时打电话。所有人的手机必须静音后放在桌子上，哪怕是傅锦衡也严格执行着这个规定。

但此时他直接当着众人的面打电话，却听到对面只有"嘟嘟嘟"的忙音，始终未有人接听。

"秦周，备车。"傅锦衡起身说的第一句话就是这个，随后说了散会之后便转身推开玻璃门，往会议室外走。

高管们何曾见过傅锦衡这样仓皇失措的模样？这位年轻的继承人

在人前一向是冷静沉稳的模样，年纪轻轻身居高位，却丝毫不见任何骄气，素来做事进退有度。可这一次，他的失态被所有人明明白白地看到了。

"傅总这是干吗去了？"

"不知道呀。"

"外面是哪栋大厦着火了？"

"我看新闻说是恒西路的恒洋国际大厦，据说火势还特别大。"

"这种高层失火还挺难救的。"

众人你一言我一语，一边说一边往外走。

此时公共办公区域的人也都在讨论恒洋大厦的这场大火，显然整个CBD区域都能清楚地看到天空中那团浓墨般的黑烟。

傅锦衡和秦周到楼下时，司机已在马路边等着了。

可是车刚开出去就堵住了，司机看着前面，为难地说道："好像是因为前面失火，有些路被封了。"

司机的话音刚落，后座的车门已经被打开，一个人影从车边一闪而过，奔向前面。

司机回头就看见后座只剩下秦周。

秦周作为称职的助理，时时刻刻都跟在傅锦衡的身边，这会儿居然也震惊到忘记下车。

恒洋大厦距离这里并不远，走过去只需要五分钟。

傅锦衡一路跑过去，刚到恒洋大厦的楼下就看见花坛处黑压压地站着一堆人，他们都是这栋大楼里被疏散下来的人，想着这么多人里肯定有叶临西。

傅锦衡仗着个子高，拨开人群四处找人。

可是那么多人，有男的有女的，却唯独没有那张明艳动人的脸。

傅锦衡的心脏像是被什么东西狠狠地抓住，隐隐地疼。

他也不知找了多久，直到走到最南边的一个小花坛旁边，突然瞥见一个雪白色的身影。

"叶临西。"他喊了一声。

正站在小小阴影下的人微转过头，扬起泼墨般的长发，似带过一阵风。

叶临西原本嫌刚才站的地方太晒，特意重新选了个阴凉的地方，可这会儿见太阳又过来了，正烦得要命，就听到有人喊她的名字。

她转头就看见傅锦衡站在不远处。

他微敞着西装，额头上的汗水在阳光下闪着细密的光，身上是叶临西从未见过的狼狈。

她微咬着唇，一下就明白他是来找自己的。

傅锦衡一步一步地走到她跟前，面无表情，可眼底似带着薄怒，说道："为什么不接电话？"

叶临西微垂着头，明明知道只要解释她刚才着急下楼忘带手机就好了，脑海中却鬼使神差般闪过姜立夏的话。

突然，她垂眸抱住傅锦衡，声音里带着低泣，害怕地说道："傅锦衡，我好害怕，我以为再也看不见你了。"

男人轻轻地抱住她，像是对待易碎的稀世珍宝般。叶临西甚至能感觉他的手臂不敢用力。

终于，他轻声开口："临西，别怕，我在呢。"

叶临西趴在他的怀里微闪眼睫，声音里透着后怕，说道："刚才我快吓死了，腿都要软了。"

一向受一点儿小委屈都要哭诉好久的人仿佛真的被吓坏了，趴在他的怀里，轻轻地嗫嚅了几句。

正在叶临西想着是不是应该像姜立夏说的那样再接再厉一举拿下傅锦衡时，就听见旁边不远处传来柯棠的声音。

柯棠问道："你们看见临西了吗？"

同事纷纷摇头说没看见。

柯棠还觉得奇怪，想着只是去买水的工夫怎么就不见人了？

"刚才火警警报响起的时候真是吓死人了。"一个女同事抱怨道。

另外一个同事说："可不是，我连电梯都没等到。柯棠，你好像是最早下来的一批人吧？"

柯棠忍不住笑了："别说了，我当时腿也软了。结果临西一把抓住我，连电梯都没等直接从安全通道下来的。这姑娘真的跟长相太不一样，二十多层楼我快累死了，她穿着高跟鞋一口气跑下来了。"

"看不出来呀，叶律师那么娇滴滴一个人这么沉着冷静。"

"叶律师当真是女中豪杰啊。"

"大家都是律师，人家叶律还是个新人呢，表现得比咱们都老到。"

此刻正趴在傅锦衡怀里的叶临西假装这一切都没有发生。

叶临西知道现在最需要做的是借机示弱，勾起他的怜爱，再一举拿下臭男人，彻底奠定胜利基础。

就在前一秒她还在为自己的机智得意，觉得即将计划达成时，就见老天爷派人来收拾她了，虽然手上还抓着傅锦衡西装的一角，脑袋里却正在以极速模式疯狂运转，试图挽回刚才的尴尬局面。

如果说之前在傅锦衡面前种种出糗的表现还能用一句意外来形容，那么此刻，叶临西刚才的表演可是明明白白地暴露了她心机女孩的本来面目。

叶临西急中生智，抬头就说："我是下楼之后越想越后怕，后怕到腿脚发软的。"

反正不管傅锦衡信不信，她今天就是因为后怕到腿软的，没腿软现在也软了。

叶临西对这个臭男人的刻薄深有体会，打算不管傅锦衡说什么都要极力否认。

傅锦衡是真的担心叶临西，才会满头大汗地一路跑过来。

叶临西刚才也真真切切地看到了，却还有心思跟他演戏，想想都知道他的心情会有多恶劣，但心里也不由得有些委屈。

要不是他平时总那样，她犯得着跟他耍心机吗？反正这一切都怪他！

叶大小姐在心里辗转万千总算给自己找到了理由，立即心安理得起来，仰头等着傅锦衡开口。

傅锦衡只是低头细细地打量了她一番，并没有说话。

叶临西过于心虚，忍不住问道："难道你不信我吗？"

他要是敢说不信……好吧，她也没办法。

叶临西正有些忐忑的时候，就听见清冷的声音落了下来："嗯，我相信。"

本来叶临西正要反驳，甚至都已经列出好几条罪状了，结果被傅锦衡的一句我相信噎了回去，刚才的那些念头跟砸进了棉花堆里似的。

一时间，原本要摆出理直气壮架势的叶临西还没拿出气势，就如一个气球突然被戳破，半晌才嗫嚅着说道："你信就好。"

直到这时，她还是有那么一点儿不敢相信。

这么明显的一件事，傅锦衡这个臭男人居然轻轻地放下，没对她进行半点儿冷嘲热讽？

叶临西甚至还有那么一点儿不习惯，但随后就被这个可怕的念头吓坏了。

她该不会是被傅锦衡心理控制了吧？她居然会觉得他不对自己冷嘲热讽两句就不习惯？

不过叶临西想想平时动辄对傅锦衡的冷言冷语，一时也感慨万千：当初表面夫妻的剧本拿得太稳了，现在一朝想改戏份也太难了。

叶临西的脸色变幻万千，一会儿看起来欢喜，一会儿看起来忧愁。

傅锦衡见此觉得有些好笑，刚开始确实也感觉有些奇怪，实在难以想象有人会活得这么肆意自在。

叶临西一贯活得鲜活又真实，从不隐藏自己的情绪，不管是开心、难过、委屈、得意、欢喜，心里怎么想，脸上就怎么表现。

傅锦衡原本就喜欢她这样，后面也越发习惯了，此时牵起她的手，柔声说道："走吧。"

叶临西有些惊讶，问道："去哪儿？"

"难道你要一直站在这里？不嫌热吗？"

叶临西毫不犹豫地点头："热，真的好热。"

她一向娇气得很，刚才之所以会换个地方站，就是因为同事们站着的那里没什么遮挡太阳的地方，只不过如今她对"娇气"这两个字格外心虚。

但不得不说，柯棠说的话真的没有夸张。

律师事务所的复印机都安排在一个地方，不管哪个团队要复印、打印都会去那边。起火的时候叶临西正拿着材料去复印，刚好撞上柯棠，两个人就一边说话一边复印材料。

突然，叶临西轻嗅了一下，有些奇怪地问道："什么味道？好奇怪。"

"什么？"柯棠也嗅了一下鼻子。

叶临西一直对气味比较敏感，所以第一时间闻到了那股味道。就在两个人还在猜测时，就听见整栋楼响起了火警警报声。

震彻耳边的警报声提醒着每个人此时发生的事情。

"楼上着火了。"

"快下楼。"

办公室里响起了几句喊声，平时沉稳冷静的律师此时也顾不上什么，纷纷往外跑。珺问律师事务所在大厦的二十多层，所在的楼层并不低，但很多人居然还堵在电梯口。

柯棠还没往电梯口走呢，就被叶临西一把抓着往安全通道跑去。

叶临西边拉她边说道："发生火灾的时候还等什么电梯，赶紧往楼下走吧。"

柯棠大惊失色，说道："二十多层呢。"况且她们都穿着高跟鞋。

没等柯棠的话说完，叶临西已经一马当先地往下走了。

连叶临西都没发现自己居然这么惜命，亦惊讶于危险之下自己爆发的求生欲。

后来她还找了一堆借口，大概是她确实没活够，还要买无数漂亮的仙女裙和好看的包包，这么一想倒是也能接受自己骨子里的现实。

因为火灾，这条街有消防车进出，道路暂封。

叶临西这才发现傅锦衡居然没坐车过来，扭头望着他，之前看他一头汗，还以为他是被太阳晒的，这会儿有些不好意思地说道："你跑过来的？"

傅锦衡答道："嗯。"

叶临西也不知该说什么。

傅锦衡再次低声开口："我给你打过电话。"

叶临西想起来他刚才对自己的控诉，一时心绪有些乱，说道："我刚才在复印东西，手机没带，听到火警警报器响起的时候就直接下楼了。"

傅锦衡的声音依旧清冷，仿佛吹散了周围的炙热，落在叶临西的耳中是那样舒服："你做得很对，这种时候保护好自己最重要。"

叶临西没想到他会夸自己。

两人沿着街往前走，叶临西这么娇气的人居然也没喊热，直到走到酒店的门口时才反应过来，有些紧张地问道："我们干吗来这里？"

"你们公司应该一时半会儿回不去，这条街又堵着，我的车子开不进来，我们先在酒店休息一下，等吃完午饭再送你回家。"

叶临西听着他这么义正词严的一大通话，心里的犹疑还没彻底消除。

以至于傅锦衡走到前台直接开了一间房后，叶临西彻底认定他居心不良，质问道："吃饭就吃饭，干吗开房？"

傅锦衡转头看她，有些冷淡地喊了一声她的名字："临西。"然后他才继续说道，"我昨晚三点多才到北安，今天又去公司，有些累了。"

叶临西看着他眼底的疲倦，突然意识到他的奔波劳累，不禁有些心虚，内疚自己对他关心不够，在进了电梯后，忍不住说："所以我今天早上就说你应该在家多休息一下，你们公司难道会因为你少去一天就倒闭不成？也不知道你这么辛苦是为了什么。"可是她还没彻底说完就猛地闭嘴了。

叶临西安静地望着对面的电梯门，虽然最近花钱的趋势有所缓和，但之前可是出了名能砸钱的主儿，逛街离开商场时手上经常不拿分毫东西。

因为她买得太多，品牌方通常主动要求送货上门。哪怕是对一般人而言高高在上的奢侈品，在她面前也不过是随时就能买的东西。这些随意和自在都是靠着巨大的财力支撑的，而傅锦衡就是她肆无忌惮的依仗之一。

如果说每个成功男人的背后都有一个败家的女人，叶临西就是站在傅锦衡身后的那个女人。

出了电梯之后，两个人直接进了酒店的套房。

其实叶临西也真的累了，又不是真的铁人，一口气从二十多层楼下来，还穿着高跟鞋，此时提着的一口气落下去，浑身都觉得酸疼难耐，特别是双腿又酸又疼，所以一进门就直接脱掉了高跟鞋。

叶临西窝在沙发上，也顾不上维持优雅的仪态，恨不得怎么舒服怎么躺着，哪怕四仰八叉都不在乎。

待傅锦衡在她旁边坐下时，她的腿也不知怎么回事，一下就搭到了人家的大腿上。

叶临西抬头，正好撞上傅锦衡的目光，本来也没想怎么样，可是这么一看，突然撇嘴，撒娇地说道："我的腿快疼死了。"

傅锦衡问道："因为一口气下了二十多层楼吗？"

叶临西露出微笑的表情，似是在鼓励他会说话就多说点儿。

这家酒店天花板的吊顶花纹很特别，叶临西看了一会儿，但心思完全不在上面，声音平静地说道："没关系，我今天只是面临了一场劫难而已，从火场中逃出来捡回一条命就够开心的了，腿疼到抽筋算什么呀。"

她语气平静，仿佛并不是在抱怨控诉什么，但说的话又让人啼笑皆非。

傅锦衡看着面前这个姑娘自顾自的表演，手掌也不知怎么就搭在她的小腿上，自然地接话道："你想让我帮你捏捏？"

她一句话非要绕八十一个弯来说，倒是她的风格。

叶临西故作矫情地说道："也不是我想呀，就看有些人有没有诚心喽。"

傅锦衡听着她得寸进尺的话，仿佛还应该谢谢她给自己一个表现的机会，但也没有丝毫生气，反而真的在她的小腿上轻捏了起来。

他的手法算不上好，毕竟他以前从来没干过这种事。

可是叶临西的小腿确实酸疼得厉害，就算他只是这么轻捏了一阵，也算是缓解了许多不适感。

就在叶临西舒服得没忍住哼唧了一声时，就感受到小腿上正在捏着的手指停住了，等了一会儿终于忍不住抬头看过去，可是只看了一眼，整个身体就被傅锦衡抱了起来。

待他抱着自己直接进了里间，叶临西觉得情况有些不妙，整个人已经被按在了床上。

站在床边的男人也随之俯身而下，呼吸也越发急促起来。

叶临西再不敢相信，也明白了臭男人的意图，忍不住说道："你不是说你是因为累了才开房的？"

傅锦衡被她逗笑了："男人的话你也敢信？"

叶临西一时竟无言以对。

"还有，你不是想看看我的诚心？"傅锦衡已经将滚烫的身体贴了上来。

上了贼床的叶临西知道自己彻底下不去了。

窗外的炙热丝毫不影响房间里的气氛，空调的凉风吹在人的身上，带来舒适的清爽感，就连外头的光线都成了景致。不远处，天空的浓烟渐渐散尽，只留下一片浅灰残存在天际。

刚才新闻上报道，恒洋大厦的大火已经被扑灭，现场没有伤亡，不过整栋大厦需要进行消防检修。

叶临西没带手机，又没记柯棠的电话，一时也联系不上律师事务所的人。

结果反而是一旁的傅锦衡说："你们律师事务所今天不上班，待会儿我让孟司机送你回家休息。"

叶临西问道："你怎么知道的？"

傅锦衡瞥了她一眼，说道："我让秦周去问的。"

叶临西实在憋不住了，好奇地问道："你每个月到底给秦周开多少工资？"

在叶临西看来，秦周简直无所不能，什么都能打听到。

就连傅锦衡给她买包时，都会参考秦周的意见。这种三百六十五天全天在线的助理，叶临西突然也想拥有一个，她心里的想法被傅锦衡一下猜透。

傅锦衡打量了她一眼，说道："秦周可不单单是我的生活助理。"

傅锦衡的助理当然不只这一个，但秦周是最合他心意的人。

叶临西说道："小气，我又没说要他。"

傅锦衡的目光忽然变得深沉，叶临西也不管，抬脚踢了他一下，说道："我要墨镜。"

这里离她的公司那么近，万一有公司同事过来，她岂不是要被撞见？她平时在餐厅里吃饭的时候没什么可担心的，但今天实在有些心虚，今天离开公司时连手机都没带，更别说戴墨镜了。

傅锦衡知道她又要开始闹腾，偏偏转头就看见她抬着下巴看向自己，一双清润黑亮的眸子楚楚动人，心头突然就软了下来，答应道：

"好。"

叶临西本来憋着一肚子气，存心找他的麻烦，此刻也没想到她的要求这么轻易就被满足，原本趾高气扬的态度缓和了下来。

她虽然从大楼里跑出来没受什么伤，可心理有那么一点儿阴影吧，毕竟高层发生火灾这种事情要是真出现伤亡情况一定非常惨重。

叶临西继续说道："你别以为你这样，我就会原谅你。"

见傅锦衡一时没有说话，叶临西再次说道："放弃吧，我不会给你弥补的机会。"

难道她还不懂这个臭男人的套路？但凡她敢露出一点儿看你表现的意思，只怕他真的会当场再把她拉到床上并身体力行地给她表现一下。

叶临西原本气呼呼的，可是到了酒店大堂，抬头再望向不远处的恒洋大厦，发现早上心里还残存着的那一点儿余悸早已不知何时消失得干干净净。

叶临西戴着墨镜，转头看向身边的男人。

他换了一套西装，头发也在洗干净后重新打理妥当，整个人光是站在门口，就如同会发光一般，吸引了周围人的目光。

叶临西轻推了下墨镜，忍不住对刚走过去一个年轻女孩轻哼了一声。

你看什么看？没看见这人的身上明明白白地写上了"叶临西所有"几个大字？她这么一个活色生香的大美人站在他的旁边，你们还敢看？

叶临西当真有些不爽了，也不管周围其实有很多人在看她。

毕竟大家眼睛都不瞎，见这么一对璧人站在酒店的大门口，哪怕没什么心思，多看两眼饱饱眼福也是好的。

傅锦衡本来早上开完会还有别的行程，所以这会儿要回公司，只能让孟司机送叶临西回家休息。

叶临西上车之前，随意地挥挥手说道："我走了。"

傅锦衡见她没心肺的模样，忍不住伸手摸了摸她的长发，叮嘱道："路上小心。"

叶临西见他居然还会叮嘱自己，一时心头也甜甜的，点头回应道："你也别太累，毕竟刚回国。"

等她上车之后，车子很快从酒店的大门口开走。叶临西坐在位子上，微垂着头，最后还是没忍住回头看了一眼。

男人穿着一身深蓝色的条纹西装，身姿挺拔，始终看着车子离开的方向。

叶临西忍不住笑了起来，心里如同打翻的糖罐，充满了甜蜜的幸福。

这一次，他站在那里看着她离开。

叶临西回家之后鼓捣了许久，总算用平板电脑登录上了微信，一打开就发现微信消息快要爆炸了。

姜立夏和柯棠两个人在群里很不客气地聊了上百条内容。

一开始是姜立夏拼命地在群里问她们怎么样，后来是柯棠回复姜立夏。柯棠比叶临西好点儿，下楼时带着手机，所以之前才会拿着手机去买水，留叶临西一个人在那边。

姜立夏：临西不见了？

柯棠：对呀，我买水回来就没看见她。她的手机也没带，我一直联系不上她。

姜立夏：不会有事儿吧？

于是，柯棠又把叶临西临危不乱拉着她从二十多层楼跑下来的丰功伟绩吹嘘了一遍，还重点强调大家都对叶临西隐藏的强悍性格表示十分震惊。

柯棠：原来我们的临西远看是玫瑰，近看是仙人掌啊。

叶临西看到这句话时真的没憋住，就在姜立夏和柯棠正高兴失踪人口总算回归时，放弃打字，直接按了语音键，然后把今天准备一举拿下傅锦衡结果当场翻车的事情说了一遍。

因为事情太过匪夷所思，群里一时间陷入沉默。

许久后，姜立夏才悄发了一条消息：傅总他当时是什么表情？

叶临西仔细地想了一下臭男人当时的表情。

他好像没有感到意外，甚至还觉得这就是她会做出来的事情。

原本坐在沙发上的叶临西一下躺了下去，在对话框里写道：他好像不是很震惊。

叶临西：在他心里是不是一直觉得我是个心机女孩？

群里又是一片沉默，直到又过了许久，还是姜立夏回复消息。

姜立夏：你想开点儿，万一他就是喜欢你这种清新不做作的呢？

心虚的柯棠也终于出来附和了一句：我觉得也是。

叶临西看着两个人说的话，心想，她们还不如不安慰她，她把平板电脑往旁边一摔，直接躺下了。

恒洋大厦经过一整天的检修，第二天恢复了正常的秩序，至于失火的那一层则是暂时关闭，故而几家公司的负责人叫苦连天。好在这些都不关珺问律师事务所的事。

这种高档写字楼所在的地方本来就是寸土寸金，但因为一场大火差点儿折了身价，所以物业一整天都在不停地安抚各家公司。

不过宁以淮没注意这些，一大清早来公司里就通知开会。宁以淮因为项目多，手底下还有资深律师，也会把不想做或者做不过来的案子分给其他人。反正最后只要事情干得漂亮，哪怕他只是挂名，对方也会认可。

这也算是行业里的潜规则，毕竟一个律师的精力是有限的，不可能面面俱到，特别是到了宁以淮这种级别的人，很多人捧着钱上门请他。律师这一行跟其他行业一样，顶级 20% 的人占据了 80% 的资源。

陈铭和徐胜远都是初级律师，已经可以接项目，而且因为进了宁以淮的团队，不愁没项目做。

会议室里，宁以淮率先开口说道："这次是一家创业公司的 A 轮融资项目。公司急速扩张，需要新的资金来维持运营，目前已经找了几家投资机构。现在投资机构要求我们做法律尽调。"

徐胜远嘀咕道："看起来这家公司的估值应该挺高啊。"

A 轮融资的尽调对方就敢找宁以淮，可见光是律师费就是一笔不小数目的费用。

宁以淮看向陈铭，说道："你手头上的那个案子结束了吗？"

"还在收尾阶段。"

听他们这么一说，徐胜远脸上露出惊喜的表情。叶临西和江嘉琪都是实习律师，参加项目顶多就是打杂儿。要是陈铭不参与的话，这个案子宁 par 肯定是要带上他的。

果然，宁以淮转头看着徐胜远，问道："你的手上没别的项目了吧？"

"没有，没有。"虽然之前徐胜远被拉到别的团队参与了一个项目，但正好刚结束，立刻有种上天待他不薄的感觉。

宁以淮又在两个女生的身上扫了一圈儿。

江嘉琪在刚才的讨论中也说了不少话，此时忍不住挺起胸膛，心里有些期待又有点儿忐忑，结果却听到宁以淮尘埃落定的一句话。

"叶临西，你也跟着一起吧。"

江嘉琪手里的笔一下戳破了面前的笔记本。

散会后，大家纷纷往外走。

叶临西回到办公桌旁坐下。

没多久，江嘉琪就捂着嘴冲了出去，生怕别人没看见她受了委屈的模样。

叶临西镇定地对着电脑继续工作，丝毫没受影响。

没一会儿，柯棠发微信过来：江嘉琪又怎么了？

叶临西：她怎么了？

柯棠随后发了一张她随手拍的照片。

茶水间里，江嘉琪站在中间被两个人围着，身边的人显然是跟她关系好的同事。

叶临西：又哭了？

柯棠：等一下，她不知道你结婚了？

此时江嘉琪正在跟别人聊天，手里握着纸杯，整个人非常委屈，显得很是可怜。

江嘉琪身边站着的两个人是她大学时的校友，虽然不是同一届，但是在律师事务所里校友之间总会亲近些。

江嘉琪说道："其实我知道自己不可能争得过她，就是觉得有点儿愧对大学四年的努力。"

这话说得简直让人挑不出错处，与她交好的姐妹花即刻开始安慰她："算了，下次还有机会啦，谁让你们宁 par 偏心呢？"

"想想真不公平，有些人光靠长得好看就能在职场一帆风顺。"

"谁说不是呢？大概这种特别漂亮的花瓶放在身边赏心悦目吧。"

江嘉琪本来是找她们来安慰自己的，却眼看着这两个人说着说着反倒是把叶临西夸了一遍，心里更加不痛快了，愤恨地说道："也不知道她怎么勾搭上宁 par 的。"

柯棠知道叶临西已婚，自然不会怀疑她跟宁以淮有什么，便把她们背后嘀咕的事情告诉了叶临西，最后还说了一句：我跟你说，办公室这种流言十有八九是从茶水间传出来的。

不得不说，女人比男人对八卦更感兴趣。

很多男同事在茶水间倒了水拿了吃的就走，但是女人更喜欢捧着一杯茶聊天。职场压力这么大，偶尔的八卦也能缓解压力，何况跟江嘉琪一块儿的都是年轻的小姑娘。

宁以淮这种在律师事务所里人人都盯着的钻石单身汉，身上的八卦尤其好看，因此吸引了很多人的目光。

叶临西是个不会跟别人聊这些的人，但一进律师事务所就被迫听到很多八卦。

且因为柯棠消息灵通，律师事务所这些别人知道的、不知道的八卦，最后叶临西都会知道。

叶临西：我跟宁以淮没关系。

他们两个顶多算有一点儿交情吧，还是她爸爸和宁以淮之间的交情。

毕竟茶水间不是久待的地方，江嘉琪没一会儿就回来了，只不过看向叶临西的眼光总是格外哀怨。

叶临西压根儿不想搭理她，只管做手头上的事情。

第二天早上，叶临西和傅锦衡一同吃早餐。

傅锦衡正低头喝粥，却突然瞥了她的手掌一眼。

叶临西的手指跟她的脸蛋一样漂亮，手指纤细白嫩，饱满又明艳的美甲颜色衬得手掌白得透亮。而戴在她无名指上的戒指只是一颗切割完美的梨形钻戒，虽然上面只有一颗钻石，可越是简单，越衬得她的手指纤细。

叶临西也注意到傅锦衡在看自己手上的钻戒，随意地说道："突然觉得还是戴婚戒上班方便。"

其实严格说起来，这枚戒指并不算他们两个正式的婚戒。

不过她的婚戒实在太过夸张，一般场合真的戴不了。这枚钻戒还是她勉强找到的比较低调的，钻石不到三克拉，而且还是白钻。

　　叶临西更喜欢彩钻，自从之前在南漪的保险柜里看过蓝钻、粉钻还有黄钻之后，心里对这些石头的喜欢一下达到了顶峰。

　　钻戒真的太好看了，切割完美，只要微微一动，仿佛每个小小的切面都在折射光芒。

　　从此，南女士就成了叶临西心目中第一尊敬的人。

　　傅锦衡原本没什么表情，却在听到她这句话时眉梢舒展，主动说道："上次的拍卖会因为我出差没陪你去成，下周正好有个专门的珠宝拍卖会。"

　　上次只是慈善拍卖会，展品未必上等，这次的珠宝拍卖会倒是真有不少好东西。

　　叶临西转头看他，笑着说道："那说好喽，你可不能再失约。"

　　"若是失约，任凭处置。"

　　到了公司之后，叶临西开始准备安翰科技的事情。安翰科技专门做安保机器人领域，叶临西看到对方的主营业务时还是颇为在意的，因为这家公司显然跟盛亚科技的主营项目有些重合。

　　只不过盛亚的业务主体更大，旗下有多个项目线，并且已经有了成熟的生产线和销售终端渠道。安翰则是一个刚创业的公司，最值得被肯定的地方大概就是他们的创始人团队了。

　　安翰的三个创始人均是国内知名的那两所大学出来的学生，其中不乏世界顶级名校留学背景，每个人的履历拉出来都漂亮得过分。

　　徐胜远正准备过来跟叶临西交流，一眼就看见她手上的戒指。

　　这个钻戒足够大，除非有人瞎了才会看不见。

　　徐胜远有点儿不敢相信，好奇地问道："叶律师，你结婚了？"

　　他和陈铭都三十岁了，还是未婚。叶临西刚从学校毕业，年轻时尚，看起来不像是那种急于步入婚姻的人。

　　徐胜远的这个问题成功地让旁边的陈铭和江嘉琪都抬起了头。

　　其实江嘉琪今天早上一来就看见了叶临西的钻戒。

　　本来女人对钻石就比男人敏感得多，那么闪耀的一枚钻戒戴在叶临西的手上，江嘉琪忍不住偷瞄了几次，此时见徐胜远问出了她心里最想问的问题，一下子也竖起了耳朵。

叶临西淡定地说道："嗯，我去年就结婚了。"

徐胜远这下更吃惊了，震惊地问道："去年？我以为你刚被求婚，所以才戴戒指的。"

叶临西笑着说道："也不是啦，之前戒指拿去保养了，我才一直没戴。"

一旁的陈铭也接话道："真是没想到啊，像你这么年轻的小姑娘很少会这么早结婚的。"

毕竟越繁华的都市结婚率越低，大家刚毕业的时候都忙着工作，一晃几年过去还未婚都是正常的事情。

叶临西说道："遇到合适的就结婚了。"

旁边的两个男人还在说话，江嘉琪实在憋不住，转头看了过来。

此时叶临西手指上的那枚梨形白钻在她手指关节微微弯起时闪着璀璨的光芒，刺得人眼花。

叶临西漫不经心地说道："也免得有人天天胡说八道。"

江嘉琪心虚地赶紧低下头。

陈铭和徐胜远对视了一眼，无奈地笑了一下。

昨天宁 par 选了叶临西跟项目，他们就知道江嘉琪肯定会不开心，只是没想到晚上就有人到他们这里打探宁 par 和那个新来的叶律师到底是什么关系。

在叶临西进律师事务所没多久，全所都知道公司有这么一位嚣张又傲慢的漂亮新人，每天都有人在猜她今天会不会换包。

据别的同事说，叶临西来公司不到一个月的时间里，几乎每天都在换包。

这种来体会人间疾苦的大小姐，哪个不长眼的男同事敢下手？

本来陈铭和徐胜远也觉得宁 par 确实对叶临西另眼相看，谁知叶临西今天就戴着钻戒上班了，而且还听到她亲口承认早就结婚的事实。

"喂，听到了没？"叶临西用手指在桌面上轻叩了两下，说道。

江嘉琪下意识地转头，撞上叶临西带着嘲讽的眼神，心虚地别开脸，说道："关我什么事？"

叶临西轻扯嘴角，语气不在意地说道："不关你的事最好，要是下次再有这种流言，我一定会找出那个传谣的人。咱们律师事务所擅长打名誉权官司的大状应该也有不少吧？"

叶临西把这么直白又不屑隐藏的威胁说得明明白白。

江嘉琪听得清楚，知道叶临西跟她见过的所有人都不一样，所以不敢反驳一句。

叶临西压根儿不玩儿人情世故那套，对于看不爽的人直接撕破脸面，连表面的和谐都懒得维持。

偏偏别人还无法对她做的事情说什么，因为她的底气太足，根本不需要看任何人的脸色。

叶临西很直接地警告后，也没再过多纠缠，继续跟徐胜远讨论前期的工作。

前台工作人员突然过来，笑着说："叶律师，前台有你的东西需要签收一下。"

叶临西还在疑惑最近没买什么东西，等到了前台一眼就看见快递小哥手上捧着的玫瑰花，惊讶地微瞪着眼睛，随后笑了起来。

"叶小姐，这里有你的花，麻烦请签收一下。"

叶临西迅速签好字，接过快递小哥递过来的花，一边往回走一边看着花，居然还看到花里插着一张卡，没等回到位置就先打开了卡片。

果然，里面的笔迹很熟悉。傅锦衡的字很好看，还是那种让人惊艳的好看。

叶临西第一次见傅锦衡的字还是他高中时期。

那时候叶屿深断了腿，便在家里休养了一阵。傅锦衡每天晚上都会过来。

叶临西也是因为那天没上晚自习才撞上傅锦衡的，原本想一回来就去找叶屿深，没想到房间里没人，就坐在椅子上等着，见桌子上放着一本笔记本，便随手翻了一下。

笔记的内容并不算多，但是知识点脉络清晰，言简意赅，而且字写得好看极了，一看就不是叶屿深的笔记本。

很快，叶临西听到身后的洗手间的门被打开，以为是叶屿深出来了，一边低头翻笔记一边念叨："哥哥，这是谁的笔记，字怎么这么好看啊？你说你看见人家的笔记自不自卑吧？"

"好看吗？"

"当然啦。"叶临西下意识地回答，可是刚说完便惊慌地回头看，一下就看见傅锦衡站在身后淡笑地望着她。

他说："那是我的。"

叶临西登时觉得手里抓着的笔记本滚烫起来，想迅速放回去，又怕自己心虚得太明显，只好小声说道："哥哥，你的成绩很好吧？"

傅锦衡笑问："你怎么看出来的？"

叶临西指了指手里的笔记本，说道："这个一看就是学霸的笔记本，我哥哥的笔记本完全不是这样的。"说完她又补充道，"不对，我哥哥应该是连笔记本都没有吧？"

挂着拐杖推门进来的叶屿深听到了小丫头的话，当即翻了脸，说道："你一回来就跑到我的房间说我坏话，快回自己的房间去。"

叶临西哼了一声，放下笔记本就走了。一旁的叶屿深还嫌不够，正要继续念叨。

结果叶临西看见他手里拿着的易拉罐，冲着楼下就喊："阿姨，哥哥又在偷喝可乐，他还想要再断一条腿。"

叶屿深瞬间愣在原地。

早得了叶栋尚方宝剑的阿姨立即从厨房冲了出来。

叶临西却头也不回地往房间里跑，完全不顾叶屿深站在后面气急败坏地骂她。

傅锦衡则走到刚刚小姑娘坐的位置上，把她放下的笔记本拿了起来。

叶临西第二次看见他的字是他们两个在民政局登记结婚时。

双方要在结婚申请书上签下自己的名字，郑重地确定了对方的身份。

看到叶临西抱着花回到座位时，旁边的徐胜远不由得惊道："叶律师，这不会是你老公送来的吧？"

"嗯，是啊。"叶临西轻抚玫瑰花瓣，脸上充满了幸福的表情。

其实九百九十九朵玫瑰她也收过，根本抱不动，需要专门的推车装着才行。那样明艳又娇丽的花堆砌成一团，将眼底映成一片鲜红，可她满眼毫无感动之意，只剩下不耐烦，只觉得现在追女人还送花实在太俗。

可现在她捧着这么一束玫瑰花，心里只有一个念头：不俗，一点儿都不俗。

正想着，叶临西听到电话响了，接听起来才知道居然是曹芸打来的。

官司结了之后，保险公司很快打了钱，王文亮家的困境一下缓解了不少。

曹芸一开口就透着喜气，开心地说道："叶律师，真的谢谢你。"

之前该谢的都谢过了，她怎么现在又来谢？叶临西感觉很奇怪。

曹芸继续说道："谢谢你把我们推荐给这个慈善基金会，他们说涵涵的病符合他们的帮扶目标，我们很快就能给孩子做手术了。"

叶临西一头雾水，茫然地问道："慈善基金会吗？"

"对，不是骗人的，我上网搜过，他们真的是好人。"曹芸激动地说道。

叶临西正想说不是她推荐的，却在低头时看到摆在面前的那束花和被她放在桌子上的卡片。

此时卡片微折，上面的一行字力透纸背，清楚地写道：临西，我随时都在——傅锦衡。

原来他真的时刻都在。

哪怕只是她偶尔念叨的一件事，在他看来微不足道，却依旧被他放在心上。

叶临西挂了电话，想了一下还是给傅锦衡打了电话，还特地找了个安静的地方。

电话拨出的瞬间，另一边刚响起"嘟嘟嘟"的忙音，叶临西就觉得耳根漫起一片滚烫感，连心跳都在这"嘟嘟"声里一下一下加快。

"临西。"傅锦衡喊了她的名字。

叶临西只知道要给他打电话，可是等电话真的接通了，反而不知道先问什么。

她是该问花的事，还是问儿童基金会的事情？

许久，她才问道："怎么想起来给我送花？"

傅锦衡轻笑了一声，说道："不想让你再被误会是单身。"

叶临西一怔，嘴角的笑意更甚，轻声说道："以后再也没人误会了。"片刻后她又问道，"还有，王文亮女儿的事情是你安排的吗？"

"嗯，"傅锦衡轻声应道，"是我做的。"

"谢谢你。"

"我只是想告诉你，有时候失败也没关系，因为那并不是唯一解决问题的方法。"

他的声音低沉，听起来极有分量，也让人信服。

终于，叶临西开口说："今晚我请你吃饭吧。"还不等男人开口，她又说，"是约会。"

他们不只是一起吃晚饭，还有约会。

第十章

临西这么好，怎么会有人不喜欢呢

叶临西挂完电话就后悔了。

今晚她要跟傅锦衡约会？她是疯了吗？

这可是她第一次郑重其事地约会，还是男人跟女人之间的那种约会，难道不是应该先去一趟美容院做一次全身保养，然后接着去各大品牌买一些衣服，再去请专门的化妆师和造型师做造型吗？

叶临西第一次跟男人约会，怎么能这么草率？

叶临西低头看着工位上摆着的手机，在想要不要现在打电话过去告诉傅锦衡约会推迟。可这个念头刚在她的脑海轻轻地闪过，就立即被否决。

万一臭男人觉得她是故意要他呢？

叶临西一边纠结一边工作，直到下午时，实在憋不住了，偷偷在微信召唤小伙伴。

没一会儿，柯棠跟叶临西在律师事务所的文档室相聚。

叶临西是为了翻找之前做的融资尽调，毕竟是第一次参与这样的项目，也不能什么都问徐胜远，所以才找些资料恶补一下。

柯棠先开口说道："我刚送走一位客户，本来以为财产继承这种案子应该不会像离婚那样闹得太难看，可是没想到兄妹吵起来也是一地鸡毛。"

叶临西现在已经习惯了她的吐槽，但还是耐心地听了下去。

虽然柯棠目前是单身，可是之前谈过几次恋爱，跟姜立夏那个单身二十多年的不太一样，应该挺懂约会这种事的。

柯棠见叶临西一直没说话，抬抬下巴问道："小仙女，找我干吗？"

叶临西沉思了一会儿，然后很认真地开口说道："就是我有个朋友，她……"

叶临西刚起了个前调就看见柯棠一脸复杂的神色，不由得有些奇怪，说道："我哪儿说错了吗？"

柯棠忍不住笑了起来，说道："我的小玫瑰，一看你就不是网络冲浪十级选手，因为在网上，我的朋友就是我。"

叶临西顿时有些尴尬，之前虽然也追过星，可无非就是看看视频收藏一下美图，实在没那么多时间刷论坛。

毕竟时尚圈日新月异，叶临西有刷论坛的工夫，还不如把多余的时间拿来看看各家奢牌又出了什么新款。

叶临西轻咳一声，一副"算了大家心知肚明就好"放弃表情，假装正经地说道："反正就是我的朋友。"

柯棠跟姜立夏一样，最见不得美人恼火。

可以这么说，能把她们三个人紧紧团结在一起，除了相契合的性格，就是柯棠和姜立夏两个人的花痴属性。

叶临西这么一个明艳动人的大美人，谁会不爱呢？

柯棠赶紧点头，说道："好好好，你的朋友怎么了？"

"我的朋友今天晚上要去约会，不过她平时又很少约会。你说一般人约会都会做什么？"

柯棠已经知道叶临西说的就是她自己，这会儿面色更加古怪了。

叶临西要跟谁约会？

柯棠试探地问道："你的朋友是跟她的老公去约会吗？"

叶临西立即横了她一眼，心想，这个女人是疯了吧，也不知道柯棠到底在胡思乱想些什么，立即说道："当然了。"

虽然叶临西的肯定回答打消了柯棠的一部分疑惑，但柯棠对叶临西跟她那个神秘老公的关系更加好奇了。

难道这两个人结婚之前都不约会吗？怎么一次约会就把面前这朵小

玫瑰弄得一副心头小鹿乱撞的模样？

　　不过柯棠见叶临西这么认真的样子，也没再继续逗她，反而出主意道："约会不就是吃饭看电影吗？"

　　约会就是吃饭和看电影？

　　叶临西觉得这些都不太特别，毕竟也是人生中的第一次约会，继续问道："没有什么特别的？"

　　柯棠想了一会儿，说道："现在很多年轻人会玩儿桌游、剧本杀什么的。"

　　叶临西更觉得没意思，完全不喜欢这些。

　　柯棠见她这样，反问道："那你们以前约会都干什么？"

　　叶临西突然心虚地低头玩儿起手指。

　　他们以前哪里有约会过啊？她跟傅锦衡连婚前体检都没做就急匆匆地结婚了，之前在一起顶多就是吃吃饭，连电影都没看过。

　　如今叶临西回头看，才发现她和傅锦衡这段婚姻仓促不说，就连表面夫妻的剧本都拿得这么稳，心里头一次有种酸酸的感觉。

　　柯棠见她不说话，狐疑地问道："难道你们以前都不约会？"

　　叶临西刚要反驳，就听到柯棠发出一声不可捉摸的笑。

　　"该不会你们每次约会都是在床上吧？"

　　叶临西说道："当然不是，你再这样我就生气了。"她说完心虚地别开脸。

　　说实话，他们之前确实没约会，互动最多的地方好像确实是床上。

　　下班的时候，叶临西又耍了心眼儿，没让傅锦衡来接，告诉他自己在律师事务所还有点儿事情，七点以后才能到餐厅。

　　傅锦衡很体贴地表示没关系，让她慢慢工作不要着急。

　　叶临西一下班就坐车去了离律师事务所很近的一家造型工作室。

　　造型师是她以前参加时装周时认识的。

　　"约会妆？"造型师听到这句话有些惊讶，本来还以为叶临西是要参加什么重要的宴会，没想到她居然只是约会。

　　叶临西转头看他，问道："很难做造型吗？"

　　造型师马克一边给她补妆一边笑道："只是觉得你们夫妻感情真好，

出门约会都这么隆重。"

叶临西瞬间感觉有些窘迫，之前结婚的时候请的就是这位造型师。

马克自然知道她结婚的事情，但从不多嘴向外说什么八卦。

做造型这件事本来是需要时间的，不过因为叶临西时间紧张，再加上确实只是一个晚餐约会，马克没给她化太浓的妆，只是在她原本的妆容上做了一点儿细微的改动。

本来她的五官就很明艳，一双眼睛又大又亮，只需一层浅浅的眼妆就会显得有神。

马克专门为叶临西准备了一条银色的流苏吊带长裙，两根细细的肩带挂在肩胛的两侧，衬得叶临西的纤细锁骨玉骨天生，好一个灵气美人。

待叶临西换上裙子站在镜子前时，觉得这样的美貌实在惹人爱，忍不住转头问道："我看起来像不像《007》电影里的女杀手？"

电影里的女杀手就是穿着这样一袭华美的流苏裙，腿上绑着一把枪，随时能杀人于无形。

一旁的马克笑道："好了，现在你可以去取你家那位的一颗心了。"

叶临西一怔，随后冲着马克做了个比枪的动作。

马克推着她往外走，说道："你别光对我这样，待会儿有表现的时候。"

好在马克的动作迅速，现在离七点还有二十分钟，叶临西应该能及时赶到，上车后便告诉司机要去的地址。

傅锦衡订的餐厅是一家网红餐厅。

餐厅位于安江湖畔，且身处高层，夜晚可以观赏江畔的夜景，也吸引了很多年轻漂亮的女孩前来打卡。所以，哪怕这家餐厅的价格过于昂贵，也挡不住位置格外难订。

叶临西到了餐厅门口之后，很快就被服务员带到了观景最好的靠窗位置。

傅锦衡已经落座，听到动静后抬起头，待视线落在叶临西的身上时，原本那双略显冷淡的眸子突然亮了起来，嘴角乍然生出一抹笑意。

傅锦衡起身，帮叶临西拉开椅子。

见叶临西施施然地坐下，傅锦衡才重新回到对面坐下，又看了一眼，才低声说道："漂亮。"

叶临西正抬手撩头发，听到这句一时动作僵住，发现自己实在太没出息了，又不是没听过别人夸她漂亮，之前不管听到多夸张的夸奖都能做到矜持，完全没想到他只说了两个字就让她的心脏"扑通"乱跳，此刻强按住心头的悸动，说道："谢谢。"

很快，服务员见客人到齐，拿了菜单过来。

相较于现在各种手机扫码还有平板电脑点餐，这家餐厅依旧保留着菜单的习俗，叶临西安静地翻着菜单，却又忍不住抬头看对面的人。

傅锦衡问道："有想吃的吗？"

叶临西没想到刚偷瞄傅锦衡一眼就被对面的人抓了个正着，赶紧岔开话题说道："不是说这家餐厅的位置很难订？怎么这两边都空着？"

他们这张餐桌的左右两边同样也是临窗而设，但是并没有客人。这个时间点应该是人满为患，居然会出现空桌，难道这家餐厅只是网上吹嘘的名气大而已？

"我不想让别人打扰我们。"一个清冷的声音解释了她心头的疑惑。

叶临西这才明白，原来是他把左右的餐桌也一并订了，有些开心地想笑，可是又非要表现得矜持，语调温柔地说道："你是有什么话要跟我说吗？"

傅锦衡抬头看她："没什么，我只是讨厌吃饭一直被人盯着。"

叶临西一口气险些提不上来，真不知道刚才到底在期待什么，气得差点儿把菜单合上。

好在叶临西还知道稍微压一压自己的性子，便把注意力转移到菜单上。

这家餐厅确实有可取之处，从餐厅的落地窗能清楚地看到江上往来的船只，还能看到两岸耀眼夺目的霓虹。眼前的美景不由得让叶临西想起毕业典礼的那个晚上。

傅锦衡今晚的心情似乎也不错，两个人随意地聊天，有种难得的闲适。

两个人坐的位置本来就显眼，更别提左右位置还空着，有两个从洗手间出来的女人一抬眼看见了这边的景象，对视了一眼，赶紧回了自己的位置。

"你们猜我们刚才看见谁了？"其中一个神神秘秘地说道。

他们的座位是长桌，六个人的位置，此时坐着五个人。

"碰见谁了？难道是谁的前男友？"一个染着浅粉色长发的姑娘笑嘻嘻地问。

"当然不是。"

"那是谁呀？赶快说。"

眼见众人的好奇心被吊起来了，那姑娘才冲着空着的位置说："千晗什么时候来？"

"她发微信说快到了。"

众人不满她转移话题，又催促她。

上洗手间回来的姑娘才说："我看见盛亚那位二少爷了。"

这帮女生算是段千晗的闺密，要不然也不会叫她过来聚会，心里也很清楚刚才说的二少爷就是段千晗求而不得的那位，此刻都盯着说话的那个女生，等那个女生继续说下去。

"不只是他，还有叶临西。"

小姐妹们不由得面面相觑，说起来她们今天组织这顿晚餐还是特地为了给段千晗接风洗尘的。

段千晗回国这么久都没跟大家聚会，惹得小姐妹们格外不满，大家非闹着要聚聚。

她们没想到，选的地方就是这么凑巧。

这时大家将关注点落在叶临西的身上，议论道："她什么时候回来的？"

"不知道呀，不过她应该也毕业了吧？估计前阵子就回国了。"

"最近都没在什么派对上看见她。"

"她这么高调的人居然也低调起来了。"

之前叶临西虽然不在国内，但是一有假期就会回国，且每次出现必然高调地亮相，非要弄得全世界都知道叶家的大小姐回来了。

大家似乎没想到叶临西这次居然转性了，不知道谁嘀咕了一句："叶临西以前没嫁人的时候高调得恨不得让所有人关注她，现在如愿嫁给傅二少，当然不用再高调了。"

这话透着一股酸溜溜的味道，仿佛叶临西以前只是为了吸引傅锦衡的注意力才故意高调的。

众人你一言我一语闲聊时，段千晗突然到了，说道："你们聊什么呢？这么开心。"

段千晗一句话让所有人的声音戛然而止。

她们相互望着，脸上都是尴尬的表情。

段千晗见她们这古怪的表情，说道："说吧，到底发生了什么事情？"

其中有个小姐妹站起来，挽住段千晗的手臂，低声说道："我们说了你别生气啊。"

段千晗笑着说道："我是那么小气的人吗？"

这次回国她把长发剪短，整个人透着一股利落和潇洒感。

"那个，傅二少跟他的太太也在这里吃饭呢。"

说话的这人也是个不太会看眼色的，似乎生怕段千晗不生气，居然还强调"他的太太"这几个字。

果然，段千晗的脸色一瞬间沉了下来，但她随后又扬起笑容，说道："这么巧啊。"

众人听出她言不由衷，但都装作不知道。

"对，是挺巧的。"

"我们之前也没注意到。"

段千晗问道："你们没过去打招呼吗？"

这可把众小姐妹问住了，一个个看着对方，一时没有回答。

她们虽然家境都不错，可都是整天只知道买东西的千金小姐而已，跟傅锦衡这种在家族企业中掌权的精英相差太远，哪儿有什么交情？

就算是她们认识人家，人家也不知道她们。

段千晗见此说道："算了，人家夫妻吃饭，我们就别去打扰了。"

话虽然是这么说，可段千晗还是中途去了一趟洗手间。

洗手间的位置在里面，段千晗一过去就看见了傅锦衡，自从回国之后，还真的很少见到他。

那里铺着洁白的桌布、摆着精致的餐具，还有头顶造型别致的吊灯。此时他一个人坐在那里，微偏向窗外的侧脸像是与周遭的景象融为一体，俨然一幅精致的电影画面。

段千晗不由得心中微痛，已经忘记自己从什么时候开始喜欢这个男人。

她一直以为他对自己是特别的，也一直以为他们迟早会在一起，所以才愿意等，等着他走出来，等着他接受自己的那一天，但怎么都没想到，等来的是他结婚的消息。

段千晗转身进了洗手间，然后站在镜子前开始补妆，细细地在唇上描绘正红色的口红。

叶临西出来的时候也看到了段千晗，没想到她们就是这么冤家路窄，便慢悠悠地走过来，站在离段千晗几步的地方，不由得嗤笑道："你该不会是专门跟着我们来的吧？"

段千晗脸上的淡然一下消失，她猛地合上手里的口红，冷淡地说道："我没那么低级。"

叶临西轻笑："但我也没觉得高级到哪儿去啊。"

段千晗皱眉看着她，声音也冷了下来，说道："叶临西，我们之间应该没什么矛盾吧？"

"是没什么矛盾，但我就是不太喜欢有些人装模作样而已。"叶临西的脾气本来就不好，更别说她面前的这个女人对自己的老公一直不死心且前不久刚在杂志上讽刺自己。

段千晗说道："彼此彼此。"

叶临西一下被她挑起怒气，正要拔高气势准备讽刺回去时，突然笑了一下，轻描淡写地说道："算了，我跟你有什么好说的。"

段千晗看着眼前这个明明比自己小好几岁却过分嚣张的人，所有的良好教养仿佛都要在这一刻被撕碎。

叶临西当然不知道段千晗想生吃了她的心情，走到洗手台前，细细地洗起手来。

段千晗不死心地问："你什么意思？"

刚才叶临西的那个笑容实在太过刺眼，而且还是一副胜利者的姿态。

叶临西拿了一张纸擦干净手，把纸扔了之后才转身再次看着段千晗，轻飘飘地说道："穷寇莫追这句话你没听过吗？我怕你狗急跳墙咬我呢。"

段千晗冷冷地盯着她，终于咬牙道："叶临西，你有什么可嚣张的？"

叶临西这次没再搭理她，直接走人。

段千晗站在洗手间里，纵使身后的脚步声早已远去，依旧那样站着，心里的不甘和怨怼再次倾泻而出。

如果今天站在傅太太位置上的是她……

段千晗猛地转头，迅速走了出去，刚走到外面就看到不远处的叶临西突然起身拉着傅锦衡的手。

"老公，我们回家吧。"

傅锦衡站了起来，挽上她的手臂。

等两个人转身时，叶临西仿佛有心灵感应般，知道段千晗还站在那儿，稍微偏了偏头，冲着这边轻轻地眨了眨眼睛。

叶临西挽着傅锦衡的手臂离开，虽然穿着十厘米的高跟鞋，脚步都莫名轻快了起来。

傅锦衡略转头问道："你很开心吗？"

叶临西微抬起下巴，问道："不可以吗？"

"今晚本来就是要让你开心的。"

叶临西猛地盯着他，一瞬间有点儿惊呆，似乎没想到这句话是从他嘴里说出来的，接着说道："可是你说的要让我开心，那从现在开始你就听我的。"

傅锦衡闻言问道："不回家了？"

叶临西挽着他的手臂，语调飞扬地说道："回什么家，这才不到九点。"

这里也是一片繁华的商业区，旁边是几座商场连成的商业中心，他们很远就能看见电影院的招牌。

电影院在商场的四楼，两个人从正门进去，瞥见门口排着长长的队。

"想喝？"傅锦衡见她多看了几眼某处，开口问道。

叶临西立即摇头，说道："没有，我只是觉得这家店怎么每次都排队这么久，大家实在是闲得慌吧。"

傅锦衡笑了起来。

叶临西还在絮絮叨叨地说："奶茶这种东西对于女人来说就是增加脂肪，一杯奶茶里面的热量最起码超过五百大卡，这么多热量人得跑多久才能消耗掉？"

"所以你吃饭都是按克吃？"傅锦衡好笑地问道。

叶临西倒是一副理直气壮的样子，说道："我这是追求完美的卓越态度，怎么了？如果一个人连口腹之欲都控制不了，还能有什么出息？"

傅锦衡轻笑一声，问道："你要追求什么完美？"

叶临西反问道："你能接受自己不优秀吗？"

傅锦衡心里连一丝犹豫都没有，当然不可能接受。

他打小儿就是"别人家的孩子"，家境优越，成绩优异，是老师眼中的优等生、家长的骄傲。

傅锦衡工作之后，哪怕别人一开始觉得他坐到这个位置只不过是因为他姓傅，但后来通过他的种种手段明白，就算他不姓傅也依旧能坐到这个位置。

在他很确定自己不能接受时，他就听旁边的人理所当然地说道："我当然也不能接受我不完美了。"

傅锦衡哑然失笑，心想她倒是自信。

叶临西瞧着他的笑容，不由得伸手挽着他的手臂，问道："你笑是什么意思？"

她的手指已经在他的手臂上做好准备，只要臭男人的回答让她不满意，她就立即让他知道什么叫作皮肉之苦。

因为傅锦衡突然站定，叶临西也跟着他站住。

他视线微落在她的脸颊上，似带着光，说道："因为我觉得你说得很对。临西，你很完美。"

叶临西原本笔直的身体一下僵硬起来。

商场里的灯光明亮耀眼得过分，周围的店铺处处打着灯，而她就站在这些夺目耀眼的灯下，更加明艳动人。

叶临西心里后知后觉地冒出来的羞涩感一寸一寸地开始蔓延。

这个男人好像总能在不经意间给她惊喜。

她这么开心地想着，被傅锦衡带着进了电梯上了四楼，一路都沉浸在他夸自己完美的快乐当中。

虽然她一直知道自己长得漂亮、身材也好、家境好，还有那么高的学历，可这么完美的小仙女也得有人懂得欣赏才行。

在傅锦衡准备买票的时候，叶临西偷偷偏头看他，心想还算他有眼光。

傅锦衡转头问道："临西，你有想看的电影吗？"

电影院的四周挂着各种电影的宣传海报，头顶的巨大荧幕上在播放热映的电影预告片。

这会儿正在播的预告是一个美国枪战大片。

叶临西立即摇头，坚决不要看这种，二人最终选了一部纯爱电影。

傅锦衡买了两张 VIP 电影票，结果等到付钱的时候，才知道自己没有付款码。

对面收银台的小姐姐一脸甜美地拿起扫码器，微笑着说道："先生，请出示你的付款码。"

傅锦衡淡淡地说了一句："抱歉，我没有。"

不仅收银员小姐姐呆住了，周围的人也忍不住转头看他，似乎都想看看这种连付款码都没有的史前人类究竟长什么样儿。

好在傅锦衡还知道带钱包，从兜里掏出钱包，随意地抽出一张黑卡递了过去。

叶临西拦住他，赶紧说道："还是我来吧。"

他买两张电影票都要刷黑卡，这是来砸场子的吗？

叶临西迅速扫完码之后，又转头问他："要吃爆米花吗？"

这种堪称垃圾膨化食品的东西，当然进不了傅二少的嘴，其实叶临西也不喜欢，毕竟这个东西太容易胖了。但是他们好不容易来一趟电影院，不买这些东西好像就没有仪式感似的。

叶临西指了指柜台后面墙壁挂着的套餐图片，问道："这个情侣套餐不错，价格实惠。"

傅锦衡闻言不禁笑了，心想她叶大小姐什么时候买东西要看价格了，但还是点了头。

只不过一件小事而已，既然她想要，他陪着她又如何？

很快，店员从那个巨大的玻璃箱里装了满满一盒爆米花，紧接着又给他们拿了两杯饮料。饮料的杯子是特别定制款，杯盖上是一只小猫，整体造型十分可爱。

叶临西很喜欢这个杯子，拿了一会儿，忍不住捧着杯子拍了一张照片。

电影还没开始，两个人坐在座椅上等着。因为他们靠得太近，叶临西拍照的样子一下就被傅锦衡看见了。

这家电影院并不像寻常的电影那样光线幽暗，反而旁边连着一个图书角，明亮细腻的光打在她的脸上，又经过相机的美化，手机的正中央俨然出现了一位明艳的大美人。

叶临西拍了好几张，终于选了一张自然又不做作的照片，然后发了一条朋友圈。

傅锦衡看着她发完朋友圈，也从口袋里拿出手机打开微信，点开叶临西的朋友圈，轻车熟路地把她刚发的那张照片保存下来。

傅锦衡的相册里有一个专门的收藏夹，里面全是同一个女人的照片。

傅锦衡保存完照片后就将手机屏幕按熄。

其实连傅锦衡自己都想不起来从什么时候开始，习惯性地把叶临西每次发的朋友圈照片保存一下。

她的朋友圈都是生活日常，必不可少的是自拍。只是后来她把朋友圈的可见时间改成了三天。偶尔她忙起来三四天不发朋友圈的时候，一点进去就是一片空白。好像就是从那时候起，他养成了保存她照片的习惯。

叶临西全然不知道傅锦衡偷偷的动作，发了照片之后，就见底下有人点赞问她是不是去看电影。

好在电影很快开始，他们一起检票进了电影院的放映厅。VIP室的座椅比普通放映厅的大，椅子还可以调整，叶临西一坐下便整个人舒服地窝在椅子里面，随手把饮料和爆米花放在旁边的扶手上。

前期的广告结束之后，电影终于进入正片，结果这电影看得叶临西十分生气。

不是说好的纯爱电影吗？现在演的到底是什么？

因为前后位置离得很远，叶临西忍不住压着声音吐槽起来："这是什么垃圾电影？女主角跟男主角谈了这么久的恋爱，结局居然让两个人分手，让女配成功上位？这个导演是不是脑子里进了一升硫酸啊？"

电影的故事线很简单，就是一对情侣在经历了六年恋爱后，男主角创业成功，两个人之间渐行渐远。但跟以前那些电影的完美大结局不同的是，结尾女主角选择了另外一个居家好男人，男主角则跟合作方老板的女儿在一起了。

特别是叶临西看到结尾处男主角出来酸溜溜地讲什么那个女孩教会我长大之类的台词，气得差点儿吐出来，愤恨地说道："能不能把我的电影票还给我？"

傅锦衡倒是依旧平静地盯着屏幕，说道："大概这就是导演想要的效果吧。"

叶临西一头雾水，说道："故意让人骂他？"

这年头儿还有这种专门讨骂的人吗？

傅锦衡倒是淡然地说道："美好的结局太过平淡，转瞬就忘，这种让人意想不到的结局才会让人印象深刻。"

叶临西听不得这种话，双手环胸，有些不服气地说道："我看你倒是挺能理解导演的想法。话说你们男人是不是都这样啊？一有钱就变坏。"

电影里最后女配成功上位的结局，让叶临西格外不爽，这很容易让她联想到自己。大家都说前人栽树后人乘凉，她可不想自己把傅锦衡这棵树栽好，然后让别人拿来乘凉。

光是想想，她都觉得窒息，喘不上气。就在她脑海里浮想联翩之际，傅锦衡的声音在她的耳畔响起。

"我不会。"傅锦衡语气笃定地说道。

叶临西哼了一下，心想你还挺自信啊。

片刻后，傅锦衡继续说道："因为我一直都很有钱。"

叶临西竟然无言以对。

傅锦衡转头定定地望着她，认真地说道："所以我不会变坏。"

此刻他的眼睛里犹如藏满了星光，那样温柔。

他们看完电影之后已经过了十点，商场也已停止营业，他们从电梯里出去，到了外面才发现原本像玻璃房子一样闪亮又精致的商场彻底暗了下来。

夏夜里的燥热没有完全散去，哪怕有风吹过来，也带着散不去的热气。

叶临西似乎还对刚才那个结局不满意，一路上微噘着嘴巴，满脸不开心的模样。

傅锦衡看了半天，突然捏了一下她的嘴巴，逗她道："带你看电影是为了让你高兴，可不是让你这么生气的。"

"这个结局太奇葩了。"叶临西说着转头盯着他，冷不丁地问道，"你上一段恋爱分手是因为什么？"

对于这种陷阱式的问题，傅锦衡丝毫不慌张，淡声反问："你呢？"

"是我先问你的。"叶临西说。

傅锦衡含笑看着她，问道："怎么突然关心我的感情史了？"

叶临西发出一声冷笑。

谁关心他了？她就是随便问问，随便问问都不行吗？

"不说就算了。"叶临西转头就走，只是刚一转身就被人抓住手臂。

傅锦衡声音低沉地说道："没有上一段。"

叶临西有些诧异地看着他。

可傅锦衡径直越过她往前走。

她站在原地琢磨了半天，还是不理解他说的这句话。

他没有上一段感情是什么意思？难道他的感情史只有她这一段？

叶临西猛地摇头，虽然今晚确实喝了点儿酒，可是也没彻底喝醉，脑子里怎么会冒出这种念头，一直到上车准备回家都在想这件事。

傅锦衡为了自己纯情暖男的形象故意胡编乱造倒也没必要，毕竟他这种人一向不屑干这种事情。

叶临西又有那么一丝丝开心，之后几天心情都格外愉悦。

连跟她一起工作的徐胜远都看出来她很高兴，还好奇地问她："叶律师，你这几天是有什么好事吗？"

"怎么了？"叶临西被他问得有些发蒙。

徐胜远指了指她的脸颊，说道："你这几天每天都特别开心的样子。"

叶临西怀疑地说道："我没有一直笑吧？"

徐胜远回答道："是眼睛里透着开心。"

叶临西差点儿想拿起手机照一下眼睛，看看自己是不是开心得很明显。结果她办公桌上的电话响了起来，是前台工作人员打电话让她过去一趟，说是有客户找她。

叶临西问道："是当事人？"

前台工作人员答道："对，她说是您的当事人。"

叶临西挂了电话直接去了前台，一下就看见曹芸的身影。

曹芸一看见叶临西激动地说道："叶律师。"

叶临西问道："你怎么来了？是保险公司出问题了吗？"

曹芸急忙摇头，说道："不是保险公司。"随后她赶紧从身上带着的大背包里拿出一块折叠起来的红布，打开后继续说道，"我是来给您送这个的。"

叶临西定睛一看，整个人僵住了。

这是一面红色的锦旗，上面只写了两句话——律师维公平，铁肩担道义。

曹芸认真地说道："叶律师，之前您也不收我们的钱，我想来想去还是觉得应该给您送点儿东西。"

叶临西尴尬地说道："这个案子是我们宁 par 接的，我只是负责跟你们联系而已，真正做事的是我们宁 par。"

"我知道，我知道，所以我给宁律师也做了一面。"

曹芸又把另外一面锦旗从包里拿了出来。

锦旗上面依旧是两行字——正义的守护者，人民的好律师。

叶临西突然觉得她的铁肩好像也没那么难以接受了。

相较于叶临西头一次遇到这种事情的尴尬，旁边的前台小姐姐好像见怪不怪，甚至还主动开口问："叶律师，需要我给你拍照吗？"

见叶临西一脸迷茫的表情，前台小姐姐继续说道："咱们律师事务所专门做争议解决的律师经常会收到锦旗。"

最后，叶临西在前台小姐姐的热情之下跟曹芸拍了照片。

因为宁以淮没在律师事务所，曹芸请叶临西帮忙把锦旗转交宁以淮。

临走时，曹芸还特别不好意思地说："本来我应该亲自交给宁律师的，可是小亮和孩子都在家里，我得赶回去。"

叶临西："没事的，我一定帮你代转。"

"叶律师，孩子马上就可以手术了。我们真的太感谢您了。"

叶临西摇摇头，真诚地说道："都是我应该做的。"

她把人送走之后，拿着两面锦旗回了工位。

身后的徐胜远见此笑嘻嘻地说道："叶律师，你的当事人给你送锦旗来了啊？"

叶临西猛地转头，片刻后又疑惑地问道："你怎么知道？"

"小梦发到公司的群里了，大家都给你点赞呢。"

叶临西赶紧点开律师事务所的大群，一下就发现一排又一排的大拇指表情。

前台小姑娘发的照片还是用美颜相机拍摄的。

叶临西点开图片，看见照片里的自己依旧是美的，心里松了一口气，随后又察觉现在好像不是应该只关心她美貌的时候，便嘀咕道："小梦怎么还把照片往群里发呢？"

徐胜远解释道："咱们做非讼的，没客户给我们送锦旗是正常的。诉讼那边经常有客户送锦旗过来，他们也都会发在群里。"

原来做律师这行还可以这么求表扬的吗？叶临西有些震惊。

不一会儿，小梦把照片发给叶临西，还一连发了好几张。

小梦：叶律师，我特地给你多拍了几张，你可以选一张最漂亮的。

小梦：但是我觉得每张都好漂亮呢。

小梦：主要还是叶律师长得太好看了。

如果叶临西对小梦还有那么一点儿小芥蒂，不喜欢小梦自作主张地把照片发到群里，此刻被夸得这么开心，也就没有那么介意了。反正这么漂亮的照片小梦发了就发了吧。

叶临西很快给傅锦衡发了微信。

叶临西：今晚回家吃饭吗？

傅锦衡：有事情吗？

叶临西：也没什么吧。

她也没直接说，好像不好意思四处炫耀似的，不过要是真的是只小孔雀的话，只怕这会儿早就支起了尾巴。

傅锦衡似乎也感受到她的快乐心情。

傅锦衡：是有什么开心的事情吗？

叶临西：晚上回家再跟你说吧。

傅锦衡：好。

叶临西问过徐胜远，知道可以把这种锦旗带回家，便把锦旗小心翼翼地放在了包里。

谁知还没到下班，她就接到了一个电话，是一个陌生号码，接通后听到了一个熟悉的声音。

"临西，妈妈回国了，晚上一起出来吃饭好不好？"

叶临西愣了半晌，许久才轻声说："你什么时候回来的？"

"今天凌晨到的，睡了一觉就给你打电话了。"

叶临西这才感觉好受了一些，低声说道："好呀。"

沈明欢说道："不如你叫上锦衡吧，说起来我还没跟你们两个好好吃过一顿饭呢。"

"嗯。"叶临西应道。

挂了电话，她才有点儿回过神，确认刚才真的是沈明欢给她打的电话。

或许沈明欢就是时下女生最羡慕的那种人，虽然年过五十却看起来只像三十多岁，有钱又有闲，做着一份自由的工作，全世界各地飞，不受任何约束，对于子女不会过于管教也不会过分关心。

随后，叶临西给傅锦衡打了个电话。

傅锦衡听说沈明欢回国的消息时，显然有些吃惊。

沈明欢当初也参加了他们的婚礼，只不过待了一天就离开了。

下班之后，傅锦衡过来接叶临西，两个人一起赴约。

餐厅是沈明欢订的，也是安江附近的一家餐厅。

他们到的时候，沈明欢还没来。

叶临西转头看着外面的江面，眼前之景美得不输之前，可是此刻的心情不如之前那样轻松。

傅锦衡见她一直沉着脸，轻轻地唤她的名字："临西。"

叶临西转头，不管是嘴角还是眼神都没有太愉悦之意。

傅锦衡正欲开口，突然看见叶临西的眼神微变，转头就见沈明欢来了，还看到她的身边跟着一个年轻的男子。

"这是江臣，我这次去非洲的合作对象。"沈明欢笑着给他们介绍。

叶临西没动，既没点头示意也没开口。

傅锦衡则是起身极绅士地拥抱了沈明欢，开口说："好久不见，妈妈。"

沈明欢对于这个女婿心情也是格外复杂。

叶临西从未跟沈明欢聊过感情问题，唯一一次提及也是直接让她来参加自己的婚礼。

沈明欢还是婚礼当天第一次见到傅锦衡，除了知道他是傅家的儿子，对他几乎是一无所知。

叶临西的眼睛则死死地盯着江臣，似乎想要看透他。

傅锦衡从桌下轻轻地握住她放在膝盖上的手，柔声说道："临西，想吃什么？"

这顿饭叶临西吃得很敷衍，不管什么菜都是浅尝几口。

好在还有傅锦衡，她一直以为他并不擅长交际，没想到事实并非如此。

如果他有心，也可以做到长袖善舞。

此时他们正在聊沈明欢和江臣这次的非洲之旅。

沈明欢是自由摄影师，而江臣是一名导演。

"我们想做一个关于非洲野生动物的纪录片。"江臣看起来是个很有抱负和理想的人，讲一些他们在非洲的见闻，诉说那些狂野又透着浪漫的经历。

因为这是江臣和沈明欢的经历，两个人时常说着说着就笑起来，彼此之间尽显默契。

叶临西看了只觉得糟心，整顿饭下来几乎连话都没说，哪怕沈明欢主动跟她聊天，也只是神色恹恹的，一副不欲多说的样子。

这顿饭快结束时，沈明欢突然说道："锦衡，我知道你在国内的人脉广，所以我想请你看看，能不能帮江臣推荐一下影视公司？毕竟我这几年都不在国内。这个纪录片是我们两个的想法，我也很……"

突然，对面传来银叉重重放在瓷盘上的声音，刺得每个人都忍不住抬头看了过来。

叶临西面无表情地说道："我现在有些不舒服，先回家了。"说完她直接站了起来。

等她往外走的时候，傅锦衡立即站起来，冲沈明欢歉意地说道："抱歉。"然后他即刻追了上去。

叶临西还没走到电梯，就见身后的傅锦衡已经追了过来。

"临西。"他喊她的名字，却看见叶临西轻轻地抬起手，似乎想要阻止他说话。

"我现在什么都不想说。"

很快，沈明欢也出来了，看着叶临西说道："临西，你怎么了？"

叶临西转头看着她，眼底透着失望。

沈明欢立即说道："你别误会我跟江臣的关系，我们真的只是合作伙伴而已。"

"我没误会，只是对你失望而已。"

沈明欢一怔。

此时电梯"叮"的一声提醒，电梯门打开了。

沈明欢又上前几步。

叶临西走进电梯，突然说道："我以为你真的只是想跟我和傅锦衡一起吃饭，我以为你真的只是想来见我而已。"

沈明欢赶紧解释道："临西，妈妈当然是想见你。"

电梯门慢慢合上，叶临西最后的声音从电梯的缝隙里传出来："我不信。"

到家以后，叶临西直接上楼，没有一丝开口说话的欲望。

傅锦衡看着她的背影有些心疼，这时又接到了沈明欢的电话，只能先去书房接电话。

沈明欢跟他解释："抱歉，锦衡，我没想到临西会这么介意江臣。这件事情真的不是她想的那样。我只是觉得江臣的想法很好，所以想要跟他一起做这个项目而已。"

听她解释了这么多，傅锦衡也有些头疼，轻捏了一下眉宇，说道："这件事您应该直接跟临西说的。"

沈明欢无奈地说道："她的脾气一向不太好，不管我跟她说什么，估计她都听不进去吧？"

"不是的。"傅锦衡突然抬高声音，说，"临西不是那样的！只要您跟她好好解释，她是会理解的。她虽然偶尔会有点儿任性，但并不是脾气不好。"

电话的另一端，沈明欢的声音也停住了。

挂了电话，傅锦衡在书房里坐了很久，直到听到外面的动静。

傅锦衡起身走出去，就看见有些昏暗的客厅里有个人站在沙发旁边，看到她好像要倒下去。

"临西。"傅锦衡急忙走过去，正要扶住她，就闻到一股浓烈至极的酒气。

待他低头看见她的手上还捏着的洋酒酒瓶时，眉头忍不住又皱了起来。

可是沙发上的人伸手四处乱摸，一边摸还一边吸鼻子，迷迷糊糊地说道："灯呢？灯在哪儿呢？好黑呀，我怕黑。"

傅锦衡见她摸了半天也没摸到灯，于是走过去把灯打开。

他刚打开灯，叶临西又对着酒瓶喝了一口酒。

傅锦衡这才发现瓶子里的酒居然只剩下一半了，有些生气地说道："叶临西。"然后他伸手去抱她，却被她一把推开。

她指着傅锦衡的鼻尖，委屈地说道："你怎么可以凶我？"

傅锦衡深吸一口气，知道这时候不应该跟酒鬼讲理。

可是下一秒，这个酒鬼晃悠悠地站了起来，伸出一根手指在他的胸口戳了一下，说道："你说你怎么这么没用啊？"

傅锦衡很是迷茫，不知道她在说什么。

叶临西继续控诉道："你跟那个江什么差不多大吧？你看他跟沈明欢怎么就那么多话，沈明欢怎么就那么喜欢他？你怎么一点儿都不讨她喜欢呢？"

傅锦衡突然觉得自己被冤枉了。

可是没一会儿，叶临西又开始抽泣，一把抱住傅锦衡，带着哭腔说道："对不起，其实是我没用。

"是我不讨她喜欢，所以她才会不喜欢你的。

"都是我连累你。

"对不起。"

刚才他还对她的说法极度无语，觉得这是酒鬼的话，可是这一刻，又有种说不出的感受。

明明他不应该理会酒鬼的话，可是她一遍又一遍地跟他道歉，让他觉得万分心疼。

傅锦衡扶住她的肩膀，认真地说道："临西，你没有对不起我。"

"你真的没有。"他轻轻地抱住她，"她也没有不喜欢你。"

叶临西还是觉得有些委屈，说道："她有，她真的有。"

傅锦衡温柔地劝道："临西那么优秀，谁会不喜欢呢？"

这句话仿佛真的被叶临西听进去了。

随后，她又推开他，将手里的酒瓶放下，回头去找东西，一边走一边说："我的包呢？我的包在哪儿呢？"

傅锦衡知道这时候强行把她抱上楼她肯定还会闹腾，便帮她把包找出来。

叶临西从包里掏出一块红布，打开后将有字的一面冲着他举着，明明眼底还挂着晶莹的泪，可是脸上又带着得意的表情，说道："这可是我的当事人送给我的。"

"律师维公平，铁肩担道义。"叶临西猛地拍了一下自己的胸口，自夸道，"说的就是我叶临西。"

她又把锦旗贴着脸颊，像是安慰自己一样，继续喃喃自语："对呀，临西这么好，怎么会有人不喜欢呢？"

第二天叶临西醒来还没睁开眼睛，就感觉头好像炸裂一般，忍不住抬手要揉一下脑袋，可是手臂又像有千斤重。

从她醒来的那一刻起，身体就在传递着三个字——不舒服。

等她终于能睁开眼皮，只看到厚实的窗帘挡住了外面的光，根本看不出现在究竟是几点，撑着手想坐起来，刚半抬身体，一下又躺了回去，浑身仿佛被碾压过一遍。

叶临西躺在床上喘了口气，才有那么一丝丝力气开始回想昨天的事情：这就是宿醉的感觉吗？昨晚她干吗要喝那么多酒？昨晚？等一下，昨晚到底发生了什么？

叶临西转头看向床的另外一边，确定身边早已经没人了，忍不住感到庆幸。

虽然她昨晚喝醉了酒，但也不是全部失忆，随着意识的逐渐清醒，突然间又忍不住捂着脸。

昨晚她做了什么？

脑海中的画面一下切回到了昨天晚上，她刚抱着锦旗骄傲地宣布"叶临西这么好，怎么会有人不喜欢"，傅锦衡就上前想要抱住她。

叶临西往后退了一步，还挥手挡住他的手掌。

傅锦衡柔声说道："临西，该去睡觉了。"

叶临西摇摇头："不许叫我临西。"

傅锦衡无奈地看着她，说道："那应该叫你什么？"

"宝宝。"

虽然她有点儿说不清楚话，可是态度一如既往地理直气壮，甚至连微仰着头的气势都始终如一。

傅锦衡以手抵唇，只是一犹豫，对面的人又改了主意。

叶临西摇了摇他的肩膀，再次说道："那你叫我人间富贵花。"

傅锦衡更无语了，脸上一言难尽的表情还未散去时，再次被对面的人疯狂摇晃。

"这个你也不想叫的话，那就叫我小仙女妹妹。"叶临西一向又黑又亮的大眼睛此时布满了血丝，就连眼尾都泛着红，原本明艳至极的脸颊透着妖艳的美。

傅锦衡没忍住笑了出来。

叶临西立即瞪他一眼，质问道："你笑什么？"然后她猛地捧住脸，用矫揉造作的声音说道，"难道我不够美吗？我不够仙女吗？"

傅锦衡深吸一口气，回道："够。"

叶临西终于得到了满意的回答，脸上立即露出志得意满的笑容，又在他的胸口戳了两下，开心地说道："那你快点儿呀。"

傅锦衡知道自己不该笑，可是真的没忍住。

叶临西立即噘起嘴，大概是极度不满他在这种时候还能笑出来。

好在傅锦衡迅速收敛笑容，低头看着她，说道："人间富贵花小仙女宝宝，我现在能抱你上楼休息了吗？"

叶临西没想到他居然这么走心，显然对这个称呼极度满意，于是张开手臂，说道："好吧，来抱我吧。"

傅锦衡伸手将她抱了起来。

叶临西上楼之后并没有立即消停，所以此时自然还记得自己昨晚的种种表现。

什么人间富贵花？她大概是人间小妖精吧？

叶临西登时没了起床的勇气，暗叹喝酒真是太误人了，又在床上躺了好久，一副生无可恋的模样，直到听到卧室的房门被推开。

"醒了？正好阿姨给你煮了醒酒汤。"

叶临西听着傅锦衡的声音，整个人都有种不太好的感觉，本来以为他已经去上班了，没想到他居然还在家里。

叶临西趴在床上，微转过头望着他，问道："你还没去上班吗？"

傅锦衡回道："今天周六。"

叶临西终于松了一口气，不用担心迟到这个问题了，但一想到今天要跟傅锦衡在家里大眼瞪小眼一整天，整个人又感觉不太好了。

这种时候她最需要的是用时间来缓和彼此的尴尬。他们最好几天别见面，等再见面的时候，已经把这件事忘得差不多了。

傅锦衡的话再次打破她的念头："我下去把醒酒汤端上来吧。"

"不用，不用，不用这么麻烦你的。"叶临西赶紧坐起来。

她的长发凌乱地披散在肩膀上，她本来睡觉就不老实，昨晚又喝了那么多酒，睡醒之后头发更是乱糟糟的，随手把头发往后撩了过去，低声说："我先洗漱。"

傅锦衡站在原地没动弹。

叶临西裹着被子坐在床上，抬头看他，满眼都是"你怎么还不走"的疑惑神色。

可是平时也挺会看眼色的人此时仿佛丝毫没懂她的意思，甚至还安静地在床边坐下了。

叶临西轻咳一声，问道："你怎么还不出去？"

傅锦衡淡定地答道："我不能待在自己的房间里吗？"

"你没工作需要处理吗？"

"现在中午十二点，又是周末，我还不想被下属骂。"

现在已经中午十二点了？

叶临西吓得赶紧从床上跳了起来，只不过起身时又因为头晕差点儿摔倒。

傅锦衡伸手扶住她，无奈地说道："我就知道。"

叶临西疑惑地问道："难道你留在这里就是怕我晕倒？"

傅锦衡扯了扯嘴角，留给她一个"你自己体会"的表情，没再说话。

待她低头看着他的脖子，突然有些惊讶，随后慢慢地露出错愕的表情，最后是彻底震惊地瞪大眼睛，惊悚地指了指他的脖子，问道："你这里怎么了？"

傅锦衡在家里依旧穿着衬衫，还把领口处的扣子系得严严实实，唯有领口掩不住的地方露出一些刺眼的红色印记。

傅锦衡没想到她连这个都不记得了，笑了一声，伸手就解扣子，坏笑着说道："底下还有更精彩的。"

叶临西眼看着他要把衬衫的第一枚扣子解开，赶紧站起来，忙不迭地说道："不用看了，我不看了，真的。我还是先去洗漱吧。"

叶临西说着不看，还是看见了傅锦衡衬衫之下的痕迹，头一次跌跌撞撞地进了洗手间。

她挤了牙膏准备刷牙时，抬头看向镜子，看见自己脸的同时，也回忆起昨晚上楼之后的事情。

傅锦衡将她抱到床上，正准备去拧毛巾帮她擦擦脸。

可是叶临西死死地拽着他的手不松开。

傅锦衡说："小仙女，我去拿毛巾给你擦擦脸。"

此时酒醉中的小仙女也不知道哪儿来的力气，居然直接把人扑倒在床上，趴在他的身上，居高临下地望着他，随后低头在他的脸上轻蹭了下，委屈又可怜地说道："我的脸颊好烫。"

"所以我去给你……"

傅锦衡的话还没说完，叶临西已经开始低头亲他。

醉人的气息萦绕在两个人的周围，周边的温度一瞬间直线上升。

傅锦衡一开始没动，任由她毫无章法地亲着。

可叶临西大概是太喜欢有着一张薄唇的他，此刻紧紧地咬着他的唇，还用舌尖轻轻地描绘着他唇线的弧度。

醇烈的酒气绵绵不绝，像是要将他熏醉似的，还有面前这个化身火热小玫瑰的姑娘，傅锦衡一时也有些微醺了。

叶临西忍不住捂住脸，已经不忍再想之后的事情。

所以，他脖子上的那些红印都是她种下去的。

原本傅锦衡还想推开她，奈何她像个小疯子似的又哭又闹，最后只能任由她胡闹。

叶临西赶紧握住牙刷的手柄，拼命地开始刷牙，企图把脑海中的那些记忆都赶走。

可是那些事情依旧历历在目，就让她这个强抢民家男子的野玫瑰被一道闪电劈死吧。

叶临西实在没办法忍受自己一身酒气，觉得头发也油腻腻的，又洗了澡，出来时已经过了很久，换了一身在家里穿的T恤短裤，一双笔直纤细的美腿不管谁看了都能大饱眼福。

她悄悄下楼，没看见傅锦衡，刚松了一口气，就听身后有道声音响起。

"夫人，你终于下来了，赶紧坐下，我去给你端醒酒汤。"

叶临西被阿姨的声音吓了一跳，转头问道："先生出门了吗？"

阿姨摇头："没有啊，好像去书房了。"

叶临西立即放心了，因为知道傅锦衡一旦进入书房几个小时都不会出来，便心安理得地在餐桌旁的椅子上坐下。

阿姨把醒酒汤端了过来，又说道："先生说你肯定没什么胃口，让我做了点儿开胃清淡的东西。我现在给您端过来吧？"

"谢谢你啊，阿姨。"叶临西一边喝着醒酒汤一边说。

宿醉的后遗症确实很可怕，哪怕她洗了澡，头还是有些疼，刚才在浴室的时候差点儿被里面的水蒸气闷得晕倒，幸亏撑住了。

阿姨一边把东西端出来一边说："先生也没吃饭呢，我去叫他。"

叶临西正捧着碗喝了一口汤，闻言差点儿被呛住，问道："他还没吃吗？"

阿姨笑道："我之前看你没醒想让他先吃的，谁知他说不饿，估计是想等你一起。"说完她就去书房了。

叶临西嘀咕："他是小学生吗？吃饭还要跟别人一起？"但心里又有些开心。

她刚把醒酒汤喝完，就见傅锦衡也过来了，赶紧偷偷看了一眼他的脖子。

此时他已经把衬衫的扣子扣得严严实实，只留下那半块盖不住的痕迹。

阿姨把东西摆好之后，两个人安静地吃饭。

没一会儿，傅锦衡说："妈妈打电话让我们回大宅吃饭。"

"好呀，我也好久没见妈妈和奶奶了。"

谁知她欢快的声音刚落下，傅锦衡朝她冷冷地看了一眼。

叶临西好奇地问道："你下午有事？"

傅锦衡语气颇淡，说道："没什么事。"

"没事干吗不去？不是我说啊，咱们做子女的也要多关心长辈、体贴长辈呀，奶奶那么久没看见我们两个，肯定也会想我们的。"

突然，傅锦衡伸手摸了一下脖子。

叶临西正要问他是不是落枕了才摸脖子，结果视线又落在他脖子上的红色印记上，发现这些痕迹好像有点儿藏不住，一瞬间就明白过来了，赶紧说道："不过今天我确实不太舒服，要不咱们下次再去吧。"

傅锦衡安安静静地看她，问道："不想去了？"

叶临西心虚地低下头，说道："不去了，不去了。"

她这一去，岂不是让全世界都知道叶临西是个小流氓？

傅锦衡说道："那我就跟奶奶说，你身体不舒服不想去。"

叶临西含泪点头。

将世界捧到你面前

蒋牧童 著

下册

青岛出版集团 | 青岛出版社

第十一章

二哥哥，我也要

周一早晨，叶临西在楼下等电梯时正好碰上柯棠。

柯棠打了个哈欠，一看见叶临西便直接靠在了她的肩膀上。

叶临西见她这副困倦不堪的模样，忍不住问道："你昨晚当贼去了？"

"别说了，我这是周一综合征，昨晚看了一部电影熬到了半夜两点。"柯棠一边打着哈欠一边说道，说完低头瞄了一眼叶临西，见周围都是等电梯的人，又压着声音说道，"我们的小玫瑰今天是盛装打扮啊。"

叶临西回道："我今天要去见客户。"

叶临西作为各大奢侈品牌的座上宾，深知"人靠衣装，佛靠金装"的道理，要不是怕自己太过高调，抢了宁以淮的风头，差点儿就把她的那个喜马拉雅包背出来了。

柯棠之前就听叶临西说过她要参与一个融资项目的事情，此时发出羡慕的声音，说道："我真羡慕你们这些当非松的，你们去见客户都可以穿得这么漂亮。"

"你也可以啊。"叶临西说道。

柯棠叹了一口气，说道："那还是算了吧。"

柯棠还记得刚入行时不太懂这行的规矩，只觉得既然上班了就该穿得鲜亮好看，有一天穿着一身红色的连衣裙去见一位离婚的客户，结果被客户阴阳怪气地说了一顿，好像她才是那个抢走客户老公的小三儿。后来，柯棠都尽量穿得低调，特别是见一些看起来就不太好相处的客户。

两个人聊着天，终于等来了电梯。

今天是叶临西第一次去安翰科技，约见的是对方的创始人。但是宁以淮并没有出现，而是徐胜远跟叶临西一起去的。

叶临西懒得打车，直接让司机在楼下等着。

徐胜远以为她打的滴滴，一上车就惊叹道："临西，你这什么水准？打个滴滴居然都能打到一辆宾利？我之前只是听说过有人在滴滴上打到了跑车接单。"

叶临西一时没想到这个问题，正在思考要怎么回答，却听徐胜远很快就转移了话题。

他继续说道："说实话，我没想到咱们宁 par（合伙人）会这么放心地把这个案子交给我们。"

叶临西问道："怎么了？"

徐胜远说道："安翰科技现在算是行业内的热门企业，他们天使轮已经拿到超过三千万元的投资了，这可不是个小数目。"

叶临西之前也查过资料，得知安翰科技在天使轮拿到了三千六百万元的投资。

他继续说道："所以无论如何，这次我们都得干得漂亮。"

叶临西说道："你觉得安翰科技这次能融资多少？"

徐胜远摇摇头，说道："说不好，我觉得肯定能超过一个亿。至于究竟能多高，还是要看投资机构对他们的前景持什么看法。本来他们就是风口上的猪，就看这些投资商究竟能把他们吹多高。这种高科技公司甚至还有 A 轮融资就过亿美元的。不过说起来，国内做安保系统和机器人这块儿的龙头企业是盛亚科技。"

两个人聊着天，倒是很快就到了安翰科技。

安翰科技在北安市的一个科技工业园区内，这里全是各种高科技创业类公司，整个园区的装修都显得格外现代化。

他们到了安翰科技所在的九号楼，一进门就看见大厅里有一个白色的机器人。

徐胜远作为年轻人，对这种高科技本来就很感兴趣，一下子被吸引住了，惊呼道："这不会就是安翰科技之前推出的第一代安保机器人吧？"

叶临西则在门口登记了他们的来访信息。

前台工作人员大概已经被人叮嘱过，一听说他们是律师，立即将人往里面带。

徐胜远一边走还一边好奇地问道："你们这个机器人就被放在大厅里吗？"

"对，它可以实现任务调度、实时监控，还有巡逻、探测、报警等多项功能。如果您有兴趣的话，待会儿可以亲自体验一下。"

前台工作人员显然经过正规的培训，说起自家的智能产品头头是道。

他们到了三楼后，直接被领到了安翰科技 CEO 冯敬的办公室里。

冯敬年纪并不大，三十岁出头，或许是因为创业公司创始人的身份，身上还有一股锐意进取的劲头，只不过在看见叶临西时那种饶有兴趣的眼神让叶临西觉得格外不舒服。

或许这就是职场上的不公平，漂亮的姑娘走到哪儿都会被人戴有色眼镜看待。

对方在看见她第一眼时便打心底笃定她不过是空有一张脸的花瓶。

"要不我带两位到公司转一下？"冯敬客气地说道。

徐胜远开口说："冯总，不用这么客气，我们之前发给你们公司资料清单了，不知道你们准备得怎么样了？"

冯敬点头说："我已经让各个部门准备了，今天刚准备妥当。"随后他又客套地继续说道，"其实你们不用特地跑一趟的，我们应该把资料送过去。"

但叶临西他们来其实也有目的，主要想跟安翰科技的创始人团队见面。

安翰科技的真正创始人有三位，目前负责公司整体运营的人是冯敬。

冯敬的相貌颇为英俊，之前他还被媒体封为最帅的年轻创业者，也是安翰科技对外的门面，时常代表安翰科技参加各种推介会和活动。

至于另外两位创始人，一个是负责市场的关鹏飞，另一个就是负责技术的乔云帆。

乔云帆大概是一位真正的技术宅男，极少被媒体曝光，故而资料甚少。

可在叶临西看来，她称乔云帆为安翰科技的核心人物也不为过，虽然之前从未见过他的照片，此时倒是在冯敬的办公室里看见了照片。

冯敬的办公室里摆满了他们三个创始人的照片，一个房间里足足有好几个相框，而且都是他们的合影，这些照片应该是在不同的时期拍的。

关于他们三个人的媒体报道也不少，因为他们是毕业于同一所大学——北安大学的校友。

校友共同创业的事迹一向被大众津津乐道，因为这是一个有关创业者从校园走向社会的童话故事，而一份成功的事业将给这个童话故事续上完美的结局。显然，他们三个人正在给这个完美的故事书写结局。

不过叶临西倒是第一时间想到国外的校友创业案例中有名的在脸书以及在年轻人当中格外有影响力的阅后即焚中都出现过创始人被踢出公司的案例，便问道："我们可以跟另外两位创始人一起谈谈吗？"

"当然可以。"冯敬想起什么似的，有些歉意地说道，"不过鹏飞最近出差，不在公司。而且他家里有些事情，估计得下周才能回来。"

叶临西点头说道："没关系，我们可以先审核其他材料。"

冯敬打了电话，说了几句后挂断，又笑着对叶临西说："我们公司的技术总监是个技术宅男，一心只管技术，不管其他的事情。"

不一会儿，一个戴着眼镜的男人推门进来。

他的头发有点儿长，十分随性地搭在肩上。他身上穿着一点儿设计感都没有的白色 T 恤和牛仔裤，给人的感觉干净也简单。

"找我来有什么事？"乔云帆有些不耐烦地揉了一下头发。

冯敬上前搂着他，轻笑着说道："这两位是珺问律师事务所的律师，这位是叶临西律师，这位是徐胜远律师。"

在冯敬介绍对方的时候，乔云帆虽然在跟他们握手，可是整个人都显得心不在焉。

相较于之前冯敬第一眼看到叶临西时那种目光一下子粘在她身上的感觉，乔云帆这种安静的漠视反而是叶临西不熟悉的。

"见完我能走了吗？"乔云帆确实是不太关心公司的事情，哪怕知道对方是律师，也不想关心对方是为了什么而来的。

还是冯敬哄他说："这事关公司的 A 轮融资，你既然是技术总监，就跟两位律师好好聊聊。"

乔云帆看着叶临西，突然说："我说的技术问题，你们都能听懂吗？"

他心里的答案显然是不能。

叶临西解释说："乔总监，您别误会。我们跟您见面并不是觉得您在技术上有什么问题，只是需要跟几位聊聊你们对于公司未来的看法。"

律师在尽调过程中，考察创始人团队是必须的，甚至还需要跟创始人团队的成员一一进行谈话。因为投资机构之所以愿意投资，是为了得到高的回报，而商业团队的稳定性也会影响到一个公司的未来。创始人团队之间是否有重大分歧是影响团队的稳定性的重要因素之一，这是投资机构需要考察的。

乔云帆好像听到了一个比较感兴趣的话题，问道："对公司未来的看法吗？"

叶临西点头。

他突然一撇嘴，说道："我的看法很重要吗？"

叶临西说道："当然，您不仅是公司的创始人，还是持有超过20%股份的大股东，您的看法对整个公司的未来至关重要。"

此时旁边的冯敬开口说道："叶律师，你们是现在就要跟我们聊吗？"

徐胜远看了冯敬一眼，说道："当然不是，一般来说是在你们方便的时候。"毕竟他们也需要给时间让创始人团队协商后统一口径。

冯敬上前伸手揽住乔云帆的肩膀，说道："云帆，你听到了吧？这件事你可不许再推托。你虽然是主管技术的，但是公司融资这么大的事情，也应该发表看法。"

乔云帆像是有点儿累了，揉了揉眼睛。

冯敬立即关心地问道："是不是昨晚又熬夜了？我都跟你说过多少次了，不许再熬夜。你再这样下去，身体受不了。"

冯敬絮絮叨叨地说了许多，之后才意识到还有外人在，抬头看着他们，歉意地说道："抱歉，让你们见笑了。云帆这个人就是不知道照顾自己，每次都要人叮嘱一堆，而且还不听。"

乔云帆似乎也早已习惯了他的态度，低声说："我知道了。"

待徐胜远和叶临西离开安翰科技到了楼下时，徐胜远羡慕地说道："还是一起创业的感情深厚啊！"

叶临西瞥他一眼，问道："你羡慕了？"

"你没看见那个冯总对乔总监的态度？跟哄孩子似的，而且外人一看就知道平时两个人也是这种相处模式，真让人羡慕。"说完这些他又轻哼了一句，"谁还不想当个宝宝啊？"

叶临西闻言一脸无奈的表情，没再继续接话。

叶临西和徐胜远一直忙着审核安翰科技的各种资料，忙得昏天黑地。

周五早上九点半的时候，宁以淮才慢悠悠地进了办公室。

宁以淮到了高级合伙人这个级别，当然不可能被打卡这种小事困扰，没一会儿便把叶临西和徐胜远叫到办公室，说道："待会儿我们一起去高尔夫国际山庄。"

徐胜远心直口快地问道："咱们不是要去飞鼎资本开会吗？"

飞鼎资本就是这次安翰科技融资的领投机构。

"飞鼎的饶总喜欢打高尔夫球，他的项目都是在高尔夫球场谈的。"宁以淮一边说一边抬头看着他们，问道，"你们谁会打高尔夫球？"

徐胜远出生于普通家庭，没怎么接触过高尔夫，立即有些心虚，况且也远没到可以一边打高尔夫球一边谈项目的级别。

叶临西说："我会。"

徐胜远在心里松了口气，看了叶临西一眼。

宁以淮点点头，冲着叶临西说道："那就你跟我一起去吧。"

待他们出了办公室，徐胜远赶紧说："临西，你回头记得把开会的内容告诉我。"

"我估计就是双方第一次碰面，正经开会谁会在高尔夫球场？"叶临西说道。

"我觉得这种高管级别的好像都喜欢在高尔夫球场开会谈生意。"

叶临西撇撇嘴，心想：她怎么就没看傅锦衡打高尔夫球谈项目呢？

很快，她坐上宁以淮的车子，一起前往国际山庄。

他们到地方的时候正好是十点多，太阳渐渐地升起来，此时已到了八月，哪怕早上的阳光没有午后那么强烈，可晒在人的身上依旧滚烫。

叶临西没带高尔夫装备，但看到这边都有，不用特意准备器具之类的，就先去选衣服了，在挑之前，又转头问道："宁 par，这一身衣服可以报销吗？"

宁以淮本来正在看手机，闻言抬头看她，说道："这点儿钱你还会在意？"

叶临西露出端庄的笑容，说道："我一个月的工资才多少钱！"

其实是因为这种高尔夫山庄里卖的衣服非常难看，她实在觉得这个钱花得太委屈，况且本来也是为了谈公事才买的。

宁以淮将手机收在兜里，挥挥手指说道："把小票留下来吧。"

叶临西高兴地说道："谢谢宁 par！"

她进去之后，随意看了几眼，迅速地锁定目标。粉色的 polo 衫和白色的短裙，比起其他颜色鲜艳的衣服，这种衣服的颜色较简单，也不会出错。

叶临西一边换衣服一边委屈地想着：还从来没穿过这么便宜的衣服，都是为了工作啊，一时间甚至有了那么一丝丝打工不易的觉悟。

换好衣服之后，叶临西很快出来。

宁以淮看了一眼腕上的手表，说道："饶总他们也快到了。"

果然，他们到了大堂就看见一群人刚进来。

为首的一个中年男人离他们很远就冲着这边打招呼，然后笑呵呵地跟宁以淮握手，说道："宁 par，咱们这次又合作了。"随后又把视线落在叶临西的身上，眼里闪过一丝惊艳后，男人笑着问，"这是你新的小助手？"

"叶临西律师，毕业于哈佛大学法学院，我的师妹。"宁以淮简单地介绍道。

显然宁以淮最后说的那句师妹还是起了点儿作用，饶俊杰收起脸上的那一丝轻浮之意，很认真地向叶临西伸手，说道："说起来我跟叶律师也算校友啊。"

叶临西礼貌地与之握手，问道："您也是哈佛大学毕业的吗？"

饶俊杰笑着说道："我是哥伦比亚大学毕业的，咱们算是常青藤联盟的校友嘛。"

气氛一下子轻松了起来。

饶俊杰又往身后看了一眼，问身边的助理："小冯还没到吗？"

助理低声说道："冯总因为堵车，稍后到。"

"行，咱们不等他了。"

于是一行人坐上高尔夫车一起前往球场。

饶俊杰和助理坐在前面的那辆车上，叶临西和宁以淮坐在后面的车上。叶临西看着前面的车，突然低声说："我怎么觉得有股鸿门宴的味道？"

宁以淮转头看她，嗤笑了一声，没说什么。

他们很快就到了打球的地方，虽然天气很热，但饶俊杰的兴致不减。

叶临西看出来宁以淮并不喜欢打高尔夫球，便跟着饶俊杰一块儿打。

没一会儿，饶俊杰看着叶临西满意地说道："没想到叶律师一个年轻的小姑娘竟然能打一手好高尔夫球。"

"家里人喜欢，所以我偶尔也会陪着一起打。"叶临西笑着说道。

天气实在是太热了，饶俊杰很快失去了兴致，到室内休息。

他们刚到休息处，就见安翰科技的 CEO 冯敬刚刚赶到。

冯敬歉意地说道："饶总，这次是我的错，待会儿吃饭的时候自罚三杯。"

"你知道就好。"饶俊杰也没恼火。

两个人的关系确实看着不错，或者是因为有足够的利益捆绑。

很快，房间里只留下他们几个人。宁以淮见冯敬看了一眼叶临西，立即明白了他的意思，淡声说道："有什么话她都可以听，毕竟她也是这个项目的经手律师之一。"

冯敬点头："那我就直接说了。"片刻后他才正式切入主题，直截了当地说道，"我想让乔云帆走人。"

原本正低头的叶临西猛然抬头，但看周围的人好像并不感到意外。

特别是饶俊杰，依旧保持着一脸笑意，应该是早就知道了冯敬的这个打算。

宁以淮也神色未变。

叶临西不知道宁以淮是见惯了这样的场面还是已经提前知道了，但从刚才冯敬说话的口吻来看，宁以淮之前应该并不知道这件事。

宁以淮突然转头看向叶临西，说道："乔云帆？"

这下叶临西彻底确定宁以淮是真的不知道这件事，因为他连乔云帆是谁都没搞清楚。

叶临西微偏头，凑近他说道："乔云帆是安翰科技的创始合伙人，拥有 23% 股份的股东之一。"

宁以淮了解了，点了点头。

一旁的冯敬也并不在意宁以淮对这些事情的不了解，继续说道："公司发展到现在，我作为CEO的贡献自然不用多说，因此我也不得不为公司的未来多考虑，毕竟安翰科技想要走得更高，就必须引进更多的技术人才。

"而云帆的理念跟我们显然是背道而驰的。

"我知道，作为技术人才，他有一颗想要把技术做到最好的心。但很多时候，公司的产品是需要面向大众的，我们需要在技术和大众之间有个平衡点。"

冯敬说这番话时，有些痛心疾首，抬起手轻抵着额头。

叶临西随意地瞥了一眼，就看见他腕上戴着的手表是之前她送给傅锦衡生日礼物的那个牌子的，知道这块手表的价格最低也要几十万元。

叶临西本来是站在旁观者的角度，可还是不由得深吸了一口气，心底默默地吐出四个字：道貌岸然。

他都要把自己的创业伙伴踢出公司了，这会儿还装什么被逼无奈？他就算当个坏人也得直接点儿吧？他干吗那么装呢？

叶临西突然发现了一个问题：她到底是什么神奇的体质？她好像走到哪儿都能碰到这种两面三刀的人，之前遇到的都是女人，现在还遇到了一个男人。

宁以淮语气平淡地说道："你想怎么把他赶出公司？"

"也不是赶出公司。"冯敬大概没想到宁以淮说得这么直接，继续说道，"所以我才跟饶总还有您一起商量，毕竟很快就是A轮融资了，我希望在融资之前能够解决公司创始人团队的问题。"

宁以淮没有说话，在等冯敬继续说。

冯敬说道："所以这件事还要请宁par想想办法。"

宁以淮整个人靠在沙发上，说道："我还以为冯总已经有什么好办法了呢。"

冯敬干笑一声，不好意思地说道："对于这些股权纠纷，我想律师肯定比我们有办法多了。"

突然，宁以淮看着他说："那你说错了，我们这次参与这个项目是为了给安翰科技做尽调，我们的服务范围并不包括这样的纠纷。"

原本叶临西听到宁以淮微带冷嘲热讽的口吻，还天真地以为他也是跟自己一样看不惯冯敬的虚伪嘴脸，完全没想到他只是想讨价还价而已。

冯敬这种一心钻营的人，一下子就明白宁以淮的言外之意，当即保证道："宁律师放心，只能您能帮我，以后安翰科技旗下的所有法律业务都交给您。"

叶临西朝宁以淮看了一眼。

本来他们律师事务所只是飞鼎资本找到的第三方中介机构，现在倒是又搭上了安翰科技。

之前叶临西也看过安翰科技的资料，知道安翰科技虽然现在的规模还不够大，但也清楚现在的科技创业公司是很受资本青睐的。

还有一句被无数创业者奉为至理名言的话——在风口上，猪也能飞起来。

这句话后来被无数文章引用，现在资本就是风口，而安翰科技就是这头随时准备起飞的猪，谁都想在上面切一块儿猪肉下来。

听到这句话，宁以淮脸上的讥讽渐消，他说道："冯总，你应该知道，一般创始人都不会放弃自己的公司。因为公司就像是他们的孩子，你见过哪个家长愿意随便抛弃孩子的？"

叶临西听出了宁以淮的意思，知道他并不满足于安翰科技的法律业务。

冯敬依旧带着一脸笑意，说道："那宁 par 的意思是？"

宁以淮从容地说道："1% 的股份，我自购。"

冯敬终于收敛起脸上一直挂着的笑意。

倒是一旁的饶俊杰颇为好笑地问宁以淮："你这次怎么有兴趣投资了？"

"我相信饶总您的眼光。"宁以淮说道。

饶俊杰笑道："不错，这次我确实很看好安翰科技。不过也不光我看好，还有其他十来家投资公司等着拿钱入场呢。镜湖资本和云创国际的老总也在跟我聊这个事情。"

大概是这 1% 的股份在冯敬看来确实无足轻重，他只要能赶走乔云帆，以后在公司就是他说了算。

毕竟他和关鹏飞的关系一直很好，而且他自认能掌控关鹏飞，便迅速地点头说道："之前饶总就跟我说过，你对于资本市场的运作非常熟练，之前也经手过股权纠纷的案子。"

宁以淮回道："熟悉不敢说，但是有点儿办法。"

这么一场密谈之后，显然也到了午餐的时间，几个人索性就留在山庄里用午餐。

饶俊杰一向欣赏宁以淮，要不然也不会选择宁以淮当这次的操盘手，趁着冯敬出去接电话的机会，说道："安翰科技确实是个很好的项目。但是对我来说，保证合伙人团队的稳定才能实现利益的最大化。

"既然他们团队的内部已经出现问题，那就趁早解决。

"不要让矛盾累积，影响整个公司。

"最重要的是，安翰科技不能变成下一个远辰科技。"

远辰科技是一家曾创下 A 轮融资神话的高科技创业公司，可是刚创下神话不到一年，公司内部就爆发了创始人内讧事件。

其中两个创始人发表声明罢免了另外一位创始人，造成了公司内部的动荡不安。直到最后，所有投资人对公司彻底失去信心，提起仲裁，要求撤回投资款。原本风光无限的远辰科技一下子成了无人问津、门庭冷落的企业。

叶临西在一旁听得有些想笑。

饶俊杰作为意向投资人，却已经率先参与到创始合伙人之间的纠纷当中，还指望安翰科技能够平稳地过渡？

她只能说，商场果然都是利益的往来。

大家当初创业时，哪怕筚路蓝缕、前途不明，可是所有人同心协力，才将一个脆弱的初创企业扶持着走到现在，结果到了巨大的融资面前，什么情谊都不要了，唯有利益是第一位的。

吃饭的时候大家宾客尽欢，叶临西却话很少。

冯敬见她一直没怎么动筷子，笑着问道："叶律师，是不是菜品不合你的胃口？"

"不是。"叶临西冷淡地摇头。

冯敬微眯着眼睛打量着她，上次在公司见到这位大美女律师时就感觉眼前一亮，虽然之前参加晚宴时也遇到过女明星，但不得不承认，这位叶律师的美貌当真不输女明星。

冯敬亲切地说道："叶律师，要不我让服务员再把菜单拿过来，你看着点好不好？"

叶临西礼貌地拒绝道："真的不用。"

冯敬居然还专门靠过来，想要凑近她的耳朵跟她说话。

叶临西忍不住往后一躲，躲完之后突然心酸地发现，自己现在的脾气可真好。

叶临西打小儿是被宠大的，骨子里就是大小姐的脾气，要是从前的话，看到冯敬这种人敢不知死活地贴上来，只管一巴掌赏过去，让他知道什么叫带刺的玫瑰花只能远观不可近亵。

果然，是这该死的成人世界改变了她，磨平了小玫瑰的棱角。

叶临西一边嫌弃冯敬一边怜爱自己，又听他在旁边聒噪着，恨不得当场起身走人，不过好歹也上了一段时间的班了，知道这时候离席很得罪人。

对面的饶俊杰好像看出冯敬对叶临西有意思，或者酒桌上老男人的油腻心思又浮了上来，说道："冯总，要不你跟叶律师喝一杯？毕竟你们以后还要合作呢，不熟怎么能行？"

冯敬顺杆儿往上爬，当下拿起叶临西面前的空酒杯，斟了一杯，又给自己倒了一杯，不等叶临西开口说话，端起酒杯说道："叶律师，我先干为敬。"

叶临西眼看着他先喝了一杯，差点儿被逗笑了。

这都什么年代了，还有这种逼人喝酒的方式呢？

叶临西太习惯被人捧着护着的生活，乍遇到这种酒局，只觉得气得想发笑，当下冷了脸。

这位大小姐当然知道满桌子的人在等着她端起酒杯，可是愣是没有动作，终于把这帮人晾得差不多了，才慢悠悠地开口："我下午还要上班，就不喝了。"

冯敬轻笑着说道："叶律师，我已经喝了，你可不能耍赖。"

"这样啊，可我也没让你喝啊。"她随意说出的话让一桌子人猝不及防地陷入死一般的寂静。

大概是许久没见过这么豪横的职场新人，一桌子的人精有些震惊，满脑子都在想：小姑娘搞什么呢？小姑娘明天是不是不想干了？

一旁的宁以淮终于憋不住笑了起来，一开始没阻止就是因为知道这姑娘肯定不会吃亏，此刻起身，端起叶临西面前的酒杯，冲着冯敬说道："小孩子被宠坏了，见谅！"他说完一饮而尽。

这亲昵的口吻让冯敬不得不重新打量叶临西和宁以淮之间的关系。

他是一个聪明人，知道在场的诸位是未来要帮他掌握公司的人，当然不会因为这种小事就翻脸，赶紧补充说道："是我的错，我没考虑到叶律师下午还有工作的事情。"

很快，酒桌上的气氛再次热闹起来。

叶临西实在不喜欢这种环境，便找了个借口起身离开，一出包间就拿出手机开启微信聊天模式。

叶临西：姐妹们！

叶临西：我今天终于见识到了什么叫作社会险恶、人间丑陋了。

叶临西：本宝宝承受了不属于我这个年纪要承担的压力。我觉得再这样下去，真的要回我的城堡里了。

柯棠：你不是去谈项目了吗？

姜立夏：怎么了？怎么了？快说说。我的剧本正好需要这么一段剧情。

叶临西原本已经做好要吐槽的准备，可是一想到保密协议，不得不又叹了一口气。

叶临西：具体情况我不能透露，但是今天真的让我大开眼界。

姜立夏：你不能这么故意吊人胃口！

姜立夏：必须说，马上说！

叶临西把聊天记录截图，然后特地把姜立夏发的最后一句话圈了起来，把截图发到群里。

叶临西：难道在你的眼里，我只是你灵感的工具人吗？

姜立夏立马装作没看见的样子。

但是下一秒，两个人便在"我错了你原谅我吧，不行我再也不相信你"的苦情琼瑶戏之间跳跃，姜立夏也全然忘记了追问叶临西。

叶临西跟她们闹腾了一会儿后，总算是疏解了心头的一口郁气。

她从洗手间里出来，低头看着手机，正在想要不要直接给司机打电话，让他来接自己。

突然，她面前有个人影挡住了她的去路。

她下意识地想往旁边让开，却突然被对方一下子握住手掌。

叶临西大惊，没想到光天化日之下还有耍流氓的，抬脚想要踢对方时，就听到头顶传来熟悉的声音。

"跟你说了多少遍？走路不要玩儿手机。"

叶临西这才抬头看到挡在自己面前的人，一时又气又恼，心底还带着点儿受了惊吓的后怕，说道："你知不知道你这样很吓人？"

傅锦衡说道："你要是正常走路，谁都吓不到你。"

他在走廊的另一边，离得很远就看见她了。结果叶临西愣是全程低头在看手机，丝毫没管周围的情况，更没看见他。

这种高尔夫山庄的主体建筑设计很是奇怪，室内竟然还立着柱子。

傅锦衡冷眼看了她一会儿后，才笔直地朝她走过去。

原本傅锦衡是想让她撞过去算了，这样才能让她知道吃一堑长一智，可是想到她这娇滴滴的性格，她要是真的脑袋被撞出个好歹，到时候还不是由他来哄？

于是，傅锦衡上前挡住她。

结果人家连头都不抬，居然绕过他就要走。

叶临西看着他，嘴巴絮絮叨叨地说着："你这人也太坏了，纯心吓唬人，知不知道人吓人吓死人？"

傅锦衡安静地听着她抱怨，许久才低声地问道："过来谈工作？"

说到工作，叶临西望着他的眼神一下变了，她幽幽地说："还真是没想到你也在啊。"

之前徐胜远说高管级别的都喜欢打高尔夫球谈项目，当时她还在心里信誓旦旦地表示傅锦衡就不喜欢这样干，结果不到半天她就被打脸了。

原来不是她没看过，而是很少了解他的事情，她一想到这里，又觉得有点儿委屈，带着说不出的小情绪。

傅锦衡听到她莫名其妙的话，还是耐着性子问道："又怎么了？"

叶临西本来还因为他主动关心她有些感动，但一听到这个"又"字，瞬间火气又上来了。他这样说就好像她成天一堆问题、专挑他的毛病似的。

叶临西伸手将他推开，板着脸说道："没事。"

她嘴里说着没事，可是浑身上下从头发丝到高跟鞋鞋尖都透着一种"你要是再不来哄我，你就死了"的情绪。

傅锦衡觉得她口是心非的模样很好笑，甚至还觉得她透着一股可爱，便再次耐着性子问道："是不是工作上遇到问题了？"

他自觉这几天家庭生活幸福美满，丝毫没有让叶临西不满意的地方。如果她真的不开心，估计也只能是因为工作。

两个人正说话时，听到后面传来脚步声。

突然，傅锦衡伸手将她拉进了旁边的休息室里。

关上门的瞬间，她被压在了门板上。

叶临西前面紧贴着的就是傅锦衡的胸膛，耳畔是他越发清晰的鼻息声，而这声音随着他的靠近越发沉重。

叶临西好不容易才稳住心神，抬起头来，目光直直地看向他，问道："我很拿不出手吗？你躲什么？"

傅锦衡垂眸说道："你不是喜欢这样吗？"

叶临西被气得实在不知道说什么，干脆沉默不语。如果说沉默是金的话，这一刻她能把这间房子填满金子。

傅锦衡其实并不太懂女人的心思，特别是对于叶临西这种每次都能因为一点小事就炸毛的性格，总是不太懂如何安慰她。

此刻叶临西低着头，如同蝶翼的长睫毛轻垂着，盖住那双清澈又漂亮的大眼睛。

傅锦衡已经知道她的心情真的不太好，这时候应该好好地哄她，便开口说道："临西，你可以跟我说说。"

他的声音过分温柔，惹得叶临西莫名委屈了起来。其实明明她什么亏也没吃，还有人护着她，但就是忍不住想要抱怨："我跟你说，傅锦衡，你一辈子都不要变成那种讨人厌的男人。如果连你都变成那种油腻的男人，我真的会对全天下的男人都感到绝望的。

"你来打高尔夫球我可以不管，但是你不可以做别的事情。

"要不然我真的会失望的，很失望很失望。"

她说得有点儿颠三倒四。

可是傅锦衡已经从这几句话里听出了大概，一时间怒上心头，握着她的手腕，低声地问道："是有人对你做什么了吗？"

他语气十分克制，主要是怕吓着她。因为只要叶临西回答他，他不敢保证自己会做出什么事情来。

叶临西立即摇头，说道："没有。"

她的脾气很差，她又仗着家世丝毫不怵那些人，所以可以理直气壮地不喝对方敬的酒，哪怕真的丢了这份工作也根本无所谓。

叶临西把酒桌上发生的事情说了一遍，没有具体说是谁，只提对方是客户。

傅锦衡伸手揉了揉她的长发，低声地说："你做得对，就应该直接拒绝不合理的要求。"

叶临西其实也不是为自己委屈，只是一想到这种在这些人看来是习以为常的事情，就觉得生理性反胃，所以不希望傅锦衡也是这些人之一，也相信他永远不会是这种人。

她垂着脑袋，像一枝被大雨浇到垂头的小玫瑰，直到傅锦衡轻轻地抬起她的下巴。

傅锦衡用手指在她的脸颊上轻轻地刮了两下，柔声地说道："临西，答应我，下次再遇到这种事情，记得把酒泼在他的脸上。"

至于其他的事情，她交给他就好，傅锦衡在心里默默地说道。

叶临西抬头望着他的眼睛，看到那双过分冷静的双眸此时满满都是温柔。

"我家的小玫瑰凭什么受这种委屈？"见叶临西笑了起来，傅锦衡伸手揉了揉她的头发，继续说道，"如果实在工作得不开心，那就辞职好了。"

叶临西闻言立即警惕地看着他，问道："你不会是要我以后就在家里吃喝玩乐吧？"

"不好吗？"说实话，傅锦衡还真的没想到叶临西会认真工作到这种程度。

叶临西有些不开心，委屈地说道："我是那种不学无术、只知道享乐的人吗？"

傅锦衡认真地说道："你不是，但是在工作中会遇到很多不开心的事情。我不想看见你不开心。"

叶临西突然想捂住脸，因为怕自己会忍不住笑出声来。

这还是她认识的那个臭男人吗？他从什么时候开始变得这么会说话了？他要会说话就多说点儿，小玫瑰愿意听。

叶临西抬头看着他，心里泛着甜，连说话的声音都像裹了一层蜜，柔柔地喊道："傅锦衡。"

她只喊他的名字，没说别的。

傅锦衡低头凝视着她明亮的眼睛。

不管什么时候，叶临西都不会隐藏自己的情绪，从前都是坦坦荡荡、明明白白，现在却有些藏不住心思，一下子就被傅锦衡看穿。

傅锦衡伸手将她抱在怀中，唇边溢出一声轻叹。

在回去的路上，见叶临西一直沉默，宁以淮主动开口说："这个项目由我和你来负责，我会安排徐胜远去跟一个新的项目。"

叶临西一怔，随后轻声地说道："这样不太好吧？"因为之前她一直是和徐胜远做这个项目，现在只是过来开了个会，徐胜远就被踢出项目，觉得有些不好意思。

宁以淮似乎看穿了她的心思，问道："你是怕徐胜远怪你？"

叶临西没说话。

宁以淮嗤笑了一声，说道："今天的事不会是第一次。"

叶临西勉强忍住翻白眼的冲动，说道："我知道，正常的合作方我会给面子的。"

宁以淮听到她说的话不禁有些想笑，却又觉得她说这话理所当然。

如果她真的想做项目，也不用像别人那样要靠在酒桌上把自己喝倒才能拉到客户，只要挥挥手，就会吸引很多人来奉承这位大小姐。毕竟"天之骄女"这四个字，可以让无数人羡慕。

宁以淮问道："你不喜欢冯敬？"他虽然是在问她，可是心里已经有了判定。

叶临西深吸一口气，反问道："难道宁 par 喜欢那种人吗？"

"我为什么不喜欢？你知道未来他可以给我带来多少创收吗？就因为他想赶走自己的创业伙伴，我就该讨厌他吗？我又不是法官，没兴趣判断他们之间的对错。商场上本来就瞬息万变，今天还是对手，明天就可能成为合作伙伴。"

叶临西感到无语，却又不得不承认宁以淮说的每个字都很对，但她也不是轻易服软的人，继续说道："反正我就不喜欢这种虚伪的人。"

宁以淮说道："你不用喜欢他，只要做好该做的事情就行。"

职场人生存法则第一条——职场人就算遇到再不喜欢的甲方，也得干好本职工作。

徐胜远看到叶临西回到律师事务所，正要过来问她关于这次开会的事情，就被宁以淮叫了过去。

叶临西惴惴不安地等着，不知道他们正在进行怎样的谈话。

徐胜远这人虽然爱看热闹，但性格是真好。

她一向跟这两个男律师关系不错，真怕徐胜远会以为他被踢出项目是因为自己从中作梗。

要不是因为宁以淮是那种性格很强势的老板，叶临西还真想跟他说，能不能让徐胜远留下，让她去做另外的项目。

叶临西只能等着他们谈话结束。

过了十来分钟，徐胜远终于从宁以淮的办公室里出来。

叶临西心虚地低下头，只不过低头之后又马上察觉不对，在这件事上她才是最无辜的那个。明明是宁以淮上了别人的贼船，为了保密特地减少知情人士，这才把徐胜远调开的。她有什么可心虚的？

叶临西一向不擅长安慰人，就在斟酌着要怎么安慰徐胜远时，就见他已经走了过来。

不管是谁，做了一半项目突然被踢出局，怎么样都会难受吧？

徐胜远率先开口说道："临西，实在是抱歉啊！"

叶临西的那句"你别太生气"还没说出口，她就听到这么一句话，有些奇怪地抬头望过去。

徐胜远继续说道："宁 par 突然让我单独做项目，接下来安翰科技这个项目只能由你单独跟着宁 par，以后得多辛苦一些了。"

叶临西懵懵懂懂地应道："哦，没事，我没关系。"

徐胜远摸了摸后脑勺，有些不敢相信地说道："我也没想到宁 par 会让我单独承办案子，实在是太意外了。"

他把话说到这个份儿上，叶临西还有什么不明白的？

肯定是宁以淮给了他一个无法拒绝的好项目，让他主动放弃安翰科技这个案子。所以，不是人家被踢走，而是人家主动不干。虽然目的是同一个，可是方式不同，结果完全不一样。

叶临西最擅长得了便宜还卖乖，笑着说道："恭喜你啊！可以单独做项目了，记得请客哟。"

"好说，好说。"徐胜远也高兴地应道。

这应该是徐胜远第一次单独承办项目，只要做的话，日后履历上就多了一份资本。

其他人见此也调侃他，让他别想躲了请客的事情。

叶临西看向不远处宁以淮的办公室，只看到磨砂的玻璃门将里面和外面隔断成两个世界。

职场人生存法则第二条——职场人不要小看老板，要不然会吃大亏的。

一晃到了周末，叶临西接到了沈明欢的电话。

沈明欢在电话里说道："西西，因为你在上班，妈妈也没打扰你。明天是周末，妈妈想请你吃饭，就我们两个人。"她生怕叶临西误会，又强调了一句。

叶临西实在不知道跟她吃饭能说些什么。

虽然她们是母女，可是不常见面，偶尔见个面也透着一股生疏和不自在。她小时候还渴望着沈明欢的关注和母爱，现在她已经长大了，不会迫切地渴望着母爱这种东西。母爱对她来说不过是镜花水月，她偶尔欣赏一下就好。

叶临西说道："我周末已经有安排了。"

对于她的拒绝，沈明欢似乎已有预料，继续说道："妈妈这段时间都会留在国内，等哪天你有空儿了，就给妈妈打电话。"

叶临西"嗯"了一声，又聊了几句才挂了电话，躺在床上，看着头顶的天花板放空大脑，直到看见傅锦衡推门进来。

叶临西就那么呈"大"字躺在床上，浑身都散发着"我很无聊，很没劲儿"的气息。

突然，门口倚着的傅锦衡开口说："明天有个珠宝酒会，上次就说带你一起去，不知道傅太太现在还有没有兴趣？"

叶临西猛地从床上坐了起来，饶有兴趣地说道："我有。"

叶临西回国之后还从没在社交场合里亮相过，刚好前几天收到今年春天在巴黎时装周买的高定仙裙，试了一下之后发现自己简直美若天仙，正想找个机会穿一下。

毕竟这种裙子本来就是要被穿出来让所有人惊艳夸奖的，更何况还遇到了她这种虚荣心爆棚的主人。刚才还沉浸在"我是个没人爱的可怜小孩儿"情绪里的叶临西瞬间满血恢复。

大家都说"包"治百病，这条仙裙应该可以让她快乐地永葆青春。

之后她立马开始联系品牌方，问对方最后的修改做好了没？

这种高定裙子一般都是量体裁衣，品牌方还需要前后三次试样。

其实叶临西的这条裙子已经被做好了，只不过品牌方之前让她最后一次试穿时发现她的腰身又细了几分，便精益求精地做了最后的修改。

得到对方肯定的答复之后，叶临西快乐地开始洗澡敷面膜，打算过几天再去做个全身保养。

此刻的叶临西像只快乐的小鸟，一会儿去找面膜，一会儿又回来拿手机联系造型师，还嘀咕着要给头发做个发膜，全然没了刚才躺在床上的丧气样。

傅锦衡躺在床上，将一切都看在眼里，很久后才看到她终于上床。

叶临西手里拿着手机，手指在屏幕上飞快地打着字，又在群里跟她的姐妹们聊天。

傅锦衡提醒道："临西，该睡了。"

叶临西也不看他，一边看着手机笑，一边随意地说道："你先睡吧。"

姜立夏让她明天多拍几张照片，因为已经很久没看见叶临西参加这种派对了。

姜立夏：呜呜呜，我终于听到我们的小玫瑰重出江湖了。

姜立夏：我要看仙裙，要看穿着仙裙的玫瑰宝。

姜立夏：社交圈没有了你，万古如长夜。

柯棠显然觉得姜立夏的赞美过于夸张，忍不住在群里发了两个问号。

直到姜立夏在群里猛甩了十来张照片，柯棠一一点开，才发现每张都是叶临西。

每一张照片里的叶临西都穿着晚礼服，有穿着仙气飘飘的长裙高贵典雅的她，也有穿着红色的礼服长裙明艳不可方物的她。

叶临西平时在律师事务所穿的都是适合上班的衣服，哪怕简单，却也让柯棠觉得美到不可方物。

柯棠这次见到身着晚礼服的叶临西，十分震惊于叶临西这种女明星级别的美貌。

柯棠：太有感觉了。

姜立夏：那必须的，我们的小玫瑰就是最闪耀的那颗明珠。

叶临西被夸得飘飘欲仙，又见旁边的臭男人还没睡，于是勉为其难地把手机放在他的眼前，把照片拿给他看，问道："你觉得我穿哪种风格的裙子比较好看？"

傅锦衡安静地看着她把所有的照片都放了一遍。

叶临西见他不说话，又催促道："你说呀！"

突然，傅锦衡翻身将她压住，深深浅浅的呼吸落在她的脸上，用略显低哑的声音说道："我觉得你什么都不穿最好看。"

叶临西的话语全被他的热吻堵住了。

夜幕降临，天气炎热，可再热都挡不住火热气氛。

北安会展中心的门口灯火辉煌、车流如织。

会展中心属于俄罗斯古典主义的建筑风格，此刻整座建筑被笼罩在一层橘色的暖色调光中。

今天这里将举办一场珠宝慈善晚宴，举办方的目的是拍卖一系列珍藏级珠宝。因为协办单位是国内的某一线大牌杂志，还邀请了不少明星参加这次活动。

镁光灯、签名板，这些娱乐圈常有的，在这里倒是一样都不少。

灯火辉煌的大厅里早已被装饰成这次活动的主题场景，或许是为了贴合人间富贵花这个概念，会场里的鲜花都是从国外被空运过来的，处处彰显着奢华。

活动还没开始，很多人三三两两地站着闲聊。

突然，门口的镁光灯再次亮成一片，相机的快门声明显加快，人们朝相机拍摄的中心望去。

"快看！快看！那不是叶临西吗？"

"谁？"

"叶临西啊！你不认识？"

"哦，是她呀！"

短短的几句话就暴露了某些女生的心思，之前问那是谁的粉裙姑娘捂着嘴不敢说话，生怕再露怯。其实她也是最近才跟这些千金大小姐们混熟，真的不认识叶临西。

虽然大家都家底不薄，可是有些人的父母发家晚，或者不像别人那样财富积累了好几代，所以混圈也有早晚之分。

粉裙姑娘的父母是做餐饮生意起家的，发家不到二十年，有钱是有钱，但是没根基。

"她从美国回来了？我怎么一直没看见她？"

"早回来了吧？不过她这次回国之后好像不大出来玩儿了。"

"我前几天听栗子她们说在餐厅里看见叶临西了，那天段家那位也在。"

"哇，这么刺激吗？"

八卦这种东西谁都喜欢，尤其是受女生们喜欢。

粉裙姑娘一直注视着面前走过来的这对璧人。

他们看起来俨然一对恩爱的小情侣，穿着银色闪钻长裙的女人像是从童话故事里走出来的仙女，而站在她身边的那个身姿挺拔的男人却丝毫没被身边明艳娇丽的女伴抢尽风头。两个人站在一起，当真是比壁画还要美好。她毫不夸张地说，他们吸引了大厅里所有人的目光。

"咱们过去打个招呼吧？"

大家八卦够了，也不知是谁提议了一句，立即得到了大家的赞同。

穿着甜美粉裙的姑娘名叫莫欣，呆呆地看着他们，突然说道："站在她旁边的人是谁啊？"

众人转头看着她，都带着似笑非笑的表情。

莫欣见此就知道自己肯定又问了个傻问题。

"你连傅二少都不认识？欣欣，我真不是说你，你也该多做做功课了。"

"对呀，你们家是不是跟傅家没什么来往？"

莫欣处于这些千金大小姐圈子里的底层，所以谁都能打趣她几句，虽然这句话听起来没什么恶意，可是那种若有似无的贬低随处都在。

就在她默不作声时，突然有个轻柔的声音传来："别想了，那是人家的老公。"

莫欣错愕地抬头，说道："我没想什么，就是好奇而已。"

她的否定并没引发大家的重视，因为这会儿女生们都提着裙摆，走向不远处的那对夫妻。

叶临西在进门的那一瞬闭上眼睛深吸了一口气，只闻了一下就知道这是名利场的味道。

空气中飘浮着香气。现场有专门的宴会乐队，乐队在角落里的舞池旁奏响了优雅舒缓的音乐。头顶的吊灯配合今天的晚宴风格，将整个会场照成了耀眼的玻璃房子。

叶临西明显整个人都兴奋了起来，却没有接过侍应生递过来的酒杯，毕竟这晚礼服可不能被酒泼了。

要是哪个没长眼的人撞了她，岂不是她自己倒霉？

倒是傅锦衡伸手拿了一杯酒，问道："今天不想喝了？"

叶临西看了他一眼，一下猜出他心里的想法，说道："我不喝。"

臭男人没安好心，不会是故意想要看她酒后失态吧？

她忍不住鼓了鼓嘴巴，说道："我是不会让你再有这个机会的。"

以后她绝对不会喝酒了，而且还立下了誓言。

"亲爱的！"

听到一个娇滴滴的声音从身后传来，叶临西迅速地收敛好表情，转身往后看，表情上带着两分惊喜三分开心五分亲切，说道："好久不见！"

见对方上前时，叶临西赶紧跟她拥抱了一下，却在一秒之后迅速地放开对方。

可是旁边的人看见她便不依不饶地说道："我也要！我也要！"

叶临西跟这群小姐妹们一一拥抱。

在简短的寒暄之后，大家很快就以叶临西为中心站定，你一句我一句地交流起来，气氛看着好不热闹，就连傅锦衡都往后退了两步，把空间留给这些小姐妹。

因为叶临西回国后一直没在社交场合出现，大家都是许久之后才见到她的。

在女人扎堆儿的地方就不可能断了话题。果然，有人指着叶临西穿着的裙子夸张地捂住嘴说："原来这条裙子被临西你订下了！"

叶临西轻声地笑着说道："怎么？你之前也看好这条了？"

"对呀，我当时就觉得这条裙子特别美，犹豫了一下，结果就听品牌方说已经有人订了。还是临西你有眼光，看中了就果断下手。"

高定礼服裙就是这样，品牌方为了保持高定的稀缺性和格调，在一条裙子被订下之后，就会拒绝将裙子卖给同一地区的其他客户，以免出现撞衫这种可怕的事情。

毕竟高定的客户很少，多集中在有钱的人当中，而这些人很可能会在社交场合偶遇。

莫欣站在最外面的地方，看着被大家围着的穿着银色闪钻礼服的叶临西。

叶临西的礼服是露肩裹胸款式，肩膀处有两根肩带松松地搭着，裙摆上的闪钻更是熠熠生辉，衬得站在灯光下的叶临西仿佛月桂女神一般美丽。

叶临西站在人群中，吸引了所有人的目光。

莫欣第一次对距离感有了深刻的认识。

魏彻伸手拍了下傅锦衡的肩膀，冲着他举起酒杯，说道："兄弟，佩服啊！我真没想到你居然能为临西做到这种程度！"

傅锦衡挑眉。

一旁的陆遇辰说："他的意思是，没想到你居然愿意来这种场合。"

傅锦衡并不喜欢这种名利场，平时极少参加活动，就算参加，去的也多是经济论坛或者跟商业有关的活动，几乎没来过这种纯消遣的地方。

傅锦衡没有说话，随意地喝了一口酒。

魏彻见他这副淡定的模样，不由得提醒道："今晚什么活动流程？你看过了吗？"

傅锦衡回道："没怎么看。"

刚才他进门的时候确实见有人递了流程单过来，但是随手就扔了。

魏彻以为他是被叶临西蒙蔽才来这里的，赶紧说："别怪兄弟没提醒你，今晚可是有珠宝拍卖的。"

陆遇辰在一旁添油加醋地说道："你现在跑还来得及。"

傅锦衡轻启薄唇，淡定地说道："我干吗要跑？"

魏彻被他这种大无畏的精神惊呆了，朝不远处被小姐妹们围住的叶临西看了一眼，说道："珠宝！珠宝啊！临西看见珠宝能不下手？"

他们可都知道叶临西是个多能花钱的主儿。

傅锦衡今天带叶临西过来，岂不是鸡落进黄鼠狼窝里了？

虽然这个比喻有些难听，但总归还是这个道理嘛。

傅锦衡抿了一口香槟，淡淡地说道："本来我今晚陪她就是为了给她拍珠宝的。"

一瞬间，魏彻和陆遇辰同时冲他竖起了大拇指。

傅锦衡的眉眼未惊，他依旧用平静的语气说道："临西最近工作很辛苦，需要放松一下。"

要不是看到面前确确实实站着的是傅锦衡，魏彻和陆遇辰都差点儿觉得他是不是被谁附身了，没想到他连这种话都能相信。

本来大家都以为傅锦衡这是被动花钱，猜想他娶了这么一位大小姐无可奈何只能供着，结果到现在才发现原来人家这是一个愿打一个愿挨。

现在都已经发展到傅锦衡主动带着叶临西来放松，只不过这种放松方式是不是太奢侈了？

魏彻立即换了个口气，娇滴滴地说道："二哥哥，那你看看我能不能也放松一下？"

陆遇辰虽然快被魏彻恶心吐了，但是明显更想捉弄傅锦衡，也故意说道："二哥哥，我也要。"

傅锦衡的一双如星冷眸在两个人的身上淡淡地一扫，他只说了一个字："滚。"

魏彻叹了一口气，继续做作地说道："过去种种，终究是错付了。"

陆遇辰被魏彻的一系列举动震惊了，忍不住问道："你这戏码都是从哪儿学来的？"

"电视上啊，我最近在看一部宫斗剧。"

见傅锦衡有点儿诧异地望向他，魏彻赶紧解释道："你们别误会啊！是我投资的那个影视公司最近要投资一部古装大制作，所以我看了一下人家之前的作品。"

"老子真的不是变态。"

"陆遇辰，你再用这种恶心的眼神看我，我真翻脸了。"

陆遇辰也不爽地回道："你这是专挑软柿子捏吧？二哥哥也这么看你了，你怎么不骂他？"

“你也配和我的二哥哥相提并论？”

傅锦衡将酒杯放在旁边的圆桌上，准备离这两个神经病远一点儿，又见这两个人竟然吵着跟了上来，赶紧开口说：“你们再这么恶心地喊我，就都离我远点儿。”

“怎么我们喊就恶心了？”魏彻不爽地说道。

陆遇辰决定先短暂地跟魏彻联盟，说道：“对呀，做人不能太双标！临西这么喊你，你也会说恶心吗？”

傅锦衡微蹙眉头，说道：“她不会。”

只是旁边的二人并未听懂，他说的不会是她不会这么喊，还是她喊了他不会觉得恶心。

晚宴开始之后，叶临西坐到了傅锦衡的身边，然后翻看了一下今晚拍卖会上会展出的珠宝，了解每件珠宝详细的情况。

现在的拍卖会不讲究什么神秘性，相反，在拍卖会之前都会有一个预展会。很多珠宝会由专门的模特戴上，向潜在的买家展示。

傅锦衡见她翻册子，偏头问道：“有什么看中的吗？”

叶临西噘了噘嘴巴，兴致不高地说道：“还行吧。”

她的口吻勉勉强强，毕竟她早见惯了大场面，连成交价上亿元的珠宝拍卖会都参加过，倒不会对这种级别的拍卖会感到太惊讶。

片刻后，叶临西指了指册子，说道：“这个还不错。”

她看中的是一枚蓝钻戒指，是由 GIA（美国宝石学院）认证的重达 4.52 克拉，颜色是 Fancy deep blue（维特尔斯巴赫蓝），净度达到了 VVS2（钻石的净度等级），并且是由英国著名珠宝品牌 Moussaieff（穆萨耶夫）设计和镶嵌的。

她轻描淡写的口吻仿佛说的只是一枚普通的戒指，而不是本场拍卖中最珍贵的拍卖品。

彩色的钻石因为产量稀少，一向是拍卖会上最引人关注的存在，其中蓝钻和粉钻的价格较为昂贵，动辄被拍卖出上千万美元的价格，甚至不乏过亿美元的珍宝级彩色钻石。

今天在场的不少人是冲着叶临西看中的这枚钻石戒指来的，可见这枚钻石戒指的价格肯定是过千万的。

前面是一些普通珠宝的竞拍，叶临西连举牌都懒得举，百无聊赖地等着蓝钻戒指时，突然看见在不远处坐着的段千晗，心想：还真是冤家路窄。

很显然，叶临西是刚看见段千晗。但段千晗应该是早就注意到他们了，因为一看到叶临西看向这边，立刻就把视线移开了。

叶临西不悦地轻哼了一声。

傅锦衡转头看她，以为她是等得不耐烦，轻声地说："再等一下，应该快了。"

好在蓝钻戒指果然很快出场了。当主持人开始介绍时，底下不少妇人已经开始跃跃欲试了。

虽然千金小姐们看着光鲜亮丽，可那是因为她们喜欢在社交平台发发照片，而真正的妇人则是深藏不露，就好像南漪，她的衣帽间连叶临西都眼馋。可是南漪不可能幼稚到去网上发自己衣帽间的照片。

所以叶临西没把在场的千金小姐们放在眼里，反而觉得那些妇人们才是真正的劲敌。

本来她想等着大家叫完价再下手，没想到这次竞争到最后的是一位妇人和段千晗。

两个人你来我往地举牌，场面很是热闹。最后对方似乎打算收手了，段千晗的脸上也露出稳操胜券的笑意。

突然，叶临西觉得没意思，如果这时候再举牌，别说段千晗了，只怕别人也会觉得她是故意的。

叶临西本来就讨厌段千晗总在自己的面前摆出一副受害人的模样，现在还真的不想跟她再牵扯上关系。

可是这枚蓝钻戒指又是她喜欢的水滴形，要是能被戴在她的手指上，一定会特别相称吧。

就在她犹豫间，主持人眼看着要落定小槌，坐在她身边的傅锦衡举牌了。

主持人欢喜得很，而众人则纷纷朝这边看了过来，在看见是傅锦衡举牌时，有知道三个人之间内情的人不由得暗暗咋舌。

不过傅锦衡丝毫没管别人的眼光。

就在段千晗再次尝试加价后，他或许是嫌跟她磨磨蹭蹭有点儿烦，直接报了一个数字，引得现场一片哗然。

连叶临西都有些震惊，虽然知道这个价格对这枚钻石戒指来说不算溢价太多，但还是觉得价格太高了。

果然，段千晗隔着众人遥遥地望过来。

剪了短发的段千晗似乎连行事都干练了许多，在考虑几分钟后，直接选择放弃。

傅锦衡成功地得到这枚蓝钻戒指。

看见自家的老公这么厉害，叶临西自然开心，开口夸道："干得好，老公！"

傅锦衡转头看她，问道："只要这个吗？"

因为现场大家都坐得很近，叶临西赶紧朝左右看了一眼，却绝望地发现刚才旁边的人或多或少地听到了他说的话，顿时觉得有些尴尬。

如星辰般耀眼的灯光下，他的侧脸线条是那样立体，叶临西看着看着，不禁心脏扑通扑通地剧烈跳动了起来。

她想了一下，微仰着脸凑近他，迅速地在他的脸颊上亲了一下。

他们的举动自然也落在了别人的眼中。

隔壁桌的魏彻看着傅锦衡被叶临西偷亲后脸上浮起淡淡的笑意，突然又摇了摇头，默默地说道："完蛋了。"

陆遇辰问道："你又怎么了？"

魏彻指了指旁边，小声地说道："不是我怎么了，是我们的二哥哥完蛋了。"

陆遇辰看了半天，也没看出来傅锦衡到底哪儿完蛋了？

"一掷千金只为博美人一笑，这是什么行为？"魏彻痛心疾首地说道，"这是昏君的行为啊！"

陆遇辰真是服气了，忍不住吐槽魏彻道："你平时少看点儿电视剧吧，容易脑残。"

魏彻还在痛心疾首时，就看见傅锦衡微微地偏头看着低着头的叶临西。

突然，魏彻看见傅锦衡的脸上闪过一丝笑容，彻底怔住了，想起来傅锦衡要跟叶临西结婚前的事情。

当时叶屿深去揍傅锦衡时，拽着傅锦衡的衣领生气地质问他："你娶叶临西是因为爱她吗？”

当时魏彻也在现场，清清楚楚地记得傅锦衡的回答。

傅锦衡回答说：“不是，娶叶临西是因为适合，我们之间很适合。”

魏彻现在有点儿摸不准了，突然叹了口气。

陆遇辰正骂他在兴头上，见他忽然又叹气，也有些愣住，还以为自己骂得太狠，关心地问道：“怎么了？”

魏彻说：“我好像发现了一件大事。”

“什么事？”

“我不能告诉你。”

“那你去死吧。”

陆遇辰真不打算再搭理这个神经病。

最后还是魏彻憋不住了，说：“我发现锦衡好像对临西不一样了。”

陆遇辰斜眼看他，仿佛在看一个白痴，说：“你才看出来？”

魏彻更震惊了，一脸迷惑地问道：“你怎么知道的？”

陆遇辰深吸一口气，说：“有空儿你也多走走心。”见他还是迷瞪的样子，陆遇辰只好继续补充说道，“你会去参加一个你不在意的人的毕业典礼吗？”

傅锦衡飞越千里，横跨整个太平洋，只为去参与她人生中最为重要的时刻。

第十二章

我们离婚吧，傅锦衡

拍卖会结束之后，在隔壁的会展厅里举办了会后派对，甚至还很贴心地找了打碟的DJ，很多刚才没尽兴的人选择留了下来。

原本奢华的晚宴一下子变成了年轻人的狂欢派对。

叶临西很久没这么开心了，虽然没有跳舞，但也拿着酒杯随意地摆动着身体。

魏彻他们过来时看见她这样，笑着说："临西今天心情不错，看来收获不小啊。"

"对呀，你有意见吗？"叶临西抬了抬下巴。

魏彻哈哈大笑，说道："大小姐的事岂是我能多嘴的？"

叶临西回了一句："知道就好。"

傅锦衡从洗手间回来，见她手里拿着鸡尾酒，虽然没说话，但是微沉了下脸色。

叶临西注意到他的神色微变，赶紧说道："我又没喝。"

随后他们开始聊天，不过男人之间聊的内容都很无趣。

叶临西听着听着就觉得无聊，说道："算了，我去找别人玩儿了。"

见她一走，魏彻就看着傅锦衡说："今天傅总出手果断啊。"

傅锦衡看了他一眼，说道："这话你怎么不当着临西的面说？"

"怎么？还需要我帮你去跟临西邀功啊？"魏彻语气夸张地说道。

傅锦衡看了旁边一眼，问道："遇辰去哪儿了？"

魏彻答道："他说有事就提前走了。"随后他露出一个极其得意的笑容，继续说，"现在二哥哥你完全属于我了。"

傅锦衡看着他也笑了，阴恻恻地说道："好啊。"

魏彻被他这温柔的微笑吓得有点儿毛骨悚然，虽然他一贯爱开玩笑，但是也有底线，此刻感觉自己快把傅锦衡惹毛了，赶紧说："安翰科技那边怎么样了？我听说他们跟飞鼎资本已经有了初步合作的意向，这次要真是融资到位，以后安翰科技就是盛亚的心腹大患了。"

傅锦衡轻轻地晃了一下手里的鸡尾酒。

浅蓝色的酒水在摇晃缤纷的灯光之下，透着一股妖艳。

他抬手把酒杯凑在嘴边喝了一口酒，觉得酒的味道勉强还算可以，才说道："他们不会有这个机会的。"

"你是不是已经安排好了？"魏彻作为傅锦衡多年的老友，当然了解傅锦衡的手段。

对于任何挡在自己面前的对手，傅锦衡从来不会给机会让对方成长起来。

就连魏彻的爸爸都说过："别看傅家这位二公子表面儒雅温和，可是骨子里透着铁血杀伐，要是在古代，就是个枭雄。"

而这样性格的傅锦衡在商场上，更是会让竞争对手胆怯，因为不会给对方机会，哪怕只是有一个可能性都会被迅速地扫平。

魏彻看着他，继续说道："那你知不知道这次飞鼎找的第三方中介有谁？"

傅锦衡淡淡地扫了他一眼，说道："好了，今天不聊公事。"然后他举起手里的酒杯，说，"这个味道不错，你要来一杯吗？"

魏彻一怔，随后笑道："好呀。"

叶临西跟一群女生待在一起玩儿得也挺开心。毕竟这些小姐妹们虽然跟叶临西没什么太深的感情，但是吹捧起叶临西的时候是非常厉害的。

"临西，我之前投资了一家艺术画廊，画廊马上要开业了，你一定要过来给我捧场啊。"

"还有我，我下个月过生日准备包机去苏梅岛玩儿。临西，你赏不赏光啊？"

众人你一言我一语，好不热闹，显然说的都是追捧叶临西的话语，仿佛叶临西能赏脸是她们的荣幸。

不远处的段千晗望着这边的热闹，突然冷笑了一声。

当然，她的身边也聚集着人，只是她的年纪本来就比叶临西大好几岁，两个人的交际圈子自然也不一样。

段千晗身边的好友见她盯着那边，赶紧说道："算了，不过是一群小丫头罢了，能成什么气候？"

段千晗说道："没事，我压根儿就不关心她们。"

好友低声问她："你跟沈家那位最近怎么样？"

"还行吧，"段千晗习惯性地想要撩一下头发，结果却没摸到头发，略显苦笑地说道，"我已经剪了长发，总是不习惯。"

好友惋惜地说道："你那头长发多漂亮，干吗非要剪了？"

段千晗微垂着头，也开始思考为什么要剪短头发？

当初她也是一时冲动，想着一切要从头再来，却没想到剪掉了头发，也没剪掉心底的念头。

"我觉得沈俊阳挺不错的，你多跟人家好好接触。"好友劝说道，也是为了她好。

傅锦衡是好，可毕竟人家已经结婚了，难不成段千晗还能当小三儿？况且傅锦衡哪怕真的找小三儿，估计也不会找段千晗，要不然当初就不会那么坚决地拒绝段千晗了。

段千晗丝毫不知好友心里的想法，还笑着说："我知道你是为了我好。"

好友说："你的哥哥和姐姐都不是好相处的人，还有你那个后妈，我觉得你最好还是跟沈俊阳尽快定下来，以后在你的爸爸面前也多争一份资本嘛。"

段千晗的父亲结过三次婚，第二任妻子是她的母亲。

她的父亲在几年前跟她的母亲离婚之后，又跟一个年仅三十岁的女人结婚，去年刚生了一个小男孩。而她父亲的第一任妻子生了一男一女，如今人家已经在公司里站稳了脚跟。现在只有她，两头都靠不上。

她的母亲一向现实，无非就是看傅锦衡已没了可能性，便立即找到了另外一个可以联姻的对象沈俊阳。

只是段千晗却一时走不出来，到底是喜欢了那么多年的人，怎么可能轻易地放弃？

好友问道："话说你今天怎么想拍那个蓝钻戒指了？"

段千晗说道："马上就是我妈的生日了，我想给她一个惊喜。"

此时好友看了一眼不远处的叶临西。

叶临西坐在那里，笑容清浅，身边围着一群姹紫嫣红的花一样的女孩子，一副众星捧月的模样。

好友见此轻哼了一声，说："我真没想到，傅锦衡还挺宠老婆的。"

之前拍卖的时候，所有人都看出来，傅锦衡拍那枚蓝钻戒指是为了叶临西。

"是啊。"段千晗声音冷淡地附和了一句。

好友生怕她生气，伸手揽着她的肩膀，说道："是我不好，不会说话，你别生气呀！"

段千晗说道："我有什么可生气的？他拍钻戒给谁，在场的谁看不出来呢？"

叶临西这边也在讨论今天的拍卖会。

有个人好奇地问道："临西，那枚蓝钻戒指你老公是要送给你的吧？"

"齐齐，你怎么问这种明知故问的问题呀？那肯定是送给临西的啊！"旁边一个小姐妹立即维护道。

也不知是谁在这热闹当中突然来了一句："而且还是从那个段千晗的手里抢回来的，也真是够打脸的。"

这句话让气氛莫名一滞。一时谁也没有开口，在小心地看着叶临西的表情。

叶临西随意地将披在肩膀上的长发撩到身后，端着高贵冷艳的姿态，没有开口。

好在很快有小姐妹迅速地说道："临西，你别在意。我估计你还不知道呢，段千晗之前出了一篇采访，故意讽刺我们不学无术呢。"

叶临西抿了抿嘴，没想到原来很多人知道段千晗的那篇采访。

这些千金大小姐很多人没有正经的工作，花起钱来却是实力强劲、毫不手软，虽然知道段千晗暗讽的目标是叶临西，却也有种感同身受的不爽。

"可不就是，咱们是不学无术的大小姐，她就视金钱如粪土了吗？

我可是看见她今天举牌也举得挺开心啊。"

"对呀，对呀，好打脸哟。我要是她，一结束就灰溜溜地走了，哪儿还好意思留在这里？"

众人嘲讽得好开心。

叶临西懒得跟段千晗计较，便主动打断话题，说道："算了，不聊这些不开心的。"

本来傅锦衡跟段千晗就没什么关系，叶临西可不想让别人把他们两个再牵扯到一起。

小姐妹们也吐槽够了，又将话题转到了叶临西的身上。

有人艳羡地说道："说起来还是临西最让人羡慕，你看看傅总多宠你呀，一出手就是几千万元的珠宝。"

"今天这个算什么呀，临西当初结婚的时候，婚礼上的珠宝才叫夸张呢。"

叶临西和傅锦衡的婚礼虽然尽量低调，可还是架不住媒体想要报道。

数亿元的聘礼，世纪婚礼，还有童话般的爱情故事。

当然这个"童话般的爱情故事"在当初来说确实是有很大的水分。至于水分有多大，只有当事人的心里最清楚。

"临西，你也给我们传授传授，怎么才能拿下男神啊？"

说到这里，大家都很感兴趣。

叶临西淡然地说道："也没什么秘诀。"

众人显然不信，又开始起哄。

叶临西微微一笑，说道："因为在我的结婚预备人选里，他最有钱。"

听她说完，周围安静了一瞬，很快大家回过神来，又继续欢声笑语起来。

"临西真的很会开玩笑。"

"就是嘛，净会逗我们玩儿。"

叶临西心里嗤笑：人哪，往往说真话的时候，大家都觉得你是在开玩笑，反而是说一些虚无缥缈的大道理时，大家都会觉得你是在说真心话。

这本来就是事实，当初傅锦衡要是没这么有钱，她还真不会跟他结婚。

谁知一转身，她就看见门口站着的傅锦衡。

他穿着黑色的西装礼服，模样英俊又骄矜，神色慵懒地望着她。

叶临西一时愣在原地。

这个傅锦衡是什么时候站在这里的？他有没有听到自己刚才说的那句话啊？他该不会真的认为她是什么拜金的女人吧？

叶临西看着他懒散的表情，认真地研究了一下，企图用眼睛读懂他脸上的微表情，但是片刻后就放弃了，反而冷静下来，面不改色地加了一句："我的老公最好看。"

其他小姐妹又笑了起来。然后，叶临西就看见傅锦衡缓缓地走过来。

灯光仿佛在他的脸颊上流转，明灭的光影那样流淌着，把他衬托得像是从旧时代里走出来的骄矜贵族，他英俊到过分的面容让所有人的心神都忍不住摇曳不止。

他走到叶临西的面前，缓缓地抬起手，低声地说："那现在可以跟你好看的老公回家了吗？"

他慵懒的声音好听又低沉，听得叶临西的心脏猛地漏跳了一拍。

她回过神来，又莫名地有些恼火。

这个男人在这么多人的面前散发什么魅力？他不知道这样很容易被人觊觎吗？

于是，她迅速地起身，拉着他就往外走，然后一口气走到了外面，等到听不见里面的音乐声，才转头看着他，坚定地说道："你以后别这样了。"

傅锦衡问道："什么样子？"

因为他那样说话显得既温柔又风趣，会吸引所有人的目光，叶临西不喜欢别人觊觎他的感觉。

叶临西却闷不作声。

傅锦衡突然望着她，问道："你不喜欢我刚才说的话？"

"不是。"叶临西偏头看着他，突然有种话到了嘴边忍不住想要说出来的冲动，便叹了一口气，带着无奈的语气莫名认真地说道，"你这个样子，我会想要包养你的。"

叶临西在心里是这样想的：我想养你一辈子，这样就可以把你藏起来，不许任何人觊觎你。

第二天，叶临西舒服地睡到中午才醒。

小姐妹的群里格外热闹，大家都在互发照片，叶临西也趴在床上看着昨天的照片。

主办方还挺会做人的，现场请了修图师，力保每个人的照片流传到网上都是美到没有朋友的地步。

不过她刷了一圈儿，居然没看见自己的照片，以为是自己看漏了，又从头到尾看了一遍，还是没有看到。

她的小姐妹们倒是有照片，还有好几张她们站在一起的合照。

叶临西因为去得晚没赶上跟她们一起合照，但自己这种身份的大小姐，难道还不配有一张单独的照片？叶临西顿时感觉不爽了。

因为她自己拍照怎么都拍不到她穿裙子时全身的模样，所以每次参加活动都会等主办方发图。毕竟她也不是明星，自带摄影师去现场这种事还是有些夸张。

也有人发现了这个问题，好奇地问道："怎么没有临西的照片？昨晚她穿的裙子那么美。"

"对哦，我也没看到，要不我问一下工作人员啊？"

叶临西因为没有主办方的联系方式，看到有人帮她问，立即在群里发了个亲亲的表情包。

很快，帮她问主办方的小姐妹主动发过来一条很长的语音消息。

叶临西轻轻地点开，就听到了以下的内容：

"亲爱的临西，我帮你问了。主办方说是因为傅先生的工作人员提前跟他们联系过，不能把傅先生的照片发到媒体上。你昨晚是跟你的老公一起进来的，所以摄影师没拍到你的单独照片，也没办法把有你老公的图片修掉，所以只能把照片暂存了。

"不过工作人员一听是你问的，就说他们那边有很多你的照片，可以直接发到你的邮箱里。"

叶临西没想到居然还有这么一出，当即把邮箱地址发了过去，让对方帮忙转发给主办方那边。

臭男人对隐私还挺保护啊！

不过叶临西也想到他之前参加过各种论坛活动，好像确实没见过他的照片。

当初他第一次在媒体上被曝光的时候，那些财经媒体居然用大篇幅在赞美他长得有多帅。

要不是傅锦衡实在是太低调，喜欢他的人大概也得从北安排到法国去。

想到这里，叶临西突然有种她赚了的感觉。

算了，主办方不放照片也好，免得一堆女人对着她老公的照片犯花痴。她可是立志要包养他，把他藏起来的。

下午，主办方亲自派人把戒指送了过来。

叶临西昨天只是看到戒指的照片就觉得好看得不得了，但当真拿到戒指时，还是被这种闪闪发光的石头迷住了。

午后光线正好，她窝在客厅里的沙发上，不停地抬起手掌变换各个角度。

可不管她怎么换，戒指都能在阳光下折射出璀璨的光芒。叶临西就这么一个人窝在那里，傻乐地欣赏了半天戒指。

钻石真的是太好看了！这种闪闪发光的石头是每个女人的"克星"，没有女人会不爱它。哪怕地球爆炸，女人对珠宝的热爱也不会停止。

叶临西欣赏够了，立即在微信群里发信息，然后发了一张照片。

叶临西：姐妹们，你们觉得怎么样？

她发的就是手指上戴着的这枚蓝钻戒指的照片，纤细白嫩的手指被鸽子蛋大小的剔透的蓝钻衬得越发细腻雪白，美得如同珠宝大片的广告。

柯棠：羡慕！

柯棠：忌妒！

姜立夏：太好看了！

柯棠：第一次见这么大的一颗钻石，我不要只看照片，要看实物。

姜立夏：我也是。

叶临西：好吧。

于是，三个人迅速地约了下午茶，约的地点是叶临西和姜立夏之前去的那家网红餐厅，因为那家的下午茶确实很好吃。

叶临西直接戴着戒指出来，但因为住得比较远，反而是最后一个到的。

一见她过来，其他两个人立即从手机上抬起头来。

等叶临西一坐下，柯棠看见她的手指，立即倒吸了一口凉气，说道："你就戴着这个戒指直接出门了？"

叶临西问道："难道我要把它顶在头上出门吗？"

"也就是现在社会治安变好了，要是以前，你这种人走在大街上得遭抢的。"

姜立夏没说话，直接捧起了叶临西的手掌，很认真地盯着戒指看了半晌后才轻叹道："原来这就是我小说里经常写到的鸽子蛋，我还是第一次见到呢。"

叶临西淡淡地开口道："我提醒你一下，你也是参加了我婚礼的人。"因为她婚礼上戴的钻戒比这个还大。

姜立夏猛地想起这件事，她确实不是第一次见大钻戒，于是换了个感叹词，继续说道："鸽子蛋这玩意儿，不管第几次见，总是像第一次见那样让人惊艳。"

柯棠冲着姜立夏竖起大拇指，赞许地说道："作家就是厉害，不管怎么吹牛都能圆回来。"

姜立夏也笑着说："彼此彼此啦。"

叶临西看着两个人的互动，突然用手掌托着下巴，声音很造作地说道："你们说我现在是不是离彻底拿下臭男人已经很近了？"

姜立夏一脸震惊地说道："他都给你花这么多钱了，这还不算拿下他了吗？"

叶临西反倒叹了一口气，说道："可是他都没跟我说过他爱我这种话。"

一时间，姜立夏和柯棠两个人都神色古怪地望着叶临西。

柯棠率先开口说道："临西，以后咱们做人能不能直接点儿？"

叶临西一脸天真地问道："我怎么不直接了？"

姜立夏在一旁解释道："柯棠的意思是，你想秀恩爱就直接说，不用这么拐弯抹角的。"

可是叶临西是真的在询问，不知道别的男人怎么样，但她很清楚傅锦衡显然不是那种人。

他愿意给她花几千万元，却不会跟她说一句"我爱你"。

这段时间以来他对待她的不同，其实她感受到了，想来他对她应该是有感觉的吧？

叶临西说道："但是有些话就是应该说出口啊。"

姜立夏闻言说道："喜欢这种事情也不一定非要男人主动吧？女生也可以主动表白……"她话未说完就感到手臂被柯棠推了一下，随后抬头看向叶临西。

此时叶临西正低头看着手指上的戒指，脸色微白，像是被勾起什么并不美好的回忆似的。

夏天似乎很快就过去了。

早上阿姨递给叶临西一件外套，让她上班冷的时候穿。

现在天气渐凉，但是办公室中央空调的温度还是很低的，很多人上班习惯带件外套。

叶临西到律师事务所之后，一直在等宁以淮过来上班，看见他来公司立马跟了上去，主动地说道："今天我约了关鹏飞和乔云帆聊公司知识产权的事情。"

冯敬想要踢走乔云帆，但是乔云帆作为公司的首席技术官，光是他个人名下的技术专利就有不少。所以冯敬很贪心，不仅想让乔云帆离开，还想让乔云帆把这些专利技术留下。而作为第三方中介机构的律师，叶临西承担着说服乔云帆的责任。

宁以淮点点头，说道："按照我们之间商量好的来说，要有耐心。"

作为非怂律师，谈判也在他们的业务范围之内，叶临西汇报之后便去了安翰科技。

门口迎接她的依旧是那个白色的安保机器人。

叶临西根据情况，率先跟关鹏飞谈话。其实安翰科技的三位创始人最初都是技术专家出身，只不过后来随着公司规模的扩大，他们开始承担起不同的责任。

关鹏飞是负责市场这一块儿的，主要做安翰科技产品的推广以及商业计划。

因为他一直很忙，之前叶临西见他的次数最少。

"关总，您好！耽误您的时间了。"叶临西进了他的办公室，客气地说道。

关鹏飞立即说道："说起来是应该我跟你说谢谢，毕竟你也是为了帮咱们公司融资嘛。"

关鹏飞不愧是做市场的人，说话很圆滑。

叶临西跟他简单地聊了聊之后，说道："我记得您的名下应该是有两项跟公司有关的专利，对吧？"

"对，确实有，还是公司刚成立那会儿，技术人员少，只能我们自己亲自上。"关鹏飞详细地跟她说了这件事。

其实关鹏飞的两项专利技术并不算特别关键，但是叶临西之所以跟他谈，也是因为这是宁以淮的策略。

公司要融资，必须确保公司的专利、专有技术等重要知识产权不能存在变化风险，不能让其影响到企业本身。这也是对投资人的保证。

但是如果他们仅仅让乔云帆签署专利转让的话，说不定乔云帆不仅不愿意，可能还会察觉到冯敬的真实意图。所以，冯敬他们干脆一不做二不休，将所有专利的所属权都转到公司的名下，这样能够确保公司的利益得到最大化。而冯敬作为那个即将掌握整个公司的人，当然也会实现利益最大化。

叶临西将专利转让的必要性说了一遍。好在关鹏飞本来就是名校毕业的高才生，对资本市场的运作并不陌生，点点头说道："你说的这些我都明白。"随后他又问道，"但是公司是不是应该补偿我们股份呢？"

听到他这个问题，叶临西反而松了一口气，可见眼下这情况是可以谈的。叶临西立即把方案拿了出来。

这个方案是宁以淮和冯敬共同讨论出来的，毕竟把专利转让到公司的名下，不可能不给他们股权补偿的，只是补偿的多少就另当别论了。关于补偿的尺度，宁以淮也跟叶临西说过。

本来这么重要的商业约谈应该由宁以淮亲自来，而不是交给叶临西这个连正经律师资格证都没有的新人。不过宁以淮似乎一直对安翰科技的事情有种作壁上观的态度，或许是因为有利益牵扯，不想卷进更多的纷争里。

好在这位关总真的如传说中的那样好说话，在叶临西给了答案之后，他也点了点头，然后问道："对了，叶律师，专利转让的事情应该不只涉及我一个人吧？"

这并不是什么不能说的机密，叶临西点头说道："我下一个约谈的就是乔总。"

乔云帆并不在公司里，而是在安翰科技的实验室里。

她过去的时候正看见几个技术人员似乎在检测什么新技术。

几个人很年轻，看起来刚毕业没多久的样子，凑在一起讨论，而乔云帆就站在他们的中间。其实乔云帆也是他们三个创始人里面最年轻的。

刚才关鹏飞知道她要跟乔云帆谈专利的事情，还笑着说："云帆跟我们不一样，是真正搞技术的人，心思很单纯。那些专利是他在实验室里抠出来的，我觉得他未必那么好说话。"

叶临西微笑着说："我会尽可能说服乔总，毕竟一切都是为了公司的利益。"

她站在外面，一等就等了半个小时。

有人看见她穿着高跟鞋还一直站着有些过意不去，让她先到旁边休息一下。

叶临西拒绝了人家的好意，一直等到乔云帆终于推门出来，她刚想走过去，才发现在原地站了太久，腿居然在不知不觉中麻木了。

"叶律师，你没事吧？"乔云帆身边的助理认识叶临西，关切地问道。

叶临西强撑着摆摆手，说道："我没事。"

乔云帆让其他人先离开，留在原地等叶临西。

叶临西没想到会遭遇这种尴尬，但腿麻得厉害，必须得缓一下才能继续走路，于是歉意地说道："抱歉，乔总！耽误您的时间了。"

"没什么，你是想跟我谈专利转让的事情吗？"

乔云帆戴着眼镜，整个人身上其实并没有那种技术宅的明显特征，相反长得还算不错，个子高，走在路上也是会让人多看两眼的帅哥。

叶临西说："如果公司的专利资质存在瑕疵的话，很有可能会影响到公司融资的规模，所以我们作为律师的建议是，将您名下的专利技术归属权转移到公司的名下。"

乔云帆没有说话。叶临西继续说道："关总那边已经同意了。"

突然乔云帆转头看着她，脸上露出一丝笑意。

叶临西像是被他看透了心思，有点儿心虚地移开视线。

乔云帆再次开口说："律师应该算是学文科的吧？"

叶临西不知道他想说什么。

"所以，叶律师，你应该没做过技术，不知道实验要怎么做吧？"

叶临西耐着性子说道:"没有。"

乔云帆往前走了一步,身体贴着玻璃往里面看。

这个房间里的一面墙壁被设计成一块巨大的玻璃,就像很多实验室那样,人从外面就能将里面看得清清楚楚。

乔云帆的声音很淡然,他说道:"做实验对于我们来说就像吃饭、喝水那样正常,经历了一次又一次的失败。我自己都算不清到底有多少次实验才会换来一个你们所说的专利,外面的人根本不知道我们这些真正做事的人付出了多少辛苦。"

叶临西微微蹙眉,安慰地说道:"乔总,冯总知道您的辛苦,也承诺只要您愿意转让专利,一定会给您股份补偿。"

"给多少?"乔云帆转头看着她。

听到这句话,叶临西并没有像刚才跟关鹏飞谈话时那样松了一口气,相反还听出了乔云帆口吻中的讥讽意味。

叶临西微微地收敛心神,刻意忽略乔云帆的口吻,低声说了个数字。

相较于对关鹏飞的补偿,乔云帆得到的显然更多。

乔云帆直接报了一个数字。叶临西闻之不禁皱眉,因为这个数字远远地超过宁以淮给她定下的谈判底线。

在她来之前,宁以淮曾经告诉她一个数字区间,并叮嘱道,只要在这个区间内的股份补偿,她都可以直接拍板决定下来。但是超过这个区间的话,她就需要先稳住对方,将对方的要求带回来,然后让宁以淮和冯敬再做决定。

她听到这个数字也没有过于慌乱,低声地说:"乔总,因为您要求的补偿远远高于我们所核算出来的补偿范围,也超过我的职权范围,所以我需要回去请示一下。"

"这种事情,冯敬怎么不亲自来找我?"乔云帆开口问道。

叶临西笑道:"我们作为第三方中介机构,本来就是为了解决公司的问题,况且投资商那边也希望这件事情能够尽快确定。大家都想尽快地确定 A 轮融资的事情,毕竟我们所有人的共同目标是为了公司的利益。"她话音落下后,周围又安静了下来。

终于,乔云帆再次开口:"希望你所做的一切都是为了公司的利益吧。"

叶临西皱眉，却也没有再说什么。

晚上下班的时候，叶临西把工作带回了家。只不过她没有书房，就干脆在客厅的沙发旁边坐着。反正沙发的下面铺着柔软的羊毛地毯，软绵绵又毛茸茸的，叶临西很喜欢这种踩在云团上的感觉。

叶临西往后倒过去时，听到玄关处传来了开门声，于是开心地爬起来，走过去就看见傅锦衡在玄关处换鞋子。

他看见她，笑了一下，说道："还没睡？"

"这才几点啊。"叶临西懒懒地答道。

他换了拖鞋，慢慢地走过来，边走边解西装外套的纽扣。

明明就是个简单的动作，竟然让叶临西看红了耳朵。

她逃也似的往厨房里去，边走边问："你要不要吃点儿水果？阿姨今天买了好多，说我们两个需要多吃点儿水果。"

傅锦衡看着她飞快离开的背影，又想起刚才余光瞥见的那一抹耳上的红晕。

那抹红似乎是真实存在的，又好像是他眼花看错了。

傅锦衡今天喝了点儿酒，但也不至于醉，此时慢悠悠地走了过去。

叶临西刚从冰箱里拿出新鲜的提子。

翠绿的提子还覆着一层水汽，十分诱人。

傅锦衡问她："专门等我呢？"

叶临西怕他太得意，矢口否认道："不是，我也有工作的。"

"什么工作？"傅锦衡随口问道。

叶临西似乎是为了把这过于暧昧的气氛转变过来，突然提起面前的提子，说道："也没什么，就是看到这一株藤上长出来的提子，突然觉得有个提子的个头儿长得最大，又长得最好，它想把其他提子踢走，独占这根藤。"

叶临西从来没跟别人说起安翰科技的事情，可是一直以来也在心里问过自己，她做的究竟是否正确？也会怀疑这样做真的是为了这个企业好吗？

此时她总算逮到了一个机会，用一个离谱儿的比喻说出了心里话。

傅锦衡听完她的比喻，却没有笑话她。反而是叶临西觉得这个比喻实在是没头没脑，赶紧把提子摘下来放在水池里面清洗。

傅锦衡看着叶临西的动作，直接从里面挑了一颗个头儿最大的提子咬了一口。

叶临西转头看向他，就听他轻描淡写地说道："那就把它吃掉。"

叶临西一时有些不明白，随后又认真地说道："还没洗干净呢，你小心中毒。"

她这当然是夸张的说法。

厨房里的灯光有些刺眼，叶临西忍不住闭上眼睛。

随后傅锦衡便低头压了过来，嘴里还残留着刚吃完提子的清甜味道。

室内只剩下暧昧的唇舌交缠声。

叶临西整个人被傅锦衡笼住，思绪都变得缓慢起来，但随之扑面而来的是他身上熟悉的气息。

她如上瘾一般，沉迷在这个吻中。

不知过了多久，她被松开时，身体微软，一双眼睛泛着水光。

傅锦衡低头看着她说道："我们是夫妻，总是要同甘共苦的。"

叶临西知道他是在说中毒这件事情，于是倔强地说道："你想得倒是挺美，我们只能同甘，不能共苦。"可她的声音软绵绵的，没有一点儿威慑力。

叶临西又说："我不能受一丁点儿委屈的，你听到了没？"

傅锦衡终于笑了起来，宠溺地说道："听到了。"

他伸手揉了揉她的头发，而他顺从的三个字也让她莫名地感到满足。

因为股份转让的事情，冯敬亲自来了一趟珺问律师事务所。

会议室里，叶临西把关鹏飞和乔云帆的要求分别说了一遍。

冯敬听完直言道："这个老关这时候倒是狮子大张口。"

其实相较于乔云帆要求的股份数量，关鹏飞要求的并不多，因为他的专利技术在数量上实在比乔云帆少太多。

关鹏飞虽然是技术出身，但是后来跑去做市场，并没有太多专利在手。

冯敬继续说道："你们再去跟他谈，这个要求太高了。"

叶临西点头。

随后问题又转到乔云帆的身上，冯敬安静了许久，突然说："他还有没有说别的？"

叶临西不知道他问的是什么，只好将乔云帆与她的对话简单地复述了一遍，说道："乔总并没有说别的问题，只是提到了做技术的辛苦。"

冯敬摇摇头，说道："我理解云帆的心情。只是一个公司光有技术的话，不能迎合市场，最后怎么产生利润呢？"

乔云帆和冯敬之间的问题肯定不止一个，但是他们之间最核心的问题大概就是彼此对公司未来发展方向的理念不一致。

这种矛盾除非其中一方放弃自己的理念，否则将是不可调和的。

叶临西并不知乔云帆是怎么想的。但是冯敬显然已经迫不及待地想要把乔云帆踢出公司了，认为他们之间的矛盾已到了不可调和的程度，所以才会想要手段将乔云帆赶出公司，于是继续说道："云帆提出的股份要求也有些高。"

宁以淮偏头看冯敬一眼，说道："在 A 轮融资之后，他的股份也会被稀释。"

冯敬提问道："如果只单独稀释他一个人的股份的话，在法律上会有问题吗？"

宁以淮露出似笑非笑的表情，回道："当然。"

冯敬缓缓地从椅子上站了起来，站在会议室的窗口处眺望远方，似乎思考了许久，才说道："尾大不掉，该放弃的还是得放弃。"随后他说了个数字，这是他心里能给乔云帆的最多股份。

当初公司初创时，三个合伙人的股份分成比例平均为 33.3%，这是所有投资人最忌讳的。所以他们商定之后，决定让出资比例最高的冯敬成持股最多的人。但饶是如此，三个人的股权还是处于一种很微妙的平衡当中。哪怕持股最多的冯敬也没有达到 33.4%，没有一票否决权。可见，另外两位创始人对冯敬也不是全然放心。

目前除了天使轮的那位投资人占了 21.5% 的股份，还有其他对公司有贡献的员工持有部分股份。

在谈话过程中，叶临西突然说："我发现一个问题，关总和乔总要求的股份以及他们两个人之前的股份加起来会超过 45%。"

宁以淮听完皱眉，倒是冯敬摆摆手说道："老关那个人，你们不用担心。"

见他说得这么笃定，宁以淮忍不住说道："关总是有什么把柄在您的手上吗？"

"把柄倒是不至于，只是我们当了那么多年的朋友，又是老同事，我对他的一些事情还是了解的。"

冯敬说得委婉，但是他们都听出了其中的意思。

看来关鹏飞真的有把柄在冯敬手里，虽然不知道是哪方面的，但冯敬很笃定关鹏飞会站在他这一边。

"天使轮投资人那边……？"

冯敬摇头，说道："我和关鹏飞之间的股份比例加起来已经超过50%，所以哪怕天使轮投资人支持乔云帆也并不会影响什么。"

之前冯敬就反对将天使轮投资人牵扯进来，因为知道对方明显跟乔云帆的关系更好，担心天使轮投资人会把自己想赶走乔云帆的事情透露给乔云帆。

"我在美国请的新任首席技术官即将到北安，所以希望你们尽快帮我解决云帆的问题，还有 A 轮融资的事情，一定要尽快解决。"

冯敬对他们的要求就是动作要快。

毕竟技术圈子就这么小，他想打乔云帆一个措手不及，但也担心自己从美国请了新的技术专家取代乔云帆的消息哪天会不胫而走。

叶临西点了点头，跟乔云帆的新一轮谈判也将自此开始。

显然在商业谈判这件事上，宁以淮比叶临西高出了几个层次，况且是对待乔云帆这种创始人，只让一个初出茅庐的律师去谈显得太过轻慢，故而这次宁以淮亲自出马，跟乔云帆约了一个地方单独聊。

在离开律师事务所之前，宁以淮让叶临西把准备好的转让合同打印出来。

叶临西问道："宁 par，你觉得他这次会签？"

"万一呢？"宁以淮说，"不管最后他会不会签，我们前期准备的所有预想都应该是他一定会签，所以把合同准备好有备无患。"

叶临西赞同地点头。

见面的地点是一家咖啡店，充满艺术气息地方，倒是不太像乔云帆会喜欢的地方，但又确实是他挑选的。

作为一个计算时薪的律师，宁以淮并不喜欢浪费时间，其风格一直是单刀直入，一见到乔云帆便切入主题。

乔云帆再次听到他们的条件之后，许久都没说话，似乎是在思考。

宁以淮也没出声打扰他。

忽然，乔云帆开口问道："他们应该也会签署这样的协议吧？"

安翰科技的创始人团队都是技术出身，每个人的名下都有专利技术。

之前关鹏飞也提过这样的问题，他们每个人都对另外两个人存在一定的戒备之心。防人之心不可无，创始人内讧这种事情，他们看得应该不比别人少。

乔云帆说："我可以接受你们给的这个条件，但是我有个要求，我必须先看到他们两个签署的合同。"

叶临西深吸一口气，之前还在想乔云帆这样的技术宅大概是玩儿不过冯敬这种"宫斗"专家，没想到他也不是全然没有心机的人。

不过乔云帆这样也挺好，总比哪天被人玩儿死了都不知道怎么回事要好。

叶临西全然忘记她此刻就站在准备玩儿死人家的阵营里。

宁以淮因为接电话暂时离开，只留下叶临西和乔云帆两个人。

乔云帆是个话少的人，此刻却指了指叶临西面前的咖啡问："叶律师，你不太喜欢这个咖啡吗？"

咖啡是叶临西点的，她只喝了一口就没再动。

叶临西对什么都有品质要求，哪怕是一杯咖啡，都不会轻易地降低标准，于是歉意地说道："不是我喜欢的口味。"

乔云帆点点头，说道："看得出来叶律师你是对品质有要求的人。"

叶临西把这句话当成对她的夸奖，礼貌地回道："谢谢！"

乔云帆继续说道："我想叶律师对于共事的合作方也应该会有要求吧？"

叶临西想了一下才回答："当然，我们对合作方一向也有要求，特别是像安翰科技这样有巨大前景的公司，是我们最期待的合作公司。"

乔云帆笑了一下，说道："那希望叶律师也始终如此吧。"

叶临西一怔，随后露出职业性的微笑，说道："我会的。"

看着乔云帆时，叶临西也曾经动过可笑的念头，提醒他注意冯敬，可一想到自己的立场问题，最终还是选择闭嘴。

她一向自诩聪明又理智，这种吃力不一定讨好的事情还是少做为妙，毕竟已经跟着宁以淮选择站在冯敬这边。

三个人分开之后，宁以淮一上车就问："你和乔云帆单独聊了什么？"

　　叶临西没想到宁以淮会问这个，也没有保留，复述了一遍乔云帆的话，然后问道："宁par，你说乔总他是不是有点儿怀疑了？"

　　"怀疑什么？"

　　"他一定要看到冯敬和关鹏飞的合同之后才签，这是不是说他心里也对这件事情有所怀疑？"

　　宁以淮不太在意地说道："能创业成功的人都不会是平庸之辈。你尽快拿到冯敬和关鹏飞的合同，我想冯敬那边应该没什么问题，最重要的是关鹏飞。"

　　之后一周，叶临西分别拿到了冯敬和关鹏飞的专利技术转让合同。

　　在她将合同给乔云帆过目之后，对方终于点头同意了。

　　在他们拿到三方的专利合同后，融资方案也到了最后阶段。双方经过关于融资金额和占股比例的谈判，终于确定了最后方案。

　　冯敬决定在九月下旬召开公司董事会，正式投票通过这次融资方案。

　　眼看着一切都朝着他们期望的方向发展，阴谋家那一方即将大获全胜。

　　下周一就是安翰科技董事会的召开时间，只要在董事会上决议通过，融资方案就可以顺利地进行，那么安翰科技的A轮融资也会成功。

　　周五下班时，宁以淮让叶临西周末好好地休息。

　　叶临西有些不懂地看着他，问道："怎么了？"

　　"周一是场硬仗，你必须打起精神来。"

　　叶临西第一次听他说这种话，好笑地说道："我以为你把什么都不放在心上呢。"

　　她没想到他也有这种时候，后半句当然是她在心里偷偷地说的。

　　宁以淮盯着她几秒，说道："叶临西，提醒你一下，我现在还是你的老板。"

　　叶临西微微地挑眉。

　　"所以，跟我说话恭敬点儿。"宁以淮说完指了指身后的门，"好了，你可以出去了，别耽误我下班。"

　　对于这种自恋的人，叶临西一直坚持到转身后才翻了个白眼。

这个周末，叶临西跟傅锦衡一起回大宅吃饭。

奶奶坐在客厅里看电视，正好调了个台，看昨晚的综艺节目重播。

这是一个真人秀的综艺节目，而且居然是齐知逸出演的。

一大清早，齐知逸还在睡觉时，就被导播喊了起来，看了一眼手机发现才早上五点半，便请求导播让自己再睡半个小时。

叶临西正盯着齐知逸迷糊的睡颜看得津津有味，就听奶奶在一旁恼火地说道："这是什么人哪？怎么可以这么欺负我们阿逸？居然还不让人睡觉！这人太坏了。"

叶临西笑着解释说："奶奶，这是真人秀，录制时间都很早。"

奶奶不满地说道："现在公司上班还朝九晚五呢，怎么他们当明星就得早上五点半起床？太不规范了。"

奶奶也是读过书的，对新事物的接受程度很高。

"没办法，这些节目录制一天就得十几个小时。"叶临西看着电视上困得眼睛都睁不开的齐知逸，也忍不住有些心疼，觉得他真可怜。

但是很多真人秀就是这样，难请到大牌演员，且录制时间紧张，有时候两天就得把两期节目拍摄完成。

奶奶继续念叨："当演员可太不好了，我早就说过，阿逸要是不想读书，直接进公司跟着他的小舅舅做事情多好。"

叶临西听着有点儿想笑，心想：这不就是传说中的"不红就得退出娱乐圈回家继承家产"的人吗？但她又隐隐地觉得什么地方有些不对。

齐知逸可是知名演员，应该是娱乐圈太辛苦了，还不如回家继承家产。

叶临西被奶奶逗笑了，正开心时，见傅锦衡走过来坐在她坐着的沙发旁边的扶手上。

两个人看起来十分亲昵，奶奶见此朝他们看了一眼，脸上立即挂起笑意。

之前叶临西和傅锦衡表现恩爱的时候，倒让人觉得有那么几分假，可是现在两个人坐在一起连话都没说，却透露着一股亲昵，这才像新婚的小夫妻。

傅锦衡低头看见她脸上的表情，慢悠悠地问道："看什么呢？这么开心？"

叶临西说道："阿逸的新综艺节目。"

此时场景已经被切换到了别的地方，正好有个特别好笑的片段出现，叶临西和奶奶都笑了起来。

"就这？"傅锦衡转头看着她，语调中带着某种不太满意的情绪说道，"有什么好笑的？"

叶临西笑得眼泪都要流下来了，却听到他泼冷水，当即坐直了身体，翻了一个白眼，说道："你不懂。"

原本傅锦衡坐在沙发扶手上松松地搭着她的手臂，此刻因为失去了依靠，整个人差点儿往旁边一歪，当即笑了起来。

叶临西并未注意到他，反而跟旁边的奶奶讨论得正开心。

因为这个综艺节目是演员带孩子的节目，奶奶看见这么一群可爱的小孩子，不由得说道："你们两个什么时候能让我这把老骨头抱上小重孙呢？"

叶临西突然坐到奶奶的那边，伸手摸了摸奶奶的手背，语气夸张地说道："奶奶，你骗人呀！这么嫩的一双手，居然说是老骨头，你骗谁呢？"

奶奶被叶临西逗得笑了起来，说道："就你这张小嘴会哄人。"

"我真不是哄你，"叶临西朝傅锦衡看了一眼，说道，"不信你问阿衡。"

傅锦衡神色平静地说："对，临西从来不会哄人。"最起码她没哄过他。

晚上回家后，叶临西看了一会儿资料就睡了。结果早上她是被烫醒的，不是被自己，而是被身边的傅锦衡。

她迷迷糊糊地睁开眼睛，一开始还以为是空调坏了才这么热，后来才发现自己是整个被傅锦衡抱在怀里而热醒的。

叶临西伸手在他的额头上摸了一下，顿时被吓了一跳。

傅锦衡竟然发烧了。

叶临西悄悄起床去楼下找体温计，最后还是请阿姨帮忙才找到的，然后拿着体温计回房间里给傅锦衡量体温。

片刻后，叶临西看到傅锦衡居然高烧到 39.2 度，这才轻轻地把他推醒。

待傅锦衡睁开眼睛，叶临西看见他的眼睛泛红，蹲在床头柔声地说道："你发烧了。"

傅锦衡哼了一下，伸手在额头上探了一下，淡淡地说道："好像是的。"

叶临西郑重地说道："不是好像，是真的发烧了，你快起床，我带你去医院。"

傅锦衡慢慢地坐了起来，大概是睡得太沉，此时醒来感觉脑袋一跳一跳地疼，说道："没事，先帮我倒杯水。"

叶临西下楼给他倒了杯温水端上来，见他喝完后，继续说道："你真的发烧了，我带你去医院吧。"

傅锦衡握着水杯，眼睫微垂。

浓密细长的睫毛轻轻地盖住了他泛红的眼睛，原本白得过分的皮肤染上了浅浅的一层绯红，透着一丝病态。半响后，他微哑着声音说道："临西，为什么你看到我生病你这么兴奋？"

叶临西整个人僵住了，心想：她的兴奋很明显吗？

虽然一开始她确实是担心他，可是随后就发现这是一个千载难逢的好机会。

孤男寡女共处一室，他还生着病，这不就是她表现的好机会吗？她趁机照顾他，让他明白自己的细腻和柔情，最后情到浓时，等到他的深情表白。

叶临西甚至连接下来的剧本都写好了。

"我没有。"叶临西眼巴巴地看着他，企图让他相信自己心地纯良。

叶临西一大早就跑上跑下，给他拿药，给他拧毛巾擦脸，最后累得在床边坐下时，望着他问道："现在知道我的重要性了吧？"她的声音里还透着骄傲。

见傅锦衡一时没有回答，她再次骄矜地问道："那你现在有没有什么想跟我说的？"

傅锦衡的脸色已经好了不少，他噙着笑意望着她，一时无话。

叶临西正因为这臭男人的嘴巴简直比蚌壳还紧恼火，突然就听到一个声音。

"我不能没有你。

"叶临西。"

听到这句话后，叶临西眉心一跳，紧接着意识跟了上来，明白他说了什么之后，心脏跟着狂跳起来。

他说了什么？

他说，他不能没有她。

叶临西直勾勾地望着他，仿佛不太确定刚才听到的话，很想要再听一次，可是她没有轻易地开口，生怕破坏这温馨的一刻。

他这是在表白吗？

叶临西突然发现她在感情这件事上就是个新手，光知道折腾，可是真的遇到事情就有点儿不知所措。

这时候她应该做出什么反应？她是应该表现出惊喜，还是假装习以为常？现在她可以让这个画面暂停吗？然后让她偷偷地打个电话寻求一下场外帮助？

突然，一声轻咳打破了她脑海中的各种想法。

叶临西望着傅锦衡依旧潮红的脸颊，赶紧问："你又咳嗽了？要不要我再去找点儿止咳药给你吃？"

傅锦衡靠坐在床头上，细碎的黑发散落在额前，黑瞳的边缘泛着红血丝，整个人莫名有种脆弱感。

叶临西这才发现，原来傅锦衡这样强大气场的男人在生病时会露出惹人怜爱的模样，此刻她很想捧着他哄着他。

"不用，我再躺一会儿就好了。"

叶临西抿嘴，许久才小声地说："你躺吧，我留在这里看着你。"随后她又非常小声地补了一句，"我不会丢下你的。"

傅锦衡忽地抬头，视线与她相撞，定格了几秒后，突然抬手在她的脑袋上轻揉了两下，说道："好。"

幽静的卧室里隐隐地浮动着不一样的气息，仿佛一对有情人刚刚在这里许下了什么了不得的承诺。

傅锦衡大概是真的累了，或者是刚才吃的退烧药里有助眠的成分，没一会儿就躺着睡着了。

他高挺的鼻梁上有点儿红，有点儿滑稽，又莫名有点儿可爱。

叶临西坐在床边，光明正大地盯着他，发现这人还真的一如既往地长得好看。

大家都说男人结婚之后就自动往养猪的方向发展，可是他依旧保持着瘦削英挺的模样，别说长胖，哪怕连一点儿赘肉都没有。

不知过了多久，叶临西突然想起他还没吃东西。

他一向作息规律，吃完晚餐之后也不会在夜里吃东西，今天原本早上起床就要吃早餐，刚才却只吃了药，待会儿醒来肯定还会饿的。

叶临西蹑手蹑脚地开门去了楼下。

阿姨见叶临西进了厨房，立即问："西西要找什么啊？"

"阿姨，发烧的话，吃什么比较好啊？"她问。

阿姨刚才帮叶临西找了体温计和药，知道是傅锦衡发烧了，关心地问道："先生不用去医院吗？"

叶临西摇摇头，说道："他说吃了退烧药就好了，现在又睡着了，所以我想给他做点儿吃的，免得他醒了后会饿。"

阿姨从来没见过叶临西下厨，下意识地说："要不煮个馄饨或者熬粥吧？先生发烧了，肯定也不想吃太油腻的。"

小馄饨或者粥都很清淡，而且做得鲜香点儿，还利于开胃。

叶临西兴致盎然地说道："小馄饨怎么做啊？"

"你要自己做？"阿姨微微吃惊。

叶临西眨了眨眼睛，说道："不难吧？"

馄饨不就是把馄饨皮和馅包一下吗？

叶临西之前留学时也参加过中国同学的聚会，大家都会带一道自己做的菜。

她每次都带饺子或者馄饨，虽然是请家里的女佣帮她做的，但也看过别人怎么包。

阿姨见叶临西这么兴致勃勃，忍不住说："你是想给先生亲手包馄饨吗？"

见阿姨终于明白她的意思，叶临西满眼闪烁着"贤妻良母"的光辉，微笑着说道："我是觉得阿衡要是吃到我做的饭，会不会好得更快点儿？"

"那肯定的呀。"阿姨不愧是个捧场王，居然对叶临西这种自我感动的想法毫不犹豫地加以赞同。

叶临西也开心地点头。

果然，她要想抓住一个男人，还是要从抓住他的胃开始。

很快，阿姨从冰箱里拿出面皮，解释道："我昨天就想包小馄饨，所以在超市里买了面皮。"

阿姨把肉馅拿了出来，很快将肉馅拌好。

叶临西跟着她一起包馄饨，本来信心十足，觉得这么简单的事情压根儿难不倒自己，想着做这种小事应该是手到擒来。

结果，叶临西包第一个馄饨的时候，正要把面皮捏紧，就见肉馅从边缘处漏了出来，她急忙指着面皮说道："阿姨，这个……这个……"

阿姨看了一眼，淡然地说道："你放的馅儿太多了。"

叶临西心想：包下一个一定能成功，于是一脸自信地继续包第二个，还特意少放了点儿馅，只是包起来之后才发现馅好像又太少了点儿。

叶临西把面前的盘子放了一小半馄饨时，偷偷地瞄了一眼阿姨面前的盘子。

阿姨包的馄饨每一个都卖相精致，个头儿一致得犹如被尺子量过。

而叶临西包的馄饨则是奇形怪状，勉强才能看出馄饨的模样。

叶临西不禁产生一个疑惑：这玩意儿真的能抓住傅锦衡的胃吗？

一旁的阿姨见叶临西发呆，立即笑道："你是第一次包，已经包得很好了。我的孙女前两天在家非要跟我一起包，包得还不如你包的呢。"

叶临西不禁有一些开心，想着自己包得还不错，便笑着问道："阿姨，您的孙女今年多大了？"

"五岁啦，已经上幼儿园中班了。"

这下叶临西无奈地笑了，只好安慰自己好歹还能赢过五岁的小孩子。

阿姨把馄饨包好后，问叶临西什么时候开始煮？

叶临西看了一眼楼上，说道："我去看看他醒没醒？"

上楼后，她一开门就听到里面说话的声音，再听一下，听到傅锦衡在打电话，想着他应该是在处理工作，等他打完电话后才推门进去，轻声地说道："你醒了？"

听到她的问话，坐在床边刚准备把手机放下的傅锦衡抬头看过来。

那双漆黑的眸子没有了血丝，重新炯炯有神起来，自带一股吸力，像是要把一切都吸引过去。

或许又是她的想法太多了，叶临西移开视线，不敢再去看他。

傅锦衡"嗯"了一声，低声地说："是要吃午饭了吗？"

"嗯。"

他站了起来，声音还是有点儿干涩，说道："我先去洗个澡。"

傅锦衡刚才睡醒时就觉得浑身都是汗，原本沉重的脑袋好像也清爽了不少，整个人没有早上起床后的那种难受感。

叶临西说："今天中午吃小馄饨好不好？我觉得你发烧了不能吃太油腻的食物。"

"嗯，"傅锦衡回头看她一眼，说道，"听你安排。"

叶临西听到这几个字，心情非常愉悦，见傅锦衡去了洗手间，才转身下楼，又趁着他还没下来，赶紧问阿姨怎么下小馄饨？

她只知道水饺和大馄饨只要用清水煮开就好，但听说煮小馄饨还是挺有讲究的。

阿姨见叶临西火急火燎的样子，问道："先生醒了？"

"对。"叶临西点头。

"没事，我教你，很容易的。"

傅锦衡换了一套干净的家居服下来时，看到客厅里没人，又瞥见厨房里有人影在晃动，便慢慢地走了过去。

厨房里穿着白衣短裤的叶临西正背对着傅锦衡站在锅灶旁，把长发松散地扎了起来，身上围着一条简单的围裙，整个人散发着一股贤妻良母的气息。

"临西。"傅锦衡倚在厨房的玻璃门旁，轻声地喊了一句。

叶临西像是刚意识到他下楼了，立即说："你下来啦，先去餐桌旁边坐着，馄饨马上就好了。"

傅锦衡从来没见过叶临西下厨房，也没去餐厅坐着，就站在旁边看着。

叶临西伸手想要关火，结果拧了几次开关还是没把火关掉，不禁有些着急，心想：怎么回事？刚才阿姨是这么教的啊！

叶临西又试了一次，还是关不了火。她突然有些后悔，就不该扮演这种贤妻角色，之前让阿姨提前离开厨房，现在再把阿姨叫回来，未免有些太尴尬了。

就在进退两难时，叶临西听到旁边脚步声渐近，然后就见伸过来的一只手轻易地将火关掉了。

叶临西一怔，问道："你怎么一下子就关掉了？我试了好几次都不行。"她越说声音越小。

"可能是这个开关被使用太久了，不太灵活了。"

这房子装修也才两年，里面的厨具都是品牌，太久倒也不至于。

不过叶临西听着这略显夸张的安慰，还是笑了起来，推了他一下，说道："你去坐吧，我来盛馄饨。"

傅锦衡显然也没好意思真的当伸手党，抬手打开碗柜，从里面拿了碗出来，说道："我来吧，汤太热了。"

两个人你盛馄饨我拿碗筷，配合十分默契，然后端着馄饨在餐桌旁坐下。

傅锦衡吃了一口后，赞许地说道："好吃。"

叶临西抬头时正好看见他也望着自己。

与叶临西对视五秒后，傅锦衡似乎觉得"好吃"这两个字太过敷衍，居然难得地又开了金口，将一碗家常小馄饨从汤头香浓一直到面皮的软硬程度以及馅料的口味都点评了一番。

傅锦衡用白瓷勺子从碗里舀起一个小馄饨，低头看了两眼，继续说道："就比如这个馄饨，外观很特别，看一眼就让人印象深刻，想必吃起来口感也很好。"

叶临西看着他勺子里的馄饨，差点儿失声尖叫起来。

因为那个馄饨丑得别具一格，跟别的馄饨相比完全不像是一个人包的。

明明叶临西特意让阿姨别煮她包的那些馄饨，怎么还有一个漏网之鱼呢？

于是，她眼睁睁地看着傅锦衡把那个馄饨吃了下去。

那个馄饨的馅太少，面皮好像也没被捏紧，已经完全从一个馄饨松散成了三角形，连馄饨最后的模样也快保持不住了。可他这么挑剔的人居然吃下去了。

叶临西轻轻地眨了眨眼睛，突然感觉心快化掉了。

大概这就是爱情的滋味吧！

本来傅锦衡下午已经退烧了，结果等到第二天早上醒来，居然又有点儿发热，他这会儿听到叶临西起床的动静，也睁开眼睛。

叶临西担心地说道："我今天有一个特别重要的会要开，没办法陪你去医院，要不我打电话给秦周，让他过来陪你去吧？"

"当我是三岁的小孩子？"傅锦衡抬头看她。

虽然他今天又发烧了，不过状态看起来比昨天好多了。

叶临西也想陪他去医院，可是安翰科技今天要开董事会，无论如何也不可以缺席。

"好了，去忙你的吧。"傅锦衡起身在她的头发上揉了揉，准备去洗手间。

叶临西立即拉住他的手，感受到他手臂的温度明显偏高，郑重地叮嘱道："你今天不许去公司。"

傅锦衡没想到她会管到自己的头上。

"你们的公司还没到少了老板一天就运转不下去的程度。你反复发烧，最好还是去医院检查一下。"叶临西说得头头是道，片刻后又望着他说道，"我下午一定早点儿回来陪你，好不好？"

傅锦衡低头看她晶亮的黑眸，突然心头一软，说道："好，我不去上班。"

其实他之前也有过带病工作的情况，毕竟是人，总会有个头疼脑热的情况，只是以前从来不会在意，仗着年轻身体好，吃了药继续工作。

可是现在突然有个人在他的身边把他当小孩子一样哄，这种感觉虽然陌生，却意外地让人喜欢。

叶临西踮起脚，也在他的脑袋上揉了揉，夸赞道："这才乖。"

傅锦衡缓缓地垂眸，视线落在她的脸上。

叶临西占了便宜也没卖乖，立即收回了胆大妄为的小手，但不得不承认他的头发还挺好揉的，也明白了他之前为何总喜欢这样。

叶临西上班之前叮嘱阿姨看住傅锦衡，还说要是他胆敢上班，就让阿姨立即打电话给她。

阿姨笑着保证说："你放心吧，只要先生胆敢踏出大门一步，我就给你打电话。"

听到阿姨的话，叶临西得意地望向傅锦衡，说道："你听到了吧？"

傅锦衡安静地看着她，笑了起来。

叶临西在门口换鞋时，又回头看着在远处餐桌旁坐着的他，瞬间感觉岁月在这一刻蓦然地温柔了起来。

叶临西到了律师事务所后，先把东西准备妥当，待宁以淮一到公司，两个人便立即前往安翰科技。

阴沉了一早上的天空终于在他们出门时下起了瓢泼大雨，他们下楼时看到宁以淮的车子在大厦的门口等着。

临上车时，叶临西看见不远处两个没带伞的年轻人从雨中匆匆地跑过，突然有些感慨这场大雨对每个人来说并不是都那么美好。

这次安翰科技的董事会也有受邀的中介机构参加，主要目的是为了表决这次融资方案，只要有过半有投票权的董事同意，方案就能通过。

安翰科技有三位创始人，再加上天使轮的两位投资人，董事会一共有五个人。他们提前到了，之后几位董事分别到场。片刻后，大家都在约定的时间内到达了会议室。

大概是因为他们接下来要谈的有关融资的事情可以有效地促进公司的未来发展，整个会议室的气氛很是愉悦。

作为 CEO 的冯敬简单地说了几句话，话锋一转就准备表决方案。

大家看得出来，他不太想浪费时间。

但是，就在冯敬说完后，周围莫名地安静了一瞬。

乔云帆突然开口说："在表决这个决议之前，我有一件事情需要说一下。"

冯敬看着他，温和地说道："云帆，你有事情的话，等我们先表决完再说好不好？毕竟这件事情才是公司的头等大事。"

"可我要说的这件事也同样重要。"

叶临西的心里"咯噔"了一下。

乔云帆的表情太过平静，可是他越是这样平静，反而越显得暗潮汹涌。

门外突然响起敲门的声音，冯敬不耐烦地望向门口，说道："我们正在开董事会，有什么事过一会儿再来。"

可他的话音刚落，磨砂的玻璃门被人一把推开，门口站着好几个人。

叶临西抬头看过去时，心脏猛地一跳。

看到门口几个人走进来，冯敬不由得恼火道："你们是谁？我们公司正在开董事会，你们怎么能进来？"

"冯总，你好！我叫秦周。"秦周穿着一身西装，笑容温和，或许是因为跟在傅锦衡的身边太久，眼底透着一股与傅锦衡相似的冷淡。

冯敬似乎想起来秦周是谁了，突然狂怒地朝着乔云帆看过去，生气地说道："云帆，今天是我们安翰科技召开董事会，你找别的公司的人来是什么意思？你这是想要逼宫吗？"

秦周不卑不亢地说道："冯总，您言重了，或许您应该看一下这几份文件。"

他身后一个律师打扮的人从公文包里取出几份文件，递给秦周。

秦周拿着文件说道："文件内容很多，不如我直接跟您说结果吧。经过协议，贵公司的乔云帆董事决定把手中的 23% 股份转让给傅锦衡先生。"

冯敬的眼神像杀人一般盯着秦周，他听到这话时又震惊地看向乔云帆。

整个会议室安静得如同寂静的森林，或许是变故来得太快，谁都没有在第一时间做出准确的反应，包括叶临西。

她在听到"傅锦衡"三个字时脑子已经麻木了，从刚才看到秦周出现在这里，整个人就已僵硬了。

冯敬吼道："股东将股份转给公司以外的人，必须经过半数以上的股东同意。我不知道这件事情，也没有同意，所以你们这个转让协议是无效的。"

秦周显然是有备而来，不可能允许这种事情发生，继续说道："此项转让是经过关鹏飞以及朱森两位股东同意的。"

秦周的每一步都是为了彻底打垮冯敬。

冯敬完全没想到被他视为心腹的关鹏飞居然会背着他同意这件事，

此刻他眼神怨毒地看向关鹏飞，咬着牙说："你也敢背叛我？你忘记你在澳门输了钱是谁帮你还的吗？"

关鹏飞似乎早就料到冯敬会把这件事情翻出来，叹了一口气，说道："老冯，我知道你对我够义气，可是我帮你做了多少事情，也够还这份恩情了吧？你让我帮你把云帆排挤出公司，当初我就劝你来着。"

"你说云帆的理念跟市场不太合适，可是你不跟他谈，而是直接把他踢走。

"你这么做事情，不仅让他心寒，也让我心寒啊！"

"让你心寒？"冯敬像是听到了天大的笑话，嘲讽地说道，"你当初不是一口答应了吗？怎么？乔云帆给了你什么好处？你这么迫不及待地跑去给他当狗。"

原本胜券在握的人此时一下子变成了丧家犬，冯敬的脸上再也挂不起来那熟悉的笑容，他恼火又怨恨地看着另外两个创始人。

此刻他们再也不是当初一起创业、豪情壮志地要改变这个世界的人了，曾经因梦想而聚，如今因利益而散。以前他们一起吃过的那些苦，一起咬牙扛过去的艰难岁月，都在这一刻烟消云散。

冯敬连着大喘了两口气，看向秦周，问道："看来你们盛亚一直没放弃收购我们安翰科技的计划？"

"冯总，合作才能共赢，这是我们傅总一贯的理念。"

"傅锦衡这么霸道，怎么会允许我们合作？"冯敬鄙夷地说道。

此时叶临西安静地坐在椅子上，仿佛这房间里发生的一切都和她无关。

宁以淮反而成了最轻松的那个人，转头看了一眼叶临西，又调整了一下坐姿继续看戏。

秦周敛起脸上的笑意，说："既然你这么说，我就把剩下的一并宣布了吧。股东关鹏飞和朱森皆同意将手中的全部股份转让给傅锦衡先生，以上两份协议也皆得到半数以上股东同意。目前，傅锦衡先生共持有安翰科技 55.67% 的股份。

"我作为傅锦衡先生的全权代理人，现在宣布傅先生作为大股东的第一项公司决议。

"傅锦衡先生提议，正式罢免冯敬公司 CEO 的职务。"

窗外的雨幕将整座城市笼罩在一片雾蒙蒙当中，豆大的雨点儿砸在玻璃窗上，发出噼啪的声音，可是比雨点儿落下的声音更刺耳的是此刻会议室里的死寂。

叶临西一直以为声音大会刺耳，可没想到有时候寂静更让人难耐。

冯敬突然看着坐在身后的律师，吼道："你们两个到底是怎么回事？为什么这件事情你们完全不知道？"

宁以淮好像被逗笑了，说道："冯总，您不也是今天刚知道？"

秦周看了一眼宁以淮身后的人，立即说："如果您对协议有什么法律问题，我们可以让您现在就询问律师。"

"询问什么？一帮废物。"冯敬突然怒极，拿起手边的一沓文件砸了过来。

文件重重地砸到宁以淮的身上，还有几页飘到旁边叶临西的身上。

"你们当初怎么跟我说的？"

"一切都没有问题，这就是你们的没问题？什么垃圾律师，都是废物、饭桶！"

叶临西低头看着地上的文件，耳边是对方不满的咒骂声，一瞬间有股血流冲到了脑中，仿佛有一股情绪在脑海中疯狂地积攒着，却又找不到出口可以发泄。

宁以淮知道大势已去，眼前的一切已不是他们作为律师能解决的问题，便缓缓地起身，稍整衣领之后，冲着旁边的人说道："我们走了。"

叶临西听到这句话后，如同提线木偶般站了起来，跟在宁以淮的身后。

就在两个人走到门口时，宁以淮突然顿住脚步，往旁边看了一眼，发出一阵轻笑声，喊道："叶临西。"

叶临西抬头望着他，见宁以淮的目光落在秦周的身上，便也看了过去。

秦周微微蹙眉，似乎想要说话，却又没开口。

宁以淮继续说："你应该谢谢这位秦先生，给你上了这么一堂令人震撼的课，这可是在法学院都学不到的东西。

"哦，不对，应该是感谢他身后的那位傅锦衡先生。

"冷面无情，杀伐决断，这次是我们输了。"

一时间，秦周失去了冷静，彻底变了脸色，低声地喊道："夫人。"

可是因为这个称呼叶临西脑海中的那个按钮好像一下子被按下了，那股一直萦绕在心头久久无法消散的情绪长驱直入，奔向心脏的最深处。

叶临西再也不想多停留一秒钟，径直推门离开，到了楼下才发现包里的手机一直在响。

这里是高新技术园区内部，外面滂沱大雨，她需要专门叫车才会有车子过来，要不然只能走到园区的门口。叶临西却毫不犹豫地走了出去，暴露在雨幕之下，只不过片刻，她的头发和外套都被淋得湿透。

此时叶临西的脑海中只有一个念头。

宁以淮一把拽住了叶临西，看着她恼火地说道："你疯了？没事淋雨玩儿，你以为自己拍电视剧呢？"

叶临西怔了一下，随后低声地说："我要回家。"

可是雨声太大，她的声音太小。

宁以淮一时没有听清，凑近问道："你要干吗？"

"我要回家，我要回家。"

宁以淮看着她在雨中被淋到发白的唇色，怒道："坐我的车，我送你回家。"

很快，宁以淮的司机赶到，叶临西被推着上了车子。

"如果你不是你爸的女儿，今天你就是从这里淋着雨走回去，我都不会多管一下。"

叶临西安静地坐着，丝毫没有搭理他的意思。

车子开出园区许久之后，叶临西才问："你知道他是谁吧？"

"什么？"宁以淮正在回复信息，跟飞鼎那边说今天发生的事情，所以没听清叶临西说的话，转头又问，"你说什么？"

"我说，你知道他是谁，对吧？"

"傅锦衡吗？"宁以淮丝毫不在意，说道，"不就是你的老公？"

叶临西突然脸色一白。

宁以淮坦荡地说道："你是不是觉得我在挑拨你们夫妻之间的关系？我刚才说那些话确实是想让那个秦周带回去的。虽然商场是商场，可是他对自己的老婆也未免太狠了。"

傅锦衡明知道他们正在做这个融资项目，结果临插一脚，完全是打了他们一个措手不及，把整个公司都搅了个天翻地覆，搞得融资项目肯定泡汤。

　　估计安翰科技公司马上就要不存在了，应该会被盛亚科技并购。

　　宁以淮刚才一听就知道这件事情不是一天两天就能被搞定的。

　　董事会一共有五个股东，其中三个被傅锦衡收买，现在整个安翰科技也都由傅锦衡说了算。

　　"你回家跟他闹也好，反正你们女人闹腾点儿，说不定男人更喜欢。"

　　叶临西像是沉浸在自己的世界里，完全没搭理他。

　　车子到了云栖公馆的门口，叶临西直接下车。

　　宁以淮赶紧追上去，就见她已经走到门口。

　　有个保安打着伞出来，一看到叶临西，立即打招呼道："叶小姐。"

　　宁以淮见保安认识她，指了指她说道："你知道她家住在哪儿吧？麻烦你送她一下。"

　　"好。"保安开了门让叶临西进去，又打着伞跟在她的身边。

　　云栖公馆这种私密的住宅，保安认识所有住户是基本的要求，到了她家替她按响了门铃。

　　阿姨开门看见浑身淋透的叶临西时，大吃一惊，说道："这是怎么了？没打伞吗？赶紧进来换身衣服，你全被淋湿了啊。"

　　阿姨只来得及跟保安说了一句谢谢，就拉着叶临西进了家里。

　　叶临西脱了鞋子，也没穿拖鞋就直接进了客厅。

　　她的头发和衣裳全湿透了，水珠顺着发丝滑落到发梢，最后凝成水珠滴落在客厅干净如镜的地板上。

　　很快，书房的门被打开了，傅锦衡的身影出现在门口。

　　见阿姨已把白色的大毛巾拿出来，傅锦衡皱着眉头上前伸手接过，刚要上前准备抱住叶临西，就看到叶临西整个人往后退了好几步。

　　她抬头看着他，像是要努力看清楚眼前的这个人。

　　傅锦衡看着她狼狈至极的模样，一直紧锁着眉头，拿着毛巾低声说："临西，先把衣服换了，要不然你也会生病的。"

　　叶临西的声音微颤，她激动地说道："你知道是我吗？明知道我帮的人是冯敬，明知道安翰科技的这个融资计划是我们在做。"

在他决定收购安翰科技时，他知道对面站着的是她吗？哪怕她只是一个微不足道的参与者，但是他知道吗？

叶临西的心里有一万个问题呼之欲出，她又不得不极力按下。

傅锦衡轻声地说道："我知道。"但是随后他却话锋一转，"可是这并不代表什么，这只是一个商业行为而已，不是我们两个站在对立面。"

叶临西仰着下巴，冲着他凄然一笑，说道："你是不是想跟我说，生意就是生意，不要失去理智，也不要感情用事？"

或许他什么都知道，知道她为了这个项目忙了好几个月，知道她正在帮别人争夺这家公司，知道她所做的一切事情，可是还是为了自己的利益毫不犹豫地出手，让她所有的努力和辛苦都付之东流，并且还不允许她埋怨他。

因为生意就是生意，在他的领域里，生意不应该被感情左右。

傅锦衡沉默地盯着她，幽深的黑眸里似乎藏着千言万语。

叶临西突然觉得很可笑。

就在这里，就在这个客厅里，在比现在更早一些的时候，她是那样渴望着重新看见他，哪怕离开家里，心里满满的都是他。

傅锦衡看着她如此失魂落魄的模样，又想到之前秦周给他打电话汇报的事情，不由得叹了一口气，缓缓地走上前。

这次叶临西没有躲开。

傅锦衡轻轻地握住她的肩膀，声音低柔地说道："临西，如果你不开心，可以跟我生气，但不要伤害自己。我之所以没告诉你是不想让你为难，毕竟站在你的立场，知道是我在收购安翰科技，你会……"

这一刻那些汹涌的、委屈的、难受的情绪都蜂拥而至，四处冲撞，像是要把她的心脏撞出一个大洞。

"我会退出这个项目。"叶临西抬头望着他，继续说道，"我会为了你放弃这个项目，因为我永远不会这么对你。"之前一直没有落下来的眼泪此刻像断了线的珠子般，再也控制不住地落下。

她奋力地挣脱他的手掌，吼道："这就是我跟你的不同。"

她永远不会在他背后毫不犹豫地捅他一刀。

哪怕他觉得这一刀对她来说压根儿无关紧要。

可是他不明白的是，她在乎的不是捅的这一刀，而是握着刀的这个人。

傅锦衡似乎设想过她会生气，但是从没想过她会如此绝望。

此刻叶临西仿佛一个落水的人，失去了最后一块浮木。

"临西。"傅锦衡像是要抓住什么，再次想要握住她的手掌。

可是叶临西却拼命地往后，拒绝他的触碰，崩溃地说道："你理智，你冷静，你所做的一切都是为了公司考虑，都是商业行为。可是我根本不想听你这些大道理。你想过没有，你这么对我，我会是什么心情？

"你一直知道，对吧？你知道我那天在高尔夫俱乐部跟谁在见面，也知道我那可笑的一串提子的故事指的是什么，可是一次都没有跟我透露过。

"你一定像看一个笑话一样在看我吧？"突然，她颓然地捂住脸，说，"我以为至少这次是不一样的。"

叶临西像是被自己逗笑了，伸手在脸上用力地擦了擦，可是她的衣袖也是湿的，此时脸上湿漉漉的，她早已经分不清楚是眼泪还是雨水，然后抬头看向面前这个英俊的男人。

哪怕是此刻，他的情绪都是克制与忍耐的，他只微蹙着眉头，仿佛看她独自演了一场情绪饱满的大戏。

她说："我真的应该亲口跟你说一声谢谢。

"谢谢你给我上了这样一堂生动又出色的商业课，真的很别开生面，傅总！"

她曾渴望他狂热地爱着她，渴望他为她赴汤蹈火、奋不顾身，从未想过他只是理智地喜欢了她一下而已。

"我们离婚吧，傅锦衡！"

第十三章

嘴甜会哄人 ，我也可以学

叶临西脱口而出的话让客厅一瞬间回归寂静。

傅锦衡终于在这么久之后，脸色变得格外难看，望着叶临西坚决地拒绝道："不可能！我不同意离婚！"

"我不是在征求你的同意，"叶临西也在气头上，口不择言地说道，"我这是通知你。"

叶临西转身就要往外走，一秒钟都不想留在这里，因为怕下一秒会哭得更大声更丢脸。

这世上感情本来就是最不讲道理的东西，她渴望得到，却不会真正地得到，因为这一切都是虚妄的渴望。

现在，她都丢掉了，都不要了。

傅锦衡上前抓住她的手，可是一握住她的手，心里却有些震惊，因为他发现叶临西的身体在颤抖。

"临西，不要闹，现在跟我上楼。"傅锦衡又怒又急地说道。

他怒她不把自己的身体当回事，明明她淋了雨冷到浑身都在打寒战，她却还非闹着要往外走，急的是怕她生病。

叶临西现在满脑子里只有自己认定的东西，完全听不进去他说的话，奋力地要挣脱他的手掌，却不想地板太过湿滑，整个人跪了下去。

幸亏傅锦衡及时将她抓住，才没让她真的摔倒。

可是叶临西更生气了，一下子如同泄了气的皮球。

她为什么吵架吵成这个样子？她还要在他的面前再丢脸一次？

傅锦衡趁机直接想要抱她起来。

叶临西伸脚就踢他，似乎想要把心里的委屈也好怒火也好，都发泄掉。

傅锦衡见她还在挣扎，一时间也气上心头，直接把她扛在肩膀上。

"你放我下来！"叶临西整个人被他扛在肩膀上，大喊大叫着。

明明今天早上还发着高烧的人，此时对付她却轻而易举。

傅锦衡把叶临西扛进了洗手间里，将她抱着放进浴缸里。

叶临西挣扎着，就要爬起来，压根儿不想接受他的任何安排。

傅锦衡竭力保持冷静，可是越这么想，太阳穴越是剧烈地跳动，在叶临西又要摆脱他手掌的压制时突然松开手。

叶临西也被他果断松手的举动吓了一跳，下意识地惊叫了一声。

傅锦衡拧开水龙头，拿着花洒对准她的身体。

叶临西安静地坐在浴缸里，感受到温热的液体喷洒在身上，她不敢相信地望着他。

这个臭男人！他怎么敢这样对待她？

傅锦衡见她呆若木鸡的模样，虽然觉得她安静下来很好，但是又怕她想错了，于是低声地说："不管我们之间有什么矛盾，你最起码先照顾好自己的身体。"

"临西，我收购安翰科技的计划是从很久之前就开始的，那时候你还未参与到安翰科技的融资项目当中，所以我并不是在针对你。"傅锦衡将话题又拉回到这个问题上。

叶临西看着他，说道："你知道我加入这个项目，也完全没有想过透露给我，对吧？哪怕你提醒我一下，我会离开这个项目的。哪怕这是我做的第一个项目，也会离开的。所以，你是不相信我会离开，还是你不信任我，怕我把你的商业计划透露出去？"

傅锦衡从来没想过她会在这个问题上这么难缠，在他看来，这是正常的商业行为，可是那些理智的话在他看见她止不住流下的眼泪时又变得说不出口。

傅锦衡继续说道："临西，收购安翰科技不是我一个人的决定，这是整个公司层面的事情，所以我不能让它有一点儿失败的可能性。"

"所以，你还是觉得只要让我知道一点点，我就会出卖你，对吧？"

傅锦衡深吸一口气，说道："我从没有这么认为过。"

此时叶临西也没看他，安静地坐在浴缸里，低头望着某处，声音很轻地问："那你想过我会很难受吗？"

她不谈那些商业计划，不说那些大道理，只是问他有没有想过她会难过？

傅锦衡沉默不语，心里是想的，但他的沉默却告诉了叶临西她想要的答案。

她垂着眼，点了点头，说道："你觉得你是傅锦衡，是盛亚的总裁，得对全公司负责。你站在道德和商业的制高点上，所以我不应该对你生气、对你发火儿，哪怕我难过又怎么样？商场上成王败寇，既然我们输了，那就应该体面地退场。

"哪怕我难过又怎么样？你觉得说两句好话哄一下，我就应该开心地接受，对吧？"

可是她接受不了，也没办法理解，脑子里那个叫理智的东西已经彻底地失去了。

叶临西抬头看着他，说道："傅锦衡，我说过，我受不了委屈，一点儿委屈都不可以。"

可是今天她受了很大很大的委屈，而这些委屈是他带给她的。

傅锦衡神色微变，看着她说道："临西，我从来没想过伤害你。你现在很生气，不够理智，先洗澡吧，等冷静一会儿，我们再聊，好不好？"

"好，"叶临西似乎也平静了下来，指着外面说，"你先出去吧，我准备洗澡了。"

傅锦衡点了点头，在临走之前又低声地说："等你出来，我们再好好聊聊。"他出去之后又给秦周打了一个电话。

秦周已经结束安翰科技董事会的行程，正好也有了时间，虽然之前给傅锦衡打电话时告诉了他叶临西脸色很差地离开现场，但还没来得及说详细的内容。

傅锦衡问道："你把今天董事会上发生的事情仔细地告诉我。"

秦周听罢，当即说道："对不起，傅总！"

"到底怎么了？"

秦周也不敢有所隐瞒，只能将会议上冯敬怒极把气都撒在律师身上的事情说了一遍。

"这个冯敬大概是知道大势已去，气急之下不仅摔了东西，还把夫人他们大骂了一通。傅总，是不是夫人回家生气了？"秦周小心翼翼地问道。

他是在场的，却帮不了叶临西，毕竟他当时代表的是傅锦衡，而叶临西代表的是冯敬，要是出手只会让事态更严重，万一再让冯敬误会叶临西泄密，那她可真是跳进黄河都洗不清了。

秦周跟在傅锦衡的身边这么久，当然了解叶临西的性子。

这位一贯是被人捧着护着、顺风顺水惯了，可是这次被人指着鼻尖骂废物、饭桶，却无法出口反驳，心里怕是无比难受。

当时秦周看着叶临西离开时的表情，就知道傅总这次恐怕要遭殃。

傅锦衡揉了下眉心，真的没想到叶临西被冯敬骂了，却又突然明白她的生气是有理由的。

她那么骄傲的一个人，被人指着鼻子骂，却又不能反驳一句。

傅锦衡光是想到那个场景，心里就莫名地烦躁，至于离婚，光是想到这两个字，就觉得心头再次生出一股郁气，原本心里的笃定和理智都差点儿被这两个字撕碎。

不管这件事情发展到什么程度，离婚是绝对不可能的。

因为知道叶临西每次洗澡都会洗很久，傅锦衡从书房里出来后，便去厨房想要给她倒一杯驱寒的热水。

阿姨刚才躲在厨房里没敢出去，此时见傅锦衡过来，赶紧上前问了一声，见他摆摆手便也不敢多说什么，可是憋来憋去，又实在憋不住，于是轻声说："临西肯定是在气头上，一时说了气话，你可千万不能放在心上。"

"什么？"傅锦衡转头看着她。

阿姨说："就是临西说离婚的事情。"

"不会的。"傅锦衡毫不犹豫地打断道。

阿姨赶紧点头，说道："对对，夫妻吵架嘛，难免的事情，哪儿能说离婚就离婚呢？而且临西这么喜欢你，肯定只是说气话而已。"

傅锦衡满脑子都是阿姨说的那句"临西这么喜欢你"，震惊地问道："你说什么？"

阿姨被他问得愣住了。

傅锦衡像是突然被告知一个天大的秘密，微蹙着眉，声音带着不自信的微哑，再次问道："你说临西这么喜欢我？"

阿姨"扑哧"一声笑了起来，说道："那还用说？昨天你生病了，没看见她忙上忙下那个劲儿。你睡的时候，她非要跟我一块儿包小馄饨。你说她一个连厨房都不进的人，干吗非要包小馄饨？这女孩子喜欢一个人，就会非要给那个人做点儿什么。"

女孩子喜欢一个人，就一定想要给他做点儿什么，因为这样可以把自己的心思偷偷地藏在里面。

傅锦衡正要转身上楼，心里似乎有个东西瞬间被戳破，仿佛是需要去认证什么，直到听见外面轰鸣的声音响起，心头突然闪过一丝不好的念头，迅速地走到门口，刚打开门，就看见一辆红色的跑车在雨中转了个漂亮的弯后冲出了大门。

因为之前保安送叶临西回来后大门一直没被关上，叶临西居然趁此机会跑了。

叶临西也没想到自己怎么就干出了落荒而逃这种事，反正等恢复平静时，已经开着车直接逃离了云栖公馆。

外面的暴雨没有丝毫停下来的意思，路面上积着一层雨水，从天上落下的雨点儿砸在积水上，砸出密密麻麻的小水坑，直到车子驶过，溅起巨大的水花。

路上的车辆很少，叶临西也不知道要开往哪儿，明明开着以速度见长的超跑，却愣是跑出了龟速。

她不想回自己家，因为吵架本来就很丢人，如果还让家里人知道就更丢人了，至于去酒店，她刚才跟贼一样逃离，只来得及拿个手机和钥匙，压根儿没顾得上拿身份证。

如今在这个偌大的城市里，好像只有这辆车能让她容身。最后，叶临西干脆把车子停在路边，趴在方向盘上，心里有种说不出的错杂纷乱，她索性拿起手机打了个电话，待对面一接通，委屈的声音就一泄而出，抽泣地说道："我完蛋了，这次真的完蛋了。"

不知过了多久，姜立夏终于找到了在路边停着的这辆红色的跑车，她打开车门上来时，身上还是被淋湿了一点儿，不过一上车也顾不上擦，转头看着叶临西，焦急地说道："到底怎么回事啊？你快吓死我了，快说，谁让你受委屈了？你知不知道我刚才在片场接到你的电话，腿都软了啊？"

叶临西望着她，像是看到久违的亲人，抽泣了一下，委屈巴巴地说："立夏，我要离婚了。"

离婚？

正好外面一个闷雷恰逢其时地响起，"砰"的一声巨响震得人耳朵发麻。

姜立夏觉得这个雷直接砸在了她的脑袋上，登时怒上心头，问道："你离婚？是那个臭男人提出来的吗？厉害啊，娶了天底下最漂亮、最可爱的老婆，他都不知道珍惜，想要干吗？是他外面有人了吗？宝宝，你先别哭，好好地跟我说。要是他真的敢找小三儿，我一定会帮你的。"她说着说着恨不得想挽起袖子揍人。

叶临西吸了吸鼻子，真的被感动到了，片刻后才继续说道："是我提出的离婚。"

姜立夏突然吐了一口气，像是猛地放松了下来，淡定地说道："那没事。"

叶临西眨了眨眼睛，不明白为什么没事？也不晓得什么叫她提离婚就没事？

在叶临西红通通的双眼的直视下，姜立夏有些心虚地躲闪了一下，随后自暴自弃地说道："好吧，宝宝，我说实话，你别打我啊。

"一般来说呢，女人提分手，那是气话，其实没多少真的。但是男人提分手的话，那百分之百是真的，而且是无法挽回的那种。"

叶临西怒道："我是认真的，真的没办法再跟他继续过下去了。"

姜立夏看着外面的大雨，说道："要不我们先找个地方吧？待在车里也不是个事。"

因为叶临西没带证件，姜立夏干脆把她带回了家，下车时回头看了一眼叶临西开的跑车，吹了个口哨。

姜立夏住的房子是自己买的，因为她卖了几本书的影视版权，且卖出的价格都不低，所以便在这个单价不低的小区里买了一套140平方米的房子。

她的老家并不是北安，父母也还住在老家，所以这里只有她一个人住。

之前叶临西也来过她的家里几次，还给她推荐了负责装修的设计师。

"在我家，你想住多久就住多久。"姜立夏一进门就豪言壮语地说道。

叶临西感动地点点头，随后窝在沙发上。

很快，姜立夏从冰箱里拿出两瓶啤酒，放在茶几上，说道："要不咱们一边喝一边说？"

叶临西也没跟她客气，直接开了一瓶啤酒仰头畅饮。

姜立夏坐在她的旁边，低声地说："好了，现在你可以跟我说说到底是怎么回事了？"

本来叶临西遇到什么事情都会和姜立夏说，此时遇到一个好不容易能听她倾诉的人，如同找到了亲人一般，将事情仔细地说了一遍，说完后嘴巴都有点儿干。

姜立夏没想到他们居然是因为这件事，张了张嘴巴，欲言又止地问道："你们这个算是商战吗？"

叶临西一时没有回答。

"好精彩啊！"姜立夏拍了一下大腿，继续说，"创始人宫斗，反转、反转再反转，这剧情简直太精彩了呀！"

叶临西眼巴巴地看着她，心想：现在是说这个的时候吗？重点难道不是两个人一起狂骂臭男人吗？

姜立夏干脆盘着腿，面对着叶临西坐着，说道："其实我能理解你的感受。令你最难过的就是背叛感，本来早上还心心念念地要回来陪傅总，可是他呢，转头就派人在董事会上截和了你的项目。这种突然的落差感让你十分不适应，也没办法接受他的解释。"

叶临西猛地点头，非常认同姜立夏说的话，就知道这世上有人懂她，于是感动地说道："不愧是我的夏夏。"然后她继续说道，"你想想，假如你有个男朋友，他不投资你的电影，反而投资了连韵怡，而且还不告诉你，你说你生不生气？"

姜立夏立即感同身受，一下子瞪大眼睛，怒骂了一句，愤恨地说道："臭男人！他要敢这样做，我打断他的狗腿。"

不过片刻后，姜立夏再次开口说："其实你生气，我都可以理解，但是你知道你最大的错误是什么吗？"

叶临西睁大眼睛，一时之间不明白自己竟然有错。

"你不该一时冲动提离婚，毕竟这件事情是商业行为。傅总也不是故意针对你，你可以跟他生气，但是不该把离婚说出来。"

叶临西抿嘴，像是听进去了这句话。

"夫妻之间嘛，总会吵架的，但是不能提离婚。"

叶临西却突然说道："可是我真的没办法跟他在一起了。"

姜立夏有些震惊地问道："你们之间的问题有这么严重吗？"

"有，"叶临西低声地说，"太丢脸了。"

姜立夏一脸迷茫，不知道叶临西是什么意思？

叶临西望着姜立夏，思索了一会儿后轻声地说："其实我一早就知道冯敬要把乔云帆赶出公司，也知道乔云帆会反击他。可是你知道吗？在会议室的时候，秦周说的每个字都让我很难受，就好像我只是一个助纣为虐的小人，现在他们天降正义，要把一切错误的事情纠正过来。

"我是个小人，他是君子。

"冯敬骂我们是废物的时候，我脑子里就在想，这算不算是我的报应？狗咬狗果然是没好下场的。"

她为什么会那么生气？这大概也有恼羞成怒的成分在吧？

如果她今天面对的是别人，只会单纯地觉得自己不过是输掉了一个项目而已，可眼前的对象换成了他，就会在想他会不会觉得她的手段很下作？

叶临西曾经见过他提起宁以淮时的不屑一顾，忍不住想他会不会也用那样不屑一顾的口吻提起自己呢？

还有，她在秦周的面前被别人骂到无法还嘴，仿佛一个跳梁小丑，光是想想就觉得无比丢人，恨不得立即在原地消失。

"临西，"姜立夏赶紧打断她，说道，"你不该把这些事情往这种地方想。我觉得傅锦衡也不会这么想的。"

叶临西望着她，说道："你又不是他，为什么会觉得他不会？

"或许在他的眼里，我就是这样的人呢？毕竟我们两个之间的婚姻也是因为利益，如果不是家族需要，他这辈子都不会娶我。

"哪怕他娶了我，也不会爱我。"

叶临西想想她做的种种举动，真是觉得可笑，一次又一次地试探着他的心，渴望从他那里得到一点点回应，现在却彻底地明白他不会爱她的，也知道他永远都不可能像她希望的那样爱她。

姜立夏从没见过叶临西这么失魂落魄过。

平日里那个精致明艳的小玫瑰像是一下子被抽干了所有精气神，连花瓣都不再鲜艳。

"在他的心里，我大概总是一个无理取闹的人吧？只要有一点点不开心就会跟他发脾气。这次也是，他永远都不懂我为什么会生气。

"那就算了吧，反正我也不在乎了。"

姜立夏突然伸手捧住叶临西的脸颊，抬眼平视着她，认真地说道："临西，看着我。

"我告诉你，不是所有人都可以一直保持冷静理智的，我们每个人都会因为触及自己的底线而生气。如果所有人都没了属于自己的情绪，千篇一律地理解和认同别人，那这个世界岂不是很可怕？

"况且，人类的悲欢本来就不是相通的。

"你不需要为了别人改变自己的性格。你就是你，生气也好，不理智也好，那都是你真实的感受。

"哪怕就是小作精，你也是最可爱的那个。"

叶临西被她逗笑了，可是笑着笑着，突然流下眼泪来，心里在想：他不会这么觉得啊。

姜立夏也被她的眼泪吓到了，当即慌乱地拿出纸巾，一边给她擦眼泪一边说："我说这可不像你啊，平时你遇到臭男人气你的时候，不是都特别有精神地骂他？要不这次我还陪你一起骂他？"

"这次不一样。"

姜立夏继续柔声地哄道："好好好，这次他做得特别过分，我陪你骂他一个小时。"

"不是因为这个。"叶临西委屈地望着姜立夏。

姜立夏问道："那是因为什么？"

"因为我喜欢他。"

姜立夏顿时手下一滞，目瞪口呆地看着叶临西。

因为是她先爱上了他，她是爱而不得的那个，所以才会特别生气。

当叶临西把埋在心底最深处的、最大的秘密说出来时，仿佛彻底找到了宣泄口，一时间恼羞成怒，将一切都发泄在他的身上，虽然知道他其实什么都没做错。

姜立夏听到叶临西突如其来的告白一时没有反应过来，手足无措地拿着纸巾，甚至忘了递过来。

叶临西本来承认这件事还很坦荡，可是被姜立夏这种奇怪的眼神盯了半天之后，也突然恼羞成怒起来，伸出脚踢了姜立夏的腿一下，双手环胸，板着脸问："你那是什么表情？我喜欢傅锦衡怎么了？很奇怪吗？难道我就不能喜欢那个臭男人吗？"

姜立夏终于从发蒙的状态中清醒过来，呆呆地望着她说："你说的是真的？"

"不是真的，难道还是假的？"叶临西继续一脸不屑的表情。

本来是多么温暖又煽情的戏，经过这么多年，叶临西终于敢当着别人的面承认对傅锦衡的感情，结果对方不仅一脸震惊的表情，还抱有怀疑的态度。

叶临西实在气不过，再次伸脚踢了一下姜立夏："我说你到底还是不是我的姐妹了？"

姜立夏委屈巴巴地说道："就因为我是你的姐妹，所以才太吃惊了啊。"

毕竟叶临西的这桩婚姻从一开始就被她自己吐槽到底，说什么"我们只是表面夫妻""我只是看中了臭男人的脸和钱而已""我真是倒了八辈子的霉才会嫁给这种不解风情的男人"之类的话。

这种话简直犹如唐僧念经般，时常在姜立夏的耳边响起，以至于姜立夏早已经被洗脑，认为这两个人结婚真的只因利益，无关感情，当初甚至还为叶临西打抱不平过。

毕竟在姜立夏看来，叶临西既有美貌，又有脑子，干吗要为家族联姻委屈自己？姜立夏完全没想到原来叶临西结婚根本就是别有所图。

"不是！不是！"姜立夏举起手，顿时像个求知若渴的好学生一般开始连连提问，"你喜欢他是在结婚之前还是结婚之后？"

叶临西心虚地别开眼睛，说道："我跟你说过的啊，他跟我的哥哥从小就认识。"

"对啊，我知道。"姜立夏点了点头，又看见叶临西脸上泛起微微的红晕，突然倒吸一口气，吃惊地说道，"你不会在很久之前就喜欢他了吧？"

听着姜立夏的语气，叶临西又莫名地不爽起来，不明白她为什么这么吃惊？于是忍不住伸手撩了一下头发，漫不经心地说道："他以前还挺好的，不是现在这种性格。"

此时的姜立夏已经震惊到完全不知道该说什么了。

叶临西抬头看见好朋友满脸"你现在到底在说什么疯话"的表情，倒是一本正经地继续说道："他以前就很好，长得好看，性格也很温和，反正就是所有女生都会喜欢的那种高中男生。"

等等，高中？高中男生？这是什么意思？

姜立夏吃惊地望着她，很小声地问道："我记得他比你大五岁吧？他上高中的时候，你不是才上……？"

叶临西和姜立夏对视了几秒后，理所当然地说道："对啊，怎么了？"

或许是因为压在心底太久的事情终于可以跟别人说出口，叶临西将那些隐藏的小情绪渐渐地汇集起来，在心底泛着气泡，疯狂地想要说出来。

姜立夏捂脸说道："天哪，这剧情反转得太快了。你这张嘴是蚌壳做的吗？怎么能憋这么久？居然连我都没告诉。"她停顿几秒后又惊叹地说道，"难怪我说这次也没多大的事情，你就反应这么大。大概被喜欢的人扎心跟被别人扎心，难受的程度真的不一样吧？"

叶临西点点头，刚想表示赞同，又瞬间察觉到不对劲儿。

什么叫这次也没多大的事情？

叶临西伸手握住姜立夏的肩膀，拼命地晃了好几下，只差化身为"咆哮女教主"，怒道："姜立夏，你给我清醒一点儿。你是不是也觉得我现在是为了一点儿小事在无理取闹？哼，你不爱我了，你不爱我了。"叶临西说完委屈又生气地望着她，似乎想用眼神唤醒好姐妹最后的良知，让她站在正义的这一边。

姜立夏被晃得脑壳都开始疼，举起双手讨饶道："大小姐，我真的全程都站在你这边，只是觉得你是不是跟傅锦衡有误会？你怎么就确定他不喜欢你呢？"

"要是喜欢，他会舍得对我狠下毒手？"叶临西撇嘴。

姜立夏小声地说："他其实是对那个冯敬下毒手啊，你换个角度想想嘛，你不是也说看那个冯敬很不爽嘛，现在傅总出手对付了他，说不定也是因为你呢。"

"才没有。"叶临西声音很小很不确定地反驳道，可心里又有一些不确定，因为那天在高尔夫俱乐部被人敬酒他是知道的，也明白傅锦衡要想知道当天谁跟她一起吃饭其实并不难，但下一秒又猛地摇头，让自己别自作多情了。

姜立夏看她的表情一会儿变一下，也觉得好笑，只不过还是以劝慰为主，低声地说："好了好了，既然事情都发生了，你想好之后怎么办了吗？"

她能怎么办？她真的要离婚吗？

叶临西突然在沙发上仰躺了下去，原本满肚子的怒气渐渐地烟消云散了，就连离婚的决心都好像变成了空中楼阁。

叶临西说："我又不缺钱，你知道我结婚的时候我爸给了我多少钱吗？哪怕我离开他，也能继续穿高定、戴蓝钻，才不怕离婚呢。谁离开谁还过不下去呢？我这种有钱又漂亮的仙女，干吗要受委屈？

"我就是娇气包，就是不讲道理，没办法，当初他娶我的时候就知道。"她一张小嘴说了半天，全是各种安慰自己的话，反正就是她不怕离婚，也不在乎离婚。

姜立夏低声说："那你现在还喜欢他吗？"

叶临西抿嘴不说话了。

"你想过没？你现在这样离婚了，你们两个一辈子都说不开了。而且你离婚岂不是便宜了外面的女人？你想想你老公这个人有多受欢迎吧，那个段千晗可是时刻准备取代你的位置呢。

"到时候再出现什么张千晗、马千晗，一个个女妖精生扑上来。

"我们小玫瑰什么时候这么没自信过？这么一点儿小事就要退缩了？你不是应该让那些女妖精都退散吗？"

叶临西猛地坐起来，瞪着姜立夏说："你这人怎么这么烦哪？你到底还是不是我的姐妹了？算了，我不想跟你说了。我累了，想睡一会儿。"

"好吧，好吧。"姜立夏见她真的满脸不爽，又怕再刺激到她敏感的小心脏，索性闭了嘴。

因为她家的客房平时没人住，临时收拾还要很久，所以姜立夏直接让叶临西在自己的房间里休息。

叶临西从家里出来时已经洗过澡，虽然之前头发没来得及吹干，但是过了这么久，现在也差不多干了，便直接上床躺着了，只是很久都没有睡着，即使闭上眼睛努力催眠自己，依然无法入眠。

虽然现在才是下午，可是这个白天却那样漫长。窗外的大雨依旧没有停歇的意思，雨点儿砸在窗户上，急促又密集。

叶临西太疲倦了，只是身体明明是累的，脑子却越发清醒，心脏像是被什么东西堵住，怎么都疏解不了，慢慢地，她的意识被拉回到很久之前。

画面停留在叶临西以为自己永远都不愿再想起的过去。

傅锦衡高中毕业出国后，叶临西一开始也很难过，但又以为自己迟早还能看见他。

毕竟哪怕他去了那么远的美国，假期也总还是会回国吧？

可是他们这一别，就是五年之久。

傅锦衡仿佛彻底从北安消失了，待在美国不回来，哪怕是过年也不回来。

偶尔叶临西假装不经意地跟叶屿深问起，也只得到他的随口回应，如果再继续追问下去，恐怕叶屿深就会不耐烦地问她没事问傅锦衡干吗？

叶临西生怕被哥哥发现自己的小心思，只能默默地不再追问。

后来她终于也考上了美国的大学，因为那里有个她想要见到的人。

其实很多时候，人的思念来自心底的执念。

她其实已经太久没见过傅锦衡，甚至连他现在长什么样子都不知道，可是心里却一直记着那个温柔的大哥哥。

他长得清俊又有少年气，是比她哥还好看的存在，脾气又温和。

这些念头在时光的日积月累下，成了最美好的存在。叶临西只要拿出来想一下，都会觉得格外温暖。

去了美国之后，叶临西也没能见到傅锦衡，因为傅锦衡早在她入学前毕业了。

他们之间差的年岁，仿佛注定让她成了一个哪怕拼尽全力都没办法追赶上他的人。

直到很久之后，叶临西清楚地记得，应该是一个重要节日的前夜，她接到叶屿深的电话。

哥哥让她去学校里等一个人，说是会有人给她送东西。

叶临西听了他的话，真的等到了一个人。

对方拿了很多东西过来，说是叶屿深送给她的礼物。

叶临西不认识他，还特地感激地说道："谢谢你啊，麻烦你跑一趟。"

"应该的，毕竟这是叶总亲自拜托傅总的事情。"对方很客气地说道。

听到傅总这两个字，叶临西慢慢地抬头，低声地说："是傅锦衡吗？"

对方点点头，回道："傅总今天有个商务会谈，所以只能让我把东西送过来给您。"

叶临西一下握紧了手指，小声地问道："他也在这里？"

对方应该是傅锦衡当时的助理，点了点头。

叶临西也不知道为什么，沉默了许久后，鼓足勇气问道："他住在哪个酒店？"

因为对方是叶屿深的妹妹，助理自然知道傅锦衡和叶屿深关系匪浅，便直接把他们住的酒店名字告诉了叶临西。

"等他有空儿，我能去找他吗？我想当面谢谢他。"哪怕她已经不是当初那个羞涩的小女孩，可遇到跟傅锦衡有关的事情，仿佛又回到了曾经羞涩的模样。

助理笑道："您太客气，不过傅总这几天会很忙。"

对方再说什么，叶临西不太记得，只记得助理告诉她他们离开的日子。

那几天叶临西上课时在走神，脑海中一直在想着他。

这么多年没见，估计他已经不记得她了吧？他哪怕记得，也只会当她是叶屿深的妹妹？她只是朋友的妹妹而已。

这样的情绪一直积攒在叶临西的心里。

那天傍晚，原本要去图书馆的叶临西突然像疯了一样往校外跑，终于拦到一辆出租车，然后直奔那家酒店，但又不知道他的酒店房间号，最后只好打电话给他的助理，待对方接通后，她才小心翼翼地问道："你们是明天离开吗？"

"对，叶小姐，请问你有什么事吗？"对方很客气地说。

叶临西有些丧气，低声说道："没什么，我只是想问问他今晚是否有空儿？想请他吃饭，可以吗？"片刻后她又加了一句，"是我的哥哥说，让我谢谢他。"

对方也没怀疑她的说法，只是歉意地说道："抱歉，叶小姐！傅总今天有个酒会，大概要很晚才回酒店。"

他们吃饭肯定是不可以的。

叶临西听出对方的言下之意，只好小声地说了句"谢谢"，然后挂断电话。

叶临西就安静地坐在大厅的沙发上，人生中第一次喜欢上了这个节日，因为在这个节日后终于可以见到想见的人，那天也不知道等了多久，明明整个人很疲倦，眼睛却还是直直地盯着酒店的门口，生怕错过那个人。

大概是叶临西等得太久，且穿着打扮都很时髦，看起来也是受过良好教育的人，酒店的大堂经理见此忍不住上前询问，得知她只是等人，也就没有多问。

当大堂的零点钟声响起时，门口终于出现了一个穿着黑色大衣的人。

外面不知何时下起了雪，男人身上的黑色大衣落了点儿雪花，颇有种风雪夜归人的感觉。

叶临西一眼就认出了他，旧时记忆中的傅锦衡依旧是清澈年少的模样，而此时眼前的人已蜕变成一个成熟的男人。

他剑眉星目，连气质都深沉稳重了起来，唯一不变的是依旧好看得让人挪不开眼睛的容颜。

叶临西也不知道为什么要傻乎乎地在这里等几个小时？或许只是想跟他说一句话而已，也只是想再见到他一次，但脚下却不自觉地向他走去，轻轻地喊道："傅锦衡。"

本来她还想像以前那样喊他锦衡哥哥，可她已经不是那个上初中的小姑娘了，如今一个上了大学的姑娘实在张不开这个嘴，干脆连名带姓地喊了他。

傅锦衡微顿脚步，缓缓地抬头看着她，脸上没有什么表情。

因两个人之间隔着不远，叶临西能清楚地闻到他身上的酒气。

他穿着黑色的大衣，没有扣大衣的扣子，露出里面穿着的成套西装，整个人英俊挺拔像是从名利场上刚刚退下的成功人士。

叶临西一时语塞，不知该跟他说些什么，只能小声地说："我……我在这里等了你一个晚上，就是想来……"

叶临西还没来得及说出那句"谢谢你"，就被傅锦衡冷硬的语气打断。

"等我一个晚上？"明亮的目光安静地落在她的身上，他像是在看一个陌生人，突然嘴角浮起一丝讥讽的冷笑，继续说道，"所以呢？我要求你等我一个晚上了吗？你是不是还要说你喜欢我？"

叶临西如遭雷击，整个人被劈得站在原地不敢动弹。

傅锦衡像是听到什么天大的笑话，语速飞快地说道："我是不是还要对你负责任？就因为你喜欢我，我就必须对你下半辈子负责，对吧？要不然你就自杀？呵，真可笑。"

叶临西手脚冰冷地望着他。

身后的助理走上前，看见叶临西时也吃了一惊，低声地问道："叶小姐，你怎么在这里？"

叶临西的嘴巴如同被粘住，她一个字都说不出口，只是愣愣地站在原地。

此刻傅锦衡已经越过她离开。

好在这次陪傅锦衡出差的并不只有一个助理，当另外一个人过来追着上楼照顾傅锦衡后，助理留下来陪着叶临西，试探地问道："要不我送你回学校？还是你想留在这里住一晚？"

叶临西仿佛一下子恢复了意识，立即摇头，拒绝道："我不要留在这里。"她说完就往外走。

助理哪儿敢让她这么晚独自一人离开，正好看见外面司机还在，立即请叶临西上车，送她回学校。

叶临西此时失魂落魄，没再说话，直接上了车。

助理虽然没听到傅锦衡跟她说了什么，但估计不是什么好话，便解释说："叶小姐，傅总今天遇到一些不开心的事情，所以情绪有些失控，但真的不是冲着您来的。您不管听到什么都不要往心里去。"

外面一片漆黑，只有街边的路灯还亮着，雪花在一片暖黄色的灯光下飘落。

叶临西安静地望着车窗外，其实她刚才已经猜到傅锦衡的这些话并不是对她说的，但令她难过的不是他说的话，而是发现傅锦衡完全不记得她了。

即使他喝醉了酒，可就是没有认出她。

原来，心心念念的只有她一个人而已。对他来说，她不过是朋友的妹妹。他这么久没见过她，连脸都是记不清的。她在他的心里，原来早已经成了一个他连脸都记不住的人。

叶临西低声地说："你能不能别把今晚我来酒店的事情告诉他？"

助理一怔。

她强忍着眼泪，带着哭腔说："我怕他明天想起来会很尴尬。"

本来就是她强行要来酒店等他的，是她自作多情了，不应该再给他添麻烦的。

就像他说的那样，并不是他让自己等他的，也不是他让自己喜欢他的。

他应该被这样的事情烦得不得了吧？她又跟那些让他厌烦的女人有什么区别呢？只不过她打着朋友妹妹的身份故意接近他罢了。

这世上本来就没有理所当然的事情，她喜欢他并不会理所当然地得到他的回应。

那个雪夜成了叶临西心底最无法揭开的伤疤，也是从那天开始，她彻底明白了她的暗恋只跟自己有关，与傅锦衡毫无关系。

谁都不知道叶家的这朵小玫瑰在这个晚上经历了什么，只是发现之后的她变得格外爱玩儿，也发现她开始接触越来越多的人。

她以为她只是把自己困住了，只要以后见得足够多，见识了更精彩的世界，就会遇到真正相爱的人，不是这种单方面的喜欢，而是与那人深深地相爱。

叶临西不是没见过好看的男人。

某次时装周的秀后酒会上，一个金发碧眼、五官如同被精心雕琢过的男人端着酒杯朝她走来。

她接受了他递过来的那杯酒，之后也约会了几次，只是在最后一次约会时，当对方想要吻她时，还是没忍住把对方推开了，之后就再也没跟谁约会过。

这就像是一个冗长的梦，令她沉浸在其中无法自拔。而梦的后半段是另外一个故事的开始。

她回国后才真正与他相逢。

那时候她周围都在传他跟另外一个女人的事情，说他们即将结婚。

叶临西以为自己会毫不在意，可还是会不开心，直到傅家和叶家联姻之事被提起，直到听见傅锦衡向她求婚，鬼使神差下她竟然答应了。

这个故事兜兜转转到最后，叶临西竟真的成了傅太太。

只是这次，她以为故事的结局会不一样，以为他会爱上她，却不想这依旧是她的妄想。

突然，叶临西轻轻地抽泣了一下，像是梦到什么难过的事情，双手紧紧地抓住被子的一角，不愿意放手。

傅锦衡步入卧室时，脚步很轻，丝毫没有惊动床上的人，然后在床边坐下，刚想抬手替她把落在眼上的长发拨开，就见床上的人又吸了一下鼻子，看见她委屈巴巴的样子，只好轻叹了一声，把手缩了回去。

只是本来睡得好好的人，也不知怎么了，又抽泣了一下。

傅锦衡轻拍了一下她身上盖着的被子，想要让她睡得安稳些。

叶临西却仿佛收到了他的信号，直接伸手将他的手掌抓住了。

傅锦衡诧异地看了她一眼，见叶临西并没有被惊醒，发现她只是抓着他的手安静地睡着了。

叶临西晚上十点钟才醒。

姜立夏看见房间里有光亮，便推门进来，看见她抱着手机，赶紧说道："你都睡了五六个小时，可算是醒了，我还以为你睡神附体了呢。"姜立夏见叶临西仍然盯着手机没有回复，又好奇地问道，"你在看什么呢？那么认真。"

叶临西头也没抬地回道："周公解梦。"

许久没听见姜立夏的声音，叶临西才抬起头来，见姜立夏满脸迷茫的样子，解释道："我刚才睡觉时做了好多梦，最清楚的就是梦到一只手，我得查查是什么意思？"

姜立夏没想到叶临西居然还信这个，有些心虚地说道："应该没什么寓意吧？"

其实叶临西也没觉察到什么，只是觉得梦里那手特别温暖、特别真实，好像还抱着那只手睡觉呢。

姜立夏一听到叶临西说那只手温暖，立即开始在脑海里胡编乱造，努力说道："会不会预示着你家庭方面的改变？你想想，一只温暖的大手，不就是喜欢、保护、怜惜的意思吗？"

此时姜立夏心里想的是：傅总，你必须给我加钱！

叶临西冷静地想了想，疑问地说道："是父爱吗？"

姜立夏瞬间无语了，只好扯开话题，说道："要不还是先吃点儿东西吧？"

叶临西快一天没吃东西了，哭了一场，闹了一场又睡到现在，早就饥肠辘辘，听到姜立夏这么说，赶紧掀开被子起了身。

叶临西见姜立夏从厨房里端出来一个碟子，立即好奇地问道："你自己做的？"

姜立夏回道："我哪儿有这手艺？随便点的外卖，你看看喜不喜欢？"

叶临西看清姜立夏端出来的东西是什么时，表情变得有些奇怪。

姜立夏自叶临西睡着之后也一直没吃东西，此刻刚一坐下，就迅速地拿起筷子，只吃了一口就震惊地说道："哇，这个面好吃！"她说完才发现对面的叶临西完全没动筷子，便惊讶地问道，"你不喜欢吗？"

叶临西慢悠悠地拿起筷子，在盘子里轻轻地戳了戳，看到金色的蟹黄覆在筷子上。

整盘面的下面是面条，而上面铺着满满一层蟹黄，精致又让人有食欲。

叶临西声音闷闷地说道："这面是你随便点的？"

姜立夏心虚地低头吃面，声音含糊地说道："是啊。"

"骗人！"叶临西抬头直勾勾地望着她，干脆放下筷子，双手环胸，说道，"说吧，你什么时候成了叛徒的？"

姜立夏摇摇头，一脸无辜地假装没听懂，说道："什么叛徒啊？"

叶临西用下巴冲着面前的这碗面点了点，说道："这碗面是三味草堂的蟹黄面吧？那家店离你家隔着北安市区，你说是随便点的外卖，骗谁呢？"

见姜立夏猛地将面前的碗端了起来，叶临西眉梢微挑，继续问道："你干吗？"

姜立夏尴尬地说道："我怕你一时生气把碗砸了。"

这套碗有多贵她就先不说了，关键是这碗蟹黄面真的太好吃了，特别是姜立夏还饿了这么久。

"我有病吗？"叶临西瞪了姜立夏一眼，拿起筷子就开始吃面。

姜立夏没想到叶临西不仅没把这碗面扔了居然还津津有味地吃上了，小心翼翼地说道："你不生气了？"

"气啊，"叶临西不习惯吃东西时说话，此时小口吃着面条，等咽下去后才慢条斯理地说道，"但是吃饱了才有力气发脾气。"

姜立夏觉得叶临西说的话实在是太有道理了。

于是，两个人很安静地开始吃面，毕竟人在饿的时候吃东西永远是最香的。

姜立夏吃得快，吃完后发现叶临西的碗里还有不少面，便回味地说道："这家的蟹黄面真好吃啊，难怪傅总让人送来！"只是姜立夏刚一说完就猛地抿上嘴巴。

叶临西刚用筷子挑了几根面条，听见姜立夏这么说，便嗤笑后说道："这就不打自招了？"

姜立夏伸手轻轻地打了一下嘴巴，叹道："我好像真的存不住秘密！"

"知道就好。"叶临西语气凉凉地说。

姜立夏闻言感觉脖子都凉凉的。

叶临西端起旁边的杯子，喝了一口吃蟹黄面时必配的姜茶，胃里立刻温暖起来，别有一番滋味，她淡淡地问道："他是什么时候来的？"

虽然叶临西这么没头没脑地问了一句，但姜立夏立即听懂了，姜立夏很小声地说："就在你睡着的时候。"

叶临西又瞪她一眼，说道："那你就很轻易地给他开门了？"

姜立夏低声说道："我没有，我挣扎了。"虽然她当时也就稍微挣扎了一下。

姜立夏每次见到傅锦衡都挺怵的，这次接到傅锦衡电话的时候腿都软了，又因为叶临西睡着了没人给她撑腰，心里更怕了。

傅锦衡倒是一直对姜立夏很客气，但是架不住姜立夏尿啊。

叶临西继续问道："所以，你挣扎了一下就被他收买了？"

姜立夏弱弱地说道："你也不能怪我吧？"

见叶临西的眼神直直地看过来，姜立夏更加委屈了，说道："你又不是不知道你老公的气场有多强大，一个活生生的霸道总裁站在我的面前，我真的不敢拒绝他。"

况且傅锦衡还挺客气，跟她说能不能麻烦她开一下门？听到霸道总裁跟她说"麻烦"两个字，姜立夏立马就尿了。

叶临西嘶着嘴埋怨道："哼，小鹌鹑，尿包。"

"是我。"姜立夏肯定地点点头。

对于好闺密这种勇于承认的行为，叶临西也是彻底无语了。

见叶临西起身要去把盘子端到厨房里，姜立夏赶紧抢着接过去："这点儿小事让我来吧，你去歇着吧。"

叶临西说道："不用，我住在你家，应该做点儿事情。"

姜立夏毫不犹豫地把盘子接过去，说道："这套盘子是我特地从英国背回来的，还请大小姐放过它们吧。"

叶临西翻了一个白眼，说道："我又不是一定会摔了。"

"万一也不行。"

叶临西本来就十指不沾阳春水，见姜立夏不让她做什么事情，也懒得进厨房，便心安理得地坐在沙发上。

等姜立夏刷完盘子回来，她抬头说："你说我明天请假用什么理由好？"

姜立夏是自由职业者，对于今天是周几没什么概念，这才想起来，今天是周一，叶临西明天需要上班，随后便想到一个朴实无华的理由，说道："生病了？"

叶临西靠在沙发上，神色恹恹地说道："我想多请几天假。"

"那就请呗。"姜立夏回道。

叶临西上班就是图个乐趣，又不真的指望上班发家致富，别说请假了，就算现在立马辞职也是没什么影响的。

叶临西继续说道："我还想出去玩儿。"

"好呀。"姜立夏应得很痛快，想着叶临西心情不好出去散散心也是可以的，只是看到叶临西定定地盯着自己时，突然说道，"你盯着我干吗？"

叶临西歪着脑袋望向姜立夏，说道："这个世界上我跟谁最好呢？"

姜立夏听着叶临西撒娇的语气，额头突突直跳。

"当然是最可爱的夏夏。"

姜立夏赶紧打断道："我编剧的电视剧刚开机，你不是不知道吧？我还是跟组编剧，导演恨不得每天把我拴在剧组，你让我现在陪你出去玩儿？

"我真的很怕导演和制片人对我下追杀令，你不会希望我被影视圈封杀吧？"

叶临西眨了眨眼睛，一副"我不说话但是我再给你一次考虑的机会"的表情。

虽然姜立夏觉得叶临西撒娇的时候真的非常可爱，恨不得一口答应她这不合理的要求，可是一想到很多事情，只好叹了口气，说道："大小姐，我每个月要还两万多元房贷呢。"

当初姜立夏脑子一热，非要贷款买个大户型的房子，虽然一个人住倒是爽了，可每个月都背着巨额的房贷，要不然怎么能连跟组编剧这种活儿都干？她还不是被生活所迫？

叶临西淡定地说道："我给你还呀。"

姜立夏觉得震惊不已，忍不住做作地捧住心脏，甜言蜜语地说道："宝贝，你刚才要养我的样子真的是太帅了。"

叶临西认真地说道："我说真的，就算不刷臭男人的卡，我也是有钱人。"

姜立夏当然承认，闻言说道："不过你现在光是逃避也不行吧？要不要先跟傅锦衡谈谈？你都不知道他今天对我有多卑微，还亲自打电话给我，问我能不能给他开门？他还跟我说了一大堆话，说你不开心，让我多陪陪你。"

叶临西沉默地听着。

姜立夏再接再厉地说道："而且他也没敢在这里逗留太久，说怕你醒了后看见他会生气，打算等你醒了冷静之后愿意见他了再来找你。"

叶临西冷哼了一声，说道："投机取巧。"

姜立夏一时没有接话。

叶临西继续说："难道不是吗？这不就是大人对付小孩子的那一套吗？在小孩子哭闹的时候不要管孩子。孩子自己冷静下来，就会乖乖地不提过分的要求。他说得倒是好听，可是行动上完全就是投机取巧，连哄我的心思都不肯花。"

姜立夏原本还被感动得稀里哗啦，可是听见叶临西这么一说，又觉得挺有道理。

叶临西看着姜立夏脸上犹豫的表情，忍不住拿起旁边的靠枕，在她的脑袋上拍了一下，说道："你还真是一棵墙头草，哪边吹吹风就能把你吹倒了。我怎么会有你这么傻白甜的闺密？"

姜立夏问道："可能傅锦衡就是那种只做不说的人吧？"

"如果一个男人真的爱一个女人，就会又做又说。"叶临西认真地看着姜立夏说道，"你到底是不是言情小说作家？"

姜立夏瞬间声音弱了下去，嘿嘿一笑，说道："其实我就是理论知识丰富了点儿。"随后她又试探性地问道，"那你觉得什么才是爱你的表现呢？"

姜立夏想起他们之间吵架的导火线，忍不住问："难道你希望傅锦衡爱你爱到无法自拔，为你疯狂地撞墙吗？"

光有这个念头，姜立夏就忍不住笑了起来，因为真的无法想象这个画面。

叶临西面无表情地看着她，说道："我的想法很可笑吗？"

姜立夏摇头，随后吃惊地望着她说："你还真的想让傅锦衡为你撞墙啊？"

叶临西闻言直接站了起来，心想：这闺密还是不要了吧。

因为姜立夏的床足够大，叶临西之前也跟她一起睡过，所以也没让姜立夏再去客房铺床，两个人直接一起睡了。

关灯之后，叶临西强忍着翻身的习惯，只是最后实在忍不住，还是翻了一下身，只是下一刻就听到黑暗中响起一个声音。

"睡不着？"

叶临西"嗯"了一声。

姜立夏想了想，提议道："要不你明天跟我一起去片场吧？你是不是还没看过剧组拍戏？"

"有意思吗？"叶临西问她。

姜立夏摇头，说道："没意思。"

"那有什么好看的？"

姜立夏立即说："我们剧的男主角是林俊。"

"谁？"

"一个当红小生啊。"

叶临西忍不住吐槽，说道："我都没听说过他的名字，这也能算红吗？"

姜立夏翻了个白眼，说道："姐妹，你知不知道你吐槽他的咖位，就相当于在吐槽我的剧？"

要是她的剧请的男演员一点儿都不红的话，这不就是说她这个剧也不过就是一个小剧组？这对于姜立夏来说可是致命的打击。

沉默了许久，终于，姜立夏听到从另一边枕头传来的声音说："那我明天去看看吧。"

两个人聊着聊着，便陆续睡着了。

第二天早上，外面的雨终于停了。

叶临西起床后拿着全新的牙刷和毛巾洗漱，刚一出来就看见桌子上摆着满满一桌的早点。

姜立夏见她狐疑的表情，立即自证清白道："早点真的是我自己点的。"她说完还主动把手机举到叶临西的面前。

叶临西看了一眼订单，确定是姜立夏点的早点后，才在饭桌前坐了下来，刚吃了几口小馄饨，就说道："这馄饨太咸了，还不如我们家阿姨做的呢。"她说完又喝了几口牛奶。

姜立夏看着她挑挑拣拣的模样，突然感觉内心无比沉重。

"你这什么表情？"叶临西也看出她心情的沉重来，不悦地说道。

姜立夏悠悠地说道："我在想，养花太难，尤其是养一朵人间富贵花。"

吃完早点之后，叶临西就发信息跟宁以淮请假了，本来以为会挺难，没想到他居然一口答应了。

宁以淮在短信里回道："反正这个项目现在结束了，你也可以多休息几天。"

叶临西看着"项目结束"这几个字，突然觉得又被扎心了。

"好好好，我待会儿就过去。"姜立夏也接到了剧组打来的电话。

叶临西见过很多知名演员，毕竟每年参加时装周的时候，都能看到成群结队的中国观秀军团。

每个叫得上名号的大牌秀场都会有中国人的身影，所以叶临西对他们也没什么好奇的，不过还真的没见过剧组拍摄，既然姜立夏提了，就也想跟着一起去看看。

姜立夏说："我今晚可能要住在那边，你晚上一个人在家住可以吧？"

虽然剧组就在北安拍摄，但是姜立夏作为跟组编剧，晚上还需要跟导演讨论剧情，所以跟组期间也都是住在酒店里。

叶临西看着她，委屈巴巴地说道："所以你是要丢下我吗？"她说完还真的摆出一副可怜兮兮的模样。

姜立夏当即心软道："要不然你也跟我一起住酒店？"

"好呀。"

两个人下楼时，姜立夏还在说："不过我们编剧住的地方就是快捷酒店，没有主要演员住的酒店好。"

"你们剧组经费这么紧张吗？"

姜立夏赶紧解释道："不是经费紧张，主演什么的是住五星级酒店，我们这些幕后人员就住得稍差点儿。"

叶临西撇了撇嘴，总算没有说出什么嫌弃的话。

两个人上了叶临西的跑车后，姜立夏这才感慨道："昨天光顾着安慰你，都没来得及欣赏这豪车。"她边说边好奇地东戳戳西摸摸，还一眼就看出她屁股下的坐垫是全套定制的爱马仕。

毕竟是跑车，光是车子的中控台就透着一种"我很贵，我非常贵，我可太贵了"的气质。

"你要开吗？"叶临西见她这么兴奋，问道。

姜立夏深吸了一口气，猛地摇头，拒绝道："不行不行，我一个拿了驾照都没上过路的人，怎么敢开这种车？"

这种大灯都比别人一辆车贵的车子，她摸摸就好了，开是别想了。

叶临西见她这样，忍不住笑她是个小鹌鹑。

姜立夏编剧的剧是一部现代剧，所以剧组拍摄的地方在市中心，并不是什么偏远的郊区。

叶临第一次看见拍摄现场，一开始还挺好奇，看到灯光、摄影、场具等很多工作人员在忙着前期的准备工作。

很快，姜立夏被导演喊了过去。

第一场开拍的是女主角被人欺负后男主角从天而降来拯救她的一场戏。男主角开着一辆黑色的轿车赶到，大步流星地下车走来。

姜立夏怕她无聊，过来陪她一块儿坐着。

叶临西指了指对面正在准备的男主角，问道："这是男主角？"

"对啊。"

叶临西指了指剧本，再次问道："你不是说他演的是霸道总裁吗？"

姜立夏问道："不像吗？"

叶临西看了一眼那辆黑色的轿车，微微撇嘴，说道："谁家的霸道总裁开这玩意儿？"

"扎心了！"姜立夏有种受伤的感觉，随后叹气道，"这不还是经费问题嘛，制片人说只要男主角演技好，道具差点儿也能过得去。"

叶临西再次问道："可是偶像剧不就是要让人产生幻想吗？连个跑车都舍不得给男主角配备，还怎么让人产生幻想？"

随后，叶临西直接把自己的车钥匙扔给姜立夏，说道："拿去吧，算是我赞助你的。"

姜立夏捧着车钥匙看了半天，突然呜咽了一声，激动地说道："临西，从今天开始，你就是我的亲爸爸。"

叶临西只给了她一个白眼，没再说什么。

很快，姜立夏过去跟导演说了这件事情，导演还特地回头看了一眼叶临西。

不过等那辆红色跑车被开过来时，片场不少人看了半天，就连坐在一旁等着拍戏的几个演员也在讨论。

"这车帅啊！制片人居然舍得给俊哥升级装备了。"

"什么制片人升级的，是姜编剧带来的小姐姐赞助的。"

"哪个小姐姐？"

"就是坐在那边的那个，她过来的时候，我还以为是咱们剧又来新演员了呢，还在想咱们剧的重要角色演员不是已经定下来了吗？没想到人家原来是个金主小姐姐。"

"确实是漂亮啊！不过她是谁啊？"

"估计是投资人吧！跟编剧挺熟的。反正看着挺高冷，连导演都不太搭理。"

演员在片场等戏的时候也无聊，一块儿闲聊八卦打发时间。

反正没一会儿，叶临西就从过来看热闹的路人甲变成投资人"微服私访"来了。

很快，男主角的这场英雄救美重头戏重新开拍。

男主角驾驶着显眼的红色跑车出场，当车子停下、剪刀门打开的瞬间，男主角一只脚迈到车外，随后走下了车。

"果然是人靠衣装，换了辆车，气场立马变成两米八。"姜立夏再次坐在叶临西的旁边，忍不住夸赞道。

叶临西看别人拍戏也就一开始还觉得有趣点儿，到了下午就觉得乏味，便先回酒店休息了。

晚上剧组正好有个聚餐，姜立夏拉上叶临西一块儿过去，还给她介绍了剧组的主要演员。

在场的多是年轻人，很容易聊到一起。

因为姜立夏还要跟导演聊明天的戏份，叶临西也没等她，吃完后就先回酒店，准备洗澡睡觉。

只是刚洗完澡，她就听到门铃响起，走过去刚准备拧开门，又突然凑到门上的猫眼往外看了一眼，发现门口站着一个年轻的男人，她思考了三秒后才认出来对方好像是剧组里的一个演员，便打开房门。

对方见她开门，轻笑着说道："叶小姐，我没打扰到你吧？"

"请问你有事吗？"叶临西跟对方不太熟，语气客气地问道。

谁知对方突然将手轻轻地搭在房门上，刻意压低声音说："那你能先让我进去吗？"

叶临西一时不明白什么情况，惊得往后退了一步，待看清对方脸上挑逗的表情后，深吸了一口气，顿时有些无语。

之前她还笑着问姜立夏，有没有遇到演员半夜敲她房门要跟她讨论剧本的情况？她没想到自己居然遇到了。

此刻，叶临西上下打量了对方几眼，记起来这个人应该是剧组的男三号。

他很年轻，长得不错，最重要的是还特地穿了一件略紧的上衣，看起来肌肉很结实。

叶临西都不知道该夸对方眼光好还是夸他胆子大，惊诧于对方竟然连她的门都敢敲，不过又想了一下，还是委婉地说道："待会儿有别的人来找我。"

毕竟这是姜立夏要待的剧组，她不好太得罪人。

对方似乎还没放弃，又用那种自认为低沉撩人的声音说："我已经在这里了，不如你让别人回去？"

叶临西气笑了，心想：有些傻子是听不懂人话还是故意的？

就在她准备直接赶人关门时，门口站着的男人不仅往门里走了一步，还抬手想摸她的脸颊。

叶临西嫌恶地往后退，却不想对方还没摸到她就直接被人扯了出去，再一抬头就看到突然出现的傅锦衡，莫名有种松了一口气的感觉。

这位男三号似乎也没想到自己会被人揪出来，有些恼火地转头，说道："你是谁啊？"

当他看清楚对方后，突然脸色变得古怪起来，又看向叶临西，笑道："这就是你叫的人呀？"

"还不快滚。"傅锦衡望着这个人，一向不太显山露水的脸上带着戾气，连语气都透着一股瘆人的冰冷。

对方显然是误会了，带着笑意说："我说兄弟，你这样可不行吧？"

虽然傅锦衡脸长得不错，确实是叶临西这种千金大小姐喜欢的类型，气质看着也挺好，只不过……

对方想到这里，继续说道："你这种脾气伺候不好人吧？"

待那人话音落下，叶临西猛地瞪大眼睛，有点儿怀疑自己刚才是听错了，一瞬间又突然意识到，这个人可能误会了她刚才说的话。

叶临西震惊地望向傅锦衡，都不知道是该替自己生气，还是替眼前的男人生气。

不过当叶临西还处于震惊的余波当中时，对方已经冲着她挥挥手，表示先离开。

只留下一对正在冷战兼闹离婚的夫妻，相对无言地看着彼此。

半响，叶临西才艰难地开口，说道："那个，我真的没有……"

但是她一想到自己要跟他离婚了，犯不着跟他解释，随即板着脸说道："我这人还是有基本道德底线的，在我们离婚之前，我是不会出去乱搞的。"

傅绵衡没有说话，幽幽的目光落在她的身上。

叶临西有些口干舌燥，忍不住开始胡说八道："男人不光要长得好看，还要嘴甜会哄人。"

刚才那个男三号虽然眼睛是瞎的，但是有句话没说错。

傅锦衡这脾气能哄得了谁啊？

"你不试试怎么知道不行？"

叶临西再次震惊，心想：这一晚上到底要受多少次惊吓？

她讥讽地说道："盛亚科技是要倒闭了吗？轮得到总裁来下海？"

"不是下海。"

傅锦衡低沉又略带着性感的声音响起："是只对你一个人。

"嘴甜会哄人，我也可以学的。"

第十四章

玫瑰这么漂亮，光是看着都会让人觉得开心

这分明就是这个男人向她抛出的糖衣炮弹。

叶临西警惕地看着面前的男人，努力地不去想他刚才这句话的意思。

傅锦衡大概也知道见好就收的道理，并没有继续说下去，看着她问道："晚餐吃过了吗？"

"当然吃了，这都几点了，谁还会没吃晚餐？"叶临西干巴巴地说道，只不过刚说完就感觉自己好像掉进了坑里。

果然，傅锦衡望着她，低声说："我还没有吃饭。"

叶临西抬起头来。

两个人看着彼此，对视了几秒。

她立即别开脸不看他，嘟囔道："谁让你这么晚不吃饭的？"

傅锦衡轻声说："工作了一天，知道你在这里，想来看看你。"

他站在门口，身上穿的并不是平时穿的正经严肃的成套西装，而是一件风衣外套，略带着几分风流潇洒，因为站得很近，他身上那股熟悉的气息渐渐地萦绕在她的鼻尖。

明明两个人站着的地方勉强还算公共区域，可是周围那种暧昧的气氛却越来越浓烈。

"看完了，你回家吧。"叶临西冷着一张脸，故意说道。

臭男人说两句好话就想把她哄好吗？这根本不可能！

傅锦衡见她真这么说，也没生气，只是下巴往房间里抬了抬，说道："不请我进去坐坐？"

叶临西高冷地说道："深更半夜，孤男寡女不太方便。"

傅锦衡瞬间被这句话逗笑了，也不再生气了。

离婚八字还没一撇，她就开始把他往外推，还摆出一副划清界限的模样。

看到傅锦衡抬起手，叶临西以为他要抱自己，往后退了一步。

傅锦衡却只是把手掌虚虚地搭在门板上，轻拧着眉心，低垂着眼睫，一副不舒服的模样。

叶临西吃惊地望着他，没一会儿就听见他低哑的声音在耳边响起。

"我没事，就是突然有点儿胃疼。"

叶临西犹豫地望着他，之前没听说过他有胃病啊，心想：他不会是在卖惨吧？可是她又怕他真的病了。

毕竟傅锦衡工作那么忙，还时常需要应酬，空腹喝酒。

之前她也提醒过他少喝点儿酒，小心胃穿孔，看他现在这样，便小心地问道："你不会是胃穿孔了吧？"

傅锦衡露出苦笑，说道："只是胃疼，应该还不至于到那种程度。"

叶临西见他肩膀微靠着门，突然叹了口气，伸手扶住他的手臂，说道："你先进来坐一下吧。"不过她说完后好像又怕他赖上自己，继续说道，"你休息一会儿就给秦周打电话，不要以为我不知道，他就在楼下。"

傅锦衡不管去哪儿都不会是一个人，这一点她还是深信不疑的。

傅锦衡将身体轻轻地靠在她的肩膀上，见叶临西被他压得差点儿摔倒，最后抬手握住她的肩膀，声音很轻地说道："小心点儿。"

叶临西把他扶到沙发上坐下。

这里是酒店的套房，本来姜立夏打算通过剧组帮叶临西开个房间。不过工作人员顶多能住个标间，叶临西实在住不惯，便单独开了个套间。

客厅里摆着沙发，此时正好可以让傅锦衡坐下。

"你坐下吧，我去给你倒水。"正好之前烧了热水，叶临西便走到旁边去倒水，端过来递给傅锦衡时，见他眉心还蹙着，观察了一下他的脸色，终于声音没那么冷，柔声说道，"你平时吃胃药吗？如果还疼的话，你就打电话给秦周，让他送你去医院吧。"

傅锦衡抬头看着她，说道："没事，我让他给我拿药就好。"

很快，傅锦衡给秦周打电话。

叶临西在旁边听到他在电话里说："秦周，你帮我把我平时吃的药拿上来吧。"

叶临西看了一眼茶几上放着的水杯，伸手想去端杯子，可是手掌还在半途中就被傅锦衡轻轻地抓住。

他的指腹捏着她的手背，他在她想要挣扎时，用手轻轻地蹭了一下，说道："临西。"

傅锦衡的声音很好听，不用刻意压着，听着就十分性感。

叶临西心头上的弦像是被轻轻地拨弄了两下，她安静地望着他。

傅锦衡低声说："临西，我知道我很多事情做得不够，就像你说的那样，没有考虑到你的情绪。那是因为我以前从来没有遇到过这样的事情，很多时候都会按照自己的想法来决定解决方法。"

叶临西微咬着唇，内心戏却十分丰富。

臭男人这时候是想跟她表白，顺便暗示他以前没什么恋爱经验吗？他是第一次遇到这样的事情吗？

叶临西在心里暗道：现在知道这么说话了，早干吗去了？

虽然她内心的吐槽已经滚成了无数弹幕，可是脸上依旧绷着，保持着一个高贵冷艳不可侵犯的姿态。

"以后，只要与你有关的事情，"傅锦衡的视线落在她的身上，他停顿了几秒后，郑重而又清楚地说道，"你，一定是我第一个要考虑的。"

叶临西的心脏因为他过分清晰的声音，一点儿一点儿地加快跳跃的频率。

她的手掌心微微湿润，整个人忍不住坐得笔直，她不断地开始暗示自己：不能低头，不能因为他的几句话就心软。

她需要的是他的道歉吗？好吧，虽然听到他这么说是有那么一点儿开心，可是她最想听到的根本就是别的话。

突然，门铃声响起。

叶临西像是得到一个信号似的，猛地从沙发上站了起来，挣脱开他的手，下意识地说："我去开门。"

傅锦衡看着她逃跑一样的速度，忍不住摇了摇头。

很快，秦周跟在叶临西的身后进来，将手里的透明药盒递了过来，低声说："傅总，第一排左边第一格就是您平时吃的药。"

傅锦衡点了点头，伸手从里面拿了两粒，然后把药放进嘴里后，端起水杯喝了一口水咽了下去。

叶临西看着那个透明的药盒，忍不住问道："他平时要吃很多药吗？"

"傅总平时工作太忙了，经常会不按时吃饭，所以我会常备一些药放在身边。"秦周解释道。

叶临西若有所思地点了点头。

秦周说："傅总，您晚上还没吃东西呢，要不我帮您在附近买点儿送上来？"

"不用，"傅锦衡拒绝道，"我待会儿回家再吃就好了。"然后转头看着叶临西，说道："临西也要休息了。"

他的语气很平静，可是听进叶临西的耳里，她莫名有种他很可怜的感觉。

虽然他们现在处于吵架冷战以及闹离婚的状态，可是再怎么样，一顿饱饭总应该让人家吃吧？

想到这里，叶临西不自然地开口说："那你还是在这里吃完再走吧，毕竟回去也要开好久的车。"

酒店旁边就有很多餐厅，叶临西帮他叫了一份海鲜粥，两个人坐在房间里等着。

叶临西去了下洗手间，出来就看见他靠在沙发背上微闭着眼睛。

他看起来很疲倦，像是在闭目养神。

或许是听到她出来的动静，傅锦衡抬眼看过来。

叶临西忍不住地问道："你很累？"

"还好，习惯了。"傅锦衡语调轻松，声音里却透露出了倦意。

叶临西站着说话不腰疼地开始教训他："所以说，工作和生活应该劳逸结合，像你这样一直拼工作的，只是在提前透支自己的精力，得不偿失。"

见傅锦衡朝自己看过来，叶临西感觉有些心虚。

她不就用了他一点儿钱嘛，他这是什么眼神？

叶临西继续说道："你放心，我们两个结婚之前签好了婚前协议，哪怕就是离婚，我也不会分走你的血汗钱。"

傅锦衡的神色微变，他无奈地说道："我不是这个意思。给你花钱，我从来没心疼过。"

叶临西满肚子的暗箭蓄势待发，她想只要这个臭男人胆敢再冷言冷语对她，她绝对要反击回去，结果发现自己再一次撞上了棉花墙，不仅不疼，反而被撞得心头一软。

她冷眼看着他，心里感慨：傅锦衡真不愧是哈佛大学毕业的，学习能力也太强了吧！嘴甜会哄人，只要他想，就真的可以做到。

叶临西一边暗搓搓地享受着这甜蜜蜜的滋味，一边还要维持着高冷的人设不能崩，真的好辛苦啊！她突然间觉得自己面对着不该由她来承担的甜蜜压力。

不过她转头就想到：明明他也可以哄人，之前却让自己看尽他的冷眼，真是不可原谅。

于是，刚刚生出的那么一丝丝动摇之心立马又在她的心理暗示之下坚定了。

傅锦衡吃完东西之后，也确实没在这里久留，离开时他看着叶临西说："明天我会出差几天，这几天你照顾好自己。"

叶临西"嗯"了一声。

"不要随便给陌生人开门。"他意味深长地说道。

叶临西立即振振有词地反驳他："刚才那个人是剧组的男演员，我又不知道他发什么神经，你可别给我扣大帽子。"

她可不背这个锅，本来只是一个来参观拍戏的路人甲，居然会被剧组男演员敲门谈心，她要是早知道会遇到这种奇葩的事情，肯定都不会来的。

傅锦衡垂眸看她，最后没忍住伸手在她的头发上揉了揉，解释道："我不是给你扣帽子，只是……"

叶临西听到他没再说下去，便抬起头来，用一副"你最好小心点儿说话"的表情盯着他。

傅锦衡继续说道："你长得太好看，很容易被别人觊觎。"

原本叶临西已经在心里握紧小拳头，准备只要他一言不合就捶爆他的头，此时突然很想疯狂地点头表示赞同。

这个臭男人现在怎么这么懂她？她本来连话都没跟那个人说过几句，就是因为她的美貌太容易引人觊觎了。

于是，她骄矜地点了点头："好吧，不管是谁，我都不会开门的。"

傅锦衡下楼时，车子还停在外面，上车后才吩咐司机往云栖公馆的方向去。

到了半路，傅锦衡突然开口问道："你刚才给我吃的药是什么药？"

坐在副驾驶座的秦周立即转头说："是我平时吃的一些维生素。"言外之意是这些药绝对没有害处。

傅锦衡点点头，说道："以后帮我也备一盒吧。"

秦周虽然表面上很平静地点头应下，可是在重新转头看着前方时，还是扬起嘴角轻笑了一声。

一开始秦周接到傅锦衡的电话时还在想傅总这是搞什么，心想：傅总的身体那么好，平时也没见他吃什么药，没想到傅总居然也会用卖惨这招。

坐在后座的傅锦衡伸手揉了一下眉心，想到自己刚才假借胃痛才能进入叶临西的房间的事情，觉得卖惨的效果还不错。

虽然这样不道德了点儿，不过还是挺有用的。

事实证明，卖惨是会上瘾的。

叶临西躺在床上玩儿手机时，就收到臭男人发来的微信。

傅锦衡："临西，我到家了。"

叶临西看着微信信息，又愣了一下。

他是在跟自己主动报备行程？

叶临西看了一眼，想了许久，还是没回复。

没一会儿，门口又响起门铃声。

叶临西心想：这一晚上的都想干吗呀？

等她走到门口，贴着猫眼又看了一眼，发现外面是姜立夏，这才松了一口气。

姜立夏一进门就眼睛滴溜溜地往房间里看，一副神神秘秘的模样。

叶临西好笑地说道："你看什么呢？"

"傅总走了？"

叶临西惊讶地说道："你看见他了？"

姜立夏笑眯眯地说道："我在楼下看见他的车了。"

"早就走了。"

见姜立夏朝她的身上偷看了好几眼，叶临西没好气地说道："你这是什么眼神？"

"你换衣服了？"姜立夏的口吻透着八卦的气息。

叶临西有些恼羞成怒地说道："你的脑子里都是什么肮脏的想法？别怪我没警告你啊，我是因为要睡觉才换了睡衣。"

姜立夏一副不相信的表情，仿佛在说：你当我是傻子吗？孤男寡女独处一室，还能什么都不发生？

叶临西实在受不了她这表情，于是扯开睡衣的领口，说："看看看。"

她的皮肤白皙又细腻，只要稍微用力碰一下就会留下痕迹。此时她的脖颈处光滑又白皙，丝毫没有红印留在上面。

姜立夏看到后忍不住惊呼："你老公是当代柳下惠吗？这么一个大美人在他的面前，他居然还能坐怀不乱？"

叶临西冲她翻起白眼，怒道："你是什么意思？难道他想要做点儿什么，我就得同意吗？现在是我不原谅他，好吧？"

姜立夏一看小玫瑰要张牙舞爪地扎人，赶紧有眼色地说道："对对对，是我们宝宝看不上他。"

叶临西哼了一下，说道："我明天要回去了。"

姜立夏问道："是太无聊了吗？"

"不是。"她在沙发上坐下，望着姜立夏，有点儿欲言又止。

姜立夏一向对她的小情绪很敏感，立即问道："怎么了？"

叶临西很认真地问道："你在剧组这么久，有没有遇到对你特别热情的人？"

姜立夏是个纯傻白甜，丝毫没意识到她在暗示自己什么，还特别开心地说："都挺热情的吧？其实我们剧组的演员性格都很好，特别是男女主角，都没有耍大牌的事情发生。"

"导演和制片人也挺好的，能听取我们编剧的意见。"

"小玫瑰，我跟你说，国内电视剧圈子里我们编剧的地位真的特别低。有些大牌演员进剧组都要自带编剧的，剧本真是想怎么改就怎么改，我们剧组真的还算是一个不错的剧组。"

姜立夏就差列举一二三条地夸上整个剧组。

叶临西望着她，突然抬起手示意她闭嘴。

姜立夏立即闭嘴，乖乖地站在原地看着她。

叶临西问道："那有人半夜敲你的房门吗？"

"怎么可能？"姜立夏像是一只被踩了尾巴的猫，就差蹦起来，拔高声音说，"我们剧组的人都很正派的，没有那种人。"

叶临西叹了一口气，开始很认真地打量她。

姜立夏这种外表看起来聪明，但是骨子里刻着傻白甜的，居然能在这个影视圈里顺风顺水地混下来，大概真的是天选之子吧？

叶临西指了指门口，说道："今晚有人来敲我的房门。"

姜立夏张大嘴巴，满脸震惊，半晌后才低呼道："我的妈呀，是谁？"完全没怀疑叶临西夸大其词。

叶临西把沙发上的抱枕拿过来抱在怀里，说道："就你们那个男三号。"

男三号？姜立夏的脑海里立即浮现对方的脸，她猛地摇了下头，在旁边的单人沙发上坐下后，捂着脸哀号道："啊啊啊啊！老子的男三号脏了。"

"我是说我书里的人物啊！"姜立夏瘫在沙发上，双脚又在地上拼命地踩了好几下，才委委屈屈地继续说，"我的男三号脏了，让这种人演。"

叶临西见她抓狂的模样，就猜到对方在姜立夏的面前应该表现得挺正常。

姜立夏抓完狂之后，看着叶临西说："他怎么那么无耻？居然还敢骚扰你？"

原本姜立夏还觉得这人长得不错，现在才知道对方就是一个油腻的猥琐男，然后嫌恶地说道："他也不照照镜子看看，我们小玫瑰是他能觊觎的吗？简直是不自量力！"

叶临西又听到"觊觎"这个词，很赞同地点头，手捧着脸颊，悠悠地说道："傅锦衡也是这么说的。哎，我因为自己的美貌真的承受了好多不该承受的负担哟。"

可是她能怎么办呢？毕竟她的美貌是天生的。

姜立夏的眼睛"唰"的一下看了过来，她张口结舌地说道："傅……傅总撞见了？"

"对啊，他还想进我的房间呢，正好被傅锦衡撞了个正着。"

姜立夏整个人彻底瘫在沙发上，悲痛地说道："完了，完了，我这次真的完了。"

"你完什么呀？"

姜立夏可怜巴巴地说："是我非要把你拖到剧组来玩儿的，结果第一天就让你遇到这种事情。你们家傅总还不得在心里记我的小账？"心里忍不住感叹自己真是一个遭受无妄之灾的大美女。

叶临西语气凉凉地说："你不是还偷偷地给他开门了吗？"

姜立夏顿时被噎得哑口无言，心想果然每个女人都会翻旧账，最后她也没留在叶临西的房间里睡觉，临走前叮嘱道："你在屋里一定要锁好门，除我之外，谁来都不许开门。"

待姜立夏走后，叶临西重新回到卧室里，顺手拿起床头的手机，就看见屏幕上的微信信息通知，点开后看到又是傅锦衡发来的消息。

傅锦衡先是发了一张照片，然后写道："晚安，临西。"

他发的照片是他随手拍的卧室大床的照片，宽大又舒适的大床上摆着两个枕头，左边那个是傅锦衡的，右边那个是叶临西的。

叶临西看着这张熟悉的大床，其实也就两个晚上没睡而已，突然感觉是好久之前的事情了，她盯着照片半天，开始猜想臭男人的意思。

他该不会是想利用这张照片，让自己睹物思人吧？而且，他发什么照片不好，偏偏发一张床的照片。一时间，这张清清白白的照片在叶临西的眼中也被染上了一层黄色。

她锁住手机屏幕后，伸手关掉床头的灯，但躺在床上又突然想起傅锦衡发的照片。

作为一个对生活品质有高要求的人，叶临西的床是她精挑细选的，就连床上用品都是同一个牌子的。突然，她觉得自己躺着的这张床不香了，惊觉傅锦衡这个臭男人果然是很有心机。

傅锦衡这次飞往上海是为了全球高科技峰会论坛的事情。

盛亚科技正式收购安翰科技，傅锦衡成为安翰科技最大的持股人，这件事情已经在媒体上被披露了。

因为盛亚科技暂时并未上市，这次利好消息直接拉动了盛亚集团的股价。而关于盛亚科技即将IPO（首次公开募股）的消息也有了风声。

陆遇辰提前两天飞到上海，至于魏彻，也因为这件事过来了。

三个人都住在同一间酒店里，晚上的时候就干脆约在酒店里的清吧见面。

酒店在上海的外滩边上，晚上外滩灯火辉煌连成一片。

魏彻踢了陆遇辰一脚，说道："行了，别跟你的好妹妹聊天了。"

陆遇辰笑道："要不是为了跟你们喝酒，我早就跟我的好妹妹一块儿赏夜景了。"

他们两个人习惯性地斗嘴，一旁的傅锦衡丝毫没有参与的欲望。

不一会儿，魏彻好奇地问道："临西还没回家呢？"

说到这里，陆遇辰甚至放下手机里的好妹妹，特别八卦地盯着傅锦衡。

"还没。"傅锦衡难得露出纠结的表情。

魏彻啧啧了两声，说道："说真的，不是做兄弟的不替你说话，你这次对临西下手太狠了。这小姑奶奶做的第一个项目，就被你这么狠心地摧毁，很容易产生心理阴影的。"

"在商言商，这种时候哪能什么都考虑？"陆遇辰倒是有着不一样的看法，接话道，"再说了，衡哥要是做什么都缩手缩脚，顾忌这个顾忌那个，盛亚科技能有现在的大好局面？"

魏彻瞪了他一眼，说道："所以你活该到现在还是个单身狗。"

陆遇辰反驳道："老子是懒得谈恋爱确认关系。"

傅锦衡实在受不了这两个人你一句我一句，喝了口酒，说道："你们要是尽说这些没营养的废话，我就回去睡觉了。"

魏彻很好奇地问道："您觉得咱们说什么不是废话？"

"比如，怎么哄好一个姑娘？"傅锦衡缓缓地说道。

魏彻和陆遇辰对视了一眼。

还是陆遇辰收敛起脸上的嬉笑，很中肯地说道："说真的，衡哥，你确定还要助纣为虐下去吗？"

傅锦衡看着他，在等他继续说下去。

陆遇辰一张嘴开始吧嗒吧嗒地说："我觉得吧，女人的脾气都是被宠出来的。你越宠着她，她越是得寸进尺。你看看临西现在这脾气，是不是从回国到现在越来越大了？就是因为你对她太纵容、太宠了。"

"不管多贵的东西，她想买就买，说拍就拍。我跟你说，你这样提高养老婆的成本，给很多已婚男人很大压力的。"

"要不你趁机晾晾她，让她知道谁才是这个家的一家之主？"

魏彻目瞪口呆地听着陆遇辰的一番话，倒是傅锦衡眉眼微垂，似乎真的在认真思考。

陆遇辰得意地说道："衡哥，你是不是也觉得我说的话很有道理？"

"嗯。"傅锦衡点了点头。

陆遇辰见此犹如开屏的公孔雀，恨不得四处宣扬自己狗屁不通的理论。

片刻后，傅锦衡捏着手里的手机转了一圈儿，淡淡地说道："我正好把你刚才说的录了下来，回头可以给临西听听。这样她大概顾不上跟我生气了吧？"

陆遇辰顿时傻眼了，在一旁始终没说话的魏彻猛地笑了起来，眼泪都差点儿笑了出来。

陆遇辰就差给傅锦衡跪下了，求饶地说："衡哥，我就是一时嘴欠，图个痛快，你不会真的要出卖兄弟换取你自己的幸福吧？"

"为我付出一下，你不愿意？"傅锦衡很认真地看着他说道。

魏彻还趁机火上浇油，说道："顺便也给我发一份，我给深哥听一下。我估计深哥能立即从欧洲飞回来敲破你的脑袋。"

"哦，对，深哥下个月就回国了吧？"

陆遇辰再次哀号起来，说道："我错了，我真不该嘴欠。"

等陆遇辰闹完了，傅锦衡才望着他，低声说："所以，以后别说这种话了。"

陆遇辰可怜巴巴地点点头，再也不敢图一时爽快了。

傅锦衡又端起面前的酒杯，想起他刚才说的那句"趁机晾晾她"。

他怎么可能舍得？

叶临西第二天就从剧组独自回到姜立夏的家，又不想回家让她爸担心，干脆就先住在这边，一个人倒也自在，只不过每天吃饭都是叫外卖。

傅锦衡每天都会给她发信息，偶尔还会打电话过来。

虽然事情过了这么多天，她的气也确实消得差不多了，但叶临西多半还是不会接他的电话。

等理智重新回归之后，连她自己都在想，之前把什么都怪在他的身上是否太过分了？但是也说不清楚现在要怎么办。

离婚的话，嘴上喊喊倒是容易，可是真的要离婚却不容易。光是两家的长辈们，都不会松口同意的。况且叶临西其实还挺喜欢傅家的长辈们，因为她的爷爷奶奶过世得早，所以虽然偶尔被他的奶奶念叨生孩子，也不会觉得烦，甚至还觉得老人家念念叨叨很可爱。

就这么一个人在姜立夏家过了三四天后，这天下午五点左右，叶临西终于舍得下楼。

其实她也没什么想买的，出门也就是随便逛逛。毕竟现在手机太过方便，只要在APP（应用程序）上下订单，不管什么基本能一个小时内送货上门。

这个小区附近正好有个小公园，因为天气很舒服，公园里很是热闹，不仅有很多在玩儿滑板车的孩子，还有坐在一起下棋的老人，在不远处的湖边还有穿着白色婚纱的新娘。

这么缓慢悠闲的生活节奏，叶临西还真的很少体会。

秋天里的白日明显变短，才五点而已，远处的天空已经有一圈儿昏黄的光线出现，大团大团的云朵被染上一层薄薄的黄晕，整座城市像是要进入夜幕之中。

她双手插兜，慢悠悠地晃到树荫底下站着。她这个人实在是娇气了点儿，恨不得一丝光都不要晒到皮肤上。

在公园的小广场上，孩子们的滑板车疯狂地滑来滑去，两边的轮子闪着七彩的光芒飞速地转动，不时穿梭着，孩子们还发出清脆的欢笑声。

叶临西看了一会儿，就收回视线看别的地方。

也不知过了多久，时间慢慢地过去，叶临西也看得差不多了，准备往回走，却听到小广场上传来哭声，循声看过去时却一下子怔住了。

在小广场上有个小女孩骑着滑板车摔倒在地，此时正趴在地上哭。而路过她身边穿着浅灰色风衣的傅锦衡停下脚步，缓缓地弯腰将她抱了起来，半蹲在小女孩的面前，似乎在温柔地哄她。

这画面，像极了文艺电影里才有的画面。

夕阳的余晖浅浅地笼罩着这个小广场，穿着粉色裙子的小女孩原本哭得正大声，却被一双温暖的手轻轻地抱了起来。就连傅锦衡从兜里掏出的帕子都有一种在胶片老电影里才会出现的道具的感觉，衬得他像极了从旧时代里走出来的贵族。

叶临西安静地看着傅锦衡把小女孩哄好，又见他把小女孩交给随后赶来的小女孩的奶奶。

那位奶奶牵着小女孩的手，似乎是让她说谢谢。

待小女孩挥手离开后，傅锦衡转头看了过来。

隔着这么远，叶临西与他的视线对上，恍惚间，叶临西有种回归旧日时光的感觉，面前的傅锦衡明明身姿挺拔得已是成年后的模样，却仿佛看到曾经年少时的那个锦衡哥哥。

那个曾经让她心动的温柔少年，哪怕这么多年过去了，那些温柔已刻入他的骨髓里，只是他轻易不让人看见罢了。

傅锦衡往她的身边走去，还未到跟前，已先开口喊她的名字："临西。"

不远处，一个小朋友的妈妈正用力地喊道："正正，回家吃饭了！"

他仿佛也是来接玩儿到舍不得回家的孩子。

叶临西朝他走过去，问道："你什么时候回来的？"

"今天下午的飞机。"傅锦衡垂眸看着她的脸，突然又笑了一下。

叶临西被他笑得有点儿莫名其妙，忍不住问："你笑什么？"

傅锦衡站在她的面前，低头又看了她几眼，柔声地说："好几天没看见你了。"

其实他手机里存着叶临西的照片，可是照片总是不一样的，眼前的她是鲜活的，一颦一笑都是让他喜欢的模样。

突然，傅锦衡因为心中的念头怔了一下。

叶临西明白他应该是一下飞机就赶过来的，于是有些不自在地说道："那你怎么不先回家休息？"

"晚上想吃什么？"傅锦衡没回答这个问题，而是问了另外一个问题。

叶临西倒是想直接拒绝他，可是一想到他刚下飞机就赶过来，好像此时拒绝他的话就显得太过冷漠无情，望着街对面红色广告牌上的"火锅"两个字，说道："火锅吧。"

他们两个人吃饭都是走高雅路线，很少一起吃这种接地气的东西，毕竟吃火锅很容易被辣得流鼻涕流眼泪。

"你想吃这家？"傅锦衡顺着她的视线看向对面。

叶临西摇头，答道："当然不是。"

见傅锦衡拿出手机，叶临西立即问道："你不会又要打电话问秦周哪家火锅店的火锅好吃吧？"

傅锦衡闻言手指微顿，低头看着她笑了一下，说道："不是，我打算上网搜一下。"说完却悄悄地退出了最近通话的页面，然后慢条斯理地说道，"毕竟是要带你去吃饭的地方，怎么能什么都问他？"

叶临西也不是不让他场外求助，但因为他每次都让助理准备各种事情，就会怀疑自己到底是他的老婆还是秦周的老婆。

"你再使唤秦周下去，他连交女朋友的时间都没有了吧？"叶临西忍不住有些同情秦周。

傅锦衡说："他不需要。"

叶临西吃惊地看向他，问道："秦周已经有女朋友了？"

傅锦衡很认真地说道："他还年轻，现在应该以工作为主。"

叶临西顿时无言以对，算是认识了什么才是真正的资本主义吸血鬼老板。

因为小区离这里不远，两个人也就没坐车，一路走了回去。

叶临西突然想起一件事，问道："你怎么知道我在公园的？"

"秘密。"他语气懒散地说道。

叶临西转头望着他，却见他一脸笑意、丝毫没有心虚的感觉。

两个人走到一个拐角时，遇到一个卖花的老婆婆，见她佝偻着腰正在向来往的行人推销自己的花。

她手里的花都是花苞，上面覆着一层廉价的塑料网，品种也很普通。行人大多匆匆走过，并没有人买花。

叶临西看了一眼，觉得这花就连她家阿姨都不会买回去摆在桌子上的。

"小伙子，给你的女朋友买一朵吧！"

傅锦衡停下脚步。

叶临西察觉他的意图，却没有阻止。

傅锦衡看了一眼老婆婆手里的花，开口说："老婆婆，她不是我的女朋友。"

老婆婆虽然年纪大，耳朵却不聋，有些吃惊地抬头，似乎觉得这么般配的两个人怎么能不是一对呢？

他勾起嘴角，笑着说道："她是我的老婆。"

老婆婆布满皱纹的脸立即布满了笑意，她眉眼弯弯地说道："难怪你们这么般配，你老婆长得真好看。"

听到这里，傅锦衡转头看向叶临西，嘴角微微上弯，说道："嗯，我也觉得。"然后掏钱买下了老婆婆所有的花。

老婆婆似乎知道他只是单纯的好心，不由得多说了几句："现在娶老婆可不容易了，这么漂亮的老婆，一定要好好珍惜。"

叶临西有点儿看不下去了，觉得傅锦衡跟变了个人似的，完全没想到堂堂总裁居然能跟街头卖花的老婆婆拉起了家常。

就在叶临西伸手准备把他拉走时，傅锦衡突然伸手握住她的手掌，认真地看着她说道："嗯，娶个老婆真的不容易，我们会白头偕老的。"

叶临西盯着他，企图用眼神警告他不要太得寸进尺，今天还没打算原谅他呢。

他还说什么白头偕老？想得美呢！

可老婆婆笑眯眯地望着他们，脸上一副满足的表情。

对方明明只是一个路边卖花的老婆婆，叶临西居然一下心软了，好像真的不想让她失望似的，匆匆地点头，然后直接拉着傅锦衡走了。

她拉着傅锦衡离开后走了好远，才终于停住脚步松开手，开始不停地教训道："你知道你刚才那叫什么行为吗？道德绑架！你别企图用这种小手段就让我心软。我可不会因为这点儿小恩小惠就原谅你之前的恶劣行径。"

"你想太多了。"傅锦衡伸手揉了一下她的头发，试图让她从炸毛状态下恢复过来。

叶临西瞪他一眼，意思是他居然还敢说她想太多了？

傅锦衡幽幽地说道："这么矜贵的小玫瑰，怎么能只哄一次？"

明明是很羞耻的话，可是他说出来却是理所当然。这该死的满足感是怎么回事？

叶临西怕脸上的表情泄露心底真实的想法，赶紧转身就往家里走，直到听到身后跟上来的脚步声。

夕阳西下，将两个人的身影拉成长长的黑影。

两个人慢慢地往回走，最后叶临西主动提议道："要不我们在家里吃火锅吧？"

"家里吗？"

叶临西见他重复了一遍，立即强调："我是不想出门，出门还要化妆和换衣服。"

她刚才出门只涂了防晒霜，本来是觉得反正周围没人认识她，偶尔朴素一下也没关系，偏偏被他撞上了。对于一向精致的叶临西来说，被他撞见自己没事在小公园里溜达，这显得她也太无所事事了。

傅锦衡颔首道："那就在家里吃吧，我来准备。"

"啊？"叶临西吃惊地望着他。

傅锦衡显然心情不错，笑着说道："吃火锅不是要买食材吗？"然后看了一眼旁边，说道，"这附近应该有超市吧？"

叶临西这下真的感受到了他的努力。

一个时间恨不得劈成两半用的霸道总裁，居然为了她要去超市买吃火锅的食材，她怀疑他这辈子进超市的次数可以用一只手来数。

在半是感动半是无奈之下，她主动说："还是算了，咱们在家叫外卖吧。"

两个人上楼回家了，叶临西拿出手机准备点东西。

"还是我来点吧。"傅锦衡居高临下地将她的手机捏住，随后轻轻地把手机从她的手里拿了出去。

叶临西一脸无奈地看着他，仿佛在说：你点就点吧，抢我的手机干吗？

傅锦衡像是故意似的，在她的脸颊上捏了一下，低声说："我怕你抢了我付钱的机会。"

叶临西更加无语了，大声地说道："我要吃海底捞。"

其实她还想吃更贵的火锅，最起码要吃人均一千元起步的那种，只可惜人家不送。

随后叶临西看着他，故意地说道："你这是进步了吗？之前可是连付款码都没有。"

这件事足够叶临西嘲笑到他的孙子都能上学的时候。

说起来傅锦衡也是年轻人，居然连付款码都没有，说出去只怕别人都震惊了。毕竟这年头，连卖花的老婆婆身上都挂着一个收款的二维码。

傅锦衡捏了捏眉心，声音不紧不慢地说道："我只是很少用到而已。"

"老土。"叶临西毫不客气地嘲笑道。

谁知傅锦衡也只是抬头看了她一眼，没再说什么。

叶临西现在完全占据上风，见他都不还嘴，也就没了乘胜追击的心思。

傅锦衡点了东西后，又让叶临西看了一眼。

叶临西挑挑拣拣半天，发现他点的好像都是自己喜欢吃的，也就默默地闭嘴了。

"这几天都没上班吗？"傅锦衡主动问道。

叶临西窝在沙发上的角落里，闲闲地看了他一眼，说道："被开除了。"

傅锦衡的脸色未变，他只是侧着脸，将视线落在她的身上，说道："那是他们的损失。"

叶临西算是满意地哼了一声。

好在海底捞的外卖送得还算及时，不到一个小时就到了。当门铃响起时，傅锦衡正在打电话，叶临西主动过去开门，打开门才发现敲门的并不是海底捞的外卖员。

对方的手里捧着一束香槟玫瑰，他看见叶临西便很客气地将花递了过去，说道："请问是叶小姐吗？这是你订的玫瑰花。"

对方离开后，叶临西捧着花回到客厅。

她当然没有给自己订花，所以猜到了应该是他，然后抬头看着正站在客厅窗边打电话的傅锦衡，见他挂了电话朝这边走过来，才开口问道："你订的花？"

"嗯。"傅锦衡语气淡然地点点头，仿佛送花只是一个稀松平常的举动，并不需要过分夸赞。

当然，叶临西也没打算夸他。

傅锦衡看了一眼周围，说道："去找个花瓶吧，花需要插起来。"

这是姜立夏的家，叶临西把花递给他拿着，然后去找花瓶。好在姜立夏还是一个有点儿文艺气息的姑娘，叶临西还真的在柜子里找到两只好看的玻璃花瓶。

花瓶应该是姜立夏刚搬进来时买的，时间长了，上面落了一层灰。

叶临西将花瓶拿到厨房里洗了一下，找了一块干净的抹布擦干净，又往花瓶里放了点儿水，这才把花瓶拿出来。

叶临西重新从傅锦衡的手里接过花，没有拆开最外层的包装，而是一枝一枝地将花抽出来插在花瓶里。

但遗憾的是，叶临西还真的没学过精致女人的必修课程——插花这门技艺。

叶临西一边插花一边随口问道："怎么突然想起来买花了？"

这种随手就来的小浪漫显然不是平时的傅锦衡会做的。

傅锦衡看了她一眼，声音平淡地说道："专家说，家里摆着鲜花，有助于保持心情愉悦。"

叶临西挑眉，心想：这是哪门子的专家说的。

只是她还没将反驳的话说出口，就见傅锦衡伸手从她怀里的花束里拿起一枝花，然后便看到他轻轻地把花插进玻璃瓶里。

他微抬眼睑，目光落在她的脸上。他看着她，声音低沉地说道："况且玫瑰这么漂亮，"他顿了片刻后，才又继续说道，"光是看着也会让人开心。"

他的声音明明那样清冷，可是他说的话却似透着蛊惑。

叶临西之前一直觉得他是阴阳怪气的神，还赐给他一个"意有所指十级专家"的封号，每每跟他说话都能被气得哑口无言，恨不得跟他同归于尽。

可是现在，这个臭男人居然变了！

他说的不只是她怀里的这束香槟玫瑰吧？他说的是她这朵小玫瑰吧？

"玫瑰这么漂亮，光是看着也会让人开心。"

叶临西一想到这句话，就忍不住心花怒放。

显然，成功报名了玫瑰花养护专业课程班的臭男人在这么多天之后，终于得到了叶临西的好脸色。

她把两个花瓶都清理出来，将其中一个摆在餐厅的桌子上，将另一个摆在客厅的茶几上。

娇艳欲滴的香槟玫瑰含苞待放，房间里仿佛也被染上了一缕玫瑰的清香。

很快，海底捞的外卖也被送了过来。工作人员弄好了锅底，摆好了食材，这才离开。

叶临西看着傅锦衡，问道："你要喝酒吗？"

傅锦衡也抬眼看着她，说道："你确定？"

"算了。"

叶临西想起之前因为醉酒干出来的荒唐事，觉得短时间内还是不要在他的面前喝酒好了，免得喝完后对他做出什么不可饶恕的事情。

可是她刚一说完，傅锦衡就随意地说道："如果你想喝，我可以陪你。"

叶临西立即摇头，脑袋如同拨浪鼓一般，拒绝道："我也不是很想。"

看着锅里的汤很快进入沸腾的状态，叶临西抬头看向傅锦衡，问道："你有没有什么不吃的？我可以在最后放。"

"没关系。"

叶临西很少跟他一起吃火锅，也实在不懂他的口味，便充分展现了自己的善良和贴心，问道："鸭肠呢？"

"不太吃。"

好，这个她在后面放。

随后她又问了几样，结果得到的回答都是否定，想起刚才他在 APP 上的菜单里点了一大堆，便再次盯着他问道："那刚才你还点了那么多？"

傅锦衡淡然地说道："不是你喜欢吃的吗？"

叶临西本来还想生气，此刻听到他这么说，心里刚生出的小情绪一下子就散去了，说道："你是不是不太喜欢吃火锅？"

终于，傅锦衡揉了揉眉心，低声说："也不是不喜欢。"他说完抬眸看了叶临西一眼，轻轻地扬起眉梢，继续说道，"主要是看跟谁一起吃。"

叶临西眨了一下眼，心里倒吸一口气。

他这是明示吧？他跟别人吃火锅不可以，他只有跟她才愿意？

臭男人突如其来的告白再次直接砸中叶临西。

其实傅锦衡并不是故意哄她，而是他确实不太喜欢吃火锅。

他为人挑剔又有洁癖，还记得上大学时留学生们特别喜欢聚在一起吃火锅。而他就属于那种被邀请十次十次都会推了的人，哪怕他跟叶屿深他们关系那么好，都很少跟他们一起吃火锅。

大家说他挑剔也好，说他不好相处也罢，本来他就不是为了迎合别人而委屈自己的人。

只是突然间，他好像又找到了那个他愿意迎合的人。

叶临西大概猜到了他的臭毛病，指了指旁边的筷子，说："那我用公筷吃吧。"她心里想的却是：平时你亲我时，也没见你嫌弃啊！

傅锦衡淡淡地说道："真不用。"

"真的不用吗？"叶临西哼了一下，于是用筷子夹了一块肥牛在锅里烫了一下，烫熟后直接夹到他的嘴边，说，"那你张嘴。"

对于这种爱口是心非的人，叶临西还真不打算惯着他的臭毛病。

结果，她刚说完张嘴，傅锦衡直接将她的筷子含进嘴里，慢悠悠地把那块肥牛吃完，然后看向叶临西，说了一句："好吃。"

一顿火锅吃完，房间里弥漫着海底捞的味道。叶临西打电话让外卖员过来回收餐具，紧接着又打开窗户。

虽然他们在家吃火锅确实比较快乐，但是这味道也是让人绝望。

"要不下去逛逛？"傅锦衡见她满脸嫌弃的样子，便征询地问道。

叶临西点头同意，然后两个人一起下楼。

小区是在市中心，周围很热闹，对面一条街就有很多店铺，有卖水果的、卖零食的，还有小餐厅。

他们没什么说话的欲望，便顺着小区的小路慢慢地往前走，也没什么目的，就是闲逛。

他们这么安静地走着好像也很舒适，特别是晚风带着些许清凉，吹拂着她的长发。

这个小区也挺高档的，最起码小区绿化就做得很不错。

"在这里住得习惯吗？"傅锦衡突然问道。

叶临西伸手撩了撩长发，回道："挺习惯的。"

她没说出的后半句是她已经习惯得乐不思蜀了。

原本她还以为傅锦衡会说让她回家的话，却没想到他在听到她的回答后彻底安静下来。

他到底还想不想让她回家了？叶临西默不作声地在心里吐槽。

但很显然的是，傅锦衡并没有感受到她的吐槽。

两个人沿着小区转悠了一圈儿，他比蚌壳还紧的嘴巴愣是没再提一句关于回家的话。

叶临西气极了，心想：下次你得跪键盘才能把我请回去。

深秋夜色渐凉，叶临西刚才吃火锅时感觉很热，下楼时只穿了一件薄毛衣，经风这么一吹，竟忍不住打了个喷嚏。

傅锦衡停住脚步，很快脱了身上的外套。

叶临西站在原地，等着他把外套给自己披上。

只是傅锦衡把外套披在她的肩上时，并没有立即收回手掌，而是轻轻地握着外套的两侧，将叶临西朝他的方向拉。

耳边是夜晚温柔绵长的风声，她的目光正好落在他的喉结上，她看见那里轻滚了一下，随着跟他的距离越来越近，也感受到傅锦衡身上的气息越发浓烈。

叶临西猛地意识到这个动作像是一个前调，抬头就撞上他的视线。

下一秒，两个人之间的气息似乎就要交缠起来。

"喵！"

伴随着一声凄厉又绵长的叫声，一只猫从叶临西的脚边窜了过去。叶临西被吓得跟着尖叫起来，直接主动地撞进傅锦衡的怀里，双手紧紧地搂着他的腰。

傅锦衡感觉到她趴在自己怀里时浑身都在轻颤，便伸手在她的后背上轻抚，安慰道："没事，就是只野猫而已。"

"姜立夏买的什么破小区？怎么还有野猫呢？"叶临西委屈又生气地说道，只是话音刚落，就听后面传来一个略有些诧异的声音。

"临西。"

令人最尴尬的大概永远都是在背后说别人坏话的时候被撞上吧！

比如，叶临西刚吐槽完姜立夏买的小区，就正好被刚从剧组回家的姜立夏撞上。

回到家后，姜立夏嗅着空气中还未彻底散去的火锅味道，问道："你们吃海底捞了？"

"嗯。"叶临西也觉得心虚，毕竟弄得满屋子都是味儿。

突然，姜立夏看了她一眼，阴阳怪气地说道："亏我还担心你一个人在家里吃不好、睡不好。"然后她幽幽地叹了一口气，继续说道，"看来我白担心了，某人不仅有海底捞吃，还有大帅哥陪着花前月下。不像我，顶着制作人的冷眼请了假回家，还要被人嫌弃自己买房子的小区太破了。"

叶临西在姜立夏的面前一向理直气壮，这还是第一次有了心虚的感觉。

很快，姜立夏慢悠悠地拿出手机，说道："算了，我还是先点个外卖吧。没有海底捞，我吃个麻辣烫行吧？"

叶临西立即举手说道："我来点，你想吃什么，我都给你点。"她刚点完东西，一抬头就看见姜立夏审判般的眼神。

姜立夏见她终于看向自己，立即问："你是不是跟你老公和好了？"

叶临西摸了摸耳朵，表情透着一点儿不自在，心虚地说道："没有啊。"

姜立夏把手机举到她的面前，说道："你看看你脸上心虚的表情，还好意思说没有？"

"本来就没有，我要是跟他和好，现在不是应该跟他回家吗？还跟你回家干吗？"

逻辑鬼才叶临西轻而易举地成功迷惑了姜立夏。

但是姜立夏不放弃，继续追问道："那你们今晚又是火锅又是月下散步，什么意思？"

"就……"叶临西想了一下，用了一个准确的句子，说道，"他在哄我啊。"

姜立夏震惊地看着她，说道："你说傅总在哄你？"

"哄"这个字跟傅锦衡联系在一起，姜立夏真的有点儿想不到。

叶临西看她满脸不信的模样，有点儿恼火，心想：我看起来是那种爱吹嘘的人吗？

随后，她指了指旁边茶几上放着的花瓶，说道："看到没？他给我买的花。"说到这里，她还忍不住用手指勾了勾长发，一边勾还一边冲着姜立夏眨眼继续说道，"他说了，家里要经常摆着花。

"因为玫瑰这么漂亮，光是看着都会让人觉得开心。"

此刻姜立夏的心里只有一个想法：我今晚为什么要回家？

为了庆祝姜立夏暂时能从剧组解脱出来一天，叶临西把柯棠也叫了过来，因为这几天没去律师事务所，也没跟柯棠见面。

柯棠一到姜立夏的家里，就开始参观房间，然后叹气道："我现在才发现，原来我们三个人中，我真的是最穷的那个。"

虽然柯棠知道姜立夏卖了不少版权，但是因为身边还有一个过于夸张的叶临西，倒也没什么太大的感觉，但现在看人家姜立夏二十五岁就在北安买了一套大房子，心酸之情溢于言表，此时痛心疾首地说道："我现在改行还来得及吗？"

叶临西拍了一下她的肩膀，说道："你不是还说要以你们顾 par 为目标吗？"

顾 par 是珺问的中级合伙人，也从事家事领域。

同样作为女性律师，柯棠一直以她为目标。

柯棠瘫在沙发上，哀号说："可我们顾 par 也是三十多岁才当上合伙人的，我岂不是要再等好多年？"

"那你快了！"姜立夏插话道。

见柯棠眼神犀利，姜立夏立即指着叶临西，说道："要不你抱一下临西大腿，让她给你介绍个什么天价离婚案？"

叶临西无端被点名，一时有些无语。

柯棠两眼放光地看着叶临西，问道："临西，你们圈子里最近有这种案子吗？"

叶临西犹豫间就看见姜立夏一脸看好戏的表情，想起自己昨晚嘴硬说过他们还没和好，于是点头说："确实有这么一个。"话音刚落，她就眼看着柯棠一副摩拳擦掌的样子，赶紧补充说，"不过女方还在考虑。"

"考虑什么呀？都闹到要离婚的程度了，还有什么可考虑的？"

"离婚，分钱。"

柯律师的职业素养在这一刻被发挥得淋漓尽致。

姜立夏再也忍不住，把脸埋在抱枕里吭哧吭哧地笑了起来。

柯棠见她笑成这样，好奇地问道："我说错了吗？"

"你再问问她，要离婚的那个人是谁？"姜立夏此时一肚子坏水，坏笑着说道。

叶临西瞪了姜立夏一眼，最后不得不承认："对呀，就是我。是我之前说要离婚，怎么了？"

柯棠只知道叶临西这几天不开心又请了假，还真的不知道她要闹到离婚的地步，震惊地说："我还以为你是因为项目的事情不开心，你什么时候跟你老公吵架了？"

"你怎么知道我是因为项目？"

柯棠一脸无奈地说道："我怕你不开心就没跟你说。这几天你们团队那个江嘉琪别提有多春风得意了，到处跟别人暗示是你搞砸了项目，还说你们宁 par 打算开除你呢。"

叶临西目瞪口呆地望着她。

柯棠无奈地摊手，说道："你看吧，我就知道你听了肯定不开心。"随后她又问叶临西吵架闹离婚是什么情况。

听姜立夏把前因后果说了一遍后，柯棠目瞪口呆，说道："所以，这次项目是你老公的原因，你们才会失败的？"

叶临西无力地点头。

"虽然想想是很生气，不过商场嘛，也难免的。"柯棠安慰道。

叶临西望着她，说道："要是你男朋友跟你接了同一个离婚官司，还在法庭上把你打得落花流水，你会怎么办？"

柯棠光是想想就火冒三丈，咬牙切齿地说道："我大概会先在家里打得他落花流水吧！"

于是，三个人一边等着海底捞外卖，一边聊天，直到听见外面门铃声响起。

坐在最靠门边位子的柯棠立即起身去开门，开门后就突然安静了下来。

"怎么了？"姜立夏对外面突然没动静感到奇怪。

叶临西则摇了摇头。

片刻后，柯棠的声音响起："临西，你过来一下。"

叶临西听到柯棠叫自己，虽然好奇，却还是穿上拖鞋往门口走，只是在看到门口站着的男人后突然尖叫了一声，说道："你什么时候回国的？"然后她上前抱住叶屿深。

自从他去美国参加叶临西的典礼后，两个人又是好几个月没见面。叶临西突然看见他，一时开心得不得了。

叶屿深抱了她一下，说道："昨晚刚到。"

"昨晚回来居然不给我打电话？"

"本来想今天去你家给你一个惊喜，"叶屿深眼神落在她的身上，语气懒散地说道，"没想到是你给我惊喜了。"

叶临西知道他说的是自己离家出走的事情，也不管这些，直接抱着他的胳膊说："傅锦衡惹我生气了，你必须站在我这边。"

见叶屿深毫不犹豫地点头，叶临西开心地笑了起来。

叶屿深却没头没脑地了了一句："我帮你联系国内最好的律师。"

他联系律师干吗？叶临西觉得有些奇怪。

还没等叶临西开口，叶屿深就继续说道："跟他离婚！"他一边说还一边温柔地在她的脸上轻捏了一下，说，"我的妹妹才不受姓傅的一点儿委屈。"

叶临西更加无语了，心想：我的亲哥哥倒也不必如此刚烈。

叶屿深当了叶临西二十多年的亲哥哥，基本上看叶临西的眼珠子转转，就知道她在打什么鬼主意，此时见她不说话，已然知道了她的心思，于是慢条斯理地说道："没出息，你也就是敢嘴上喊喊离婚。"

今天他去了云栖公馆，本来是想在那边等着叶临西下班，反正也刚回国还在休息，不用去公司，结果刚到那边就看见傅家阿姨欲言又止的样子。

没过多久，他就从阿姨的嘴里得知叶临西已经离家出走一个多星期了。

之前两个人在家里大吵了一架，叶临西就趁机离家出走了。

叶屿深让人查了查叶临西住在哪家酒店，结果全市都没有找到，后来大概就猜到了。

毕竟她的朋友少，能算得上真闺密的也就姜立夏一个人。

叶临西听到他说的那句话，当即翻了脸："你说谁呢？"然后她用手指戳着他的胸口，有些不开心地说道，"你到底是谁的亲哥哥？站在哪边？"

"我当然是你的亲哥哥，站在你这边。我这不是让你跟姓傅的立即离婚嘛。"叶屿深观察她的表情，神色懒散地继续说道，"你不是跟他吵架，离家出走了吗？"

叶临西憋了半晌，也说不出个所以然来。

两个人站在门口，而里面的两个姑娘正面面相觑。

还是柯棠主动开口，说道："这是临西的亲哥哥？"

"帅吧？"姜立夏感慨道："我一直觉得她哥哥帅得跟傅总不相上下。"下一秒她又压低声音说道，"但是这话你千万别在临西的面前说。"

"为什么？"

"因为她会觉得你在侮辱她的审美。"

见柯棠一脸无奈，姜立夏赶紧解释道："你说一个大帅哥天天摆在你的面前，还看了二十多年，你还会有感觉吗？"

柯棠沉默半晌后才说："那还是有的。"

门口的两个人已经进来了，叶临西嫌弃地说道："你换鞋子啊，拖地是很费事的。"

"你还会拖地？"叶屿深语带讥讽地说道。

叶临西深吸了一口气，笑容甜美地说道："我们夏夏拖地也很辛苦的。"

姜立夏赶紧走过去，笑着说道："不用换鞋，没事。"

叶临西瞪她一眼，说道："你闭嘴。"

姜立夏赶紧乖乖闭嘴。

兄妹战争，闲人免近。

他们站在门口正要关门，就见外面电梯门开了，原来是海底捞的外卖小哥到了。

"你们点了火锅？"叶屿深有些好笑地问道。

叶临西瞥了他一眼，说道："算你走运。"

叶屿深伸手在她的头发上用力地揉了揉，声音中透着笑意，说道："本来还想带你去吃饭，结果你就吃这？"

一句话成功地让在场的三个姑娘朝他看过去。

叶临西瞪了他一眼，说道："那你待会儿就坐在旁边看着我们吃好了。"

叶屿深赶紧笑着说道："是我的错。"

看在他这么果断认错的分上，叶临西还是让他坐了下来。

姜立夏之前见过叶屿深几次，但跟他也不是很熟悉，对他的印象顶多就是自家姐妹那个帅到令人腿软的亲哥哥。

至于一向能说会道的柯律师，此时俨然成了温柔贤惠的大家闺秀。

外卖小哥摆好东西后就离开了，大家开始涮火锅，在餐桌上也没那么多食不言的讲究，大家一边吃东西一边聊天。

叶屿深看向姜立夏，神色温和地说："你最近跟临西住在一起，辛苦了。"

本来正在涮肉的叶临西猛地转头，很无奈地说道："什么叫辛苦了？立夏不知道多喜欢跟我一起住呢！对吧，立夏？"她说完还直勾勾地盯着姜立夏，似乎只要听到姜立夏说一个"不"字，就能当场表演一个狂暴玫瑰的现实版。

姜立夏赶紧表示肯定，回道："当然不辛苦，我平时一个人住的时候特别孤单，能有临西来陪我，我真的别提有多开心了。"

当然，这位大小姐能要求少点儿，她就会更开心。

听着姜立夏如同被赶鸭子上架的宣言，叶屿深露出一个意味深长的微笑。

叶临西气得在桌子底下狠狠地踢了他一脚。

可是叶屿深早就防着她这一手，知道这妹妹对亲哥哥下手从来都是心狠手辣。

结果，叶临西不仅没踢到他，反而自己崴了脚，顿时疼得倒吸一口凉气，眼泪都快掉下来了。

就在她刚要张开嘴巴要指责他时，叶屿深赶紧夹了一块肥牛堵住了她的嘴巴。

吃完火锅后，眼看着这兄妹俩要单独聊天，姜立夏和柯棠便借着出去买东西的理由，把空间让给他们。

叶屿深喝着茶水，转头看着叶临西，说道："去收拾东西吧。"

叶临西一时没明白他在说什么。

"你还真打算在人家的家里长住了？"叶屿深没忍住，抬手在她的脑门儿上轻弹了一下，说，"你自己没有家吗？"

叶临西怒瞪他一眼，说道："大美女的脑袋也是你随便碰的吗？"

"大美女吗？"叶屿深像是第一次听到这几个字似的，还特地在叶临西的脸上仔细打量了好几眼，这才慢悠悠地说道，"这个'大'字有点儿夸张了，也就勉强算个美女吧。"

叶临西被他气笑了，此时恨不得掰着叶屿深的脑袋让他仔细看看自己。

对着这么一张绝美的脸，他不是应该大喊一声"仙女"吗？

叶屿深哄她："好了，好了，我逗你的。"

"大美女，你现在能去收拾你的行李了吗？"

"不要，"叶临西拒绝道，"我不想回家。"

叶屿深知道她不会轻易被说服，声音温和了几分，继续说："人家立夏也有自己的工作，又要工作又要照顾你。"

叶临西坚决不为之所动，回道："我们两个住得很开心。"

"叶临西。"终于，叶屿深没了耐性，连名带姓地喊她。

叶临西丝毫没被吓到。

他还以为叶临西是个高中生呢？他甚至还以为叶临西只要被他这么喊名字，就会被吓得赶紧求饶？

"我回家的话，爸爸不就知道我们吵架的事情了吗？如果爸爸知道了，到时候傅家的长辈们不也就知道了吗？我不想让长辈们担心。"

叶临西心里在想：看看，这么体贴又懂事的媳妇，傅锦衡这个臭男人居然还不知道珍惜！

叶屿深好笑地看着她，说道："这个架你打算吵到什么时候？"

"看傅锦衡的表现吧。"叶临西不紧不慢地说道。

叶屿深说道："哦，所以你只是使使性子，不是真的要离婚。"

叶临西这个时候当然还是死要面子嘴硬，强撑着说："我还在考虑当中。"

见她坚持不回去，叶屿深也不能把她扛走，临走时突然想起来一件事，问道："你最近见过妈妈吗？"

提到这件事，叶临西有些不自在。

就在她往旁边瞥时，叶屿深说道："你们吵架了？"

人们都说女儿是妈妈的小棉袄，叶临西显然不是。

叶屿深继续说道："她之前给我打电话，说你对她有点儿误会。"

"什么误会？"叶临西有些不太开心，本来她也不是会掩盖自己不开心的人，于是干脆说道，"之前她打电话约我和傅锦衡一起吃饭，结果又带了一个外人，还一直让傅锦衡给那个人找赞助拍纪录片。"

对于这件事，叶屿深也有所了解。

或许因为他是儿子，对沈明欢的依赖感并不强烈，因此对她的期待也不高，母子俩还能保持一个相对平和稳定的关系。

在叶临西很小的时候，沈明欢就跟叶栋离婚了。小女孩心思细腻，会更渴求母亲的关注和爱，在得不到回应时，难免会伤心难过，因此跟沈明欢的关系更冷淡点儿。

"你不会是来劝我跟她多见面的吧？"叶临西狐疑地看着他，问道。

叶屿深悠悠地说道："我是那么爱管闲事的人吗？"

这话也对，只是让人听着觉得怪怪的。

随后，叶屿深将手里的水杯放下，转头看着她，明明知道她已经是结了婚的人，可偶尔还是觉得她像没长大似的，便伸手在她的脸颊上捏了一下，慢条斯理地说道："如果和妈妈见面实在令你不开心，那就按照你自己的想法来。"

"少见她也可以？"叶临西看着他说道。

叶屿深的声音很平静，他淡淡地说道："父母和子女之间的缘分就是这样，并不是所有的父母和子女都能保持亲密的关系，有时候疏远点儿反而有利于彼此之间保持最后的体面。"

这样的关系往往至亲至疏，有时候过分频繁的接触反而会伤害到彼此。

叶临西安静地听着他说的话，许久没有开口。

或许，在他心里一直就有这样的想法，他才能跟沈明欢那样和平地相处吧！

晚上魏彻他们知道了叶屿深回国的消息，立即打电话约叶屿深出来。

傅锦衡直到十点多才过来，显然是刚从上一场应酬中赶过来的。

包间里的几个人已经喝起来了，好在他们没叫什么乱七八糟的人，几个人就是单纯地聊天，魏彻正在说他生日会的计划。

"哥们儿三十大寿，怎么都得大办一下吧？"魏彻大言不惭地说道，"毕竟人这一辈子就一个三十岁。"

陆遇辰调侃道："去年你二十九的时候也是这么说的。"

魏彻有些急了，解释道："二十九岁能跟三十岁比吗？三十而立！知道不？"

一旁的叶屿深轻嗤一声："是该立了，回头你爸妈直接塞一个姑娘给你，让你成家立业，彻底立起来。"

这话跟诅咒似的，特别是对于一个自觉年轻有为还不想被家庭困住的人。

"那可不行，我绝对不会结婚的，"魏彻摆摆手说道，"哪怕是结婚，我也绝对不会接受我爸妈的安排。特别是看了衡哥结婚后，更坚定了我单身的决心。"

魏彻说这句话时，正好赶上傅锦衡推门进来。

叶屿深从水果盘里捡起一颗圣女果，直接扔在魏彻的头上，说道："你什么意思？"

"没什么……没什么。"魏彻这才发现自己一时嘴快，全然没注意到人家大舅哥还在这儿呢，之前还笑话陆遇辰嘴上没把门儿的，结果自己反而翻车了。

叶屿深冷哼道："你给叶临西提裙子，她都得嫌你长得丑。"

魏彻一时有些愣住，但也确实没办法反驳。

陆遇辰在旁边笑得特别开心，自从经过上次的教训之后，他把嘴巴闭得牢牢的。

"深哥哥，我真不是这个意思，"魏彻说，"我绝对没有贬低我们西西的意思，只不过吧，咱们临西花钱这速度实在是太夸张，我要是也娶一个回家，怕自己供不起啊。"

叶屿深冷眼说道："就你也配？"

待傅锦衡坐下后，叶屿深主动端起酒杯跟他的杯子碰了一下，说道："恭喜了！"

"恭喜什么？"傅锦衡把杯子端起来，问道。

叶屿深意味深长地说道："恭喜你即将离婚，也恭喜你即将跟我恢复纯洁的兄弟关系！"

他的内心还有一句未说出的话：恭喜我们再也没有什么乱七八糟的大舅哥和妹夫的关系。

傅锦衡喝了一口酒，漫不经心地说："那你要失望了，这辈子你都会是我的大舅哥。"

见对方没有回应，傅锦衡突然转头看去，表情很认真地说道："屿深。"

叶屿深也安静地看着他。

片刻后，傅锦衡用一种略显微妙但又有些无奈的眼神看了他几眼后，淡声地问道："你是暗恋我吗？"

身为当事人的叶屿深差点儿被呛到，旁边正好喝了一口酒的陆遇辰直接喷了出来。

魏彻一边骂骂咧咧，一边震惊地看着傅锦衡和叶屿深。

这到底是什么情况？他们正在上演狗血的家庭伦理剧？

傅锦衡慢条斯理地说道："要不然你一直盼着我跟临西离婚干什么？"

叶屿深一时还真是有口说不清了，沉默了片刻后才说："老子是暗恋你……"

本来他是想骂句脏话的，可是一想到他妈是南漪，话到嘴边就没说出来。

其实不仅叶临西喜欢南漪，以前叶屿深去傅家的时候，也能感受到南漪对他的照顾。相较于自己破碎的家庭，傅锦衡的家庭是相当完满的，像他们这种单亲家庭的孩子很难不喜欢傅家那样的氛围。

傅锦衡一副了然的表情，他说道："难怪。"

难怪？难怪什么？他还是人吗？

叶屿深头一回发现这人现在居然这么无耻，没想到他竟然敢这样对自己的大舅哥。

魏彻在心里发誓：虽然本人自认为见多识广，但是绝对没见过这么精彩的一幕，要不是刚才拼命地憋着，现在估计已经把大腿拍红了。

叶屿深被气得发笑。

傅锦衡却偏了偏头，直勾勾地看着他，说道："你要是敢在临西的面前胡说八道，我就去揭穿你的真面目。"

叶屿深不屑一顾地说道："老子什么真面目？"

傅锦衡也没说话，只是嘴角勾起一抹笑意，一副"你自己好好体会"的表情。

叶屿深想明白之后也不生气了，慢悠悠地说道："不好意思，今天我已经跟临西见过面，还吃了饭，顺便谈了谈心。"

傅锦衡伸手抚了抚眉心，难怪今晚发信息没收到叶临西的回复。

叶临西还是回律师事务所上班了。哪怕就算她真的闹离婚，请假一周已经是极限，更别说他们还只是处于暂时分居中。

回去的第一天她就发现团队里明显呈现两极分化。

江嘉琪本来拎着新买的包开开心心地来上班，结果在看见旁边工位上那个熟悉又美丽的身影时，脸上登时没了笑意。

至于徐胜远和陈铭则是开心的。

毕竟叶临西的性格不错，平时他们之间相处得也不错，因此并不希望她轻易地离开。

"临西，你家里的事情处理好了吧？"徐胜远是个热心肠，之前在叶临西请假时就问过宁以淮的秘书。

叶临西点点头，说道："已经处理好了，谢谢你的关心。"

"没事，没事，要是有困难需要我们帮忙，你一定要开口。"

一旁的江嘉琪撇嘴，本来想酸两句，可一想到叶临西的脾气，还是憋住了。

宁以淮对于叶临西回来上班的事情并没有说太多。

其实叶临西也在考虑新的工作。一般来说，她这种正在挂证的实习律师是不能单独接项目的，所以之前是跟着宁以淮一起做项目。对别的律师来说，最困难的就是找项目，可对她来说，找项目反而是最不困难的。

论起人脉，她甚至不输身为高级合伙人的宁以淮，只不过她目前经验尚且不足罢了。

她回来之后，正好陈铭的案子需要人帮忙，便又跟着他一起工作，她一下子从成天无所事事的状态重新回归到工作的状态之中。

原本她和傅锦衡两个人住在一起时，哪怕白天没时间联系，晚上还能看到彼此，如今她住在姜立夏的家里，工作一忙起来，连微信都不回复。而傅锦衡也在忙安翰科技的事情。

自从安翰科技发出公告，宣布 CEO 兼创始人冯敬正式卸任公司 CEO 的职务，便引起外界一片哗然。很快，另外一位创始人关鹏飞也宣布卖出手头所有的股票，并且正式退出安翰科技。至此，安翰科技的创始人只剩下乔云帆一人还留在团队中。当初最可能被赶走的人却成了最大的赢家，这个结局让很多知道内幕的人也是唏嘘不已。

当然也有很多人在议论，乔云帆是找到了得力的靠山才能继续留在公司里。

魏彻因为要过生日，亲自给叶临西打了电话，邀请她来参加生日宴会。

叶临西不太热情地说道："再说吧，我最近很忙。"

"别呀，小祖宗，"魏彻可是带着任务过来的，赶紧讨好地说道，"我这好不容易三十岁，您总得给个面子吧？"

虽然傅锦衡最近没少送东西，也在不断地献殷勤，但是叶临西依旧没有松口说要回家。

于是，魏彻身为傅锦衡的好兄弟，自然也要为好兄弟两肋插刀，之前还信誓旦旦地保证："我一定让叶临西来参加生日宴，到时候良辰美景、花好月圆，一定能让她心软。"

但傅锦衡对于他这么信心十足的样子并不十分相信。

此刻听到叶临西对自己的生日并不感兴趣，魏彻还真的有点儿慌，心想：别到最后连人都请不动。

叶临西轻笑道："我不去，你就不过三十岁生日了？"

魏彻也笑着说道："对呀，你不来，我这生日过得也没意思。"

"哦，那我不去了。"叶临西丝毫不内疚地说道。

魏彻赶紧赔笑，说道："临西，魏彻哥哥从小到大对你也不差吧？"

"还行，"叶临西仔细想了想，很认真地说，"也就一般而已。"

经过魏彻的好说歹说，叶临西最终同意了，只不过没想到的是，到了魏彻生日宴那天，她竟然临时加班了。

傅锦衡给她打电话时，她还在公司没下楼。

"还没来吗？"傅锦衡问道。

叶临西想了一下，才突然意识到她把魏彻的生日给忘了，想了想说："要不你们玩儿吧？我就不去了。"

她已经迟到这么久了，中途去了也没什么意思。

傅锦衡轻声地说："我叫人来接你。"

"真不用，我不想去了。"

"可是我等你一个晚上了。"突然，傅锦衡略显低沉的声音在她的耳边轻轻地响起。

透过他的语调，叶临西好像感觉到他有那么一丝丝的委屈，便答应道："好吧。"

"他很快就到，你等一下就好。"

叶临西"嗯"了一声，然后挂断电话。

不一会儿，叶临西的手机再次响起。

应该是接她的车子到了，叶临西迅速地下楼，结果找了很久才找到那辆车。

接她的车是一辆白色的跑车，很炫酷。

见车上没人，她特意站在车子的前面从前车窗看了一眼，发现确实是没人，便准备打电话问问傅锦衡到底在搞什么。

突然，一个身影从后面蹿了出来，来人突然拍了她一下。

"临西姐。"

叶临西被吓得差点儿尖叫起来，结果转头看见齐知逸时又是格外惊喜，开心地说道："阿逸，你怎么在这里？"

齐知逸指了指车子，说道："小舅舅特地让我来给你当司机。"

叶临西有些不敢相信，心想：这臭男人还是那么爱吃醋。

齐知逸低声说："小舅舅最近是不是惹你生气了？"

叶临西不自然地说："没……没有。"

"没有吗？那他怎么会特地让我来接你？"齐知逸一副了然的样子，说道，"他这是拿我当工具人哄你吧？"

叶临西有些尴尬，看来她的粉丝属性已经全暴露了。但是，还有什么比自己喜欢的小偶像开车来接自己更幸福的事情呢？

傅锦衡这男人简直太有心机了。

第十五章
全世界最般配的小舅舅和小舅妈

齐知逸身为工具人，还是非常清楚一个工具人应该怎么当的，他亲自给叶临西开车门，见叶临西弯腰上车，还伸手在车门上挡了一下，显得绅士又有风度。

待他从驾驶座上车之后，叶临西忍不住夸道："现在男孩子像我们阿逸这么有风度的，真的不多见了！"

这话还真的不是她乱夸，一向在舞台上魅力十足的齐知逸其实在现实生活中还挺内秀的。

齐知逸被夸之后，腼腆地笑了笑，说道："临西姐，你夸得太厉害啦！"不过他刚说完又补充道，"不过你可千万别让小舅舅知道我叫你临西姐。"

"不会。"叶临西保证道。

齐知逸笑着说："我只是不想一直叫你小舅妈，怕把你叫老了。"

叶临西怔了下，随后像是看了一场精彩的烟花表演，顿时心花怒放。

这是哪家贴心又温暖的小可爱啊？小逸怎么能这么善良呢？

叶临西再次在心里确认，当初随意看了一眼综艺就爱上了小逸，还真的是没看错人，现在颇有一种"小逸不愧是我选的偶像"的感觉。

车子很快被开到了路上，等到红灯时，叶临西问道："你的小舅舅支使你来接我，会不会耽误你的工作啊？毕竟你是大明星，肯定很忙的。"

"不会，正好我这两天也在休息，"齐知逸摇头，说道，"一年多来，这算是我第一次放假。"

叶临西闻言有些震惊，问道："你们这么忙吗？过年也不放假吗？"

"我过年要录制电视台的晚会，基本上也放不了假。"齐知逸的语气还挺平常。

倒是一旁的叶临西听得很是心疼。

虽然粉丝们恨不得每天都能看见新鲜的逸仔，可对于他本人来说，这样的曝光率是靠着日复一日的努力维持着的。

"粉丝还嫌你出来不够多呢？"叶临西想到这里就觉得好心酸。

齐知逸说："大家也是因为喜欢我才想要多看我的嘛，要是哪天大家不这么拼命地想要看我，大概也是我过气的时候了。"

"什么过气？"叶临西作为一路看着齐知逸从当初那个无名小辈变成明星的人，听到"过气"这两个字，就觉得特别不舒服，说道，"我们阿逸这么棒，不可能过气的。"

"没事，就算哪天我真的不红了，不是还能回家继承家产吗？"

叶临西被这句话逗笑了，以前隔着屏幕看他，觉得他是站在舞台中心闪闪发光的王者，可是近距离地跟他接触，才发现他说话风趣、为人又很温和，还发现他的身上丝毫没有二十岁年轻人的那种浮躁。

叶临西一路上别提多开心了，以至于到了酒吧，下车看见等着她的傅锦衡时，心头都带着无边的温柔。

待傅锦衡走过来时，叶临西也不知是太开心而忘记了他们还正在"吵架"当中，还是为了奖励他，竟然直接挽住他的胳膊，问道："你不冷吗？"

现在已经到了初冬，晚上外面的温度格外低。

傅锦衡低头扫了一眼她腿上的裙子，说道："这话应该我问你。"

"那你先回答。"叶临西故意撒娇道。

"不冷。"傅锦衡说着伸手摸了一下她的手掌。

还好叶临西一直坐在车里，手掌很温暖。

齐知逸把钥匙交给泊车的人之后，走过来主动打招呼道："小舅舅。”

傅锦衡高冷地点了点头，然后就带着叶临西往里面走。

一开始叶临西还在忍着，过了一会儿实在忍不住，才压着声音说：
“你怎么对阿逸这么不冷不热的？人家去接我多辛苦啊！”

突然，傅锦衡转头看向跟在身后的人，说道：“齐知逸。”

齐知逸被喊了这么一声，莫名其妙地抬头看他。

傅锦衡看了他一眼，神色如常地说道：“你去接你的小舅妈辛
苦吗？”

齐知逸赶紧答道：“不辛苦。”

傅锦衡微微勾嘴角，转头看着叶临西，将她的手掌握在自己的手心
里，轻捏了一下，说：“你看，他说不辛苦。”

进了包间，叶临西才发现今天居然没什么陌生人。

本来她以为魏彻这种性格的人应该会包下一个酒吧庆生，没想到他
居然就只是搞了一个包间。

大家看见他们两个人牵手进来时，原本还有些吵闹的包间一下子陷
入了安静。

叶临西注意到大家看向他们的目光，登时有些不自在，本来想把手
从傅锦衡的手心里抽出来，结果用力了一下却没抽动。

最先开口的是今晚的主角，魏彻一看见他们，立即从沙发上站起
来，说道：“我的临西妹妹，真的太久没见了。”

叶临西没好气地说道：“你怎么一如既往地油腻？”

魏彻闻言也大笑起来。

临西见好就收，从包里拿出一个包装精美的礼盒，幸亏之前买的礼
物被她随手放在包里了，要不然今天还真的空手来了。

魏彻接过礼物，特别开心地打开，便看见一对精美的袖扣，立即夸
赞道：“不愧是临西送的礼物，好眼光，哥哥喜欢！”

叶临西坐下后左右看了几眼，好奇地问道：“不是说今天是你三十
大寿吗？怎么这次还挺……朴素？”她想了半天才终于想起这个比较中
性的词汇。

“还不是……”魏彻正准备说，又有些顾忌、哀怨地看了傅锦衡一
眼，口风一转，说道，“我觉得自己也三十岁了，不需要搞那些浮夸的

东西。"

叶临西不信，说道："你前几天还不是这么说的。"

陆遇辰在一旁点明真相，说道："他的生日会分好几场呢，今天这场就是咱们几个发小儿的聚会。"

"哥哥，你干吗一直不说话？"叶临西看着旁边安静地喝酒装深沉的叶屿深，主动地开口问他。

叶屿深三秒后才没好气地说道："你终于看见我了？"

包间里自然还有别的人，但这些人也是跟魏彻他们从小玩儿到大的。至于齐知逸，大家应该都知道他跟傅锦衡是什么关系，也没太惊讶。

魏彻给叶临西倒了酒，还没递给她，就见傅锦衡从旁边拦了下来。

"今晚她的酒，我都喝了。"

"你们都听到了吧？"魏彻故意拔高声音，"衡哥说了，临西今晚的酒，他都代了。来来来，平时有冤有仇的，都可以来了。"

见魏彻这小人得志的嘴脸，叶临西要不是看在他是今晚寿星公的分儿上，还真的想踹他一脚。

不知是傅锦衡平时确实得罪太多人，还是大家都想看他出糗，居然一个两个的都来给叶临西敬酒。

傅锦衡也不反驳，只要有酒就一口喝下去。

叶临西一开始也只是看好戏，可是看着看着就有些不高兴了，觉得他们凭什么联合起来欺负傅锦衡一个人啊？

"都别再敬了，没有你们这么多人喝他一个的。"叶临西挡在他的面前，一副"你们睁开眼看看欺负的到底是谁的人"的表情。

陆遇辰笑道："临西，你最近不是跟衡哥闹别扭吗？咱们这是帮你出气。"

"对，谁让我们临西不开心，我们就让他不痛快！"

"出气！"

这一个个好像一下子从傅锦衡的发小儿变成了叶临西的发小儿。

只不过叶临西才上不他们的当，知道他们一个个就是借机报仇，况且就算她真的跟傅锦衡闹别扭，也不关他们的事情。

"不许喝了。"叶临西拿下他的酒杯，强硬地说道，然后直接把傅锦衡拽到旁边，给他倒了一杯水，嘀咕道，"你平时不是挺厉害的吗？怎么今天他们灌你酒，你就喝呢？"

傅锦衡的面色还算正常，只是他的身上带着明显的酒气，眼眶的边缘泛起微微的红圈儿，他看起来有些委屈地说道："因为你都不回家。"

傅锦衡的声音很低沉，因为他喝了酒，声音微带着点儿暗哑，明明说话的口吻还算正常，却莫名带着惹人怜爱的味道。

叶临西一时有些心疼。

"临西，你什么时候才愿意回家？"傅锦衡直勾勾地看着她，脸上带着认真的表情。

叶临西想了想他最近的态度，发现他真的转变了很多，可就是觉得还不够。

她这人很贪心，真的太贪心了，不仅想要他对自己好，还想要他亲口对她说喜欢她。

哪怕他说的不是"我爱你"，最起码也是"我喜欢你"吧！

叶临西忍不住握紧放在腿上的双手，心头有种莫名的紧张和期待，也在等待下一秒他要说出的话。

"谢谢知逸为我献唱一曲！"

旁边一个莫名大的声音突然打断了她的思绪，她转头看过去，就见魏彻喊道："临西，你不是知逸的粉丝吗？来，来，给你一个跟偶像合唱一曲的机会。"

叶临西满脸尴尬，有点儿不满令人期待的美好时刻被破坏。

不过，齐知逸唱歌还是吸引了大家的注意力，而且唱功也确实好，哪怕不是唱自己的歌，也格外好听。

齐知逸唱完两首歌之后，突然看向坐在一旁的傅锦衡，坏笑道："小舅舅，你要不要给小舅妈唱首情歌啊？"

魏彻他们见此也起哄起来。

还没等这帮人开口，坐在叶临西身边的傅锦衡径直起了身，缓缓地走过去，接过齐知逸手里的话筒，说道："好。"

傅锦衡坐在高脚椅上，认真地选了一首歌。

当悠扬的前奏响起时，叶临西忍不住看向他。

他今晚好像也喝了不少酒，要不然以他的性格，怎么可能愿意当众唱歌呢？还是唱给她的情歌。

包间里安静了下来，他的声音缓缓地响起，那样低沉性感的声音一点儿一点儿地钻进她的耳朵里，然后缠绕在她的心头。

傅锦衡唱的是一首很老的歌曲，听起来应该是他上大学时流行的歌曲。

可是经典的歌曲哪怕过去十年，依旧能轻易地打动人的心扉。

傅锦衡把一首歌唱完时，叶临西还沉浸在其中。

"傅总威武！"

也不知是谁喊了一句，一下子破坏了意境，旁边的人打趣的声音又响了起来。

很快，叶临西起身去洗手间。

其实包间里也有洗手间，只是她的脸颊太热了，是那种从耳根蔓延而起的火辣辣的热。

要是她再不出去吹吹风，怕自己真的烧起来。

只不过她走出去后，哪怕站在走廊上灌了一会儿冷风，还是没能冷静下来，反而是心头一阵一阵地发热。

叶临西对自己说道：叶临西，冷静点儿！你又不是没见过世面！

就在叶临西转头时，她一下子就瞥见从一旁走过来的傅锦衡，她像是受了惊吓，往后退了几步，下意识地说道："你先别过来。"

她觉得现在一看见他就上头，是那种喝酒都喝不出来的上头。

傅锦衡皱皱眉，却没听她的话，走过来伸手摸了一下她的脸颊，说道："你的脸怎么这么烫？你没有喝酒吧？"

叶临西猛地摇头，说道："没有。"只是一摇头，她就"咝"的一声发出痛呼。

她今天戴了一副特别长的流苏耳环，也不知在什么时候，她的头发丝钩在了耳环上，在她摇头的时候扯断了一根流苏，好像还有发丝缠在上面，她瞬间感觉耳垂被拉得生疼。

"别动。"傅锦衡抬手捏住她的耳垂。

叶临西觉得非常丢脸，顿时有些欲哭无泪，怎么总是在他的面前遇到这种事情？此刻她只好眼巴巴地望着他，看着傅锦衡的手指勾着她的耳环。

"弄好了吗？"她盯着他，问道。

随后，傅锦衡的目光挪了过来，两个人四目相对。

两个人像是瞬间才发现彼此之间这近到气息交缠的暧昧距离。

下一瞬，像是被无法克制的欲望瞬间淹没了理智，他直接吻上了她的唇。

傅锦衡一向在这种事情上霸道又直接，他伸手扣住她的下巴，长驱直入，用力勾住她的舌尖，随后缓慢而又磨人地舔舐着。

叶临西本来是被迫承受着的，直到傅锦衡变成双手托着她的脸颊，这样亲昵而又缠绵的举动像是无形中化开了她的心。

而傅锦衡身上带着的熟悉的清冽草木香味，此时也像是蛊人的毒药，一点儿一点儿地蚕食着她仅存的理智，那样无孔不入的气息让她无法摆脱。

终于，傅锦衡在松开叶临西后，凑在她的耳边，极小声地说了一句："头发被解开了。"

叶临西像是恢复了一丝清明，直到意识到他在说什么时，才后知后觉地红了脸。

他亲她就是为了转移她的注意力？

"叶临西。"

听到这个称呼，叶临西不知为何，心脏猝不及防地跳得更快了，抬头一眼就看见他的脸。

突然，他将她抱在怀里，声音里带着叹息，说道："我以为到了我这个年纪，已经不会把这种话挂在嘴边。"他说完垂眸看着她，幽深的黑眸让人看不清其中的情绪。

叶临西的心脏再次猛地跳动，这次是更快的频率，她像是在期待着什么，但是又怕期待会再次落空。

傅锦衡也像是经过巨大的努力才重新看着她，甚至脸上带着一丝丝宠溺的无奈笑意，低声说："但是，你应该会想听吧？"

叶临西恨不得拼命地点头，但是努力地忍着，脸颊被憋得泛红。

直到下一秒，傅锦衡的声音响起："我喜欢你。"

傅锦衡顿了一秒，声音再次落进她的耳中。

"不是一点点。"

叶临西再回包间的时候，每走一步都有种轻飘飘的感觉，甚至觉得包间里再吵闹的声音都不会让人厌烦。

到了十一点多，傅锦衡看了一眼手表，转头看向叶临西，问道："你明天还要上班吧？"

叶临西乖巧地点头。

傅锦衡沉声问："那要不要我们先回家？"

看着他询问的姿态，叶临西有种被重视、被尊重的感觉，突然觉得这个臭男人真的变了。哪怕是回家这么点儿小事，他都会很认真地征询她的意见，他跟以前真的不一样了。

人们都说见微知著，很多事情都是从细节中发现不同的。

两个人起身准备离开，魏彻拦着不让他们走，非要让他们待到十二点，说什么让他们陪着自己过完二十九岁的最后一个小时。

傅锦衡看着他喝多了不甚清醒的模样，声音冰冷地说道："你要是连这最后一个小时都不想过了，我也可以成全你。"

"啊？"魏彻不太清醒地望着他们，突然笑了起来，说道，"对，对，春宵苦短，我懂，道理我都懂的！"他说完居然冲着两个人深深地鞠了一躬，还补充了一句，"两位慢走。"

叶临西差点儿伸手捂住额头。

叶屿深也站了起来，向他们走来，把目光落在叶临西的脸上，半晌才说："这就回家了？"叶屿深一句话问得一语双关。

叶临西想到前几天还信誓旦旦地说自己绝不轻易低头，结果今天就回家了，好像是有点儿不太好。

傅锦衡及时地握住她的手掌，看着叶屿深，说道："你要是喝多了，我打电话叫你的司机过来接你。"

叶屿深哼了一声，说道："谁要你叫司机？居心不良！"

叶屿深这一晚上也没少喝酒，旁边的桌子上摆着好几个空酒瓶，此时他脸颊微红地望着面前的好友，突然叹了口气，像是无奈又像是终于接受现实一般说道："傅锦衡，你知不知道你走大运了？

"能娶到叶临西这样的大美人。"

叶临西一时倒有些手足无措，虽然打小儿就被人夸美人，身边也不乏姜立夏这样的夸人小能手，但是第一次有这种要用脚趾挠地的羞耻感，夸赞还是来自她的亲哥哥。

叶屿深就像是强行推销的人，也不管对方愿不愿意，反正一顿疯狂乱夸。

叶临西这才明白原来尬夸真的很尬，实在受不了了，便赶在叶屿深说出更夸张的话之前，拉着傅锦衡就往外走。

"不管他了？"傅锦衡有些好笑地转头。

这一屋子的人眼看着就要群魔乱舞了，平时还算克制沉稳的几个大男人在好友的生日宴上放飞自我，仿佛回到了他们年少时那样肆意又飞扬的青春时代。

"不管了，不管了，"叶临西闷头往外走，说道，"让他喝醉睡大马路吧。"

不过话虽这么说，叶临西到了外面上车后，还是打电话给自己的司机，让他过来接叶屿深。

司机在深夜的路上愣是开出了飙车的效果，一路狂奔地开向云栖公馆，好像只要慢了一秒，就会让叶临西改了主意。

当然，叶临西并没有改变主意，而是跟着傅锦衡回了家。车子在别墅的门口停下，两个人下车，没一会儿就进了家门。

叶临西有半个多月没在家里住过，其实之前在美国读书时一年也没在家里住过几天，可这一次离家出走，还真的走出了"一日不见，如隔三秋"的恍惚感，就连看到客厅，都生出一股"是本宝宝的地盘没错了"的熟悉感。

叶临西上楼回了房间，本来是去衣帽间里拿睡衣打算去洗澡，结果刚进去，就突然惊呼起来。

傅锦衡听到她的声音也进了衣帽间。

叶临西望着他，又指了指柜子上摆着的那一排包包，当即问道："都是你买的？"

"喜欢吗？"傅锦衡没否认，只问她喜不喜欢。

叶临西虽然矜持地点了点头，可是脸上的笑意太浓，实在掩盖不住心里的心花怒放。

哪个女人会拒绝包包呢？果然，"包"不仅能治百病，还能让人欣喜若狂。

见傅锦衡慢条斯理地开始脱衣服，叶临西也慢悠悠地蹭到他的旁边，问道："你现在怎么这么懂事呀？"

"我说了，会学的。"傅锦衡居然没反驳她的打趣。

叶临西认真地望着他。

灯光下的傅锦衡肤色白，五官极为出众，只是并不爱笑，显得有几分拒人千里之外的冷漠严肃，可此时他望向她时，眉梢眼角带着浅浅的笑意，冲淡了那丝疏离和冷肃，真让人忍不住想要轻薄他呀。

叶临西一贯在这种事情上很被动，可是这一刻像是突然被勾起一丝勇气，甚至还有了想要主动轻薄他的勇气，想到这里，她竟勇敢地迈步上前。

只可惜两个人之间的身高差太明显，哪怕他低着头，她也还是要踮着脚，才能堪堪够上他的唇。

傅锦衡的薄唇线条很好看，很柔软，唇色绯红，这是他身上少有的让人觉得旖旎的地方。

空气中的气息都黏稠了起来，像是缠着丝线，让人扯也扯不断。

终于，她的唇贴了上去，但也只是贴着而已，心里在想：是不是应该进行下一步？

此时，傅锦衡终于克制不住地低笑出声，像是在笑话她生疏的表现，下一步他却用手掌轻轻地覆在她的脖颈上，微偏着头，然后探入唇舌。

他的吻一向霸道又带着攻击性，但是这一次好像又过分温柔。

只是这温柔中带着磨人的缠绵，直到他的手掌在她的脖颈处摩挲，原本就滚烫的掌心所到之处像是着起了无名之火，她的皮肤渐渐地泛红、发烫。

叶临西最初还承受着他的吻，可渐渐地开始往后躲开。

但是傅锦衡搂着她的腰，拒绝了她推拒的动作，直到突然拦腰将她抱了起来，直接将她放在了后面的台子上。

这是一个玻璃台面，专门摆着她日常戴的珠宝配饰之类的东西。

她穿着薄薄的裙子，贴着冰冷的台面。

很快，傅锦衡的手掌贴着她的裙摆轻轻地往上。

本来她坐在台子上时，裙摆已经往上翻，这下似乎更方便他手掌的动作。她顿时心头一紧，下意识地钩住他的脖子。

傅锦衡的手还贴着她的大腿，她穿着的薄袜压根儿挡不住他手掌炙热滚烫的温度。

而他亲着她的嘴唇，也渐渐地开始下移，从脸颊到耳垂，最后竟然落在了细嫩白皙的脖颈上，因她日常喷的香水都透着浅淡的香气，此时越贴近，他越感觉那淡香沁人心脾。

叶临西有些紧张地攀着他的肩膀，低声说："我……我还没洗澡。"

她不是拒绝，只是不习惯没洗澡。

傅锦衡抬头看她，脖颈凸起的那块微小的骨头轻轻地动了一下，嗓音暗哑地说道："一起洗。"

浴室里的透明淋浴间里水声哗啦，还有别的声音在不断地发出似低沉的喘息声，又似止不住的求饶声。

氤氲的水汽下，声音越发暧昧不清。这一夜竟被笼上了一层化不开的暧昧感。

叶临西早上被闹钟吵醒时，整个人正处于一种睡不饱的低气压中，于是伸手关掉闹钟，随后又在床上翻了两圈儿。

傅锦衡推门进来时就看见她在床上翻来滚去，于是走过来隔着被子抱着她，柔声地问道："怎么了？"

"不想起床。"

傅锦衡没想到她居然就为这么点儿小事闹脾气，一时被她逗笑了，语气亲昵地说："那就不起，你继续睡吧。"

叶临西睁开眼睛望着他，忍不住说："你离我远点儿。"

傅锦衡挑眉，不知道自己哪儿又得罪了这个小祖宗？

"我还没刷牙呢。"

听到这个理由之后，傅锦衡才又笑了起来。

被他这么一打扰，叶临西总算是彻底清醒了，于是掀开被子准备起床。

她耷拉着脑袋，头发凌乱地披散在肩膀上，一副随时可以真身上阵出演贞子小姐的模样。

"真的不再睡了？"傅锦衡看着她这个样子，关心地问道。

叶临西转头盯着他，半晌才吐出一句话："哼，猫哭耗子，假慈悲！"

他要是真心疼她，在昨晚她说不要的时候，别扯着她翻来覆去呀。

叶临西的脑海中刚浮现昨晚的画面，她立马就开始心浮气躁、面色发红，觉得真是太羞耻了。

她洗漱之后，换了一套全新的衣服，准备上班。

家里的阿姨显然是早知道她回来了。

桌子上摆着的早餐就能显示出阿姨的兴奋之情，简直是从中餐到西餐，应有尽有。

叶临西出门就看见她的车子等在外面。

这阵子她离家出走，为了表示暂时要跟臭男人划清界限的决心，连司机都没用，每天都是打车上下班。

因为自己是不是要失业而忐忑的孟司机在看见叶临西时也是双眼放光，毕竟这年头，一份清闲又薪资丰厚的工作可不好找啊。

叶临西坐在舒适宽敞的后座上，刚拿出来手机，一下子就看到群里姜立夏和柯棠发了不少留言。

姜立夏：果然是小别胜新婚啊！

姜立夏：某人居然这么晚还没起！看来今天是上不了班了。

柯棠：这是什么虎狼之词？

柯棠：她老公的体力这么好吗？

叶临西终于腾出手来教训这两个臆想的女人，说道：别胡说八道。

叶临西：姜立夏，你又熬到现在吗？小心猝死！

姜立夏作为编剧，作息时间完全跟常人相反。

别人睡觉时她在工作，而别人工作时她在睡觉。一般情况下，她这么早还活跃在群里的话，说明她还没开始睡。

姜立夏：别说了，我昨晚又赶了一夜的稿子，本来以为戏开始拍摄了就轻松了，可是没想到真的开机了，我的噩梦才来临。

于是她花了巨大的篇幅，吐槽拍摄现场改剧本的猖狂、导演突发奇想的无奈，以及演员的各种反常举动。

叶临西：你不是说你们剧组很和谐吗？

姜立夏：是本宝的头发长见识短了。你知道吗？昨天我们女主角又请假出去参加商业活动了，导致她的拍摄场次严重不足，只能把女三号的戏份加起来，回头粉丝还要骂我们注水。

柯棠：第一次直面娱乐圈的现实。

柯棠：不过我也没看过拍戏，好玩儿吗？

姜立夏：要不下次你也来我们剧组玩儿一下吧？让你更近距离看一下。

柯棠：临西上次不是去过了嘛，感觉怎么样？

叶临西：百闻不如一见吧。

不过叶临西一直没跟柯棠说过上次那件事，毕竟被男三号深夜敲门确实不是什么值得炫耀的事情，也懒得多提。

这几天是陈铭这个项目最后的收尾阶段，叶临西也跟着忙得天昏地暗，以至于结束后有种终于解放的感觉。

她没想到，这边的项目刚结束，宁以淮就扔给她另外一个案子。

叶临西看了一眼，深吸了一口气，有些震惊地望着对方，问道："安翰科技？"

宁以淮淡定地回道："这是一个商业泄密调查案。他们怀疑之前离职的一个工程师将公司的商业机密泄露给了对手公司，而且现在对手公司即将上市的安保机器人与他们即将推出的第二代产品有很多相似之处。"

叶临西望着他，有些疑惑地问道："我们还要接安翰科技的案子？"

她心里却在想：难道他不记得他俩上次是怎么灰溜溜地从安翰科技离开的事情了？

宁以淮纠正道："不是我们，是你。"

叶临西一时有些无法接受这个信息，深吸了一口气，才缓缓地说道："我们一定要和安翰科技纠缠不清吗？"

"对方指定让你来接这个案子。当然，案子可以挂我的名，你负责执行就好。"宁以淮语气平淡地说道。

叶临西再次无语。

宁以淮见她没有说话，便再次说道："对方给的价格是市场价的两倍。"

她缺这个钱吗？她缺的是钱吗？简直是可笑！

宁以淮继续说："你不是觉得上次很丢脸吗？那就把这个案子办得漂亮点儿，把自己的脸面找回来。"

"是我们一起丢脸吧？"叶临西终于忍不住吐槽，而且按理说他也是属于被扫地出门的那一个吧？

宁以淮抬头，平静地看着她，说道："在我的从业生涯里，这件事情连前十名都排不上。"

叶临西听懂了，合着这件事情只有她放在心上了。

既然宁以淮是这个态度，叶临西觉得还是接下这个案子吧，只不过她出了办公室就给傅锦衡打了电话，觉得这件事肯定有傅锦衡的意思在里面。总不能是安翰科技觉得上次让她丢脸了，实在是不好意思，这次再给她个案子，让她找补找补面子？唯一会这么想的应该只有他了吧！

电话很快接通了，对方说道："临西。"

"嗯，"叶临西应了一声，过了许久才低声问，"安翰科技的案子是你让人找我的吗？"

傅锦衡也没打算隐瞒，坦诚地说道："嗯，我不是盲目选择的。王文亮的案子让我看见了你的潜质，所以我相信你也会处理好这件事。"

叶临西冷笑了一声，说道："有潜质的律师多着呢。"

北安从事律师行业的人有几万人，光是知名律师事务所的那些执业大状就不知道有多少，偏偏他用"潜质"一词来哄她。

傅锦衡说道："但是我看上的只有一个。"

叶临西已经掩不住嘴角的笑，声音矜持地说道："既然你这么诚心诚意地邀请我，我就答应了，虽然不能保证结果一定是好的，但是我会尽我全部努力的。"

毕竟这是她独立接手的第一个案子嘛，虽然是走关系的，但她不管了，这就是她自己的案子。

第二天，叶临西就去安翰科技跟对方的负责人见面了。

当然，安翰科技的人看见她又是一阵诧异，毕竟谁都知道之前她是负责公司融资的律师。

而当初一切中介机构都是由冯敬亲自负责的，大家没想到，连冯敬都滚蛋了，叶临西居然还能来公司，而且看起来她跟公司好像有新的合作。所以，跟她接触的人都是恭恭敬敬的。毕竟这年头，比业务能力更可怕的是背景。

叶临西在安翰科技初步了解情况之后，又把资料带回了公司，因为当时已经错过了午餐时间，她也没去吃饭，就在楼下买了个三明治，谁知刚到公司，就听到一旁的江嘉琪在抱怨。

"这是什么？也敢贴着我们逸仔炒作？"江嘉琪气得捶了一下桌子，语气格外气愤，"肯定都是假的，绯闻！"

徐胜远笑道："偶像也是人嘛，还不允许人家谈恋爱了？"

他们在说什么玩意儿？

叶临西一边竖着耳朵听着，一边打开手机，刚准备点进微博，正好看到姜立夏的电话打过来，只能先接通电话。

姜立夏语气着急地说道："临西，你看见热搜了吗？"

叶临西以为她也是要跟自己说齐知逸的绯闻这件事，便站了起来往外走，走了一段距离后才压低声音说："是不是又有人贴着我们逸仔炒作了？"

在这件事情上，她倒是难得跟江嘉琪一个态度。

逸仔的绯闻？那都不可能是真的！肯定是不要脸的女方贴着她的宝贝崽崽炒作！

见对面陷入了死一般的寂静，叶临西问道："你怎么不说话了？"

姜立夏小声地说道："要不你还是先看一眼吧！"

叶临西的心头闪过一丝不妙的感觉。

难道这次逸仔直接被拍到约会视频了？她太矜持了，上次看见齐知逸，居然没问他的感情状况。其实要是逸仔真的谈恋爱了，她也会含泪接受的。毕竟她的乖逸仔也是个血气方刚的年轻人嘛。

结果她打开微博，才发现微博居然瘫痪了。

难道这就是明星的魅力？

于是，她耐着性子反复试了几次，终于勉强打开微博，一下就看到热搜上的那个爆字。

微博第一个热搜明晃晃地写着："齐知逸恋情曝光。"

叶临西忍着心痛点进了热搜，然后就看见了自己。

姜立夏一直没有挂断电话，没听到对方出声，就知道叶临西应该已经知道了，才再次说道："你看见了吗？"

叶临西有气无力地说道："看见了。"

所以，大家嘴里的那个人是她？

姜立夏也是闲时刷微博才发现齐知逸的绯闻，所在的与娱乐圈相关的微信群都被刷爆了，知道大家都在打听这件事的真假。

齐知逸是新晋明星，光是今年发售新单曲，一首歌的营业额就突破八千万元。在乐坛这么不景气的情况下，这位小哥哥的粉丝愣是为了他营造出了红红火火的乐坛新气象。

所以，这样的偶像的一举一动都被人盯着呢。好在齐知逸本人也十分优质，自出道以来从未有过黑点，结果今天就突然有了绯闻。

此时吃瓜群众还在沸腾，叶临西只觉得这个乌龙绯闻简直让人无语，于是迅速地挂了姜立夏的电话，准备联系齐知逸。

毕竟他的影响力比自己大多了，叶临西打算让他直接发微博否认这件事情。

况且现在还没人知道这个乌龙绯闻的主角是自己，叶临西怎么可能愿意跳出来承认呢？要是被家里人知道，她岂不是更丢脸？

本来她想跟傅锦衡联系的，可是突然想起来上午打电话时他说下午要坐飞机去香港一趟，不知道这会儿他是不是还在飞机上？她犹豫了一下，还是决定给他打电话，但没人接听。

叶临西只好先等着齐知逸跟她联系，毕竟现在自己还没被曝出来。

只是可怜了她的逸仔，从天上莫名其妙地掉下来一个"女朋友"。

叶临西登上了微博小号，其实准确地说这个微博也是她的大号，只不过没怎么跟三次元的朋友关注，就连姜立夏都没关注。

这个号是她当初随手注册的，被用来关注一些时尚博主，她后来又关注了一些齐知逸的资讯号。

这会儿她的微博首页很精彩，一些大粉为了安抚小粉丝发了微博，可底下的小粉丝发言就各种不克制了。

叶临西非常想给她们回复一句：别信，别信，都是假的！

本来她也想联系娱乐圈的朋友，看看能不能把这条热搜撤掉，但是又怕弄巧成拙对齐知逸有不好的影响。

齐知逸虽然很出名，喜欢他的人多，但是讨厌他的人同样也不少。

叶临西一直在给齐知逸打电话，又给他发微信，但都没收到回复，也不知道这孩子是不是到哪个深山或荒漠旅游去了？思考了片刻，她还是决定不等了，哪怕自己花钱也得先把热搜撤下去。

只不过她对这件事也不是太了解，想到魏彻跟娱乐圈还挺熟悉的，便直接给魏彻打了个电话。

魏彻接到她的电话很是开心，说道："临西，怎么想起来给哥哥打电话了？"

"别贫，我找你帮个忙，"叶临西按了按眉心，觉得即将要说出来的话真是有点儿难以启齿，想了想还是开口说道，"你能帮我撤个热搜吗？"

"什么热搜？"魏彻问道。

叶临西觉得羞耻到了极点，尴尬地说道："我和齐知逸的。"

魏彻有点儿蒙，他平时也不怎么上网刷微博，自然还不知道这个乌龙绯闻，闻言立即笑了起来，说道："这也太搞笑了吧！"

"谁说不是呢？这些狗仔队怎么回事？一男一女在一起，就非得是谈恋爱？他们的心思太脏了。"

听她不停地抱怨，魏彻赶紧先安慰了她两句，然后问道："阿衡没管这事？"

"他下午去了香港，估计还在飞机上。"

魏彻点点头，突然还挺想看看好友知道这个乌龙绯闻时的表情，想来一定很精彩吧！

哪怕他们联系了微博的运营方，对方也表示一时不敢直接撤下去热搜，只能保证尽量压下它的热度，毕竟对方刚因为一个故意阻碍新闻的罪名被处罚得很严重。

叶临西这下算是正好撞上风口，只能等着齐知逸出面彻底澄清。

结果没过多久，姜立夏又给她发了一个链接，还在微信里说道：已经有人爆料了，还说齐知逸是你的小三儿……

原来是一个爆料帖说查到了女方的身份，她只能说网友实在是太过神通广大，居然还有人发了扒皮的长图。

就是看你不爽的爆料者：我只能说，但凡秀过，必然会留下痕迹。这位姐姐，你平时这么爱秀同款，大概是没想到自己会被扒皮吧！既然你一心想红，那我正好帮帮你吧。

随后，对方甩出了一堆网页截图，又找出叶临西跟齐知逸同款穿戴的对比图。现在粉丝能做的事情确实是太多了，特别是爱豆身上穿的戴的，只要照片一出来，几分钟后各种衣服和配饰就能被扒得干干净净。

很快结论便出来了：齐知逸戴的戒指、穿的衣服，甚至是潮牌鞋子，叶临西的社交软件上都有。

之前叶临西一直在国外，因此用国外的社交软件很多，很多相互关注的是她现实中的朋友，小姐妹之间经常相互发照片。

网友不仅搜到了叶临西和齐知逸的同款，还扒出了叶临西的照片。

就是看你不爽的爆料者：是不是觉得这位小姐姐的长相跟视频里的人很像？要是不信的话，就再看看这里吧。

这么多证据一下子摆在人们面前，让人不信都难。

在娱乐圈里，同款被抓包的情侣不知道有多少。很多情侣当初被曝光绯闻，就是因为同款。粉丝也是咬牙死不承认，结果没想到转头偶像自己承认了。

就是看你不爽的爆料者：当然，最精彩的来了，这位小姐姐可是已婚人士哟。

她随后又发出一张截图，截图内容是叶临西一年前的一条动态。

那天，叶临西发了一张风景图。底下有条评论说："亲爱的，新婚快乐哟！"

这板上钉钉的证据犹如一支利剑，异常锋利，一剑封喉，让齐知逸的粉丝一时都找不到反驳的点。

这个爆料的长图因为图文并茂，扒皮得清楚又有条理，迅速发散开来。

原本大家以为这是绯闻，结果就眼看着绯闻变丑闻了。

明星为爱失足甘当小三儿！各种让人震惊的新闻标题纷纷冒出头来。

叶临西把爆料看了一遍，不由得头疼不已，心想：这都是什么跟什么啊！

她跟齐知逸真的有很多同款，毕竟明星穿的用的很多是明星为了帮品牌带货的爆款，叶临西作为各种品牌的座上宾，用上同款自然不奇怪。

至于有一些同款产品，确实是叶临西看齐知逸穿戴得很好看，便也买来试试。

结果这就成了他们的绯闻板上钉钉的证据？这简直太离谱儿了！

很快，叶临西的名字也上了热搜，而且还空降了热搜第一。

姜立夏见此急得抓耳挠腮，直接在群里发了语音：我告诉你，肯定是有人想趁机败坏齐知逸的名声，要不然你的名字不可能直接空降热搜第一的，你们这算是相互连累对方。

叶临西本来什么都不想理会，心想：假的始终真不了，只要跟齐知逸联系上，相信事情就会迎刃而解的，直到她听见桌子上的固定电话一声接一声地响了起来。

叶临西抬手接起电话，就听到一堆不堪入耳的辱骂声。

对方骂完这几句话之后，立即挂了电话。

叶临西耳边除了"嘟嘟嘟"的声音之外，脑海中都是这几句歹毒又直白的咒骂之话。

她长这么大，还没被人这么歹毒地骂过，最可气的是，她甚至来不及反应，对方已经挂断了电话。

"临西，你没事吧？"一旁的陈铭似乎也听到了电话里的叫骂声。

此时刚从洗手间里出来的江嘉琪一看见叶临西，更是面露鄙视，赤裸裸地嘲讽道："她能有什么事情？一个害人精罢了。"

亏得江嘉琪之前还信誓旦旦地说："齐知逸肯定不可能谈恋爱，一定是什么十八线小演员扒着他炒作。"可是现在知道对方是叶临西，江嘉琪一时间真是气不打一处来。

徐胜远听到江嘉琪说的话，当即劝道："嘉琪，不管怎么样，咱们都是同事，你别这样。"

"我什么样子？你们是还没看见热搜吧？"江嘉琪指着他们的手机说，"反正你们应该也都有微博，赶紧打开微博看看她做的好事吧。

"她结过婚的事情是她亲口在我们的面前承认过的。

"现在你又跟齐知逸传绯闻，你说你是不是欺骗了齐知逸？"

江嘉琪之前一直被叶临西压着，觉得自己受尽了她的冷眼，结果现在又看到她居然还跟自己的偶像传绯闻，生吃了叶临西的心都有。

毕竟她只能隔着屏幕对齐知逸犯花痴，可旁边的叶临西是实实在在地跟齐知逸有了亲密的接触。

江嘉琪这么大吵大闹，惹得隔壁团队的人都朝他们这边看过来。

如今律师玩儿微博的也不少，特别是娱乐圈经常会发各种律师函警告。因此不管是律师事务所还是律师本人，都会注册微博，就连宁以淮这样的大状都有微博，只不过他常年不用，都是他的秘书在帮忙打理。

叶临西刚被人骂得蒙了，结果回到办公室发现居然也有一个活生生的杠精，当即站了起来。

本来叶临西的个子就高，她又踩着高跟鞋，居高临下地看着江嘉琪，冷笑道："亏你还是律师呢，你四年法律都学到了狗肚子里了吧？我看你最需要做的是回炉重造一下，让你再当律师就是害人害己。"

站在一旁的徐胜远和陈铭闻言也不敢搭话。

江嘉琪觉得自己站在道德制高点上，没想到叶临西还敢反驳，气得口不择言道："我不配当律师？那你这种的就配吗？我见过理直气壮的，还没见过不要脸得这么理直气壮的。"

"江嘉琪，你有病吧？"此时正好过来找叶临西的柯棠看到这一幕，立即怒骂道。

柯棠知道齐知逸和叶临西的关系，自然也觉得这个绯闻太乌龙，只是没想到还真有傻子当真了，刚才一过来就听到江嘉琪这么口无遮拦地叫嚣，当即上前维护叶临西。

叶临西这下回过神来，被气得不停地深吸气，没想到连江嘉琪都敢借着这件事情来踩她，一向牙尖嘴利的她居然被气蒙了，话都说不出来了，幸亏还有柯棠在。

柯棠看着江嘉琪，说道："我说你年纪不大，嘴怎么比大妈的嘴还碎？你知道什么呀？就敢在这儿胡说八道？临西跟齐知逸根本不是那种关系。"

江嘉琪讥讽道："不是的话，她为什么不出来澄清？"

叶临西听到这句话笑了，上下打量了她一眼，冷声说道："我看你身体还不错的样子！怎么？你活不过今天了？"

叶临西这一口郁气一下子被发泄了出去。

此时宁以淮大概也听到了外面的动静，走了出来，厉声地说道："都吵什么呢？"

他在下属的面前一向气势威严，大家见此也不敢说话了。

但是叶临西不怕他，开口说："江嘉琪对我进行人身攻击。"

江嘉琪没想到叶临西会这么直接，赶紧开口说："我没有。"

叶临西扭头看着江嘉琪冷笑，但也没指望宁以淮帮自己说什么。

此刻律师事务所里有不少人朝这边看过来，况且网上传得沸沸扬扬的新闻还跟叶临西有关。

叶临西说完之后，回头拿起包，开口问："宁 par，我今天身体不舒服，可以请假回去休息吗？"

"可以。"宁以淮点头应道。

叶临西整个人都有点儿虚脱，于是让旁边的柯棠陪着她一块儿下楼。

"你没事吧？"柯棠担忧地看着她。

叶临西也不知说什么。

明明是无中生有的事情，可是每个人好像都理所当然地来责骂她。难怪人们都说三个人成虎，现在何止是三个人。

柯棠心疼地摸了一下她的脑袋，叹气道："我们小玫瑰都蔫了，都是假的而已啦。"

叶临西吸了一下鼻子，低声说："可是我被骂是真的。"

从刚才开始，她的手机收到了很多条短信，她都不知道这些人是怎么搜到她的信息的？她一下子好像整个人变成了透明的，要被晾出来示众。

柯棠也不知道该怎么安慰她了？

毕竟网络暴力本来就伤人，更何况还被人当众这么羞辱，小玫瑰这辈子都没受过这样的委屈。

叶临西打了司机的电话，很快就看到车子出现在楼下。

回家的这段路程中也有不少人给她打电话，都是来询问这件事的人。其中不知道傅锦衡跟齐知逸之间关系的人也有很多，这些人不知是什么目的，来探她的口风。再加上各种骚扰电话和短信，叶临西直接把手机关机，回到家里便直接上楼。

香港国际机场，傅锦衡的私人飞机刚落地，接待他们的车已经到了停机坪等着。

傅锦衡起身下飞机，后面跟着秦周，顺手把之前调成飞行模式的手机重新调了回来，却没想到各种电话不断进来。

手机里不断涌进来的还有短信、微信、新闻推送，这一切都在告诉他发生了什么不得了的事情。

他点开魏彻给他发的无数条信息后，只低头读了几秒，脸色一下子难看起来，此时也顾不得别的事情，立即拨了叶临西的手机，却收到关机的提示音。

当听到对面冷漠而又机械的女声提醒时，傅锦衡感觉到额头的血管突突直跳，随后又立即打电话给司机。

司机接通电话后，说刚把叶临西送回家。

"你确定她在家吗？"傅锦衡有些不放心地追问道。

司机保证道："傅总，您放心，刚才我真的把夫人送回了云栖公馆，不过看夫人的脸色不太好的样子。"

傅锦衡沉声道："好，我知道了。"随后他挂了电话，又给家里的阿姨打了电话。

家里的阿姨接到了电话，一边拿着电话一边上楼，到了叶临西的门前轻轻地敲了门。

叶临西还没睡着，躺在床上，一闭上眼睛就心跳加速，脑海中一直想起那通打来的电话以及对方骂出的各种恶毒话语。

叶临西从阿姨的手里拿到电话时，本来以为会冷静地表示她没事，安慰自己他们不就是一帮键盘侠而已，可是当她听到傅锦衡温柔的声音时，一下子就撇了嘴。

"临西，你没事吧？"傅锦衡在电话那头急切地问道。

她的委屈全部涌上心头，她被人骂了，还是被那么多人骂了，可事实根本就不是那样的。

叶临西委屈地抱怨道："是你让齐知逸去接我的，事情根本就不是他们说的那样。我还被人当成是水性杨花、乱出轨的人，我真的比窦娥还要冤枉。"

"对不起。"傅锦衡低声说。

叶临西听到他突如其来的道歉，一时有些蒙，想到傅锦衡好像从来没跟她说过这些，于是吸了吸鼻子，低声说："你跟我道什么歉，又不是你骂我的。"

"是我没有保护好你，我应该第一时间发现并且处理的。"

人或许就是这样本性矫情吧，本来六十分的委屈，在被人安慰的情况下，一下子变成了一百分的委屈。

这时仿佛全世界都对不起她，唯有他说的话能稍稍让她好受些。这一刻，叶临西无比渴望能看见他，想让他抱着自己，想让他贴着她的耳边说："没关系，有我在呢。"

可是叶临西知道他去香港是因为工作，平白无故地把他这么叫回来像什么样子嘛。

风雨彩虹，铿锵玫瑰。没关系，她是坚强的小玫瑰。

傅锦衡低声说："我尽快处理好就回家，你别看网上的新闻。"

"嗯，"叶临西又委屈地吸了一下鼻子，还不忘说，"要是爸妈看到新闻，你可一定帮我澄清，这个绯闻简直是太丢人了。"

傅锦衡说道："一切都交给我处理。"待准备挂断电话时，他又低声喊她的名字，"临西。"

叶临西又应了一声。

"你乖乖地听话，不要看那些不好的话，老公会帮你澄清的。"

叶临西突然听到他自称老公，整个人像是被电流轻轻地触过，身体酥酥麻麻的，难道这就是被撩到的感觉？叶临西原本心里的难过好像也被安抚到了。

傅锦衡挂断电话，转头看向身后的秦周，问道："联系到齐知逸了吗？"

这不过才几个小时的时间，就出了这么大一件事。秦周跟在傅锦衡的身边多年，深知如今叶临西的重要性，此刻真想伸手擦擦并不存在的汗，但仍立即说："刚联系上，齐先生因为品牌方的合作，今天有坐飞机去米兰的行程。"

叶临西之所以联系不上齐知逸，是因为他也在飞机上，而且他乘坐的是十几个小时的长途飞机。

因为他的经纪公司也联系不上他本人，压根儿不敢乱发什么声明。

这会儿齐知逸也刚下飞机，紧接着就接到了傅锦衡的电话。

傅锦衡深吸一口气，压着声音说："给你五分钟的时间，立即发微博澄清。还有，我不管那些是不是你的粉丝，只要对临西辱骂的，我一定会告到底。"

齐知逸还没说话，就听对方已经结束了通话。

他刚落地，人还睡得迷迷糊糊的，等看清楚跟自己传绯闻的人，真是觉得好气又好笑。

三分钟后，沉默了好几个小时的齐知逸更新了微博。

齐知逸：飞机刚在米兰降落，我也刚看到了网上的传闻。传闻不是真的，视频中的这位女士是我的家人，准确来说是我的小舅妈，亲的！所以麻烦各位，不要再传播这种乌龙绯闻。还有，我相信我的粉丝都不会骂我小舅妈的。

这条微博一发，原本还在各种群魔乱舞的黑粉们一下子偃旗息鼓了。

几分钟后，齐知逸又发了一条微博，配文是：全世界最般配的小舅舅和小舅妈。

配图正是那晚在傅家打网球时，他给傅锦衡和叶临西拍的照片。

他发完之后，很快又给傅锦衡发了一条微信，说道：小舅舅，这次可以了吗？

而在他发的这条微信上面是两分钟前傅锦衡发给他的一条微信：澄清力度不够。

粉丝原本就开心这件事得到及时澄清，在看到齐知逸又发的一条微博时，终于有人给出了精准的点评。

"这条微博我只看到了三个字：求生欲。"

绯闻女友变成小舅妈，还有比这更戏剧化的反转吗？

这些都是齐知逸的粉丝，她们现在已经不屑回应垂死挣扎的黑粉了，跟随着齐知逸的脚步，撑起了"全世界最般配的小舅舅和小舅妈"的 CP 大旗。

不过相较于之前就在视频里出现的小舅妈，这位新鲜出炉的小舅舅显然也被广大网友激情地讨论着，其中大部分在惊艳小舅舅的颜值。

"原来不是我一个人觉得小舅舅帅，而且这还是随手拍的图片。"

娱乐圈的粉丝特别喜欢吹嘘自家偶像的随手拍图，大家也习惯性地把修过的照片当作随手拍的图。

傅锦衡这张照片就是当时齐知逸随手拍的。

当时傅锦衡刚打完网球，额发微湿，透着一股不羁，再配上那张冷淡骄矜的脸，让人心动不已。

之前经常有什么民间帅哥之类的话题上热搜，今天这张照片实在是太优秀了，哪怕不是齐知逸发出来的，也能引起一大波关于颜值的讨论。

本来叶临西因为手机一直有陌生电话打进来，又有骚扰短信，所以她任性地把手机关掉了，在接到傅锦衡的电话后，又干脆把手机开机，却发现没有陌生电话再打过来。

齐知逸给她发了很多条微信，一开始还拨打了视频，见她关机没接到，又发了语音消息。

齐知逸：临西姐，你别着急，我会立即澄清的。对不起，真的对不起，让你被我连累了，真的很抱歉！

齐知逸：临西姐，你是不是生气了？

齐知逸：小舅妈，我已经公开澄清了，一定会还原事情的真相。

叶临西本来也没怪他，此时看到他这么卑微的模样，登时心疼起来，小粉丝的心态再次占据了心脏的高地。

逸仔，小舅妈不允许你这么卑微，哪怕是对她也不行。

她的少年应该是光芒万丈的，都是那些狗仔队的错。

况且当初逸仔来接她也是傅锦衡为了哄她开心，她要真追究责任，都是臭男人的错，关她的逸仔什么事？

叶临西见此赶紧给齐知逸回信息，刚按住语音键准备说话，就看到手机上冒出一个来电显示，仔细一看才发现是叶屿深。

要不是看见这个名字，叶临西差点儿忘记在这个世界上她还有一个亲哥哥呢，于是接起电话就没好气地说道："临东。"

叶屿深本来有一肚子话要跟她说，结果因这一声称呼闭了嘴，半晌才低声说："你生气了？"

叶临西没想到他还挺警觉的，一时又开始唠唠叨叨："全世界都知道我被欺负了，连我微信里八百年不联系的人都过来打听消息，结果你这个亲哥哥居然到现在才给我打电话。你还是我的亲哥哥吗？"

"也是，要不是你给我打电话，我都快了忘了我还有个哥哥呢。"

叶屿深就这样被扣上了一顶大帽子。

叶临西不等对方说话，继续吐槽道："你是不是要跟我说，你也钻进什么深山老林了，手机没有信号？"

叶屿深无奈地说："还确实是这样。我今天去玩儿滑翔伞了，回来之后才知道这件事。"

"我要跟爸爸说，"叶临西一时也顾不上自己的事了，毫不犹豫地说道，"你难道忘了你上次玩儿滑翔伞差点儿被摔死？居然还敢去玩儿！"

叶屿深非常喜欢极限运动，虽然现在乖乖地待在公司里准备当接班人，可是几年前，疯得全世界都快装不下了，极限深潜、徒手攀岩、八千米高空跳伞，上天入海，把该玩儿的和不该玩儿的都玩儿了一遍。

要不是之前出了一次事故，差点儿让他丢了一条小命，叶屿深估计还是不会收手。所以叶栋对于叶屿深玩儿这些极限运动一向格外反对。

叶屿深低声道："我就是一时技痒，这么点儿小事，你就别跟爸说了。"

"不行，你答应过我的，说话不算数。"

叶屿深正打算说两句好话哄哄她时，叶临西张口了。

"哥哥，你答应过我的，不许说话不算数的。"她的声音闷闷的，却一下子让叶屿深想起那次他出事故。

那次叶屿深出了事故，摔得浑身都不能动弹，甚至还有瘫痪的危险，就连沈明欢得到消息都第一时间飞到他的身边。一向跟他斗嘴斗惯了的叶临西就那么乖乖地趴在他的床边，眼泪汪汪地看着他，也不说话，就是眼睛眨也不眨地盯着他，生怕眨一下眼睛眼前的哥哥就会彻底消失。

叶屿深一时也心头温软，低声说："现在哥也知道你受委屈了，你放心，我一定不会让你白受委屈的。"

之前他看见消息时气得差点儿摔了手机，生气别人把一盆脏水往叶临西的身上泼。

叶临西打电话的工夫，又翻了翻微信，想起来还没回复齐知逸，赶紧给他回了几条，主要还是安抚，毕竟齐知逸跟她一样都是受害者。

这时姐妹群里已经热聊了百余条消息，叶临西刚点进去就看见她们正在夸傅锦衡的颜值，等看清楚照片，才问道：这张照片不是我在朋友圈里早就发过了吗？

当初她跟傅锦衡还处于表面夫妻的状态，硬是被傅锦衡逼着秀了个恩爱，所以她对这张照片印象特别深刻，只是事情过去这么久，不明白姐妹们干吗又开始讨论？

姜立夏：守护全世界最般配的小舅舅和小舅妈。

柯棠：守护全世界最般配的小舅舅和小舅妈。

叶临西：你们发什么疯？

姜立夏：你居然没看微博？

姜立夏：全民都在追的 CP 本人，居然不知道这件事？

柯棠：小舅妈，你红了。

柯棠：我已经看见有人给你们申请超话了。

不过是关机了几个小时，叶临西实在不明白到底发生了什么？刚才她听到齐知逸的语音说他已经在微博上澄清了，且开机之后她还没来得及看微博就先接到了叶屿深的电话，此时她顾不上再回复消息，立即打开微博。

果然，她看到热搜第一已经变成"齐知逸澄清绯闻"，点进去就看到齐知逸的微博。

此时澄清微博已经被转发了几十万次，点赞数更是超过了三百万个。这种体量的转发和点赞数，基本上算得上是全民参与了。

叶临西一下子就看见了齐知逸发的两条微博。

第一条微博是澄清的，这第二条微博算是替她和傅锦衡秀了个恩爱吗？

难怪姜立夏一直说什么守护全世界最般配的小舅舅和小舅妈，原来这件事居然是阿逸搞出来的。

很快，叶临西退出热搜第一的广场，等再次仔细看热搜时，发现不仅自己的名字还在上面，就连"全世界最般配的小舅舅和小舅妈"这个词条也在热搜上。而且这个词条还在前十，热度不小。

叶临西也不知道身在香港的傅锦衡有没有看到，反正有种又尴尬又甜的感觉。

他们是最般配的吗？

叶临西忍不住把那张照片点开看了一眼，说起来当初他们两个还处于表面夫妻的状态，特别是她，完全是假笑模样。可是她现在仔细地看看，两个人的肩膀轻挨着彼此，两个人就连偏头的方向都是朝着对方的。

整张照片有种静谧又悠闲的感觉，他们两个人看着真的很般配。

叶临西一晚上也没干别的事情，就光顾着看这张照片，看着看着，手机就从掌心滑落，她居然不知不觉间睡着了，等她醒来的时候已是第二天早上。

本来叶临西醒了想要掀开被子起床上班，可拿起手机看着日历上清楚标注着的星期六，突然松了一口气。

昨天她跟江嘉琪在律师事务所里大吵了一架，今天不太想去上班。叶临西的性子受不得一点儿委屈，她这时候倒不如安静地待在家里，哪里都不去才好呢。

今天正好是周六，她乐得不上班，看了一眼外面，刚拿起手机，又想起昨天的糟心事，一时又觉得手机也不好玩儿了。

之前姜立夏被网络暴力时，叶临西安慰她时总说别在乎那些人的攻击，可真轮到自己时，哪怕虚假绯闻已经被澄清，心里也总堵着一口气。就好像河里突然被扔了一堆石头，溅得水花四起，等时间一长，连水上的那片涟漪都消失不见。那条河看起来还是之前的那条河，可是没人能看见那些石头此刻就压在河底，只有河流自己才知道。

伤害虽然会被时间慢慢地抚平，但是不会彻底地消失，那些伤害终究还是会留下痕迹。

叶临西起床没多久，就收到了南漪突如其来的关心。

南漪给她打电话时，连口吻都是小心翼翼的："临西，你还好吧？"

"妈妈，我没事。"叶临西怕她多想，还笑着问，"你不会也玩儿微博吧？要不然你怎么知道这件事情的？"

南漪说："是阿逸的妈妈给我打电话说的，还说特别对不起你。因为阿逸是娱乐圈的，时常被人跟踪偷拍，连累你也被偷拍，还被诬陷成那个样子。"

这种事情家长都是偏向自家孩子的。

叶临西语调轻松地说道："表姐实在是太客气了，都是一家人，不用说这么见外的话。"

南漪听她的口吻确定她应该没什么问题，这才真的松了一口气，继续说道："其实之前傅婕他们就不同意阿逸进娱乐圈的，毕竟男孩子嘛，进公司帮帮长辈才是正经事。不过阿逸喜欢唱歌跳舞，对这个也很擅长。他们也就没太拦着孩子，没想到倒是让他闯出了名堂。"

叶临西觉得还是应该帮齐知逸说几句好话："其实也不是每个人都适合进公司上班的，比如我，就比较喜欢律师事务所的工作。要是让我去自家公司上班，我也会不自在的。"

南漪听得出来她完全没怪齐知逸，于是轻松地说道："阿逸的妈妈生怕你会不开心呢。"

"哪儿有？上次阿逸来接我还是锦衡让他来的。说起来是我们麻烦他了。"在家里长辈的面前，叶临西向来乖巧又贴心。

打完电话，叶临西继续窝在床上。反正今天是周末，傅锦衡又不在家，她也懒得动弹。

听臭男人说要在香港待三天，她恨不得在手机上标注一下：老公离开的第一天，想他。

很快，微信里传来疯狂的提醒音。

柯棠：临西，你居然找了律师事务所的郑 par 出面给你发律师函。

柯棠：我听说这位大状每小时五千块，真的收费巨贵。

姜立夏：我们小玫瑰这么大牌，别说请一个每小时收费五千块的大状，哪怕是请一个每小时收费五万块的大状都不嫌贵。

柯棠：杀鸡焉用宰牛刀！我是想说，这种案子其实我也可以做的。

姜立夏：你不是专门打离婚官司的？

柯棠：那姐姐我就有必要给你科普一下了。一般来说，越是顶级的大状才会分得越精细，术业有专攻嘛。至于底层律师，有案子就不错了，谁还会挑三拣四？

叶临西不明白她们在说什么，但就是有种自己再一次被世界抛弃的感觉，看了一会儿柯棠和姜立夏你来我往的发言，才知道了事情的原委。

十分钟前，珺问律师事务所的官博突然发了一条律师函。

北安珺问律师事务所：针对近日网络中出现的关于叶临西小姐的不

实新闻报道，以及部分网络用户在网络平台中对叶临西小姐侮辱、诽谤一事，本律师事务所发布本次声明。本律师事务所已依法对以下 ID 发布的内容完成了取证工作，并即刻启动诉讼程序，追究其法律责任。

一开始大家的画风还算正常，直到有一群很不对劲儿的官博闯入。

盛亚集团：保护全世界最般配的总裁和夫人。

盛亚科技：保护全世界最般配的总裁和夫人。

安翰科技：保护全世界最般配的总裁和夫人。

前排一水儿的公司官博纷纷发言，看得底下的粉丝一愣一愣的，都在猜测总裁和夫人是谁，直到盛亚旗下的所有官博都下场，才明白是怎么回事。

盛亚本来就家大业大，旗下涉及行业多，官方加认证的微博不少。

有懂内幕的人终于憋不住爆料了。

"可算是能说了，这位家里有钱不说，嫁的老公更是非常有钱，他俩属于门当户对的婚姻。"

"所以，她的老公真是盛亚的总裁？"

很快有人从盛亚总部到分公司的一众总裁和副总裁名单里扒出了一位最符合条件的——盛亚的未来接班人傅锦衡。

"所以，昨天那个大帅哥，不仅帅，还家里有矿继承？"

"原来这就是传说中的高富帅霸道总裁。"

"等一下，齐知逸的家境到底是什么样子的？怎么突然就冒出了这么富贵的小舅舅？"

就在大家一脸蒙地讨论时，突然看到另外一股官博势力下场了。

泰润集团：保护全世界最好的大小姐。

泰润百货：保护全世界最好的大小姐。

网友看到这一批认证官博下场时，本来已经震惊的心似乎一下子变得习以为常了，仿佛今天发生再奇怪的事情他们都不会觉得奇怪了。

当然也不乏好事之徒在泰润集团的官博下提问。

网友：请问叶临西跟你们是什么关系？

泰润集团：大小姐。

简洁明了的三个字让大家明明白白地了解了事情的真相。

此时在家里的叶屿深，正一脸无奈地听着助手的汇报。

"我们这边的律师还在调查取证，但是珺问律师事务所已经发了律师声明，所以我让他们先暂停了。"助手一脸无奈地说道。

谁能想到发个律师声明还要争分夺秒的？

叶屿深喝了一口面前的咖啡，眼神幽幽地看向助手，说道："我记得秦周是你同校的学长吧？"

助手浑身一僵，因为从自家老板的表情里看到了"下次你要是再敢让我输给傅锦衡，我就让你滚回家"的威胁。

助手立即严肃地说道："叶总，是我办事不力。"

叶屿深也懒得追究他的责任。

后面又发生了盛亚系官博全员下场保护总裁和夫人的事情，于是就有了两家你不让我、我不让你互相争辩的状况。一开始还在群里感慨珺问那位每小时收费五千块的大律师的姐妹们在这些蓝V下场后，彻底没了动静。

叶临西用手掌托着下巴，心想：要是现在发一下截图到群里，会让她们觉得自己是在秀恩爱吗？

可叶临西还是忍不住呀，当了二十多年的大小姐，还是第一次遇到这么偶像剧的事情。这也太值得炫耀了吧！于是，叶临西想了想，还是把截图发在群里，最后还发出一个小小的疑问：你们说，这些官博下场是傅锦衡授意的吗？

姜立夏：我本来已经闭嘴了，你这是非要堵到我家门口秀恩爱了，是吧？

柯棠：是可忍，孰不可忍？

柯棠：都是熟人，做人要诚恳点儿，秀恩爱也要直白点儿。

好吧，她好像就是在秀恩爱。

不过短短一天的时间，叶临西就仿佛经历了从地狱到天堂的过山车一般的过程，作为一个素人，她平时极少在媒体面前曝光，这次也享受了一下公众人物的生活。

也正因如此，她才发现自己果然还是不喜欢这样的生活，虽然平常也会参加时装周和各种酒会晚宴，也会遇到媒体，可是引起的关注是小范围的，跟这次全民参与讨论的感觉还是不一样。

叶临西在家闲着没事，又在下午补了个觉，醒来时就感觉黄昏的光线从微微拉开的窗帘处斜入房间里，随后她听到外面有说话的声音。

她以为是阿姨在外面，正好也觉得渴了，干脆喊了阿姨一声，想让阿姨帮忙倒杯水，谁知刚喊完，就发现外面隐约的声音居然消失了。

她怔了一下，本来还沉浸在刚睡醒好想再赖一会儿床的情绪中，这会儿只能掀开被子下床倒水，就在刚把被子掀开一半时，看见房门被推开了。

"阿……"她一边说话，一边转头往门口看过去，然后声音突然消失在唇边。

叶临西就那么呆呆愣愣地看着面前的傅锦衡一步一步地走到她的面前，看到他弯腰在她的额头上轻敲了一下，他柔声地说道："怎么傻了？"

"你什么时候回来的？"叶临西一下子从床上蹦了起来，然后撞进了傅锦衡的怀里。

傅锦衡恰逢其时地伸开双手，将她整个人抱在怀里，软玉温香扑满怀，一时间不仅怀抱里是满的，好像心里也被填满了。

她用双手轻轻地勾住他的脖子，许久没动，直到发出一声极清晰而又透着压抑的抽泣声。

傅锦衡心头一惊，想要拉开她的手臂。

可是她的双手紧紧地抱着他的脖子，她死活就是不要撒手，似乎生怕被他看到自己哭泣的模样。

叶临西也说不上为什么，在投入他怀中的那一瞬，所有的委屈、无助、难过，都像是放闸的洪水般倾泻而出，明明之前都没哭，居然一看见他就眼泪不自觉地流了出来，简直太丢脸了。

"临西。"傅锦衡低声喊道。

叶临西有些尴尬，嘴硬地说道："对呀，我就是哭了。你不要看，我哭起来很丑。"

她理直气壮的口吻又逗笑了傅锦衡，直到她听到他轻叹了一声。

"你真觉得我哭起来很丑啊？"叶临西突然松开他，用一双还闪着泪光的清澈黑眸，直勾勾地望向他，说道。

傅锦衡的表情格外无奈，他还什么都没说呢，就发现好的坏的好像都被她说完了，于是伸手将她脸颊上的泪珠轻轻地擦拭掉，再抬眸看她时，语气中透着一股宠溺，说道："不丑。"

叶临西还是直勾勾地望着他。

他又轻轻地笑了一声，微微地勾起嘴角，说道："是仙女在落泪。"

第十六章

我爱一人欲发狂，何解？

"仙女"这两个字犹如从天而降，砸得叶临西差点儿把眼泪都憋了回去。她泪眼婆娑地望着傅锦衡，突然伸手很认真地在他的脸颊上拉扯了起来。

傅锦衡也没动，安静地坐在床边任由她胡闹。

叶临西一边拉扯一边说话："你真的还是那个臭男人吗？"

"臭男人"这三个字让傅锦衡含笑的眼睛微挑了一下。

叶临西眼瞅自己一不小心又把实话说了出来，嘟囔道："还不就怪你自己，突然一下子变这么多，害得我都措手不及。"

"变太多吗？"傅锦衡倒没觉得自己变化很大，难得虚心地求教道，"那你觉得我以前是什么样子？"

叶临西认真地想了半晌后，才红着眼圈望着他，说道："要是以前，你肯定会跟我说……"

她清了一下嗓子，刻意压低声音："临西，你一直被惯坏了，偶尔让你体会一下社会的毒打，对你也有好处。"

傅锦衡闻言觉得有些好笑，随后又低声说："我不会这么说的。"

哼，臭男人居然不承认！奈何哈佛大学毕业的叶大小姐记忆力也不是吹的。

"你就是说过！"她坐直了身体，轻声抱怨道，"我第一天去珺问上班，你接我去餐厅吃饭，说我无法适应普通人的生活，还说让我体会一下对我比较有好处。"

"是这样吗？"傅锦衡伸手握住她的手掌，故作失忆一般，说道，"我都不记得了。"

"不可能。"叶临西盯着他的脸，似乎在等他的回答。

这人的记忆力只怕比她还好，她都能记得的事情，他怎么可能不记得？

"真的不记得了。"傅锦衡说话时神色平静，连眉梢都没抬一下。

叶临西被这个男人的无耻打败了，安静地坐在那里，双手环抱着胸前，眼睛直勾勾地盯着他，企图用清澈的双眼让这个臭男人捡起良心。

傅锦衡突然说："我有点儿饿了，你想吃什么？"

"小……仙……猪！"叶临西的语速很慢，她甚至是一字一顿地说道，"这个你总不会也忘了吧？"

傅锦衡真没想到这个时候她居然还想要跟自己翻旧账，于是直直地看着她，随后低下了头，直到肩膀微动，发出一阵不大不小的笑声。

他在笑？他还敢笑？

"你笑什么呢？你现在这是什么态度？"叶临西略有些不满，其实也不是故意想挑刺，就是突然想到那个让她耿耿于怀的"小仙猪"事件。

傅锦衡看了她一眼，笑着说："很可爱。"

"嗯？"

"不是在笑你，"傅锦衡似乎很喜欢握着她的手，又伸手把她的手掌扯了过来，慢悠悠地说，"只是觉得这个称呼有点儿可爱。"

叶临西听着他的话，虽然心里很开心，可又有一种整个人飘在空中的不踏实感，就好像这一切都是在做梦。

臭男人怎么突然转变了？他哄她的时候这么有一套！

"你现在怎么这么会哄人了？"叶临西咬着唇，还是没忍住，伸手戳了一下傅锦衡，问道，"我不会是在做梦？这是梦吗？"她说完又用力地戳了一下傅锦衡的胸口，却又有很真实的触感。

傅锦衡被她一下一下戳得有些想笑，便抬手搭在她的脖颈上，将她整个人带入怀里，然后低头咬上她的唇。

他的动作不轻不重，却又带着点儿力度。

"疼！"叶临西"嘶"的一声倒抽了一口气，抬手就在他的胸口上打了一下，恼羞成怒地说道，"你咬我。"

傅锦衡垂眸看她，说道："我只是想帮你再确认一下。"

叶临西一时不明白他说的确认是什么意思？

"还要再确认一下吗？"傅锦衡微微凑近，他诱人的薄唇绯红，也停在了离她近在咫尺的地方，他说出的话也带着蛊人的醉意，"要吗？"

叶临西下意识地抿唇，说道："不许咬人。"

"好，不咬。"下一秒，他就偏头凑了上来，待唇瓣刚贴近她的唇时，舌尖已经驱入。

这个吻温柔又缠绵，不知过了多久，叶临西只觉得缺氧得厉害，可是又推不开他，只能继续承受着。

待这个绵长的吻结束后，傅锦衡才松开她，低头看着她眼底弥漫着的水光，又在她的眼睑上落下一吻。

"我说过我会学的。"

原来他也可以很嘴甜，很会哄人。

因为天冷，叶临西也没有出去吃饭，自然是待在家里。傅锦衡刚下飞机，习惯先洗个澡。叶临西先下楼，到了厨房里悄悄地问道："阿姨，今天做什么饭？"

"做你喜欢吃的虾，锅上也炖了汤。"阿姨见她朝厨房里看，问道，"你是不是饿了？我先给你盛碗汤喝吧！"

"不用，不用，"叶临西拒绝道，然后小声地说，"你再做两道他喜欢吃的菜吧。"

"先生喜欢吃的？"阿姨笑眯眯地望着她。

叶临西点头，本也想亲自上阵，奈何读书还行，却没有丝毫厨艺天赋，之前包个小馄饨丑得让人认不出来。

叶临西知道阿姨以前就在傅家当保姆，想来她应该对傅锦衡以前的事情很了解，就站在厨房门口问道："他的口味是不是一直没怎么变过啊？"

"对，锦衡的口味一直比较淡。"

其实阿姨也就是这两年才开始叫他先生的，以前是直接叫他的名字。

"阿姨，他以前是不是话也这么少？"叶临西好奇地问道。

虽然她跟傅锦衡很早就认识，可毕竟他是哥哥的朋友，想要接触他，却又害怕被人发现她的小心思，就连他偶尔留在她家吃饭时，她也是安静到几乎不会抬头看他。

阿姨一边做饭，一边说道："锦衡以前话也不多，但是那时候性格很温和，不像现在……"

见阿姨说着说着突然停住了，叶临西好奇地望过去。

"夫人，我不是故意要说先生不好，"阿姨大概也觉得自己犯了忌讳，生怕惹得叶临西不开心，思考了片刻后才继续说，"我就是觉得他跟以前很不一样。"

叶临西点点头，说道："我理解你的意思，没事。"

阿姨这才松了一口气。

何止是阿姨觉得他变得很不一样，叶临西每每回想起高中时候的傅锦衡，再看着面前的臭男人，都会觉得这完全是两个人。

当然，她好像更喜欢现在的这个他。

叶临西藏不住什么小心思，低声地说道："虽然他现在表面上有点儿冷漠又不近人情，但实际上还是挺心软的。"

"是啊，"阿姨笑了起来，只是似乎想到一些往事，忍不住摇头说，"其实要不是那件事，锦衡也不会变化这么大。真是作孽啊！"

那件事？哪件事啊？

叶临西作为一名职业律师，抓重点的能力的确很强，问道："什么事情？"

阿姨诧异地看着她，似乎觉得她不知道这件事很奇怪，说道："还不就是他读高中的时候……"

阿姨突然停下讲话，脸上浮现出有些尴尬的神色。

叶临西转头就看见正往这边来的傅锦衡，撇了撇嘴，心想：真是说曹操曹操就到。

别人刚一谈到他，他立马就出现。

傅锦衡走过来，伸手就在她的头发上揉了一下，说道："聊什么呢？这么开心！"

他现在好像喜欢上了揉她头发时的感觉。

"在跟阿姨聊你上学的时候有没有什么丢脸的事情？"叶临西望着他，继续说，"不过阿姨还没跟我说呢，你就来了。"

傅锦衡盯着她，眉眼含笑地说道："怎么不去问你哥？他应该很乐意告诉你啊。"

叶临西有些吃惊地说道："你还真有丢脸的事情？"

傅锦衡有点儿被这个问题问住了，微偏了一下头，沉默了几秒后才继续说道："毕竟我是人，还不至于那么完美。"

叶临西莫名觉得这句话有种炫耀的感觉，"哼"了一下，气呼呼地说："好呀，那我现在就去问我哥。"

不过真的聊到以前的事情，叶临西还是挺好奇的，又问道："我哥呢？他以前有没有什么特别丢脸的事情？"

叶屿深虽然生性不着调，可是在她的面前，还总是维持着哥哥的模样，动辄就以哥哥的身份压迫她。

"你真要听？"

"要啊，"叶临西怕他不说，主动伸手挽着他的手臂，撒娇一般晃了一下，说道，"你说嘛。"

傅锦衡想了一下，回答："还是吃完饭再说吧。"

"为什么？"

"因为认真说的话，应该可以说到后半夜。"

叶临西愣了半晌，突然说："我哥知道你在我的面前这么抹黑他吗？"

"所以，他在你的面前，"傅锦衡的脸上浮现一丝讥讽的意味，他顿了一下，慢悠悠地问道，"有少说我的坏话吗？"

叶临西心想：那倒是没有。

叶屿深知道他们两个吵架闹离婚时，可是恨不得连律师都立即帮她找了。

叶临西也是在这时才突然意识到他们才是相爱相杀的一对儿，而她只是一个外人。

周末总是这样转瞬即逝，叶临西还没晃过神来，发现两天的休息时间已经过去，但是经过休息后，快把网上的是是非非忘记得差不多了。

毕竟再轰动的舆论事件在停歇之后都会风平浪静，就像是海面上的龙卷风，刮得最厉害时，仿佛毁天灭地，可当渐渐平息后，海面总会恢复原有的那种平静。

只可惜，虽然叶临西平静了下来，但是别人还处于一种八卦的兴奋当中。

叶临西早上上班乘电梯时，甚至能感觉到不停有人在打量她，就连进律师事务所跟前台小姑娘打招呼时，都发现对方似乎战战兢兢的。江嘉琪在看见她的一瞬间，当真身体抖了一下。

叶临西本来是连眼神都不想丢给她一个。

可是江嘉琪一直用一种欲言又止的眼神望着她，在看到叶临西起身后，突然也站了起来。

叶临西却什么也没说，直接从她的旁边绕了过去。

"叶律师，"江嘉琪在她身后突然喊住她，低声说，"我能跟你单独说几句吗？"

"是跟我说对不起吗？"叶临西看着她支支吾吾的模样，干脆地问道。

叶临西本来是要去打印资料的，说完这句话后，突然笑了起来，再看向江嘉琪时想也不想地扔了一句话："要是道歉有用的话，还要我们律师干吗？"

江嘉琪一时间愣在原地。

"你知不知道你之前说的话对我已经构成了诽谤，损害了我的名誉权？"叶临西似乎想到什么似的，笑盈盈地看着江嘉琪，继续说道，"哦，对，不应该是我在这儿跟你浪费时间，我应该找郑 par 亲自来跟你聊聊，毕竟这两天他正在搜集诽谤我的证据。"

郑威是傅锦衡替叶临西请的律师，还是珺问律师事务所的高级合伙人，也就是前两天在网上替叶临西发布律师声明的律师，作为行业里的顶尖律师，处理这种损害名誉权案件，确实像柯棠说的那样，杀鸡用了宰牛刀。

江嘉琪赶紧说道："别。"

江嘉琪在家这两天，当然已经把网上的是是非非都看了一遍，所以不会不知道叶临西是什么身份，更不会不知道珺问律师事务所亲自替她发的律师函。那天她还在办公室里当着那么多人的面指责叶临西。如果真的较起真儿来，叶临西确实是能告她。虽然损害名誉权之类的案件不会留下什么案底，她顶多就是赔钱或者道歉。可如果叶临西真的提告，她还有什么脸面来珺问实习？到时候不仅是她的脸面，恐怕连家里人的脸面都会被她丢光。

江嘉琪这次彻底怕了，诚恳地说道："对不起，我也是被假新闻蒙蔽了，真的不是故意的。

"我真的想在律师事务所好好工作，希望能得到你的原谅。

"我想跟大家继续学习，努力成为一个律师。"

叶临西听着觉得非常可笑。

江嘉琪这话是什么意思？是她叶临西耍手段赶江嘉琪走吗？

律师的工位都是挨在一起的，周围不仅有她们团队里的人，还有其他团队的人，此时大家虽然都看似在忙工作，可还是竖着耳朵听着这边的动静。

叶临西突然有点儿理解江嘉琪为什么要在众人的面前说这件事了。

虽然江嘉琪这样做看起来是丢脸了点儿，但是她主动来求和，要是叶临西不接受，是不是显得叶临西格外小气了点儿？不过是同事之间的争执，她不应该闹到告对方的程度吧？

要是叶临西真的不管不顾地告江嘉琪，只怕以后在律师事务所也没人敢跟她接触了。

江嘉琪平时工作没见多机灵，耍这些小心眼倒是挺聪明，连道德绑架这套都用上了。

"所以你的意思是，我不原谅你，你就不能在律师事务所好好工作了？我不原谅你，你就不能跟大家好好学习，就不能成为一名律师了？"

面前的江嘉琪再也没了平日的趾高气扬，整个人垂着头，摆出楚楚可怜的模样，有种任由叶临西处的可怜感。

"好吧，"叶临西点了下头，微微一笑，说道，"我不会原谅你。"

原本在听到"好吧"这两个字时，江嘉琪已经有些惊喜，却在听到后半句时错愕地抬起头。

叶临西收敛笑意，面无表情看着她，说道："被伤害的人就必须谅解加害者吗？只要加害者说一句对不起，那些伤害就能当作完全不存在吗？不好意思，我一直就是这么小气的人，也不会原谅伤害过我的人。

"需要反省的人也不是我，而是你自己。既然你什么都不知道，难道不是应该乖乖地闭嘴吗？而不是只看一个捕风捉影的新闻，就对别人口出恶言，你这种人跟网上那些键盘侠又有什么区别？

"我还是那句话，今天就送给你了。在成为一名好律师之前，最起码先学会做人的道理。"

叶临西下午出去了，因为在外面工作得太晚，也就没回来，直到第二天才重新到律师事务所上班。

柯棠趁着还没上班，把她拉到一边，说道："你们组的那个江嘉琪辞职了。"

"辞职了？"叶临西也有些惊讶，随后又无所谓地说道，"哦。"

柯棠见她满不在乎的模样，赶紧说道："这件事还没被大规模地传出来，我也就是听别人说的，反正听说她昨天跟关系好的人告别，说今天就不来律师事务所了。"

叶临西昨天下午不在律师事务所，自然不知道这件事。

"你们昨天是不是又吵架了？反正私底下好多人在传。"柯棠忍不住翻了个白眼，说道，"居然还有人说是你把她逼走的，也不听听她说的那些话！让她辞职都算是便宜她了。我要是你，就跟老公告状，你老公最近不是在抓那些诽谤你的人吗？"

"她？"虽然这话叶临西昨天确实说过，不过当时也就是吓唬江嘉琪的，"我干吗要在她的身上浪费社会资源？你不是说郑 par 一个小时五千块很贵吗？她配让我花这个钱吗？"

柯棠斩钉截铁地答道："不配。"随后她又好奇地问道，"可他们都传你昨天让郑 par 找她聊聊的事。"

"我吓唬她的。"叶临西撇撇嘴说道，"谁知这人做贼心虚这么不经吓，一下子就辞职了。"

柯棠虽然没说更多，但这一天下来，叶临西明显感觉到有些人看她的眼光不太一样了。

他们的眼神躲躲闪闪的，好像他们只要被她看一眼，就会被迫害似的，弄得叶临西下班回家后都闷闷不乐的。

傅锦衡一回来，刚脱了大衣，就看见她一脸不开心的模样，关切地问道："怎么了？"

叶临西就等着他问这句话呢，便把整件事情说了一遍，然后抬头问道："你觉得我做得很过分吗？是我把她赶走的吗？"

明明是对方的错，她不过是吓唬了对方几句，现在弄得好像她才是那个恶人似的。

傅锦衡低头看她，认真地说道："不是。"

他短短的两个字似乎一下子给了叶临西力量。本来她就没有觉得自己做错了，只是需要有一个人很坚定地告诉她不是。而这个人如果是傅锦衡的话，她就相信。

见叶临西脸上露出心满意足的表情，傅锦衡也笑了下，轻声地说：

"算她跑得快。"

叶临西没明白他的意思。

傅锦衡继续说道："本来我确实打算告她的。"

冬季降临，寒风凛冽，大地仿佛都被冻起来了。

叶临西到达安翰科技时，被前台领到了办公室里等着。

很快，安翰科技新任 CEO 卓远航推门进来，身边跟着安翰科技的人事总监和法务。叶临西站起来，跟对方一一握手。

待双方分开而坐，卓远航让身边的人事总监介绍情况。

"就在昨天，我们的竞争对手华康公司，正式对外发布了最新一代智能安保机器人 T2，跟我们即将推出的新产品有高度重合的部分，包括对方宣传的产品优势、核心技术。"

"所以，你们怀疑之前离职的开发团队核心成员顾凯泄露了你们的商业机密？"

卓远航神色凝重地点头，说道："对。"然后他将手边的文件交给了叶临西。

之前叶临西也初步了解过这个案子。

据说当时安翰科技只是怀疑这个叫顾凯的员工违反了竞业限制协议，但还没来得及调查，就遇到了对手公司抢先发布新产品的情况，紧接着就被对手公司抢占了产品上市的先机。

如果安翰科技想要再推出产品，就必须承受公众的挑剔，哪怕明明是他们研发在先，也会被冠上抄袭的罪名。

自媒体这么发达的网络上，每天都有各种关于抄袭的争议。哪怕对手公司一开始证据不够充足，只要能闹起来，引起关注就算是达到目的。就算之后被指控抄袭的人澄清了自己，也没有太多人关注了。因为很多人并不在乎事情的真相，不过是从众地发泄负面情绪。

所以，安翰科技绝不能背上抄袭的名声。

叶临西说："你们希望尽快找到顾凯跟华康科技之间的关系，证明他确实提供了核心技术思路给对方，对吗？"

卓远航颇为赞同地点头。

单单是关于竞业限制的取证已是很难，现在还涉及商业机密泄露。

不过叶临西也没表现出任何情绪。

如果事情简单的话，安翰科技也不需要律师帮他们出面解决问题了。

"我看过之前你们签的竞业限制协议，其中竞业限制的范围是六家科技公司及其控股的下属公司，华康是在这六家公司之中。"

所以，她只要证明顾凯确实跟华康有关系，那么接下来的困难就会迎刃而解。

竞业限制协议会规定特定的竞争对手公司，正好华康就在安翰科技规定的公司里。

叶临西之前看资料时，就把这六家公司都仔细地审查了一遍。

华康营业执照的经营范围跟安翰科技确实是有重叠的部分，这家公司涉及社交机器人、商务机器人、儿童科技产品，还有就是最近刚推出的安保机器人。

叶临西还是多嘴问了一句："卓总，对于高科技产品这方面我不专业，所以会不会有两方之间创意相撞的情况？"

卓远航说道："确实存在这种可能性，毕竟现在 AI 技术越来越成熟。涉及各行业的机器人产品都在推出，但是他们抢在我们产品之前上市，光是这一点就很可疑。

"不过在调查顾凯时，我希望你尽量保持低调。毕竟他确实是核心技术成员，还是公司的老员工，我们也要考虑对公司内部的影响。"

叶临西对此表示理解。

大家也都知道，安翰科技刚被收购，虽然目前还没进行改革，但是迟早是要被并入盛亚科技的。安翰科技的三位创始人已经走了两个人。冯敬在公司里经营了这么久，手底下还是有一批人的，很有可能会狗急跳墙带领骨干技术人员出走，另起炉灶。虽然傅锦衡看不上冯敬，但如果真遇上这个情况，当初收购安翰科技的目的就算是彻底失败了。因为在科技公司里，最值钱的资产永远是技术人员。

卓远航不让叶临西这么大张旗鼓地跟顾凯打官司，是怕寒了现在留在公司里的员工的心。

顾凯当初是技术组组长，据说人缘非常不错。

会议结束后，叶临西准备告辞。

卓远航也跟着她一块儿下楼了，后面还跟着几个应该是做技术的人员。

他们都戴眼镜，身穿圆领毛衣格子衫。虽然刻板印象要不得，但技术人员的模样确实太好被辨认了。

"卓总要出去？"叶临西寒暄道。

卓远航是典型的高管模样，身着西装三件套，虽年过四十岁，但是身材保持得不错，闻言笑着说："我去接个人。"

到了楼下，叶临西就知道他接的是谁了。

傅锦衡的车刚到公司的门口，他下车就看见站在卓远航旁边的叶临西。

卓远航依次为傅锦衡介绍了身边的几位技术人员。

这还是身为大老板的傅锦衡自收购安翰科技之后第一次过来考察，本来今天是要去实验室参观，不过还是先来了一趟公司。

等轮到介绍叶临西时，卓远航想了一下，介绍道："这位是叶律师，是我们合作律师事务所珺问律师事务所的律师。"

叶临西还是头一次在这种职场化的环境下跟傅锦衡见面，猜想：卓远航应该知道她和傅锦衡的关系。毕竟她这次也是被指派过来处理顾凯案子的，而指派的人就是傅锦衡。

至于其他技术人员，叶临西猜测他们应该是不知道情况的，毕竟网络上的是是非非也不是所有人都会关注到的。

感受着周围平静的气氛，她莫名有些心虚。

直到傅锦衡像刚才跟其他人握手那样，冲着她轻轻地伸出手，说道："叶律师。"

叶临西第一次听到他这么喊自己，耳朵像是被小绒毛轻挠而过，心脏不受控地开始加快跳动的速度。

她伸手握住他的手时，就听他声音低沉地说道："辛苦了。"

说罢，他收回手，只是在收回时，手指在她的手心上轻轻挠了下。

这个动作不轻不重，蜻蜓点水般一划而过。

叶临西瞠目，愣在原地，等回过神来，才意识到臭男人这是当众偷偷地撩她，耳根一下子红透了，然后才抬眼看向他。

傅锦衡英俊的脸颊上表情浅淡，他一向不爱笑，此时也只是微勾着嘴角，让自己看起来稍微亲和些。

"那我们现在就去实验室吧。"卓远航说道。

安翰科技的实验室就在后面的那栋大楼里。这里是北安的高科技产业园区，很多创业型高科技中小企业在这里有办公室，毕竟房租有政府的补贴，相较来说更利于成本控制。而盛亚科技则是因为家大业大，有专门的基地。

叶临西趁机告辞，说道："那我就……"

"叶律师也一起吧。"

"啊？"叶临西吃惊地看着傅锦衡，实在没想到他会邀请自己。

傅锦衡淡声道："叶律师是公司以后长期合作的律师，不算外人。"

她应该说什么？她要说"谢谢信任"吗？

除了卓远航看了叶临西一眼，其他几位技术骨干居然没对这个说法有异议。

叶临西突然感受到了技术宅们的那一丝丝天真了。

实验室就在隔壁大楼，他们步行过去。傅锦衡和卓远航两个人一起并肩走在前面，叶临西走在后面。

穿着黑色大衣的傅锦衡长身玉立，肩背挺得笔直，步伐徐徐，冬日略显清冷的光线落在他的身上，依旧照出冷色调的白。他正扭头跟卓远航说话，也不知聊到什么，突然朝叶临西看了过来。

虽然他的目光只停顿了一秒，可叶临西看见他明亮的目光在她的脸上轻扫而过，还看见他嘴角的一丝笑意，不禁有些愣神，随后又赶紧甩掉脑海里的胡思乱想，只不过在心里暗暗恼火，今晚回家一定要收拾臭男人，让他以后不许这么笑了。

之前叶临西也来过安翰科技的实验室，不过那次是为了见乔云帆，根本没有仔细看过。

傅锦衡这次过来，是因为安翰科技即将推出新一代安保机器人。

高科技企业更新换代一向是争分夺秒，特别是 AI 行业，时间就是金钱。

乔云帆作为主讲人，在实验室里等着他们，待他们一行人到了之后，才开始介绍这个新产品。

叶临西这才发现乔云帆的口才很不错，作为一个 AI 行业的"门外汉"，都能将他所说的科技问题听得很明白。

工作人员正在进行基本功能展示，傅锦衡见叶临西看得入迷，转头看她，问道："你觉得怎么样？"

"很神奇。"叶临西由衷地说道。

这个新一代机器人的跨楼层机动性得到了进一步的提升，它正在表演怎么进出电梯。

叶临西看着小小的机器人，莫名有种它很可爱的感觉。

乔云帆说道："我们的机器人可以被运用在任何场所，包括商场、医院、学校、办公楼等。只要需要安保，它都可以发挥功能。"

叶临西抬手鼓掌，觉得他说的这个市场前景真的很广阔，只不过鼓掌之后才发现周围一片安静，也意识到自己表现得太激动。

卓远航笑道："看来云帆的感染力不错，最起码把叶律师打动了。要不这次新产品上市发布会就由云帆来主持吧？"

自从乔布斯亲自上阵介绍苹果的新产品之后，越来越多科技大佬开始走到台前。每次公司的新产品发布会就是他们的秀场，而之前这种露脸的时候一般是由公司 CEO 来。

之前安翰科技的新产品发布会是冯敬出面，毕竟在媒体露脸，更能让大众有他作为公司创始人的印象。

乔云帆也没想到卓远航会这么决定，下意识地看向傅锦衡，毕竟他也知道傅锦衡才是那个拍板的人。

"你做决定。"傅锦衡看着卓远航，点头说道。

宣讲结束后，大家随意地聊天。

在傅锦衡跟乔云帆说话时，叶临西随意地看着周围，虽然她之前来过一次，但没太注意到这边精密的仪器。

"在看什么？"突然，傅锦衡淡淡的声音在耳边响起。

叶临西被吓了一跳，扭头看了傅锦衡一眼，然后往旁边看，见没人注意这边，低声说："我在看这些机器，感觉也太厉害了。你说以后真的会出现跟人一样有智慧的机器人吗？"

这些机器人就像科幻小说里描述的那样，与人类的智慧相当，甚至可以独立思考。

傅锦衡低声道："人类的创造力是无限的。"

叶临西又望着眼前的这些设备，感慨地说道："这些搞理工科的人是真的很厉害呀！"

虽然她是世界顶尖法学院毕业的，可是内心还是对理科有着一种莫名的尊重，觉得这些搞高科技的人大脑结构估计跟普通人不一样，还猜想也许这些人的脑子本身就是精密的仪器。

"我以前读书时，差点儿选了计算机专业。"傅锦衡突然偏头看着她说道。

叶临西扭头望向他，有些发蒙，但又知道他学的是金融学，下意识地反问道："那你怎么没选？"

傅锦衡垂眸，却没有说话。

叶临西小心翼翼地说道："是因为家里吗？爸爸想让你继承家业？"

之前叶临西也猜测过，傅锦衡跟父母关系这么冷淡，或许是因为爸妈逼他做了一些他不喜欢做的事情，此时正好聊到这个话题，就问了下去。

"也不是，"傅锦衡摇头，用手指在机器人上轻拍了一下，像是在拍它的脑袋，说道，"是我自愿选的。"

因为只有这样，他才能将一切都掌握在自己的手中。

叶临西看着他微垂的侧脸，莫名有些心疼。

待傅锦衡转头看见她的眼神时，忍不住轻笑问道："想什么呢？"

"想你是不是一个小可怜，被逼着做一些自己不想做的事情。"

哪怕他已经否认了，叶临西还是不由自主地脑补了一通。

"你有什么梦想吗？"叶临西的眼睛直勾勾地盯着他，她很认真地问道，"你还有什么想要实现的梦想吗？"

虽然知道他什么都有，可是叶临西还是问了出来。

傅锦衡低头看她认真执拗的模样，还真的沉思了一下，说道："有。"

叶临西惊喜地问道："是什么？"

"我希望临西永远可以做自己想做的事情。"

傅锦衡希望叶临西可以肆意鲜活，希望叶临西不为任何事情所困。

叶临西回律师事务所后，就把情况跟宁以淮说了一遍。

虽然叶临西负责处理这个案子，但她毕竟还是新人，空有哈佛大学毕业的头衔，要学的东西还是太多。

因此，宁以淮也还是抽出时间盯着她这个案子，但也没亲自上，只是点拨几句，这会儿听完她的话便问道："你初步打算怎么调查？"

打官司就是这样，谁起诉谁举证。特别是竞业限制的调查取证，都得靠他们自己来，最起码他们要确定顾凯确实跟华康之间有联系。

叶临西说："我打算先找人在华康门口守着，希望能拍到顾凯出入华康公司的照片。"见宁以淮朝这边看了一眼，她又低声补充说，"我是请教了别人的。"

珺问这么大一家律师事务所，打竞业限制官司的人也不在少数。正好有个专门处理劳务纠纷的律师跟柯棠关系不错，叶临西便托柯棠请了对方吃饭，也特意跟人家学了几手。

"既然你已经有了想法，就按照这个想法去调查吧。"宁以淮倒是没多说，反而惊讶地看了她一眼，大概是觉得叶临西能请教别人挺稀罕的。

做私人调查这种事情需要一定人脉，而叶临西刚刚回国，暂时还没什么人脉，因而中午就约了柯棠一起吃饭，想拜托她再跟那位周律师说说。

柯棠听完后，神色古怪地看了她一眼，说道："不用找他。"

"为什么？"

"你是真傻还是假傻？"柯棠忍不住翻了个白眼，微抬下巴，说道，"这种资源我手头多着呢。"

叶临西震惊地看向她。

"你也不想想姐姐我是做什么的！专门做家事的律师，天天处理离婚、争家产的事，你以为证据都从天上掉下来的？还不得我们去调查。"

柯棠也因此认识了不少做私家调查的人，知道这些人跟踪、偷拍样样都擅长。

叶临西望着她，诧异地说道："真看不出来，你的人脉这么广啊！"

"在这行混得久了，什么见不着呀？"柯棠一副老江湖的模样。

叶临西听着听着突然笑了，说道："你这是什么口吻？我们律师是什么失足行业吗？"

柯棠用手掌抵着腮帮子，叹息道："你们做非怂的不是失足行业，我做家事的肯定是了。"

对于柯棠不时的抱怨，叶临西早已经习以为常，也知道家事方面的官司确实是比较狗血，便安慰道："你不是说你还负责婚前协议吗？正好我有个朋友要结婚，把她推荐给你了。"

柯棠听罢差点儿要站起来扑过去给她一个吻。

要不是中间隔着桌子，叶临西就惨遭毒手了。

柯棠感动到无以复加，哭唧唧地说道："真不愧是我的宝贝小玫瑰！人美心善，爱你爱你最爱你！"

虽然叶临西在微信上看多了她们两个吹捧自己，但是当面听到这种话的时候，还是有种抬不起头的羞耻感。

安翰科技既已被收购，被并入盛亚科技的计划也已被提上日程。而且傅锦衡有心将盛亚科技彻底从盛亚的板块中脱离出来。

当初盛亚科技不过是集团内部为了顺应时事增加的一块新业务范围，在傅锦衡正式入主之前，在集团内部不如房地产或其他业务那么受重视。因此，傅锦衡想趁着这次盛亚科技正式合并安翰科技的机会将公司更名，并且制订一个新的 IPO 计划。

故而最近叶临西和傅锦衡都比较忙，二人相处的时间也一再被压缩了，最后居然只剩下在家的这点儿时间。

晚上，叶临西正在客厅里跟调查员打电话，听到大门口有动静，便很快挂断电话，站起来时，见傅锦衡已经被秦周扶着走了进来，顿时大吃一惊，因为她很少见到他喝这么多酒，于是赶紧上前扶着他，问道："他喝醉了？"

傅锦衡像是听到了她的声音，突然睁开眼睛，待看清她时，整个人放松下来，将头轻轻地靠在她的肩上。

叶临西被压得差点儿往后退好几步，不安地说道："怎么喝这么多？你不是总裁吗？怎么还有人强迫你喝酒呢？"

傅锦衡似乎被她逗笑了，试着站直身体，可是今晚确实喝得太多了，刚失去依靠，身体就开始晃。

叶临西气得瞪一旁的秦周，说道："你们公司出去应酬都得他亲自出马？"

秦周赶紧解释道："今晚确实是遇到了特殊情况，对方是傅总高中的老同学，而且又是海量，一般人喝不过。"

"我先扶你上楼休息。"叶临西压着心底的怒火，说道。

之前都是她喝醉了，她还是头一次见傅锦衡喝成这样，本想扶他上楼，但是被他压着，愣是没抬起手来。

眼看着他这副样子，叶临西冲着秦周挥了挥手，示意秦周先走。

秦周不放心地问道："您一个人可以吗？"

"有什么不可以？"叶临西瞥了一眼靠自己这么近的傅锦衡，说道，"他要是不想去楼上，就让他睡楼下的沙发好了。"

秦周本想再说些什么，但是叶临西发话了，他也不好多停留。

关门声响起后，叶临西安静地陪着他站了一会儿。

"临西。"他声音喑哑地说道。

叶临西听见他喊自己的名字，心里的怒火似乎一下子被熄灭了。

他说话时，气息扑上她脖颈处的肌肤。

哪怕他什么都没有做，她还是忍不住缩了下身体，鬼使神差地开口回他："我在。"

下一秒，他抬起头，将两个人之间的距离拉开一点儿，微眯着眼睛似乎要把她看清楚，待看清是她时，轻扬眼尾，没了往日的冷漠，整个人带着一股勾人的味道。

见他叫完她后又不说话了，叶临西问道："叫我干吗？"

可傅锦衡没回答她，而是径直朝旁边的沙发走了过去。

叶临西跟着追了上去，就见他一边走一边脱衣服。

他从最外面的大衣脱到西装外套，然后解开脖子上系着的领带，将其毫不留情地扔在地上。

眼看着他开始解开衬衫上的纽扣，在他解开第一粒时，叶临西上前按住他的手。

两个人四目相对，叶临西声音特别虚地说："别脱，会冷。"

"很热。"傅锦衡的语气透着执拗，此时的他像是个要不到糖果的小孩子，脸上透着显而易见的不满足。

叶临西不得不耐心地哄他："现在是冬天，真的会冷。"

傅锦衡瞧着她哄自己的模样，突然笑着摸了一下她的脑袋，说了一句："傻样儿。"

叶临西以为自己听错了，当即冷笑出声。

可是傅锦衡已经在沙发上躺了下去，靠着柔软的靠背，把长腿微搭在另一边。

他居然敢说她傻样儿？

叶临西不悦地望着他，说道："你是不是借着喝醉酒，发泄对我的不满呢？"

傅锦衡却不说话，只是看着她笑。

叶临西干脆半跪在他的身边，伸手要将他拉起坐好，说道："你坐好，给我说清楚，刚才那两个字是应该对老婆说的话吗？你知不知道……"

她还没说完威胁的话，就感受到手臂被他轻轻地一捜，整个人趴在他的胸口上。

家里有恒温空调，哪怕外面寒风瑟瑟，房间里依旧温暖如春。

两个人穿的衣服都不算多，她贴着他的胸口，隔着一层衬衫，也能感觉到他滚烫的体温，整个人都变得灼热起来。

下一秒，他的手臂轻轻地环在叶临西的身上，然后将她箍得动弹不得，像是要用力把她揉进怀里。

因为他太用力，叶临西觉得有些不舒服。她想伸手推开他，但是跟他之间的力量差距太大，只得说："你放开我呀！"

她又挣扎着想要起身，奈何傅锦衡的手臂还是没松，再次无奈地说道："你太用力了，我要喘不上气了。"

傅锦衡微松开了一点儿，箍在她腰上的力道没那么大了。

可她还是无法起身，只好问道："傅锦衡，你非要这么抱着我吗？"

"嗯。"傅锦衡的声音虽低，却回答得很清楚。

她心头微动，像是有什么念头在蠢蠢欲动，半晌，故意用不经意的语气问："你现在就喜欢我到这种程度了？一秒钟都不想跟我分开啊？"

傅锦衡还是没有丝毫动静。

刚才他还会"嗯"一声，现在就装听不见？

叶临西有些无语，抬起头望着眼前微闭着双眼的傅锦衡。

直到傅锦衡似乎感觉到她的注视，缓缓地抬起眼皮，一双黑眸透着迷离，却直勾勾地望着她，然后轻启薄唇，说道："是啊。"

这一瞬，叶临西觉得她也有些微醺了。

他只用了两个字，就把她也灌醉了。

第二天早上，傅锦衡起床后就看见叶临西不时用眼睛瞥他，还见她的眼里透着一股子笑意。

其实他昨晚并未彻底喝醉，当时说了什么还是能记得的，只是没想到一个肯定的回答就会让她这么开心。

偶尔他也会想：这姑娘怎么这么好哄呢？只要一句话就能让她那么开心，她好哄到让他有些心疼。这不应该是那个需要人捧着的小玫瑰。

她应该得到很多很多，可是她只得到一点点时，也会那么开心。

叶临西见他也看着自己，忍不住问道："你用这种眼神看我干吗？"

"没什么。"傅锦衡声音平淡地说。

叶临西自然不知道臭男人心里的想法，反正就是很开心，毕竟被人表白了，怎么能不开心呢？

谁知两个人出门时，叶临西的车临时出了故障，她只能坐傅锦衡的车一起上班。只不过上车之后，叶临西坐在左边，他坐在右边，秦周坐在副驾驶座位上。

傅锦衡日常上班坐的车本来就开阔又舒服，两个人之间像是隔着一道天堑。

每天早上司机都会先去接上秦周，然后再接着傅锦衡一起上班。

叶临西本来是想让他在下属的面前保持一下总裁的威严，所以故意坐得那么远。

果然上车没多久，秦周像往常一样跟傅锦衡说起今天的安排，还说了一些紧急的需要他处理的问题。

叶临西看着窗外的景色觉得实在无聊，忍不住转头偷瞄他一眼。

说真的，她很少见到傅锦衡工作时的模样。她上次去他的公司因为例假闹出糗事之后，对去他公司这件事就挺抗拒的，此时听着他用严肃的语调讨论公事，还真有点儿挪不开眼睛。

难怪大家都说，工作中的男人最英俊。本来她以为自己的动作还算隐蔽，谁知她第二次偷瞄时，她搭在车座上的手掌竟被突然地抓住了，她的心跳顿时漏了一拍，然后转头望向他。

傅锦衡却在望着副驾驶座上的秦周，语速丝毫不受影响地继续说话，可手上的动作却丝毫没有停止，而且似乎不满足只是握着她的手，很快轻转手掌，从指尖处缓缓地下移，直到与她十指相扣。

等秦周说完回头时，傅锦衡低头看着她的手。

叶临西的手掌细细软软的，天生细腻的肌肤再加上后天精心的保养，还真有点儿柔若无骨的细嫩感。

别的不说，叶临西对自己的手还是很有自信的，见傅锦衡低头看，压低声音说："我的手漂亮吧？"

当初还有人请她去当手模呢，就是因为她的手指实在是太漂亮了。

傅锦衡笑笑，却没说话。

叶临西发现臭男人就算学会哄她了，可是想让他开个尊口也太难了，是不是应该拿撬棍过来，随时准备撬开他的嘴巴？

车子继续行进，叶临西正觉得无趣时，听到傅锦衡开口了。

他慢悠悠地说道："临西，自信点儿。"

叶临西顿时陷入迷茫，自己究竟哪里不自信了？

下一秒，他的身体微倾过来，他的嘴贴着她的耳朵，用只有他们两个人才能听到的声音，说道："你漂亮的不只是手。"他说完重新挪回到原本坐的位子，那张英俊的脸上依旧是淡漠冷静的表情。

叶临西"扑哧"一声笑了起来，可是看着他这故作冷静的模样，反而更开心了，就算这一天的调查工作什么进展都没有，也没那么郁闷了。

调查员在顾凯的家门口等了一个星期。

目前顾凯还没有工作，似乎真的就是失业在家，每天按时出门买菜，下午时偶尔去一趟超市或者商场，反正就是跟华康公司没什么关联。

调查员按照叶临西的指示，装作是快递员打电话给华康公司，找一位叫顾凯的员工，但是打了几次都一无所获。

叶临西对此还是不太放心，又亲自买了一份东西，让真的快递员送货上门，结果还是听到对方说没有这个人，便只能放弃了，以免打草惊蛇。

如今傅锦衡时常不能跟她一起吃饭，叶临西又经过这么久的适应，也慢慢地接受了在人很多的地方吃饭，所以她中午总是跟柯棠一起吃饭，其间忍不住抱怨了几句。

柯棠安慰了她几句之后，眉飞色舞地开始说起下午的安排："你之前不是给我介绍你的朋友吗？她让我下午带着合同去找她，而且顺便跟我谈谈婚前协议的具体细节。"

毕竟那人是叶临西的朋友，肯定身家不菲，而且这次还涉及婚前协议，报酬自然不低。

柯棠一想到她也是时薪过千元的律师了，整个人都开心到飞起。

"恭喜你了。"叶临西替她高兴的同时，又不由得忧心自己的案子。

下午，柯棠去跟当事人见面，见到对方是个年轻的姑娘。

她们约的地方是一家酒店，据说这里的下午茶特别好吃。之前柯棠沾着叶临西的光，也来吃过一次，感觉除马卡龙太甜之外，这里的其他地方确实很好。

两个人聊得很投机，况且对方明显是看在叶临西的面子上，很快跟柯棠签订了合同。

柯棠又初步了解了她的基本要求，这场会面算是很完美。

而这份完美只持续到两个人乘坐电梯到大堂为止。

叶临西接到叶屿深的电话时一脸震惊，说道："你跟柯棠在一起？"

"你能过来一趟吗？"叶屿深的语调有些无奈，他说，"她的状况似乎不太好。"

叶临西毫不犹豫地说道："好，我马上来。"

叶屿深低头看着面前的人，弯腰询问道："你还好吗？"

"不好。"柯棠捂住脸，痛苦地说道。

等叶临西赶到的时候，叶屿深还站在旁边等着。

柯棠裹着大衣坐在一旁的花坛上，整个人看起来丧气到家了。

叶临西一站定，就赶紧问道："怎么了？"

柯棠抬头望向她，整个人特别委屈，说道："临西。"

叶临西见她都被冻得发抖，只能先把她拉到一旁的咖啡店里，给她点了一杯热可可。

柯棠喝了几口后，整个人才慢慢地暖和起来。

叶临西见她没有说话的欲望，又转头看向对面的叶屿深，问道："怎么回事？"

叶屿深闻言耸肩，却没说话。

正好柯棠抬起头看向他，突然又垂下头，一副恨不得找个地缝儿钻进去的样子，觉得实在太丢脸了。

"要不我还是先走吧？"叶屿深转头看向叶临西，说道。

叶临西点点头，说道："那行吧，你先去忙吧。"

在叶屿深起身离开后，柯棠总算敢抬头，悄悄地看着走到门口的人，松了一口气。

叶屿深在推门出去时回头看了一眼，正好看见她脸上放松的表情，像是被逗到了，笑了起来。

见他一笑，柯棠的脑子仿佛"轰"的一下被炸开，她的脸颊登时红得像从红颜料里滚过。

连叶临西都看出来她脸色红得不正常，问道："你的脸怎么突然这么红？"

"我完了。"柯棠望着她，很认真地说道。

叶临西眨了眨眼睛，说道："你具体说说。"

冷静下来之后，柯棠还真的具体地跟她说起了事情的来龙去脉。

她和当事人很圆满地谈完合同，然后到了酒店的大堂准备离开。只是下一瞬，她的当事人就气势汹汹地往前冲，然后跟一对儿正搂着的年轻情侣吵了起来。

原来，那个男人就是柯棠当事人的未婚夫。

"你敢相信吗？她的未婚夫居然大白天去开房，你说这臭东西怎么这么胆大妄为？大白天就憋不住了？"

叶临西一时间也目瞪口呆。

这位朋友确实是她的小姐妹之一，之前被求婚的时候，还在朋友圈里发了好几条九宫格的图炫耀，更是三百六十度无死角地将鸽子蛋大的钻戒炫耀了一遍。

她上次说想找有经验的律师帮忙弄婚前协议，叶临西知道后就推荐了柯棠。

"那么，你跟我哥又是怎么遇上的？"

一提到这个，柯棠更想捂脸了，摆了摆手，说道："别提了。"

听她这么说，叶临西更好奇了。

柯棠欲哭无泪地说道："以后在你哥的眼里，我大概就是个女疯子。"

原来，她的当事人因为抓住未婚夫出轨太过震惊、生气，当时不管不顾就闹起来，甚至还打了小三儿一巴掌。

三个人争执起来时，柯棠怕当事人吃亏，就想上去拉开。小三儿对"正宫"不太敢下手，居然用高跟鞋踩了柯棠一脚。于是，柯棠一气之下，将小三儿的手反抓着，让她的当事人趁机扇了小三儿好几巴掌。

眼见小三儿被打得哭哭啼啼，结果渣男不愿意了，但他也不敢动女朋友，当时就伸手推开柯棠，一边骂她一边扬手要打，说道："你算哪根葱？敢管我们的闲事？"

柯棠本来是见惯了抓小三儿的狗血场面，只是没想到这一次把自己交待了进去，眼看对方要打过来时，被人拉了一把，躲开了巴掌。

"一个大男人对女人动手，算什么玩意儿？"

男人带着讥讽的声音响起时，柯棠抬头看向挡在自己面前的身影，待那人回过头来，才看清楚来人是叶屿深。

见她还愣着，叶屿深叹了一口气，问道："他没碰到你吧？"

"没……没有。"她没了刚才的嚣张气焰，声音都小了下来。

这个圈子大概确实是小，对方居然认识叶屿深，看见柯棠被他护着，当时就灰溜溜地走了，而她的当事人则是哭得凄惨。

等有人把她的当事人接走后，柯棠走到外面坐在花坛上，本以为叶屿深早就走了，可没想到坐了一会儿后居然又看到他了。

"没事吧？"叶屿深低头看着她问。

柯棠抿嘴不说话。

叶屿深见她这副失魂落魄的模样，不由得有些奇怪，只得轻笑着问她："刚才不是还挺女侠的？现在这是怎么了？"

他不问还好，听他这么一问，柯棠更觉得丢脸了，一时间丧气到话都说不出来了。

所以，叶屿深才会给叶临西打电话。

叶临西也实在没想到柯棠不过是谈个案子都能遇到这么狗血的场面，之前总听柯棠时常抱怨她的工作处处充满狗血，本来觉得柯棠只是夸张，结果还真是百闻不如一见。

这还是叶临西介绍的要做婚前协议的客户，叶临西难以想象那些本来就要离婚的案子得有多狗血。

叶临西还没想好安慰的词呢，就见柯棠吸了一下鼻子。

柯棠悲痛地说道："我时薪一千元的案子就这么没了！"

叶临西顿时有些无语，没想到她是在伤心这个，想了半天后，低声说："算了，就当是……一场梦吧。"

柯棠转头望向她，委屈地说："你说我在你们圈子里会不会被封杀？"

叶临西没明白她的意思。

柯棠继续说："做生意的家庭迷信的人很多的，本来人家找我做婚前协议，结果现在搞到要分手，她会不会觉得是我这个律师跟她的八字不太合啊？

"回头她再跟别人宣传一下，谁还敢找我做婚前协议？"

叶临西闻言过于震惊，半晌都没吱声，许久才拍了拍柯棠的肩膀，说："没事，有我在呢。"

见柯棠楚楚可怜地望着她，叶临西保证道："大不了等我哥结婚的时候，婚前协议还交给你签。"

"你哥什么时候结婚？"柯棠明显比刚才多了几分精神。

一个合格的律师就应该从哪里跌倒从哪里站起来。

叶临西说："等他先找到女朋友吧。"

柯棠好几天因为这件事闷闷不乐。

她们在群里吐槽时，最后一个知道的姜立夏听得满床打滚，激动地问道：好甜啊！我能把这件事写进我的小说里吗？

柯棠震惊地回道：你还是人吗？拿我的伤口当卖点！

姜立夏不解地问道：这怎么就是你的伤口了？又不是你分手。

柯棠：不好意思，我的案子没了！

姜立夏：让小玫瑰再给你介绍一个呗。

柯棠：她说等她的哥哥结婚时，婚前协议让我搞。

姜立夏：她的哥哥要结婚了？

姜立夏：什么时候？

终于，抽出空看了一眼手机的叶临西随手回复道：目前这只是画的饼。

姜立夏在群里发了一条语音：

我发现最近咱们的事业好像都不太顺利，要不元旦我们去归宁寺上香吧？听剧组的人说归宁寺特别灵验，特别是求姻缘。

柯棠：等一下，不是说咱们事业不顺吗？为什么要去求姻缘特别灵验的寺？

姜立夏先是发了一串表示无语的省略号，然后继续回复道：你能不抬杠吗？

姜立夏：我就不能求个姻缘吗？本宝春心萌动，不可以吗？

叶临西：这个可以有。

十二月就要过去，距离元旦确实只剩下不到半个月。此时临近一个重要的节日，大街上节日的气氛渐渐地浓郁起来。

叶临西在顾凯的案子上还没取证成功，直到听到调查员的一句话，才有了新的思路。

那天闲聊时，调查员说："这人天天这么在家不上班，家里的开销谁负担啊？"

叶临西突然意识到一个问题，顾凯平时的开销很可能是由其配偶负责。

之前她将所有的关注点都集中在顾凯本人的身上，却忽略了他的配偶。

表面上他跟华康科技之间没有联系，但是如果真的要跟华康科技有利益往来，那么肯定需要身边最亲近的人来做这件事。毕竟这事情涉及违法，如果不是信任的人，他绝对不会放心。

于是，叶临西立即让调查员去调查顾凯妻子的工作。很快，调查结果出来了。顾凯的妻子张媛在一家叫视翰科技的公司上班。

叶临西兴奋地发现，这家叫视翰的公司乃华康科技的关联公司。

她亲自去调取了视翰科技设立以及增资的工商档案，发现视翰的两位自然人股东均来自华康科技旗下的两家全资子公司，便立即将这个发现告诉了宁以淮。

"目前这两个自然人股东将自己的股权全部质押给了其中一家子公司，视翰科技的资金、决策、经营和业务等方面，全部要经过这家子公司的同意。

"所以，我认为视翰科技已经失去了商业自主性，目前只是华康科技旗下实现其商业资源的工具而已。我甚至怀疑华康科技很多上不得台面的利益交换是通过这家叫视翰科技的公司来实现的。

"就比如顾凯的妻子张媛，在这家公司里担任的是技术总监的职务。她作为一个行政管理专业毕业的人，之前在企业从事的工作是行政之类的岗位，现在却担任技术总监，这就是最大的猫儿腻。"

宁以淮沉思了片刻，说道："张媛是顾凯的配偶，但并非竞业协议的相对方，所以在这一点上会有相对大的争议，会涉及法官的自由裁量权。"

叶临西显然早已经想到这个问题，说："我看过之前的一起判例也是配偶被牵扯到竞业限制中。在那起判例里，法官认为夫妻婚后财产混同，特别是配偶在投资和经营活动中的获利，很难割裂来看。"

也就是说，之前也有人利用配偶来钻竞业限制的空子。但是法官认为，配偶在竞争公司里获利，也被认为是签订竞业协议者获利。

只要他们证明这个张媛确实在华康科技里获利，那么法院根据张媛跟顾凯之间的关系，很容易会裁决顾凯违反竞业限制。

原本毫无进展的案子突然柳暗花明。

在得到宁以淮对她思路的认同之后，叶临西决定直接走起诉这条路。

毕竟他们可以通过仲裁庭，直接调取张媛的银行流水以及个人所得税的记录。

这些东西哪怕他们可以通过其他途径调取，但很容易会被法院认定为非法取证。

安翰科技那边在听到叶临西的建议后也决定起诉，虽然顾及老员工的情绪，但是对于这种真实伤害到公司利益的离职员工，还是不可能容忍的，之前是没有确凿的证据才让叶临西低调地调查。

如今叶临西已经查到顾凯的妻子就在华康科技的关联公司上班，这种明晃晃的利益输送关系已经算是证据，证明顾凯确实违反了公司的规定。

他们接下来就是起诉，申请法院调取张媛的社会保险以及个人所得税缴纳的记录。

果然，在法院同意他们的请求之后，叶临西顺利地调取到了张媛的缴纳记录，发现视翰科技果然替张媛缴纳了社会保险和个人所得税。

在张媛的个人所得税缴纳记录里，叶临西还发现了华康科技旗下的一家全资子公司为张媛代扣代缴了一笔价值 280 万元的个人所得税。

卓远航对于叶临西的进展格外满意，在得知这笔钱存在之后，怒道："这应该就是顾凯泄露公司商业机密得到的报酬吧！"

叶临西说道："目前我们暂时还不知道这笔大额资金的用途，但是可以在法庭上对这笔资金进行询问，相信法官也会要求他们给予说明的。"

因为案子的进度一下子突飞猛进，叶临西也变得轻松起来，甚至在周末的时候还有时间陪傅锦衡去打球。

傅锦衡和魏彻他们时常小聚，当然也不会总是去娱乐场所，偶尔也会进行一些有益健康的活动。

叶临西拎着包，一身精致到无可挑剔地出现在室内篮球馆里。

魏彻见此忍不住笑她："临西，你现在也要当跟班夫人了？"

在他们的圈子里，有些女人对自己老公看得紧，去哪儿都要跟着，于是便有了"跟班夫人"的名号。

因为以前叶临西从来不掺和他们男人之间的事，今天众人在篮球场见到她，自然也觉得惊讶。

叶临西懒得搭理他们，将大衣脱下放在一边后，抬头望着刚换了衣服进来的傅锦衡。

傅锦衡穿着一身全黑的运动装，整个人修长又利落，可能刚剪了头发的缘故，看起来又年轻了好几岁，不像是年过三十岁，倒是有点儿像刚进入社会的年轻人。

叶临西才不理会魏彻的打趣。

想当初他们高中时也爱打篮球，甚至还带着学校的校队打入了市高中联赛的决赛，当时别提多轰动了。傅锦衡和叶屿深还被称为一中的绝代双骄。这种称号他们现在提起来有些土气，在当年别提多酷了。

可叶临西那时候还在上初中，哪怕知道他打球打得很好，也不敢跟哥哥提去看他打篮球的事情，生怕被亲哥看出小心思，如今她终于能光明正大地坐在场边看他打球，凭什么不看？

傅锦衡站在三分线处，轻轻地跃起，将球抛出手。球在球框的边缘转了两圈，最后落进框内，顺着篮网掉了下去。

"好球！"叶临西将手掌搭在嘴边，冲着场上喊了一句。

场上结婚的只有傅锦衡一个，有女朋友的人倒是不少，只不过今天没人带女朋友。所以，全场只有叶临西给傅锦衡加油的声音。

打到一半时，魏彻伸手撩起球衣下摆擦了一下额头上的汗，又用胳膊肘顶了一下站在自己旁边的傅锦衡，说道："你这是故意的吧？"

"什么？"傅锦衡正在看叶临西，没太听清他说的话。

魏彻也注意到他看向叶临西的眼神，不由得撇嘴说道："当年满场小姑娘给你加油，那气势多壮观，也没见你分心一下。怎么现在就一个临西坐在旁边，你就把持不住了？"

傅锦衡这回听清楚了他说的话，冲着魏彻嗤笑了一下，才慢悠悠地说："那能一样吗？"

正好，篮球从对面被扔了过来，傅锦衡抬手接球，身子一晃，直接越过还在发呆的魏彻，紧接着抬手抛球，动作漂亮又利落，又投进了一个球。

叶临西鼓掌的声音更大了，她甚至还想给他吹口哨，可惜她不会吹口哨。

哪怕平时再稳重内敛的成熟男人，在打球时也会让人挪不开眼，仿佛回到年少时光，满身的意气风发。

傅锦衡从魏彻身边走过，突然撞了一下他的肩膀，然后微抬下巴，冲着场边说道："场边的那个是我老婆。"

等傅锦衡从场上下去，魏彻才咂摸出这句话的意思，明白他这是在回答之前那句"一个临西就让你把持不住"这句话。

魏彻在心里骂了一句，也是此时他才突然发现傅锦衡如今竟也成了情种了，一对比显得自己好像多渣似的。

见傅锦衡下场过来，叶临西立即将手边的水瓶拧开，抬手递过去。

傅锦衡接过，仰头喝了好几口。

叶临西看惯了他做什么都慢条斯理、优雅内敛的模样，乍一看见他这么狂野的一面，怎么都觉得自己赚了。

他坐下后，转头看着她笑眯眯的模样，问道："不觉得无聊？"

"当然不，"叶临西摇头，低声说，"看你们打球，怎么会无聊？"然后她变身好奇宝宝，问道，"你们之前一直有这种打球聚会吗？"

"没有固定的时间，有空儿就约一场。"傅锦衡一边说一边喝了口水，喝完后才看见叶临西正盯着自己，便把水瓶递了过去，问道，"你也渴了？"

叶临西看见是他喝过的水，没立即伸手，犹豫了一下。

傅锦衡看出她的小心思，声音冷淡地说道："嫌弃我？"

叶临西正要说"没有"，却先伸手握住了瓶身。

还没等她把瓶子拿过来，傅锦衡倾身过来，一只手绕过她的脑后，将她轻轻地带到面前。

她一怔，下意识地睁大眼睛，实在不敢相信他会在大庭广众之下做出这种亲密的举动。

可唇上熟悉的触觉精准地告诉她，他真的会。

傅锦衡刚打完球，额头上还覆着薄薄的一层汗。

他轻含着她的嘴唇时，额头上的汗水蹭到叶临西的脸颊上，本来她以为自己会厌恶，可是喜欢一个人，好像真的连他身上的味道都不会厌恶。

她只觉得心跳加速，有种被人围观的羞耻感，全身的血液流窜的速度好像也更快了，整个人犹如刚出锅的虾，浑身上下都泛着浅浅的粉红。

场上的篮球"砰砰砰"砸在地板上的声音慢慢地变得模糊，唯有他的唇舌勾着她的唇舌细细柔柔的触感越来越清晰。

因为叶临西今天披着一头乌黑的长发，傅锦衡用手掌扣住她的后脑勺时，他还把手指轻轻地插在她的发丝间。

终于，他松开她的唇瓣，只是并未立即离开，而是在她的耳边流连片刻后，用撩人的声音问："现在，这水能喝了吗？"

第十七章

百年好合

　　夜晚篮球馆内的灯光亮得有些晃眼，叶临西拧开水瓶喝了一口水，正要转头，就看见不远处刚进来的叶屿深。

　　他同样穿着一身运动装，只不过是上白下黑的搭配，倚在入口的那个门边，眼神幽幽地望着这边，也不知道在那儿站了多久。

　　"深哥，帮忙把球扔一下。"

　　叶屿深弯腰把球捡起来，抬手扔过去。

　　魏彻正好下场休息，没往傅锦衡和叶临西坐着的方向走去，反而走到叶屿深的旁边，伸手勾住他的脖子，轻笑道："行了，人都结婚这么久了，你还放不下呢？"

　　这话是没说错，可是听着别扭至极。

　　"我放不下什么了？"叶屿深睨他一眼，语气颇为不爽，无语地说道，"那是我的妹妹。"

　　魏彻听着他说话的口吻，觉得叶临西好像是他前女友似的。

　　"我之前听一个当心理医生的朋友说，妹控也是一种心理问题。要不哪天哥们儿给你介绍一下这个医生，你跟人家聊聊？"

　　叶屿深一听就火冒三丈，怒道："你才有心理问题呢，信不信我弄死你？"

　　"这才对劲儿嘛，刚才你站在门口那个丧气的小样儿，真把我心疼坏了。"魏彻伸手勾着他的脖子，笑嘻嘻地说道。

叶屿深被气得笑道："我是不是还得跟你说谢谢呢？"

魏彻表情深沉地摇了摇头，说道："都是兄弟，这种小事就不用说谢了。"

"滚！"叶屿深欲抬脚踹他一下。

魏彻跟叶屿深真的太熟了，见他眉梢一抬就知道他的心思，于是赶紧撒丫子跑路了，压根儿没在他的旁边逗留。

没一会儿，场上还在打球的人大概都看不下去傅锦衡的闲散自在，都在招呼他再下场。

傅锦衡没立即起身，反而转头看着叶临西，说道："你说我还下去打吗？"

"去呗。"叶临西见不得他们一个个见不得自己好的模样，特意叮嘱道，"好好虐虐他们，让他们知道这个球场谁说了算。"说罢微抬下巴，看着一副一点儿都不给下面这些人面子的样子。

傅锦衡被她这副小模样儿逗笑了，伸手在她的头发上揉了一把，然后毫不犹豫地起身。

傅锦衡刚到场上，就遇到了专爱往枪口上撞的人。

"之前不是说好了，不许带女朋友来球场的吗？你看多影响士气，连衡哥这样的都被影响到了。"

"要不这话你自己跟临西说？"

"别害我。"

傅锦衡把篮球在手里转了个圈儿，冷淡地看着他们，没好气地说道："还打不打？"

听众人说还要继续打，傅锦衡便不紧不慢地拍了几下手里的球，说道："那就赶紧吧，我老婆说想看我虐你们。"

这话说得太惹众怒，也不知道是谁不服气地憋了一句："太嚣张了！"

"虐他！"

"老子今天豁出去了！"

平常傅锦衡在圈子里属于说一不二的存在，而且他的性格清冷又自带距离感，大家服他的同时又有点怵他，结果这会儿才发现他这么高冷的一个人也会说情话。

这一下子，众人都爆发了，篮球场上一时间闹腾起来。

叶临西坐在场边，看着这帮年过三十岁的男人仿佛突然间回到了最肆意飞扬的年少时光。

节日那天是工作日，叶临西跟着宁以淮一起去上庭，说起来这还是她第一次进法院。

本来她以为这个案子会交给律师事务所里其他擅长打劳务纠纷的大par，毕竟人家是专门做这个的，不过宁以淮看了一眼证据链之后，决定没必要再找别人。

虽然他是主做非松的，但不代表完全不会打官司，况且本来也是从诉讼到非松的。当年他打诉讼时的官司，都可以拿出来到法学院给学生当经典案例上课的程度。

因为这是叶临西第一次上庭，前一天，她就在衣帽间里挑挑选选。

"这套会不会太显嫩了？"叶临西对着镜子比画了一下，觉得好像太减龄了，看起来像还没毕业的大学生，很容易被对方律师轻视，随后又拿起一套黑色的西装。

傅锦衡低声说："临西，明天气温是零下。"

她"哦"了一声，放下这套单薄的西装。

叶临西的品位不俗，她从来都是时尚圈的座上宾，也是各个品牌追着捧着的小公主，明天她将面临人生中的第一场官司，有点儿拿不定主意。

傅锦衡转头看着她的衣柜，随后从里面拿了一套衣服，说道："要不选这套？简洁大方，又透着职业性。"

叶临西看着他手里的白色羊毛衫和浅灰色铅笔裙。

虽然这套看起来款式很普通，但是会将她整个人的气质衬得柔和，显得叶临西专业又令人赏心悦目。

对于他居然愿意花时间给她选衣服这件事，叶临西还是点头夸道："你给我挑的这套真的还不错，谢谢哟！"

其实国内的法庭并不尊崇那套"法官对律师印象的好坏能影响到案子的判决"的说法，但叶临西还是希望自己人生中第一次出庭能做到完美，她的虚荣心不允许她有一丝瑕疵，哪怕是去法庭，也要做最闪亮的那个仙女。

傅锦衡看着她对着镜子一直照来照去，语气平淡地说道："不用谢，毕竟你是为了我的公司打官司。"

叶临西这才回过神来，原来她的雇主就在眼前。

作为律师，在开庭的前一天不去做最后的准备，却一个劲儿地在选衣服，好像是有那么点儿不太对劲儿，叶临西终于有种被抓包的后知后觉感。

第二天，叶临西跟着宁以淮到了仲裁庭。

安翰科技并没有人出席，而是全权交给宁以淮和叶临西处理。

顾凯和妻子张媛都出席了，身边是陪着他们的律师。只是那位律师在看见宁以淮时，表情突然变得很僵硬，透着一种想要生气却又努力克制的劲儿。

宁以淮明显看到对方的表情变化，嘴角扯出一个笑。

叶临西问："宁 par，你认识这个人吗？"

毕竟律师这个圈子挺大的，到宁以淮这种级别的，肯定都不太认识底下的普通律师。

宁以淮平静地说："不太熟。"

因为仲裁庭的地方并不算大，宁以淮这句轻描淡写的话还是飘进了人家的耳朵里。

于是，那人的脸色更加难看了。

叶临西从双方的表情里大概也猜到了，他们应该是以前打官司时遇上过。

对方的年纪看着比宁以淮还大，但是他的穿着明显朴素得多，估计他也不是什么很有分量的律师。

仲裁员进来之后，双方分别在两边坐下。很快，仲裁开始了。

仲裁员依照惯例告知双方权利和义务，并且宣布了关于仲裁庭的相关信息，经过一系列繁复的庭前告知，总算是进入了开庭阶段。

宁以淮这人一向直接，上来就提交了关于安翰科技和华康科技之间的竞争关系证据。

"从我们调取的工商登记经营范围来看，可以看到安翰科技和华康科技之间存在直接竞争关系，双方营业执照上均存在技术开发、技术咨询以及技术服务等多项重合处。同时，根据我公司签订的竞业协议，可以清楚地看到在附带的竞业公司里，华康技术列在其中。"

"而从5月到12月，其间有公司流水可证明，安翰科技的财务部门每个月都按时将竞业限制补偿金打给被告方，而补偿金为每个月32721.8元的标准，共计补偿金额为229052.6元。"

对于双方公司的直接竞争关系，法院也会认定。

最关键的争议就在于，顾凯的妻子在华康科技旗下公司的获利行为，是否会被认定为顾凯违反了竞业协议？

对方律师当然不会认同，拿出证据表示顾凯跟华康科技没有关系，说张媛是通过正常的社会招聘进入现在的公司的，甚至还提供了一段当时招聘的视频。

叶临西安静地坐着，不时记录双方之间的内容。

宁以淮并未将对方的证据放在眼中。

很快进入到提问环节，大概是之前顾凯一方的律师已经提点过宁以淮有多难缠，因此不管是顾凯还是张媛，表情都不算好。特别是张媛的表情，看起来非常紧张，因为她早就被律师提醒过，她会成为对方律师的重点关照对象。

果然，宁以淮目露寒光，直直地望向张媛，说道："张女士，你上一家公司是叫凯勒贸易有限公司，对吧？"

张媛的脸色有些苍白，她点头说道："是。"

宁以淮也点了点头。

一旁的叶临西在笔记本上画了个箭头。

本子上是她事先调查好的资料，上面显示：张媛的上一份工作是在贸易公司，职位是行政主管，主管行政和招聘。

很快，宁以淮开口问道："你之前的工作是行政主管，对吧？你在这家公司供职了五年。"

"对。"

"所以，是什么契机，让大学学的是行政管理专业，并且上一家公司是主做对外贸易生意的你，突然选择了视翰科技，并且成为视翰的技术总监呢？"

这个问题显然早就被对方律师料到。

张媛转头看了一眼自己的律师，镇定地答道："因为公司的人事变动，之前的技术总监出走，因此我暂时挂名为技术总监。而我的实际工作依旧是行政主管，之后公司也一直在聘请新的技术总监。我们一直在发布招聘广告，只是没有找到合适的人选。"

随后，张媛的律师出示了他们一直在招聘网站上招聘技术总监的证据，并且出示了张媛一直在公司作为行政主管签名的文件，主张她的工作是行政主管，还说公司只是出于某种考虑才让她挂名了技术总监。

对于这种狡辩式的证据，宁以淮并未放在心上。

叶临西听到这里，在本子上轻轻地写了一行字——280万元。

他们调取的张媛纳税记录中，发现其中有一笔高达280万元的代缴记录，而且确认这笔费用是由华康科技旗下的子公司代缴的。

看到宁以淮出示的这份记录，对方律师立即说："这是我当事人在公司项目的业绩奖励。"

仲裁员面无表情地说道："被告需要在庭后书面出示这笔资金的项目名称、工作内容以及具体时间。"说完这些后，仲裁员又看着张媛，说道："现在请被告就280万元的收入进行具体说明。"

叶临西听到仲裁的话后轻笑了一下，用笔在"280"上画了一个圆圈儿，又在旁边重点打了一个五角星。

这笔资金才是重点，也会成为仲裁的决定点，什么技术总监的职务都是可以狡辩的。

毕竟一个行政主管的职务负责的多是公司的内部事务，并不接触业务，做什么项目能拿到多达280万元的奖励呢？

上了法庭一切都讲究证据，不是张嘴说话就可以。

宁以淮则把目前的证据整理成一个证据链，充分证明对方是利用夫妻关系故意规避竞业限制协议。

这次并未当庭宣布。休庭时，叶临西万万没想到他们居然还被记者逮住了，只能说当记者的大概真的神通广大。

这位自称是法制晚报的记者拦住宁以淮的去路，问他为什么会在做了这么久的非松业务之后又突然接了这个诉讼案子，并询问这个商业竞业协议案是不是有什么内幕？

宁以淮面无表情地说道："案子还没判决，一切无可奉告。"

可是这位记者显然并不想让他轻易地离开。

叶临西见状赶紧往旁边躲开，生怕这位记者心血来潮来问她。

顾凯一行人也从仲裁庭出来了，那位被告律师看着宁以淮居然被人拦着采访，脸色更加不好看，一甩袖子就先走了。

至于顾凯和张媛夫妇，则是走到不远处停着的一辆白色轿车上。

"茵茵，你怎么亲自来了？"顾凯弯腰看着坐在驾驶座上的人。

对方轻笑了一声，说道："上车吧。"

随后，顾凯和张媛上了车。

驾驶座上的女人则抬头望着在不远处台阶上站着的叶临西，虽然她早就看过叶临西的照片，可如今见到本人，才知她那份犹胜冬日暖阳的明艳当真叫人挪不开眼，也明白了傅锦衡为何会娶她，只不过她很快就收敛了心里的想法，开着车子离开了法院。

元旦那天，叶临西跟姜立夏和柯棠一起去了归宁寺。

入冬后的第一场雪也在元旦这天落下，三个人开车到了山腰的停车场，将车子停下来，随后沿着山间被积雪覆盖的青石台阶拾级而上。

冬日里略显衰败的山间被昨夜的一场大雪掩盖得密密实实，放眼看去犹如冰雪之地，就连枝丫上都覆着白雪。

待她们穿过长长的山道一路往上，隐约看见了山顶上的那座红墙金瓦的佛寺。

寺庙理应清静。就连平时里最喜盛装打扮的叶临西今天也是一身简单的装束，穿着白色的羽绒服和黑色的长裤，脚上穿着一双防滑的黑色短靴，干净利落中透着几分帅气，又因为穿的衣服多了，特地把长发扎了起来。旁边两个人也是一样简单的打扮，姜立夏怕冷，还特意戴了帽子和围巾。

到了山门口，她们看见门口一方色泽鲜艳的金色牌匾被挂在庄重肃穆的门楼上。

门楼的正中间用黑色的大字龙飞凤舞地写着三个字——归宁寺。

门前正有几个穿着厚实僧衣的年轻僧人站在台阶上扫雪，见她们过来时，其中一个人缓缓地行了个佛家礼，说道："三位施主，小心雪天路滑。"

三个人也赶紧跟僧侣回了一个礼。

大概是因为今天下雪，山路实在是不好走，寺庙里的人并不多。毕竟在很多信佛之人的心里，农历新年的头香才值得抢，元旦算不得中国人心里的新年。

叶临西在门口买了香，点燃之后，站在正殿门口的那个大广场上，透过敞开的佛殿大门，看着里面巨大的佛祖塑身。

佛像慈眉，透着让人心静的温和。周围幽静，静谧得让进门之人都忍不住放缓脚步。

上完香，三个人开始往佛殿里走，然后依次在佛殿正中央的三个蒲团上跪下，双手合十，心里默默地祈祷着。

叶临西一直以为自己不信佛，可这一刻却莫名向佛祖许下最谦卑的心愿，愿她爱的人享一世平安顺遂。

三个人从正殿出来后，姜立夏说道："我在网上看到说佛寺的后面有求签的地方，有专门的人可以解签，要不咱们一起去看看吧？"

她们知道姜立夏心心念念了这么久，便也跟着一起去。

姜立夏继续说道："我之前看有个人评论说，这个寺庙里挂着的心愿牌，还可以有人帮忙代写，之前她遇到一个超级帅的大帅哥帮她代写的。"

"下面也有好几个人说遇到的是个大帅哥。"

"不过就是贵。"

叶临西无奈地说道："你到底是来求事业还是求姻缘的？"

姜立夏可怜兮兮地说道："我能都求吗？"

柯棠插话道："我刚才就是都求了。"

很快，她们到了那处专门求姻缘的地方。寺庙里的那棵古树上挂着满满一树的红绸缎，看起来蔚为壮观，旁边的一排木架子上全是各种小木牌子，上面挂着从天南海北来的人或虔诚或卑微或迷惘的心愿。

叶临西站在门口望着那棵树有点儿出神。

姜立夏激动地说："哎，你们看，里面坐着的好像不是僧人，不会就是那个传说中的大帅哥吧？"

佛殿内点着长明灯，在冬日里给人一种暖洋洋的感觉。

当叶临西走到跟前时，坐在桌后的人听到有人进来，缓缓地从佛经上抬起头，说道："解签的师父今日有事，三位要是不介意，我也可以代为解签。"

三位姑娘在看到僧人的正脸时，心神不由得一晃，脑海里十分统一地冒出了三个大字：太帅了！

柯棠和姜立夏对视了一眼，心里都在疯狂地尖叫。

姜立夏悄悄地拿出手机，开始发短信：好想要他的联系方式。你们觉得我有机会吗？

柯棠：我也想要，姐妹，你不许跟我抢。

姜立夏：不行，是我先看上的。

两个人疯狂地发着短信，反而是叶临西一直没动静。

直到坐在桌后的男人望向她们轻笑了一下，说道："临西，你有什么想要求的吗？"

姜立夏和柯棠齐刷刷地望向旁边的叶临西。

许久后，三个人拿着刚写好的红绸从佛殿里出来了。

姜立夏当即大喘了一口气，说道："真的太帅了，我都不敢说话。"

柯棠低头看着手上的东西，说道："字写得更好。"

两个人说完又望向叶临西。

叶临西边往前走边说道："别看我，看我也没用。"

"看你怎么没用了？你不会连你老公亲哥哥的微信都没有吧？"姜立夏一副不信的样子，说道。

叶临西转头看向她，说道："你们知道傅锦衡的奶奶每年最大的心愿是什么吗？"

两个人的脸上都盛满了求知欲。

叶临西没立即说话，而是往佛殿里又看了一眼。

傅时浔安静地坐在那个简陋的桌子后，一室温雅，半身佛气。

叶临西继续说道："傅家长辈们最大的担心大概就是，傅时浔哪日真的会归隐在这座佛寺之中。"

叶临西说完后，另外两个人半天都说不出话来。

许久后，姜立夏才开口说道："妈呀，你这位大伯哥的人生也太刺激了吧？呜呜呜。"

她们在院子里挂红绸时，又有个人进了后殿。

来人穿着单薄的黑色外套，脸颊白得堪比这漫山的白雪，却透着隐隐的病弱，来人最引人注意的就是一头乌黑的长发了，身上带着一股说不出的锐利气质。

她走进佛殿，直接在案桌对面的椅子上坐下，定定地望着对面的傅时浔，说道："我要解签。"

傅时浔望着她，将签筒缓缓地推到她的面前，却没想她并未伸手拿起签筒。

她说："我爱一人欲发狂，何解？"

这话里的情绪太淡，而她看着他的眼神又太浓。

佛殿外的三个人安静地望着这一幕。

归宁寺内，风雪再起。因为下不得山门，她们干脆在佛寺里吃素面。这里有专门对外开放的斋堂，据说里面卖的素面味道极为不错。这种冰天雪地，吃一碗滚热的面，胃都是熨帖的。

吃完之后，三个人都舒服得不想动弹，因为斋堂里没别人，说起话也就没什么顾忌。

姜立夏想起刚才佛殿里发生的事，好奇地问道："你大伯哥有女朋友了？"

她们看到刚才那姑娘显然就是冲着傅时浔来的。

"不知道。"叶临西摇头。

姜立夏又问："他没把人带回家？"

叶临西又摇头。

"我觉得他跟刚才那姑娘之间肯定有什么事。真的，相信我作为一个言情小说作家的敏锐判断力。你说对吧？"

叶临西回道："不知道。"

姜立夏憋不住了，着急地问道："那你知道什么啊？"

叶临西瞪她，伸手戳了一下她的脸，说道："你这是跟仙女宝宝说话的态度吗？"

"对不起，仙女宝宝，"姜立夏抓住她的手指，认错态度良好地说道。

柯棠坐在对面看她们两个腻歪，问道："我看这边还可以听大师讲禅。"

"讲禅是干吗的？"姜立夏好奇地问道。

柯棠没好气地回道："不干吗，就是让你凝神静气，别想太多。"

结果她们两个都对讲禅挺感兴趣的，叶临西无所谓，就跟着她们一起过去，到了那边才发现已有人在。

一个穿着灰色大衣的女人眉眼柔和清丽，安静地端坐在蒲团上。

她们三个人依次在旁边的蒲团上坐下。

叶临西坐在这个女人的旁边，本来只是扫了一眼，谁知竟看到对方抬头冲着自己温柔地笑了一下，出于礼貌，叶临西也冲着对方轻轻地颔首。

不过两个人之间也没说话，只是安静地听着堂上大师的声音。

禅房里点着油灯，暖黄的光线微晃着，仿佛连那小小的烛火都有了一丝丝佛气。

一场禅经，信的人自是入了耳，不信的人则是过耳即忘。

结束后，柯棠和姜立夏都要去洗手间，叶临西懒得过去，便留在经堂里等她们，此时才看到那个女人没有立即离开。

这是个小经堂，也有一尊佛像。

叶临西抬头看着佛像时，突然听见旁边的人开口了。

"你相信因果吗？"

面对这种陌生人的突然搭话，叶临西倒没觉得太突兀。

毕竟这里是经堂，大概是对方听了大师讲禅之后有感而发吧。

叶临西想了一下，说道："信吧。"

其实她是半信半疑，毕竟对佛学本就是"门外汉"，随大溜来上香，未必有多信仰，跟现在大多数人都一样。

大家入了山门拜佛时瞧着虔诚，可平日里吃肉喝酒也未见少过。

灰衣姑娘轻笑道："我还挺信的，特别是我的姐姐去世之后。"

叶临西一怔。

对方并未等她问，便自顾自地说道："算起来我的姐姐已经去世十二年了。"

叶临西安静地望着她。

对方像是想到了什么，转过头，略带歉意地说道："抱歉，突然跟你说这些。"

"没什么。"叶临西轻声地说道。

对方继续说："我只是听到今日大师讲的因果，突然有些感慨。"

叶临西并不是喜欢刨根儿问底儿的人，只是出于礼貌，安慰了一句："逝者已逝，生者如斯。"

"谢谢，"姑娘低声说，然后垂下眼，继续说，"我姐姐过世的时候，正是最美好的年华，偶尔我也会在想，如果她还活着该多好，最起码她爱的人和爱她的人都不会留下遗憾。你说对吧？"对方突然转头望着叶临西，像是祈求她的安慰。

叶临西感觉有些不舒服，但还是点了点头。

"我姐姐当年喜欢的那个男生，其实在她过世之后，一直没交往过女朋友。我觉得他应该也一直忘不掉她吧？只可惜没人能靠着怀念过一辈子。"姑娘猛地转头盯着叶临西，声音软软地继续说道，"所以最后他顺从家里的决定，娶了另外的女人。"

她说话时眼睛直勾勾地望着叶临西："我想，他在做这个决定时，心里也一定很痛苦吧。"

叶临西猛地站了起来，如果刚才还碍于礼貌跟对方说话，可此时看着眼前的这个女人，突然觉得对方有一种来者不善的感觉。

正好外面脚步声响起，应该是柯棠和姜立夏回来了。

叶临西不想再跟这个女人单独待在一起，转身往外走。

就在她的脚要踏出门槛时，身后传来清晰的声音："我叫宋茵。"

叶临西转头望过去，眼底一片迷惑。

对方显然也看出来她并不认识自己，不由得一笑，轻声地说道："很高兴见到你。"

叶临西走出去时，就拉着柯棠和姜立夏往另一边走。

姜立夏奇怪地问道："干吗走这么急？后面有人追你？"

"没有。"叶临西抿抿嘴，只不过回过神后，又望向身后不远处的经堂，说道，"刚才里面那个穿灰大衣的女人，你们看见了吗？"

见姜立夏摇头，叶临西又望着柯棠，却见柯棠也缓缓地摇头。

两个人看着一脸沉重，好像觉得叶临西看见了什么不该看见的东西。

叶临西顿时反应过来了。

眼看着她的脸色都白了，姜立夏憋不住笑了起来，说道："逗你玩儿的，那女的怎么了？"

要怪只怪姜立夏和柯棠突如其来的心有灵犀，在姜立夏摇头的时候，柯棠就猜到她什么心思，于是也跟着摇头，没想到还真把叶临西吓着了。

叶临西气得差点儿当场表演一个"我现在就送你们上西天"的节目，心想：她俩还是闺密吗？甚至还怀疑她俩不会是对家派来抹黑自己的吧？虽然叶临西也不知道自己的对家是谁，但肯定这俩人不是亲闺密。

刚才她们摇头时，叶临西真的后脖颈一凉，有种站在原地却一直被灌凉气的感觉。

姜立夏见她脸色苍白，这下心疼坏了，赶紧用戴着手套的双手贴着叶临西的脸颊，说道："来来，我给小玫瑰焐焐，瞧把我们小玫瑰吓的。"

叶临西连冲着她们两个人翻白眼的劲儿都没了，正好此时看到宋茵也从经堂里走出来。

只不过宋茵是从另一边离开的，并未看见这边的三个人。

柯棠问道："你还没说这个女的怎么了？"

叶临西原本有些冰冷的脸被姜立夏用手套这么一焐还真暖和了起来，连带着脾气也好了点儿，她说："没什么，就是刚才她跟我搭讪了。"

"这说明你漂亮呗！"姜立夏立即用一种"我以为是什么大事呢原来就这个"的语气说道，"当初我们上高中时，第一天我不就跟你搭讪了？"

叶临西有一身公主病，虚荣、傲慢都占全了，可是光是冲着她这张脸，旁人都愿多包容她几分。

美人有脾气，不算缺点。

叶临西有种"我很无语但是我又无法反驳"的无奈。

不过那个宋茵说的话却让她有种不太好的联想，但是这种联想她却没说出口。

她们在寺里上了香也吃了素面，还听了一场讲禅，本来还想看看归宁寺的后山风景，因为今天下雪了，估计也不好上山，便决定离开。

叶临西正犹豫着要不要跟傅时浔打招呼时，就又在殿前遇到他了，看到他的身边并没有那个穿着单薄外套的姑娘，便主动喊道："哥哥。"

傅时浔跟傅锦衡不愧是同胞兄弟，两个人眉宇间还是有相似之处的，相较于傅锦衡的冷漠气质，傅时浔看起来更温润些。

他看着叶临西，说道："要回去了？"

叶临西点头。

"雪天路滑，回去的时候开车慢点儿。"

这一声招呼是关心。

叶临西正要说谢谢时，就见他从兜里突然掏出什么东西，待他递过来，才看到居然是几枚折好的符箓。

"你朋友不是说想求吗？"

之前姜立夏确实说过想要符箓。

据说这种符箓一枚难求，而且特别贵，甚至在网上都没有标注价格。

叶临西接过符箓，真诚地说道："谢谢哥哥！"

"不用谢，只是不想你们受骗罢了。"

见叶临西一脸迷茫的样子，傅时浔突然笑了一声，语气习以为常地说道："这符箓卖给别人八千元一枚。"

叶临西从他的口吻中听出了一种超然物外的淡定。

叶临西把符箓分给她们两个并告知价格为八千元时，两个人也是一脸震惊。

姜立夏率先喊道："这玩意儿八千元？"

随后，姜立夏又感慨道："大帅哥果然是大帅哥，人帅心善。爱了爱了。"

叶临西轻轻地敲了一下她的脑袋，说道："放弃吧，他是你注定得不到的男人。"

姜立夏想起今天那个姑娘，点了点头，说道："确实，今天那姑娘给我的感觉就是，谁敢跟她抢人，她能当场把谁干掉。我可是惹不起。"

叶临西回家之后，等到晚上八点多，才见傅锦衡回来。

傅锦衡过来时，身上只穿着一件衬衫，微敞着领口，还把袖口往上卷了一些，露出一小截结实的小臂，身上少了几分清冷的禁欲感，倒是有种居家男人的随性。

他顺势在床上躺下来，单手撑着头，侧着看向她。

叶临西少见他这般模样，忍不住盯着他。

他黑眸如星，幽深的目光缓缓地落在她的身上，他问道："在看什么呢？"

叶临西本来只是随意地玩儿手机，可看见他慵懒随性的眼神，那颗原本安分的心居然加快了跳动的速度。

在安静的房间里，那种沉闷而有力的"咚咚"声快要从胸腔里传出来了。

叶临西还是没憋住，凑过去在他的唇上咬了一下，因为她觉得这时候咬比亲更能凸显她的喜欢。

傅锦衡也不恼火她咬疼自己，微垂着眼看她，抬手搭在她的腰上，侧躺在床上对着她，随后低头吻了下来。

原本安静的气氛里像是被融了一室的糖，黏稠得厉害。

这个漫长而又绵密的吻结束时，叶临西伸手将放在床头的东西拿过来。

"我今天在庙里特地给你求的。"叶临西想了一下，认真地说道，"我可是跪了好几个小时才求到的，价值千金，很贵重呢。"

虽然这话有些许夸张的成分，但这才能表现出这件东西的心意和珍贵啊，让臭男人也明白自己对他的心思，从而让他更喜欢她一点儿。

但是臭男人在看到这枚"珍贵的符箓"时并未表现出特别开心的模样，反而看着有种说不出的感觉，过了一会儿，他才轻笑了一声，说道："八千元一枚吗？确实挺贵的。"

叶临西没有说话。

见她还没弄懂状况，傅锦衡倒是格外好心地开口解释了一下："每年我们圈子里有不少人都会去求这种符箓，"停顿了几秒后，他才继续慢悠悠地说，"不过这个东西都是我哥写的。"

叶临西终于明白了刚才他看见这枚符箓时脸上表情的意思了。

他的意思大概就是：骗傻子的玩意儿，你也好意思拿来骗我？

于是，叶临西的"让我老公更爱我"的计划又一次失败了。

过了元旦后，日子直奔着春节而去。

叶临西这才发现自己已经在律师事务所上了半年班，等过完今年六月，就挂证满一年，她就可以成为独立承接项目的律师了。

团队里又招了一男一女两个实习生，新招的同事也都是努力做事的实干派。叶临西在团队里跟大家都相处得很融洽。

顾凯的仲裁案在这个周五正式宣判，根据之前提交的证据，判对方违约的可能性会更高。而且因为顾凯是中层管理者，当初离职时签的竞业协议违约金额很高，弄不好还要被判罚百万元违约金。

因此，到了再次开庭的日子，双方再见面时，不管是顾凯还是他的妻子，脸色都不好看。或许，在他们来之前，对方律师已经给他们打了预防针。

就算其他都还可以狡辩，但对方根本无法对280万元做出书面说明。

果然，到了判决时，法院认定顾凯违反了竞业限制，要求其停止违反竞业限制，继续履行竞业限制义务，并要求顾凯支付安翰科技违反竞业限制违约金129227.56元。

叶临西自然满意这个判决。

对面的顾凯脸色土灰，当即喊道："我不服！我不服！"

"被告请肃静，尊重法庭秩序。"

对方律师也在劝慰他，但是顾凯还是格外恼火。

叶临西出了法院，抬头就看见不远处一个刚下车的女人，当她把目光落在对方的脸上时，不禁觉得有些惊讶。

很快，顾凯匆匆走过，迅速走到了那个女人的身边。

叶临西更惊讶了，因为她看到了那天在寺庙里遇见的、自称叫宋茵的女人。

顾凯恼火至极，也顾不得这里是大庭广众，怒气冲冲地说道："茵茵，你给我找的这个是什么律师，压根儿就不行，根本不是人家的对手。我的官司败了不说，我还要被判赔十多万元。我告诉你，这件事情你必须给我解决。"

宋茵安静地望着他，低声说："这是法院的判决，我要怎么给你解决？"

顾凯不爽地说道："那我不管，当初要不是你找我让我跳槽去华康科技，我到现在还在安翰科技干得好好的呢。你说安翰科技创始人在内斗，迟早要完蛋，可是现在安翰科技还被盛亚收购了，眼看着要被并入盛亚。我这次可真是被你害惨了。"

宋茵看着眼前站着的表哥，竟是忍不住嗤笑了一下，说："所以，现在你把所有事情都怪在我的身上？"

"我也不是全怪你。"顾凯有些心虚地说道。

宋茵伸手摘下墨镜，直直地望向顾凯，说道："当初确实是我让你跳槽到华康科技的，但是华康科技给了你什么，你应该比我清楚吧？你要是继续留在安翰科技，有乔云帆在技术部，你以为凭你自己能往上爬？是我在给你机会，你最好搞清楚一些。"

顾凯没想到之前一直温柔好说话的表妹这时候居然要跟自己翻脸，有些不确定地说道："茵茵，你现在不会不认账吧？"

宋茵十分不在意地说道："那就要看看你的表现。"

"你……"顾凯真没想到她会是这种态度，气得发狠道："你可别忘了你当初找我去华康科技是为了什么，你要是不帮我，也别怪我不顾念咱们之间的亲戚关系。"

宋茵听了他的威胁丝毫不怵，反而饶有兴趣地在他的脸上打量了几眼，慢悠悠地说："你是搞技术把脑子都搞没了？你现在违反竞业限制，惹上了民事官司，赔钱就可以解决。你要是敢把你泄露安翰科技的商业机密这事捅出去，那就得坐牢。"

"子悦才三岁，你忍心让孩子这么小就没了爸爸的陪伴吗？"

子悦是顾凯的女儿，今年才三岁。

顾凯实在没想到宋茵当真翻脸无情，他本来就属于性格木讷的，此时也被气得想要动手。

好在他的妻子张媛及时赶到，拦住了他，劝道："你干吗呀？这可是法院。"

顾凯指着宋茵说："你问问她说的都是什么话？要不是当初她把华康科技吹得天花乱坠，我能鬼迷心窍上了这个当，跳槽到华康科技？"

张媛拦着他说："现在事情已经发生了，再说这些还有用吗？"

顾凯被气得直喘粗气，但是半晌也说不出话来。

宋茵反而对张媛态度十分温和，宋茵无奈地说道："嫂子，我知道，这个官司输了你们都很生气，但是如果你们还想上诉，我也会继续支持你们。"

宋茵知道在顾凯和张媛之间一向是张媛说了算，况且她曾在公关公司工作了几年，早练就了一身见人说人话见鬼说鬼话的本事。

顾凯这样性格优柔寡断的人，就需要被雷霆手段吓唬住。

当初要不是因为他在安翰科技上班，宋茵也不会亲自出马挖人。要是一般人也就罢了，顾凯偏偏还跟她沾亲带故，弄得她想甩手都不可能，真是麻烦。

他们上车时，宋茵抬头看向不远处，又看见了叶临西。

显然叶临西也看到了她，两个人遥遥望着彼此。

突然，宋茵竟冲着叶临西点了点头。

因为距离并不算远，叶临西自然也看见了她的动作，于是面无表情地望着对方，直到对方的车子消失。

如果说那天在寺庙里的偶遇是个意外，那么今天在这里的相遇，叶临西已经非常确定对方一定认识她，但又不确定对方是否因为顾凯这个官司再次出现。

叶临西并不在意一个只见过几面的女人，也没兴趣调查她背后的故事，很快便将这件事抛在脑后。

这个人如今频繁地出现，也不像是憋得住的性格，迟早会露出狐狸尾巴。

叶临西结束这个案子后，又开始马不停蹄地准备盛亚和安翰科技的合并工作。

因为案子涉及两个公司间的股权分配和人员整合，毕竟两个公司合并，必定会有人员的精简。

之前宁以淮在网上被痛骂，就是因为他裁人的时候太过心狠手辣。

这次初步的合并协议由珺问律师事务所拟定。

律师事务所主任蒋问这次亲自找了宁以准谈话，说道："我知道这次盛亚和安翰科技合并的项目是你的，但是现在律师事务所都讲究联合做项目，你要是有看好的人选，咱们珺问劳动法领域的律师随你挑选。"

"怎么？不相信我？"宁以准表情淡然地说道。

蒋问叹了口气，说道："之前你打那个公益官司，我特地替你宣传了一波。"

但结果也很显然，宣传的效果很差。

连网友都看出来宁以准这是故意为了洗白自己才做的公益案子，要不然他这种按时薪计费的大律师，怎么可能会免费帮人打官司？

这次又是合并案子，蒋问已经知道案子会涉及员工精简，生怕眼前的这位再来一次，到时只怕珺问律师事务所的名声都要被他败坏了。

宁以准说道："如果真的涉及裁员，我会让叶临西去处理，这样你放心了吧？"

"叶临西？"蒋问想了一下，说道，"可她还是个实习律师吧？"

"裁员的方案一样可以做。"

宁以准虽然这么说，不过还是带上陈铭一起做这个案子，毕竟面对的是合并项目。

盛亚科技这边也很着急，因为年后安翰科技的新产品就会被推向市场，他们希望在这次新产品发布会之前正式完成公司合并。

于是，几方在盛亚科技的办公室里进行第一次合并会议协商。

虽然傅锦衡作为安翰科技的第一大股东有绝对的控股权，但安翰科技还有其他股东，也要考虑这些股东的利益。

第一次开会，珺问律师事务所作为主持这次合并的律师机构，当然要派人到场。

叶临西早上起来时就有点儿不舒服，但她怕被傅锦衡看出来，强撑着像没事一样，直到她上了车伸手摸了下额头，才发现自己好像有点儿发烧。

想来也是不敢相信，叶临西以前是矫情的性格，就算只有一分的难过也要将其渲染成七八分，恨不得全世界都来捧着自己，现在她居然会带病工作，这一刻她也突然体会到职场艰难的感觉。

到了律师事务所后，她本来想买药吃的，但还没来得及在 APP 上下单，就被宁以淮叫进去开会，又把之前的合并协议重新过了一遍。

因为叶临西待会儿要在会议上负责向出席会议的相关人员解释这些合并的细则，等到出门时，她都没来得及买药。

盛亚科技的办公大楼其实属于盛亚本部，外面大楼上挂着的"盛亚"二字就是标志。身处 CBD 中心的高档写字楼，大堂的地面亮堂得能照出人影来。

叶临西之前来过一次这里，不过那次她是以总裁夫人的身份来给傅锦衡送下午甜品，却因为来例假出了糗，如今她再次踏入，下意识地看电梯门上映出的自己。

她穿着柔软又舒适的浅蓝色大衣，将长发随意地披散在肩膀上，整个人年轻又有气质，还涂了略显气色的正红色唇釉，顿时就有了强大到无以复加的职业律师的气场。

叶临西带着无限自信，跟着其他人一起上楼。

他们到了楼上，正被带领往会议室走时，刚好碰上了傅锦衡带着一众盛亚的高管过来参加会议。

叶临西猝不及防间看见他，心里微动，明明早上才跟他从家里分开，在他上车前还抱了抱他，可此时在这里看见他，还是有种不一样的感觉。

傅锦衡今天依旧是一身深蓝色的高定西装，从肩线到胸襟处无一不挺括贴身的剪裁凸显了他骄矜高贵的气质，尤其是站在众人面前时天生的领导气场，简直让人有种想跪在他的西装裤前唱征服的冲动。

看着面前这个神色庄重的男人，叶临西突然有种分裂感，仿佛之前听到的那些哄人的话不该从他这张嘴里说出来，又有些庆幸自己一向有从头到脚精致到底、一丝不苟的习惯。

哪怕看不见别人的眼神，可她还是默默地在心底来了一句：今天的叶律师和傅总裁好配！简直就是神仙 CP。

叶临西在脑海里简短地开了个小差之后，又迅速地将思绪收了回来，毕竟来这里是做事情的，又不是来对自己的老公犯花痴的。

双方进行简短的寒暄后，进入了会议室。

好在大家都有守时的观念，安翰科技的参会人员也及时到了。

会议室的桌子是长条桌，傅锦衡在上首的位子坐下，其他人则依次在两边坐下。至于没位子的人，则坐在了后面的椅子上。叶临西坐在了宁以淮的身后，旁边还坐着陈铭。

会议开始之前，盛亚科技这边的高管还是忍不住打量了一下对面那位唯一的女性——叶临西律师。

虽然她今天头顶着律师的头衔，但在场的每个人都知道她的另外一个身份——货真价实的盛亚老板娘。

好在傅锦衡和叶临西作为当事人，都摆出一副公事公办的模样，其他人除了稍微多瞥了叶临西几眼，也没什么其余动作。

会议正式开始不久，就进入了合并协议宣读的程序。叶临西作为宣讲人，负责宣读合并协议的各项细则，一开始宣读得还算顺利。

因为这份协议是她跟着宁以淮一遍一遍修改完善的，她的记忆力不错，她几乎到了能背诵的程度，可说了没几句，她突然轻咳了一声。

"根据第三条，喀喀，"叶临西本来就不太舒服，大概是真的有点儿发烧，嗓子不仅干还发痒，刚缓和了没两句就又咳了起来。

原本没在看她的人也齐刷刷地抬头看她。

叶临西低着头没看别人，继续宣读合并协议的内容。

只是任谁都看得出来，她在尽力控制着自己。

突然，傅锦衡转头靠近坐在他身边的秦周，吩咐了几句。

秦周了然地点头，然后起身出门，几分钟后再回来，手里还端着一个冒着热气的杯子，走到叶临西的身边，将杯子放在她的手边。

好在合并协议并不算复杂，叶临西已经说到了最后，待说完后她冲着大家歉意地笑了笑，说："如果大家对于协议内容有不了解的地方，现在可以向我提问。"

众人还没开口时，坐在上首椅子的傅锦衡从原本靠着椅背坐着的姿势一下子变成双手搭在桌子上的姿势，然后环视了桌子旁的众人，声音格外清晰地说道："叶律师解释得这么清楚，大家还有什么疑问吗？"

原本还想提问的人听到这句话后，一下子按下了心头的疑惑。

傅锦衡见他们都不问了，转头看着叶临西，说道："叶律师辛苦了！"

叶临西坐下后听到手机响了一下，端着水杯刚打开手机，就看见一条最新发来的信息。

傅锦衡：喝水吧。

在她出神时，又收到一条新的信息。

傅锦衡：今天努力工作的小仙女。

叶临西一只手握着温热的杯子，可以看到杯口的热气正缓缓地升起，而另外一只手里握着的手机屏幕上是他发来的两句话。

她下意识地抬头看向坐在上首的傅锦衡。

傅锦衡安静地聆听其他人说话，但在叶临西看过去时，他仿佛有心电感应般，转头冲她看了过来。

两个人的视线突然撞上，原本略显严肃的傅锦衡在看见她的一瞬间突然轻轻地勾起嘴角，露出一抹浅笑，连带着那张英俊到过分疏离的脸也显得温柔了起来。

叶临西抿嘴冲着他也笑了一下，随后迅速地低头，喝了一口杯子里的水。

水温正好。

会议继续进行，大家虽然心里有些疑问，不过也并未被这个小小的插曲打扰。

好在大家都知道两家公司合并是大势所趋，只是在一些条件和细节上有所提议。

虽然叶临西之前也看过傅锦衡转发的盛亚科技的新闻，但没太关心过盛亚科技的业务结构以及公司发展，直到这次加入盛亚和安翰科技的合并项目，才认真地了解了一些。

安翰科技目前主要做安保机器人开发，而盛亚之所以要合并安翰科技，也不仅仅是为了一个小小的安保机器人开发业务，而是为了整合资源，实现公司对于未来更大的布局——安防人工智能领域，他们计划通过云端、终端等打造一个完整的安防智能产业链，从而将公司的 AI 技术运用到公安、银行、学校、社区以及交通等各个方面，最大限度地保障人们的安全。

叶临西虽然对人工智能行业知之甚少，却明白如今的天眼在提高办案效率的同时更是极大地降低了犯罪率，当初步了解了盛亚科技的战略布局后，心里似乎也隐隐有了一个关于未来的构想。

这是一个科技改变未来的命题，叶临西头一次觉得，她似乎也参与到这个时代最为壮阔的变革中。作为律师，她顶多能做到改变一个人的命运。这个时代很多人的命运是被科技改变的。

会议里的讨论还在继续，叶临西又忍不住抬头看向心里的那个人，甚至有了一种重新认识他的感觉。

一直以来，她也像别人那样，认为傅锦衡是继承了父辈的资源站在了所有人的前面，可是越是了解，越能明白这个男人的厉害之处。

他有着能改变这个世界的能力，也有着能超越绝大多数人的眼光。

叶临西突然想到了曾经看过的一句话：胸中有丘壑，眼里存山河。

这句话大抵说的就是他吧！皮相好的男人固然吸引人，可是这样胸怀广阔的男人更会让人沉迷。

叶临西本就喜欢他，如今这么看着他，便忍不住心猿意马了起来，而且又因之后的时间多是宁以淮进行法律解释，她刚好可以安静地坐在宁以淮的身后看他。

大部分问题被解决后，会议也进入尾声。

一直很少开口的傅锦衡终于在会议快结束时开口说了几句："盛亚和安翰科技的合并只为做到更好的资源整合，前路之艰辛，还需诸位与我通力合作，让盛亚走得更稳。"

会议室里响起鼓掌声，叶临西跟着鼓掌时，顿感心潮澎湃。

散会后，傅锦衡站起来依次与要离开之人说了几句话，特别是跟安翰科技那边的股东多说了几句。

当宁以淮带着叶临西和陈铭准备离开时，傅锦衡主动看向宁以淮，问道："宁律师，让叶律师去一下我的办公室，应该可以吧？"

"当然。"宁以淮才不会阻拦人家夫妻见面的。

叶临西跟在傅锦衡的身后进了电梯，却见旁边的傅锦衡没有主动开口说话的意思，也不知道他是心情不好还是什么原因？片刻后，她随他到了楼上的总裁办。

坐在外面办公区域的总裁办成员看见老板回来纷纷抬头，但在看见老板身后的叶临西时，又吃了一惊。

叶临西之前来过这里，总裁办的人当然不至于连老板娘长什么样都不知道，况且这阵子也在忙安翰科技的合并事宜，自然知道这次项目的负责律师里就有叶临西。

等两人进了门，外面的人才开始小声地讨论。

"傅总怎么脸色不太好？跟老板娘吵架了？"

"不可能吧，傅总不是去开会了？"

"每次看见咱们的总裁夫人，我都要感慨老天爷的不公平，人家是又有钱又有美貌。"

"浅薄了吧，美貌算什么呀？咱们的总裁夫人还有脑子，可是哈佛大学法学院毕业的。"

此刻员工还在小声讨论，进了办公室的叶临西正想着开口，就见站在她前面的傅锦衡突然转身。

他把手掌搭在她的脖颈处，将她整个人带进怀里，然后低头凑近，用额头轻轻地贴着她的额头，柔声地说道："温度有点儿高。"

下一秒，傅锦衡松开了她，眼神变得深沉起来，问道："你是不是早上起床时就开始觉得不舒服了？"

叶临西当然不敢承认，微蹙了下眉，否认道："不是，我是到了公司才发现的。"

傅锦衡低头看向她，脸上是不相信的神情，说道："小骗子，早上我们分开上车时，你没亲我，只是抱了我一下，当时我就应该猜到的。"

叶临西心想：男人太聪明就不容易被女人骗到了。

她撒娇地在他的怀里蹭了蹭，说道："真的没什么，只是嗓子有些干而已，你看我精神状态还是这么好。"

"哪里好了？"

说话间，她整个人被他牢牢地圈在怀里，只能微仰着头，望着他有些心疼但又无可奈何的表情，不知不觉间，她才发现自己真的爱死他脸上偶尔会出现的无可奈何的表情。

因为这种表情他只对她才会有。

办公室里的采光极好，冬日的阳光从一整片玻璃幕墙照射进来，性冷淡风格的办公室却没了寻常里的肃穆安静，反而因为抱在一起的两个人多了几分浓稠的甜蜜。

"待会儿我陪你去医院？"傅锦衡声音低哑地问。

叶临西盯着他的眼睛，有些好笑地说道："傅先生，你会不会过度紧张了？"

傅锦衡带着几分笑意看着她，语气略显轻松地说："你知道我紧张就好。"他说完便低头想要靠近她，吓得叶临西猛地把他推开，拉开两个人之间的距离。

待傅锦衡露出些许疑惑的表情时，她不紧不慢地解释道："我的鼻子还有点儿不通气，我可能感冒了，所以你得离我远点儿。"她说完还用目光丈量了一下两个人之间的距离，发觉还是不够远。

傅锦衡懒散地说道："得离多远？"他此时也松开环着她腰的手，一副她先做给他看看的模样。

"那就……"叶临西往后退了一步，可是看着还是不够远，又往后退了一步，说道，"最起码得隔这么远。"

傅锦衡好笑地望着她，朝她抬了抬手，温柔地说："过来。"

叶临西心想：你是逗我玩儿呢？我才不要。

"哪怕你现在就把我传染上，"傅锦衡没等她过来，已经走到她的面前，坚定地说道，"我还是想抱着你。"他说完再次伸手把她抱在怀里。

叶临西真的被感动了，但还是忍不住说："我觉得我们还是应该相信科学。"

"上次我生病，你不是也照顾我吗？"

"是啊，"叶临西正要跟他感慨一番，突然又想起上次他生病时发生的事情，不由得有些酸楚地说道，"我一心想早点儿回家照顾某人，结果却被某人背后搞了小动作。"

她露出一个端庄的微笑，但心里还是有那么一点点生气。

见傅锦衡低头不语只安静地看着她，叶临西赶紧解释道："我是逗你玩儿的。"

其实她如今能轻松地提起来，就表示这件事情已经过去了，要不然以她这个小气劲儿，是不可能主动提到的。

叶临西以为他不信，又说："我能主动提起来，就说明我已经原谅你了。"然后她还伸出一根手指，在他的胸口上戳了戳，继续说，"能娶到我这么大度又不计较的老婆，你就偷偷地乐吧。"

她刚一说完，傅锦衡突然低头，在她的唇上轻轻地印下一个吻，笑着说道："我不用偷着乐，我明着乐。"

傅锦衡让她来办公室也不是全为了逗乐。

很快，秦周把退烧药买了回来。

叶临西吃了药之后，就被傅锦衡强行留在办公室里休息。

他把休息室里的毯子拿了出来，让她躺在沙发上睡觉。

不知是不是药里有助眠的成分，叶临西很快就睡着了。

一整个上午都没其他人进入傅锦衡的办公室。

盛亚和安翰科技的合并在春节假期前有了定论。毕竟安翰科技如今的大股东是傅锦衡，有他坐镇，一切都推进得很快。这个消息只待春节过后，他再对外发布。

临近过年，大家都有点儿涣散的感觉。就连一向敬业、一心想着案源的柯棠都盼着早点儿放假回家。叶临西比较幸运，因为合并案的顺利推进，她可以提前几天放假。

南漪知道她放假之后很是开心，拉着她去置办年货。

于是，叶临西再次被她婆婆置办年货的豪气震撼到了。自从她回国之后，一心忙着工作，逛街的次数变少了，这次她当然没有手软，也没少花钱。

在她们逛得开心之时，南漪趁机跟她提了一个小小的要求，以商量的口吻说道："临西，今年你们过年能不能来家里住？"见叶临西看过来，南漪赶紧又说，"也不用住太久，就是大年三十还有初一两天，你觉得怎么样？"

"不过你要是想回自己家住，那住一天也可以。"不等叶临西开口，南漪已经讨价还价到让他们只住一天。

突然，叶临西莫名有些心疼。

臭男人到底干了什么？竟然把她这么美丽善良的婆婆逼成了这个样子！

她拍胸口保证道："妈妈，你放心吧，今年我们就在家里住。"

"你不用回去跟锦衡商量商量吗？"南漪还怕她做不了主，再次询问道。

叶临西豪气地说道："没事，他肯定会同意的。"

"对，家里嘛，确实应该我们女人做主。"南漪也跟着开心了起来，还给她传授了几招对付老公的办法，俨然已经忘记了到底哪个人才是自己亲生的。

对于要回老宅住这件事，叶临西提了之后，傅锦衡也没说什么。

到了腊月二十九那天，他们两个就坐车回了老宅。

见他们下车进门，南漪开心地迎了上来。

家里阿姨把他们带回来的行李拎到楼上，南漪拉着叶临西说话，又怕傅锦衡无聊，就说："你哥在书房里写对联呢，你也去吧。"

"哥哥也在家？"叶临西惊讶地说道，毕竟在老宅看到傅时浔的次数实在是太少了。

南漪"哼"了一声，说道："我跟他说了，要是敢过年不回家，我就登报跟他断绝母子关系。"

待傅锦衡起身去书房后，叶临西便好奇地望着书房。

南漪见她转头，问道："你也想去看他们写对联？"

"我们家的对联都是自家写的，以前他们兄弟两个还小的时候，都是他们爸爸写的，后来他们两个长大了，就他们写了。他们的爷爷还会选一副写得最好的贴在大门口。"

叶临西没想到写个对联竞争都这么激烈。

南漪见状就让她陪着傅锦衡一起过去玩儿。

傅锦衡先去了书房，叶临西随后才到，她进去时就看见了傅时浔。他穿着白毛衣安静地站在书桌后，手里捏着毛笔，正在红纸上写字。

傅锦衡则坐在旁边的沙发上，丝毫没有要帮忙的意思。

傅时浔看见叶临西进来，淡然道："临西回来了。"

叶临西对这位大伯哥一向是敬重多于亲近，点头说道："妈妈说让阿衡进来写对联，我怕他偷懒过来监督。"

"那确实是需要。"傅时浔不紧不慢地点头道。

叶临西走近才看到傅时浔在纸上写的字，登时就被惊艳到了，内心暗叹他不愧是能画出八千元一枚符箓的人，心想：这字写得也太漂亮了！

"你们的房门上也需要贴横联，临西有想要的横联吗？"傅时浔温雅地问道。

叶临西认真地想了一下，有些纠结地说道："哥哥，要不你随便写吧，不管你写什么，我都喜欢。"

傅时浔点点头，很快在横联上写下四个字——平安喜乐。

这是祝福叶临西在新的一年里能够平安喜乐，短短的四个字，却包含良多。

叶临西当真是喜欢，立即开心地说："谢谢哥哥！我真的很喜欢！"

在一旁听了半天的傅锦衡终于慢悠悠地站了起来，朝傅时浔看了一眼，随后从毛笔架上取了一支笔，蘸了下墨汁，在纸上也快速地写了几个字，写完后又转头看了傅时浔一眼，说道："新婚夫妻的房门上，还是贴这个比较适合。"语气里还带上了淡淡的讥讽意味，他又补充了一句，"你这种单身的，不懂。"

叶临西低头，看见他面前的横联上也写着四个字——百年好合。

叶临西低头认真地欣赏横联上这龙飞凤舞的四个字，才发现傅锦衡也能写一手好字，心底登时有种这个男人莫非是个宝藏的感觉，每次都能挖出他新的优点。

突然，她听到傅锦衡似乎说了一句莫名其妙的脏话，她抬头，就看见傅锦衡的鼻尖上居然有一个墨点，然后她再次看向傅时浔。

傅时浔举着手里的毛笔，脸上露出些许歉意，不好意思地说道："抱歉，一时失手。"然后他把目光落在傅锦衡的鼻尖上，又是一笑，说道，"已婚男士。"

叶临西此刻怀疑自己好像是在幼儿园，心想：他们这是什么幼稚行为？

直到叶临西跟着傅锦衡回房间之后，还是没回过神来，有种莫名的冲击感。

傅锦衡在洗手间里洗了脸出来。

叶临西趴在房间的床上，突然滚了一圈儿坐起来，说道："你跟哥哥怎么回事？"

"什么怎么回事？"

叶临西比画着他的脸，疑惑地说道："就你们突然这样，我还挺不适应的。"

他们两个若是分开，一个温雅，一个冷淡，全是男神级别的人物，结果凑在一块儿像是一下子触发了某个按钮，双双变身幼稚不服输的小朋友。

因为他们的反差太大，弄得叶临西到现在都回不过神来。

傅锦衡在她的头发上随意地揉了一下，说道："那是因为你看得少。"

叶临西犹豫地说道："你们以前也总是这样？"

傅锦衡在她的身边躺下来，说道："我没有。"

他这倒打一耙的话意思是挑衅的总是傅时浔？

叶临西露出不太相信的表情，但又觉得好玩儿，继续说："我之前确实是不太了解，还一直以为你们是那种兄友弟恭的兄弟呢。"

她现在想想，大概是她对他们的滤镜太厚了。

傅锦衡抬眸看她，问道："你自己不是也有哥哥？你跟你哥什么关系？"

"那不一样。"叶临西得意地说，"我哥才不会这么对我呢。"

傅锦衡慢悠悠地说："那是因为他不敢。"

叶临西本来是想趁机炫耀一下她和叶屿深的关系，谁知还没开始就被他揭穿，嘀咕说："什么叫他不敢？我又没打过他。"

傅锦衡瞥了她一眼，扔给她一个"你从小到大到底做了什么自己心里没数吗"的眼神。

看到他的眼神，叶临西虽然面上还保持平静，可心里已经在咬牙，怒想：叶临东，你死定了。

第二天中午，傅锦衡带着叶临西回了叶家。

他们过年住在老宅里。南漪生怕叶临西的爸爸会不开心，便主动让他们中午过去那边吃饭，晚饭时候再回来，临走时又让司机拿了好多礼物放在车上。

因为傅锦衡之前早让人把年礼送了过去，此刻叶临西看着司机大包小包地往车上搬礼物，开口阻止道："妈妈，不用拿这么多，还有这个燕窝，拿回去也没人吃。"

南漪说："也不是什么贵重的东西，总是我们的一点儿心意嘛。"

两个人回了叶家，其实叶家也不算清冷。叶临西的奶奶还在世，只不过平时跟叶临西的姑姑一起住，因为姑姑平常在家的时间很多，且姑姑的儿子也结婚生了孩子，老太太喜欢热闹，总抱怨自己家里太冷清。毕竟不管是叶栋还是叶屿深都经常不在家，叶临西结婚后也住在外面。

吃饭之前，叶临西表哥和表姐家的孩子们在客厅里玩闹个不停。

老太太满足地望着面前嬉嬉闹闹的小家伙们，忍不住转头看向叶临西。

只是这一眼就让叶临西暗觉不好，也不怪她多想，实在是这年头催生大法实在让人防不胜防，以至于被奶奶多看一眼，她就被害妄想症般觉得奶奶要催她生孩子。

事实证明，她也确实没多想。

老太太满怀欣慰地说道："你看看这一屋子孩子，多热闹。"

叶临西对于奶奶的话有点儿无奈，要不是因为老太太在这儿，早让这帮小家伙全部闭嘴看电视了，岂容他们在这里打打闹闹？

老太太正要继续道："奶奶最大的心愿就是……"

"看见我哥结婚。"叶临西在奶奶停顿一下时抢先开口说道。

一旁本来正在跟傅锦衡说话的叶屿深听到这句话时转头看过来。

叶临西赶紧说："奶奶，你看我哥他还不服气。"

叶屿深顿时感觉自己躺枪了，作为一个大龄单身男青年，本来身上的问题就比叶临西大多了。

老太太原本是被叶临西分了神，如今注意力一下子转移过来，自然是火力全开，对着叶屿深说道："你也别总嬉皮笑脸的，奶奶每次只要一想到你的事情，真是饭也吃不下觉也睡不好。每次只要一提到让你结婚，你就推三阻四，你姑姑学校里的小姑娘长得漂亮的不少，给你介绍你连看都不看一次。"

说到叶屿深结婚这件事，老太太都不需要酝酿话，简直是能出口成章。

叶屿深没想到自己居然还被连累，无奈地说道："奶奶，你不是在关心临西的事吗？"

"临西好歹还结婚了，你作为哥哥，到现在都没结婚，你说你出门别人问你，你好意思吗？"

叶屿深微微一笑，倒是想说他确实好意思，但是看到一旁他爸的表情，只好无奈地低头说道："我羞愧。"

"行，既然知道，那也不算晚，正好过年大家都在家，不如让你姑姑给你安排一下相亲。"

等老太太离开后，叶屿深眼神幽幽地望向叶临西，说道："你可以呀！"

"老公，他威胁我。"叶临西丝毫不惧，伸手挽住傅锦衡的手臂娇滴滴地说道。

傅锦衡扭头看着叶屿深，一脸真诚地说道："临西也是为你好。"

叶屿深觉得自己被这对儿夫妻打败了。

在叶家的时候，叶临西还能拉叶屿深当挡箭牌，晚上回到傅家大宅吃饭时，面对同样的暗示，她也不敢还嘴，只能低头默默地吃饭。

不过她不敢开口，傅锦衡倒是替她开口，不紧不慢地说道："是我的问题，我想先专注事业，才没打算要孩子的。"

叶临西原本低着头吃饭，把脸差点儿埋进碗里，听到傅锦衡这句话才抬头看过来。

本来她以为傅锦衡会随便说两句搪塞一下长辈们，没想到他把所有责任都揽在了自己身上，一时之间十分感动。

一旁的奶奶不满地说道："忙工作忙到不顾家庭可不好，你爸爸像你这么大的时候，都有你哥和你了。"

"妈，现在年轻人都注重二人世界，临西他们也才结婚一年而已。"南漪怕老太太大过年的不开心，帮忙宽慰了几句。

虽然傅家也有一个大龄单身男青年在场，可是谁都不敢提。

好在大家也知道，他们结婚才一年多，确实还不太着急，所以聊着聊着话题就转向别的地方。

吃完晚饭之后，大家都留在客厅里。每年春晚是中国人每家每户的固定节目，虽然小辈们对这个没什么兴趣，不过为了陪长辈，还是陪着一起看。

电视上正在播放春晚开始前的最后一段广告，全是世界各地给大家拜年的吉祥语。

叶临西也看到手机上跳出一堆新年祝福，因为微信一直震动个不停，她只能先把手机静音了，可是没一会儿就发现群里开始发红包。

一开始是他们团队群的人闹着玩儿地发红包，叶临西随手抢了一个，发现居然才抢到三块二，叹了一口气，却错过了接下来的好几个红包，便随手发了一个，又因为他们团队人也不算多，干脆一人发了两百块。大家和和美美，谁也不用抢，这样多好。

"啊啊啊！我抢到了两百块，谢谢临西姐！"团队里新来的实习生说道。

"我也是。"

"我也是。"

大家这才注意到叶临西发的红包是每人两百块，一时间都快乐地在群里给叶临西发各种新年祝福。之后，宁以淮也进群迅速地发了几个红包，然后又飞快地退群。

大家抢完红包后才发现他发的也是每人两百块的红包。

叶临西看着群里的开心氛围，突然伸手抵了抵傅锦衡，问道："你给你的员工发红包了吗？"

"我给他们发了年终奖。"傅锦衡说，目光还停在对面的电视机上。

叶临西说道："年终奖是年终奖，新年红包是新年红包呀。"

连宁以淮这种看起来什么都不在意的人都会到群里发一下红包，更何况身为大老板的傅锦衡呢？

"秦周会帮我发的。"傅锦衡不在意地说道。

"你最应该奖励的人就是秦周，他简直是十项全能助理。"

傅锦衡转头看向她，问道："十项全能？"

"你不会连秦周的醋都要吃吧？"叶临西故意逗他。

傅锦衡却没说话，而是轻轻地靠过来，低头吻住她的唇，将她剩下的话吞了回去。

两个人坐在沙发的这边，傅锦衡又仗着身材高大，将她整个人都抱在怀里。

在长辈们还没看过来时，他已经松开了叶临西。

叶临西的一张小脸泛起红晕，她伸手推了他一把。

随后，傅锦衡把手搭在她的肩上，直接将她拉到了怀里。

叶临西本来还不习惯在长辈们面前跟他这么亲密，小声说："这样不好吧？"

"哪儿不好？"傅锦衡干脆把她的手指捏在掌心里把玩，说道，"大家这会儿心里偷偷开心着呢。"

秀恩爱还能秀出这种理直气壮气势的人也确实是只有他了。

很快，叶临西也发现长辈们确实没往这边看，心神也放松了下来。

这几天她休息很准时，连着几天是晚上十点就上床睡觉，今天刚过了十一点就忍不住打了个哈欠。

傅锦衡低头看她，问道："困了？"

叶临西半趴在他的怀里，努力睁开眼睛，说道："还好。"

"困的话就上楼睡觉吧。"傅锦衡准备伸手拉她。

叶临西却没动，泛着倦意地说道："好不容易陪爸爸妈妈看一次晚会，还是看到结束吧。"傅锦衡见状还是想拉着她上楼。

最后还是南漪让他们都回去休息，毕竟现在也没什么守岁的习惯。

到了楼上，叶临西先去洗澡，她知道自己洗澡时间一向长，怕过了时间点，洗澡时特地带了手机，还把闹钟设定在23：59分。

好在她的心里一直想着这件事，她从淋浴间里出来的时候看到离新年还有几分钟，趁着这个时间她赶紧擦了擦头发，直到听见洗手台上手机的闹铃响了起来。

叶临西看了一眼，立即把手机拿起来，待到零点时，她打开洗手间的门，一下子冲了出去，来到床边抱住正好站在床头的傅锦衡。

"新年快乐！"她的声音里透着开心，似乎要将这夜色点亮。

傅锦衡转身也将她抱住，低声说："临西，新年快乐！"

叶临西仰头看着他，忍不住兴奋地说："我之前就想好了，在零点的时候跟你说新年快乐，要让你这一年听到的第一句祝福是我说出来的。"

她要让他在新年听到的第一句话是她说的。

她说这话时，清澈乌黑的眼睛里像是盛满了星光，明亮得让傅锦衡的心神轻轻地摇曳，他只想沉溺在其中。

春节过后，大家重新回到工作岗位上。

很快，国内科技圈就出了一个重磅新闻。

盛亚科技正式收购安翰科技，并且两家公司已经完成合并，更名为云起科技，之所以彻底更名，也是为了让云起科技正式打破盛亚系的桎梏，正式成为一个完全独立的新产业。

AI 科技时代，风云际会，扬帆起航，云起科技便是他们的新时代。

虽然傅锦衡有意让云起科技脱离盛亚的旧商业体系，但是这毕竟是一个利好消息，还是带动了盛亚的股价连续上涨了好些天。

连叶临西都看得出来傅锦衡的心情不错。

大概是因为他之前在盛亚工作，大家都觉得他是靠着父辈才走到了现在的位置。

不可否认，傅锦衡确实是天生站在了更高的地方。但是云起科技的成功会让所有人看见他的名字，了解他的能力。他的名字不会再被父辈所遮盖，而是真正地进入所有人的视野。

这个男人有多优秀，叶临西一直都知道。

随后，云起科技趁热打铁地举办新产品发布会，正式对外推出第二代安保机器人小 K。

当天发布会吸引了不少媒体，更是采取了网络直播的方式。毕竟云起科技不是苹果、腾讯那样的世界大品牌，本来主办方也没指望有多少人。结果随着发布会的举办，在线人数居然逐渐增多，最后突破百万。

主办方这才发现，真正吸引人的并不是新产品，而是出席产品发布会的傅锦衡。

西装革履的傅锦衡今天难得地戴了一副银边眼镜，整个人看起来既禁欲又骄矜，特别是他搭着腿坐着时，冷淡的一张脸被镜头一带而过，高贵的气质俨然无处不在。

之前因为他是齐知逸的小舅舅，已经受到了很大的关注，但他没有微博，也很少在媒体上露面。

叶临西在乌龙绯闻之后再也没有更新过动态。

网友的关注本来就是一阵子的，当初新闻声势浩大，可那阵风口过了，也就没什么人再关注。

结果也不知道是谁发现他出席这次发布会，一开始还只是齐知逸的粉丝来围观。

"外甥媳妇前来偷看小舅舅。"

"这眉眼、这气质，简直是绝了。"

叶临西原本还在上班，已经被群里的消息震得没办法专心上班。

姜立夏：小玫瑰，你老公红了。

姜立夏：妈呀，网上这帮人太疯魔了，一个科技公司的发布会居然在线观看量超过百万。

姜立夏：这几百万人可都是冲着你老公去的。

柯棠：我也去围观了一下，只能说傅总的脸值得百万人气。

姜立夏：他们公司怎么不干脆给他搞个百万直拍？

叶临西满脸问号，等去围观一下回来后，才明白在这个看脸的时代傅锦衡是天生的赢家，只不过看着满屏对他犯花痴的留言，莫名有点儿不爽。

傅锦衡可是她的人，她不允许大家觊觎他。

镜头再次对准傅锦衡时，他突然抬起手，用手指轻轻地转动着正戴在左手上的婚戒。他的眼神依旧停留在台上，只是这个动作熟稔得像是他的一个下意识动作。

叶临西隔着屏幕看着他的动作，刚才的不爽已经消失殆尽了，因为她知道他这是隔空跟全世界表示他是有主儿的人。

因为傅锦衡的出现，云起科技的发布会得到了巨大的关注。

一篇名为《科技巨头光环之下的累累尸骨》的文章在知名论坛被发表，这样惊人的标题自然吸引眼球，再加上背后的推波助澜，帖子迅速飘红。

当然，这样劲爆的标题配上的内容也非常精彩。文章是一个自称底层技术人员的爆料，之前他所在的创业公司在遭受了一个大公司的强行收购后，创始人都被对方踢走。而这位可怜的员工早就因为理念问题从公司离职了，就因为跟原创始人关系好，在公司被收购之后，突然遭遇了报复式的起诉。

这个巨头公司聘请了业内一个收费极其昂贵的讼棍，起诉他违反了竞业限制，让他赔偿了百万元。而他的家庭也因为这个突如其来的诉讼面临着破碎，连基本的生活都快无法保障。

可是这个踩着前创始人、前员工的大公司却一下子成了业界良心，但是新发布的产品却与别人的产品相似之处太多。

这种创业公司的大战一向引人关注，更何况这篇文章的内容这般精彩。

一时间，大家都在猜测这究竟是哪个公司？

直到有个评论在下面说："指路全世界最帅的小舅舅，别告我，告我也没用，反正我在国外。"

第十八章

临西，我爱你

全世界最帅的小舅舅？这指向性就有点儿过分明显了。

毕竟前两天云起科技的发布会后，傅锦衡就以全世界最帅的小舅舅这个标签登上了热搜，他的动图更是被转发了好几万。

没有证据的事情，大家也不全相信这种爆料，底下有赞同的也有反驳的，反正闹成一团。

这个帖子本来还只是人们的猜测，哪怕有人爆料是跟云起科技有关，但也没有被坐实。

直到冯敬发了一条朋友圈，写道：过往种种，不想再提。对未来创业者，唯有八个字告诫——兄弟阋墙、引狼入室。

这条朋友圈很快被好事者截图到了微博还有知乎等平台。

原本盛亚科技收购安翰科技后又重组云起科技就在科技圈产生不小的轰动，但因为云起科技还未对外公布管理层，所以外界对云起科技的了解还很少，又因为冯敬的这个朋友圈，一时间谣言四起。

不久，又一个自称是内部爆料者的账号出现了，并且深度爆料了一些云起科技的内部情况。

"网上的爆料都是真的，冯敬和关鹏飞两位创始人都离开了公司，三位创始人走了两个，谁是最大的赢家，大家也能猜到。其实我们技术部很多员工不喜欢那位，因为他的人品很差，而且他还会排除异己，我们认为创始人之间的矛盾都是因他而起。"

虽然爆料人没指名道姓说乔云帆，但是爆料里说的"一共三位创始人，两位离开了。那么剩下的那个不就是最大的赢家"已经让大家浮想联翩。

随后爆料人并没有停止，继续开始爆猛料。

"至于引狼入室，说起来那就更精彩了。当初在公司进行 A 轮融资时，请的律师是珺问的宁以淮。他们多次来公司做尽调，公司的人都看见过。结果后来为了融资召开董事会，盛亚公司的人宣布收购了公司，之后公司内部清洗了一波员工。但后来打竞业限制官司的还是这个宁以淮。

"哦，对了，宁以淮身边有个助理律师，姓叶。

"她是谁，不用我爆料，我想很多网友知道吧！"

这个爆料彻底将整件事情点燃，原本大家还将信将疑，可眼看爆料人说的很多一一对应，一时也坐不住了，纷纷开始发帖。

"我来总结一下，就是冯敬当初准备 A 轮融资时请了律师，结果这个律师、乔云帆还有盛亚的人里应外合，搞了冯敬，让冯敬从自己创办的公司出局。"

"一楼总结到位，正解。"

"这宫斗大戏也太精彩了吧！卧底、反卧底、里应外合，都齐全了。"

"翻墙偷拍对家产品、打官司发现签了份假合同、带壮汉去公司撬保险箱，自从看了国内商战的这些狗血事件之后，总算有一个看起来上档次的。"

"我说你们还在夸的人没问题吧？大企业肆意打压小公司，这种流氓行为难道不应该被指责？"

"还有宁以淮这种讼棍，就是资本家的走狗吧！之前他开除别人时手段多狠，现在又利用竞业限制搞离职员工。很多科技公司的竞业限制协议就很离谱儿，员工一旦离职，在这个圈子里几乎就混不下去了。"

随后，迅速有人上传了一张截图。

"我去珺问律师事务所的官网看了一下，宁以淮的团队里有个助理律师叫叶临西。"

网友看到叶临西这个名字，八卦之心一下子被点燃。

特别是叶临西与傅锦衡之间的关系，因为之前乌龙绯闻的事情被曝光过。因此这个爆料再次被证实后，大家对这个帖子里的爆料多少开始相信，甚至有很多人已经开始站在冯敬的这边。一时间，真真假假仿佛都发酵成了一场轩然大波。

叶临西刚从外面回公司，一进公司就看见几个同事围在一起。

他们神色严肃地聊着什么，等看见叶临西时，又一下噤了声。

陈铭先开口了："临西，你看一下手机。"

叶临西不知道发生了什么，刚打开手机就看到群里的一条链接，她花了几分钟将这个帖子从头到尾看了一遍，心里生出的第一个念头就是荒谬。

她从来不知道文字可以将一件事情颠倒黑白到如此程度，一时间微抖手掌，待她抬起头时，深吸一口气，却还是控制不住身体的微颤，怒道："谎话连篇，胡言乱语！"

陈铭安慰她道："对，我们都知道这种文章很荒谬，但毕竟事关你跟宁 par。"

因为宁以淮今天一直没来律师事务所，陈铭他们最先发现网上这个帖子，也不知道宁以淮有没有看见？正好看到叶临西回来了，便将这件事告诉她。

叶临西问道："宁 par 知道吗？"

陈铭摇头。

很快，叶临西让秘书打电话给宁以淮告诉他这件事，之后又认真地看了一遍爆料，当然也看到了冯敬发的朋友圈。

落井下石这种事果然不缺人干。况且这个帖子突然出现，如果背后没人指使，估计都没人相信。

叶临西深吸一口气，努力让自己冷静下来。

现在生气并不能解决任何问题，唯有冷静思考才能破局。

随后，她看到不少人在说云起科技新推出的产品小 K 与华康科技之前推出的"小安"在很多功能及外形上有异曲同工之处。

抄袭这件事本就不是能被轻易定论的事情，可是叶临西眼看着网上这些评论，觉得大家好像就要给这个事件下判定书了。

叶临西坐在位子上正在低头思考，听到桌上的手机突然响了起来，打开手机看到是傅锦衡打来的，然后点了接听。

傅锦衡说："临西，你看到网上的文章了吗？"

"看到了。"叶临西还在想着应该怎么安慰他。

傅锦衡说："你不要看那些不好的评论，我会尽快解决这件事情。"

"应该是我来安慰你吧！"叶临西没想到他反而先安慰自己，说道，"傅先生，你在网上快成了冷酷无情的吸血鬼资本家了。"

毕竟上网的大多数人是普通人，他们更容易站在普通人的角度，代入被压迫、受欺负的情景，然后开始辱骂公司、责骂老板，仿佛这样就是为了正义发声。

傅锦衡低声说："这只是小事而已，虽然现在看着闹得很大，但是这样被刻意推起来的热度，起来得快散得也会更快。不信你再等三天，这件事情就会烟消云散。"

叶临西倒是很相信这句话。

之前她跟齐知逸的乌龙绯闻当天弄得微博快瘫痪了，结果到了第二天，所有热度就散去得差不多了。毕竟大众关心的是绯闻，是猎奇，并不在乎事实的真相。

叶临西护短又小气，还是很恼火，愤愤地说道："可是他们这么骂你，我就不开心。"这句话有种"居然敢欺负到我的人头上"的不爽。

很快，手机里又响起她骄蛮的声音。

"我看到很多骂你的是男网友，我觉得他们肯定是在忌妒你。毕竟你不仅长得帅还有能力，最关键的是娶的老婆都比别人的老婆漂亮。"

果然，傅锦衡听完就笑了出来，他怎么可能听不出来这是叶临西在故意逗他？

以前他一直觉得叶临西是丝毫不为别人考虑的性格，以为她自私且极度自我，可是真的了解她后，才知道她的心有多柔软！

哪怕是现在，明明她也在爆料帖中，可她关心的只有他被骂这件事。

傅锦衡站在窗口，心底的怒火也在不知不觉间消散，他轻声地喊了她的名字："临西。"

叶临西低声"嗯"了一声。

"相信我，会没事的。"

叶临西本来想回他一句"当然了"，可是突然下意识地喊道："阿衡。"

其实她很少这么喊他，这样过于亲昵的称呼，每喊一次心头都会微颤一下。

"这种事情，你是不是遇到过很多次了？"叶临西问道。

当一个人被诋毁、被误会、被扑面而来的负面新闻包裹着时，人们却只从表面了解到的只言片语就开始肆意发泄情绪。况且傅锦衡站在这样的位置上，所面临的质疑，所遭遇的刁难，简直让人不敢想象。

傅锦衡沉默了片刻，才答道："有过。我刚进公司时，其实知道很多人在等着我犯错。毕竟盛亚历经这么多年，内部势力冗杂。哪怕我姓傅，也并非畅通无阻。"

叶临西这是第一次听到他提起这些，她张了张嘴，却又感觉嗓子像是被什么东西堵住。

傅锦衡说："别心疼我，毕竟我站在这个位置上，得到了这么多，自然该承受同样的压力。"

大概这就是"欲戴王冠，必承其重"吧！叶临西听到他的话，心头还是沉甸甸的。

或许这不只是傅锦衡的问题，还有很多人面临这样的问题。他们成长在光环下，看似过着别人难以企及的生活，可面对着的也是旁人无法想象的问题。就说他们的婚姻吧，他们从一开始就无法选择自己的婚姻，只是幸运的是，他们爱上了彼此，没有让婚姻成为他们的坟墓。

傅锦衡挂了电话后叫秦周进来，问道："这篇文章从哪里被发出来的，查出来了吗？"

"我们的技术人员还在查，不过已经记录下这次最先下场的营销号，并且查出来了对方的所属公司。"秦周有条不紊地答道。

这种网络事件一开始都会有推手在后面推波助澜。

傅锦衡点点头，说道："暂时不用发声明，既然他们要炒大这个新闻，正好也是一次机会。"

秦周不解地看向他。

"小K跟华康推出的产品小安，两个产品之间的相似之处本来就有，你让技术部那边把工作记录做好。既然网友这么喜欢扒皮，倒不如让他们扒个干净。"

华康想利用他们先上市的优势倒打一耙，污蔑小K设计抄袭。可是顾凯违反竞业限制是板上钉钉的事实，华康还真以为自己能只手遮天掩盖事实呢？

秦周立即明白他的意思，说道："您是说，我们先不回应这件事，让舆论这么发展下去，待到了顶点时，我们再做出澄清？"

"舆论一向是把双刃剑，既能伤人也能伤到自己。"傅锦衡安静地看向窗外，淡然地说道，"正好，这也是小K的一个宣传机会。"

本来科技圈的新闻是无法引起大众关注的，网友们只是热衷于讨论那天出席发布会的傅锦衡，关注的重点也都在傅锦衡的身上，而不是发布的机器人小K。

那么，他们何不干脆利用这次机会来个大翻身？

既然对方想泼一盆脏水过来，那他们就暂时先把这盆脏水接着，只等着适当的机会再还回去。

傅锦衡不仅是商人，也确实是网友所骂的那种无情冷酷的资本家，哪怕是自己都可以利用。

叶临西在律师事务所里把事情做完后已经到了晚上七点。

宁以淮并没有回来，只是给她发了一条微信，微信内容只有四个字——暂不回应。

其实叶临西并不是个能忍受委屈的人，若是按照她的性格，大概会立即把证据贴在所有人的脸上，让他们睁大眼睛看看到底发生了什么，但她还是暂且忍耐了下来。

晚上，她忍不住给傅锦衡打了个电话。

他没有接电话，而是很快给她发了一条信息："今晚可能要很晚回家，你先睡吧，不用等我。"

叶临西无聊地在群里问了句"有没有人要出来喝酒"，瞬间就得到柯棠的响应。

姜立夏还在剧组，可能今晚还要拍夜戏，所以就没来。

叶临西把地址发给了柯棠，两个人约好在那边见面。

"是不是因为今天那个帖子？"柯棠坐下后，见她没什么精神，关心地问道。

叶临西吐了一口气，说道："先喝酒吧。"

不过她也没喝多少，毕竟以她的酒量，还是少喝为妙。

两个人坐在二楼靠窗的位置，柯棠看向窗外，笑嘻嘻地说道："听说酒吧里帅哥特别多，我怎么一个都没看见呀？"

"都是骗人的吧！"叶临西不在意地说道。

突然，柯棠指向一个方向，激动地说道："快看那个穿卡其色风衣的男人，看这背影，绝对是帅哥。"

叶临西顺着她指的方向看过去。

一个身形挺拔的男人站在路边，背对着她们，腰间勒着的一根带子显得宽肩腰窄又腿长，这种百分之百回头率的身材简直是优越到极点。

叶临西却神色一怔，因为下一秒那个男人回头了。

柯棠也看见了，瞪大眼睛说道："那不是你老公……"

这时，一个穿着浅粉色大衣的女人缓缓地走到他的面前，仰头望着他，虽然两个人的姿势并不亲密，但是女人说话时却冲他笑着撩了一下头发。

柯棠顿时抿嘴不敢再说话。

一辆车开到路边，傅锦衡走过去拉开车门，但是女人却上前想要抓他的手臂。

叶临西一下子蹙起眉头，可下一秒就看到傅锦衡毫不犹豫地甩开对方的手臂头也不回地上了车。

柯棠看到这一幕自然也是松了一口气，她偷瞄叶临西一眼，语气轻松地说道："我说你家傅总真不错，一眼都不多看外面这种小妖精。你看看刚才那女的还想拽他呢，就被他立即甩开了。"

叶临西没有说话。

"说真的，这种还真没办法，有些女人就是明知道对方有老婆，还非要不顾一切地往上扑。"

叶临西淡定地说道："这个女人我见过。"

柯棠原本还想继续说下去，闻言立即瞪大眼睛，说道："什么玩意儿？她还敢到你的面前？"

"还记得咱们上次去归宁寺吗？"叶临西说。

柯棠突然恍然大悟道："她就是那次跟我们一起听讲禅的那个女人？"

叶临西点了点头。

柯棠把手里的酒杯猛地磕在桌子上，怒道："这个女的上次就是冲着你去的吧？难怪你上次看见她之后一脸不对劲儿，是不是因为她跟你说了什么？"

叶临西在想对方当时说的话，想了许久还是没有说出来，或许她也怕那个关于真爱的故事会是真的，可是下一秒，她又想到傅锦衡曾经跟她说过的话。

他说，在她之前，他从未有过喜欢的经历。

她要相信他，只要他说过，就应该相信。

原本心底还残存着的些许阴霾一下子便散去了，她直接站起来，说道："我该回家了。"

柯棠本来以为她会不开心，可是看着她的表情又不像不高兴的模样。

叶临西又开口说："放心吧，我不会多想。因为他说过，我就愿意相信他。"

大概信任就是这样，她一旦决定相信，他说的每一个字就深深地刻在了她的心底。

她还没到家的时候，就接到了傅锦衡打来的电话。

他问："你不在家？"

"约了柯棠一起喝酒，马上就到了。"她说。

傅锦衡"嗯"了一声。

很快，她到了家里，就看见傅锦衡在客厅里等她，她一下子冲过去紧紧地抱着他，说道："你在等我？"

傅锦衡搂着她，低头在她的额头上亲了一下。

"你好像看起来不太开心，"叶临西仰头，黑白分明的眼睛里带着期许的光芒，她很认真地说道，"要不跟我说说？你可以跟我说你遇到的任何事情。"

傅锦衡没有说话，只是定定地望着她的眼睛。

接下来便是长久的沉默，叶临西知道他这样性格的人很不容易主动开口说出来，但心里还是有个小小的期望，期望着他有一天也能跟她说关于他的事情。

叶临西在心里自我安慰了一下，心想：算了，臭男人的嘴巴本来就比蚌壳还紧。活了三十年，让他一朝改了也不切实际吧！

可下一刻，她就听到他用低沉的声音说："遇到了让我不开心的人。"

"让你不开心到什么程度？"叶临西低声问。

傅锦衡似乎沉思了一下，然后说道："想要这辈子都不要再遇到。"

叶临西一直以为有些人的爱恨生来就很淡，身边的傅锦衡就是如此，年少时认识他，只觉得他是那个温润明雅的小哥哥，每次见他时都能看到他的脸上带着极浅淡的笑，后来长大再重逢时，发现他整个人变得内敛又淡漠。

以至于后来他对她说一句喜欢，也是那样难开口。可是偏偏现在，他厌恶一个人居然到了如此程度。一个让他光是遇到就不开心，恨不得一辈子都不要再遇到的人。

叶临西不知该怎么开口？只是轻轻地抱着他的腰，许久才低声说："那就一辈子都不要看见。"

入夜，身边的傅锦衡已然入睡，且是在叶临西的监督下吃了安眠药入睡的，因为他之前也有过睡不着的情况，偶尔会靠药物帮助入眠。

房间里的窗帘被拉得密实，不留一丝光线。叶临西靠在床边，逐渐适应了黑暗后，转头望着身边的男人，依稀还能看见他脸颊的轮廓。

他这样天之骄子一样的人似乎也曾有过难挨的过往。

突然，叶临西很讨厌这时光，以前从不在意他们之间差着的年岁，可是此刻她却莫名地觉得难过，如果当初能在他的身边该有多好，不管他遭遇了什么，都会一直陪着他。

叶临西忍不住轻轻地靠近他，之前一直被这个男人护在身后，可是这一次，她也想要拼命地护他一回。

一时间，叶临西仿佛又回到了年少时，想到那个惦记着傅锦衡的自己，或许是长大后杂念太多了，反而忘记了当初的纯粹。

如今在这深夜之中，四周安静得只能聆听到彼此的心跳声，叶临西把耳朵贴着他的胸膛，耳边一直回荡着那沉而缓的心跳声。

哪怕过了这么多年，她还是那样纯粹地喜欢他。

第二天早上，傅锦衡起床时就看见叶临西打着哈欠下床，于是伸手捏了一下她的鼻尖，说道："你昨晚当梁上君子了？怎么困成这样？"

他因为吃了安眠药提前睡着，并不知道叶临西到大半夜还没睡。

叶临西当然不可能告诉他自己是因为想着他才大半夜不睡，只是说："做了一晚上的梦。"

傅锦衡又摇头笑了一下，没有追问下去。

很快，叶临西跟着起床，边刷牙边看向身边的男人，问道："你们打算什么时候发澄清声明？"

傅锦衡回道："看一下今天的舆论导向。"

现在大数据时代，人们就连对于一个事件的舆论导向都可以进行深度分析，甚至可以确定百分之多少是正面百分之多少是负面，也有专门的数据公司做这样的事情，以便提供可以公关的方向。

叶临西问道："是华康做的吗？"

这种文章不可能平白无故地出现，况且顾凯也是华康的人，评论里还有人在带节奏说小K抄袭华康的小安。要说不是华康干的，叶临西都想不出来这么"见义勇为"的到底是谁？

"目前证据都指向他们。"傅锦衡伸手拿毛巾擦了一下脸，说道。

叶临西撇嘴道："尔虞我诈，恶人先告状，背后捅冷刀，华康倒是一个不落。"

明明是华康先招揽了顾凯，利用他窃取安翰科技的商业机密。虽然云起科技在顾凯的竞业限制官司上已经赢了，可是对方还是利用大众对信息的不了解，故意先发制人放出假消息误导大众。华康要是把使这种下作手段的努力放在公司运营上，势必会把公司发展得很好，倒也不用一直盯着别人的公司。

傅锦衡转头看着她，低笑道："这种事情不需要你生气。"

"怎么不需要？我还被骂了呢。"

昨天傅锦衡和宁以淮两个是拉了最多仇恨的，当然她也没少挨骂，很多网友在说她故意接近冯敬是为了出卖公司机密给傅锦衡。

她有这个必要吗？好歹她也是名副其实的大小姐，需要这么低三下四地出卖自己的职业道德吗？

叶临西觉得不爽，当然也不会藏着掖着，气愤地说道："这帮人真够可笑的，我因为这个事情闹到要离婚的程度，他们居然还觉得我出卖商业机密给他。他们不去写小说简直是可惜了，应该把姜立夏的笔给他们，让他们来写。"

傅锦衡低笑了起来。

叶临西又想起之前的事情，忍不住瞪他，说道："你还笑？你知不知道那天我淋的雨，比依萍去她爸家要钱那天下的雨还大？"

终于，傅锦衡大笑了起来。

他这人情绪一向内敛，哪怕笑也多半是弯唇浅笑，极少这样放声大笑。

不等叶临西再开口，他低声说："所以我特别心疼。"

这样服软的话让叶临西也不好再多说什么，要不然显得她多爱翻旧账似的。

直到傅锦衡凑过来，在她的脸颊上亲了一下。

叶临西早上一去律师事务所就看见宁以淮。

果然，对方完全没把这种小事放在心上，还让她继续准备云起科技的股份以及公司制度的事情。

很快，云起科技的第一次股东大会就要召开了。

旁人见了宁以淮这样冷静自持的模样，一颗心也放了下来。

倒是律师事务所的主任蒋问又因为这件事来找宁以淮，无奈地说道："其他合伙人对最近网上这件事情颇有微词。"

毕竟这事虽然针对宁以淮，可是把珺问律师事务所也连带上了。

宁以淮之前还有心情听他说这些，此时再听到这样的话，当即冷笑道："什么意思？难道他们之前是靠网上舆论接案子的吗？之前宋 par 那个离婚官司不也是闹得沸沸扬扬？还有许 par 在网上发表的那些言论，需要我一一列举出来吗？"

蒋问一听也有点儿心虚，只得缓和地说道："其实我看过你们做的案子，问题完全不在你，要不咱们律师事务所发个律师函？"

平时他们不仅要帮别人发律师函，偶尔还得帮自己发。

宁以淮说道："发律师函的事情我会看着办的。"

蒋问知道他这是嫌自己啰唆了，也没再多说什么。

本来以为今天舆论会好转，毕竟每天新闻很多，网友的视线很容易被转移，谁知反而爆发了更大的争议。

因为之前有两家公司的知识产权官司刚好在今天宣判。华康的一位副总裁就发了一条意有所指的微博："知识产权保护之路，任重而道远，只盼有些同行能自重，多一点儿自己的技术，少一点儿别人的东西。"

本来昨天那个帖子的事情已经将云起科技和华康之间的矛盾摆在明面上，此时华康副总裁的话犹如掷入湖面的巨石，让原本就不平静的湖面掀起巨大的风浪。

一瞬间，两家公司都上了热搜，热搜标签分别是：华康副总裁指责抄袭；华康科技云起科技。

叶临西看到这两个热搜时差点儿被逗笑了。

虽然这两家科技公司如今在国内确实很有实力，但也不至于一个副总裁发了一条似是而非的微博就立马把双方拉上热搜，特别是第二个，两家一起上的热搜。

叶临西看了一眼就冷笑起来，之前因为齐知逸她也算混过一阵饭圈儿，知道热搜都是可以买的，看到这种两家一起上的热搜，就清楚是华康买了热搜。

华康科技不管是为了炒作自己，还是为了抹黑云起科技，两家都算是彻底撕破脸了，底下的评论也很快破万条。

叶临西实在憋不住了，直接拿起包起身离开，去了云起科技新的办公楼。

两家公司合并之后，安翰科技的员工就集体离开了原本的科技园，搬到了市中心的高档写字楼里。

叶临西之前来过这里，这次便直接开着车过来，只是刚到写字楼旁，就看见傅锦衡行色匆匆地下楼。

一旁的秦周似乎还在劝说什么，但是傅锦衡没有理会，直接上车离开。

眼看着前方的车子已经开到路上要消失在车流之中，鬼使神差中，叶临西一脚油门踩了下去，跟上了傅锦衡的车子。

可是车子渐渐开下去，她才发现不对劲儿，因为看到这个方向好像是去傅家大宅。

最后，叶临西果然看见了那个熟悉的地方，看到前面的车子进去之后，又等了几分钟她才开进去。

她也不知道怎么就莫名其妙地干起了跟踪这种事？只是刚才看到傅锦衡的模样十分生气，又很少见到他这么生气，就不由自主地跟了上来。

叶临西把车子开到大宅外的路上停下，在车里坐了一会儿，还是推开车门下去，刚走到门口，她就听到里面传来争执的声音。

因为大门并没有被关严，叶临西走到门口轻轻地推开门，就看见客厅里站着的母子。

南漪满脸尴尬地说道："妈妈只是担心你。"

"担心我吗？难道不是因为公司？"傅锦衡的语气里带着巨大的失望。

南漪说道："我知道你不喜欢宋家，可是我去见宋茵是因为她打电话告诉我……"

"够了！"傅锦衡突然打断她的话，似乎一个字都不想听下去，怒道，"既然你知道我多厌恶那一家人，为什么还要一次又一次不顾我的反对去见那家人？"

南漪低声说："她说这次你公司的事情是被陷害的，她有证据可以帮你。她知道你讨厌她，所以想请我把证据交给你。"

"她有证据？"傅锦衡像是听到一个极大的笑话，吼道，"她算什么东西？"

叶临西站在门口，听着傅锦衡这愤怒的声音，她之前从未见过他如此失态的模样。

"阿衡，你不要生气，妈妈答应你，以后永远都不会再见她。"南漪伸出手，似乎想要拉他的手掌安抚他。

可是傅锦衡却往后退了一步，抬头望向南漪，低声说："十二年了。"

南漪浑身一颤，眼眶里蓄着薄薄的一层泪水，透过眼泪看向面前的人。

十二年足够让一个温润的少年成长为一个冷漠的男人，足够彻头彻尾地改变一个人。

傅锦衡低声说："当年我也相信你们说的话，结果呢？你们又是怎么做的？"

南漪终于克制不住，哭着解释说："当初我那么做也是为了保护你。"

"保护我？"傅锦衡闭了一下眼睛，像是在极力克制情绪，他失望地望着南漪，说道，"这种保护，我从一开始就不想要。"

楼上传来脚步声，原来今日傅森山并未去公司，他的脸色有些苍白，看起来像是生病了，在卧室里听到楼下争吵的动静才会下来看看，没想到是傅锦衡回来了，还看见傅锦衡正在跟南漪争执什么。

傅森山先咳嗽了一声，然后才说话："你跟你妈在吵什么？怎么把你妈气哭了？"

他一句话连着咳嗽了两三声才说完，南漪赶紧在他的后背拍了拍。

傅锦衡似乎也不想再说什么，只低声说："公司的事情我会看着处理。但是我希望你以后能遵守承诺，不要再去见他们，更不要自作主张地对我好。"

"傅锦衡，你这是什么态度？"傅森山没想到他会这么说话，怒斥了他一句。

南漪忙不迭地说道："好，阿衡，妈妈记住了。"

"你不要再惯着他了，你看看他这是越大越不长进！"傅森山见南漪这么卑微的模样自然很是心疼，当即斥责儿子，虽然被南漪阻挡着，他还是觉得南漪这是慈母多败儿，要教训傅锦衡。

一时间，南漪也拉不住他，就听到傅森山说："如果你真的能处理好公司的事情，就不会任由事情在网上闹得沸沸扬扬。"

傅锦衡反而在这样的盛怒下平静了下来，转头看向南漪，说："事情闹得沸沸扬扬，这其中不就有你去见的那个人的功劳。"

南漪闻言有些惊讶。

"你大概不了解现在的宋茵吧？她可再也不是从前那个可怜巴巴的小姑娘，她现在在艾文公关工作，她在职的这家公司跟华康科技有着千丝万缕的关系。华康科技每一次的发布会还有营销活动都是交给这家公司。

"所以，你以为她为什么会有证据证明云起科技是清白的?

"因为这次云起科技在网上引起的争议都是她跟她背后的华康科技搞出来的。

"她就是贼喊捉贼的那个贼。"

显然南漪也因这个巨大的转折惊呆了，猛地摇头说:"我真的不知道。"

"现在你知道了吧?"傅锦衡神色冷漠地说道，"下次不要再做这些自以为是对我好的事情。"

傅森山听他的语气这么冷漠，也不由得生气地说道:"你妈也是关心你，作为父母，难道我们还会害你吗?"

"关心?"傅锦衡突然轻轻笑了一下，直直地望向对面的父母，心头的大火熊熊地燃烧着，所有的理智、克制、忍耐似乎都在这一刻燃烧殆尽。

"这样的关心让我从十八岁开始就背负着一条人命?"

叶临西握着门把手的手掌猛地一紧，她震惊地望着客厅里的人。

时间在这一瞬好像静止下来了。

"我一早就告诉过你们，宋楠跟我没有任何关系。"

时隔这么多年，这个名字终于再次从他的嘴里说了出来。

这个名字像是一个按钮，让对面原本还恼火的傅森山沉默了下来。

"你们无话可说，对吧?"傅锦衡望着他们半晌，声音淡淡地说，"其实我也是。"

他也是这样，早已经无话可说。

傅锦衡转身，却意外地看见站在门口的叶临西，两个人的视线突然撞上。

他漆黑的眸子仿佛被遮掩在浓雾之后，让人看不出情绪。

不知从哪儿传来"嗒"的一声脆响，敲碎了这片刻的安静。

叶临西一步一步地朝他走过来。

他依旧安静地站在原地，明明那样高大挺拔的人，此时莫名带上了几分脆弱。

经年累积的情绪仿佛在这一刻全压在他的身上，浓烈到将他整个人压垮。

她轻轻地伸出手掌，拉起他垂落在身侧的手掌，这才发现他一向温暖的手掌此时有些冷，然后她将手指插入他的指缝，直到与他十指相扣，她温柔地说道："阿衡，我带你走。"

如果这里让他痛苦、不开心，她就带他走，好不好？

傅锦衡像是被她这句话打动，竟任由她拉着自己上了车。

她坐在驾驶座上，启动车子的时候，甚至连该去哪里都不知道，可就是想要带他离开这里。

车子快速启动，一路飞驰而去。很快，车子周围的景色在不断地变换，车里更是安静得过分，就连车载导航的声音都被叶临西关掉了。

此时日头渐落，骄阳的边缘被染上一层橘色，渐渐地，橘色从边缘处扩散，直至将整片天际染上了浓烈的色彩。车子停在海天交接处时，落日的余晖将整片大海笼罩，湛蓝色的海面上泛着橙色的波光。

两个人坐在车里，安静地欣赏着眼前的景色。原本普通的景致也因为这一刻的心境，变得那样特别。

终于，在余晖渐渐消失时，叶临西转头看向身边的傅锦衡。

傅锦衡也在这一刻看向她，突然轻笑着说："临西，这句话我应该从来没跟你说过吧？"

叶临西仍是看着他。

他说："在遇见你之前，我一直以为我这辈子也就这样了。"

或许是因为过往，他把所有精力都放在工作上，要站在能掌握一切的位置上，不再被动承受任何人带给他的东西。

他不在乎什么感情，只要那个最高的位置，只要站在能自己掌握一切的位置就好。

只是人生总有偏离的方向，他以为自己这辈子不会再受感情所累。

突然，他伸手解开她身上的安全带，将她拉过来抱在怀里。

叶临西安静地靠在他的怀里。

许久，他低声说："临西，你想知道关于我的一切吗？"

曾经的傅锦衡，现在的傅锦衡，所有的一切，她愿意知道吗？

叶临西伸手轻轻地抱住他，柔声地说道："我要。"

关于这个叫傅锦衡的男人的一切，她都要了解。

傅锦衡松开叶临西时，虽有海浪在侧，可心底带着从未有过的安宁沉静，再想起那段从不愿提及的往事时也没那么抗拒。

　　傅锦衡在高中毕业之前，就已经被家里安排要出国留学。

　　他虽然并不在国内参加高考，但是因为不喜欢国际班的氛围，依旧还留在普通班级里。

　　至于他身边的朋友，多半跟他一样，高考完就出国。

　　唯有叶屿深跟他一样，两个人没在国际班。高二分班后，两个人一起到了理科的重点班级。

　　重点班的学习压力大，况且还有高考这条压力线在，每次考试都像是一根皮鞭，驱赶着大家奋勇向前。

　　反倒是傅锦衡，因为天资聪慧，学习上一向轻松。

　　理科重点班的学生看似天之骄子，其中也有不少死读书的学生，坐在傅锦衡前桌的宋楠就是其中的一个。

　　傅锦衡从高二开始跟宋楠前后座，可是跟她都没说过几句话。

　　宋楠就是普通的高中女生，长相、穿着皆普通，性格更是怯弱，唯有成绩还算可以。

　　而傅锦衡则是全校都关注的人，特别是高二时跟叶屿深两个人带领篮球队一举拿下全市高中生联赛的冠军，让一中校史上第一次获得这个冠军。

　　之后，其他班级的女生经常借故经过重点班的门口。

　　魏彻他们也经常拿这件事打趣傅锦衡，傅锦衡对这些事情习以为常。

　　他的桌斗里时不时有不知是谁偷偷塞进来的情书，但是傅锦衡对这些都没什么兴趣，每次也不看，只是带到别人看不见的地方再撕掉。

　　傅家的家教甚好，傅锦衡因南漪打小儿的教导，骨子里虽然骄傲，他的言行却谦和有礼。

　　哪怕是有女生当众表白，他顶多是不失温和地拒绝，也因为这些事，没少被朋友笑话。

　　傅锦衡有时烦朋友们的打趣，也会直接一脚踢过去。

　　不过也正因这样，傅锦衡跟哪个女生走得都不近，因为高中毕业就要出国，何必要谈一场没什么未来的恋爱？这无非是耽误别人也耽误自己。

他不知道事情最开始是从哪儿改变的，但他第一次对宋楠这个人有印象，是因为那天他没上晚自习，去找从下午就逃课的魏彻和叶屿深。

这两个人无法无天惯了，竟然在一中这样治学严谨的学校都敢逃课。

傅锦衡找了半天都没找到叶屿深他们，反而看见路边穿着校服正在痛哭的人。

她穿着一中的校服，在街道的人流中格外显眼，她一边哭一边找什么东西。

傅锦衡多看了一眼，这才发现那个人居然是宋楠，随后想到今天晚上宋楠好像是晚自习请了假，只是没想到会在这儿遇到她。

宋楠还在哭，最后干脆站在街边用手臂掩着眼睛大哭出来。

虽然傅锦衡跟女生很少交流，可因为对方到底是同班同学，又见她哭成这样，还是走过去，轻声喊了她："宋楠。"

宋楠抬起头看见他，原本哭得正大声，突然停住了哭泣。

傅锦衡耐着性子问道："你怎么了？发生什么事了吗？"

宋楠本就是怯弱的性子，跟傅锦衡这样的天之骄子前后桌快一年，连话都不敢跟他多说几句，生怕被别的同学看见传闲话，此时她抿着嘴，也不敢说话。

她也知道自己这样的性格很讨厌，在家时她就经常因为不回答问话而挨打。

好在傅锦衡还算有耐心，主动问道："你是丢了什么东西吗？"

宋楠点头。

"是……是班费，"她哽咽着开口，再说话时又是泣不成声，"我把班费弄丢了。"

原来宋楠今天是特地请假出来给班级买东西。

傅锦衡原本还以为她丢了什么贵重的东西，没想到只是这个，好笑地说道："就为这个？"

这个还不够吗？她丢了八百块的班费。

宋楠的眼睛、鼻头都哭得通红，她本就长相普通，此时更显得有些狼狈。

她家里的条件不好，姐弟三个人，父母偏宠最小的弟弟。她每个星期的生活费只有一百块，她每天要在学校里吃饭，还要乘车回家，偶尔需要买本参考书都要被斥骂一顿。

她的学习成绩是好，若是放在别的家庭里，她这样的孩子应该会是父母的骄傲吧！可是她偏偏生在一个重男轻女的家庭里。弟弟是父母的命根子，哪怕再优秀的女儿也不过是附带品而已。正是因为这样，宋楠才养成这种怯弱的性格。

她此时丢了八百块班费，对她来说这几乎是两个月的生活费，根本赔不起，她不敢回去跟老师说，更不敢跟父母说，只能在这条路上不停地找。

傅锦衡见她一副失魂落魄的模样，虽然觉得好笑，但是脸上依旧如常，反而语气很自然地问："你丢了多少钱？"

"八……八百块。"

这个在宋楠看来的天文数字像山一样，她只要想起来，就觉得沉重到透不过气来。

大概人在年少的时候都是这样，有时候很小的一件事就是堆在眼前的重峦叠嶂，仿佛永远跨越不过去。

傅锦衡这次没再觉得好笑，他看宋楠还在哭，叹了一口气，然后从书包里拿出钱包。

钱包里的钱不多不少，正好有八百块。

他递过去把钱交给宋楠时，看见她一脸震惊的模样，她还往后退了一步，他才又往前递了一下，说："你先拿去垫上，以后有钱再还给我就好。"

宋楠的心里惴惴不安，可是她又想起眼前的困境，最后还是小心翼翼地伸出手接了过来。

"以后我会还给你的。"宋楠捏着手里的钱，像是抓住一根救命稻草，低声说，"傅锦衡，谢谢你！"

傅锦衡随意地说道："不用谢。"

很快，傅锦衡就继续去找叶屿深他们。

而这件事情对他而言就像是一颗小石子落在湖里，很快就被忘记。

直到两个月之后，他的书桌里出现一个信封。

这个信封并不是之前很多女生送来的粉色信封，而是很普通的牛皮纸信封，里面还装着东西，不像是信纸。

傅锦衡打开看了一眼，看到里面居然是八百块钱。

信封里还有一张字条，上面就两个字——谢谢。

他收到钱后，也只是抬头看了一眼坐在前面的宋楠，并未放在心上。

高三的生活很枯燥，所有人都朝着同一个目标努力，哪怕傅锦衡这样并不需要参加高考的人，都被这样的氛围所感染。

而这一年，有人飞跃，自然就有人跌落。宋楠在几次考试中逐渐退步，从十几名退到二十多名，最后竟落到了三十多名。同学每次发卷子时，她的头就恨不得埋在书桌的桌洞里。

直到有一次，在她转身把卷子交给傅锦衡时，傅锦衡突然瞥见她的手腕上有一道清晰可见的伤口。

那是一条细细长长的伤，刚结了痂，像是用刀子割出来的。

傅锦衡一时心里微惊，又觉得自己想多了，中午跟叶屿深他们一起吃饭时，想了许久还是忍不住问道："你们要是成绩下滑会怎么办？"

叶屿深在一旁得意地说道："我？成绩下滑？不存在的。"

"我倒是有可能，不过下滑就下滑呗，顶多被骂一顿，难不成还真让我一头撞死？"魏彻满不在乎地说道。

他们都出身优越，高考本来就不是他们唯一的出路，再不济他们也能让家里捐钱去国外上个名校，谁又会在意一次两次的考试成绩？

叶屿深还攀着他的肩膀问："怎么？你这次考试退步了？"

"没有。"傅锦衡伸手按了一下额头，有些无奈地说道，"我只是听说，有些人成绩下滑好像还会自残。"

魏彻立即来了精神，说道："别说，还真有这样的事。咱们上一届的你知道吧？有个学长每次考完试只要成绩下滑，就往自己的身上动刀子。"

这种事情其实并不算少见，傅锦衡没说话，只是在心里叹了一口气。

他并不是热心肠到任何事情都要管的人，他知道每个人都有自己的秘密，哪怕无意间撞破了别人的秘密，只当没看见就好。

因此，对于宋楠的秘密，他虽撞破却未多说。毕竟对他而言，宋楠不过是一个再普通不过的同学，连关系好这三个字都算不上。

直到那天中午，他本已走到楼下，却因为手机没带折返回去。

教室里空无一人，唯有他座位前面的那个女生还埋头在那里，好像在抽泣。

傅锦衡本不想多管闲事，可是余光却瞥见她的手里握着一把小刀。

那是小学生才会用的小刀，不大，却很锋利。

果然，傅锦衡走过去，就看见宋楠的手腕上又增加了一道伤痕。

宋楠也没想到空荡荡的教室里会有人，她因为被人撞破最狼狈不堪的一面，当即哭了出来，她又仿佛要把一切都宣泄出来，一边哭一边噎嚅地说道："我太笨了，什么都学不好，成绩一次比一次下降得厉害。我妈妈说，要是我考不上一本，就让我去打工。她不会让我复读的，也不会花冤枉钱给我上没用的大学。"

一向胆小怯弱的宋楠在看到傅锦衡时仿佛突然崩溃了，怎么能又让他看见自己这么狼狈的模样？

人的悲欢其实并不能相通，就像生来就富贵顺遂的傅锦衡不能明白为什么宋楠的母亲要这么对她？

一中的重点班，哪怕不是人人都能上"985""211"这样的学校，但是大部分人还是没问题的。宋楠虽然现在成绩下滑，但是比起大多数人，还是优秀很多。

一直到很多年后，傅锦衡都在想，如果当年他没有多管闲事，没有那一份善念，不知道之后的一切会不会有什么不一样？但是，他永远无法知道了。

此时的他站在这个看起来承受着巨大压力的少女面前，还是低声开口说："我看过你的考卷，其实你的基础很扎实，你并不是什么都学不好，只要放松下来，别把自己逼得太紧，成绩就会提升。

"宋楠，你很优秀，要相信自己！"

宋楠泪眼婆娑地望着眼前的少年。

他有着一般少年没有的高瘦身材，长身玉立，五官俊逸，带着清朗的少年气。这一眼便如万年。

随后，傅锦衡上前将她手里的小刀拿走，低声说："这种东西太危险了，还是由我来扔掉吧。"

从此以后，宋楠似乎好了不少，成绩也有了提高。

傅锦衡见她的手臂上没再增添新的痕迹，也没有再多说。

本以为一切到这里就像很多青春故事里的结尾，连傅锦衡都觉得宋楠不过是他人生中遇到的千千万万人中的一个。

直到他国外的录取通知书下来，学校里贴了喜报。今年国内哈佛大学录取的学生不过五个，他就是其中之一。于是，整个学校都知道了这件事，原本就在学校里风光无限的傅锦衡更是风头无两。

傅锦衡对这个结果早有预料，倒没怎么太过欣喜，还被与他交好的同学闹着让他请客。

连性格沉稳的傅锦衡都被闹腾得没办法，最后定在周末请同学出去吃饭，最后干脆也叫了大部分班上的同学。

周末的时候，大家到了傅锦衡订的地方，先是吃了饭，之后又有人提议去 KTV 玩儿，便又一起去了 KTV。

中途傅锦衡被他们闹腾得受不了，就出来清静一下，没想到却撞上在外面的宋楠，他看见宋楠的一瞬间，还笑着问她："怎么不进去玩儿？"

他跟班里的女生关系都一般，因为宋楠坐在他的前面，他平常倒跟宋楠接触得最多。

宋楠低着头，一副不知道该说什么的模样。

傅锦衡见状还以为是自己的问话让她尴尬，于是干脆摆摆手，示意自己先进去了。

谁知他刚要转身，宋楠突然喊住他："傅锦衡。"

他转头，就看见宋楠似乎带着期盼说："你能不能别出国？"

傅锦衡露出吃惊的表情，还以为自己听错了。

"傅锦衡，你能不能留在国内，留在我的身边？"宋楠望着他，像是将藏在心底的话终于说出了口。

傅锦衡闻言十分震惊，许久才略带歉意地说道："对不起！"

他又想了许久，似乎才想到温和的说法，低声说："是不是我之前的举动让你误会了？是的话，我跟你道歉。"

傅锦衡很快就要出国，况且在这种事情上他一向果决，并不喜欢给别人虚无缥缈的希望。

宋楠睁大眼睛，似乎也没想到会得到这么明确的拒绝，许久才失魂落魄地说道："可是之前你帮我，借钱给我，还安慰我说我优秀，是你亲口对我说的。我现在只要想到你对我说的话，就充满信心，相信自己一定能考上好的大学。你对我这么好，怎么会不喜欢我呢？"

那天宋楠颠三倒四地跟他说了很多话。

傅锦衡看着她的模样，觉得她很可怜，但又很清楚这种可怜并非喜欢，就算曾经帮助过她，但那不是喜欢，只是出于不忍和善心。

最后，他再次认真地说道："抱歉，我真的不喜欢你。"

他以为这样的坚决可以把情况说清楚，对大家只有好处，却没想到之后的一切会往他完全想不到的方向发展。

很快，三模考试开始了，结果成绩出来后，宋楠一下落到班级倒数第五，还被班主任叫过去谈话。

晚自习时，傅锦衡就看着宋楠一直趴在课桌上。

直到晚上要放学时，她收拾书包回头看了一眼傅锦衡，低声说了句话。

傅锦衡并没有听清楚，只是看见她动了动嘴巴，还没来得及问，就见宋楠直接离开了。

哪怕过去那么多年，他依旧还记得那个阴沉的早晨。

天空的黑云密密地覆盖着，仿佛随时要变了天色。

傅锦衡坐着车子到了学校的门口，就看见一向井然有序的大门口居然被人堵了。

门口聚集了十几个人，有的人头上戴着白绫，有的人被人搀扶着在号啕大哭，旁边还有家长在讨论。

"听说昨天三模成绩出来，有个学生回家就出意外了。"

"哎呀，怎么回事啊？"

"不知道，说是在学校里被逼的。"

"怎么可能呀？哪怕没考好，也不至于这样吧？肯定是因为别的事情吧？"

"现在这些孩子啊，一点儿小事就……"

到了教室里，傅锦衡发现原本应该安静的教室此时嘈杂无比，感觉大家都心神不宁。

直到他坐下后，他的同桌压低声音说："宋楠没了。"

宋楠没了？什么叫宋楠没了？

傅锦衡突然想到堵在门口的那群人，猛地抬头望向前面空空的桌位。

那个空荡荡的桌位此时像是一个巨大的黑洞，要将他吞没。

整个早上都没有老师过来给他们上课。班里死一般寂静，哪怕平时最专注的学生都没了专注力。直到有老师过来，将傅锦衡叫了过去。

他被带到了校长办公室，听说那边有人想跟他聊聊，到了之后才知道要跟他聊的人是警察。

警察在宋楠的家里找到了一个日记本，发现里面记载的全是关于傅锦衡的事情。

那天发生了什么，傅锦衡已经不太记得了，只知道事情的最后，宋楠的父母带着亲属冲进了学校，在看见他时，一口咬定是他对宋楠始乱终弃，说宋楠是被他害死的。

以至于对方扑过来撕扯他时，傅锦衡站在原地未动。

他这样的天之骄子活到十八岁顺风顺水。家里人别说辱骂，就连一句重话都没对他讲过。

那日，他就站在那里，眼睁睁地看对方一口一句似乎要用吐沫淹死他，以至辩驳的那句"我没有"都被淹没在咒骂之下。

最后，还是学校赶紧请了他的父母过来，傅森山和南漪这才知道发生了什么事情。

回到家里时，傅锦衡很沉默。

傅森山在家中气急败坏，以为他真的跟宋楠谈恋爱才导致这桩惨案，抬手就要打他。

这时的傅锦衡终于回过神来，一贯温柔平和的傅锦衡终于开口说："我没有。"

他跟宋楠没有任何关系，也从未给过她一丝回应。

南漪怕傅森山真的打他，赶紧上前挡在前面，让他好好说清楚。

傅锦衡此时心头已纷乱至极，不明白为什么不过一个晚上就什么都变了，但他还是坚定地摇头，将他跟宋楠仅有的几次接触告诉父母。

南漪听罢，心下总算安定，抱着傅锦衡安慰说："只要他们查清楚跟你没关系，就没事的。"

可这一句安慰并未奏效。

宋楠的父母不知从哪儿打听到傅锦衡的家世，居然一口咬定是他害死了宋楠，要求他赔偿两百万元，还说傅家要是不给的话就天天到学校里闹。果然，这一家人像是打定主意，每天在校门口等着。

还有不到一个月就要高考，因为这件事，学校里其他家长也怨声载道，让学校尽快解决这个问题。可是派出所今天过来把人带进派出所里，隔天又把人放出来，根本架不住对方继续来闹。

这件事情越传越大，最后闹得沸沸扬扬。各种谣言层出不穷，甚至还有人传是因为女生被搞大肚子后被抛弃了才会一时想不开。

傅锦衡一直被傅森山关在家里，没再去过学校。

直到那天魏彻打电话过来，说叶屿深在门口跟那家人打起来了。

傅锦衡赶到时，见警察也到了。

叶屿深的嘴角被打破了还在流血，他一脸不爽地看着对方，直到看到傅锦衡过来，才错愕地看着傅锦衡，扭过头低声骂了句，然后说："谁打电话把你叫来的？"

魏彻气道："这帮畜生现在为了要钱，真的什么孽都能做。他们还是那个女生的家人吗？居然主动传她是被人乱搞才想不开的。"

原来，这些人一直在门口拦着来学校的家长四处诉说所谓的"冤屈"。

叶屿深和魏彻都知道事情的原委，本来一直没理会这家人，结果今天中午吃完饭回来路过门口，又听到他们在跟路边等公交车的人说自家孩子是被人抛弃后想不开的。

因为言语肮脏得实在让人听不下去，叶屿深一时没忍住，才动手打了人。

"就是他！这个缩头乌龟总算出现了。"对方一看见傅锦衡出现，迅速地团团围住他。

"我告诉你，别以为你躲起来就没了，快赔钱。

"闹出人命你还不赔钱？小心我们找记者曝光你们一家。

"我听说你们家还有挺大的一个公司，怎么？连这点儿钱都不给吗？"

听到这里，傅锦衡也觉得十分荒唐，前几天在家里他还一直想他是不是真的做错了？

那天宋楠跟他表白时，他是不是应该再温和些，而不是直接拒绝她？又或者，他干脆等到她高考结束后再说清楚？要是这样，这一切会不会有所改变？

可是今天他站在这里，才发现原来她的家人并不在乎她的生死，也清楚她的家人不过是把她当作威胁他索要钱财的工具，也意识到这些所谓"家人"对她的悲剧甚至不及他想的多。

原本傅锦衡心里的那些愧疚和歉意在这一刻化成了冷硬。

彼时的傅锦衡尚有几分天真正气，他面无表情地望着面前咄咄逼人的一群人，冷漠地说道："我跟宋楠没有关系，警察已经调查得清清楚楚。你们不过是打着她的幌子来闹事要钱罢了。你们这种人，我们家不会给一分钱。"

宋楠在原生家庭里过得多不如意，他或许并不能完全清楚，但是最起码不想让她成了她家人的敛财工具。

最后事情又闹到了派出所，傅森山让律师过来将他们几个领了回去。

傅锦衡并不打算再理会这些人，甚至还在问律师："要是这些人还一直闹事，能不能告他们诽谤？"

他并不想将内疚和惋惜给这些人。

可接下来的几天，傅锦衡又听到了一些传言。

这家人几天没来学校了，似乎不准备继续闹事了。

他以为这一切到此为止，直至他路过书房的门口时，听到未关紧门的房间里传出的声音。

南漪说："算了，就当花钱消灾罢了。我们尽快送阿衡出国，不想再让这件事情影响到他的心情。"

傅森山回应道："嗯，你陪他去美国住一阵子吧。"

南漪又问道："这次给了钱，那人应该不会再来闹了吧？"

"我已经交代律师签了合约，如果他们收了钱敢再闹，我就让他们吃不了兜着走。"

南漪叹了口气，说："我没想到他们居然还敢到公司的门口拉横幅，对公司没造成什么影响吧？"

傅锦衡听到"花钱消灾"这几个字，气不打一处来，猛地推开房门，吼道："谁让你们给那帮人钱的？"因为怒极，他的胸口在不停地起伏。

南漪没想到这些话会被他听到，立即走过来安抚道："阿衡，你听妈妈说……"

"说什么？"傅锦衡拂开她的手掌，用黑漆漆的眸子盯着她，说道，"你们不相信我？"

南漪慌乱道："当然不是，我们当然相信你。"

"信我为什么还要给他们钱？"

"因为这是钱可以解决的问题！"傅森山站在书桌之后，目光沉稳地望着他，说道，"锦衡，我们作为家长当然相信你。但是现在这些人明显已经影响到你，既然他们想要钱，就给钱打发他们好了。这是最快解决问题的办法。"

在傅森山看来，他信任傅锦衡和给钱并不冲突。

那帮人他也见过，就像是"碰瓷"的人一样，不过就是为了钱。况且这帮人这么在学校里闹，很容易影响即将高考的学生。学校领导也找他商量了，说是学校愿意出一半的钱。毕竟高考在即，学校也怕再出乱子。

傅锦衡的眼睛被失望一点儿一点儿地覆盖，终于，他失望地摇摇头，说道："你们给钱打发他们，可我成了什么？"

傅森山会花钱，不就是告诉别人宋楠跟他有关系？凭什么？凭什么要让他背负着这一切？就因为他还活着？就因为他曾经被宋楠喜欢着？

他摇着头，又觉得十分好笑，他望着眼前的父母，说道："你们想过我成什么了吗？"

傅森山说道："现在是妇人之仁的时候吗？过个一两年，别人还记得这件事吗？"

"别人不记得，可我记得。"傅锦衡盯着他，片刻后颓唐地垂下头。

那个一直骄傲的少年在这死一般的寂静中，一点儿一点儿地弯下了他的脊梁。

从出事到现在，他也会忍不住找自己的过失，觉得自己或许再做得好一点点，或许可以挽回些什么，后来他一直努力地告诉自己他做得没错。虽然那个女孩的悲剧很可惜，可是真的跟他没关系。

午夜无法入睡时，他就睁着眼睛，一遍遍地告诉自己，他已经做得够好了，没人可以责怪他。

可是这一刻，他所有的坚持都化为乌有。

直到最后，他开了口，声音是那样低沉："你们这样做，是把宋楠的死背在了我的身上。"

他们让傅锦衡背上了一条人命，却从来没想过傅锦衡背不起。

此刻太阳已经彻底落下，今晚有重重云雾遮蔽，月亮至今未露头，唯有不远处的海岸边上的灯光远远地照着。

车子里安静了好久，叶临西转头望着身边的人，隐隐能看清他英俊的面容。

叶临西伸手抓住他的手掌，不知道该说什么，仿佛有千言万语可以安慰他。

她想告诉他，没关系，一切都过去了，或者说她知道那些事情跟他没关系，可心里还是很疼很疼。

那些难过和心疼此时钻进她的身体里，一遍遍地拂过她的心脏。

她轻启着唇，试图语气轻松地说："我真想也有一个哆啦A梦。"可是话音落下时，却有一滴眼泪顺着她的眼角滴下。

哪怕她有穿越时空的能力，依旧无法阻止他受到伤害。

她的少年曾经被碾碎了骄傲。

原来曾经的傅锦衡，现在的傅锦衡，竟是经过那样抽筋剥骨般的成长。

傅锦衡转头望着驾驶座上的人，明明周围一片漆黑，连月光都没有，可是他却能清楚地看见她的眼中蓄着明润的水光，还看到那一滴落下的泪。

他反手将她的手握在手心里，哑声说："临西，我跟你说这些，不是想让你难过。"然后他微转身体，用另外一只手搭在叶临西的脑后，将她轻轻地往前一拉凑近自己，把嘴唇贴着她的耳鬓，许久后又轻声开口，"我只是想跟你说而已。"

被压在心底的话，不知不觉间竟被他封存了这么多年。他的身边也有肝胆相照的朋友，可是朋友们都是男人，这样无奈又纠结的心思，说多了连他自己都会觉得会不会是自己太过狭隘？况且他从来不是一个能跟人敞开心扉的人，从来只把这些过往压在心头。

本以为时光终究会让一切都被淡忘，可是有些事情他再回忆起来，依旧历历在目。

叶临西抬头望着他，说道："你没错。"但她又觉得说这些好像还不够，于是再次坚定地说，"你只是做了该做的事情，善良并没有错。"

错的只是死死抓住这份善良最后陷他于不义的那份执拗和绝望。

对于那个名叫宋楠的女孩，叶临西并不想多说。

人死如灯灭，或许对于宋楠来说，一切都随着她的离开结束了。她也并不知道活着的人，因为她受了多少罪。

叶临西问："这就是你后来一直不太回国的原因？"

当年她还奇怪，明明哥哥也出国读书，为什么哥哥每年都会回国几次，傅锦衡却是一出国就是几年未回？

"刚开始我对他们的决定很不能理解，所以不如眼不见心不烦，干脆不回来了。"傅锦衡语气平淡地说道。

虽然如今他能轻松地将这句话说出口，可是当年他却是那么失望。

叶临西"嗯"了一声，说："要是我，只会更生气。"

明明自己没有过错，却要莫名其妙地背上这样的责任。被不明真相的人知道，只会以为傅家是为了帮傅锦衡摆平才花钱了事。

"今天我回家跟妈妈发火，是因为我发现她跟那家人又见面了。"傅锦衡一贯是做决策的那个人，很少会有这样跟别人倾诉的时候，他一句话还未说完就顿了许久，半晌后才接着又说，"对方在与华康有关的公司上班，这次网络舆论很可能就是由她掀起来的，结果她还哄骗妈妈说可以帮我。"

傅锦衡似乎是愤怒极了，又低声道："她算什么东西？有资格帮我？"

叶临西下意识地问道："是宋茵吗？"

傅锦衡猛地转头看向她。

"我一直没跟你坦白，是因为之前也不知道这个人跟你有什么关系。"叶临西赶紧解释说，"之前我跟立夏她们去归宁寺上香的事情，你还记得吗？就是那次我在听讲禅时，遇到了她。"

叶临西还是没把宋茵告诉她的那个故事说给傅锦衡听，怕说了之后让傅锦衡更加生气。

反而是傅锦衡格外平静地问："她跟你说了什么？"

叶临西答道："也没什么，就是说了一些似是而非的话。后来我又在法院见过她，因为顾凯那个竞业限制的案子。"

如今看来，宋茵确实是冲着他们来的。准确地说，是宋茵背后的人冲着云起科技来的。商场上的事情本来就充满了尔虞我诈。

"我毕业之后留在国外工作过几年，偶尔会参加华人的宴会，有一次就遇到几个刚从国内来交流的学生，他们其中有一个就是宋茵，"傅锦衡的语气不急不恼，仿佛刚才掀起的怒气已经过去了，他继续说道，"之后我们又偶遇了几次。"

因为宋楠的事情，傅锦衡对身边的女性都拒之甚远，哪怕对方真的遇到什么难处，也是让别人帮忙，他宁愿让所有人觉得自己是个不近人情的人。

一朝被蛇咬，十年怕井绳，傅锦衡甚至不得不扔掉善良这种品质。

宋茵确实是个擅长打动人心的姑娘，长相不错，又惹人怜爱，很快就打进他的社交圈里，甚至还跟他一个朋友交往。

因此傅锦衡并未把她当成接近自己的人，毕竟他也不至于以为全天下的女人都是冲着他来的，他偶尔在朋友聚会上遇见宋茵也只是点点头而已。

直到那次他们集体去海岛上旅行，众人聊天说起国内，傅锦衡才知道宋茵是北安人。

其实宋茵跟宋楠长得并不像。宋楠长相普通，连打扮都透着土气。可是宋茵长相出众，连气质都是落落大方，像是出身于经济条件良好的家庭。

"那次我知道她是北安人之后，心里总有一种莫名的感觉，就让人在国内查了宋茵的背景。"傅锦衡声音喑哑地说道，"果然，她真的是宋楠的妹妹。"

叶临西没想到宋茵和他之间还有这么一段过往，于是忍不住抓住他的手掌，低声说："她想干吗？难道她也以为她的姐姐是被你害死的？"

"不是。"傅锦衡语气很轻地说道，然后转头看向窗外的夜空。

白日里湛蓝的海在此刻被染成了墨色，海上无风，海面显得格外平静。

傅锦衡还记得当时宋茵跟他说话时的模样。

她仰着头，楚楚可怜地说："我对你真的没有恶意，只是想来看看我姐姐喜欢的人。"

他如今虽性子日益冷漠，可人性格的改变并非一朝一夕。

比起很多养尊处优的人，他是那样温雅疏朗，站在人堆里十分显眼。

彼时傅锦衡听到这话，整个人的状态渐渐地放松下来，紧接着叹了一口气，望着她说："你现在见到我是什么感觉？"

宋茵没想到，一直对她礼貌疏离的傅锦衡居然会用这种口吻跟她说话。

或许是因为那天是下雪天，外面的雪景过于温柔，她在看见这个男人的温柔时，眼底一直隐藏得很好的感情就在那一刻释放了。

她本来就比宋楠聪明，比宋楠漂亮，一直觉得自己不一样，哪怕是在宋家那个重男轻女的家庭里，嘴甜的她都比木讷不会说话的姐姐更讨人喜欢，她甚至后来靠着自己的努力有了出国交流的机会，也完全没想到会遇到傅锦衡。

在那次宴会上，当听到他叫傅锦衡时，宋茵确实很吃惊，一整个晚上都在盯着他。虽然人有重名，但是傅锦衡这个名字并不多见。之后她稍微打听一下，就知道了他的家世。

本来她遇见他只是一个意外，但是后来接触之后，她才发觉每次看见他时她的眼神都无法从他的身上挪开。

她低声说："你真的很好，我对你……"

"恶心。"

她的话还没说完，就听到他冷漠至极的话，然后她猛地抬头望着他。

他的脸上丝毫没有刚才的温柔，取而代之的是无尽的厌恶，仿佛刚才的那一切都是她的错觉。

他望着宋茵说："你的姐姐是个可怜人，而你们这一家人只让我觉得恶心。"

他一秒钟都不想和这种人待在一起，说完就转身离开。

叶临西听完后深吸了一口气，虽然她知道这世上人有千千万万种，但确实没见过比宋茵这种人更让人厌恶的。

"他们这一家人算什么？"傅锦衡突然低笑了一声，嘲讽一般。

这一家人当真是好笑，老的仗着女儿的一本日记要了钱，小的拿了日记说想要认识他。

叶临西咬着唇，半晌才说："原来是这样，难怪当初你说了那样的话。"

原来当年，他对自己说那样的话是因为这个原因。

傅锦衡被这样一个家庭缠住，犹如附骨之疽，居然还甩不开了。哪怕他到了国外，对方还会因为那本所谓恋爱日记故意去接近他。

叶临西光是想想就觉得毛骨悚然。

或许宋茵一开始遇见傅锦衡确实是个意外，可是她明知道傅锦衡是谁，明知道宋家对他做过什么，却还是在之后故意接近他。

这种莫名其妙的喜欢不管是谁都会觉得恶心吧？

突然，傅锦衡转头望着她，问道："我当初说了什么？"

叶临西一怔，沉默了许久。

或许今晚两个人像是要彻底把自己剖开，干干净净地露给对方看。

她缓了一会儿，才低声说："你记不记得，我上大学时，有一年，我哥哥让你给我送礼物？"

傅锦衡沉默地点了点头。

"其实那天晚上，我去酒店等你了，我……"叶临西像是难以启齿似的，可是心口被堵住的那个地方越来越松，片刻后她又慢慢地开口，"我想见你。"

哪怕傅锦衡知道她现在对他的感情，可是他不知道的是，在他喜欢上她的很久很久之前，她就已经喜欢上他了，她爱他比他知道的还要久。

"然后呢？"他声音喑哑地问道。

叶临西此刻想起那个夜晚，再也没有了那种撕心裂肺的感觉，因为她知道他经历过什么，于是淡淡地说道："然后我跟你说，我等了你一个晚上。"

"还有呢？"

叶临西并不想告诉他那晚他醉时说过的话，因为那些已经不重要了，重要的是她现在想说的。

她抬头直直地望着他，低声说："傅锦衡，虽然迟了好久，我还是想把那晚想要跟你说的话告诉你。"

傅锦衡盯着她："好，你说。"

"其实我坐在酒店大堂里时就在想，这一定是我最喜欢的节日。因为这个节日，我可以见到你。"

"嗯。"

"我……"叶临西望着黑暗中他眉眼的轮廓，突然泪意涌上心头，顿了顿后又说，"我很早就喜欢你。

"其实你以前来我家里时，我不知道有多开心。我总是偷偷地去厨房让阿姨给你们切水果，这样我端过去给你和哥哥时就能看你一眼。"

曾经那样小心翼翼的喜欢，在这一刻，她都想要告诉他。

她想：你看，你就是这样的人，值得所有的人喜欢。

"所以，傅锦衡，这些都跟你没关系。"

哪怕骄傲如叶临西这样的姑娘，也曾有求而不得的时候。

只是那时她就明白了，她的喜欢只跟她自己有关，与傅锦衡毫无关系。

她渴求他的回应，但是如果得不到，也不过是失望和难过罢了。

得之我幸，失之我命。她从未企图用自己的这份喜欢去绑架他。

"我告诉你这些，不是想要你对我内疚。我就是想告诉你，任何人都不应该被绑架，你没做错任何事情。

"你只是不喜欢而已。"

听她说到最后时，之前还有所回应的傅锦衡彻底安静了下来。他似乎听到这样的过往有些无法立即开口。

安静下来的车里只剩下他们的呼吸声。外面海风渐起，海浪拍打岸边，声音滔滔不绝。曾经他们都不愿意回忆的过往，以及拼命掩盖在时光下企图忘记的记忆，如今再回忆时，竟不是那样苦涩和难过。

这一刻，那段压在他们心底如巨石般的过往都随着这声声海浪渐渐溶解，经年无法挪开的沉重终于彻底消失。

许久，傅锦衡用他温热的手掌轻抚她的脸颊，他的气息渐渐地环绕在她的周围。他轻轻地吻住叶临西的唇。

这个不带任何情欲色彩的吻单纯又温软，他动作轻柔得仿佛是在对待这世上最珍贵的宝物。

傅锦衡因为曾经的过往一直抗拒所谓的感情，哪怕跟叶临西结婚，也不过是因为那一份不讨厌而同意，直到这一刻他才明白：原来真正的感情并不是拖累，也不是负担，而是治愈。

"临西，我爱你！"

第十九章

叶临西，谢谢你从始至终都爱着我

"我们离开这里吧。"

叶临西突然转头望着身边的傅锦衡，脑海中一闪而过的念头居然一下子变成了现在疯狂想要做的事情。

叶临西的眼睛亮晶晶的，她说道："不是都说我们人生中应该来一场说走就走的旅行吗？"

傅锦衡被她这天马行空的说法逗笑了，问道："你想去哪玩儿？我来安排。"

"不要。"叶临西想也不想地拒绝了，说，"这次让我说了算。"说完就发动车子。

其实她也没想好要去哪儿，就是觉得这个时候不想让傅锦衡再投入工作中。

虽然寄情工作确实可以忘记很多事情，但是在他说完那么多事情之后，她真的想带他去一个谁都找不到他们的地方。

反正公司有那么多人在，哪怕他不去公司三五天，也不会出什么事情。

傅锦衡还真就纵容着她，跟随着她说走就走。

天大地大，他们不如走上一走。

傅锦衡说："我没带护照。"

他的护照一般都是秦周收着的，因为出国的事情都是秦周办理的。

"用不着。"

"我们都没带换洗衣服。"

"买。"

"你确定自己能习惯？"

其实他倒是可以忍耐，毕竟他经常出差，偶尔会有不方便的地方。

可是叶临西这姑娘，挑剔又娇气，吃穿用度不仅要好，还要顶级。

傅锦衡之前签过的账单都在告诉他，他娶的太太可不是个会将就的人。

叶临西大言不惭地说道："当然能习惯。"

既然她把大话都放下了，傅锦衡干脆任由她开车。

他们开车驶出一段距离之后，正好遇到一个商场，叶临西暗暗地松了一口气。

这家商场算是这个区里不错的，一层跟绝大多数商场一样，开的都是化妆品专柜，市面上数得上的大牌子在这边都能看见。

叶临西停下车后进去买东西，还特意强调说："只是正好碰到这个商场，我不是不能吃苦。"

"吃什么苦？"傅锦衡被她逗笑了，转头看向叶临西，说道，"我们是要来一场说走就走的旅行，又不是说走就走的苦修。"

叶临西这么一想，觉得他说得也对。

她在商场里买了一些洗化用品，毕竟在这里也买不到她平时用的一些高奢产品。

至于买衣服就更容易了，楼上有卖运动服的。每人买了两套运动服，拿上就走人。

这些都买完也不过用了一个小时，两个人重新上车时，傅锦衡说："还是我来开吧。"

叶临西想了一下，还是把驾驶座让给他。

在副驾驶座上坐下来的时候，她忍不住说："我好像很少坐你开的车。"

"想坐？"傅锦衡低头系完安全带，转头看见叶临西的安全带还没系上，便倾身替她拉过安全带扣了起来。

叶临西在他的身体靠过来时，下意识地屏住呼吸，只是刚屏住呼吸又觉得有些好笑。

明明两个人之间再亲密的举动都做过了，现在只是扣个安全带而已，她在紧张什么？

"别犯贱！叶临西。"她在心里给自己鼓了气，可一看到他的脸，心里又渐渐地燎起了火。

之前在海边她说什么来着？她告诉他，在很久很久之前，其实她就喜欢上他了。哪怕是在梦中，她都从未妄想过这样的事情，还以为曾经年少时就萌发的那段喜欢会永永远远地被埋在心底不被任何人知道。哪怕是傅锦衡也不能让他知道，因为她不知道要在什么情况下才能对他说出这样的话，却没想到当这些过往被说出来时是那样容易。

原来，岁月终究还是善待了她。

傅锦衡系完安全带，刚准备转身启动车子，就注意到她的脸色，不由得一哂，笑道："就这么高兴？"

叶临西不解。

"只是开车载你一下就这么开心？"傅锦衡看着她的脸，突然又轻笑了一声，"还是说，你是因为我给你系安全带开心？"

叶临西回过神来，没想到他还挺有闲心的，干脆嘴角一扬，高兴地说道："都开心。"

叶临西从来都是这样，把开心的、不开心的都挂在脸上。大概是她不用太在意别人的看法，所以干脆随心所欲。她的欢喜坦坦荡荡，明明白白。

傅锦衡是真吃她这一套。

待车子启动后，叶临西左右看了一眼，突然说："你知道吗？网上都说，副驾驶座的位子只能让女朋友或者老婆来坐。"

只可惜，傅锦衡身边常年有司机，自己开车极少，副驾驶座倒成了秦周固定的位子。

"嗯。"

听到他只是"嗯"了一声，叶临西不满地"哼"了一声以示回敬。

正好遇到一处红灯，车子便停了下来。

"以后只要我开车，"傅锦衡偏过头，脸上带着笑意，不紧不慢地说道，"就只能让你坐副驾驶座。"

本来叶临西的眼睛还盯着前面，可是当她听到他这样说时，脸上的笑意已经溢出来，下一刻转头看向他，说道："这可是你自己说的。"

"嗯，我保证。"

叶临西一路上都特别开心。

他们的目的地其实也不远，是北安附近的一座山里。之前叶临西听律师事务所里其他人讨论过这里，据说这边山里的空气特别好。

他们既然去散心，就应该去安静又让人心旷神怡的地方，于是开车一路到了这边。

到了晚上，周围都黑漆漆的，偶有村落里零星的灯光，透过夜幕黑暗，如点点繁星，落在山坳之间。

两个人到了山上已经近十一点。

好在现在并不是旅游旺季，酒店还有很多剩余的房间。山间酒店最大的特色就是开窗望山，叶临西自然是选了一个风景最好的房间，只不过由于此时天色太晚，一进卧室打开窗帘，才发现外面黑黢黢一片。

傅锦衡过来抱着她，说道："先去洗澡休息，明天早上起来，你就能看见想看见的景色了。"

叶临西拿了衣服去洗澡，结果刚扎好头发进了淋浴间，就听到浴室的门再次被打开，她下意识地看过去，透过雾气弥漫的淋浴间，看到磨砂玻璃上有一个若隐若现的男人身影。

他似乎站在外面脱衣服，然后抬手随意地把衣服扔在地上。

之后，淋浴间的玻璃门被轻轻地拉开。叶临西站在喷头下，在开门的瞬间，不自觉地往后退了一步，一下正好让水柱喷到了脸上，刚闭上眼睛，就感觉到唇上传来温软的触感。

她的身体被他抱在怀里，细腻柔软的肌肤在水珠的浸润下更加冰肌玉骨。她再次睁开眼，就看见傅锦衡的短发已被打湿，眼前正是一双乌黑明亮的眸子。

看见她睁眼时，他突然笑了一下。

平日里带着冷静疏远表情的英俊脸庞此时神色不再是冷静，略显狭长的眼尾犹如尾羽般轻轻地上勾着，一张脸似笑非笑，满满的都是欲望。

他低头再次含住她的唇。

这个吻太深，直至逼得她眼尾泛红，想要推开她。

可他的喉中只轻轻地溢出两个字："临西。"只有两个字，声音却完全变了调。

叶临西突然意识到：这样的他只有她见过，这样染上情欲之色的英俊脸庞，此生此世只能她见过。

这样的念头一下子取悦了她，面对再疯狂的进攻，她都不再抗拒。

这一夜似乎格外漫长，叶临西从洗手间被抱到床上时，整个人绵软地趴在他的怀里，仿佛只要多说一个字都会显得很累。

直到外面传来淅淅沥沥的声音，她抬头往外看，低声问："外面下雨了吗？"

"好像是。"傅锦衡低头，在她的耳朵上轻啄了一下。

她困得实在厉害，眼皮重重地压了下来。

傅锦衡干脆将她抱在怀里，安抚道："睡吧。"

叶临西真的沉沉地睡了过去。

她这一觉似乎是睡得格外沉稳，醒来时她先是往旁边靠了靠，然后才慢慢地掀开眼皮，感觉到周围有些亮的光线，继续往上抬，就看见傅锦衡正躺在她的旁边，看来他应该早就醒了。

她在他的怀里舒服地蹭了蹭，目光往旁边一瞥，突然坐了起来。

他们的床正对着落地窗，此时窗帘不知何时已被拉开，窗外的一切都尽收眼底。

窗边正好对着外面的青山，正值春日，山间郁郁葱葱，一片绿色。外面正下着小雨，在山里带起雾气，烟雾缭绕，犹如烟雨江南。

叶临西安静地望着眼前的一幕，一时没有说话。

她走遍全世界，看过更加瑰丽壮阔的风景，可是这一刻，却觉得这样安静的山景才是最美的。

她靠在傅锦衡的怀里，轻声地说道："果然，我一醒来就能看见我想看见的景色了。"

傅锦衡低头在她的额头上亲了一下，问道："喜欢吗？"

"特别喜欢。"叶临西转头看着他，又说，"虽然我去过很多地方，但是我真的很喜欢这里。"

"我也喜欢。"傅锦衡掀唇浅笑。

叶临西转头又望着面前的山景，心里是那样宁静，或许是因为此刻身边有挚爱之人相陪吧。

两个人起床之后，先在山里逛了逛，还去附近摘了草莓，其间都没管手机。

原本离不开的手机、社交媒体，仿佛在这一瞬都彻底远离。

这么一场任性的旅游持续了两天，两个人在第三天吃完午饭之后开车回了北安，从一路安静的山上到热闹繁华的北安市区，有种恍如隔世的感觉。

他们到家的时候，见秦周已经在等着。这两天压着的事情确实不少，都等着傅锦衡做决定。

叶临西暂时没什么打算，让他们先去忙，然后回房间换了衣服。

秦周将这几天需要签名的紧急文件交给傅锦衡签完之后，想了一下才问道："傅总，目前我们初步取证已经完成。"

"网上的舆论平息了吗？"傅锦衡问道。

秦周立即点头，答道："虽然对方一再挑动舆论导向，不过确实如您所说，这两天已经平息了。"

这种科技公司之间的传闻并不算特别爆炸的新闻，虽然大众会感兴趣，但是时间一长，关注度自然而然就下降了。

傅锦衡用手指在桌面上轻轻地敲击了一下，说："再等等。"

秦周点头，随后又问："这次世界 AI 科技大会在北安举办，主办方那边已经再次跟我们确认了您能否出席？"说完这句话，就见书房的门被推开了。

叶临西正好进来，显然也听到了秦周的话，问道："世界 AI 科技大会？规模是不是很大？"

秦周回道："这是全球性的人工智能的盛会，不仅有国内的高科技公司，还会有国外的公司参加，可以说是规模大、关注度高的全球性峰会。"

叶临西抿嘴笑了一下，突然转头问傅锦衡："我能去吗？"

"你？"傅锦衡看着她眼底噙着的坏笑，问道，"又想搞什么事情？"

"我马上就要正式成为执业律师了，这种顶级峰会肯定会有很多公司吧？我去拓展一下人脉，以后好开展业务啊。"

她说得一本正经，可房间里的两个男人却听得莫名其妙。

拓展人脉？开展业务？秦周仿佛都快不认识人脉和业务这两个词了。

片刻后，傅锦衡说："想去就一起去吧。"

叶临西开心地说道："这种峰会肯定会有晚宴吧？能参加晚宴就好了。"

老板都发话了，秦周这个十项全能助理唯有满足老板娘的要求，第二天就把邀请函亲自送给了叶临西。

叶临西拿到邀请函之后激动不已，拿起手机对着邀请函拍了一张照片，并且迅速地登录了许久未用的社交软件，发了一条博文。

配文只有简简单单的"期待"两个字，配图就是叶临西刚拍的这个邀请函的照片。

之前因为齐知逸的事情，很多粉丝都关注了叶临西。很快，博文的底下就有不少条留言，大家都在问这个邀请函是什么？还问她是不是要去参加？

叶临西专门挑了一条粉丝的评论回复道："这是世界 AI 科技晚宴的邀请函，很期待参加。"

粉丝一片欢呼，称赞小舅妈参加的活动真高端。

因为叶临西别有用意，此时看着评论，轻轻地笑了一下。

宋茵那种人敢特地跑去归宁寺跟她偶遇，应该也不会放弃这么好的机会吧？还胆敢跑到自己的面前，说那种恶心的话跟她示威？叶临西才不会放过她。

况且叶临西出席这种科技峰会，一看就是陪傅锦衡出席。

所以，宋茵最好不要出现，这次如果再出现……

叶临西突然笑了起来，轻撩了一下长发，将邀请函压在手心，轻揉了一下手指。

不过，她又盼着宋茵真的出现。

叶临西虽然隐瞒了关于宋楠的事情，但还是把宋茵这个疯女人一直盯着傅锦衡的事情跟柯棠和姜立夏说了。

柯棠和姜立夏都知道宋茵这个人的存在，对于叶临西"钓鱼执法"这件事表示特别赞同。

所以，她们在看见她发出的动态之后，纷纷对她这聪明的一手表示崇拜。

柯棠颇为好奇地问："她要是真的出现，你怎么办啊？"

叶临西冷笑一声，说道："我这么讲道理的一个人，又不会打她。"

姜立夏倒是突然想起了叶临西为了她狂甩别人两个巴掌的事情。

叶临西继续说道："我只会彻底教她明白一个道理，这辈子，都不要盯着别人的丈夫。"

叶临西从不打无准备之仗，既然存心要给宋茵好看，便从拿到请柬那一刻起就开始精心准备。她特地约了姜立夏和柯棠去做全身保养，一套水疗做下来，三个人舒服地躺在椅子上不想动弹，待服务员送了茶点进来，就躺在床上边吃东西边聊天。

姜立夏问道："临西，你说那个宋茵真的会去吗？"

柯棠说："我觉得会去。我跟你说，世界上还真有这种女人，明明别人夫妻好好的，她非要心里幻想别人是表面夫妻。"

听到这个，其实叶临西的心里是有那么一点点心虚的，毕竟他们曾经确实是表面夫妻，但她转念一想，又觉得他们现在是恩爱夫妻，这就足够了。

叶临西光是想到这个，嘴角就露出笑意，轻哼了一声，说："她最好别来，她要是敢来，我一定让她好看。"

姜立夏作为著名言情小说作家，立即站出来给叶临西传授手撕恶毒小人的诀窍。

就在姜立夏说得头头是道时，叶临西突然打断她，说道："上次你被人骂的时候，还是我帮你撕了别人吧？"

姜立夏假装记不得，说道："有这事吗？"

叶临西也故意开玩笑说："好像是有，就是……"

姜立夏听到叶临西马上就要说出那件事，赶紧张口承认，然后乖乖地闭嘴。

一旁的柯棠倒是说："要不我们陪你一起去吧？到时候咱们趁着人多势众，给她套了麻袋揍一顿。"

叶临西和姜立夏听到柯棠的计划都愣在原地。

姜立夏率先开口，惊叹道："这种话你都能说得出来？三流写手现在都编不出这种剧情了。"

柯棠赶紧解释道："我说笑的。"

三个人纷纷笑了起来。

不过柯棠虽然是说笑的，叶临西却眨了眨眼，觉得有时候直接点儿也没什么不好。

世界 AI 科技大会乃人工智能领域顶端的峰会，主办方使出浑身解数邀请嘉宾。据说受邀嘉宾中，光是获得图灵大奖的就有六位，还有中外的院士、科学家，更别说专家学者、企业家，市值过千亿的公司老板也有好几位。参与媒体更是从央媒到国外媒体，届时到现场的记者会有百位之多。这个峰会势必会吸引全球 AI 从业者和投资者的目光。

听说傅锦衡会在大会上发言，本来只打算参加晚宴的叶临西还是决定跟傅锦衡一起出席会议，毕竟极少见他出席这样的场合。

世界 AI 科技大会开幕当天，现场格外热闹，与会嘉宾的车辆接二连三地到场。大会的布置十分妥当，光是门口的布置就充满了科技感，惹得参会记者一直不停地拍摄。

本次大会的媒体采访区前有专门的背景板，不仅可供来往嘉宾签名，还供大家合影。

叶临西对于这样的场合早已经习以为常，丝毫不怯场。

她坐着傅锦衡的车到了会场，刚到门口，就听到不远处人声鼎沸，于是小声地说了一句："居然这么多媒体！"

虽然心里早有了准备，不过叶临西看着外面记者围了一圈儿又一圈儿，觉得会场颇有些电影节红毯开幕式的架势，还是比较震惊的，不过想想也是，这次参加的不就是属于 AI 领域的顶级盛会吗？

傅锦衡率先下车，然后缓缓地走到车子的另外一边打开车门。

不远处有人注意到下车的傅锦衡，赶紧把镜头对准这边。

待叶临西弯腰下车后，傅锦衡伸手握住她的手掌。

叶临西刚一站定，就感觉到对面无数镁光灯闪烁，她克制住闭眼的冲动，只是表情微动。

傅锦衡似乎察觉到她的不适，偏头问道："不适应吗？"

叶临西低声说："不是，我怕自己被拍到表情不好看的照片。"

她一向自认美貌动人，本就是个"恃美行凶"的主儿，在外更是恨不得把美貌武装到头发丝的程度，怎么能容忍自己被拍到不好看的表情？

傅锦衡觉得有些好笑，偏头望向她，说道："你有被拍到不好看的照片吗？"停顿了片刻后，却不等叶临西回话，继续说道，"怎么可能？"

轻描淡写的四个字刚好落进叶临西的耳朵里，登时她抿嘴轻轻地笑了起来，却不想正好又被记者抓拍到。

两个人按着工作人员的引导缓缓地走向红毯，不过想着这并不是寻常慈善晚宴的场合，叶临西想了想还是松开傅锦衡的手臂，打算规规矩矩地走完这段红毯。

只不过傅锦衡全然没有理会她的小心思，在她刚松开手的那一瞬间，就伸手抓住她的手掌，轻而易举地将她的手握在掌心里。

见他们在背景板上签字之后，记者们开始喊道。

"傅总，关于之前网上对云起科技的争议，您有什么想对大众解释的吗？"

原本叶临西神色轻松，正要把签完字的笔递给旁边的礼仪小姐，可是下一秒听到这个问题后就身体微僵。

果然，记者不会放过这个难得的机会。

傅锦衡却并未变脸，反而神色轻松地望向对方，说道："解释？做错事的人才需要解释。"

底下记者彼此对望一眼，纷纷露出好奇的神色。

傅锦衡却不紧不慢地说道："关于之前的事情，云起科技之后会有声明。"

又有记者抢先开口喊道："傅总，对于网上扒皮出来云起科技最新推出的小K与华康科技的小安之间的相似之处，你们会有回应吗？"

"大家可以期待一下啊。"傅锦衡难得地耐心说道，惹得身后的秦周都觉得稀罕。

"傅总，您旁边这位是您的太太吗？"

傅锦衡特意朝对方看了一眼，随后转头看向身边的叶临西，许久才淡然开口说："除了我的太太，我不会牵别人的手。"

本来傅锦衡握住叶临西的手已经准备进去会场，却又听到一个针对他们的问题。

"这样的场合，为什么您会携太太一起出席？"

傅锦衡顿住脚步，偏头看着对方，缓缓地说道："今年世界 AI 科技大会的主题是'智能世界、共建家园'，AI 科技不应该是被束之高阁的，相反，人工智能如今被广泛地应用于各个行业，并与我们每个人都息息相关。

"我太太的本职工作是律师，但是她对人工智能很感兴趣。我们正需要这样的普通人关注和关心人工智能，这样才能在未来吸引更多的人才投身于人工智能行业。"

他的一番话立意深远，当下赢得一片赞扬声。

叶临西安静地听着他说的话，然后转头看他。

傅锦衡穿着一身黑色的西装，整个人沉稳内敛，带着掌控全场的从容淡定，让人看得着迷。

叶临西的一颗心随之扑通扑通地乱跳。

果然，比起长相，男人的气场更叫人震撼。况且他还是少有的两者兼备的男人，一张脸轮廓好看、五官立体，是少有的俊逸洒脱的长相。

随后，叶临西被他牵着往会场里面走。

等周围的人渐渐少了，叶临西才小声说："我没想到你忽悠起别人来也是一套一套的。"

明明她根本没告诉他自己非要跟着过来参加这个会议的目的，结果陡然被他拨到了这样一个高度，而且还眼见着他真把别人忽悠住了。

傅锦衡淡然地说道："要不然怎么是企业家呢？"

叶临西的下巴都要被惊掉了，她震惊地说道："你的意思是，企业家都会忽悠？"

对于这个问题，傅锦衡毫不犹豫地说道："或许你应该多关注一下，最起码现在科技公司的很多创始人，都有一张能讲个好故事的嘴巴。"

见叶临西又要笑，傅锦衡正色道："但是，很多人讲的故事，最后都成为真的。"

第一个说自己可以飞上天的人是疯子，而第一个能真的飞上天的人就会证明那个故事并非不可实现。当代科技就是这样，可以把一个又一个讲故事的人所讲的故事变成现实。

十年前，我们告诉别人，手机可以代替现金进行支付，一定会被嗤之以鼻。

可是现在，手机支付深入之广、之远、之便利，早已经惠及这个社会的每一个角落。哪怕是早晨路边的一个煎饼摊子，都有专门收钱的二维码。

原本对于这个大会并不太感兴趣的叶临西，突然发现了自己的浅薄。

一路上，他们遇到了很多人。这些人或年轻或上了年纪，可是脸上都带着兴奋。

他们进入会场之后，才发现这会场格外大。

会场足够容纳上千人，最引人注目的还是正前方舞台上那个巨大的LED屏幕，足足有十几米，此刻正在播放一些新科技视频。整个会场被布置得充满了科技感，因为会议还没开始，场内的人都还没完全落座，有些人正在跟相熟的人打招呼。

傅锦衡带着她坐下后，果然看到不少人过来。

叶临西不仅收了很多名片，也发出去不少名片。很多人大概也是为了与傅锦衡交好，在得知她是律师之后，都纷纷表示希望有合作的机会。

突然，她瞥见不远处刚进来的一行人。

那是华康科技的一行人，为首的是公司创始人韩庆东。而站在他的旁边，穿着一身白色职业套裙、气质清新的女人，显然就是宋茵。

很快，她发现那个韩庆东跟宋茵似乎关系挺近，因为她看到两个人说话时韩庆东的嘴唇都快要贴到宋茵的耳垂上了，再看宋茵的脸上也丝毫没有不悦的表情。

叶临西转头问身后的秦周："华康的老板结过婚了吗？"

秦周虽然不明白她为什么这么问，却还是说道："他的太太是在美国留学时的同学，目前二人有一个女儿。"

叶临西又转头看了一眼，心头涌上一股强烈的恶心感，总算明白这个宋茵是个什么东西了。

大概只要愿意上钩的男人，宋茵都不介意利用吧？

好在大会很快开始，叶临西不再看对方。

主持人上台走流程，先是介绍出席的嘉宾，随后就进入了今天大会的主题。

本次大会一共开三天，分别有三大议题。

第一天的议题是 AI 科技发展趋势，这是一个大议题，能讲的内容有很多，每个嘉宾上台之后都选了跟自己领域息息相关的演讲方向。

叶临西拿有大会的流程单，知道傅锦衡的演讲在第一天的靠后位置，便耐心地等着。

直到主持人终于宣布到他的名字，叶临西才下意识地往舞台的一侧看过去。

在先前一位演讲者上台时，傅锦衡就被请走了，此时他整理了一下袖口，似乎是为上台做准备。

待他踱步上台，叶临西抬头望着走到舞台中央的傅锦衡，直到看到他的目光也在这一瞬落在了她所在的方向。

他本来表情略显肃穆，却在突然间露出一丝微笑。

因为身后的巨大屏幕此刻正好对着他，他脸上那微妙的表情变化也在这一刻被清楚地记录下来，就连他眼神落下的方向都被大家捕捉到，以至于众人心头微惊。

这样冷淡禁欲的一个人，也会有这样温柔的笑容。

好在这个笑容转瞬即逝，因为很快他就进入了演讲的主题，谈起云起科技合并时的规划。

云起科技未来的发展，并不只是一个小小的机器人。

傅锦衡一身西装革履，神色自若地说道："人工智能的发展将进一步挖掘智慧城市的广阔可能性，而智能安防也随着智慧城市的到来迎来了高速发展的时代。人工智能和智能安防在面临着爆发式的增长。

"而在未来人工智能的安防市场，则将达到万亿规模。"

其实人工智能领域最容易落地的就是安防，因为视频识别功能将为城市的公共场所带来前所未有的安全保障。

他的语调平淡而缓慢，并不高昂，却很轻易地将每个人带入他的话语中。

宋茵坐在略后几排的地方，仰头望着舞台上的男人，哪怕这么多年跟他没有交集，可是每一次见到他，总会忍不住乱了心，只是此刻她又突然想起那个早已去世了十几年的宋楠。

只怕在这个家里，除了她偶尔会想起宋楠，别人早已经把宋楠忘记得干干净净了吧？

待傅锦衡的演讲结束时，宋茵突然在想：宋楠什么都不出众，倒是这看人的眼光非常独到。

会议结束后，主办方也精心准备了晚宴。

叶临西特地到楼上去换了一套衣服，毕竟之前好几天的准备就是为了这一刻。

这种场合并不适合太过夸张的礼服，所以叶临西选了一条大红色的斜肩长裙。裙子的设计极简，裙摆是不规则形状，最重要的是对穿着它的人的身材要求极高，多一分则艳俗，少一分则寡淡。

叶临西本就是明艳的长相，今天的妆容更有着强势凌厉的美，本来要的也就是这种闪耀全场的张扬，她刚一走进晚宴厅，果然看到很多人朝这边看了过来。

长鬈发披肩，大红礼服裙，一张明艳至极的绯丽脸庞，叶临西当真是美得惹人注目。

待气氛终于烘托得差不多时，她找了个借口去洗手间，还特地选了另外一个楼层的洗手间。

这里安静，人又不多。

待她从隔间里出来时，竟然看见宋茵正站在镜子前补妆。

宋茵也换了一套衣服，没有穿参加会议时的那套职业套装裙，而是选择了一件十分清新的纯白色连衣裙。她跟叶临西的长相正相反，清新淡雅，有种人畜无害的温柔。

宋茵转头看向她，说道："好巧，又见面了，叶小姐。"

叶临西笑着说道："是啊，我特地选了人少的楼层，结果你还是追过来了。"

宋茵毫不尴尬，继续笑道："看来我们的想法一样呢。"

她笑得温柔，只是这温柔的笑意看得叶临西感到一阵又一阵的恶心。

叶临西说："是想法一样，还是有些人故意的？"

宋茵闻言神色不变，反而说道："看来叶小姐是有话想要跟我说，所以故意在这里等我。"

"不是我故意等你，而是你就像阴沟里的老鼠一样，非要盯着我。"

宋茵对于这种奚落丝毫不在意，说道："可是，叶小姐你对我不是也很在意吗？"她的脸上还带着一丝胜利的笑容，她大概觉得自己的计划终于得逞了。

可是下一秒，叶临西突然上前一步，原本脸上的笑容尽数消失。她一把抓住宋茵的头发，直接打开旁边的水龙头，将宋茵的头直接按在水池里，怒道："你算什么垃圾？也敢到我的面前来耀武扬威？"她一边按着宋茵，一边冷声道。

宋茵料定今晚她们会打架，但是完全没想到叶临西竟是这种一言不合就直接动手的性格。

叶临西压根儿不想跟宋茵打什么嘴仗，就算赢了嘴仗又如何？今晚她就是要给宋茵点儿颜色看看。

宋茵尖叫了一声，感受到水龙头里的水正往她的头上直冲。她的眼睛正好被水冲着，疼得厉害。

当宋茵刚想挣扎着抬起头来时，叶临西再次抓住她的头发，一点儿没有留情面。

宋茵一挣扎，头皮更是被扯得钻心地疼。

"你姐姐是个可怜人，可你就是垃圾，凭什么还敢出现在我丈夫的世界里？凭什么还敢出现在我的世界里？"

没一会儿，宋茵的头发全被冲湿了，她身上的衣服也湿了不少。

叶临西这才松开手。

宋茵慢慢地瘫坐在地上，虽然她在玩弄心机上是个高手，却是头一次遇到这种"不讲理"的，她完全蒙了。

叶临西居高临下地望着她，待宋茵缓缓地蹲下来后，用手指扣着宋茵的下巴，迫使她抬头看着自己，说道："看看你，再看看我，你觉得你有什么地方能跟我比的？"

叶临西甩开她的下巴站起来，随后从旁边抽了一张纸擦手。

宋茵像是终于回过神来，眼神怨毒地望着她，说道："你以为你有钱就可以胡作非为吗？"

"你不是挺会引导舆论的吗？"叶临西鄙视地望着她，随后把擦手的纸扔进垃圾桶里，似笑非笑地继续道，"你尽管去网上曝光我。"然后抬脚往外，却又突然停住，回头望着宋茵，说，"还有，我不仅是叶小姐，还是傅太太。"

叶临西丝毫没管宋茵，扬长而去，回到了座位上。

原本正在跟旁边人说话的傅锦衡转头看了一眼，随后从兜里掏出一方帕子，侧身过来在她的头发上轻轻地擦了一下。

叶临西低头，才发现不知何时自己的长发也被溅上了水。

傅锦衡低声问："开心了？"

叶临西一怔，瞠目地望向他，心头大骇，片刻后才垂眸突然低声笑了起来，心想原来他都知道呀，便干脆地说道："开心，别提多开心了！"

这种人，她还真是想见一次揍一次。

傅锦衡也不多问别的，说道："刚才上了一道汤，我喝了一下，觉得还可以。"

叶临西看着她面前摆着的小盅儿，端起来细细品尝着，待喝完几小口，望着他，轻轻地点头，说："真好喝！"

晚宴之后，两个人携手离去。

叶临西因为第二天不用上班，在家里躺个过瘾，还睡了个回笼觉，却被放在床头的电话吵醒了。

她伸手摸过去，接通后，听到姜立夏咋咋呼呼的声音。

"临西……临西……我们在群里给你发信息，你怎么都不回啊？"

"我在睡觉。"叶临西的声音还带着刚睡醒的沙哑。

姜立夏激动地说道："这么大一出戏，你居然没赶上？还睡什么睡呀？赶紧起来呀！"

叶临西无奈地从床上坐了起来，靠在床头闭上眼睛休息了几秒，这才慢悠悠地问："又怎么了？"

"又怎么了？你居然不知道？"姜立夏有种"全世界都知道你居然还不知道"的诧异。

叶临西说："有话直说。"

"赶紧去看云起科技的官博，真的好大好大一场大戏。"

叶临西听到云起科技这几个字，赶紧挂了电话打开微博。

电话另一端的姜立夏只听到手机里传来的"嘟嘟嘟"声，心想：她倒也不必挂得这么快。

叶临西登录微博，刚点开搜索栏准备搜索云起科技的名字，就看见热搜上面挂着"云起科技回应争议"，还一下看到这个词条的后面跟着一个"爆"字。

她赶紧点进去，果然看到第一条微博就是云起科技的官博。

云起科技官博：近期关于对云起科技公司相关事件的声明。

1. 关于发表在某论坛的《科技巨头光环之下的累累尸骨》一文中特指的某底层员工，经本司核实，该员工乃安翰科技前职员顾某。顾某于2016年与安翰科技签订合同，后离职。经查，他离开公司后，在与安翰科技有直接竞争关系的公司就职。因此，安翰科技提出劳动仲裁。后经仲裁庭判决，对方违反竞业限制协议，我司要求其立即终止新的劳动合同。以上判决是经过法院公平、公正、公义之裁决。

2. 顾某之前任职的安翰科技乃本公司新推出产品"小K"的项目组组员之一，目前因顾某涉嫌违反商业机密泄露，本司已对顾某提起诉讼。

3. 因论坛文章疑有水军推动，在文章发表的第一时间，我司已报警处理。

云起科技自成立之日起，便深刻秉持着创新自我的企业理念。至于网上热议的抄袭事件，实非本公司之所为，也实非本公司之擅长。对于此事件对社会公共舆论资源的浪费，我们深表歉意。之后，我们将拿起法律的武器，保护自己。

北安公安的官博上在十二点时正式发布了一条警方通报：警方在接

到了云起科技公司的报警之后，对文章内容进行调查核实，发现嫌疑人宋某雇用人员进行网络炒作，以达到陷害对手公司的目的。因相关人员的行为严重扰乱了社会秩序，警方目前已经立案侦查，并且依法对嫌疑人宋某采取了措施。

都说商场如战场，对手公司相互敌视确实是常有的事情，私底下使手段什么的也都不少见。不过买水军陷害竞争对手，还被警方这么活生生地打脸，可真是件稀罕事。

叶临西看到这里，也不免觉得痛快极了，便退出微博，迅速地打开手机备忘录。

其实之前那篇文章刚出来时，她就写了一条长长的澄清微博，只可惜那时候没有机会发出去。如今云起科技的微博既然发了，她也不介意再添砖加瓦一下，毕竟做"落井下石"这种事情也要看对谁。

叶临西又把写的微博仔细地检查了一遍，这才发了微博，幸亏之前她特地申请了一个"叶临西律师"的微博，如今倒是派上用场了。

叶临西在微博里写道："大家好，我是叶临西，是顾某违反竞业限制协议一案的律师之一，之前因收集证据未能及时澄清，如今幸运的是能看到真相大白的一天。

"云起科技官博未能详细澄清的地方，我身为本案律师，可以做一些补充。首先，我要澄清的就是这次诉讼并非帖子里所说的报复性诉讼。安翰科技确实在之前进行过股权和人事变动，但是这跟本案完全没有关系。

"至于顾某在文章中所说'家庭面临破碎，生活无法保障'，以此博取大众同情心，更是荒谬至极。因为这一切都是顾某本人造成的，并非公司的错误。相较于公司，员工确实是属于弱势方，但是并非所有的过错都可以用一句'你弱你有理'就可以弥补的。

"至于网上谣传什么卧底、间谍更是毫无根据，安翰科技被收购履行了合理合法的程序。某位前创始人曾说过'过往种种，不想再提'，你确实不应该再提，因为提起来丢人的只有你自己。

"作为一名职业律师，我对得起自己的职业操守。

"就如同今日警方所说，网络并非法外之地，任何人说话做事都应该在法律允许的范围内。

"至于对于某公司贼喊捉贼的行径，我深以为憾。毕竟我相信贵公司绝大多数的员工应该是兢兢业业的好员工，只可惜某些领导人员只能通过网络水军陷害这样的方式竞争，手段实属下作。希望你们不要辜负每一个想要做事情的好员工。

"其他的问题我们法庭见。"

叶临西这篇微博发出去后一开始是石沉大海的，直到十几分钟之后，引来某位公众人物的点赞，随后便一下子引爆了流量。

齐知逸也不知道从哪儿找到了她的微博，居然还点了个赞。

于是，这条长微博的数据一下子迅速地飙升，评论和转发很快破万次。

"小舅妈威武，法庭见，爱了爱了。"

"我的天，小舅舅和小舅妈太惨，遇到这种贼喊捉贼的公司。"

"守护全世界最好的小舅舅和小舅妈。"

"呜呜呜，我好喜欢律师小姐姐。"

一时间，华康科技简直成了人人喊打的过街老鼠，虽然之后华康科技又发了一篇不痛不痒的声明，引来的却是更多的谩骂。

叶临西倒是没指望网友把这个公司骂垮，只想让他们知道什么叫作既伤人又伤己。

毕竟华康的产品也不是面向普通人的，这种高科技公司只要技术过硬，并不会被网上这些流言蜚语伤到。

他们能玩弄网络水军，终有一日也会被害。

傅锦衡说晚上不回来吃饭，叶临西多嘴问了一句，才知道他被爸爸叫回大宅。

叶临西一听，生怕他回去又挨教训，赶紧让司机送她过去，跟傅锦衡前后脚回了傅家。

她看见家里的阿姨便赶紧问道："锦衡回来了吗？"

阿姨立即指了指书房，说道："正跟先生在书房里说话呢。"

完了，完了，他一定是被骂了。叶临西一想到之前他站在这里挨骂的模样，心里就泛着疼。哪怕骂他的那个人是他的爸爸，可她还是不开心。

于是，叶临西径直走到书房的门口，赶紧敲了敲房门，也不等里面说请进就推门进去。

她虽然是硬着头皮往里闯的，可是说什么已经想好了，一进去就开口劝道："爸爸，您别责怪……"

可她看清楚里面，才发现事情并不是她想的那样。

傅锦衡安静地坐在一旁，傅森山则正坐在书桌的后面，父子俩的脸上都是平静的表情，没丝毫剑拔弩张的气息。

傅森山见她闯进来，淡淡地问道："临西，有事吗？"

"没……没有。"

可傅森山像是看穿了她心里的想法，说道："你以为我叫他回来又是要骂他的？"

叶临西赶紧说道："没有。"

她的嘴上说着没有，可是行动却完全是另外一套。

其实傅森山也确实没什么事情，因为知道云起科技的事情在网上闹腾得沸沸扬扬，只是叫傅锦衡回来了解一下情况。

他到这个年纪已渐渐地开始放权。如今底下这个儿子有出息，旁人羡慕都来不及，他又怎么会苛责太过？

况且之前宋家的事情，他问过南漪，也知道这件事怪不得傅锦衡，只能说是造化弄人吧，此刻也不想多说，挥挥手示意傅锦衡跟叶临西一块儿出去。

叶临西感觉尴尬又心虚，一边往外走还一边回头看了一眼他旁边摆着的杯子，问道："爸爸，需要我给您倒杯水吗？"她还是很擅长卖乖的。

傅森山轻声笑道："水就不用你倒了。"

叶临西"哦"了一下，就听他又开口道："倒是希望你赶紧生一个孩子。"

叶临西更觉得尴尬了。

这催生来得也太突如其来了吧，这都能跟生孩子扯上关系？

好在她被傅锦衡一路扯着到了楼上的房间，结果一抬头就看见上面贴着的横联——百年好合。

叶临西正抬头准备问傅锦衡急匆匆地拉自己上楼来干吗？谁知还没开口，就见他柔软的唇已经倾压过来。

他的唇迅速地裹挟着她的舌尖，如戏弄般挑逗着。

这个深吻像是要耗空她。

待这个漫长而又缠绵的吻结束，傅锦衡低头看着她，问道："你怎么突然来了？"

叶临西的脑海中闪过"知道他回家又怕他被训"这个念头时，她就听他又说："怕我被骂？"

"不是怕，是心疼。"叶临西没想到他也猜到了，干脆仰头看着他，特别认真地说，"傅锦衡，其实我这人可护短了。"

傅锦衡望着她没有说话，似乎在等着她继续往下说。

直到她开口说："以后我来护着你。"

这个郑重的承诺偏偏从一个姑娘的口中说出来，傅锦衡听着却并不觉得好笑，因为他知道这是她一颗赤诚的心。

大家原本以为华康科技公司的事情在网络上的反转只是一个意外，却没想到之后的事情犹如雪崩。

紧接着，创始人韩庆东的妻子发公开信，指责某位宋姓女子介入其家庭，声称该女子想要让她年幼的女儿失去父亲。

公开信事件迅速地在网络上发酵起来。

很快，大家又发现这个小三儿宋某就是之前警方所说的雇用水军炒作的宋某。

这犹如板上钉钉的证据说明这两个人就是狼狈为奸。

华康科技再一次发表声明否认，结果没想到网友实在太过神通广大。

不仅宋茵的微博和其他社交软件的账号被扒皮，就连那位创始人韩庆东的微博也被扒皮。两个人不仅经常前后时间发微博，就连很多微博所定位的地址也是同一个地方。宋茵的社交软件上有一个她拿着汤勺拍照的照片，最后被网友扒皮出汤勺上的倒影就是韩庆东。

于是，这两个人被骂得狗血淋头。很快，宋茵就注销了微博的账号。

本来大家以为这只是一桩桃色新闻，直到后面看到更劲爆的新闻，才知道事情的真相。

原来华康为了能够尽快上市，居然伪造了年度财报，不久后自然也因财务造假的事情被调查。这种触及法律的事情，如同一石激起千层浪。之前几轮融资的投资方也纷纷要求撤资退股。

傅锦衡冷眼看着他们落得这么个下场，连落井下石的心思都懒得动一下。

因为最近公司把美国分公司的一部分人调了回来，傅锦衡特地去见了其中一个人。

金耀是傅锦衡的前助理，在秦周之前一直跟着傅锦衡，后来留在美国分公司，最近刚被调回来。

听到傅锦衡要见自己，他立即过来。

在简单的寒暄后，傅锦衡看着他问道："六年前你跟我在波士顿出差的事情，你还记得吗？"

金耀没想到被叫过来居然是为了说这么久远的事情，他想了一下，说道："您是想问什么事情？"

"那年屿深让我送礼物给临西，我记得最后是你送过去的，对吧？"

经过他这么一提醒，金耀立即想了起来，点头道："对，确实是我。说起来还没来得及亲自恭喜您跟叶小姐喜结连理呢。"

金耀也确实没想到自家老板的太太会是这位叶小姐。

傅锦衡揉了一下眉心，再次开口问道："那你还记得那天晚上，她在酒店大堂等我的事情吗？"

金耀显然是记得的，闻言一窒，没有立即开口。

"那晚我到底跟她说过什么？"傅锦衡轻声问道。

其实傅锦衡后来仔细想想，便知那晚他伤她应该极深，要不然从年少时就开始喜欢他的姑娘不至于后来见了他是那副横眉冷对的模样。

那天他一定说了什么话，让她过于伤心了。

他后来再见她，就发现她完全变了一副模样。

金耀张了张嘴，有点儿没敢开口。

傅锦衡继续说："我想知道。"

他想知道自己究竟说过多伤人的话。

许久之后，金耀才开口说道："那晚叶小姐在酒店大堂等您，您也喝了很多酒。傅总，有时候人酒后说的话并非真心话。"

"说吧。"

于是，金耀将那晚的事情一五一十地说了出来。

那日，傅锦衡面带嘲讽地望着叶临西，质问她："所以呢？我要求你等我一个晚上了吗？

"你是不是还要说你喜欢我？

"我是不是还要对你负责任？就因为你喜欢我，我就必须对你下半辈子负责，对吧？要不然你就自杀？

"真可笑。"

其实那晚金耀听到了他们的对话，只不过怕叶临西太过尴尬，便假装什么都没听到。

见对面的傅锦衡面上不带丝毫表情，金耀想了想，还是把该说的继续说完："之后我送叶小姐回学校，她特意叮嘱我，不要把晚上她来过的事情告诉您。"

傅锦衡抬起头，盯着他。

金耀叹气，说道："她说怕您第二天想起来会觉得尴尬。"

突然，傅锦衡的脸上露出一个说不清的表情。

这就是他爱着的人吧？她的心底柔软至此。哪怕他醉后对她恶语相向，说尽了那些让她绝望、难过的话，可她唯一担心的却是他醒来后会尴尬。

傅锦衡年少时也曾气盛，觉得全世界都对不起自己，就连性子从此也变得沉默冷淡。

可是，在他不知道的地方，有个姑娘却小心翼翼地保护着他。

半年后临近一个很重要的节日，叶临西却偏偏被抓去出差。云起科技的新一轮融资迫在眉睫，她需要跟着云起科技的人一起去美国见一下投资方。

对于这件事，她本来是有怨念的，结果一听到臭男人也一起去，倒是什么情绪都没了。

叶临西是作为律师参加商务会谈的，他们一行人先去了纽约，倒是一切还算顺利，后来又转道去了波士顿。

叶临西知道后很是开心，毕竟在哈佛大学待了这么久，对于波士顿可真的是熟到不能再熟。他们到的那天正值节日的前夜，街道上的商店里挂着各种各样的节日装饰，琳琅满目，让人觉得好热闹。

叶临西坐在车里，一路看着窗外。

直到车子驶入了酒店的门口，傅锦衡似乎要打电话，就让她先下车到大堂里坐着等一下。

酒店的大堂明亮又温暖，不远处还有一棵很大的树，树下摆着一圈儿节日装饰礼盒。

叶临西看着看着，突然出了神，因为她觉得这一幕实在太过熟悉，熟悉到眼皮一跳。

她抬头打量起周围的景致，越发有种熟悉的感觉，唯有一丝丝不确定。

大概是因为她只来过一回那个酒店，匆匆而来又匆匆离去，一时间居然辨认不出，直到看见由旋转门走进来一个穿着黑色大衣的男人。

男人剑眉星目透着俊朗，气质沉稳矜贵，黑色大衣衬得身材挺拔高大。他转头看过来，叶临西的视线与他的视线相撞。她缓缓地站起来，如记忆中那样缓缓地走过去，站在他的面前。

她抬头仰望着面前的男人，轻声喊道："傅锦衡。"

傅锦衡低头看着她，瞧着她眼眶处渐渐泛起的红，便知道她已经猜到自己想要干什么。

这里就是曾经他伤害她的地方，大概也是她最不想回忆的过往。

所以，他要带她重新回来，用现在去弥补过去。

"叶临西，"傅锦衡微垂着眼眸，目光落在她的脸上，轻声地说，"对不起！"

或许这一声"对不起"来得迟，却不算太晚。

叶临西轻吸了一下鼻子，低声道："我不想听这个。"

"那好。"他轻声地应了一声，因为接下来要说的就是她爱听的。

下一刻，他喉结微滚，似乎是想要张嘴，却又因为过于浓烈的情绪而一时没有开口。

"叶临西，谢谢你爱我！谢谢你从始至终都爱着我！"

叶临西望着他的眼睛，安静地等着他接下来的话，却并没有等到。

因为下一秒，他缓缓地握着她的手掌，然后一点儿一点儿地屈膝。

傅锦衡的动作像是一个慢动作，他单膝跪地，微抬脸颊，就连眸光都泛着耀眼的色彩，像是要将她全部笼罩在其中。

"叶临西，谢谢你嫁给我！"

记忆中的那个少年仿佛与眼前的男人渐渐地重合，原来，记忆中的他从未远离。

叶临西低头望着他，心里填满了温柔。

原来，真正的爱并不是拖累，也不是负担，而是治愈。

这是他的爱，也是她的爱。

—正文完—

叶临西，谢谢你爱我，谢谢你从始至终都爱着我。